Antonias Wille

Schöne Lesestunden
wünscht herzlichst

Petra Durst-Benning

Das Buch

Der Traum von der »reichen Erbtante aus Amerika« – für die junge Julie Rilling scheint er wahr zu werden. Antonia Fahrner, eine entfernte Verwandte, die viele Jahre in Japan verbracht hat, will ihr einen alten Berghof im südlichen Schwarzwald überschreiben. Seit mehr als einem Dreivierteljahrhundert ist er nun verlassen und war doch einst, im Jahr 1903, das erste Hotel weit und breit, eröffnet von einer außergewöhnlichen Frau namens Rosanna Moritz. Für Julie ist es Liebe auf den ersten Blick. Sie träumt davon, das ehemalige »Hotel Kuckucksnest« als Kreativhotel zu neuem Leben zu erwecken. Doch Antonia knüpft an ihr Geschenk eine Bedingung: Julie soll anhand von Rosannas Tagebüchern herausfinden, was den einstigen Erfolg des Hauses ausgemacht hatte und worin die magische Anziehungskraft bestand, die es auf seine Gäste ausgeübt hat. Was als Mittel zum Zweck beginnt, gewinnt mehr und mehr an Eigendynamik. Am Ende erfüllt sich das Schicksal der beiden ungewöhnlichen Frauen auf dramatische Weise …

Die Autorin

Petra Durst-Benning, 1965 in Baden-Württemberg geboren, lebt mit ihrem Mann südlich von Stuttgart. Sie ist eine der erfolgreichsten deutschen Autorinnen historischer Romane, allein ihre große Glasbläser-Saga begeisterte Hunderttausende Leser. Mehr Informationen über die Autorin finden Sie unter www.durst-benning.de

In unserem Hause sind von Petra Durst-Benning bereits erschienen:

Solang die Welt noch schläft · *Die Champagnerkönigin*
Die Glasbläserin · *Die Amerikanerin* · *Das gläserne Paradies*
Die Zuckerbäckerin · *Die Zarentochter* · *Die russische Herzogin*
Die Samenhändlerin · *Floras Traum (Das Blumenorakel)*

Die Salzbaronin
Die Silberdistel
Die Liebe des Kartographen
Mein Findelhund

Petra Durst-Benning

Antonias Wille

Roman

List Taschenbuch

Besuchen Sie uns im Internet:
www.list-taschenbuch.de

MIX
Papier aus verantwortungsvollen Quellen
FSC® C083411

Neuausgabe im List Taschenbuch
List ist ein Verlag der Ullstein Buchverlage GmbH, Berlin.
1. Auflage April 2013
3. Auflage 2015

Umschlaggestaltung: bürosüd° GmbH, München
Titelabbildung: © Getty images / Stephen Robson (Landschaft);
© Masterfile (Rosen)
Satz: hanseatenSatz-bremen, Bremen
Gesetzt aus der Minion
Papier: Pamo Super von Arctic Paper Mochenwangen GmbH, Deutschland
Druck und Bindearbeiten: CPI books GmbH, Leck
Printed in Germany
ISBN 978-3-548-61154-9

Liebe Leserinnen und Leser,

wenn ein Verlag sich dazu entschließt, ein zehn Jahre altes Buch neu aufzulegen, muss das einen Grund haben. Bei fast 100 000 Neuerscheinungen pro Jahr auf dem deutschen Buchmarkt sollten es sogar sehr gute Gründe sein! Meiner Ansicht nach hat der Ullstein Verlag dafür den besten Grund von allen: *Antonias Wille* ist nach all den Jahren nämlich noch immer das Lieblingsbuch meiner Leser! Und auch ich bin dem Zauber von Antonias Willen bis zum heutigen Tag so sehr erlegen, dass ich am Schauplatz der Geschichte inzwischen ein kleines Haus bewohne. Hoch droben auf tausend Metern Höhe lebe und schreibe ich nun wochenweise, schüre den Kamin und schippe Schnee wie Rosanna und genieße den Blick zurück mindestens so sehr wie den Blick nach vorn …

Als ich mit den Recherchen zu diesem Roman begann, besuchte ich den Südschwarzwald zum ersten Mal. Ich wollte den Rhythmus der Jahreszeiten und die Besonderheiten dieser einzigartigen Landschaft kennenlernen. Liegt Ende März auf tausend Metern Höhe noch Schnee? Blüht um diese Zeit schon etwas und wenn ja, was? Wie weit sieht man bei schönem Wetter? Wie verhält es sich mit den Temperaturen so weit oben in den Bergen? Das waren Fragen, die mich beschäftigten.

Natürlich könnte ich solche Informationen auch in Reiseführern nachschlagen. Aber das ist mir einfach nicht genug. Ich möchte meine Schauplätze spüren, hören, sehen, riechen, schmecken! Nur dann kann ich mich hundertprozentig in eine Geschichte einfühlen. Nur dann kann ich meine Leser so richtig fesseln!

Also mietete ich zusammen mit meinem Mann einen uralten und einsam gelegenen Berghof, den eine Französin historisch korrekt restauriert hatte und den sie nun an zahlungswillige Touristen vermietete. An diesem Ort, der durchaus Ähnlichkeiten mit dem Schauplatz meines Romans aufweist, wühlte ich mich zusammen mit meiner Romanheldin Julie durch alte Tagebücher. Ich lernte intensive Kraftorte kennen, die mir beim Schreiben Inspiration gaben, die mich beflügelten und meine Finger über die Tasten tanzen ließen. Wie Julie verliebte ich mich unsterblich in die wildromantische Landschaft des südlichen Schwarzwalds.

Es ist mir eine große Freude, Ihnen heute *Antonias Wille* in neuem Gewand präsentieren zu dürfen. Allen Lesern, die das Buch noch nicht kennen – und auch all denen, die es bereits kennen und lieben –, wünsche ich viel Spaß beim Schmökern.

Petra Durst-Benning

»Und du erbst das Grün
vergangner Gärten und das stille Blau
zerfallner Himmel.
Tau aus tausend Tagen,
die vielen Sommer, die die Sonnen sagen,
und lauter Frühlinge mit Glanz und Klagen
wie viele Briefe einer jungen Frau.
Du erbst die Herbste, die wie Prunkgewänder
in der Erinnerung von Dichtern liegen,
und alle Winter, wie verwaiste Länder,
scheinen sich leise an dich anzuschmiegen.«

Rainer Maria Rilke

Freiburg, im Herbst 2000

»Und Sie sind sicher, dass Ihnen unsere Verabredung wirklich gelegen kommt?« Yvonne Herrenberg, die Redakteurin der Frauenzeitschrift *Unsere Welt*, machte keine Anstalten mehr, ihre Verärgerung zu verbergen.

Julie lachte verkrampft. »Aber natürlich! Es ist nur ... ausgerechnet heute scheint hier alles drunter und drüber zu gehen ...« Hilflos zuckte sie mit den Schultern. Hätte sie der Frau sagen sollen, dass dies das alltägliche Chaos bei »Soul Fantasies« war?

Yvonne Herrenberg verzog ungnädig den Mund. »Vielleicht sollten wir trotzdem mit unserem Rundgang beginnen.« Ein strenger Blick auf ihre Designeruhr folgte.

Julie nickte heftig. »Kein Problem. Geben Sie mir noch einen Moment, dann bin ich bei Ihnen.« Ein Lächeln – und sie verschwand durch die Bürotür.

Konsterniert schaute die Redakteurin ihr nach. War das die typische Arroganz einer Frau, die glaubte, sich aufgrund ihrer Attraktivität alles erlauben zu können? Oder war Julie Rilling schlicht und einfach völlig unorganisiert?

Zwei Mal hatte Yvonne Herrenberg nun schon ihren Stift gezückt, um die Leiterin der progressivsten Kunstschule Süddeutschlands zu interviewen. Beide Male war sie mitten in ihrer ersten Frage unterbrochen worden: Zuerst war eine glatzköpfige junge Frau in den Raum gestürmt und hatte gerufen: »Räucherstäbchen! Wo sind meine Räucherstäbchen? Wie soll ich Siddharta ohne die entsprechende Atmosphäre rezitieren?« Julie Rilling hatte sämtliche Schubladen einer Kommode durchwühlt, bis sie schließlich in der letzten fündig geworden war. Die Glatzköpfige war gerade glückselig davongerauscht, als ein Jugendlicher mit grotesken Tätowierungen hereinpolterte und

Julie am Arm aus dem Raum zerrte. »Spikey-Mike ... er ist gestürzt!« – mehr hatte Yvonne nicht verstanden.

Sie seufzte. Was man nicht alles für seine Leser auf sich nahm!

»Verflixt noch mal, Theo, kannst du bitte dafür sorgen, dass ich in der nächsten Stunde meine Ruhe habe? Was soll denn die Zeitungstante für einen Eindruck von unserem Laden bekommen, wenn mir alle fünf Minuten ein anderes Baby heulend am Rockzipfel hängt!«, zischte Julie ihrer Geschäftspartnerin zu, die mit einer Zigarette in der einen und dem Telefonhörer in der anderen Hand am Schreibtisch saß.

»Da ist ein Privatdetektiv in der Leitung«, wisperte Theodora Herbst. Die Telefonschnur hatte sich in ihren langen roten Haaren verheddert. Während sie sprach, versuchte sie sie zu befreien. »Ein Herr Bogner. Er sagt, er hätte Anfang der Woche schon einmal angerufen.«

»Ein Detektiv?« Julie stutzte. »Ich habe jetzt keine Zeit. Er soll dir sagen, was er will.« Bevor Theo etwas erwidern konnte, war sie auch schon wieder draußen und lächelte die Redakteurin von *Unsere Welt* an. Mit einer Handbewegung wies sie den Gang hinunter. »Los geht's!«

»Sind das alles Kunstwerke Ihrer Schüler?« Yvonne Herrenberg zeigte auf die lange Reihe von Bildern links und rechts von ihnen.

»Ja, wir nennen das hier unsere Galerie«, erwiderte Julie. »Wir haben versucht, das fehlende Tageslicht durch geschickte Beleuchtung wettzumachen, trotzdem bleibt es ein schlauchartiger Gang, mehr nicht. Doch so bekommen unsere Künstler immerhin schon ihre erste Ausstellungserfahrung.«

»Sehr gelungen!« Yvonne Herrenberg war vor einem Aquarell stehen geblieben, das einen Seerosenteich vor einer asiatisch anmutenden Gartenkulisse zeigte. »So etwas hätte ich hier gar nicht vermutet. Ich dachte, bei Ihnen gehen vor allem die Jungen Wilden in die Schule«, sagte sie mit einem leicht ironischen Unterton.

»Nein, hier arbeiten ganz verschiedene Künstlerinnen und Künstler, sowohl was das Alter und das Geschlecht als auch das Kunstverständnis angeht«, versetzte Julie lachend. »Und genau das haben wir uns von Anfang an vorgenommen: Jeder Art von Kunst einen Raum zu geben, wo sie blühen und sich entfalten kann. Hier ist zum Beispiel unsere *Oase der Ruhe.*«

Sie öffnete die Tür zu einem Raum, der in hellen Farben gestrichen war. Wedel von riesigen Farnen wiegten sich sanft vor halb geöffneten Fenstern, das Sonnenlicht wurde durch hauchdünne Organzavorhänge gefiltert, und aus einem CD-Player ertönte leises Vogelgezwitscher und das Plätschern eines Baches. Zarter Blütenduft lag in der Luft. Außer fünf Staffeleien, von denen im Augenblick drei besetzt waren, befand sich kein weiteres Möbelstück in dem Raum.

»Wir versuchen, alle Sinne unserer Schüler anzusprechen.«

Yvonne Herrenberg schien beeindruckt.

»Ich kann mir gut vorstellen, dass eine solche Atmosphäre inspirierend wirkt«, flüsterte sie fast ehrfurchtsvoll.

Julie lächelte. »Jeder Mensch findet seine Inspiration in anderen Dingen, wie Sie gleich sehen werden ...« Sie ging ein Stück weiter und öffnete die nächste Tür. Laute Rockmusik scholl ihnen entgegen, und die Luft war grau von Zigarettenrauch.

»*Punk and Power* – hierher kommen vor allem die Kids«, schrie Julie gegen den Lärm an. Amüsiert nahm sie die Wirkung zur Kenntnis, die die Graffiti-besprühten Wände, der schwarze Boden und die Schar rumorender Jugendlicher auf die Redakteurin von *Unsere Welt* hatte: Schock und völliges Unverständnis darüber, dass ein Mensch in einer solchen Umgebung nach dem Pinsel greifen konnte, statt einfach nur die Flucht zu ergreifen, machten sich in ihrem Gesicht breit.

Über den Lärm hinweg winkte Julie dem Grafik-Designer zu, der den Kurs leitete.

»Nun ja, solange die Jugendlichen hier sind, hinterlassen sie wenigstens ihre Graffiti nicht auf Bürogebäuden.« Yvonne Herrenberg, die sich hektisch Notizen gemacht hatte, ließ Block und Stift abrupt sinken und fragte: »Angesichts Ihrer ungewöhnlichen und anscheinend auch sehr erfolgreichen Philosophie ist ein ausgefallener Name für Ihre Kunstschule sicher angebracht. Aber warum gerade ›Soul Fantasies‹? Ich meine, besteht da nicht die Gefahr, dass es in der Öffentlichkeit zu falschen ... Assoziationen kommt?«

»Dass uns jemand für einen ganz besonderen Club hält, passiert hin und wieder mal, vor allem, wenn sich Theo mit ihrer rauchigen Stimme am Telefon meldet.« Julie verzog den Mund. »Aber als wir vor zwei Jahren nach einem Namen für unser Unternehmen suchten, wollten wir nichts Steriles wie zum Beispiel *Freie Kunstschule Freiburg*. Es sollte ein Name sein, der unser Kunstverständnis widerspiegelt. Einer, der nach Freiheit und Farben klingt, nach ›Alles ist erlaubt‹ und nach ›Öffnet eure Seelen und lasst die Sonne herein!‹.« Sie grinste. »›Soul Fantasies‹ eben.«

Danach schauten sie noch kurz in einen Raum, in dem gerade ein Hermann-Hesse-Workshop stattfand. Sofort legte sich ein schwerer Patschuli-Geruch wie eine dicke Wolldecke über sie. Während Yvonne Herrenberg eine ältere Dame befragte, die gerade mit einer Bleistiftzeichnung beschäftigt war, blieb Julie in der Tür stehen.

Hoffentlich zog sich das Interview nicht mehr allzu lange hin! Sie wollte heute unbedingt noch einmal den Besitzer der Schmiedewerkstatt aufsuchen, die direkt an ihre Kunstschule angrenzte, um noch einen letzten Versuch zu unternehmen. Ein bisschen mehr Platz – war das zu viel verlangt? Scheinbar ja, denn bisher weigerte sich der alte Mann standhaft, ihnen die alte Schmiede zu vermieten, obwohl er die Räumlichkeiten selbst kaum noch nutzte.

Julie musste sich ein Schmunzeln verkneifen, als sie sah, wie Yvonne Herrenberg sich gerade von Gerald, dem Dozenten des Kurses, die Hand führen ließ und weiche Linien auf einen Bogen Papier malte. Es schadete doch nie, wenn ein Dozent nicht nur gut war, sondern auch noch gut aussah!

Seltsam, wie sich die Medien plötzlich um sie rissen.

Angefangen hatte es vor zwei Monaten mit einem kleinen Bericht in der Kreiszeitung. Inzwischen hatten fünf verschiedene Zeitschriften Reportagen über sie gebracht, woraufhin sie von Interessenten fast überrannt worden waren. Und nun noch dieser Beitrag für *Unsere Welt* ... Natürlich freuten sie sich über das Medieninteresse, wo doch bisher kaum ein Hahn nach ihnen gekräht hatte. »Wer weiß, wie lange das anhält«, hatte Theo noch am Morgen geunkt.

Mit der Skizze in der Hand kam Yvonne Herrenberg auf Julie zu. »Ich habe Talent, hat er gesagt!« Es klang verwundert.

Theo hatte Recht! Solange sie die Publicity bekamen, sollten sie das Beste daraus machen. Julie setzte ihr gewinnendstes Lächeln auf.

»Nachdem Sie nun unsere Räumlichkeiten gesehen haben – darf ich Sie zu einer Tasse Cappuccino in unsere Bar ›Fresco‹ einladen? Dort kann ich Ihnen in aller Ruhe weitere Fragen beantworten.« Den alten Griesgram von nebenan konnte sie auch noch morgen aufsuchen!

Der Nachmittag verlief genauso chaotisch, wie der Tag begonnen hatte: Der Kurs Aktzeichnen drohte auszufallen, weil das Modell nicht erschien, und Julie telefonierte eine halbe Stunde herum, um Ersatz aufzutreiben. Theo hatte einen Zahnarzttermin, sodass sich Julie außerdem noch um das Telefon kümmern musste. Anfragen aller Art, An- und Ummeldungen, Mütter, die wissen wollten, wann sie mit der Rückkehr ihrer Kids rechnen konnten – gegen Abend war Julies Mund vor lauter Reden dermaßen ausgetrocknet, dass ihre Zunge fast am Gaumen kleben blieb. Sie beschloss, bis zur Schließung der Schule um 21 Uhr den Anrufbeantworter einzuschalten, und wollte gerade in die Cafeteria gehen, um sich eine Diät-Cola zu holen, als sie im Türrahmen mit einem Mann zusammenprallte.

»Entschuldigen Sie«, sagten beide gleichzeitig und mussten lachen.

Was für ein gut aussehender Mann!, schoss es ihr durch den Kopf, während sie einen Schritt zurücktrat.

»Kann ich Ihnen weiterhelfen? In welchem Kurs sind Sie denn angemeldet?« Sie hatte ihn noch nie hier gesehen, was aber nichts bedeutete – sie kannte längst nicht mehr jeden Kursteilnehmer persönlich.

»In gar keinem. Ich möchte zu Ihnen. Mein Name ist Jan Bogner.«

Den Namen hatte Julie an diesem Tag schon einmal gehört, doch sie wusste nicht mehr, wann und in welchem Zusammenhang.

»Und wie kann ich Ihnen helfen?«

»Ich bin Privatdetektiv. Ich versuche schon seit letzter Woche, Sie telefonisch zu erreichen, was mir leider nicht gelungen ist. Wenn Sie vielleicht ein paar Minuten Zeit für mich hätten ...«

Während Julie an ihrer Cola nippte, klärte der Mann sie in kurzen Worten über den Grund seines Besuches auf: Er war von einer Anwaltskanzlei in Rombach, einem kleinen Ort im Schwarzwald, ungefähr fünfzig Kilometer südöstlich von Freiburg, engagiert worden, um Julie ausfindig zu machen. Dies geschah auf Wunsch einer Mandantin der Kanzlei, einer achtzigjährigen Dame namens Antonia Fahrner, die in einem Zeitungsbericht über Julie Rilling gelesen und in ihr eine Verwandte erkannt hatte.

»Frau Fahrner ist eine Kusine Ihres Vaters – ihr Vater war Helmut Fahrner, der neunzehn Jahre ältere Bruder Ihres Großvaters Gustav.«

Julie runzelte die Stirn. »Kann sein, dass mein Vater mal etwas von einem Onkel namens Helmut erzählt hat, aber ehrlich gesagt habe ich mich nie für die alten Geschichten interessiert. Und meinen Großvater habe ich nie kennen gelernt. Er starb schon Jahre vor meiner Geburt.«

Bogner nickte, als sage sie ihm damit nichts Neues. »Ihr Großvater hatte übrigens noch zwei weitere Geschwister: Martin und Roswitha. Beide wurden bald nach Helmut geboren, nur Gustav, Ihr Großvater, scheint ein Nachkömmling gewesen zu sein. Als er zur Welt kam, waren seine Geschwister schon aus dem Haus. Und als sein eigener Sohn – also Ihr Vater – geboren wurde, waren Helmut und die beiden anderen schon alte Leute. Von daher ist es nicht weiter verwunderlich, dass Sie noch nie etwas von Antonia Fahrner gehört haben. Sie lebte zudem viele Jahrzehnte in Japan, wo sie als Lehrerin tätig war. Nach Auskunft des Anwalts, der mich beauftragt hat, ist sie erst vor zwei Jahren wieder nach Deutschland zurückgekommen. Noch ein Grund dafür, dass keine verwandtschaftlichen Kontakte existieren. Wie dem auch sei: Es ist Antonia Fahrners größter Wunsch, Sie kennen zu lernen!«, schloss der Detektiv seinen Bericht. »Aus diesem Grund bat sie die Anwaltskanzlei, den Kontakt mit Ihnen herzustellen. Was ich hiermit tue.« Er nestelte einen zusammengefalteten Zettel aus seiner Hemdentasche. »Antonia Fahrner lädt Sie herzlich nach Rombach ein. Hier ist ihre Adresse und Telefonnummer. Sie würde sich sehr freuen, wenn Sie sich so bald wie möglich melden würden, damit ...«

»Mich kennen lernen? Aber warum?«, unterbrach Julie ihn. »Wenn diese Antonia die Kusine meines Vaters ist, warum will sie dann nicht *ihn* kennen lernen?« Sie spürte, wie sich in ihrem Kopf ein aufdringliches Summen bemerkbar machte – der Vorbote einer Migräneattacke. Bevor der Privatdetektiv antworten konnte, fuhr sie fort: »Und noch etwas: Woher kennt sie eigentlich meinen Mädchennamen? Ich kann mich nicht erinnern, dass in einem der Berichte über die Kunstschule der Name Fahrner gefallen ist.«

Julie hatte nach ihrer Scheidung vor einem Jahr zwar kurz mit dem Gedanken gespielt, ihren alten Namen wieder anzunehmen, war dann aber doch bei Rilling geblieben. Während sie jetzt in ihrer Handtasche nach einer Kopfschmerztablette kramte, fiel es ihr plötzlich ein. Der Reporter der *Schwarzwälder Rundschau* hatte sie gefragt, ob es in ihrer Familie noch weitere kreative Menschen gab, woraufhin sie ihm erzählt hatte, dass sie aus einer alten Furtwanger Uhrmacherfamilie stammte. Und dass ihr älterer Bruder heute die Fahrnersche Uhrmacherwerkstatt betrieb ...

Tatsächlich war es dieser Zeitungsbericht gewesen, der Antonia Fahrners Interesse geweckt hatte, bestätigte Jan Bogner. Er zog ein Päckchen Zigaretten aus seiner Hemdentasche und fragte, ob er rauchen dürfe.

Julie nickte ungeduldig. Kopfweh hatte sie ohnehin schon – was machte da noch ein bisschen Zigarettenqualm aus?

Zwischen zwei Zigarettenzügen fuhr Bogner fort: »Dass sich unbekannte Verwandte oder als verschollen geltende Familienmitglieder eines Tages bei ihren Angehörigen melden, ist gar nicht so ungewöhnlich. Ich selbst habe schon dutzende solcher Fälle bearbeitet. Oftmals sind es die so genannten ›schwarzen Schafe‹, die nach einem Bruch mit der Familie in die Welt gezogen sind und im Alter plötzlich entdecken, dass Blut doch dicker ist als Wasser. Hin und wieder ist es sogar der sprichwörtliche reiche Onkel in Amerika, der seinen deutschen Wurzeln nachspüren möchte – was für die betreffenden Personen durchaus angenehme Folgen haben kann«, fügte er grinsend hinzu.

»Blut ist dicker als Wasser – so ein Blödsinn! Wenn man die so genannten Verwandten noch nie im Leben gesehen hat ...« Unwirsch strich Julie ihre dunkelbraunen Haare nach hinten.

Der Privatdetektiv musterte sie interessiert. »Ehrlich gesagt wundert mich Ihr Mangel an Neugier. Reizt es Sie denn gar nicht, mehr über Frau Fahrner und ihr Anliegen zu erfahren? Der Anwalt sagte, sie sei eine sehr liebenswerte und ungewöhnliche Dame. Mögen Sie denn gar keine Überraschungen?«

»Mein Bedarf an Überraschungen wird täglich aufs Neue gedeckt, glauben Sie mir! Sie sehen ja, was hier los ist ...« Julie wies ringsum auf die Tische in der Cafeteria, die nun, nachdem die meisten Kurse geendet hatten, bis auf den letzten Platz besetzt waren.

»Unter der Woche bin ich von morgens neun bis abends zehn hier. Im Augenblick habe ich nicht mal Zeit, mir eine neue

Herbstgarderobe zu kaufen oder zum Frisör zu gehen. Ich bin froh, wenn ich mal an einem Wochenende keinen Papierkram erledigen muss und mich ausruhen kann«, fügte sie hinzu und ärgerte sich im selben Moment. Warum hatte sie überhaupt das Gefühl, sich rechtfertigen zu müssen?

Um zu signalisieren, dass sie das Gespräch beenden wollte, schob sie ihr leeres Glas und die Colaflasche von sich. »Sie sehen also, selbst wenn Frau Fahrner der Liebreiz in Person ist, habe ich einfach keine Zeit für einen solchen Höflichkeitsbesuch. Und davon abgesehen ... ich wüsste wirklich nicht, was wir uns zu sagen hätten.«

✧

Es war ein sonniger Spätsommernachmittag. Die Nacht zuvor war ziemlich kühl gewesen. An vereinzelten Spinnweben, wo die Sonne nicht hinkam, hingen noch Tautropfen. »Feen-Häkelei«, so hatte Antonia die glitzernden Gebilde in ihrer Kindheit genannt. Am liebsten wäre sie hinaus in den Garten gegangen, um ihre Finger an den silbernen Fäden zu benetzen, aber das war wohl doch ein wenig kindisch.

Zum wiederholten Male rückte sie die zwei Kaffeetassen und Teller zurecht. Ihr Blick fiel auf die Thermoskanne. Vielleicht hätte sie den Kaffee doch frisch aufbrühen sollen? Zu spät. Antonia ging in die Küche, um ein Messer für den Marmorkuchen zu holen, den sie zur Feier des Tages gebacken hatte.

Es war halb zwei. Julie Rilling hatte sich für zwei Uhr angemeldet. Und um drei würde das Taxi kommen, das Antonia bestellt hatte. Die Sonne schien und es sah so aus, als ob sich das gute Wetter halten würde. Alles war demnach bestens vorbereitet.

Trotzdem wurde Antonia immer wieder von Zweifeln überfallen. Was wäre, wenn Julie sich verspätete und ihnen keine Zeit für ein erstes Kennenlernen blieb, bevor das Taxi kam? Was, wenn das Wetter doch nicht hielt und ihr geplanter Ausflug im

Regen stattfinden musste? Und was, wenn Julie Rilling ihr am Ende gar nicht so sympathisch war, wie sie es sich nach dem Zeitungsartikel über sie und ihre verrückte Kunstschule erhoffte? Rannte sie einem Hirngespinst nach?

Mit aller Macht wischte Antonia jeden Zweifel weg. Sie hatte keine Zeit, sich Alternativen zu überlegen.

Zwölf Monate, hatte der Arzt im Kreiskrankenhaus gesagt. Wenn sie sich nicht doch noch für eine Operation entschied. Und selbst in diesem Fall stünden die Chancen nicht zum Besten ...

Brustkrebs. Wie bei ihrer Mutter. Der Arzt hatte nicht gesagt, wie gut oder schlecht diese zwölf Monate verlaufen würden.

Ein Jahr also, in dem sie ihre Angelegenheiten regeln konnte. Vielleicht auch nur ein halbes Jahr, in dem sie zum Notar gehen und dafür sorgen konnte, dass die Verwandten im Dorf nach ihrem Tod das kleine Häuschen bekamen, das sie nach ihrer Rückkehr aus Japan gekauft hatte. Und in dem sie festlegen konnte, welche Institution ihre Ersparnisse erhalten sollte. Und dann war da noch ein anderes, ein viel größeres Anliegen ...

Antonia schaute auf die Uhr. Viertel vor zwei. Es gab noch viel zu tun, bevor sie ans Sterben denken konnte.

Die Fahrt ging stockend voran. Sonntäglicher Verkehr füllte die steilen, in Serpentinen gewundenen Straßen des südlichen Schwarzwaldes in beide Richtungen: Ausflügler, die einen der letzten warmen Sonntage am Titisee verbringen wollten, Wanderer, deren Ziel der Belchen oder der Feldberg war, Radfahrer, die ihre Räder auf dem Dach eines PKWs spazieren fuhren. Überall an den Straßenrändern lockten handgeschriebene Schilder die vorbeifahrenden Gäste mit Wildgerichten und frischen Pfifferlingen und natürlich mit Schwarzwälder Kirschtorte und Kaffee.

Während Julie darauf wartete, dass es nach einer Haarnadelkurve weiterging, stellte sie mit der rechten Hand das Radio lauter und summte mit. Plötzlich war sie richtig in Urlaubsstimmung! Sosehr sie ihre Arbeit auch liebte, es tat gut, einmal für einen Tag rauszukommen. Sie war schon lange nicht mehr hier oben im Schwarzwald gewesen, und so kam es ihr vor, als sehe sie die bizarren, wilden Schluchten, die sich mit sonnigen Hochplateaus abwechselten, zum ersten Mal. Obwohl sie sich auf die enge Straße konzentrieren musste, nahm sie aus dem Augenwinkel heraus immer wieder faszinierende Anblicke wahr: einen Wasserfall, der steil an schiefergrauen Felswänden hinabstürzte, Fichtenwälder, in denen sich der Nebel trotz Sonne nicht gelichtet hatte. Zauberwälder! Schroffe Bergkanten, die sich wie die Umrisse eines Scherenschnitts vom Horizont abhoben.

Julie hatte zuerst nicht zu Antonia Fahrner fahren wollen. Doch nun war sie froh, dass sie sich von Theo und ihren Eltern dazu hatte überreden lassen.

Julie schmunzelte. Theo hatte richtig auf die Tränendrüse gedrückt! Ob Julie denn ruhig schlafen könne bei dem Gedanken, dass eine arme, einsame alte Frau sterben würde, ohne ihren Herzenswunsch erfüllt zu bekommen. Julie war versucht gewesen, mit einem kühlen Ja zu antworten, aber sie kannte Theos romantische Ader, und obwohl sie ihr manchmal auf die Nerven ging, liebte sie ihre Freundin dafür. Und eigentlich hatte Theo ja Recht: Es kostete Julie nur einen Sonntagnachmittag. Sie würde sich von der Kusine ihres Vaters ein paar Geschichtchen über Japan erzählen lassen, dann ein bisschen über die Kunstschule reden und Antonia schließlich die Telefonnummer ihrer Eltern in die Hand drücken.

Am liebsten wären sowohl ihr Vater als auch ihre Mutter mitgefahren, um die unbekannte Kusine kennen zu lernen, doch Antonia hatte schließlich lediglich Julie eingeladen. Julie hatte ihren Eltern versprechen müssen, noch am selben Abend telefonisch Bericht von ihrem Ausflug zu erstatten.

Verdammt! Täuschte sie sich oder war sie gerade links an einem Schild mit der Aufschrift Rombach vorbeigefahren? Von der Entfernung her würde es passen ... Das kam davon, wenn man sich seinen Tagträumen hingab! Julie beschloss, bei der nächsten Gelegenheit umzudrehen und sich die Abzweigung mit dem Schild genauer anzuschauen.

Das Kennenlernen lief unverkrampfter ab, als Julie angenommen hatte. Sie wurde nicht rührselig in den Arm genommen, hörte kein »Lass mich dich anschauen, Kind!« und auch nicht »Dass ich in meinem Alter das noch erleben darf ...«. Antonia war um einiges kleiner als Julie und mochte wohl kaum mehr als fünfzig Kilo wiegen, doch ihr Händedruck war erstaunlich fest. Ihre Augen sahen ein bisschen müde aus, blickten aber freundlich und interessiert drein. Souverän, als hätte sie täglich Gäste, hängte Antonia Julies Blazer an die Garderobe, erkundigte sich nach ihrer Fahrt, lobte das sonnige Wetter und geleitete ihren Besuch dann ins Wohnzimmer, wo der Kaffeetisch gedeckt war.

Während sich Julie auf einen der Korbstühle setzte, registrierte sie mehrere Dinge gleichzeitig: Dem Haus fehlte der typische Alte-Leute-Geruch, stattdessen duftete es nach frisch gewaschenem Leinenzeug. Außerdem war die Einrichtung völlig anders, als sie es bei einer alten Dame erwartet hätte: keine Blümchentapeten, kein röhrender Hirsch, keine eingerahmten Familienfotos, keine Häkeldeckchen. Stattdessen stand in der Mitte des Raumes ein schlichtes, hellbeigefarbenes Sofa, gesäumt von zwei Stehlampen mit Schirmen aus Reispapier. In einer Ecke plätscherte ein Zimmerspringbrunnen. Trotz der spärlichen Möblierung wirkte das Haus weder kühl noch ungemütlich, sondern ausgesprochen harmonisch.

Antonia, die den Blicken ihrer Besucherin gefolgt war, sagte: »Ich habe das Haus nach den Prinzipien des Feng-Shui eingerichtet – oder es zumindest versucht!« Sie strich sich eine Strähne aus dem Gesicht. »Meine Verwandtschaft hier im Dorf ist allerdings der Meinung, ich würde sie blamieren, weil ich nicht einmal Vorhänge an den Fenstern habe. Sei's drum!« Sie schnitt zwei Stücke Marmorkuchen ab, wovon sie ein Stück auf Julies Teller hievte.

»Bei dieser Sicht würde ich auch keine Vorhänge haben wollen!« Julie zeigte auf den Obstgarten, in dem alte Bäume voller rotwangiger Äpfel hingen. »Man muss nur eine Hand ausstrecken, um sich einen Apfel zu pflücken! Und wenn ich mir den Duft im Frühjahr vorstelle, wenn die Bäume blühen!« Feng-Shui – wenn sie *das* ihren Eltern erzählte ...

Noch während sie Kaffee einschenkte, erwähnte Antonia den Zeitungsartikel, durch den sie auf Julie aufmerksam geworden war.

»Ich hatte bis zu diesem Zeitpunkt nicht einmal gewusst, dass ich überhaupt noch Verwandte väterlicherseits habe! Und dann sogar eine erfolgreiche, schöne junge Frau wie Sie! Mein Vater ... hat meine Mutter und mich verlassen, als ich noch ein kleines Kind war. Seitdem haben wir von den Fahrners nichts mehr gehört. Und auch davor gab es, glaube ich, keinen Kontakt zu Vaters Familie, obwohl ich das nicht beschwören möchte.«

»Aber mit Ihren Verwandten hier in Rombach sind Sie in Kontakt geblieben, oder?« Julie nahm einen Schluck Kaffee. Die alte Dame war wirklich völlig anders, als Julie sie sich vorgestellt hatte.

Antonia zögerte kurz. »Wenn ich ehrlich bin – nein. Als ich damals mit fünfundzwanzig Jahren nach Japan ging, prasselte so viel Neues auf mich ein, dass ich für Briefe in die Heimat kaum Zeit fand. Und nachdem meine Mutter gestorben war – wem hätte ich da noch schreiben sollen? Meine Mutter hatte keinen besonders guten Kontakt zu ihren Geschwistern, und das hat sich auf mich übertragen. Hin und wieder hat mir eine Kusine mal ein paar Zeilen geschrieben, mehr nicht. Nicht, dass ich deshalb böse gewesen wäre! Geburtstagsfeiern, Taufen, silberne Hochzeiten – diese ganzen Verpflichtungen sind Gott sei Dank an mir vorbeigegangen.« Antonia betrachtete eingehend ihre Kaffeetasse.

Und woher rührt dann der Schmerz in deiner Stimme?, fragte sich Julie insgeheim. Um die alte Dame aus ihren Gedanken zu reißen, richtete sie die Grüße ihrer Eltern aus sowie deren ausdrücklichen Wunsch, Antonia baldmöglichst persönlich kennen zu lernen.

Statt zu antworten schaute Antonia wie schon einige Male zuvor auf ihre Armbanduhr. Sie schien Mühe zu haben, die Position der filigranen Zeiger zwischen den Ziffern zu erkennen. Julie warf einen Blick auf ihre eigene Uhr. Es war kurz vor drei. Erwartete Antonia noch jemanden?

Die alte Dame räusperte sich. »Wenn Sie Lust haben, würde ich jetzt gern einen kleinen Ausflug mit Ihnen machen. Ich möchte Ihnen den Ort zeigen, wo ich geboren wurde.« Ihre Hände machten eine nervöse Bewegung.

»Warum nicht?« Julie zuckte mit den Schultern. »Bei dem schönen Wetter wäre es eine Schande, den ganzen Tag drinnen zu sitzen! Gehen wir zu Fuß oder sollen wir meinen Wagen nehmen?«

»Weder noch. Ich habe für drei Uhr ein Taxi bestellt«, erklärte Antonia. Im selben Moment läutete die Türglocke.

Julie hob irritiert eine Augenbraue.

✧

Der Kies knirschte unter den Reifen des alten Daimlers. Hin und wieder spritzte Schotter in die Höhe und schlug gegen die Räder. Mit jeder engen Windung, die der unbefestigte Feldweg nahm, wurde die Miene des Taxifahrers noch missmutiger.

»Und Sie sind sicher, dass es da oben eine Wendemöglichkeit gibt?«

»Da oben könnte ein ganzer Lastzug wenden, also machen Sie sich keine Sorgen«, beruhigte Antonia ihn. Hinter fast unsichtbaren Elektrodrähten sprangen braune Kühe – je nach Gemüt – erschrocken zur Seite oder glotzten nur gelangweilt, als sie das Auto erspähten. Antonia hielt sich mit einer Hand am

Haltegriff fest, rutschte auf dem abgewetzten Kunstleder nach vorn und schaute angestrengt aus dem Fenster. Wenige Minuten später stupste sie Julie leicht an.

»Gleich können Sie auf der linken Seite für einen kurzen Moment die Alpen sehen. Zumindest an einem so klaren Tag wie dem heutigen. Schauen Sie, da!«

Tatsächlich war im nächsten Augenblick in der Ferne die massive Felskette zu sehen. Julie, die bisher wortlos aus dem Fenster geschaut hatte, stieß einen leisen Begeisterungsschrei aus. Selbst der Taxifahrer warf einen Blick nach links und sah einen Moment lang weniger missmutig aus.

Die Kurven wurden immer steiler. Antonia fuhr sich mit der Zunge über die Lippen, die plötzlich trocken geworden waren.

Wenn sie sich recht erinnerte, musste nun gleich das Plateau mit den ehemaligen Tennisplätzen in Sicht kommen. Da! Da war es. Oder doch nicht? Zweifelnd schaute Antonia auf das mit Disteln überwucherte langgestreckte Feld, das sich zu ihrer Rechten erstreckte. Nein, das war der Übungsplatz für die Bogenschützen gewesen. Die Tennisplätze hatten hinter dem Haus gelegen, erinnerte sie sich. Ihr Blick fiel auf eine Aussichtsbank abseits des Weges, von der lediglich noch ein Brett der Sitzfläche sowie eins von der Rückenlehne übrig geblieben waren. An schönen Tagen wie diesem hatte man den Eindruck gehabt, sich nur ein wenig strecken zu müssen, um von hier aus einen Zipfel des blau gewaschenen Himmels zu erhaschen.

Antonias Brust wurde auf einmal eng. Nur noch ein paar Kurven trennten sie von dem hoch gelegenen Plateau, wo keine Berge, keine Felsvorsprünge mehr das Auge ablenkten. Gleich. Gleich würde es so weit sein. So viele Jahre war es her ... Fast schüchtern schaute sie zu Julie hinüber. Die beiden Frauen lächelten sich an.

Dann huschte der letzte Fels an Antonias Fenster vorbei, und der Daimler fuhr plötzlich wieder waagerecht. Die Steigung war bewältigt.

Der Taxifahrer stieß einen Pfiff aus. Er hielt an und schaute sich ungläubig um. »Wer hätte das gedacht! Das ist ja wie ... eine Welt für sich!«

»Ich glaub es nicht!« Wie in Trance stieg Julie aus. Sie machte ein paar Schritte nach vorn und blinzelte, als wolle sie sich versichern, dass sie nicht einer optischen Täuschung unterlag.

Vor ihnen breitete sich eine riesige Hochebene aus, samtig überzogen von dicken Teppichen aus Heidekraut. Doch nicht deren mattes Lila fing das Auge des Betrachters ein und auch nicht die plustrigen Wolken, die scheinbar zum Greifen nahe über ihre Köpfe hinweghuschten. Es war ein riesiges Haus, genauer gesagt ein Berghof, der die Blicke auf sich zog. Majestätisch erhob sich der Hof wie aus dem Nichts, reckte sich dem Himmel entgegen, in goldenes Sonnenlicht getaucht, als hätte ein Bühnenbildner die Beleuchtung für diesen Moment geplant. Die Symmetrie des Fachwerks – dunkles Holz und gekalkte Wände – war eindrucksvoll, obwohl die Wände vom Alter grau und fleckig waren. Man brauchte nicht viel Vorstellungsvermögen, um sich auszumalen, welche Wirkung allein ein simpler Anstrich mit weißer Farbe erzielen würde. Die Sonne spiegelte sich gleißend in den Dutzenden von Fenstern, von denen ein Großteil noch intakt war. Keine toten Augen wie sonst in verlassenen Häusern blickten ihnen entgegen, sondern es war eher ein verführerisches Zuzwinkern.

Weder der Taxifahrer noch Julie dachten daran, Antonia aus dem Wagen zu helfen. Beide schienen sie vergessen zu haben. Der Taxifahrer hatte sich eine Zigarette angezündet, und Julie war in die Hocke gegangen und strich mit ihrer Hand über die lilafarbenen Blüten des Heidekrauts.

Antonia, die sie vom Auto aus beobachtete, lächelte. Von jeher hatte dieser Flecken Erde, auf dem das »Kuckucksnest« stand, auf jeden, der zum ersten Mal hierher kam, eine solche Wirkung gehabt. Manche Dinge änderten sich zum Glück nie.

Statt auszusteigen, blieb Antonia noch für einen Moment im Wagen sitzen und starrte gedankenverloren in Richtung des dichten Nadelwaldes, der hinter dem Hof begann. Ein unerwartet heftiges Glücksgefühl, gepaart mit einem nicht zu stillenden Schmerz, regte sich in ihrer Brust.

Der alte Hof strahlte noch immer so viel Wärme, Charme und majestätische Zeitlosigkeit aus, dass die grandiose Landschaft daneben Gefahr lief, zur Kulisse zu werden. Die Häuser von Rombach, tief unten im Tal gelegen, wirkten wie Modelle auf einer Modelleisenbahnanlage – winzig, verspielt, fast ein wenig unwirklich.

Als Antonia endlich ausstieg, zitterten ihre Knie ein wenig. Sie bat den Taxifahrer, am Auto auf sie zu warten, dann atmete sie tief durch. Es war an der Zeit, Julie das »Kuckucksnest« zu zeigen.

»Hier oben sind Sie geboren? In diesem riesigen Haus?«, fragte Julie, während sie langsam auf den Berghof zugingen.

Dankbar stützte sich Antonia auf Julies Arm. Ihr war auf einmal ein wenig schwindlig.

»Ja, hier bin ich geboren, aber ... Haus würde ich das ›Kuckucksnest‹ eigentlich nicht nennen. Hier oben wurde nämlich im Jahr 1903 das erste Hotel der ganzen Gegend eröffnet. Und zwar von der besten Freundin meiner Mutter, von Rosanna Moritz! Für die Gäste war es wie der Himmel auf Erden. Hier konnten sie sich nicht nur von der schlechten Stadtluft erholen, sondern Tennis spielen, ein Sonnenbad nehmen, mit dem Förster auf die Jagd gehen, im Winter Ski fahren ...«

»Ski fahren – vor hundert Jahren?« Julie lachte ungläubig.

»Ja, stellen Sie sich vor, der erste Skilift der Welt wurde im Schwarzwald eröffnet! Der Strom dafür kam von einer Wassermühle. Schwarzwälder Erfinderreichtum, kann man da nur sagen.« Antonia lächelte. »Und kurze Zeit später wurde hier auch solch ein Ding aufgebaut. Wenn der Wind das Holz nicht weggeweht hat, müssten ein paar Überreste des Gestänges noch zu sehen sein. Hinter dem Gebäude.« Sie machte eine unbestimmte Handbewegung. Ihr war nicht entgangen, dass Julie den Blick während ihrer Ausführungen keinen Moment vom »Kuckucksnest« abgewandt hatte.

»Rosanna Moritz war ihrer Zeit immer ein bisschen voraus. Sie wusste, wie man den Menschen eine schöne Zeit bereitet. Meine Mutter war übrigens von Anfang an Teilhaberin. Die ersten Jahre haben die beiden Frauen das Hotel gemeinsam geführt. Nachdem Rosanna dann ... nachdem sie gestorben war, ging es ganz in den Besitz meiner Mutter über.«

Inzwischen waren sie am Eingang des Hofes angelangt. Antonia holte einen Schlüssel aus ihrer Tasche. Leise quietschend bewegte er sich im Schloss der massiven Holztür.

Antonia zögerte einen Moment lang, dann drehte sie sich zu Julie um. »Ich habe Rosanna allerdings nie kennen lernen dürfen. Sie ist früh gestorben, schon vor meiner Geburt. Und nachdem meine Eltern das Hotel übernommen hatten, war alles ... nicht mehr so wie früher. Zumindest haben das die Leute erzählt.«

Während Julie versuchte, durch eins der zahlreichen Fenster einen Blick ins Innere des Hauses zu erhaschen, öffnete Antonia im Windfang auch die zweite Tür. Mit einer einladenden Handbewegung bat sie Julie ins Haus.

»Das hier war die Eingangshalle.« Sie zeigte auf einen großen, reich mit Schnitzereien verzierten Tresen. »Hier wurde jeder Gast persönlich begrüßt.«

Mit leisen Schritten, fast ehrfürchtig, betrat Julie den sonnendurchfluteten Raum.

»Das glaub ich sofort – dass sich die Gäste hier willkommen fühlten!« Sie wies mit dem Kopf auf eine Gruppe von Polstersesseln. Sie waren mit weißen Tüchern abgedeckt, auf denen das hereinfallende Sonnenlicht gelbe Streifen hinterließ. Auf einem Tischchen stand eine Vase mit einem verstaubten Strohblumenstrauß. Daneben lag ein Stapel Bücher, der aussah, als hätte ihn erst unlängst jemand in der Hand gehabt – wäre da nicht die dicke Staubschicht gewesen. An der Wand hinter der Sitzgruppe hing – aufgereiht wie auf einer Perlenschnur – eine ganze Sammlung Schwarzwalduhren. Darunter stapelten sich aufgerollte Teppiche oder Decken, was es genau war, konnte man auf den ersten Blick nicht erkennen.

Antonia war plötzlich so seltsam zumute, dass sie sich mit einer Hand an dem Tresen festhalten musste. Es dauerte einen Moment, bis sie darauf kam, was dieses Gefühl ausgelöst hatte. Es war nicht die Tatsache, dass sie dieses Haus nach so langer Zeit wieder betreten hatte. Es war auch nicht die Aufregung, weil dieser Tag so immens wichtig für sie war. Es lag an der Luft, an dem eigenen Geruch des »Kuckucksnests«, der sie völlig aus dem Gleichgewicht brachte. Er rief so viele Erinnerungen in ihr wach … Dieser eigentümliche Duft nach Bienenwachs, mit dem die hölzernen Stiegen, die zu den Gästezimmern führten, poliert worden waren. Dazu ein Hauch von Weihrauch. Außerdem glaubte Antonia geradezu, die Backwaren zu riechen, die damals hinten im Backhaus täglich frisch hergestellt wurden. Wie konnte ein Haus nur so lange seinen ureigenen Duft konservieren?

Julie war in der Zwischenzeit zu der Treppe gegangen, die in den ersten Stock führte. Rechts davon stand – ebenfalls mit weißen Laken abgedeckt – ein Flügel. Sie hob das Laken ein wenig an. Schwarzes, auf Hochglanz poliertes Ebenholz kam zum Vorschein.

»Was für ein edles Stück!« Andächtig strich sie mit der Hand darüber.

Es passte zu der jungen Frau, dass sie nicht nur sehen, sondern auch fühlen wollte, freute sich Antonia im Stillen. Fühlen, hören, schmecken, die Welt mit allen Sinnen erfassen – was für eine Gottesgabe!

Sorgfältig zog Julie das Laken wieder glatt. »Wie um alles in der Welt ist der Flügel hier hochgekommen? Das muss doch unglaublich mühsam gewesen sein! Die armen Pferde – oder gab es da schon Autos?«

Antonia zuckte nur mit den Schultern. Wie das riesige Musikinstrument je auf den Berg gekommen war, hatte sie sich als

Kind nie gefragt. Der Flügel war einfach schon immer da gewesen.

»Wo ein Wille ist, ist auch ein Weg, oder?«, antwortete sie. »Ich glaube, Rosanna war eine Frau, die ein Nein so schnell nicht gelten ließ.«

Der Schwindel hatte inzwischen wieder nachgelassen, und Antonia wollte Julie jetzt den Rest des Hotels zeigen.

»Was möchten Sie zuerst sehen? Die Gästezimmer oder die anderen Räume? Also den Speisesaal, die Bibliothek, den ...«

Sie war schon halb die Treppe hinaufgestiegen, als sie merkte, dass Julie noch immer wie angewurzelt neben dem Flügel stand.

»Julie? Ist Ihnen nicht gut?« Fühlte sich Julie womöglich nicht wohl hier?

Julie schüttelte fast unmerklich den Kopf. Als sie zu Antonia aufblickte, kniff sie die Augen zusammen. »Es heißt doch, dass Häuser, in denen kein Mensch mehr wohnt, sterben. Dass sie zerfallen, innerlich und äußerlich. Hier jedoch ist alles noch so ... intakt!« Sie nickte nach oben in Richtung der Fachwerkbalken. »Kein Holzwurm, keine Fäulnis. Nicht einmal Mäuseköttel liegen herum!« Ihr Lachen klang verwundert. »Man hat das Gefühl, als wären die Gäste nur für einen kurzen Ausflug in den herbstlichen Wald verschwunden. Wie lange, sagten Sie, liegt das Haus schon im Dornröschenschlaf?«

»Zu lange«, antwortete Antonia – und kam sich dabei vor wie eine böse Hexe, die es verwunschen hatte.

✧

Nachdem sie wieder in Antonias Haus zurückgekehrt waren, bestand jene darauf, dass Julie es sich im Wohnzimmer bequem machte, während sie selbst in der Küche Teewasser aufsetzte.

Julie wählte einen Sessel am Fenster und schloss einen Moment lang die Augen. Sie fühlte sich wie betrunken. Es war, als hätte sie von allem zu viel genossen: von der guten Luft, von den kräftigen Farben, von der Noblesse des alten, riesigen Fachwerkbaus, von ...

Als sie Schritte hörte, öffnete sie die Augen. Sie lächelte Antonia an, die mit einem Tablett hereinkam, auf dem eine Kanne Tee und zwei zarte Tassen standen.

»Wenn ich eine künstlerische Ader hätte, würde ich jetzt schon dasitzen und eine Skizze für ein Bild vom ›Kuckucksnest‹ entwerfen. Oder ein Lied komponieren«, sagte Julie, während sie Antonia das Tablett abnahm und die Sachen auf dem kleinen Tisch vor dem Fenster abstellte. »Aber ich verwalte ja nur die Kreativität anderer!«

»Auf Ihre Art sind Sie doch auch eine Künstlerin«, entgegnete Antonia und ließ sich im Sessel gegenüber nieder. »Wer die Gabe hat, so viele Menschen kreativ arbeiten zu lassen, wie Sie es in Ihrer Kunstschule tun, ist für mich ein wahrer Künstler!«

»Na ja, ich würde sagen, das hat eher etwas mit Organisationstalent zu tun«, wehrte Julie ab. »Aber ich kann mir gut vorstellen, dass es in früheren Zeiten viele Künstler ins ›Kuckucksnest‹ gezogen hat. Dieses Licht! Und dann die Ruhe ...« Wenn sie nur ein bisschen davon mit in die Stadt nehmen könnte!

»Maler, Dichter, sogar Bildhauer sind als Gäste auf den Berg gekommen. Und Schauspieler von allen großen Häusern! Aber vor allem die Maler wurden tatsächlich fast magisch angezogen. Wegen des Lichts, wie Sie richtig erkannt haben.« Antonia lächelte. »So haben sich ja meine Eltern damals auch kennen gelernt. Mein Vater kam als Gast ins Hotel ...«

Julie nippte an ihrem Tee. »Ich dachte, Ihr Vater wäre Uhrmacher gewesen, wie seine Brüder.« Stimmte die ganze Verwandtschaftsgeschichte womöglich gar nicht?

»Nein, er war Schildermaler! Es musste doch schließlich auch jemand die Schilder und Zifferblätter der Uhren bemalen, nicht wahr? Vater hat dafür nicht nur die klassische Apfelrose gewählt, sondern alle möglichen Motive. Einige der Uhren an der Wand in der Eingangshalle hat er bemalt. Manchmal sind

Leute extra mit ihren Uhren angereist, um sich von ihm ein ganz besonderes Motiv malen zu lassen. Ich kann mich an einen Mann erinnern, der wollte sogar seine zwei Jagdhunde auf dem Zifferblatt seiner Standuhr verewigt haben! Ach, ich hab meinem Vater so gern zugeguckt, wenn er mit Pinsel und Palette hantierte. Für mich – ich war ja damals noch ein kleines Kind – war das wie Zauberei, wenn so nach und nach zwischen den langweiligen Ziffern auf einem Uhrblatt eine ganze Landschaft entstand. Schildermaler – das ist heutzutage leider ein ausgestorbener Beruf. Für Vater war das sein Leben, alles andere war nicht so wichtig ...« Auf einmal schien Antonia weit weg zu sein.

Unter niedergeschlagenen Lidern beobachtete Julie die alte Dame. Gerade noch forsch und fröhlich, wirkte Antonia nun, als sei sie von einer tiefen Traurigkeit befallen. Eine seltsame Frau! Julie hätte sie gern gefragt, warum sie ein Leben in der Ferne vorgezogen hatte, statt sich dort oben auf dem Berg mit Mann und Kindern niederzulassen. Gleichzeitig spürte sie jedoch, dass Antonia eine so intime Frage nicht schätzen würde. Sie schenkte Tee nach, obwohl beide Tassen noch halb voll waren.

»Das ›Kuckucksnest‹ ...« Julie ließ das Wort auf ihrer Zunge zergehen. »Heißt es nicht, der Kuckuck legt seine Eier in fremde Nester? Ich meine, das ist doch ein sehr ... ungewöhnlicher Name für ein Hotel, oder? Wie kam es dazu?«

Eigentlich gefiel ihr der Name sehr gut, er passte zu dem ungewöhnlichen Gebäude. Und zur Landschaft. Vielleicht gab es in den umliegenden Wäldern ja besonders viele Kuckucke?

»Ursprünglich wurde das Anwesen Moritzhof genannt. Wie es später zu seinem anderen Namen kam, weiß ich eigentlich auch nicht so genau.« Geistesabwesend zupfte Antonia an den Fransen der Tischdecke.

Julie winkte ab. »Ist ja auch egal. Jedenfalls habe ich den Ausflug sehr genossen! Sie müssen da oben eine wunderbare Kindheit verbracht haben.«

Antonia schaute auf. »Wie man's nimmt ... Nun, schlecht ging es mir nicht. Es war ja immer jemand da. Sieglinde, die Hauswirtschafterin, die Zimmermädchen und der Kellner haben mir öfter mal eine Karamelle zugesteckt oder ein Butterbrot. Manchmal, wenn wenig Gäste da waren, hat sich Luis, der Page, sogar dazu erweichen lassen, mit mir Verstecken zu spielen! Und die alte Martha in der Wäschekammer hat mir geholfen, aus der Schmutzwäsche eine Höhle zu bauen, darin hab ich dann selig geschlafen wie ein Lämmchen. Ja, es gab wirklich schöne Momente ...«

Einen Augenblick lang schwiegen beide. Dann räusperte sich Antonia.

»Wissen Sie, was ich nie verstanden habe? Zu Rosannas Zeiten war das ›Kuckucksnest‹ ein Ort, an dem sich Menschen besonders wohl fühlten und wohin sie immer wieder zurückkehren wollten. Noch heute habe ich die Geschichten im Ohr, die die Leute im Dorf mir erzählt haben, als ich noch ein Kind war: von den rauschenden Festen oben im Berghof, von den berühmten Gästen, die so verrückte Sachen unternahmen wie eine nächtliche Schlittenfahrt bei Fackelschein. Und nur ein paar Jahre später war es damit aus und vorbei! Die Gäste wurden immer weniger, und irgendwann blieben sie dann ganz weg. Es war, als ob nach Rosannas Tod auch das Glück und die Fröhlichkeit abgereist wären ... Und keiner hat sie zurückholen können. Dabei hat sich meine Mutter bemüht, davon bin ich überzeugt! Nun ja, viel Hilfe hatte sie wohl in Vater nicht – er hat sich jeden Tag stundenlang in seinem Zimmer verschanzt, um zu malen. Er war ein Künstler, und ein Hotelwirt war er gewiss nicht ... Ich glaube, er hat dieses Leben gehasst.« Antonia starrte vor sich hin. »Vielleicht hat er auch uns gehasst. Er ist gegangen, als ich gerade einmal fünf Jahre alt war. Ist eines Tages runter vom Berg und nicht wiedergekommen. Einfach so! Ich habe meinen Vater nie wiedergesehen.«

»Das tut mir Leid«, sagte Julie leise.

»Jedenfalls ... im ›Kuckucksnest‹ war der Zauber verloren gegangen.« In einer resignierenden Geste warf Antonia beide Hände in die Höhe. »Eine so schöne Frau wie Rosanna, bei allen beliebt – und dann stirbt sie so jung! Das ist wirklich ein Drama, oder?«

Julie rutschte auf ihrem Sessel herum. Das Gespräch berührte sie auf unangenehme Weise. Da sie nicht wusste, was sie antworten sollte, nahm sie einen Schluck Tee.

»Das muss für Ihre Mutter sehr schwer gewesen sein – ihre beste Freundin zu verlieren.« Und dann auch noch vom eigenen Mann verlassen zu werden, fügte Julie in Gedanken hinzu.

Antonia nickte vage. »Ich glaube, sie ist nie darüber hinweggekommen. Sie war ... sehr unnahbar, hat keinen an sich herangelassen. Vielleicht vor lauter Angst, noch einmal solches Leid ertragen zu müssen. Wissen Sie, es ist eigentlich seltsam, aber meine Mutter tat so, als hätte es Rosanna nie gegeben. Jedenfalls hat sie nie über sie gesprochen. Nun, mit dem lieben Gott vielleicht. Mit dem hat sie ja dauernd geredet, ansonsten war sie sehr verschlossen.«

Antonia blinzelte, als wolle sie damit den harten Ton mildern, der plötzlich in ihrer Stimme aufgetaucht war.

»Was ich über meine Mutter und Rosanna weiß, das haben mir die Leute im Dorf erzählt. Gemeinsam durch dick und dünn, als seien sie Schwestern gewesen, so hieß es immer.« Sie lächelte versonnen.

»Diese Rosanna muss eine außergewöhnliche Frau gewesen sein«, sagte Julie. »Zu jener Zeit ein Hotel zu eröffnen! Überhaupt auf die Idee zu kommen!«

Antonia nickte. »Das war sie bestimmt. Und einfach haben es ihr die Leute im Dorf nicht gemacht, so viel ist gewiss! Nichts gegen die Rombacher, aber Sie wissen ja, wie das in kleinen Dörfern ist: Da wird alles Neue erst einmal argwöhnisch betrachtet. Und wenn es dann noch von einer Frau kommt ...«

Julie wollte gerade davon erzählen, welche Unkenrufe sie und Theo sich hatten anhören müssen, als sie ihre Kunstschule eröffnet hatten, doch da sprach Antonia schon weiter.

»Irgendwann – wir wohnten schon im Dorf unten, ich muss ungefähr acht Jahre alt gewesen sein – hab ich Mutter gefragt, warum wir ihre beste Freundin eigentlich nie auf dem Friedhof besuchen. Eine Antwort habe ich nicht bekommen. Mutter hat mich nur in ihrer besonderen Art angeschaut, und ich wusste, dass ich wieder einmal ein böses Mädchen war. Und dann hat sie mich in die Kirche geschleift, am helllichten Nachmittag, und wir haben zusammen Rosenkränze gebetet. Ich hab schnell gelernt, dass es besser ist, gewisse Dinge nicht anzusprechen. Das Thema Rosanna gehörte dazu.«

Antonia seufzte laut auf. »Du meine Güte, Sie müssen mich für ein altes Waschweib halten! Kaum fange ich an zu erzählen, finde ich kein Ende mehr.«

Sie drehte wieder ihr Handgelenk hin und her, um die Zeit auf dem winzigen Zifferblatt ihrer Uhr ablesen zu können. »Schon sechs Uhr, oje! Sie wollen doch sicher nicht allzu spät losfahren, bei dem weiten Heimweg!« Antonia räusperte sich und strich sich fahrig durchs Haar. »Julie, ich glaube, es ist Zeit, dass wir jetzt das Wesentliche besprechen ...«

Julie runzelte die Stirn. Das Wesentliche?

»Wahrscheinlich wird das, was ich Ihnen jetzt sage, ein bisschen plötzlich für Sie kommen, aber ich bin eine alte Frau und krank obendrein. Ich habe also nicht mehr viel Zeit. Kurz gesagt: Ich möchte Ihnen das ›Kuckucksnest‹ überschreiben. Viel zu lange habe ich mich nicht um den Hof gekümmert. Ach, was heißt hier viel zu lang? Mein Leben lang habe ich mich nicht darum gekümmert! Mir war es egal, was dort oben auf dem Berg passierte. Fragen Sie mich nicht, warum ... Vielleicht war ich einfach nur dumm und egoistisch. Doch das Gebäude hat sich dafür erstaunlich gut gehalten, finden Sie nicht? Ich habe letzte Woche einen Gutachter hingeschickt. Gestern ist sein Bericht gekommen. Die Bausubstanz sei absolut in Ordnung, schreibt er. Und er –«

»Entschuldigen Sie, aber ... *was* haben Sie am Anfang gesagt?«, unterbrach Julie Antonias Redefluss. Was sollte das alles? Erlaubte sich die alte Dame einen Scherz mit ihr?

»Ich möchte, dass Sie das ›Kuckucksnest‹ bekommen«, antwortete Antonia schlicht.

Julie war sprachlos.

»Ich habe niemand anderen, dem ich den Hof vererben könnte. Meine Verwandten hier im Dorf – ihnen gehört der Gasthof ›Fuchsen‹, vielleicht haben Sie ihn auf der Fahrt hierher gesehen – werden das Häuschen erben. Und denen würde ich den Berghof eh nicht geben. Und sonst gibt es niemanden«, betonte Antonia noch einmal, als würde das alles erklären. »Als ich den Artikel über Sie gelesen habe, wusste ich, dass Sie ein Mensch sind, der die Kraft und die Gabe hat, das Glück ins ›Kuckucksnest‹ zurückzubringen.«

Wovon redete Antonia Fahrner da? Julie umklammerte ihre Teetasse so fest, dass sie für einen Moment befürchtete, sie würde zerspringen. Abrupt stellte sie die Tasse ab.

»Aber Sie kennen mich doch gar nicht! Und die Tatsache, dass wir über ein paar Ecken miteinander verwandt sind ... was heißt das schon? Ich ... ich weiß gar nicht, was ich sagen soll!« Julie machte eine hilflose Handbewegung. Ich träume!, schoss es ihr durch den Kopf. »Warum verkaufen Sie den Hof nicht einfach? Solch eine Immobilie mit so viel Land ringsum ... das muss doch ein Vermögen wert sein! Sie könnten eine Weltreise machen. Oder das Geld für einen guten Zweck spenden ...«

Julie hob die Hände, als wollte sie sagen: Alles ist möglich. Tausend Gedanken flogen wie aufgeschreckte Vögel durch ihren Kopf. Sie hatte Mühe, sich auf den am nächsten liegenden zu konzentrieren.

»Ich will aber nicht einfach verkaufen! Das hätte ich schon vor Jahren tun können. Alle paar Jahre sind mir entsprechende Anfragen nach Japan geschickt worden. Nein, das will ich nicht!« Eine kleine, steile Falte hatte sich zwischen Antonias Augen gebildet.

»Aber warum wollen Sie das ›Kuckucksnest‹ gerade *mir* vererben?« Julie spürte ein nervöses Zucken im Mundwinkel. Ungebetene, verführerische Visionen tauchten vor ihrem inneren Auge auf. Dieser Berghof ihr Eigentum? Wie oft hatten Theo und sie schon nächtens zusammengesessen und darüber fantasiert, wie es wohl wäre, die Kunstschule in größeren Räumen unterzubringen. Raus aus der Hektik der Innenstadt, an einen Ort, der den Menschen Ruhe und Kraft gibt. An ein Objekt wie das »Kuckucksnest« hatten sie jedoch in ihren kühnsten Träumen nicht gedacht.

Auf Antonias Gesicht machte sich ein Lächeln breit, das eher einer Grimasse glich.

»Sie haben nicht richtig zugehört, meine Liebe. Sie sollen den Hof nicht erst nach meinem Tod bekommen, sondern schon bald. Aber um ein Geschenk im üblichen Sinne handelt es sich auch nicht. Ich möchte, dass Sie etwas für mich tun. Und was ich von Ihnen verlange, ist nicht wenig ...«

Antonia erklärte Julie ihre Idee.

Julie hörte schweigend zu. Doch die ganze Zeit über kitzelte ein nervöses Kichern ihre Kehle. Der Nachmittag hatte einen unwirklichen Verlauf genommen, es war ein verrückter Traum, über den man am nächsten Morgen verwundert nachdenken konnte.

Als Antonia schließlich fertig war, beugte sich Julie nach vorn. »Habe ich das richtig verstanden? Sie wollen mir den Hof überschreiben, wenn es mir gelingt, anhand von Rosannas Tagebüchern, die sie anscheinend lange Zeit geführt hat, herauszufinden, was den einstigen Zauber des ›Kuckucksnests‹ ausgemacht hat?« Julie schaute Antonia herausfordernd an. »Entschuldigen Sie, wenn ich so direkt frage: Warum haben Sie in diese Tagebücher nicht längst schon selbst einmal einen Blick geworfen? Vor allem, wenn Sie der Meinung sind, dass darin das Geheimnis des ehemaligen Erfolgs vom ›Kuckucksnest‹ zu finden ist? Das wäre das Erste, was ich an Ihrer Stelle getan hätte! Dazu brauchen Sie mich doch gar nicht!« Sie wies auf einen Stapel ledergebundener Bücher, die Antonia aus einer Schublade unter dem Tisch hervorgekramt hatte. In einer separaten Kiste lagen außerdem noch Haufen uralter Zeitungen, dicke Mappen, die wie Fotoalben aussahen, und allerlei anderer Kram. Dafür, dass sich Antonia ein Leben lang nicht um den Hof gekümmert hatte, besaß sie eine Menge Dokumente ...

»Das sind viele Fragen auf einmal«, antwortete Antonia ausweichend. Sie strich eine unsichtbare Falte aus dem Tischtuch. »Wahrscheinlich halten Sie mich für ein verrücktes altes Huhn. Exzentrisch nennt man solch ein Verhalten bestenfalls, oder?«

Julie winkte ab. »Darum geht es doch gar nicht. Ich will einfach nur verstehen, was das alles zu bedeuten hat.«

Sie hatte noch nie etwas geschenkt bekommen. Gut, als ihr Vater vor ein paar Jahren Michael die Werkstatt überschrieb, hatte er auch ihr einen nicht unerheblichen Betrag ausgezahlt. Ihr Anteil am Erbe sozusagen – der Grundstein für »Soul Fantasies«. Aber das hier war etwas anderes.

»Wollen Sie es nicht wenigstens versuchen?«, fragte Antonia leise.

Julie lachte auf. Erwartete Antonia allen Ernstes, dass sie einfach Ja sagte?

»Woher wollen Sie wissen, dass ich das überhaupt kann? Dass ausgerechnet *ich* anhand von Rosannas Tagebuchaufzeichnungen und einem Blick auf ein paar vergilbte Fotografien die alten Zeiten rekonstruieren kann? Entschuldigen Sie, Frau Fahrner, aber was Sie da vorhaben ... ist das nicht eine sehr seltsame Art von Vergangenheitsbewältigung?«

Sie unterhielten sich noch eine Weile. Antonia beantwortete Julies Fragen – die ihr aus welchem Grund auch immer nicht genehm waren – auf ihre Art und Weise, nämlich sehr ausweichend oder gar nicht. Irgendwann hatte Julie das Gefühl, dass sie sich nur noch im Kreis drehten. Gegen acht Uhr verabschiedete sie sich schließlich. Sie müsse über Antonias Vorschlag nachdenken und bitte sich dafür eine Woche Bedenkzeit aus, sagte sie an der Tür. Antonia stimmte dem zu. So wurde verabredet, dass Julie am nächsten Sonntag um dieselbe Zeit abermals nach Rombach kommen sollte.

Statt das Teegeschirr in die Küche zu tragen, setzte sich Antonia wieder an den Tisch. Im Schein der Reispapierlampen wirbelten kleine Staubwolken über den Boden, die sie bei ihrem morgendlichen feuchten Wischen übersehen haben musste. Blindes altes Weib!

Antonia fuhr sich mit der Zunge über ihre trockenen Lippen. Der Verlauf des Gesprächs hatte einen faden Nachgeschmack in ihrem Mund hinterlassen. Wenn sie ehrlich war, hatte sie sich mehr Begeisterung von Julie erwartet. Gab sie sich womöglich einer Illusion hin, wenn sie sich einbildete, die schöne junge Frau könnte für sie das erledigen, was sie ein Leben lang nicht zu tun gewagt hatte?

Einmal, da war sie nahe dran gewesen, Rosannas Aufzeichnungen zu lesen. Sie konnte sich noch gut erinnern, es war kurz nach dem Tod ihrer Mutter. Nachdem der Krebs sie zerfressen hatte.

Ihre Tante Katharina, die sich um die Beerdigung und die Haushaltsauflösung gekümmert hatte, packte damals auch eine Kiste mit Simones persönlichen Unterlagen und schickte sie an deren Tochter nach Kyoto: Simones Kennkarte, das Familienbuch, ein paar Fotoalben mit alten Schwarz-Weiß-Fotografien, das Gästebuch des Hotels, Zeitungen von damals mit Berichten über das Hotel und eben auch Rosannas Tagebücher. Wahrscheinlich hatte Tante Katharina geglaubt, es handele sich dabei um *Simones* persönliche Aufzeichnungen. Ihr, Antonia, war es anfangs ja nicht anders ergangen.

Zuvor war sie tagelang um die Kiste, randvoll mit der Vergangenheit, herumgeschlichen. Hatte hundert Ausreden gefunden, um die modrig riechenden Unterlagen nicht in die Hand nehmen zu müssen. Allein beim Gedanken an ihre Mutter in den schwarzen Gewändern und mit der stets düsteren Duldermiene sträubte sich alles in ihr. *Mutter hat mich nicht lieb, sie mag mich nicht einmal* – dieses Wissen hatte Antonia ein Kinderleben lang wie einen zu schweren Mantel mit sich herumgeschleppt. Allein beim Anblick der Kiste fühlte sie dessen Gewicht erneut auf ihre Schultern sinken. Hatte sie sich dafür auf den weiten Weg in die Ferne gemacht? Und dennoch: Eines Tages – an einem japanischen Feiertag, die Schule war geschlossen gewesen – hatte sich Antonia dem Unvermeidlichen gestellt.

Zuerst betrachtete sie die Fotografien. Auf fast allen war dasselbe Motiv zu sehen: zwei junge Frauen, eine schöne und eine hässliche, lachend, Arm in Arm vor dem »Kuckucksnest«, in einer Gruppe anderer Menschen, wahrscheinlich bekannte Persönlichkeiten, die als Gäste im Hotel abgestiegen waren. Bei der Einweihung des Tennisplatzes – die schöne Frau strahlend mit einem Tennisschläger, die hässliche abseits mit Bällen in den Händen, mit einem Blick voller Liebe. So fremd.

Rosanna und Simone.

Durch dick und dünn. Wie Schwestern.

Dann hatte Antonia eins der Tagebücher in die Hand genommen. Hatte angefangen zu lesen und schon nach wenigen Minuten erkannt, dass es sich nicht um die Lebensaufzeichnungen ihrer Mutter handelte, sondern um Rosannas. Sie hatte nicht gewusst, ob sie erleichtert oder enttäuscht sein sollte.

Plötzlich war es wieder da, das kleine Mädchen von damals, das verbotene Fragen stellte, Simones Blick im Rücken. Die Luft schwanger mit ihren stummen, bitteren Vorwürfen. Welches Recht hatte sie, Antonia, auf Rosannas persönlichste Gedanken?

Es war nicht der Nachlass ihrer Mutter, also weg mit dem alten Zeug! Der schwere Mantel der Vergangenheit verschwand in der Mottenkiste. Und mit ihm die Tagebücher und alles andere. Antonia versteckte die Kiste im letzten Winkel ihrer kleinen

Wohnung. Sie wollte die Antworten auf die einstigen Fragen nicht mehr hören. Das kleine Mädchen von früher gab es nicht mehr.

Schon bald war alles wieder weit weg gewesen, so leicht, so unwesentlich. Zum Glück.

Antonias Blick hatte sich in die Rückenlehne des Sofas gebohrt. Die Augen schmerzten vor Trockenheit.

Es waren nicht Skrupel gewesen, die sie davon abhielten, fremde Tagebücher zu lesen. Es hätte einfach zu wehgetan, sich mit der Frau auseinander zu setzen, die der Liebe ihrer Mutter würdig gewesen war. Die von Simone geliebt wurde. Im Gegensatz zu ihr.

Ihr Leben lang hatte sich Antonia eingeredet, dass sie sich von der Einsamkeit ihrer Kindheit frei gemacht hatte. Ihre Entscheidung, Rombach zu verlassen und im fernen Japan ihrer Arbeit nachzugehen, war dafür doch der beste Beweis, oder nicht?

Glücklich und zufrieden und frei, ein Leben lang. Antonia lachte bitter auf.

Und nun sollte Julie, eine Fremde, ihr helfen, den Schmerz der frühen Jahre, der noch immer an ihr nagte, zu besiegen?

Es gab Momente, in denen selbst Antonias Wille nicht stark genug war. In denen sie sich einfach nur für verrückt erklärte. Andererseits: Was hatte sie zu verlieren?

Und was hatte sie zu gewinnen?

Das Gefühl, nicht mit einer unbewältigten Vergangenheit ins Grab zu gehen – das hatte sie zu gewinnen! Aber sollte sie das Jahr, das ihr laut den Ärzten noch blieb, wirklich damit verbringen, ihre komplizierte Vergangenheit aufzudecken? Und womöglich belastende Dinge ans Licht zu befördern, die ihr wehtun, die sie traurig machen würden? Sollte sie die Zeit, die ihr blieb, damit vertun, in dunklen Ecken zu kramen, das Unterste nach oben zu befördern? Nein, diese Kraft brachte sie nicht auf.

Antonia wandte den Blick durch das Fenster nach draußen.

Er verlor sich zwischen den rotwangigen Äpfeln und dem müde gewordenen Laub.

Julie würde das Richtige tun – daran musste sie einfach glauben!

✧

Das Erste, was Julie tat, als sie im Auto saß, war, die Freisprechanlage ihres Mobiltelefons zu aktivieren. So gut wie kein Empfang – na toll! Sie tippte auf eine gespeicherte Nummer und wartete auf eine Verbindung. Hoffentlich ist sie ausnahmsweise einmal zu Hause und hoffentlich kann ich sie verstehen, betete Julie, als sie endlich das Freizeichen im Ohr hatte.

»Herbst.«

»Hi, Theo, ich bin's. Ich bin gerade auf dem Weg von Rombach nach Freiburg.«

»Ach ja, dein Besuch bei der Omi. Wie war's denn?«

»Sag mir erst mal, wie viel Zeit du hast«, antwortete Julie trocken. Während sie versuchte, sich auf die engen Kurven zu konzentrieren, schilderte sie Antonia Fahrners Ansinnen, Julie solle das vorhandene Material über das »Kuckucksnest« durchsehen, Rosannas Tagebücher lesen und danach ihre Erkenntnisse in einer Art »Bericht« niederschreiben.

»Ich und schreiben – die ich den letzten Aufsatz in der dreizehnten Klasse geschrieben habe!« Sie kicherte nervös. »Ach Theo, irgendwie kommt es mir vor, als ob das alles ein Traum ist, aus dem ich gleich erwachen werde. Wenn du den Berghof gesehen hättest! So etwas gibt's nur einmal. Unzählige Räume, und alle so hell! Ich hab noch nie in einem Fachwerkhaus so viele Fenster gesehen. Dort oben unsere Kunstschule ... Im Geist habe ich schon die Zimmer eingerichtet!« Sie seufzte tief. »Und dann sagt sie, ich würde das alles geschenkt bekommen, wenn ich ...« Plötzlich lief Julie eine Gänsehaut über den Rücken. »Es ist, als hätte Antonia meinen geheimsten Wunsch erahnt.«

Am anderen Ende der Leitung war es still. Erst nach einer Weile sagte Theo: »Das hört sich ziemlich verrückt an. Sie will dir tatsächlich für ein bisschen Recherche und Schreiberei dieses alte Hotel schenken? Einfach so? Ich meine, wenn das tatsächlich so ist, dann wäre das ja ein Superdeal!«

»Aber ich glaube einfach nicht dran, verstehst du? Ich frage mich die ganze Zeit, wo verdammt noch mal der Haken an der Sache ist!« Julie schlug mit der flachen Hand aufs Lenkrad.

Einen Moment lang war nur Rauschen in der Leitung zu hören. Julie glaubte schon, die Verbindung sei unterbrochen, doch dann hörte sie Theo sagen: »Warum muss es denn einen Haken geben? Manchmal werden Träume einfach wahr. Vielleicht ist Antonia Fahrner deine beziehungsweise unsere gute Fee! Stell dir mal vor, wir hätten endlich ausreichend Platz! Und müssten nicht jeden Tag so viel Zeit mit der Parkplatzsuche verplempern. Schon allein das wäre ein Traum!« Theo stöhnte. »Und man kann sogar die Alpen sehen? Wann, sagtest du, ziehen wir um?« Sie lachte.

»Du und deine gute Fee!«, spottete Julie. Das war wieder einmal typisch für Theodora. Im Grunde ihres Herzens war sie eine hoffnungslose Romantikerin. Gleichzeitig machte Julies Herz einen kleinen Freudensprung. Theo war wirklich für jede Verrücktheit zu haben!

»Du hast doch hoffentlich zugesagt!«, ertönte Theos Stimme wieder, und der drohende Unterton war selbst durch den Autolautsprecher nicht zu überhören.

»Nein, hab ich nicht! Und ich weiß auch nicht, ob es je dazu kommen wird! Ich traue der Sache einfach nicht. Vielleicht ist Antonia nur eine einsame, ein wenig verwirrte Frau, die sich morgen schon nicht mehr daran erinnert, was sie heute gesagt hat. Außerdem weiß ich ja noch nicht einmal, ob ihr der Berghof tatsächlich gehört.«

»Aber so etwas lässt sich doch leicht herausfinden!«, erwiderte Theo am anderen Ende der Leitung. »Ein Besuch beim Grundbuchamt, und du hast Klarheit. Andererseits: Diese Geschichte ist *so* verrückt – so etwas kann sich gar keiner ausdenken. Und die Tagebücher hast du ja auch schon gesehen!«

»Sicher. Aber selbst wenn Antonia es ernst meint, habe ich nicht den blassesten Schimmer, wie ich an diese Aufgabe herangehen soll! Den Zauber von damals spüren! Verstehen, was vorgefallen ist. Und dann noch alles in eigene Worte fassen.« Julie blies laut die Luft aus. »Als wir da oben waren, habe ich tatsächlich einen Zauber gespürt. Aber wie soll ich wissen, was sich die alte Dame vorstellt! Will sie, dass ich eine Gedenkschrift für das einstige Hotel verfasse? Dafür bräuchte ich doch nicht dieses Tagebuch, oder? Da würde ich mir ein paar Zeitungsartikel besorgen – die muss es ja damals auch schon gegeben haben, das Hotel war doch 1903 bestimmt *die* Attraktion weit und breit.«

»Und dann noch eine Frau als Wirtin«, stimmte Theodora zu. »Frauenpower vor hundert Jahren, wow! Wie ergiebig ist das Tagebuch überhaupt? Wenn ich da an meins denke – nur Geschwafel über Jungs und Liebeskummer.«

»Some things never change ...«, feixte Julie, wurde aber gleich wieder ernst. »Na ja, ich nehme an, diese Rosanna wird schon das eine oder andere von Interesse festgehalten haben. Aber ich hab noch nicht einmal reingeguckt«, gestand sie mit einem Seufzer. »Sonst hätte Antonia das vielleicht als Zusage gedeutet. Womöglich kann ich diese Oma-Schrift gar nicht lesen.«

Am anderen Ende der Leitung ertönte ein missbilligendes Schnaufen. »Wie du schon sagtest, gibt es ja auch noch Zeitungsarchive. Und die Fahrner wird vielleicht auch etwas Wichtiges erzählen können. Schließlich geht es um ihre Mutter, oder?«

»Das bezweifle ich«, seufzte Julie und schilderte knapp Antonias Verhältnis zu Simone.

»Ach, darauf läuft es hinaus! Kindheitstrauma und so.«

Einen Moment lang schwiegen beide Frauen, dann setzte Julie erneut an: »Wenn ich wirklich ... Überleg doch mal, wie aufwändig das Ganze wäre! Das könnte ich gar nicht von Freiburg aus machen, das müsste ich doch vor Ort schreiben!«

»Und? Ich kann mir Schlimmeres vorstellen als ein, zwei Wochen Urlaub oben im Schwarzwald.«

»Urlaub!«, prustete Julie. »Ich sehe das als ziemlich große Aufgabe an. Ein, zwei Wochen reichen dafür niemals, da würde wohl viel eher ein ganzer Monat draufgehen! Und was ist in der Zeit mit ›Soul Fantasies‹ ...«

»Also, nun mach mal halblang! Ich bin schließlich auch noch da. Oder glaubst du, ich käme ohne dich nicht zurecht?«, fragte Theo leicht beleidigt zurück. Als Julie schwieg, fügte sie hinzu: »Außerdem ist es tatsächlich Ewigkeiten her, seit du das letzte Mal Urlaub hattest. Von mir aus könntest du gleich morgen losziehen, ich krieg das schon hin.«

»Kann es etwa sein, dass du mich loswerden willst?«, feixte Julie, doch gleichzeitig freute sie sich über Theos Angebot. Sie fuhr fort: »Aber jetzt mal im Ernst: Wenn du mich fragst, geht es Antonia doch nicht nur um die Geschichte des Hotels ...«

»Siehst du, du steckst schon mittendrin in deinen Recherchen. Und erste Schlüsse hast du auch schon gezogen!«, triumphierte Theo.

Julie hörte, wie sie sich eine Zigarette ansteckte. Hatte ihre Freundin vielleicht Recht?

»Also, ich glaube, dass man nicht zu voreingenommen an so eine Sache herangehen darf. Man muss vielmehr offen sein für alle Möglichkeiten«, fuhr Theo fort. »Das hört man ja immer wieder bei diesen alten Familiengeschichten: dass am Ende alles ganz anders war ...«

»Du machst mir Spaß!« Julie verzog den Mund. »Gesetzt den Fall, sie meint es wirklich ernst, dann könnte ich mir solch einen Ausflug in die Vergangenheit durchaus spannend vorstellen. Aber damit ist's ja nicht getan. Es verbinden sich schließlich große Erwartungen mit dem Auftrag! Vielleicht hört sich das jetzt blöd an, aber ich habe Angst, Antonia zu enttäuschen. Sie ist eine alte Frau, hatte wahrscheinlich eine beschissene, einsame Kindheit, und ob ihr Leben so sehr viel anders verlief, wage ich zu bezweifeln. Jedenfalls hab ich in ihrem Häuschen nirgendwo ein Foto von einem Ehemann oder Kindern gesehen.«

»Seit wann ist das für dich der Garant für Glück und Zufriedenheit?«, warf Theo zwischen zwei Zigarettenzügen ein.

Vor Julies innerem Auge flackerte das Bild ihres Exmanns Gerald auf. Mindestens drei Kinder hatte er sich gewünscht. Eins davon hatte er nun seit drei Monaten – mit der Laborantin seines Fotostudios.

Julie musste abrupt bremsen, weil der Wagen vor ihr fast zum Stehen kam. Sonntagsfahrer!

»Ach, du weißt doch, was ich meine!«, sagte sie unwirsch. »Die Recherchen allein ängstigen mich nicht, aber wenn ich daran denke, dass ich das alles aufschreiben soll ... Ich weiß wirklich nicht, ob ich das kann!«

Theo lachte auf. »Lass das niemanden von unseren Mitgliedern hören, ja? Die Leiterin der progressivsten Kunstschule in ganz Süddeutschland traut ihrer eigenen Kreativität nicht!« Der Spott war nicht zu überhören.

»Ich habe nie behauptet, eine Künstlerin zu sein«, verteidigte sich Julie schroff und blinkte den Fahrer vor sich ungeduldig mit der Lichthupe an. »Ich begleite die Kreativität anderer, das ist ein gewaltiger Unterschied, und das weißt du ganz genau!«

»Tja, Süße, dann ist jetzt eben der Zeitpunkt gekommen, an dem du den Vogel selbst fliegen musst, statt nur als Passagier darin zu sitzen.«

✧

Gleichgültig, mit wem Julie in den nächsten Tagen über Antonias Willen sprach – überall stieß sie auf Begeisterung:

Ihr sonst so wortkarger Vater kramte das alte Familienbuch hervor und hielt Julie einen ausführlichen Vortrag über die früheren Familienverhältnisse. Anschließend wusste Julie bestens Bescheid. Die traditionsreiche Uhrmacher-Werkstatt von Gottfried Fahrner, dem Vater von Martin, Helmut und Gustav, war im Jahre 1860 gegründet worden. Helmut, also Antonias Vater, war von zu Hause weggegangen, nachdem sein ein Jahr älterer Bruder Martin 1912 die väterliche Werkstatt übernommen hatte. Helmut hatte sich ein Leben als Geselle seines Bruders einfach nicht vorstellen können. Außerdem war er als Schildermaler nicht an eine Werkstätte gebunden, sondern konnte überall arbeiten. Seine Heirat mit Simone Breuer hatte er seiner Familie schriftlich mitgeteilt, ihr die Braut aber nie vorgestellt. Er sei wohl schon immer eine Art Querkopf gewesen, sagte Julies Vater achselzuckend. Viele Jahre später sei Helmut dann wieder zu Hause aufgetaucht, doch das sei eine andere Geschichte ...

Auch Gustav, Julies Großvater, war seiner eigenen Wege gegangen: Statt im Familienbetrieb nahm er in der Schweiz eine Lehrstelle an. Mit seinem dort erworbenen Wissen hatte er im Jahr 1928 in Furtwangen eine eigene Uhrmacher-Werkstatt eröffnet und sich dabei auf Reparaturen und aufwändige Restaurationen spezialisiert. Während Gustav seinem Sohn Klaus, Julies Vater, 1960 die Leitung der Werkstatt übertragen hatte und diese inzwischen in dritter Generation von Julies Bruder weitergeführt wurde, hatte die andere Fahrnersche Werkstatt ein paar Jahre später schließen müssen – von Hand gearbeitete Uhren waren nicht mehr gefragt. Uhren kamen inzwischen aus der riesigen Junghans-Fabrik, ein paar Kilometer weiter.

»Wenn du je daran interessiert gewesen wärst, hätte ich dir schon viel früher davon erzählen können«, sagte Julies Vater mehrmals. Am Ende verlor er sich in immer winzigeren Details, sodass Julie ihn schließlich daran erinnern musste, dass es bei ihrem »Auftrag« vor allem um Rosanna und Simone ging und dass sie nicht vorhatte, die Geschichte der Fahrnerschen Uhrmacherei zu recherchieren. Daraufhin hatte ihr Vater undeutlich gebrummt, dass er kein Verständnis für Leute wie seine Kusine Antonia habe, die er übrigens nicht persönlich, sondern nur vom Hörensagen kannte.

»Sie hätte sich ja mal bei uns melden können, als sie aus Japan zurückkehrte, oder? Und außerdem hätte sie sich schon viel früher um den Hof kümmern sollen, statt ihn jahrzehntelang verkommen zu lassen. Schließlich ist es doch ihr Erbe!«

»Der Berghof ist nicht verkommen!«, hatte Julie ihm entgegnet, und das Bild vom »Kuckucksnest« hatte sie dabei verfolgt wie ihr eigener Schatten: das Haus, eingehüllt in goldenes Sonnenlicht, dahinter der dunkle, fast schwarze Wald. Die verwilderten Gärten, in denen die einstigen Wege unter dem wuchernden Unkraut nicht mehr zu sehen waren. Die Küche mit dem riesigen Spülstein aus Granit und dem blank polierten Eichentisch in der Mitte. Die Gästezimmer mit ihren für heutige Zeiten winzig wirkenden Holzbetten, ein Herrgottswinkel in jedem Raum. All das könnte ihr gehören ...

Auch für Theo war die Sache längst klar: Sie sah sich im Geiste schon mit den Zeichenschülern über das weitläufige Gelände streifen, Naturbeobachtungen machen und dann alles in Pastellkreide festhalten. Wäre es nach ihr gegangen, hätten sie eher heute als morgen in Freiburg die Zelte abgebrochen.

Dass Theo so wenig an ihrer jetzigen Kunstschule hing, erstaunte Julie. Und es tat ihr weh. Immerhin hatten sie die Räume eigenhändig renoviert, angefangen bei den marmorierten Wänden bis hin zu den Fliesen, die sie in ihrer kleinen Küche verlegt hatten.

Je mehr die anderen auf Julie einredeten, desto unschlüssiger wurde sie.

Am Mittwoch rief sie schließlich Jan Bogner an. Als er sich meldete, hielt Julie sich nicht lange mit einleitenden Worten auf, sondern fragte nach dem Grundbuchamt von Rombach und den Einträgen, die das »Kuckucksnest« betrafen. Doch Bogner wollte zuerst alles über ihre Begegnung mit Antonia wissen. Julie tat ihm den Gefallen und erzählte. Als sie ihn danach um seine Einschätzung bat, sagte er, er hätte schon wesentlich verrücktere Dinge gehört. Außerdem riet er ihr, sich mit dem Anwalt in Verbindung zu setzen, in dessen Auftrag er Julie aufgesucht hatte. Mit Sicherheit läge diesem eine Kopie des Grundbuchs vom »Kuckucksnest« vor, womit sich die Frage nach der Eigentümerschaft klären würde.

»Dann wünsche ich Ihnen viel Spaß bei Ihrem Ausflug in die Vergangenheit!«, sagte er am Ende. Und dass er in nächster Zeit öfter einmal im Südschwarzwald zu tun hätte – vielleicht könnten sie bei solch einer Gelegenheit bei einer Tasse Kaffee über Julies Vorankommen sprechen?

Als Julie ihm antwortete, dass sie sich noch nicht endgültig entschieden habe, lachte er nur und erwiderte: »Was bleibt Ihnen denn anderes übrig? Jetzt, wo Sie von Antonia und ihrem ›Kuckucksnest‹ wissen, können Sie doch nicht so tun, als ginge Sie dies alles nichts an!«

✧

Schlecht gelaunt blätterte Martina Breuer in ihrem Reservierungsbuch. Gerade einmal vier Zimmer waren belegt, und das im September, der seit ein paar Jahren noch zur Hochsaison zählte.

Die Wirtin schaute aus dem Fenster. Sonnenschein und milde Temperaturen. Ideales Wetter zum Wandern oder, wie es heute hieß, zum »Hiking«. Eine Gruppe Radfahrer in bunten Trikots raste die Hauptstraße entlang. Auch dafür waren ideale Bedingungen. Trockene Straßen, leichter Wind – Kaiserwetter.

Zum Motorradfahren. Zum Spazierengehen. Oder einfach zum »Die-Seele-baumeln-Lassen«. All das taten die Touristen, jedoch nicht im Gasthof »Fuchsen« mit seinen fünfzehn Fremden- oder, wie man mittlerweile zu sagen pflegte, Gästezimmern.

Unwirsch verscheuchte Martina Breuer eine Biene.

Ganze vier Reservierungen. *Das* sollte sich der Marketing-Experte einmal ansehen, der ihnen für seine nutzlosen Tipps einen Batzen Geld abgeknöpft hatte! Eine Sauna sollten sie bauen. Am besten auch noch ein Heubad. Und zu Kabinen für eine Kosmetikbehandlung hatte er ihnen auch geraten. Rein zufällig kenne er eine patente junge Kosmetikerin, die er vielleicht zu einem Wechsel nach Rombach überreden könne. Gern würde er ... Doch die Breuers hatten nur abgewinkt.

Sicher, aus dem »Fuchsen« ein kleines, feines Wellness-Hotel zu machen war keine schlechte Idee, doch wo sie den Platz für all diese Umbauten hernehmen sollten, darauf hatte der »Experte« auch keine Antwort gehabt!

Für den heutigen Freitag lag eine weitere Reservierung vor – die einzige an diesem Wochenende. Eine Einzelbelegung, Abreise unbestimmt. Sie rechne mit zehn Tagen Aufenthalt, es könnten aber auch zwei Wochen werden, hatte die Frau am Telefon gesagt. Eine junge Stimme, hektisch, selbstbewusst, typisch Stadtmensch eben. War auch gleich mit Extra-Wünschen dahergekommen: Hatte wissen wollen, ob es in dem Zimmer einen Schreibtisch oder eine andere Schreibgelegenheit gäbe. Als Martina Breuer verneinte, bat die junge Frau darum, dass man ihr ein entsprechendes Möbelstück ins Zimmer stellte, weil sie Platz für ihren Laptop benötige.

Martina Breuer schnaubte. Laptop! Und sie saß hier und erledigte die ganze Buchhaltung von Hand und nur mit Hilfe einer alten Rechenmaschine, auf deren Tastatur die Ziffer Eins nicht mehr zu sehen war.

Mit einem tiefen Seufzer schlug die Wirtin das Reservierungsbuch zu. Dann ging sie nach hinten in den Hof, um ihren Mann an den Schreibtisch für Zimmer Nummer drei zu erinnern.

Es war später Nachmittag, als sich Julie von Antonia Fahrner vor deren kleinem Häuschen verabschiedete.

Mit einer Bananenkiste unter dem rechten Arm und ihrem Koffer in der linken Hand betrat sie nur wenig später den »Fuchsen«. Ihren Laptop wollte sie anschließend aus dem Auto holen. Zuerst musste sie jedoch Rosannas Tagebücher, die alten

Fotoalben und weiteres Material, das Antonia für ihre Recherchen hervorgekramt hatte, in ihr Zimmer bringen.

Antonia war natürlich überglücklich gewesen, dass Julie zugesagt hatte. Eine hektische Röte hatte ihr Gesicht überzogen, ihre Augen hatten gestrahlt wie die eines jungen Mädchens. Bei ihrem Anblick war es Julie schwer gefallen zu glauben, dass die alte Dame wirklich todkrank war.

Bei ihrem zweiten Gespräch – am Sonntag zuvor – hatte Antonia ihre Krebserkrankung erwähnt. Beiläufig, in einem Nebensatz, als würde sie über Kopfschmerzen klagen. In ihrer Betroffenheit hatte Julie nicht gewusst, was sie sagen sollte. Und Antonia war das nur recht gewesen.

Ohne Formalitäten – das Anreiseformular könne sie auch noch später ausfüllen – händigte Martina Breuer Julie den Schlüssel zu Zimmer Nummer drei aus, das, wie sie stolz verkündete, eine besonders schöne Aussicht hatte.

Antonia war natürlich enttäuscht gewesen, dass Julie ihr Angebot, bei ihr zu wohnen, ausgeschlagen hatte. Doch Julie hatte ganz bewusst auf diese Art von Nähe verzichtet – sie wollte den Kopf für die bevorstehende Aufgabe völlig frei haben.

Doch nachdem sie nun ihr Gepäck auf dem Bett abgelegt hatte, fragte sie sich, ob sie nicht besser auf das Angebot der alten Dame eingegangen wäre. Die Aussicht aus dem kleinen Fenster war zwar wirklich schön, das Zimmer jedoch weder sonderlich groß noch gemütlich, obwohl es ganz offensichtlich vor nicht allzu langer Zeit renoviert worden war. Julies Blick wanderte über das Bett in hellem Eichenfurnier, den zu schmalen Schrank und das Tischchen am Fenster. Als sie den Schrank öffnete, stellte sie fest, dass natürlich zu wenig Bügel darin hingen.

Probehalber setzte sich Julie aufs Bett. Wenigstens war die Matratze schön hart.

Und nun? Gedankenverloren strich Julie über die Tagesdecke. Der synthetische Stoff mit den schrillen Farben und dem Blümchenmuster fühlte sich unangenehm kalt an. Ruckartig stand Julie wieder auf und hievte die Bananenkiste auf den Tisch vor dem Fenster.

Zu Antonia hatte sie gesagt, dass sie sich in ein paar Tagen wieder melden würde. Sie benötigte zuerst einmal Zeit, um das gesamte Material zu sichten und ein Gefühl für ihre »Aufgabe« zu bekommen. Worauf wartete sie also noch?

Kurz vor ihrer Abfahrt hatte Theo ihr ein Buch mit dem Titel »So schreiben Sie einen Bestseller« in die Hand gedrückt. Julie bezweifelte, dass ihr die Tipps aus diesem Buch weiterhelfen würden. Antonia wollte schließlich keine spannende Gute-Nacht-Lektüre, sondern die »Wahrheit« über die Vergangenheit erfahren.

»Wer A sagt, muss auch B sagen!« Resolut begann Julie, den Inhalt der Kiste auf der Tischplatte zu verteilen: Rosannas Tagebücher, alle in braunes Leder gebunden, auf einen Stapel. Auf einen anderen Fotoalben, deren Einbände in kunstvoller Jugendstil-Manier gestaltet waren. Auf einen dritten Stapel legte sie den Rest: zerfledderte Aktenmappen aus brauner Pappe, aus denen die Ränder von Zeitungsartikeln hervorlugten. Ein Buch, das sich bei näherer Betrachtung als Gästebuch des Hotels »Kuckucksnest« aus dem Jahr 1904 herausstellte. Einige Baedeker-Reiseführer, ebenfalls aus diesen Jahren. Mit Erstaunen fand Julie in jedem eine ganzseitige Anzeige des Hotels »Kuckucksnest«.

In welchem verwandtschaftlichen Verhältnis standen der Wirt Ewald Breuer, seine Frau und Antonia eigentlich?, fragte sie sich plötzlich. Julie versuchte sich an Antonias knappe Erklärungen zu erinnern: Ewald war der Enkel von Zacharias, der ein Bruder von Antonias Mutter Simone gewesen war. Julie schwirrte der Kopf vor lauter Namen.

Irgendwann war die Kiste leer. Mit verschränkten Armen begutachtete Julie die Tischplatte, die bis über den Rand mit Unterlagen übersät war. Und wo sollte sie nun ihren Laptop aufstellen? Leicht genervt schichtete sie das Material noch einmal um, indem sie alles auf die beiden Nachttische verteilte.

»Was mache ich hier eigentlich?«, fragte sie sich anschließend laut. Konnte es sein, dass die Courage sie verließ? Es konnte nicht nur sein, es *war* so, gestand sie sich mit einem mutlosen Blick auf den dicken Stapel Tagebücher ein.

»Es nutzt alles nichts!«, sagte sie abermals laut. Entweder sie fand einen Anfang oder sie konnte gleich wieder nach Hause fahren. Julie setzte sich aufs Bett, zog das Kopfkissen unter der Tagesdecke hervor und schob es sich in den Rücken. Dann nahm sie das zuoberst liegende Fotoalbum in die Hand und schlug es auf ...

Statt eines Fotos erblickte sie eine aufrechte Handschrift: »Hotel ›Kuckucksnest‹, im Jahre 1905«. Die Buchstaben waren kraftvoll und rund. Und sie waren keineswegs mit engen Schnörkeln verziert wie so viele alte Schriften. Diese Schrift konnte sie lesen!, frohlockte Julie. War das etwa ... Rosannas Handschrift? Hastig angelte Julie auf der anderen Bettseite nach den Tagebüchern und schlug eins davon auf. Treffer!

»O Rosanna, ich danke dir!« Unwillkürlich entfuhr ihr ein tiefer Seufzer der Erleichterung. Dass sie die Schrift in den Tagebüchern nicht würde entziffern können, war eine ihrer größten Sorgen gewesen. So groß, dass sie es nicht gewagt hatte, bei Antonia einen Blick in eins der Tagebücher zu werfen. Nun aber ...

Julie schlug die nächste Seite des Fotoalbums auf. Das Hotel! Sie lächelte. Wie der alte Hof sie anschaute! Ja, *so* war es und nicht umgekehrt! Wie stolz er dastand, sich jedes seiner Hunderte von Jahren bewusst, die Fenster fahlweiß im Sonnenglanz, das tief gezogene Dach im Kontrast dazu tiefschwarz. Dazu die Tür, die so viel breiter war als bei jenen Höfen, an denen sie auf ihrer Fahrt durch den Schwarzwald vorübergefahren war. Ein Haus, das einen willkommen hieß. Hatte Rosanna die Tür extra für die Hotelgäste erweitern lassen? Julie blätterte eine Seite weiter.

Wieder das »Kuckucksnest«. Diesmal eine Nahaufnahme. Nur die Eingangstür, davor eine Hand voll Leute, zu deren Füßen sich Koffer stapelten: an- oder abreisende Gäste, die von einer Frau mit blondem Zopf begrüßt oder verabschiedet wurden. War das etwa Rosanna? Ein leichter Schauer durchfuhr Julie. Wenn ja, dann war sie eine ungewöhnlich schöne Frau gewesen ... Mit weit auseinander stehenden, strahlenden Augen, hohen Wangenknochen und einer schmalen Nase. Ihre Lippen waren voll, aber nicht so voll, dass man sie als besonders sinnlich bezeichnet hätte. Sie reckte ihr Kinn nach oben, ihr Lachen war frei und natürlich – sehr ungewöhnlich für Fotografien aus dieser Zeit, schoss es Julie durch den Kopf. Ungeduldig blätterte sie weiter.

Wieder die Frau mit den hellen Haaren. Diesmal ein Porträt. Vor ... einem Tennisplatz! Im Hintergrund waren verschwommen kleine Gestalten in weiten, weißen Röcken zu sehen. Frauen, die Tennis spielten – unglaublich! Wie das Spielfeld wurde auch die Fotografie vom Netz in der Mitte geteilt. Und davor Rosanna – es musste einfach Rosanna sein! – ganz nah. Kein Lächeln diesmal. Ein Blick, der in die Ferne zu gehen schien. Suchend, vielleicht auch fragend, aber nicht unzufrieden. Die Lippen nicht verkniffen, aber geschlossen. Dies alles vermittelte den Eindruck einer ernsten und verantwortungsvollen Frau.

Es war seltsam: Die Fotografie strahlte im selben Maße Wärme aus, wie sie den Betrachter auf Distanz hielt. Sie verleitete dazu weiterzublättern, man wollte mehr erfahren über diese Frau, dieses Gesicht.

Julie ließ das Album gedankenverloren sinken.

Gab es auf dem Gebiet der Fotografie etwas Schöneres als diese alten Schwarz-Weiß-Aufnahmen, von denen jede einzelne eine besondere Komposition, ein Kunstwerk war?

Julie schlug die Seite um. Noch mehr Fotografien. Auf einigen davon Rosanna mit einer zweiten Frau. Keine Schönheit, weiß Gott nicht! Schmal, mit hängenden Schultern und krausem Haar, das wie das Nest eines Vogels aufgetürmt war. Ein paar Strähnen, die über eine hohe Stirn fielen. Der Mund nur ein dünner Strich, der sich auf der linken Seite leicht nach unten neigte. Antonias Mutter Simone? Bestimmt.

Wie sie Rosanna anstarrte! Voller Ehrfurcht. Nein, nicht auf dem nächsten Bild. Eher voller ... tiefer Zuneigung? Ein Blick, so eindringlich, fast hypnotisierend. Diese zweite Frau schien ihre Umgebung nicht wahrzunehmen, hatte nur Augen für Rosanna. Im Hintergrund ein Speisesaal mit weiß gedeckten Tischen und Kerzenlicht, und war das nicht ein Geiger, der ganz hinten in der Ecke den Gästen aufspielte?

Rosanna und Simone neben einer offenen Pferdekutsche.

Rosanna und Simone neben einem Mann in Kniebundhosen und mit einem Hut mit Gamsbart, eine Flinte unterm Arm. Simone hatte den Arm besitzergreifend um Rosannas Schultern gelegt, als wolle sie die Freundin vor dem Mann mit der Waffe schützen. Wer war der Mann?

Simone war anscheinend nie besonders wohl dabei gewesen, fotografiert zu werden. Wann immer sie in die Kamera schaute, blickte sie erschrocken wie ein Hund, der Prügel erwartet. Waren ihre Augen jedoch auf Rosanna gerichtet, schien sie die Kamera zu vergessen. Selbst ihre Hässlichkeit verlor sich auf diesen Bildern ein wenig, gerade so, als würde Rosannas Schönheit auf sie übergehen.

Rosanna und Simone und eine dritte Frau. Rosanna in der Mitte, Simone links von ihr, mürrisch dreinschauend, die andere Frau auf der rechten Seite, eine Schönheit mit offenen, dunklen Haaren. Offene Haare zur damaligen Zeit? Eine Künstlerin vielleicht.

Rosanna, die einen Kuchen aufschnitt, um sie herum Kinder, die ihr Teller entgegenhielten.

Männer, die in der Bibliothek saßen und Zigarren rauchten. Rosanna daneben, ein Tablett mit einer Karaffe und Gläsern balancierend.

Einmal zwei Frauen, die auf der Bank vor dem Hotel saßen und ihre Füße in einer Blechwanne badeten. Rosanna, die lachend Wasser nachgoss. Jung und unbeschwert.

So viele Bilder, so viele Eindrücke. Und immer wieder Rosanna, die schöne Wirtin, die alles ringsum zum Strahlen brachte.

Hatte nicht Antonia sogar eine entsprechende Bemerkung gemacht?

»Als ob nach Rosannas Tod auch das Glück und die Fröhlichkeit abgereist und nie mehr zurückgekehrt wären ...«

Ganz hinten im Album, zwischen der letzten Seite und dem rückwärtigen Einband, entdeckte Julie einen Stapel Briefe: von Gästen, die ihrer Wirtin für die schöne Zeit im Allgemeinen oder ein Erlebnis im Besonderen danken wollten. Ein Graf hatte geschrieben. Eine Doktorsgattin aus Braunschweig, auch der Intendant eines Theaters in München. Sie überflog ein paar dieser Briefe, legte den Rest dann aber ungelesen zurück. Das schien nicht so wichtig zu sein.

Draußen war es schon dunkel, als Julie endlich das letzte Album sinken ließ. Ihre Arme schmerzten von der schweren Last, und ihre Augen taten weh. Sie legte beide Handflächen auf die geschlossenen Lider. Ihre Hände hatten den Geruch des alten Papiers angenommen. Julie verzog die Nase, um dem muffigen Geruch zu entgehen.

Als sie die Hände wieder von den Augen nahm, sah sie plötzlich Sternchen. Sie blinzelte ein paarmal, doch ihr Blick blieb verschwommen, so als weigerten sich ihre Augen, wieder ins Hier und Jetzt zurückzukehren. Das Zimmer mit seinem furnierten Schrank, die Blümchen auf der Tagesdecke verschwammen wie Tinte auf nassem Papier.

Ein seltsames Gefühl machte sich in Julies Bauchgegend breit.

Irgendetwas war geschehen.

Die Tür hatte sich einen Spaltbreit geöffnet.

✧

Als ihr Magen zu knurren begann, riss sich Julie endlich von den Fotoalben los und ging hinunter ins Lokal. Obwohl das Essen vorzüglich war, ging ihr bald nicht nur der allzu beflissene Wirt auf die Nerven, sondern auch die lauten Männer am

Stammtisch. Der Geräuschpegel, der aufdringliche Geruch nach Sauerkraut – Julie wollte schließlich nur noch weg. Zurück zu Rosanna und den Fotografien. Um den Teller schneller leer zu bekommen, piekste Julie immer zwei Kartoffelstücke auf einmal auf.

In ihrem Zimmer öffnete sie die beiden kleinen Fenster. Am frühen Abend hatte es geregnet, und in der Luft hing der Geruch nach überreifen Äpfeln und Pflaumen.

Julie stellte die Flasche Mineralwasser, die sie aus der Wirtsstube mitgenommen hatte, auf dem Nachttisch ab und machte es sich erneut mit den Fotoalben bequem. Welche Geschichte erzählten diese Frauengesichter? Wie Simone die Freundin anschaute ...

»Beste Freundinnen«, hatte Antonia gesagt.

Wenn sie sich allerdings vorstellte, Theo würde sie so angucken ... Ein leichter Schauer rann Julie über den Rücken.

Draußen war das Aufheulen eines Motors zu hören. Noch einmal. Und noch einmal. Die nächtliche Herbstluft vermischte sich mit Auspuffgasen. Julie zog die Nase kraus, angelte nach dem Mineralwasser und trank einige kleine Schlucke.

War es womöglich so, dass sie fälschlicherweise irgendwelche Geheimnisse hinter der Geschichte der beiden Frauen vermutete? Konnte es sein, dass ...

Unten im Wirtshaus stand nun die Tür nicht mehr still – die Männer vom Stammtisch schienen sich zu verabschieden. Du meine Güte! Hier war es nachts ja lauter als mitten in der Großstadt! Genervt sprang Julie vom Bett und schloss die Fenster. Heute kam sie nicht mehr weiter. Es war ein langer Tag gewesen. Sie klappte das Album zu und ging ins Bad, um sich für die Nacht fertig zu machen.

Ihr Kopf hatte kaum das Kissen berührt, da war sie auch schon eingeschlafen.

Der Waldweg schlängelte sich durch dicht stehende Bäume. Er war eng und hatte viele Windungen, sodass man nie um die nächste Ecke sehen konnte. Der Boden war übersät mit alten, braunen Tannennadeln, die das Geräusch jedes Schritts schluckten. Es machte Julie Angst, dass ihre Schritte aufgefressen wurden. Sie trat fester auf und noch fester. Wartete auf ein Geräusch, von irgendwoher. Nur ihr Atem dröhnte laut in ihren Ohren.

Da!

Eine Stimme. »Julie ...«

Sie drehte sich um, hielt die Luft an, aber da war niemand.

»Julie ...«

»Rosanna?« Ihre Stimme. Leise. Ein Flüstern nur.

Jemand klopfte ihr auf die Schulter, doch als sie herumfuhr, war es nur ein Ast, den sie gestreift hatte. Alles schien in ein seltsames Licht getaucht, das Julie auf unheimliche Art bekannt vorkam.

Die Fotografien! Dasselbe Licht, gelblich, blass, beinahe farblos ...

Sie wollte weitergehen, doch ihre Beine schienen plötzlich mit dem Boden verwurzelt zu sein. Sie zog und zog, mühte sich ab, aber sie vermochte ihre Füße nicht mehr zu heben.

Die Bäume kamen auf sie zu. Oder wurde der Weg nur noch enger? Das konnte nicht sein, sie war doch stehen geblieben!

»Julie ... Julie ... Julie ...«

Es war ein Baum links von ihr, der nach ihr rief. Sein Gesicht kam ihr seltsam bekannt vor, dennoch konnte sie es nicht einordnen.

»Julie ...« Nun ein Rufen von rechts. Antonia! Es war Antonias Gesicht, das ihr schmal und traurig aus der Rinde eines Baumes entgegenstarrte. Was machte sie hier, in diesem dunklen Wald? Hatte sie sich verlaufen? Julie wollte sie ansprechen, doch kein Ton kam aus ihrer trockenen Kehle.

Und wieder ein Ruf. »Julie ...« Diesmal rau, verraucht.

Theo! Sie war auch hier, Gott sei Dank! Doch als Julie ihre

Arme nach dem Baum mit Theos Gesicht ausstreckte, verwandelten sich dessen Züge in eine pockennarbige Maske.

Simone!

Nein, Julie wollte sie nicht treffen. Nicht hier in diesem unheimlichen Wald.

Immer mehr Rufe erschollen. Laut und schrill. Flüsternd und lockend. Wie irre fuhr Julies Kopf in die eine, dann wieder in die andere Richtung. Angst stieg in ihren gelähmten Beinen auf, umfing ihren Rumpf, umklammerte ihren Brustkorb.

Eine Einsamkeit, wie sie sie noch nie empfunden hatte, nahm von ihr Besitz. Sie war allein. Alle Rufe waren bloße Einbildung, hallten nur in ihrem Kopf wider. Hier war niemand.

Sie war allein.

Sie spürte, wie Tränen ihre Wangen hinabliefen, heiß und unkontrollierbar.

Lachen ertönte, hüllte sie ein wie eine kratzige Decke. Kein fröhliches Lachen, sondern spottend. Hysterisches Gackern. Kreischen, das dem Weinen ähnelte.

Der Kloß in Julies Hals wurde dicker, das Schlucken tat weh.

Warum lacht ihr mich aus?, wollte sie rufen, doch ein Gurgeln in ihrer Kehle erstickte die Frage.

Dieses Geräusch klang so schrecklich, so Angst erregend, dass Julie davon wach wurde.

Benommen rappelte sie sich auf. Ihr tränenverhangener Blick fiel auf die Vinyldecke, die in einem Knäuel am Fußende ihres Bettes lag.

Es dauerte einen Moment, bis Julie wieder wusste, wo sie war.

Kein Wald, keine Rufe, kein Lachen.

Ein Traum. Alles nur ein böser Traum. Das fremde Zimmer, das schwere Essen ... kein Wunder.

Alles war in Ordnung.

Oder auch nicht.

Am nächsten Morgen saß Julie schon um acht Uhr im Frühstückszimmer des »Fuchsen«. Ihre Sachen lagen fertig gepackt auf ihrem Bett, die Bananenkiste war schon im Auto verstaut. Nach zwei Brötchen mit Marmelade, einem weich gekochten Ei und einer halben Kanne Kaffee fühlte sich Julie für das Gespräch mit ihren Wirtsleuten halbwegs gerüstet. Nervös strich sie sich ein paar Haarsträhnen aus der Stirn. Theo würde sich in solch einem Moment eine Zigarette anzünden, schoss ihr durch den Kopf.

Julie atmete noch einmal tief durch, dann ging sie zu der kleinen Rezeption des Gasthofs, wo Martina Breuer an einer Rechenmaschine saß, einen Stapel Belege vor sich. Bestimmt der Umsatz des Stammtisches vom Vorabend, vermutete Julie.

»Entschuldigen Sie, Frau Breuer, dass ich Sie störe ...« Ihr Lachen klang gekünstelt.

Die Wirtin runzelte die Stirn. Julie holte Luft.

»Um es kurz zu machen: Aus meinem Aufenthalt hier wird leider nichts. Die Recherchen verlangen eine Änderung meiner ursprünglichen Pläne. Darf ich Sie deshalb bitten, mir meine Rechnung fertig zu machen? Und ... ach ja, wenn Sie mir noch sagen könnten, wo es hier in der Gegend einen Campingausstatter gibt?«

Kurze Zeit später stand Julie vor Antonia Fahrners Haus. Bei ihrem Anblick wurde die alte Dame vor Schreck ganz blass. Ein Rückzieher? Warum? Doch als Julie ihre Bitte vortrug, bekam Antonias Gesicht sofort wieder eine rosige Farbe. Natürlich konnte Julie den Schlüssel zum »Kuckucksnest« haben! Was für eine weise Entscheidung, dort oben, unmittelbar am Ort des Geschehens, in die Vergangenheit eintauchen zu wollen!

✧

Es war ein schöner Tag, wie ihn nur der Oktober verschenken konnte: Die Sonnenstrahlen wärmten, ohne erdrückend heiß zu sein, die Bienen und Hummeln tranken sich an tief lilafarbenen Asternblüten satt, zwischen denen fein gesponnene Spinnennetze glitzerten. Auf den Feldern wehte der Wind über die Stoppeln, vereinzelt sah man einen Feldhasen seine Haken schlagen. An den Wegrändern, wo vor wenigen Wochen noch die letzten Heckenrosen geblüht hatten, prangten nun die prallen schwarzblauen Beeren der Schlehenbüsche. Die Luft verströmte einen würzigen Duft nach reifem Obst, herabfallendem Laub und umgepflügter Scholle.

Altweibersommer.

Auf der Holzbank vor dem Moritzhof, den Rücken an die warme Hauswand gelehnt, ließ Julie ihren Blick zufrieden über die weiten Teppiche aus Heidekraut schweifen.

Die Ruhe, die überwältigende Unendlichkeit des Himmels, die Luft, die so berauschend klar war, dass es Julie fast schwindlig wurde – das alles sollte sie bald für immer genießen können ...

Sie verbannte diese Vorstellung schnell wie einen ungebetenen Gast aus ihren Gedanken.

Eine tiefe Ruhe, wie sie sie lange nicht mehr verspürt hatte, ergriff von Julie Besitz. Es war gut, hier oben zu sein. So Furcht erregend ihr nächtlicher Traum auch gewesen war, er hatte ihr den richtigen Weg gezeigt. Unten im »Fuchsen« mit seinem neugierigen Wirt und den lauten Stammtischgästen hätte sie den Wald vor lauter Bäumen nicht entdeckt.

Sie lachte angesichts des passenden Bildes.

Dann schloss sie die Augen, sog den Atem des Waldes ein und hörte den Vögeln zu, die sich für ihren langen Flug gen Süden rüsteten.

Wenn überhaupt, dann würde sie Rosanna hier finden.

Und Simone natürlich auch.

Kaum war die Sonne hinter den Bergen verschwunden, wurde es rasch kühler, und Julie ging ins Haus. Sie hatte beschlossen, nur den ehemaligen Rezeptionsbereich zu bewohnen. Von hier aus waren es nur wenige Schritte nach draußen, sollte sie nächtens ein dringendes Bedürfnis verspüren. Und auch zur Küche, wo sie den eilig gekauften Campingkocher samt Plastikgeschirr abgestellt hatte, war es nicht weit. Ihre Essensvorräte hatte Julie ebenfalls gleich nach ihrer Ankunft in die Küche getragen und in einem Holzschrank verstaut. Da es keinen Kühlschrank gab, hatte sie auf frische Produkte verzichtet und sich stattdessen mit geräucherter Wurst, sauren Gurken, Brot, Nugatcreme fürs Frühstück und reichlich Teebeuteln eingedeckt. Ein Korb gelbroter Äpfel, eine Schale Pflaumen und ein halbes Dutzend Tafeln Nussschokolade und einige Flaschen Rotwein machten die Vorräte komplett.

Nachdem Julie die schweren Polstermöbel von den weißen Stoffhussen befreit hatte, stellte sie zwei Sofas nebeneinander. Ein wunderbar breites und sicher auch bequemes Bett! Vor sich hin summend verteilte sie anschließend die vier Petroleumlampen, die sie in einem Baumarkt zwei Ortschaften weiter erstanden hatte: eine direkt neben ihrem Bett, sodass sie abends genügend Licht zum Lesen hatte, zwei auf dem Tresen, damit gespenstische Schatten im Dunkeln erst gar keine Chance bekamen, Julie zu erschrecken. Die vierte Lampe trug sie zu dem Kirschbaumsekretär am Fenster, auf dem sie ihren Laptop abstellen wollte. Zum Glück hatte sie zwei Akkus für das Gerät! So würde sie pro Tag bis zu acht Stunden arbeiten können – falls sie das überhaupt durchhielt. Sie hatte mit Antonia ausgemacht, dass sie zum Laden der Akkus vorbeikommen würde, was die alte Dame sichtlich begeistert hatte – wahrscheinlich erhoffte sie sich, bei Julies Besuchen etwas über die Fortschritte des »Projekts« zu erfahren.

Zufrieden betrachtete Julie ihr Lager im »Kuckucksnest«. Es fühlte sich so ... richtig an, hier oben zu sein!

Nach dem Abendessen, das Julie in dieser Umgebung äußerst romantisch fand, schenkte sie sich einen Plastikbecher Rotwein ein. Dann entzündete sie alle vier Petroleumlampen und setzte sich mit dem Wein und einer Tafel Schokolade an den Schreibtisch, vor sich Rosannas Tagebücher.

Julie konnte es inzwischen kaum noch erwarten, endlich mehr über die Frau zu erfahren, die sie schon auf den Fotografien so fasziniert hatte.

Als Erstes hatte sie sich vorgenommen, ein Gefühl für Rosannas Art zu schreiben zu bekommen. Erwartungsvoll nahm sie das oberste Buch vom Stapel und schlug wahllos eine Seite auf. Rosanna erzählte dort von einem Tanz in den ersten Mai. Blaue Bänder, die vom Maibaum wehten, ein Tanzboden, auf dem sich die Röcke wild drehten – alles war so natürlich beschrieben, dass die Bilder wie ein Film vor Julies innerem Auge zu flimmern begannen. Unwillkürlich stieß sie einen sehnsüchtigen Seufzer aus, schob sich einen Riegel Schokolade in den Mund und schlug dann probeweise eins der anderen Tagebücher auf.

Nach einer guten Stunde war ihr erstes Glücksgefühl tiefer Verunsicherung gewichen. Was sie da vor sich hatte, machte einfach keinen Sinn!

Bei einem Teil der Bücher handelte es sich in der Tat um Rosannas Tagebücher: Jeder Eintrag war mit einem Datum versehen. An manchen Tagen waren es mehrere Seiten, an anderen nur eine. So weit, so gut.

Doch in anderen Büchern gab es ellenlange Passagen ohne Punkt und Komma, die von früheren Zeiten in Rosannas Leben zu handeln schienen und in der Vergangenheitsform geschrieben waren. Aber was hatte das mit einem Tagebuch zu tun? In Julies Augen handelte es sich hierbei eher um eine Art Autobiografie.

Auch die Schreibweise war längst nicht so unkompliziert, wie Julie anfänglich gedacht hatte. Manchmal waren die Worte voller Poesie, und Rosanna ergoss sich in blumenreichen Beschreibungen von Situationen, Begegnungen und Gefühlen. Doch dann herrschte wieder ein nüchterner Erzählton vor, ohne jegliche Emotion. Es fiel Julie schwer zu glauben, dass alle Texte aus derselben Feder geflossen waren.

Ratlos schaute Julie auf den Stapel Bücher. Das Ganze kam ihr mittlerweile vor wie ein Lied, das man bei den ersten Tönen zu erkennen glaubt, bei dem man aber durch einen unerwarteten Rhythmus eines Besseren belehrt wird.

✧

Als am nächsten Morgen das Handy klingelte, schreckte Julie hoch, ohne zunächst zu wissen, wo sie eigentlich war. Verwirrt kramte sie in ihrer Tasche – sie hatte nicht damit gerechnet, hier oben überhaupt einen Empfang zu haben.

»Und – wie wohnt es sich in deiner schnuckeligen Pension?«, erklang Theos rauchige Stimme. »Hat dich heute Morgen schon ein Hahnenschrei geweckt?«

»Einen schönen guten Morgen wünsche ich dir auch«, erwiderte Julie müde, rappelte sich auf und ging mit bloßen Füßen vors Haus. Nach ein paar tiefen Zügen der klaren Morgenluft war sie wach genug, um Theo von ihrem Umzug auf den Moritzhof zu erzählen.

»Ich beneide dich! Zwitschernde Vögel und das Plätschern eines Baches, während hier unser lieber Nachbar am heiligen Sonntag seine heißen Eisen schmiedet!«

Ein schriller Ton gellte prompt durch die Leitung in Julies Ohr.

»Theo! Muss das sein? Ich hab gerade mal ein paar Stunden Schlaf hinter mir ...«

»Ach so, du machst also die Dorfkneipen unsicher. Und ich dachte schon, du wärst zum Arbeiten dort ...«

Julie tappte in die Küche und bedachte den Campingkocher mit einem skeptischen Blick. Wie warf man dieses Ding nur an? Der Tee würde bis nach dem Telefonat warten müssen.

»Ich *habe* gearbeitet«, erwiderte sie muffig. Während sie mit einer Hand die Verpackung des Vollkornbrots aufriss, schilderte sie ihre erste Begegnung mit Rosannas Tagebüchern.

Die halbe Nacht hatte sie damit zugebracht, sich in die Tagebücher einzulesen und das übrige Material zu sichten. Sie hatte die Zeitungsausschnitte – teilweise schon derart zerfleddert, dass sie kaum mehr lesbar waren – chronologisch den Daten der Tagebücher zugeordnet. Ganz nach unten legte sie jene Artikel, die über Rosannas frühen Tod berichteten. Dann hatte sie sich erneut die Fotoalben vorgenommen, die jedoch allesamt aus den Hoteljahren stammten. Aus der Zeit vor der Eröffnung des »Kuckucksnests«, als der Hof noch Moritzhof geheißen hatte, gab es wohl keine Aufnahmen.

Es war drei Uhr nachts gewesen, als Julie zum ersten Mal ihren Laptop angestellt und mehrere Dateien angelegt hatte: Daten über Rosannas Lebenslauf, Informationen über den »Fuchsen«, in dem Rosanna ihre erste Zeit in Rombach verbracht hatte, Daten zum »Hotel Kuckucksnest« und so weiter.

Das Ordnen und Sortieren, das Erstellen der Dateien und das Filtern der Informationen hatten ihr ein Gefühl von Sicherheit verschafft. Nichts anderes als eine gewissenhafte Recherche. Als würde jemand an seiner Diplomarbeit sitzen.

Die Dateien hatten sich mit Namen, Jahreszahlen und Ereignissen gefüllt. Hier und da blieben Lücken, die sich jedoch bestimmt schließen ließen, sobald sie mit der intensiven Lektüre begann.

»Eigentlich könnte ich mich jetzt hinsetzen und eingehend zu lesen beginnen«, schloss Julie ihren Bericht. Als Theo nicht gleich antwortete, fuhr sie fort: »Die Eine-Million-Dollar-Frage lautet allerdings: Wie soll ich alles, was ich lese, jemals so in Worte verpacken, dass Antonia etwas davon hat? Soll ich eine Art Bericht schreiben? Das ist es ja eigentlich, was sie von mir will ... Andererseits: Wie trocken sich das anhört! Wie ein Krankenbericht. Ein Jahresbericht vom Sportverein. Ein Unfallbericht.« Missmutig schüttelte Julie den Kopf. Es widerstrebte ihr, Rosannas und Simones Leben in dieser Art abzuhandeln.

Und da war noch etwas: Rosannas Tod. Irgendwie war es dabei nicht mit rechten Dingen zugegangen. Da Julie in sämtlichen Zeitungsausschnitten nichts Aufschlussreiches gefunden hatte, konnte sie nicht mit Bestimmtheit sagen, was sie auf diesen Gedanken gebracht hatte. Aber er war da und kreiste wie eine lästige Fliege in ihrem Bewusstsein. Vielleicht würden die übrigen Tagebücher, die sie noch nicht gelesen hatte, Licht in das Dunkel bringen. Doch solange sie nicht Rosannas *Leben* zu Papier gebracht hatte, wollte sie sich nicht mit ihrem Tod beschäftigen.

Am anderen Ende der Telefonleitung herrschte weiterhin nachdenkliches Schweigen.

»Bist du noch da?« Julie spürte, wie ihre innere Unruhe wuchs. Wie oft hatten Theo und sie in der Vergangenheit gemeinsam scheinbar unlösbare Probleme bewältigt!

»Vielleicht wäre es ratsam, einen Experten hinzuzuziehen. In Emmendingen gibt es doch das Archiv für private Tagebücher – erinnerst du dich an den Artikel, der vor kurzem in der Zeitung stand? Vielleicht solltest du denen mal Rosannas gesammelte Werke zeigen.«

»Ich weiß nicht recht ... Ich habe das Gefühl, dass es wichtig ist, die Sachen nicht aus der Hand zu geben. Zur Zeit jedenfalls nicht. Das würde mich nur ablenken ...«

Theo stieß laut den Zigarettenrauch aus. »Tja, da bleibt dir wohl nur das Verfahren ›Augen zu und durch‹!«

»Eher wohl ›Augen *auf* und durch‹!«, antwortete Julie verdrossen.

»Hey, dich wird doch nicht der Mut verlassen, oder? Denk daran, was wir unseren Leuten immer sagen: Glaubt an eure ›Soul fantasies‹! Lebt sie! Lasst sie Wirklichkeit werden!« Theos rauchige Stimme wurde weich.

»Lasst sie Wirklichkeit werden ...«, wiederholte Julie nachdenklich. »Es ist verrückt – jetzt, wo du das sagst, merke ich erst, wie nah ich Rosanna schon nach dieser kurzen Zeit gekommen bin. Für mich *ist* sie schon Wirklichkeit! Ich ...« Julie verstummte. Zu viele Gedanken gingen ihr auf einmal durch den Kopf.

»Ja, das könnte es sein. Ich könnte die Tagebuchausschnitte mit meinen eigenen Interpretationen und Rückschlüssen mischen. Dadurch hätte mein Text zum einen etwas Authentisches, und zum anderen würde Antonia erkennen, dass ich mich wirklich mit der Materie auseinander gesetzt habe. Ich glaube, daran könnte ich Gefallen finden!« Ein wohliger Schauer durchlief Julie.

Kurze Zeit später beendete sie das Telefonat. Sie hatte keine Zeit mehr zu verlieren.

Die Tür hatte sich vollends geöffnet.

Tagebuch von Rosanna Moritz

13. November, im Jahr 1900

Karl ist tot. Er war mein Ehemann und mehr als fünfzig Jahre älter als ich. Ich habe ihn geliebt. Auf meine Art. Nicht von Anfang an und nicht jeden Tag. Aber jetzt, da er nicht mehr hier ist, ist alles kalt und leer in mir, und rings um mich ist alles dunkel. Es ist, als habe Karl alle Farben mit ins Grab genommen. Und nicht nur die Farben – auch die Gerüche: den Duft seiner Pfeife, den Duft nach Erde, den er von seinen Streifzügen durch den Wald mitbrachte und der seine Hosen und Jacken durchdrang.

Simone ist seit dem Tod ihres Großvaters auch völlig verstockt. Ich sage ihr immer wieder, dass sie keine Schuld trägt. Woher hätte sie die Kraft nehmen sollen, ihn zu halten? Aber ich glaube, tief in ihrem Innern gibt sie sich trotzdem die Schuld an seinem Tod. Jedenfalls hat sie noch kein einziges Wort darüber verloren, wie es eigentlich zu diesem verhängnisvollen Unfall am Felsen gekommen ist.

»Immerhin war er schon vierundsiebzig Jahre alt«, hat sie bei ihrem letzten Besuch gesagt – als ob das ein Trost sein könnte ...

Ein stattliches Alter – so haben es Karls Freunde bei der Beerdigung genannt. Dabei hat sich Karl nie alt gefühlt! Er wollte nichts wissen vom Tod oder von Krankheiten. Ich habe mir darüber stets mehr Gedanken gemacht, vor allem wegen des Hustens, den er gar nicht mehr loswurde. Wenn der ihn dahingerafft hätte, wenn er an einer Lungenentzündung gestorben wäre, so wie der alte Gottfried Breuer vor ein paar Wochen – dann hätten wir mehr Zeit gehabt, uns mit dem Unvermeidlichen abzufinden. Wie ich Karl kenne, hätte er sein letztes bisschen Kraft noch darauf verwendet, mir tausend Verhaltensregeln für die Zukunft an die Hand zu geben: Mach das mit den Bienen so und mit den Ziegen so. Wenn die

Turbine stottert, dann tu dieses, und wenn wieder einmal ein paar Forellen tot im Teich treiben, dann tu jenes. Zu all dem blieb ihm aber keine Zeit mehr. Herrgott! Warum musste er sich bei einem Sturz vom Felsen das Genick brechen wie ein unvorsichtiger Gaul? Dass er auf diese Art sein Leben lassen musste, will einfach nicht in meinen Kopf.

Die Leute unten im Dorf glauben es auch nicht. Simone sagt, es würde gemunkelt, ich hätte ihn in den Tod getrieben. Wie die sich das wohl vorstellen? Soll ich mit der Peitsche hinter ihm hergerannt sein? Oder ihn mit Zaubersprüchen über den Abgrund gejagt haben? Ich war doch gar nicht da, als der Unfall geschah!

Von mir aus können sie sich ihre Mäuler zerreißen. Karl hat sich nicht um die Rombacher geschert, und ich werde es auch nicht tun.

Nur ein paar Leute aus dem Dorf sind zur Beerdigung auf den Moritzhof gekommen. Gottlieb König, Margret und natürlich auch die Breuers. Noch bevor er in die Erde kam, ist Franziska Breuer durch die Räume gerannt und hat alle möglichen Sachen an sich genommen. Als Tochter sei das ihr gutes Recht, behauptete sie. Von Simone weiß ich, dass sie schon den Amtsschreiber im Rombacher Rathaus aufsuchen wollte, der für das Testament zuständig ist. Doch der Herr ist wohl noch für mindestens drei Wochen verreist. Wahrscheinlich kann Franziska Breuer es nicht erwarten, mich aus ihrem Elternhaus hinauszuwerfen. Wenn sie sich da mal nicht verrechnet ... Karl hat mir immer versprochen, dass nach seinem Tod für mich gesorgt sein wird. Doch was, wenn er noch nichts in die Wege geleitet hatte? Der Gedanke lässt mich nachts nicht mehr schlafen. Was soll dann aus Bubi und mir werden? Ein paar Wochen Gnadenfrist ...

Es hat mir sehr gut getan, dass auch Claudine, Alexandre und ein paar von den anderen zur Beerdigung kamen. Claudine hat gesungen, während Karls Sarg in die Erde gesenkt wurde. Der Leichenbeschauer von Rombach, der gleichzeitig auch der Sargmacher ist, war drei Tage vorher zum Maßnehmen auf dem Hof gewesen. »Mach den Sarg schön groß«, habe ich zu ihm gesagt. »Ich will, dass Karl gerade liegen kann.«

Außer dem Rosenkranz habe ich Karl noch ein Ästchen von Bubis Haselnussbaum in die gefalteten Hände gelegt.

Natürlich ließ ich ihn hier oben, wo auch seine erste Frau begraben liegt, beerdigen. Mehr konnte ich nicht für ihn tun.

Dass ich es Josef Stix – einem Wanderpfarrer – überlassen habe, Karl von dieser Welt in die nächste zu geleiten, ist dem Rombacher Pfarrer bestimmt sauer aufgestoßen. Aber das kümmert mich überhaupt nicht. Ich war froh, dass sich Josef Stix, der auch schon Bubi getauft hatte, in der Nähe aufhielt und kommen konnte.

Die Luft war an jenem Tag feucht und weiß vom Nebel, die Erde roch kräftig nach Eisen und Ton. Als alles vorüber war, marschierten die Breuers sofort wieder nach Hause. Nicht einmal zur Totensuppe sind sie geblieben. Franziska hat nur was von großem Betrieb in der Wirtsstube gemurmelt. Von ihrem Besuch auf dem Amt wegen Karls Testament hat sie nichts gesagt. Simone wäre gern geblieben, das hab ich ihr angesehen. Eifersüchtig hat sie Claudine angestarrt. Aber ihre Mutter hat sie hinter sich hergeschleift wie eine störrische Ziege. Wie die Breuers Claudine, Alexandre und die anderen, die Karl die letzte Ehre erwiesen haben, beglotzten! Ja, die Rombacher mögen keine Leute, die anders sind als sie selbst.

Vielleicht werde ich Simone sagen, dass ich nie wieder was von den Leuten aus dem engen Tal mit den engen Köpfen hören will.

Es ist neblig draußen, so neblig, dass ich nicht einmal das Haselnussbäumchen sehen kann, das Karl im letzten Jahr gepflanzt hat. Es war Anfang Mai gewesen, kurz nach Bubis Geburt. Das sei so üblich, wenn ein Sohn geboren wird, hatte er mir auf meinen erstaunten Blick hin erklärt.

Während ich hier sitze und schreibe, fällt mein Blick immer wieder auf Bubi, der ohne Freude die hölzernen Bausteine, die Karl ihm zurechtgesägt und auf Hochglanz poliert hat, aufeinander türmt. Es wird nicht lange dauern, dann wird er auf seinen krummen Beinen auf mich zukommen, mich an der Hand nehmen und in Richtung Scheune zeigen, als wolle er mich fragen:

Wann kommt er wieder? Wann bringt er mir eins der knorrigen Holztierchen? Manchmal legt Bubi sein Köpflein schräg, als lausche er auf Karls schweren Schritt. Wie soll ich ihm beibringen, dass dieser für immer verklungen ist?

In der Stille, die Karl hinterlassen hat, sind die Geräusche des Hofes unerträglich laut: das Stöhnen der Holzwände, das Arbeiten der Turbine, das Knarren der oberen Treppenstufen bei jedem Tritt. Ich habe das Schlagwerk von Karls Wanduhren angehalten. Ich brauche nichts, das mich daran erinnert, dass die Zeit nicht stehen bleibt. Das Leben geht weiter – ich weiß nur nicht, wie.

Ich bin zwanzig Jahre alt und schon Witwe.

Aber ich bin auch Mutter. Mein Sohn braucht mich. Für ihn muss ich mich zusammenreißen.

Karl hat mir immer wieder geraten, ein Tagebuch zu führen – seit dem Tag, als er anfing, mir das Lesen und Schreiben beizubringen. Ich war noch nicht lange bei ihm auf dem Hof. Ich sprach ihn noch mit »Sie« an, daran erinnere ich mich. Ich solle meine Gedanken niederschreiben, das wäre nicht nur eine gute Schreibübung, sondern würde auch helfen, das Durcheinander im Kopf aufzuräumen. Aber ich wollte nicht.

Eines Tages, es war ebenfalls kurz nach Bubis Geburt, kam Karl mit einem Stapel Bücher unterm Arm daher, ein jedes in dünnes, braunes Leder gebunden. Die seien für mich, sagte er. Meine Enttäuschung war groß, als ich beim Durchblättern nur leere Seiten entdeckte. Zehn Bücher, und alle leer? Keine Geschichten? Keine Abenteuer?

Die müsse ich selbst erzählen, sagte Karl. Doch wieder hörte ich nicht auf ihn.

Auch jetzt bin ich mir noch nicht sicher, ob ich das Durcheinander in meinem Kopf aufräumen will.

Aber vielleicht hatte der alte Sturkopf ja Recht. Wie er so oft Recht hatte in seinem eigentümlichen Leben.

Schon gestern Abend saß ich eine Stunde lang über einem der

Bücher. Doch außer, dass ich einen Tintenfleck auf dem Küchentisch hinterließ, ist nichts passiert.

Heute aber haben die Seiten ihre Unschuld verloren. Ja, Karl, der Anfang ist gemacht! Und jetzt scheinen die hellgrauen Blätter geradezu zu fordern: Los, Rosanna, mehr Tinte, mehr Worte, mehr Gefühle! Aber wie soll das gehen, wenn in mir alles so grau ist wie der traurige Winterhimmel? Worüber soll ich schreiben, nun, da ich meine Trauer bereits in schwarzer Tinte ertränkt habe? Soll ich das wieder und wieder tun?

Ich kann mir nicht vorstellen, dass Karl dies gemeint hat, als er von »Gedanken ordnen« sprach. Aber wie soll ich neue Pläne schmieden, wenn ich nicht einmal weiß, ob ich nächsten Monat noch ein Dach über dem Kopf habe?

Wenn ich so darüber nachdenke, bleibt mir nichts anderes übrig, als ganz vorn zu beginnen. Bei den Schattenjahren ...

Das erste Mal bin ich Franziska Breuer an einem warmen Tag im Mai des Jahres 1897 über den Weg gelaufen, und zwar in der Rombacher Mühle, wo sie bei Käthe, der Müllerin, einkaufte.

Ich war zu diesem Zeitpunkt schon seit vier Tagen unterwegs. Nachts habe ich im Wald geschlafen und tagsüber bin ich auf der großen Straße Richtung Süden gelaufen. Ein paarmal wurde ich von Fuhrleuten gefragt, ob ich mitfahren wolle, doch ich lehnte stets ab. Stattdessen habe ich immer wieder Reisende – Uhrenhändler und Hausierer – gefragt, ob dies auch der richtige Weg in die Schweiz sei. Der Schwarzwald ist schließlich riesengroß, und die Vorstellung, im Kreis herumzuirren, machte mir Angst. Ja, hieß es immer nur, aber ich hätte noch ein gutes Stück vor mir, und irgendwann ginge es dann ziemlich steil bergab.

Die tagelangen Märsche bergauf und bergab hatten mich ziemlich erschöpft. Das Brot und die Scheibe Speck, die ich mir zu Hause eingepackt hatte, waren längst verspeist, und am Vortag hatte ich außer etwas frischem Sauerampfer, den ich am Wegesrand abgerupft hatte, nichts gegessen. Was gibt der Wald im Mai schon her? Aber ich hatte noch etwas Geld in der Tasche. Damit wollte ich zwar recht sparsam sein, trotzdem beschloss ich, mir im nächsten Ort einen Laib Brot zu kaufen, und das war zufällig Rombach.

Ein hübsches Dorf, mit einem Marktplatz, in dessen Mitte ein wunderschöner Maibaum prangte, und mit blühenden Kastanienbäumen vor den Häusern. Ich konnte das Blöken von Lämmern hören und das Muhen der Kühe. Ich kam an einer Schmiede vorbei und an einem amtlich aussehenden Gebäude, von dem ich erst später erfahren sollte, dass es das Rathaus war. Einen Krämerladen entdeckte ich allerdings nirgendwo, und so lief ich wieder zum Ortsanfang zurück, wo ich linker Hand eine Mühle gesehen hatte. Ich hoffte, dort etwas zu essen kaufen zu können.

Und da ...

Käthe Müllers Augen brannten, und in ihrer Nase kitzelte es. Kurz darauf musste sie mehrmals niesen. Wahrscheinlich bin ich die einzige Müllerin weit und breit, die so empfindlich auf Mehlstaub reagiert, ärgerte sie sich nicht zum ersten Mal, während sie mit Daumen und Zeigefinger den Rotz von ihrer Nase entfernte. Den ganzen Winter über hatte sie einigermaßen Ruhe gehabt, doch jetzt, da die ersten warmen Sonnenstrahlen durch die Luken in die Mühle fielen, ging die Nieserei wieder los. Schniefend nahm sie einen neuen Sack zur Hand, befestigte ihn an der Mahlgangsöffnung, legte einen Riegel um und ließ im nächsten Moment einen Schwall Mehl in den Sack rauschen. Um die unnötige Luft daraus zu verdrängen, stauchte sie ihn ein paarmal kräftig. Bevor sie ihn zuband, langte sie einer Eingebung folgend hinein und ließ eine Hand voll Mehl durch ihre Finger rieseln. Wie sie es sich gedacht hatte: viel zu grob! Dabei hatte die Wirtin des »Fuchsen« diese Woche ausdrücklich feines Mehl bestellt. »Gerhard!«, kreischte Käthe.

Im nächsten Moment wurde das Tor aufgerissen.

»Verflixt noch mal, der Mühlstein gehört geschliffen, merkst du das denn nicht? Wie oft hat dein Vater, Gott hab ihn selig, dir gesagt, wie wichtig es ist, den ...« Sie drehte sich um und schrak zusammen, als sie Franziska Breuer sah.

»Grüß Gott, Käthe!« Mit einem letzten Schwung bugsierte die »Fuchsen«-Wirtin ihren Leiterwagen durch das Tor, bevor es hinter ihr zuschlug.

Die Müllerin grüßte brummend zurück. Hätte die Frau nicht ein paar Minuten später kommen können? Jetzt wusste sie gleich, dass das Mehl nicht so fein war, wie es sein sollte. Und überhaupt: Was tat sie hier, wo sie sonst doch immer ihre Tochter schickte? Wahrscheinlich ließ sich Gerhard deshalb nicht blicken! Hätte sich Kathi Breuer angesagt, würde er sich schon seit Ewigkeiten wie ein Taugenichts im Mahlstüble herumdrücken, um sie nur ja nicht zu verpassen!

Käthe wies auf den Sack Mehl zwischen ihren Beinen. »Das ist der letzte, die drei anderen hab ich schon abgefüllt.« Ein Ächzen unterdrückend hievte sie einen Sack nach dem andern auf den Leiterwagen. Wehe, wenn sie ihren Sohn in die Finger bekam ...

»Brauchst du sonst noch etwas?«, fragte sie Franziska Breuer, als der letzte Sack verstaut war.

»Ja, pack mir Salz ein. Und Zucker. Und wenn du noch ein, zwei Töpfe saure Gurken hättest?«

Die Müllerin runzelte die Stirn. »Seit wann kaufst du Gurken zu?« Normalerweise stellten die Breuers alles selbst her, was sie ihren Gästen im Wirtshaus anboten. Und Gurken pflanzten sie auch in ihrem Gemüsegarten an. Ja niemanden einen Pfennig verdienen lassen! Den Hals nicht voll kriegen können! – so nannte Käthe das, jawohl! Sie nieste laut und heftig.

»Seit ich feststellen musste, dass unsere Fässer schon im Dezember zur Hälfte leer gefressen waren. Und wir wissen auch, wem wir das zu verdanken haben!« Über Franziskas Gesicht huschte eine dunkle Wolke. »Dieses g'schlamperte Luder hätte ich schon im letzten Herbst rausschmeißen und nicht noch bis Lichtmess warten sollen!«

Was folgte, war eine Schimpftirade auf Luise, die Magd, die von Franziska beim Klauen erwischt worden war und die daraufhin am zweiten Februar ihr Bündel hatte nehmen müssen.

Käthe stieß die Tür zu der kleinen Kammer auf, die sie nach dem Tod ihres Mannes eingerichtet hatte. Ein paar Regale, eine grob gezimmerte Verkaufstheke, mehr stand nicht darin. Hier bot Käthe Salz, Zucker und ein paar Gewürze an, außerdem Marmelade, eingelegte Gurken und Dörrobst. Die Rombacher selbst kauften nicht viel, meist waren es Städter auf der Durchreise, die mit einem Topf Marmelade ein Stück Landleben nach Hause nehmen wollten. Ihnen zuliebe band Käthe sogar ein rotes Schleifchen um jeden Topf. Hauptsache, der Verkauf der Lebensmittel brachte ein kleines Zubrot ein. Auf dem untersten Regalboden standen die Gurken- und Krautfässer. Käthe holte eins der mittelgroßen Fässer hervor. Wenn man der »Fuchsen«-Wirtin Glauben schenkte, war Luise nicht nur eine diebische Elster gewesen, sondern obendrein vom Teufel selbst besessen!

Sie rollte ein Gurkenfass neben die Mehlsäcke auf den Leiterwagen und wartete darauf, dass Franziska mit dem Schimpfen aufhörte.

»Keiner will mehr richtig schaffen! Aber jetzt werden andere Seiten aufgezogen, das sag ich dir. Und die Kathi seht ihr auch nicht mehr so schnell. Wenn ich die zum Einkaufen schicke, ist immer der halbe Tag vorbei, und das Tagwerk bleibt liegen!«

»Du weißt, deine Katharina ist bei uns immer gern gesehen!«, erwiderte die Müllerin. Dann nannte sie ihren Preis für die Lebensmittel. Das älteste Breuer-Mädchen wäre ihr als Schwiegertochter mehr als willkommen. Kathi konnte zupacken, nett anzusehen war sie auch, und dass der Gerhard ganz vernarrt in sie war, ließ sich nicht übersehen. Käthe überlegte noch, ob sie eine Andeutung in diese Richtung machen sollte, als Franziska erwiderte: »Und *du* weißt, dass wir euren Gerhard ebenfalls gern sehen. Aber dass du nicht auf dumme Gedanken kommst! Die Kathi brauchen wir noch ein paar Jahre. Und jetzt, wo wir ohne Magd sind, sowieso. Obwohl ich immer todmüde bin, kann ich manchmal nachts nicht schlafen, weil ich nicht weiß, wer die ganze Arbeit am nächsten Tag machen soll. Es wird einfach immer mehr!«

Sie legte Käthe ein paar abgezählte Geldscheine hin.

»Übrigens: Könntest du mir morgen noch einmal den Gerhard schicken? Du weißt doch, außer dem Brot müssen diese Woche auch die Pfingstküchle für Samstag gebacken werden. Und jetzt, wo die Luise weg ist ...«

Wenn die Bauern am Pfingstsamstag ihre Viecher auf die Weiden getrieben hatten, trafen sie sich alljährlich im »Fuchsen« zu Pfingstküchle und Bier. Ja, dafür war ihr Gerhard gut! Käthe ärgerte sich inzwischen, dass sie es in den vergangenen Wochen zugelassen hatte, dass ihr Sohn für den »Fuchsen«-Wirt den Bäckermeister spielte. Ohne Lohn, versteht sich! Wo es doch eigentlich so war, dass die Leute in die Mühle kamen, um durch Arbeit ihre Mahlkosten abzugelten!

Resolut schüttelte Käthe den Kopf. »Tut mir Leid. Der Gerhard hat in den nächsten Wochen alle Hände voll zu tun. Eins der Wasserräder muss ausgebessert werden, ein paar Zapfen sind auch schadhaft und ... Vielleicht solltet ihr euch wirklich nach einer neuen Magd umschauen.« Sie weidete sich noch an der Enttäuschung, die der Wirtin ins Gesicht geschrieben stand, als das Tor erneut aufging. Die beiden Frauen drehten sich um.

»Grüß Gott!« Misstrauisch beäugte Käthe das junge Mädchen, das im Torrahmen stand. Sie hatte es hier im Dorf noch nie gesehen. Und von einem der umliegenden Höfe kam es bestimmt auch nicht. »Wie kann man helfen?«

Die junge Frau blinzelte, als ob sie sich nach der grellen Maisonne erst an die Dunkelheit im Inneren der Mühle gewöhnen musste. »Ich wollte fragen, ob ... ob ich ein Brot haben kann«, stotterte sie.

Käthe runzelte die Stirn. »Brot?«, wiederholte sie. Dann zeigte sie auf das Schild an der Wand, wo sie alle Waren, die sie zum Verkauf anbot, aufgeführt hatte. »Kannst du nicht lesen? Bei uns gibt's Mehl. Brot müssen die Leute schon selbst backen.« Diesen kleinen Seitenhieb auf Franziska konnte sie sich nicht verkneifen. Sie wusste wohl, dass es Müller gab, die auch Brot backten und verkauften, um ihre Kasse aufzubessern. Nach dem Tod ihres Mannes hatte Käthe ebenfalls mit diesem Gedanken gespielt, ihn dann aber wieder zugunsten des Lebensmittelhandels verworfen.

»Ich tät auch dafür bezahlen. Oder dafür arbeiten!«, fügte die Fremde an, als ob Käthe nichts gesagt hätte. »Fleißig bin ich. Und schnell.« Ihre lebhaften Augen flackerten ängstlich, als befürchtete sie, hinausgeworfen zu werden. Trotzdem trat sie einen Schritt näher.

Käthe musterte ihr Gegenüber. Blutjung, höchstens sechzehn Lenze, schätzte sie. Ein hübsches Ding, mit einem Gesicht wie ein Porzellanpüppchen. Aber so blass, als ob sie in einem Keller eingesperrt gewesen wäre. Drahtig zwar, aber so mager! Käthe griff in einen der Körbe hinter sich.

»Ein bisschen Trockenobst könnt ich dir geben. Da, nimm!«

Zögerlich griff das Mädchen nach den Apfel- und Birnenschnitzen, steckte sich jedoch schon im nächsten Moment einen davon in den Mund. Erst dann murmelte es: »Danke.«

Käthe winkte ab. Außer einem Bündel hatte die junge Frau nichts dabei. Eine Hausiererin konnte sie also nicht sein. Und eine Näherin auch nicht, sonst hätte sie ihre Dienste doch gleich angeboten. Für eine Zigeunerin war sie zu hellhäutig ... Eine Bettlerin? Deren Fetzen wären nicht so sauber gewesen. Also wahrscheinlich eine Dienstmagd, die anderswo in Ungnade gefallen war. Aber warum kam sie dann ausgerechnet in eine Mühle und bot ihre Dienste an? Als ob sich Käthe eine Magd hätte leisten können ...

Plötzlich kam ihr eine Idee.

»Du sagst, du bist auf der Suche nach Arbeit?«

Das Mädchen mit den blauen Augen nickte, während es hingebungsvoll auf einem Stück Trockenobst kaute.

Käthe schaute von der jungen Frau zu Franziska, die mit ihrem Leiterwagen ein aufwändiges Wendemanöver begonnen hatte. Das war wieder mal typisch für die Breuer! Die sah ihr Glück nicht, selbst wenn es vor ihren Füßen lag.

»Da wüsste ich, an wen du dich wenden kannst!«

Brot sollte ich backen und dafür eine warme Mahlzeit, eine Unterkunft für die Nacht und ein Morgenmahl bekommen – so hatte Franziska Breuer es mir vorgeschlagen. Und ich habe Ja gesagt. Was hätte ich auch sonst tun sollen? Ich konnte eine Rast gut gebrauchen. Und etwas essen musste ich auch. Und bevor ich mein bisschen Geld ausgab, wollte ich lieber für meine Kost arbeiten.

In jedem Dorf, durch das ich auf meinem Weg nach Süden kam, hatte ich gehofft: Das ist jetzt endlich die Schweiz! Das ist das Land, von dem Mutter so viel erzählt hat. Wo Frauen als Stickerinnen und Näherinnen Arbeit finden können. Dass die Schweizer vermutlich nicht gerade auf eine Köhlerstochter warteten, die noch nie an einer Nähmaschine gesessen hatte und nur leidlich mit einer Stopfnadel umgehen konnte, kam mir nicht in den Sinn. »Stur wie eine Ziege!«, hat Vater mich immer geschimpft. »Sie hat ihren eigenen Willen und einen Dickkopf wie du«, antwortete Mutter ihm darauf stets. Oh, wie oft hat sie mich in Schutz genommen! Und nicht nur das.

Auf meinem Weg nach Süden hatte ich oft das Gefühl, Mutter würde neben mir herlaufen. Manchmal, wenn die Sonne auf ein dicht bewachsenes Waldstück fiel und es ringsum nach Tannen und Kiefern roch, schaute ich mich unwillkürlich um. Genauso hatte Mutter gerochen, wenn ich mich nächtens an sie schmiegte. Dabei wusste ich, dass ich sie nie mehr wiedersehen würde.

Deshalb musste ich unbedingt in die Schweiz gelangen. Dann würde mein Leben neu beginnen!

Doch am Ende bin ich nicht weiter als bis Rombach gekommen ...

»Ist es für heute nicht schon zu spät, um mit dem Backen anzufangen? Sollen wir das nicht auf morgen verschieben?« Obwohl Gustav Breuer draußen bemüht leise sprach, war seine Stimme im Backhaus nicht zu überhören. Und die seiner Frau auch nicht.

»Und was ist, wenn sich herausstellt, dass sie's doch nicht kann? Ich füttere doch eine Fremde nicht umsonst durch! Nein, sie soll gleich zeigen, was in ihr steckt«, zischte Franziska zurück.

Rosanna, die gerade den Inhalt eines Mehlsacks zur Hälfte in den Holztrog schüttete, hielt in der Bewegung inne.

»Ich weiß nicht ... Eine Wildfremde – und so jung dazu ... Brotbacken ist doch eigentlich Männersache«, hörte sie den »Fuchsen«-Wirt sagen. Hoffentlich jagte er sie nicht doch noch davon! Den Gedanken an eine warme Mahlzeit und einen Tag Rast hätte sie nur ungern wieder aufgegeben. Hastig schüttete sie Wasser zum Mehl und begann, die Masse mit den Händen zu vermengen. So! Jetzt hatte sie angefangen, also konnte sie keiner mehr verjagen ...

»Männersache! Wo doch der Zacharias nichts davon wissen will und der Anton den ganzen Tag mit Wurstmachen beschäftigt ist! Willst du dich vielleicht selbst hinstellen und backen?«, erwiderte Franziska bissig. »Das Mädchen bleibt. Ich will jetzt nichts mehr hören!«

Rosanna hatte unwillkürlich die Luft angehalten. Jetzt atmete sie erleichtert aus. Im nächsten Moment wurde die Tür zum Backhaus aufgerissen. Franziska stellte eine Schüssel auf den Rand des Troges und einen Becher mit Milch daneben.

»Hier ist was zu trinken. Und der Sauerteig. Vergiss bloß nicht, vom neuen Teig etwas für die nächste Woche zurückzubehalten!« Mit verschränkten Armen schaute Franziska Breuer zu, wie Rosanna nach einem Teigbatzen langte und ihn mit einem schmatzenden Geräusch gegen die hölzerne Wand des Troges schlug.

Franziska schnaubte zufrieden. »Na also, das wird doch was!« Gleich darauf war sie verschwunden.

Mit klebrigen Fingern griff Rosanna nach dem Becher Milch und trank ihn in einem Zug aus. Von dem Teig stieg eine Woge

Kümmelduft empor und ließ ihren Magen knurren. Es hätte nicht viel gefehlt, und sie hätte sich eine Hand voll Teig in den Mund gestopft, doch dann siegte die Vernunft. Nachdem sie in den letzten Tagen fast nur von Kräutern aus dem Wald gelebt hatte, würde ihr ein roher Teigbatzen gewiss Bauchweh bereiten. Und dann fiel ihr das Kneten und Walken nur noch schwerer. Rosanna versuchte, das flaue Gefühl in ihrem Magen zu ignorieren, und arbeitete weiter.

Allmählich wurde der Teig immer luftiger, und bald würde sie ihn abgedeckt ruhen lassen. Dann konnte auch sie sich ein wenig erholen. Das Feuer im Ofen hatte sie schon angezündet, bevor sie mit dem Teig begonnen hatte. Mit dem alten Steinofen im Wald, in dem sie immer für sich und die anderen Köhler Brot gebacken hatte, kannte sie sich gut aus. Bei diesem hier konnte sie nur schätzen, wann er die richtige Temperatur haben würde. Sie beschloss, noch ein paar Scheite Buchenholz nachzulegen, obwohl es in der Backstube schon jetzt brütend heiß war. Rosanna konnte nicht verhindern, dass hin und wieder ein Schweißtropfen von ihrer Stirn in die Backmulde tropfte. Wer hier im Sommer Brot backen musste, war nicht zu beneiden, ging es ihr durch den Kopf. Dagegen war es im Wald selbst im Hochsommer stets kühl gewesen.

Wie jedes Mal, wenn Rosanna an zu Hause dachte, verspürte sie eine tiefe Traurigkeit. Sie hielt mitten in der Bewegung inne.

Sie vermisste ihre Mutter wie am ersten Tag, dabei war sie schon seit zwei Jahren verschwunden. »Geteiltes Leid ist halbes Leid«, hatte sie immer geflüstert und sich schützend zwischen Rosanna und den Vater gestellt, wenn der mal wieder im Suff grob wurde. Mutter ...

Rosannas Finger krallten sich am Holztrog fest, bis ihre Knöchel weiß wurden. Die Traurigkeit wurde von einem beißenden Hass ersetzt, der wie Gift in jede ihrer Körperzellen strömte. Geahnt hatte sie es schon immer, aber seit letzter Woche besaß sie die Gewissheit, dass ihre Mutter damals *nicht* auf und davon gelaufen war, wie Vater immer behauptet hatte. Sich davonzuschleichen wäre auch gar nicht ihre Art gewesen! Und schon gar nicht ohne Rosanna. Mutter hätte sie nie und nimmer allein zurückgelassen. Und als Vater ihr letzte Woche im Rausch drohte, es würde ihr »ergehen wie der Mutter, wenn sie nicht spurte«, und dabei auf den Meiler deutete, da war es ihr auf einmal wie Schuppen von den Augen gefallen.

»Du ... du hast sie umgebracht! Und dann verbrannt, nicht wahr? Sie *kann* gar nicht mehr zurückkommen!«, hatte sie den Vater angeschrien und die wirren Haare aus seiner Stirn gerissen, um in seine Augen sehen zu können. Doch er hatte nur abgewinkt und etwas gelallt, was sie nicht verstand. Kurz darauf war er eingeschlafen, als ob nichts gewesen wäre.

Nicht nur ein Säufer, sondern ein Mörder!

Doch hätte Rosanna das je beweisen können? Nein. Sie wusste ja noch nicht einmal, wem sie ihre Anschuldigung hätte vortragen sollen. Sie hatten ihre Kohlenmeiler stets tief im Wald aufgebaut, weit weg von den nächstgelegenen Dörfern und gerade noch so nah bei den Glashütten, dass der Transport der Holzkohle nicht allzu lange dauerte. Hätte sie in die Glashütte zu einem der Aufseher gehen sollen? Die wollten doch mit den schmutzigen Köhlern nichts zu tun haben. Zu einem Dorfvorsteher? Einem Gendarm? Rosanna kannte keinen und wusste auch nicht, wo sie einen solchen Gesetzeshüter hätte finden können.

Tausend Gedanken waren ihr durch den Kopf gegangen, während Vaters rauschbeseeltes Schnarchen die Hütte erfüllte. Am Ende hatte sie erkennen müssen, dass sie rein gar nichts in der Hand hatte, um den Tod ihrer Mutter zu sühnen.

Noch in derselben Nacht hatte sie ihr Bündel gepackt. Nur der Gedanke, dass ihre Mutter vielleicht doch noch eines Tages zurückkommen würde, hatte sie die letzten zwei Jahre erdulden lassen. Aber Vaters Worte hatten nicht nur ihre Hoffnung, sondern auch ihre Duldsamkeit zerrieben.

Während sie leise den Deckel der Dose öffnete, in der Vater das Kohlengeld aufbewahrte, schwor sie sich, sich nie mehr von ihm anschreien und beschimpfen zu lassen. Von den zwanzig Mark, die in der Dose lagen, nahm sie sich zehn. Außerdem stieß sie auf einen zerknitterten, graubraunen Briefumschlag, auf dem in unbeholfenen Buchstaben ihr Name geschrieben stand. »Auf dem Papier darin steht, wann du geboren wurdest und dass wir deine Eltern sind. So einen Zettel braucht man zum Heiraten und wenn man eine Anstellung sucht.« Rosanna wusste nicht mehr, wann die Mutter ihr dies gesagt hatte, aber sie wollte den Umschlag für alle Fälle mitnehmen. *Er* brauchte ihn schließlich nicht mehr, denn er würde sie nie wieder sehen. Sie würde Arbeit in der Schweiz finden, ganz gewiss! Und bis dahin konnte sie sich irgendwie über Wasser halten, davon war sie überzeugt. Stur wie eine Ziege? Und ob!

Rosanna hielt mit dem Kneten inne. Für eines waren Vaters Schläge gut gewesen: Sie hatten sie hart gemacht. Hart und furchtlos. Wovor um alles in der Welt hätte sie noch Angst haben sollen?

Der Teig war nun weich und luftig, seine Oberfläche glänzte. Wenn die Brote so gut gerieten, wie es der Teig versprach, würde die »Fuchsen«-Wirtin keinen Grund zur Klage haben! Rosanna begann die Teigreste von ihren Fingern abzustreifen.

Mochte der Vater allein zusehen, wie er seine Meiler baute! Mochte er allein das Holz heranschleppen und Reisig und Gras für den Meilerbau sammeln. Und Erde zum Aufschichten. Jetzt hatte er niemanden mehr, der Tag und Nacht die Wache mit ihm teilte.

Rosanna schluckte. Sie wollte nicht mehr zurückdenken. Nicht jetzt und auch später nie mehr. Es war vorbei.

»Mai ohne Regen – fehlt's allerwegen, heißt's bei uns!«

Sie zuckte zusammen. Als sie sich umdrehte, sah sie einen jungen Burschen im Türrahmen stehen. Er grinste.

»Ganz schön warm heute, nicht wahr? Tut mir Leid, wenn ich dich erschreckt habe.«

Rosanna nickte. »Mairegen bringt Segen, da wächst jedes Kind, da wachsen die Blätter und Bäume geschwind – so heißt es bei uns«, erwiderte sie. Dann erst fragte sie sich, wer der junge Mann eigentlich war, der so selbstbewusst mit verschränkten Armen im Türrahmen lehnte. Er war nicht sonderlich groß, wirkte aber kräftig, was damit zusammenhing, dass er offenbar gut ausgeprägte Muskeln hatte. Er sah aus wie ein Mann, der ordentlich schaffen konnte und dafür gut zu essen bekam. Rosanna hatte zudem bei einem Mann noch nie einen solch vollen Haarschopf gesehen – die Köhler, unter denen sie aufgewachsen war, hatten fast alle schütteres Haar, und viele von ihnen waren äußerst mager. Kein Wunder bei dem bisschen, was bei ihnen in den Suppentopf kam!

Als hätte der junge Mann Rosannas Gedanken verfolgt, fragte er nun: »Und wo ist ›bei uns‹?«

»In der Gegend um Freudenstadt«, erwiderte Rosanna.

»Ach so! Übrigens, ich heiße Zacharias Breuer, und wer bist du?« Er stieß sich vom Türrahmen ab und kam um den Holztrog herum.

»Rosanna Schwarz.«

»Mutter sagt, du wärst auf dem Weg in die Schweiz.«

Rosanna nickte und wusch sich in dem restlichen Wasser im Eimer die Hände. Dann trocknete sie sie mit einem Lappen, der an einem Haken an der Wand hing. Seit der junge Mann das Backhaus betreten hatte, kam es Rosanna auf einmal viel kleiner vor. Was wollte er von ihr? War er von seiner Mutter geschickt worden, um sie auszuhorchen?

Als hätte er alle Zeit der Welt, begann Zacharias, mit einem kleinen Holzsplitter, den er vom Türrahmen abgerissen hatte, den Schmutz unter seinen Fingernägeln zu entfernen. »Und was willst du ausgerechnet in der Schweiz?«

Er runzelte die Stirn, und Rosanna wusste nicht, ob dies ihren Plan, in die Schweiz zu reisen, betraf, oder ob er sich nur auf seine Aufgabe konzentrierte. Aber es sah drollig aus. Unwillkürlich musste sie lachen.

»›Ausgerechnet in der Schweiz‹ – wie du das sagst! Als ob ich ins Türkenland auswandern wollte. Oder nach Amerika! Aber ich sag's dir gern: Ich will wegen der Arbeit in die Schweiz.« Sie sah ihn herausfordernd an.

»Dafür braucht man doch nicht so weit zu reisen!«, erwiderte er prompt und lachte ebenfalls. Dabei zeigten sich auf seinen Wangen ausgeprägte Grübchen. »Die Arbeit rennt einem auch hier den ganzen Tag hinterher. Und kaum glaubt man, fertig zu sein, steht schon das nächste Geschäft bevor! Gerade sind mein Bruder und ich beim Schlachten und Wursten, danach will mein Vater noch mit mir das Dach ausbessern. Dann muss die Wirtsstube für den Abend hergerichtet werden und so weiter ...«

Rosannas Lippen wurden schmal. Dafür, dass er so beschäftigt war, hatte er viel Zeit zum Plaudern. Ihr Vater wäre schnell mit dem Prügel zur Stelle gewesen, hätte sie sich mitten am Tag eine solche Pause erlaubt!

Die beiden schwiegen. Rosanna war es nicht gewohnt, mit Fremden zu sprechen, auch wenn dieser hier einen netten Eindruck machte. Außer dem Fuhrmann von der Glashütte, der alle zwei Wochen die Holzkohle abholte, und einigen Hausierern, die sich im Laufe eines Jahres im Wald verirrten, waren selten Fremde zu ihnen gekommen. Die Einzigen, die Rosanna regelmäßig zu Gesicht bekommen hatte, waren andere Köhlerfamilien und Harzer, die zum Brotkaufen zu ihnen kamen. Und dies waren in der Regel allesamt recht wortkarge Leute.

»Eine Köhlerin bist du, sagt meine Mutter, und dass deine Eltern beide tot sind«, hob Zacharias schließlich erneut an.

Rosanna nickte. Genau das hatte sie Frau Breuer erzählt, alles andere wäre zu kompliziert gewesen.

Noch immer musterte der Breuer-Sohn sie mit unverhohlenem Interesse. Um nicht länger tatenlos herumzustehen, schaute sich Rosanna nach etwas um, womit sie den Teigtrog abdecken konnte, und entdeckte ein Brett in der passenden Größe. Nachdem sie es über den Trog gelegt hatte, sagte sie: »Wenn's so viel Arbeit gibt ... Solange der Teig geht, hätte ich Zeit zu helfen ...«

Anton war ganz anders als sein Bruder, das habe ich gleich gesehen. Er sah schon damals viel älter aus, obwohl er nur drei Jahre früher geboren war als Zacharias. Ansonsten sahen sich die beiden Brüder ähnlich, zumindest auf den ersten Blick. Aber bei Zacharias wirkte die Leibesfülle kraftvoll, während Anton eher Behäbigkeit ausstrahlte. Auch seine Miene war meistens eher reglos. Dagegen konnte man in Zacharias' Gesicht lesen wie in einem aufgeschlagenen Buch! Wenn er etwas komisch fand, vertieften sich seine Grübchen, und aus seinen Augen sprühten tausend Funken. Sein ansteckendes Lachen war stets im ganzen Raum zu hören – nicht gerade zum Nachteil für einen Wirt, dachte ich bei mir. Ich muss zugeben, dass mir Zacharias schon am ersten Tag gefiel. Sein Bruder hingegen war mir ziemlich gleichgültig. Er starrte zwar hin und wieder von seinem Kessel Blutwurst zu mir herüber, aber mehr als ein paar Worte brachte er nicht heraus. Im Gegensatz zu Zacharias! Dessen Mund hat eigentlich fast nie stillgestanden. Kaum hatte ich das erste Huhn zum Rupfen zwischen den Beinen, begann er zu erzählen: vom ersten Mai und dass er und ein paar Kameraden im Nachbardorf den Maibaum abgesägt hätten. Dass es den »Fuchsen« schon seit achtzig Jahren gebe und dass sein Vater nun vorhabe, Reisenden auch Fremdenzimmer anzubieten. Dass die Großeltern väterlicherseits mit im Haus lebten, der Vater seiner Mutter aber allein auf einem großen Berghof ganz in der Nähe wohne.

Anton war die Beredsamkeit seines Bruders wohl ein wenig peinlich. Vielleicht war er aber auch nur der Ansicht, dass man einer Fremden gegenüber nicht so schwatzhaft sein sollte. Jedenfalls hat er mehr als einmal die Augen verdreht. Eins muss ich sagen: So unterhaltsam war es noch nie, ein Hühnchen zu rupfen!

Beim Abendessen lernte ich dann auch den Rest der Familie kennen: Gustav Breuers Eltern, Katharina, die älteste Tochter, und natürlich Simone ...

Auf ihrer Reise vom Norden des Schwarzwalds in den Süden war Rosanna an vielen großen Höfen vorbeigekommen. In jedem Dorf, manchmal aber auch einsam am Wegesrand, standen riesige Höfe mit tief gezogenen Dächern und vielen kleinen Fenstern. Doch keiner schien ihr im Nachhinein so groß wie das Breuersche Anwesen mit dem Wirtshaus.

Nachdem Rosanna Zacharias und Anton in der Wurstküche geholfen hatte, schob sie die erste Ladung Brote in den Ofen. Danach bestand Zacharias darauf, ihr das Anwesen zu zeigen. Obwohl Rosanna neugierig war, wollte sie mit den Broten kein Risiko eingehen und drängte daher zur Eile. So nahm sie alles nur flüchtig wahr: das Wirtshaus, wo Franziska Breuer über einem Stapel Papiere saß und ihnen einen ärgerlichen Blick zuwarf, daneben die Küche, hinter dieser die gute Stube, wo Gustav Breuers Eltern auf der Kunst saßen, dem Nebenofen, dessen Steinbank durch den Kachelofen erwärmt wurde. Ganz rechts lag schließlich der Stall, in dem vier gesunde Hinterwälderkühe, ein paar Ziegen und eine ordentliche Menge Schweine untergebracht waren. Am liebsten wäre Rosanna zu den Kühen gegangen und hätte deren samtweiches Fell gestreichelt. Weil dafür jedoch keine Zeit blieb, sog sie nur tief den Duft nach Heu und Stroh und Milch ein. Ein Teil des Stalls war frisch eingestreut, aber leer. Hier sollten die Pferde der Reisenden untergebracht werden, erklärte Zacharias.

Teilweise waren die Zimmer miteinander verbunden. Manchmal mussten sie jedoch auch durch eine rückwärtige Tür in den Hof treten, um dann durch eine andere Tür in den nächsten Teil des Hauses zu gelangen. Im oberen Stockwerk befanden sich die Schlafkammern und auch der Heuschober, den Gustav Breuer zu Fremdenzimmern ausbauen wollte. Rosanna wurde es ganz schwindlig vor lauter Zimmern und Kammern und Räumen!

»Wie um alles in der Welt kann sich ein Mensch in einem so großen Haus zurechtfinden?«, fragte sie Zacharias, woraufhin er schallend lachte. Sein Besitzerstolz war bei jedem Zimmer, das er ihr zeigte, gewachsen. Zum Schluss gingen sie unter dem tief gezogenen Dach um das Haus herum und landeten wieder im Hof, in dem im äußersten rechten Winkel das Backhaus und im äußersten linken Winkel das Schlachthaus standen. Dazwischen befanden sich noch das stille Örtchen sowie eine Art Scheune, die Zacharias »das Lager« nannte. Mit stolzgeschwellter Brust wollte er es Rosanna ebenfalls zeigen, doch sie winkte ab – sie hatte sich schließlich um das Brot zu kümmern. Sie war gerade noch rechtzeitig ins Backhaus gekommen, um die erste Ladung aus dem Ofen zu nehmen.

Es war kurz vor sechs Uhr, als Rosanna das letzte Brot herausholte. Um sechs sollte es Nachtessen geben, hatte Franziska ihr gesagt.

Zufrieden schaute Rosanna auf das Regal, in dem das Backwerk des Tages lag – genau dreißig Laibe und einen Korb voller kleinerer Zöpfe hatte der Teig ergeben. Ihre Arme zitterten vor Erschöpfung. Eine warme Mahlzeit und ein Lager für die Nacht hatte sie sich redlich verdient! Ein letzter prüfender Blick, ob auch alles sauber war, dann verließ sie das Backhaus und ging zu dem Wassertrog, der an der Rückseite des Hauses angebaut war und in den kaltes Wasser plätscherte. Direkt daneben befand sich ein hölzerner Verschlag. War das etwa ein weiteres stilles Örtchen? Als Rosanna hineinlugte, erkannte sie, dass es sich um einen Kühlraum für Milchkannen handelte, durch den in einer hölzernen Leitung das Wasser floss, das den Wassertrog speiste. Wie praktisch!

Während sie ihr Gesicht wusch, fragte sie sich, wie sie jetzt wohl am schnellsten in die Küche gelangte. Der einzige Raum, den sie mit verbundenen Augen wiedergefunden hätte, war das Räucherstübchen mit seinem verführerischen Duft. Beim Gedanken an die rohen Würste und Schinkenstücke, die dort in Reih und Glied an der Decke hingen, meldete sich ihr Magen erneut. Obwohl Rosanna es vor Hunger kaum noch aushielt, löste sie ihre Haare und begann sie notdürftig mit den Fingern zu kämmen. In der Spiegelscherbe, die über dem

Waschtrog an der Hauswand hing, glänzte ihr Haar in einem honigfarbenen Goldton. Hastig flocht sie einen ordentlichen Zopf. Sie habe das Haar einer Prinzessin, hatte Mutter immer zu ihr gesagt. »Einer Kohleprinzessin vielleicht!«, erwiderte sie dann stets und hielt dabei ihr mit Ruß verschmiertes Kleid hoch. Ach Mutter ...

Bei dem Gedanken, mit völlig fremden Menschen an einem Tisch sitzen zu müssen, wurde Rosanna nervös. Was, wenn die Wirtsleute etwas an den Broten auszusetzen hatten, die Anton bereits in die Küche getragen hatte? Zacharias und Anton waren ja recht freundlich, aber was, wenn deren Schwestern sie nicht leiden konnten? Womöglich machten sie sich über Rosanna lustig! Und die alten Breuers hatten auch nicht gerade sehr freundlich dreingeschaut, als Zacharias Rosanna durch die gute Stube führte.

Sie zog in der Spiegelscherbe eine Grimasse. In der Schweiz würde es vor Menschen sicher nur so wimmeln. Je früher sie sich also daran gewöhnte, unter Leuten zu sein, desto besser! Die Zeiten, in denen sie nur die Tiere im Wald als Gesprächspartner gehabt hatte, waren ein für allemal vorbei.

»Wenn ihr den Knall gehört hättet, den diese, diese ... Turbine von sich gab, als sie zum Laufen kam! Eine Höllenmaschine ist das!« Theatralisch warf Katharina beide Arme in die Höhe. »Diesmal ist mir vor Schreck nur der Wassereimer aus der Hand gefallen, aber das nächste Mal bleibt mir womöglich das Herz stehen!« Sie schüttelte heftig den Kopf. »Nein, ich will da nicht mehr hin!«

»So schnell geht das nicht, Schwesterherz«, sagte Zacharias spöttisch und nahm sich noch einen Brotzopf aus der hölzernen Schale, die in der Tischmitte stand. »Die sind wirklich gut«, fuhr er fort und lächelte dabei Rosanna an.

Rosanna lächelte schüchtern zurück. Dass sie aus dem letzten Rest Teig keinen Laib geformt, sondern kleine Zöpfchen geflochten hatte, war kurz Anlass für einen Aufruhr gewesen. Wer sie das geheißen habe, hatte Franziska Breuer Rosanna angefahren. Niemand, hauchte sie, und dass sie das zu Hause immer so gemacht habe. Gustav, der die Brotzöpfe ebenfalls skeptisch beäugt hatte, langte als Erster zu und sagte gleich darauf, sie würden ausgezeichnet schmecken. »Aber bring die nachher nur ja nicht ins Wirtshaus! Sonst wollen am Ende alle nur noch dieses verschnörkelte Brot haben!« Damit war die Sache vom Tisch gewesen.

»Du hast gut reden, du warst ja nicht dabei!« Katharina funkelte ihren Bruder wütend an. Dass die anderen nicht ernst nahmen, was sie erlebt hatte, passte ihr ganz und gar nicht.

»Überhaupt, warum kann denn nicht einmal jemand anders auf den Moritzhof gehen? Ich bin's leid, mich beschimpfen zu lassen!« Vorwurfsvoll schaute sie in die Runde. Als niemand etwas erwiderte, fuhr sie fort: »Wisst ihr, was er zu mir gesagt hat, als ich mich verabschiedete? ›Im Mai wird den Menschen noch einmal für kurze Zeit das Paradies geöffnet – also guck nicht so, als ob dich die Flöhe beißen, Kathi!‹ Was meint er damit? Als ob ich mich nicht waschen würde!«

»So spricht man aber nicht von seinem Großvater!« Die alte Frau Breuer warf ihrer Schwiegertochter einen vorwurfsvollen Blick zu. »Das hätte es zu unserer Zeit nicht gegeben. Franziska, du hast das Mädchen schlecht erzogen!«

Franziska ignorierte ihre Schwiegermutter. »Und wie stellt sich das gnädige Fräulein die Sache vor? Soll ich zukünftig die Jungen zum Putzen zum Vater hochschicken?«, erwiderte sie stattdessen streng. »Noch so eine Idee, und es setzt was!«

Gebannt hatte Rosanna dem Tischgespräch gelauscht. Doch nun, da es womöglich für Katharina eine Ohrfeige von der Mutter hagelte, versuchte sie, sich so klein wie möglich zu machen.

Franziskas Ärger schien jedoch ebenso schnell verraucht zu sein, wie er gekommen war.

»Ach Kathi, du kennst doch den Großvater«, sagte sie beschwörend. »Du weißt, dass man sich nicht alles zu Herzen nehmen muss, was er von sich gibt.« Sie drückte Katharinas Arm.

»Nächste Woche machst du einfach deine Arbeit und kümmerst dich nicht um den alten Bären.«

»Und wenn er mich wieder eine dumme Gans nennt?« Katharina schniefte und zupfte einen unsichtbaren Staubfussel von ihrem Blusenärmel.

Rosanna hatte das Gefühl, dass sich Kathi eigentlich schon längst beruhigt hatte, es aber genoss, dass so viel Theater um sie gemacht wurde. Die Breuer-Tochter kam ihr ziemlich verwöhnt vor.

»Dann machst du einfach die Ohren zu!«, erwiderte Franziska. »Und jetzt iss noch so einen ... Zopf, dann kommt auch wieder ein bisschen Farbe auf deine Wangen. Sonst denkt Gottlieb König nachher womöglich noch, du wärst krank!«

»Dann hätte er wieder eine Ausrede, sein Bier mit einer von seinen Arzneien zu bezahlen«, feixte Zacharias.

Wer war denn dieser Gottlieb König schon wieder? Rosanna hatte Mühe, dem Gespräch zu folgen. Lediglich, dass es sich bei Franziskas Vater um einen ziemlich unfreundlichen Zeitgenossen zu handeln schien, hatte sie mitbekommen. Nach den Pellkartoffeln mit der Blutwurst und dem Butterbrot fühlte sie sich so satt wie schon lange nicht mehr. Dazu die Wärme von dem großen Kachelofen im Rücken ... Rosanna wollte am liebsten nie mehr aufstehen. Sie war zudem froh, dass niemand etwas von ihr wissen wollte. Es reichte ihr, dazusitzen und zuzuhören.

»Eine Turbine ... So was kostet doch sicher ein Vermögen. Ich möchte wissen, woher er das Geld dafür hat! Wo er doch letzte Woche schon wieder ein Stück Land gekauft hat, wie mir der Sterr Hubert erzählte. Wieder so ein elendiges Stück am Hang, womit niemand etwas anfangen kann. Aber er muss es haben!« Kopfschüttelnd nahm Gustav Breuer einen tiefen Schluck Bier. Dann wischte er sich den Schaumbart ab und fügte hinzu: »Und jetzt noch elektrisches Licht im Haus – so eine Spinnerei!«

An Franziskas zusammengekniffenen Lippen las Rosanna ab, dass solche Gespräche über ihren Vater offenbar öfter stattfanden, als es der Wirtin lieb war. Als sie ihrem Mann antwortete, war ihr Ton bemüht leicht.

»Die Turbine ist wahrscheinlich ein uraltes Teil Schrott, das er bei einem von seinen Kumpanen gegen Honig eingetauscht hat. Und was das Land angeht – es ist doch bekannt, dass er es für ein geringes Entgelt bekommt.«

»Aber was dein Vater mit dem ganzen Brachland anfangen will, weißt du nicht, oder?«, mischte sich ihre Schwiegermutter wieder ins Gespräch. »Ich habe gehört, dass er es aufforsten will, mit Fichten und Tannen, weil die am schnellsten wachsen. Trotzdem, bis solch ein Baum groß genug zum Fällen ist, dauert es viele Jahre. Glaubt er denn, dies noch erleben zu dürfen? In seinem Alter?«

»Noch ist er ja bei guter Gesundheit.« Franziska zuckte mit den Schultern. »Jeder so, wie er will.« Sie begann, die Teller zusammenzustellen. »Andere geben ihr Geld für Pfeifen aus«, sagte sie mit einem Seitenblick auf ihren Schwiegervater, der sich gerade eine Meerschaumpfeife ansteckte.

»Also, ich fände es prima, wenn wir auch Strom hätten!«, rief Zacharias. »Aber woher nehmen? Da braucht man doch mindestens einen so mächtigen Wasserfall, wie ihn der Großvater oben in der Nähe hat, oder?«

Anton wischte mit einem letzten Stück Brot seinen Teller aus, bevor Franziska ihn fortnahm. »Ich weiß nicht, wofür ich diesen Strom bräuchte. Bisher haben wir auch ohne Strom jedes Schwein geschlachtet!«, sagte er kauend.

Rosanna stimmte in das Lachen der anderen mit ein. Als sie aufschaute, kreuzte sich ihr Blick zufällig mit dem von Simone, die als Einzige keine Miene verzog, sondern angestrengt am Nagel ihres Zeigefingers kaute. Rosanna bemühte sich um ein Lächeln, doch die andere schaute sofort weg. Unangenehm berührt rutschte Rosanna auf der harten Bank nach hinten. Was für ein seltsames Mädchen! Saß nur zusammengekauert da. Beteiligte sich nicht am Gespräch. Wurde auch von niemandem etwas gefragt. War das Kind der Sprache überhaupt mächtig?

Es fiel Rosanna schwer zu glauben, dass Simone das vierte Kind von Gustav und Franziska Breuer war. Sie konnte sich nicht daran erinnern, je ein so hässliches Mädchen gesehen zu haben.

Simones Anblick erinnerte sie an eine andere Begegnung mit einem ähnlich unansehnlichen Menschen. Es lag schon ein paar Jahre zurück. Ein Zirkus hatte sich im Wald verirrt und über Nacht sein Lager in der Nähe der Köhlerei aufgeschlagen. Als Rosanna ins Gebüsch ging, um ihr Geschäft zu verrichten, starrten ihr auf einmal zwei Augen entgegen. Die Iris hob sich kaum von dem trüben Weiß ab, das von fast durchsichtigen Wimpern umkränzt war. Eine junge Frau. Bleich und hohlwangig. Das Gesicht voller Narben und Furchen. Auch sie war erschrocken, und ein schriller Schrei drang aus ihrem schiefen Mund. Im nächsten Moment kam eine ältere Frau angerannt.

»Nicht erschrecken!«, hatte sie Rosanna zugerufen. »Lili ist völlig harmlos. Sie tritt bei uns als Pockenfrau auf!« Dann hatte sie gelacht und hinzugefügt: »Du hast Glück gehabt! Andere müssen dafür bezahlen, wenn sie Lili sehen wollen.«

Rosanna linste erneut in Simones Richtung. Diese Lili hätte Simones Schwester sein können: Auch das Gesicht der jüngsten Breuer-Tochter war durch Unebenheiten, Pusteln und Flecken entstellt. Die schmalen Lippen waren blutleer, der linke Mundwinkel hing ein wenig nach unten. Simones Augen hatten nichts Kindliches, sondern blickten starr in die Runde. Zu allem Übel hatte der liebe Gott ihr außerdem derart krause Haare beschieden, dass man sicherlich Mühe hatte, mit der Bürste durchzukommen.

Unwillkürlich wanderte Rosannas Blick hinüber zu Katharina mit den schönen dunkelbraunen Haaren, die gerade mit anmutigen Gesten von einer Frau im Dorf erzählte, die am Nachmittag einen glühenden Kochtopf aus dem Fenster geworfen hatte.

Rosanna wurde jäh aus ihren Betrachtungen gerissen, als Franziska mit der flachen Hand auf den Tisch schlug.

»So, genug geschwatzt! Zacharias, Anton – ihr geht hinüber ins Wirtshaus! Katharina, du hilfst mir in der Küche. Und Simone – du gehst mit deinen Großeltern in die Stube und schneidest ihnen die Zehennägel! Die sind bestimmt schon wieder eingewachsen. Und die Hornhaut gehört auch abgehobelt.«

Zum ersten Mal an diesem Abend meldete sich Gustavs Vater zu Wort.

»Muss das sein?« Seine Stimme war brüchig und erinnerte Rosanna an ein Reibeisen. Sie passte überhaupt nicht zu seinem robusten Aussehen. Er ließ seine Pfeife sinken und schaute Franziska fast flehentlich an. »Beim letzten Mal hat Simone mich so geschnitten, dass sich alles entzündet hat. Und Margot ist sie mit dem Hobel ins Fleisch gefahren. Vielleicht kann Kathi …«

»Ich?« Erschrocken schaute Kathi von den Großeltern zu ihrer Mutter. »Warum soll –«

»Nichts da, Kathi muss die Gäste bedienen!«, fuhr Franziska dazwischen. Sie fixierte erst ihren Schwiegervater mit einem strengen Blick, dann packte sie Simone hart im Genick. »Ich glaube, du stellst dich absichtlich so dumm an! Aber wenn du denkst, dass du damit durchkommst, hast du dich getäuscht! Wenn deine Großeltern heute noch einmal Grund zur Klage haben, dann gnade dir Gott! Dann nehme ich die Schere und schneide dir einen Zeh ab!« Abrupt ließ sie Simone los, die das Ganze ohne die Miene zu verziehen über sich hatte ergehen lassen. Die Wirtin warf einen strengen Blick in die Runde. »Und jetzt will ich nichts mehr hören! Als ob ich nichts anderes zu tun hätte!«

Wie auf Kommando erhoben sich alle. Auch Rosanna stand auf. Sie sammelte die Löffel ein, nahm den leeren Kartoffeltopf und folgte Franziska in die Küche. Obwohl sie sich vor lauter Müdigkeit kaum noch auf den Beinen halten konnte, traute sie sich nicht zu fragen, wo ihr Nachtlager war. Stattdessen sagte sie: »Wenn alle zu tun haben … Vielleicht kann ich mich noch ein bisschen in der Küche nützlich machen?«

Bis ich an jenem Tag schließlich im Bett lag, vergingen noch einige Stunden. Als ich mit Franziska das Essen für die Wirtshausgäste richtete, Geschirr in dem riesigen Becken wusch und Kartoffeln für die Morgenmahlzeit schälte, war meine Müdigkeit wie weggeblasen. Es machte mir Spaß, Hand in Hand mit den anderen zu schaffen. Erst als der letzte Gast gegangen und das letzte Bierglas gespült war, fiel Franziska ein, dass ich ja auch für die Nacht unterkommen musste. »Du kannst bei Simone im Bett schlafen«, bestimmte sie, und damit war die Sache geklärt. Ausgerechnet Simone!, ging es mir durch den Kopf. Andererseits war ich so müde, dass ich auch gut und gern auf dem Holzfußboden in der Wirtschaft geschlafen hätte! Das wäre bestimmt nicht viel unbequemer gewesen, denn Simones Kammer lag so tief unter dem Dachvorsprung, dass man nicht aufrecht darin stehen konnte. Ihr Strohsack war so lappig, als wäre er vor hundert Jahren das letzte Mal aufgefüllt worden. Die Einstreu bei den Hinterwälderkühen war jedenfalls reichlicher gewesen.

Ich fragte Simone, ob sie lieber an der Wand oder vorn schlafen wollte, doch sie zuckte nur die Schultern. Also ließ ich ihr den Vortritt und wartete, bis sie sich hingelegt hatte. Ich erschrak, als ich die blau-grünlichen Schattierungen auf ihrem Rücken, ihren Armen und Beinen sah. So derb war nicht mal Vater gewesen …

Ich war schon fast eingeschlafen, da spürte ich, wie sich der knochige Leib neben mir umwandte.

»Und deine Eltern sind wirklich beide tot?«, flüsterte Simone. Es war das erste Mal, dass ich sie reden hörte.

Ich murmelte ein Ja und kniff die Augen zu, weil ich mich nicht mehr unterhalten wollte.

»Ich wünschte, meine Eltern wären auch tot!«, ertönte es daraufhin mit einer solchen Heftigkeit, dass ich im ersten Moment gar nicht wusste, was ich sagen sollte. Wahrscheinlich ist sie wütend, weil ihre Mutter ihr eine ungeliebte Arbeit aufgetragen hat,

dachte ich mir dann und murmelte undeutlich, dass man sich nicht alles so zu Herzen nehmen sollte. »Und jetzt schlaf! Morgen sieht die Welt schon wieder ganz anders aus!«, sagte ich anschließend und stopfte die muffige Decke, vor der ich mich ein wenig ekelte, in ihrem Rücken fest.

Am nächsten Morgen – wir saßen alle bei Kartoffeln und Quark am Tisch – fragte Franziska Breuer mich, ob ich nicht bei ihnen Magd sein wolle. Freie Kost und Logis sowie ein eigenes Bett, sobald eins der Fremdenzimmer fertig war, bot sie mir an. Wenn ich recht fleißig wäre, würde ich's gut bei ihnen haben, besser als in der Schweiz, fügte sie noch hinzu. Und da hab ich halt zugesagt ...

Simone grub ihre Ferse in den Boden, um an dem steilen Berghang Halt zu finden. Als sie nach der Hacke greifen wollte, die sie nur kurz aus der Hand gelegt hatte, um sich am Rücken zu kratzen, kullerte diese den Berg hinunter. Simone blieb nichts anderes übrig, als ebenfalls ein Stück hinabzurutschen, um ihr Werkzeug wiederzubekommen. Mutlos starrte sie dann auf die Fläche, auf der sie in den letzten Stunden Baumschösslinge ausgerupft hatte. Im Gegensatz zu der Fläche, die sie noch vor sich hatte, war sie winzig!

Seit dem frühen Morgen befand sie sich in den Reutbergen, die ihrer Familie gehörten. Warum überließ man diese unwirtlichen Steilhänge nicht einfach der Natur?, fragte sie sich nicht zum ersten Mal. Den Streifen, auf dem sie sich befand, hatten ihr Vater und ihre Brüder erst letztes Jahr von den niedrig wachsenden Bäumen befreit. Anschließend hatten sie darauf Grasbüschel und Reisig verteilt und verbrannt – anders waren solche Flächen nicht zu roden. Auf den derart mit Asche gedüngten Feldern waren der Roggen sowie der Hafer recht manierlich gewachsen. Dieses Jahr wollte ihr Vater auf derselben Fläche Kartoffeln anbauen. Doch vorher mussten alle Schösslinge, die aus den Wurzelstöcken nachgewachsen waren, erneut herausgehackt werden. Und das waren Tausende und Abertausende! Seit

Beginn der Schulferien stand Simone jeden Morgen schon ganz früh hier oben, und wenn sie sich umschaute, hatte sie das Gefühl, noch keinen Deut weiter zu sein als am ersten Tag. Einen Schluchzer unterdrückend machte sie sich erneut an die Arbeit. Wenn sie nicht mindestens diesen Streifen bis heute Abend fertig bekam, hieß es wieder, sie habe nur geschlafen. Und dann ...

Katharina durfte heute ihrer Mutter im Garten beim Rüben- und Zwiebelsetzen helfen. Danach sollte sie Bibbiliskäs und Butter machen. Im Kühlhaus! Wo einem der Schweiß nicht den Rücken hinablief und wo man zwischendurch einen kühlen Schluck Milch trinken konnte.

Warum musste immer nur sie in den Reutbergen arbeiten? Den ganzen März und April über war sie mit den Kühen und den Schweinen hier oben gewesen. Während das Vieh unter dem abtauenden Schnee nach ein paar Kräutern suchte, stand sie sich in der Kälte die Beine in den Bauch. Mit bloßen Füßen! Jedes Mal, wenn sie sah, dass eine der Kühe Wasser ließ, war Simone hingelaufen und hatte sich in die warme Pfütze gestellt. Die Mutter wollte nichts davon wissen, Schuhe für sie anzuschaffen. Einmal hatte Simone gewagt zu sagen, dass sie Aufgaben für die Schule zu machen habe und nicht mit den Kühen hinauskönne. Da hatte es Schläge gesetzt! Und am nächsten Tag hatte der Lehrer in der Schule auch noch seinen Stock herausgeholt, weil sie die Aufgaben nicht gemacht hatte.

Simone riss so heftig an einem besonders hartnäckigen Schössling, dass ihre Handinnenfläche brannte. Doch schließlich lockerte sich die Pflanze.

Eine weniger!

Nach dem Hacken kam das Düngen, was noch schlimmer war. Eimer für Eimer würde sie den Mist vom Misthaufen hinter dem Stall den Berg hochschleppen und dann mit der Harke unter die Erde ziehen müssen. Nach dem Düngen spürte Simone abends ihre Schultern nicht mehr. Und wenn sie damit fertig war, wurde es Zeit, das erste Heu zu machen.

»Freu dich doch, dass du so viel an der frischen Luft sein

kannst!«, hatte Rosanna gesagt, als sie sich gestern Nacht über die harte Arbeit beklagt hatte. »Während uns die Sägespäne um die Ohren fliegen, kannst du dem Kuckuck und den Käuzchen lauschen.«

Simones schiefer Mund wurde durch das Lächeln, das sich darauf abzeichnete, noch schiefer.

So war Rosanna! Ein Engel, der immer nur das Gute sah. Der nirgendwo böse Absichten erkennen konnte.

Die Hacke sank zu Boden, und Simones Blick verlor sich in der Ferne. Sie konnte immer noch nicht glauben, dass es das Schicksal so gut mit ihr gemeint, dass Gott ihr einen Engel geschickt hatte! Sie nahm die Hacke wieder auf und drückte sie wie eine Puppe an ihre Brust. Mit geschlossenen Augen versuchte sie, sich Rosannas Gesicht vorzustellen. Ein Engel mit goldenen Haaren, sanften, strahlend blauen Augen und einer Haut, so fein und gleichmäßig wie Porzellan.

Die andern wussten nicht, dass Rosanna ein Engel war. Sahen lediglich, wie fleißig sie arbeitete, ganz gleich, ob sie wie heute Vater und Zacharias beim Umbau der Dachkammern unterstützte oder ob sie Anton in der Wurstküche half oder Mutter beim Waschen. Sie hatte sogar schon angeboten, im Wirtshaus zu bedienen – aber da hatte sich sofort Kathi eifersüchtig dazwischengedrängt. Sie konnte Rosanna nach Strich und Faden ausnutzen, aber ihr ausnahmsweise einmal eine angenehme Aufgabe zu gönnen wäre ihr nie in den Sinn gekommen.

Dumme Kathi! Sie sah in Rosanna nur die Magd, die man herumscheuchen konnte.

Aber sie, Simone, *wusste*, dass Rosanna ein Engel war, der *ihr* geschickt wurde, denn sie selbst konnte sich unsichtbar machen, und dann sah und hörte sie Dinge, die sie nach Meinung der andern gar nicht hören sollte. Wie beim letzten Waschtag ...

Simone musste plötzlich schlucken.

Mutter und Rosanna hatten schon frühmorgens angefangen, die verschmutzten Kittel der Männer in Lauge einzuweichen. Sie selbst hatte noch die Wirtsstube wischen müssen, danach sollte sie den beiden zur Hand gehen. Schon als sie sich dem Waschhaus näherte, hörte sie die Mutter. Sie sprach vom Kinderkriegen. Davon, dass Vater und sie so froh gewesen waren, als vor siebzehn Jahren Zacharias geboren wurde. So groß und kräftig schon als Säugling! Der Hofengel! Der jüngste Sohn! Ihm wollten sie einmal das Wirtshaus vermachen, so war es im Schwarzwald üblich. Er würde dafür sorgen, dass es ihnen auf ihre alten Tage einmal so gut erging wie derzeit ihren Schwiegereltern. Während Rosanna dem Geräusch nach mit dem großen Holzlöffel in der Lauge rührte, setzte Mutter ihren Redefluss fort.

Wirklich glücklich hatte sie jedoch nur vier Jahre lange sein dürfen, vertraute sie Rosanna an. Dann hatte sie nämlich feststellen müssen, dass sie wieder schwanger war. Mit Simone.

»Simone ist schon dreizehn? Dann ist sie ja nur vier Jahre jünger als ich!«, rief Rosanna erstaunt aus. »Ich habe sie für wesentlich jünger gehalten.«

Simone schob sich näher an die Tür des Waschhauses heran, damit sie die beiden Frauen nicht nur hören, sondern auch sehen konnte.

»Ich wollte das Kind nicht haben, nicht ums Verrecken! Was hab ich nicht alles getan, um es loszuwerden! Morgens, wenn ich mit dem Melken fertig war, bin ich auf die Strohballen geklettert und immer wieder von oben auf den Boden gehüpft. Den Knöchel hab ich mir dabei verstaucht, mehr ist nicht geschehen. Einen Kopfstand hab ich auch versucht, aber er ist mir nicht gelungen.« Nach kurzem Schweigen fuhr die Mutter fort: »Wenn ich mir vorstelle, es wäre jemand in den Stall gekommen und hätte mich so entdeckt ... Und gehustet hab ich! Bei einem Hustenanfall würde man sein Kind verlieren, heißt es doch. Aber ich konnte machen, was ich wollte, die Kleine klammerte sich in meinem Leib fest!« Während sie sprach, bearbeitete sie ein Kleidungsstück so hart mit der Bürste, dass es sicher ganz dünn wurde.

»Als sie drei Jahre alt war, hab ich geglaubt, das Schicksal hätte doch noch ein Einsehen mit mir. Es war fast schon Herbst, und draußen im Garten standen zwischen dem Kohl und den Rüben die ersten Herbstzeitlosen. Und von denen hatte sich das kleine Luder eine in den Mund gesteckt. Fünf Samen dieser Blume sind tödlich, wusstest du das?«

Rosanna antwortete nicht auf die so beiläufig gestellte Frage. Wahrscheinlich war sie vor Schreck über so viel Gemeinheit genauso starr wie sie, Simone, selbst!

»Wie gesagt: Das Kind hat einen starken Überlebenswillen. Es hat die Pflanze nicht geschluckt, sondern nur ein bisschen daran gelutscht. Ach, was hab ich da mit meinem Herrgott gehadert ...«

Mit starrer Miene hatte Simone der harten Stimme ihrer Mutter gelauscht. Kalte Hände schienen sich um ihren Hals zu legen. Mit Mühe unterdrückte sie ein Würgen, das sie als Lauscherin verraten hätte.

Mutter hatte aufgeschaut, und ihr Blick war genau auf die Tür gerichtet gewesen, neben der Simone stand.

»Ich hab die Strafe dafür gekriegt, dass ich mich so gegen seinen Willen gewehrt habe. Damit ich nur ja nicht vergesse, dass ich gesündigt habe, hat der liebe Gott Simone zu einem derart hässlichen Mädchen werden lassen! Das ich nicht mal in die Wirtsstube schicken kann, weil's unsere Gäste gruseln würde!« Ein Eimer Wasser wurde durch die Hintertür ausgeschüttet, und Simone konnte sich gerade noch rechtzeitig in Sicherheit bringen. Dann hörte sie Rosanna sagen:

»Simone ist ein Gottesgeschenk wie alle Seelen dieser Welt. Wie Zacharias. Wie Katharina. Wie Anton.« Sie sprach leise, aber gleichzeitig fest und bestimmt. »Und wen es vor einem anderen Menschen gruselt, den gruselt's nur vor der eigenen Schlechtigkeit!«

Simones Mutter stieß einen abfälligen Schnaufer aus und antwortete, dass sie es den Leuten nicht verdenken könne, wenn sie annähmen, ihre Jüngste sei auch im Kopf nicht ganz richtig beieinander.

Simone hatte gerade eine Träne von ihrem Handrücken abgewischt, als Rosannas wütende Stimme ertönte: »Ein hübsches Gesicht ist nicht das Einzige, was der liebe Gott einem Menschen mitgibt! Denken Sie doch nur daran, wie gut Simone mit Zahlen umgehen kann!«

Ja, da hatte Mutter dumm geguckt! Widerrede war sie von einer Magd schließlich nicht gewohnt. Mit einem gequälten Seufzer hatte sie zugegeben: »Ja, sie ist nicht so dumm, wie sie aussieht, das hat sogar schon ihr Lehrer gesagt. Und beten tut sie, als ob sie den lieben Gott höchstpersönlich kennt! Wenn's nach ihr ginge, müsste ich sie jeden Sonntag mit in die Kirche nehmen. Sogar zum Beichten würde sie gehen – dabei machen die meisten nach der Kommunion einen großen Bogen um den Beichtstuhl. Ja, ja, eine Kirchgängerin ist sie ... Aber einer muss schließlich die Arbeit daheim machen.«

»Ich könnte doch sonntags das Mittagessen vorbereiten«, bot Rosanna an. »Wenn Simone so viel am Kirchgang liegt ...«

Simone wusste, dass ihre Mutter den Kopf schüttelte, ohne dass sie hinsehen musste. »Barfuß in die Kirche? Das geht doch nicht! Und es gibt nicht schon wieder neue Schuhe. Wer weiß, wie groß die Füße des Kindes noch werden ... Nein, nein, Simone ist zu Hause gut aufgehoben!« Nach diesen Worten hatte die Mutter das sauber geschrubbte Kleidungsstück in den Bottich mit klarem Wasser fallen lassen, als ob das Thema damit für sie endgültig erledigt wäre.

Simone ließ die Hacke sinken.

Ach Rosanna! So wie sie hatte sich noch niemand für sie eingesetzt.

Befriedigt schaute sie auf den Haufen von ausgehackten Schösslingen, der nun doch immer größer wurde. Alle tot. Hier würde außer Vaters Kartoffeln so schnell nichts mehr wachsen.

Kurz darauf schweiften ihre Gedanken abermals zu Rosanna ab.

Als es geheißen hatte, Rosanna solle den Männern beim Umbau helfen, hatte ihr Vater Handlangerdienste im Sinn gehabt.

Er und Zacharias schauten dann ganz schön dumm drein, als sie wie ein Mann beim Balkenschleppen anpackte! Diese Art von Arbeit sei nichts Ungewohntes für sie, sagte sie nur, und dass sie in der Köhlerei von früh bis spät hatte Holz schleppen müssen. Simones Vater ließ sich daraufhin nicht lumpen: Von diesem Tage an hatte Rosanna wie die Männer jeweils ein Extrastück Brot und Speck auf den Teller bekommen. Keiner bemerkte, dass sie von dieser zusätzlichen Ration jedes Mal die Hälfte in ihrer Rocktasche verschwinden ließ und später Simone zusteckte.

Der Gedanke an ein Stück Speck ließ ihr das Wasser im Mund zusammenlaufen. Die anderen saßen um diese Zeit bei Bratkartoffeln mit Wurst am Tisch, und sie hatte von der Mutter nur einen Krug mit Dickmilch und einen Kanten Brot mitbekommen. Simone beschloss, dass es an der Zeit war, ihre magere Brotzeit einzunehmen, und setzte sich.

Der Boden war noch kühl. Den Milchkrug zwischen die Schenkel geklemmt, damit er nicht umfiel, kaute sie auf einem Stück trockenen Brot herum.

Zuerst hatte sie Rosannas Almosen nicht annehmen wollen. Doch Rosanna hatte geschimpft: »Du isst wie ein Spatz! Wie soll da je etwas aus dir werden?« Sie war erst zufrieden, als Simone das ganze Brot hinuntergeschluckt hatte.

Du isst wie ein Spatz ...

Der letzte Schluck Dickmilch stieß Simone sauer auf. Es stimmte: Wie sollte etwas aus ihr werden, wenn die Mutter ihr stets nur die Hälfte dessen auf den Teller gab, was die anderen bekamen? Wahrscheinlich hoffte sie auf diese Weise zu beenden, was ihr während der Schwangerschaft nicht gelungen war! Simone biss so fest auf ihre Lippen, dass sie Blut auf der Zunge spürte.

Auf solch einen Gedanken würde Rosanna nie kommen. Sie glaubte tatsächlich, alle Menschen seien so gut wie sie.

Dabei dachten alle nur an sich! Und Kathi war die Schlimmste. Erst heute Morgen hatte sie Rosanna wieder zur Seite genommen. »Würdest du heute Mittag für mich die paar Reihen Rüben hacken? Dann könnte ich kurz den Gerhard besuchen gehen. Bitte! Und nichts der Mutter verraten!« Butter machen, die Ziegen melken, den Stall ausmisten – ständig schob sie Arbeit auf Rosanna ab. Und die sagte zu allem Ja und Amen. Als Simone sie einmal darauf angesprochen und gefragt hatte, warum sie sich so ausnutzen ließ, hatte sie nur abgewinkt. Katharina sei halt verliebt.

Mutter würde Zeter und Mordio schreien, wenn sie wüsste, dass sich Kathi und Gerhard hinter ihrem Rücken trafen! Verliebt, pah! Irgendwann fiel ihr schon eine Möglichkeit ein, Kathi bei der Mutter zu verpfeifen, ohne dass herauskam, von wem der Wink stammte ...

Und dann Zacharias, der sich ständig vor Rosanna aufspielte, als ob ihm schon jetzt alles gehören würde. Wann immer Rosanna ein paar Minuten Luft zum Verschnaufen hatte, nahm er sie in Beschlag und schwatzte ihr die Ohren voll, was er später mit der Wirtschaft alles anstellen wollte. Und Rosanna sah ihn mit ihren blauen Augen an, als ob er von einem Hotel in der Großstadt reden würde!

Anton, von dem immer alle Welt annahm, er könne keiner Fliege etwas zuleide tun, war auch keinen Deut besser. Simone musste nur an sein dickes, träges Gesicht denken, und schon kam ihr die Galle hoch!

Erst gestern hatte sie sich wieder einmal hinter der Wurstküche unsichtbar gemacht. Mit dem Ohr an der Wand hatte sie ihn reden hören: Er sei ja so froh, später einmal bei Zacharias als Knecht arbeiten zu dürfen, hatte Anton Rosanna beim Bratwurstfüllen erzählt. »Der Zacharias hat gesagt, ich dürfe mir dann auch ein Weib zum Heiraten suchen. Wenn das mit den Fremdenzimmern erst einmal richtig anläuft, könne er ein Paar Hände mehr gut gebrauchen.« Dann hatte er Rosanna mit seiner brätverschmierten Hand auf die Schulter geklopft und gesagt: »Dich wird der Zacharias bestimmt auch einmal übernehmen!«

Rosanna hatte gelacht und dann gesagt, es sei viel wichtiger, dass Zacharias seine Schwester bei sich behielte. »So eine fleißige Seele wie eure Simone bekommt er nur einmal, da kannst du sicher sein!«, hatte sie noch hinzugefügt, woraufhin Anton lediglich mit den Schultern zuckte.

Blinzelnd schaute Simone in das grelle Sonnenlicht.

Die anderen gingen in die Kirche, um sich göttlichen Beistand zu holen. Sie selbst liebte es ebenfalls, ins Gotteshaus zu gehen, auch wenn die Mutter es höchstens alle vier Wochen erlaubte. Der Weihrauch, die schönen Lieder, die stimmungsvollen Predigten, die der Herr Pfarrer hielt – in diesen Stunden konnte sie alles andere vergessen. Und ihre Gebete hatte Gott längst erhört. Er hatte ihr Rosanna geschickt.

Bei diesem Gedanken wurde Simones Gesicht ganz weich. So weich wie ihr Herz, wenn sie an die Freundin dachte.

Ja, Rosanna war ihr Engel.

Sie hatte zwar keine Flügel wie der Engel auf dem riesigen Bild, das über dem Bett der Eltern hing. Sie hatte auch keinen verklärten, seligen Gesichtsausdruck – wenn Rosanna wütend wurde, konnte sie sogar ganz schön grimmig dreinschauen! Und in ein weißes, wallendes Engelsgewand war sie natürlich auch nicht gekleidet. Aber sie war da.

Lebendig. Ein Engel aus Fleisch und Blut.

Und sie hielt schützend ihre Hand über Simone.

An einem sonnigen Septembertag waren Simone und ich schon am frühen Morgen aufgebrochen. Den Weg, den wir nahmen, konnte man zwar nicht Straße nennen, aber er war recht ordentlich befestigt. Mehrmals kamen wir an Bauern vorbei, die an den Steilhängen Krummet machten, also den dritten Grasschnitt, doch auf dem letzten Stück begegneten wir niemandem mehr. Dass wir ausgerechnet in einer so einsamen Gegend auf diesen hundsgemeinen Burschen treffen würden ...

Ich konnte mich nicht satt sehen an der Landschaft, die mit jedem Meter schroffer zu werden schien. Ihre Wildheit und Schönheit übertraf alles, was ich bisher gesehen hatte. Wann immer der Weg uns auf eine Anhöhe führte, erblickten wir in der Ferne das dunkelgraue Band der Alpen. Es war ein herrlicher Tag! Umso schrecklicher war das, was später im Wald geschah ...

»Wehe, ihr lasst euch erwischen! Das fehlte noch, dass es heißt, die vom ›Fuchsen‹ klauen anderer Leute Beeren!«, hatte Franziska die beiden Mädchen gewarnt und sie angewiesen, nicht in den umliegenden Wäldern, die allesamt Bauern aus dem Dorf gehörten, Beeren zu sammeln. »Wenn ihr an die Wegkreuzung kommt, wo's links zu meinem Vater hochgeht, müsst ihr einfach geradeaus weiterlaufen. Nach ungefähr einer Stunde seid ihr dann in so genanntem Niemandsland. Mit ein bisschen Glück könnt ihr schon vom Weg aus die Blaubeeren sehen. Wenn nicht, müsst ihr nur rechts ein paar Meter in den Wald hineingehen. Simone, du kennst dich da ja aus – schließlich haben wir dort jedes Jahr Beeren gepflückt.« Man könne in dieser Gegend selbst mit verbundenen Augen fündig werden, so üppig würden die süßen Früchte dort wachsen, hatte Franziska geschwärmt. Doch im nächsten Augenblick hatte sie sich schon wieder geschäftsmäßig ihrer Einkaufsliste gewidmet.

So lieb Rosanna ihr neues Leben bei der Familie Breuer geworden war – hin und wieder vermisste sie die Stunden im Wald, wo sie mit sich allein sein, ihren Gedanken nachhängen und Tiere beobachten konnte, begleitet vom immer anders klingenden Konzert der Vogelstimmen. Die Aussicht auf einen Tag im Wald versetzte sie deshalb sofort in beste Laune.

Guter Dinge marschierten Rosanna und Simone den Weg entlang, den Leiterkarren mit den leeren Milchkannen im Schlepptau. Ein ganzer Tag, ohne dass jemand nach einem schrie! Heute konnten die anderen schauen, wie sie das Wirtshaus geputzt, den Gemüsegarten gehackt, die Kühe versorgt und das Essen gekocht bekamen – Rosannas und Simones Aufgabe bestand einzig darin, mit gefüllten Milchkannen voller süßer Blaubeeren heimzukommen.

»Was für ein Wetter! Schau mal, die Berge sehen aus, als ob jemand mit einem Rasiermesser ihre Konturen ausgeschnitten hat!«

»Alpensicht im Frühjahr bedeutet gutes Wetter, aber wenn man jetzt im Herbst die Alpen sehen kann, ist das kein gutes Zeichen. Und dann noch diese Schwüle ... Hoffentlich bekommen wir nicht gleich einen dicken Regenguss ab«, brummte Simone. Doch schon im nächsten Moment verzog sich auch ihr Mund zu einem Lächeln. »Ich kann immer noch nicht glauben, dass ich dieses Jahr ums Krummetmachen herumgekommen bin! Wenn ich mir vorstelle, wie der Anton mit seinem fetten Hintern den Berg hochkriecht ...«

Rosanna musste bei der Vorstellung kichern. Der ältere Breuer-Sohn war wirklich nicht sehr gelenkig. Zacharias hingegen ...

Simone deutete auf die fast senkrecht aufragende Felswand zu ihrer Linken. »Siehst du den schmalen Trampelpfad? An den kann ich mich noch gut erinnern, von hier aus kann es nicht mehr weit sein. Wenn man da hochgeht und auf der anderen Seite wieder hinunter, kommt man irgendwann in die Schweiz, hat Mutter mir mal erzählt. Ich glaube, die nächste größere Stadt unten im Tal ist Basel. Und irgendwo auf diesem Weg gibt es wohl auch einen Abzweig in Richtung Frankreich«, fügte sie in einem Tonfall hinzu, als ahne sie, dass *sie* die anderen Länder wahrscheinlich nie im Leben zu Gesicht bekommen würde. »Das ist kein offizieller Weg, sagt Mutter, sondern einer, den nur ... gewisse Leute nehmen.«

Rosanna wollte gerade fragen, wen sie damit meinte, als ihr eine Woge beerensüßen Duftes in die Nase stieg.

Simone blieb abrupt stehen. »Wir sind da!«

»Ach du meine Güte!«, entfuhr es Rosanna. Der Duft wie nach frisch gekochter Marmelade umschmeichelte sie. »Das ist ja ...« Sprachlos schluckte sie die Spucke hinunter, die ihr im Mund zusammengelaufen war.

Vor ihnen breitete sich ein scheinbar unendlicher rot-blauer Teppich aus. Die Sonne fiel durch die Wipfel der vereinzelt stehenden Bäume und malte so ein Muster aus rosafarbenen und weinroten Streifen auf den Boden.

Abertausende von Blaubeeren hingen dicht an dicht, pralle, saftige Beeren, die nur darauf warteten, dass sich eine Hand nach ihnen ausstreckte.

Rosanna ging in die Hocke und stopfte sich eine Portion in den Mund. Genießerisch zerdrückte sie mit ihrer Zunge die dünne Haut der Beeren. Sofort rann der zuckersüße Saft ihre Kehle hinab, sodass sie sich verschluckte. Das würde eine köstliche Marmelade geben! Und einen herrlichen Beerenwein! Und eine Menge Saft!

»So viele waren's in den letzten Jahren nicht. Wir werden in Windeseile fertig sein! Hm, und dann können wir uns einen richtig faulen Tag machen!«, sagte Simone mit vollem Mund.

Rosanna hievte zwei Milchkannen vom Karren. Eine davon gab sie Simone, die andere trug sie selbst. Den Schweiß von der Stirn wischend, sagte sie: »Aber erst einmal müssen wir anfangen, liebes Mädchen!«

Sie begannen im Abstand von ein paar Metern zu pflücken. Eine Zeit lang wanderte jede zweite Hand voll Beeren in ihre Münder, doch irgendwann waren die Bäuche derart gefüllt, dass sie gluckerten. Nachdem die Mädchen eine Weile schweigend gearbeitet hatten, kicherte Simone plötzlich mit rot verschmiertem Mund.

»Hast du eigentlich mitbekommen, dass sich Kathi gestern bei der Abrechnung vertan hat?«

Rosanna schüttelte den Kopf. »Wie sollte ich? Ich hab in der Wirtsstube genauso wenig zu tun wie du.« Dabei hatte sie oftmals Lust, sich auch eine weiße Schürze umzubinden und die dampfenden Teller mit Essen zu den Tischen zu bringen. Aber ihre Aufgabe war es, Franziska in der Küche beim Kochen und Abwaschen zu helfen.

Simone schnaubte. »Kathi sollte den Gästen nicht ständig schöne Augen machen, sondern zur Abwechslung mal nachdenken! Letzte Nacht haben ganze drei Mark in der Kasse gefehlt! Und weißt du, woran es gelegen hat? Sie hat sich bei der Strichliste für die Biere am Stammtisch vertan! Am liebsten hätte Kathi den Fehler ja wie immer mir in die Schuhe geschoben, aber diesmal ist ihr partout nicht eingefallen, wie sie es anstellen soll. Ha!«

Rosanna hob missbilligend die Augenbrauen. Ihr war stets unwohl, wenn Simone so abfällig von ihrer Familie redete – auch wenn sie Simones Bitterkeit in gewisser Weise verständlich fand. Die anderen waren schließlich nicht gerade freundlich zu ihr.

»Dass Kathi keine Rechenkünstlerin ist, haben deine Eltern doch längst erkannt. Deshalb hat deine Mutter ja auch dich mit den monatlichen Abrechnungen betraut!« Rosanna wusste, dass Simone insgeheim sehr stolz darauf war, diese Aufgabe bekommen zu haben.

»Mutter lässt mich die Abrechnungen doch nur machen, weil sie selbst das Zahlenwerk scheut wie der Teufel das Weihwasser und weil ich dabei niemandem unter die Augen komme«, erwiderte Simone giftig. In der feuchtwarmen Luft kräuselten sich ihre Haare noch heftiger als sonst. Ärgerlich strich sie sich eine widerspenstige Locke aus der Stirn.

»Also, dir kann man's wirklich nicht recht machen!« Rosanna stemmte beide Hände in die Hüften. »Wär's dir denn lieber, deine Schwester würde rechnen und du müsstest schmutzige Teller in die Küche tragen?«

»Kathi und die Abrechnungen? Du lieber Himmel! Da könnten wir ja bald zumachen!«

Nach einer Weile verebbte ihre Unterhaltung wieder, und bei der Suche nach den dicksten Beeren wurde der Abstand zwischen ihnen immer größer.

Es war mittlerweile früher Nachmittag. Die Sonne duckte sich zwischen den Bäumen und lächelte Rosanna direkt ins Gesicht. Immer wieder musste sie sich den Schweiß abwischen, der ihr in dünnen Rinnsalen über die Wangen lief. Sie beschloss, ein Stück tiefer in den Wald zu gehen, wo die Bäume dichter standen und es schattiger war. Dort herrschte eine wohltuende Stille. In der schwülen Hitze hatten selbst die Vögel aufgehört zu singen. Außer dem leisen *Blobb*, mit dem jeweils eine Hand voll Beeren auf dem Kannenboden auftraf, war nichts zu hören.

Als plötzlich ein Schrei durch den Wald gellte, ließ Rosanna vor Schreck die Beeren fallen, die sie gerade gepflückt hatte. Was war das, um Himmels willen? Ein Bussard, der wütend seine Jungen verteidigte? Ein Tier, das in eine Wildererfalle getreten war? Nein! Das war kein Tier, das war ... Simone! Mit wehendem Rock und klopfendem Herzen rannte Rosanna in die Richtung, wo sie das Mädchen zurückgelassen hatte.

Natürlich wusste Rosanna, was die Viecher im Wald und draußen auf den Weiden taten. Oder die Hunde, die früher stets um den Kohlenmeiler geschlichen waren. Und in den Pausen, wenn die Männer und Frauen im Wald ihre Brotzeit ausgepackt hatten, wurde auch schon mal über ein Mädchen gesprochen, an dem sich ein Mann »vergangen« hatte und das danach »in Sünde gefallen« war. Die Frauen hatten sich dann stets empört bekreuzigt. Auf wen sich ihre Empörung bezog – ob auf den Missetäter oder das in Sünde gefallene Mädchen –, hatte Rosanna nie herausgefunden.

Als sie Simone aus einiger Entfernung auf dem Waldboden liegen sah, ihr Gesicht nur noch eine vor Angst verzerrte Grimasse, während sich ein Mann über sie beugte, war ihr erster Gedanke: Er vergeht sich an ihr!

Sie war noch nicht bei ihm angelangt, als sie auch schon schrie: »Lass das Kind los, du Schwein!« Heulend zerrte sie am Arm des Mannes, schlug auf ihn ein. Doch ihre Fausthiebe prallten an ihm ab. Eine unbändige Wut stieg in Rosanna auf, als sie sah, wie der Mann Simones Jungmädchenbrüste knetete. Er lachte wie irre und machte sich Rosannas Attacken zum Trotz an Simones Rock zu schaffen.

Rosanna versuchte, ihn nach hinten zu reißen, sie packte seinen kahl geschorenen Kopf und suchte vergeblich nach Haaren, die sie hätte greifen können. Der Mann sah widerlich aus, und er roch wie ein Fass Schnaps.

Sie zerrte an seinen Schultern, zog und krallte die Finger in seine Lumpen, doch umsonst. Mit einem Schlag ins Gesicht schüttelte der Mann Rosanna wie eine lästige Fliege ab. Sie spürte Blut auf ihrer Unterlippe.

»Rosanna ...«, wimmerte Simone. Rotz lief ihr aus der Nase, sammelte sich oberhalb ihrer Lippe. »Hilf mir! Er tut mir weh!«

»Lass das Kind los!« Rosannas Stimme brach. Der Mann beachtete ihre Schläge und Tritte gar nicht. Er war wie von Sinnen.

»Rosanna!« Simones Kreischen wurde erstickt, als der Mann ihren Kopf zur Seite drückte. Zerquetschte Blaubeeren verschmierten ihre Wange. Der Mann nestelte an seiner Hose, und seine rechte Hand schob Simones Rock nach oben. Jaulend wollte sie sich aus seinem Griff befreien, doch er hielt sie auf dem Boden fest, stöhnte und grunzte. Sein sehniger Leib drückte auf Simones Brüste, ihren Bauch, schnürte ihr die Luft ab. Er lachte, dann lallte er etwas in einer unverständlichen Sprache.

Simones Kopf rutschte in der Beerenmasse hin und her. Ihr Blick war glasig, sie schien die Freundin nicht mehr zu erkennen.

In Rosannas Kopf hämmerte der Gedanke, dass Simone dabei war, den Verstand zu verlieren. Was mach ich nur? Was mach ich? Was ...

Und plötzlich hatte sie den Prügel in der Hand.

Holte aus.

Schlug zu.

Das Holz traf den Hinterkopf des Mannes.

Sein Lachen verendete in dem dumpfen Geräusch ...

Die Mädchen kauerten über dem Mann. Sein Kopf war zur Seite gerollt, seine Augen waren geschlossen. Das Blut, das in einem hellroten Rinnsal aus dem Hinterkopf des Mannes sickerte, vermischte sich mit dem Blut der Beeren.

Rosannas Herz schlug wie wild von der Anstrengung der letzten Minuten. In ihrem Kopf surrte es, sie war zu keinem klaren Gedanken fähig. Schließlich gaben ihre Knie nach und sie sank neben dem Mann zu Boden.

Simone wandte sich Rosanna zu, hölzern wie eine Marionette. »Was ist mit ihm? Ist er ... tot?« Sie flüsterte, als wollte sie ihn nicht wecken.

Rosanna schüttelte den Kopf, zu keiner Antwort fähig. Erst nach geraumer Weile legte sie zögernd eine Hand an den Hals des Mannes. Ein schwacher Pulsschlag klopfte gegen ihre Finger.

»Er lebt. Doch er kann dir nichts mehr tun.« Ihre Stimme klang fremd in ihren Ohren.

Weiter hinten im Wald begann es zu donnern.

Alpensicht im Frühjahr bedeutet gutes Wetter, aber wenn man jetzt im Herbst die Alpen sehen kann, ist das kein gutes Zeichen!

Simones Worte, auf dem Hinweg so arglos ausgesprochen, bekamen jetzt eine grausame Bedeutung.

»Heilige Mutter Maria!« Simone raufte sich mit beiden Händen die wirren Haare, schaute von der reglosen Gestalt zu Rosanna. »Der Mann ... er wollte ... Und du hast mich gerettet! Ohne dich ...« Sie begann zu weinen, klammerte sich so fest an Rosannas rechten Arm, dass er wehtat.

In die drückende Schwüle fuhr plötzlich ein kalter Wind, der nach Regen roch.

Rosannas Kopf schmerzte. Der süßliche Geruch der Beeren, der ihr vor kurzer Zeit noch das Wasser im Munde zusammenlaufen ließ, widerte sie nun an. Sie kämpfte gegen den aufkommenden Brechreiz.

Tausend Fragen schossen ihr durch den Kopf und schienen gegen ihre Stirn zu hämmern.

Wer war dieses Schwein?

Wo kam der Kerl her?

Warum hatte sie seine Schritte nicht gehört?

Warum hatte sie sich überhaupt so weit von Simone entfernt?

Ein Ruck an ihrem Arm ließ sie zusammenzucken.

»Rosanna, steh auf! Was ist, wenn er wieder zu sich kommt? Ich fürchte mich!«

Rosanna wandte sich dem jungen Mädchen zu. Sie schüttelte den Kopf, als wolle sie ihn von Spinnweben befreien. Dann holte sie tief Luft.

»Du brauchst keine Angst zu haben, dem hab ich's ordentlich gegeben. So schnell wird der nicht wieder wach!«, antwortete sie grimmig. Und wenn der Mann an seiner Kopfverletzung stirbt?, durchfuhr es sie im selben Moment. Dann war es höchste Zeit, so schnell wie möglich von hier wegzukommen ...

Sie hievte die Milchkanne, die Simone mit Beeren gefüllt hatte, auf den Leiterkarren und wollte gerade noch einmal in den Wald hineingehen, um auch ihre Kanne zu holen, als Simone sie am Ärmel festhielt.

Das Mädchen schlotterte noch immer am ganzen Leib, aber seine Augen leuchteten wie die eines Kindes, das gerade eine besonders schöne Puppe geschenkt bekommen hat. »Du hast mich gerettet! Du bist mein rettender Engel, Rosanna! Du bist anders als alle Menschen!«

»Blödsinn!« Rosanna schüttelte Simones Hand ab. »Du hättest dasselbe auch für mich getan. Und jetzt hilf mir lieber, die Kanne zu schleppen.«

Sie hatte noch keinen Schritt gemacht, als sich Simone ihr erneut in den Weg stellte. »Du hast mir das Leben gerettet. Das werde ich dir nie vergessen, bis in alle Ewigkeit nicht!«

Im nächsten Moment öffnete der Himmel seine Schleusen. Harte Regentropfen prasselten auf die beiden Mädchen herab.

Es sollte unser Geheimnis sein. Niemand sollte je etwas von dem, was beim Beerenpflücken geschehen war, erfahren – das ließ ich Simone schwören. Aber ich glaube, es hätte meiner Worte gar nicht bedurft. Vielmehr hatte ich das Gefühl, dass Simone es genoss, mit mir ein Geheimnis zu teilen.

Obwohl ich mir sagte, dass dem Mann bestimmt nicht daran gelegen sein konnte, dass der Vorfall in der Gegend bekannt wurde, überfiel mich fortan bei jedem fremden Gesicht, das ich beim Blick durch die Küchenluke in die Wirtsstube erspähte, eine panische Angst. Im Geist hörte ich ihn schon schreien: »Da ist sie! Sie hat mich niedergeschlagen!« Aber noch größere Sorge bereitete mir der Gedanke, dass der Vergewaltiger womöglich durch meinen Schlag gestorben war und der Dorfbüttel erscheinen und mich holen würde.

Doch die Tage vergingen, wurden zu Wochen, und es kam niemand. Trotzdem wachte ich nachts oft auf, weil ich von dem dumpfen Aufprall des Prügels auf dem Schädel des Mannes geträumt hatte. Hätte ich anders handeln sollen? Hätte ich Simone auf andere Art und Weise helfen können? Immer wieder stellte ich mir diese Frage.

Simone schien von meinen inneren Qualen nichts mitzubekommen. Sie wirkte allerdings ebenfalls verändert. Zum ersten Mal, seit ich sie kannte, war sie hin und wieder geradezu fröhlich. Manchmal stimmte sie sogar beim Abendessen in das Lachen der anderen ein. Dass mir das Lachen schwer fiel, merkte niemand – außer Zacharias. Oft spürte ich seinen forschenden Blick auf mir ruhen. Dann bemühte ich mich um ein Lächeln, und er war anscheinend damit zufrieden. Zacharias ...

Wenn Simone und ich allein waren, betonte sie immer wieder, wie dankbar sie mir sei. Dass ihr Leben fortan mir gehöre, weil ich sie gerettet hatte. Immer wieder wollte sie darüber reden, wie ich ihr zu Hilfe gekommen war. Doch ich mochte nichts davon hören!

Und wie sie mich dabei ansah – mit einem Blick, den sich andere für die Marienstatue in der Kirche aufbewahrten! Mir war gar nicht wohl in meiner Haut. Ich bin deshalb sogar richtig grob geworden, habe mit ihr geschimpft, aber sie blieb in ihrer Bewunderung für mich unbeirrbar ...

»Ja, du bist eine Gute, Elsa!« Zufrieden zog Rosanna den Milcheimer unter der Hinterwälderkuh fort. Dass sie Elsa von ihrer ungeliebten Nachbarin Luise befreit und an die Seite von Karla gestellt hatte, dankte ihr die Kuh mit einer ordentlichen Portion Milch mehr als sonst. Rosanna legte ihre Wange an die samtene Flanke des Tieres. Mit geschlossenen Augen atmete sie den vertrauten Geruch ein.

Anfänglich hatten die großen Kühe ihr Angst gemacht, doch schon nach wenigen Tagen hatten sie mit ihrer Sanftmütigkeit ihr Herz gewonnen. Wenn sie den Stall öffnete und ihr der über Nacht angesammelte Dampf entgegenschlug, war die Welt draußen verschwunden. Dann gab es nur noch Elsa und Karla und die anderen Kühe mit den schönen, mandelbraunen Augen. Rosanna fütterte immer zuerst die Schweine und die Ziegen, das Melken und Füttern der Hinterwälder hob sie sich bis zum Schluss auf. Manchmal gesellte sich der Hofkater dazu und hüpfte ihr wie jetzt auf den Schoß, sobald sie mit dem Melken fertig war. Dann kam es vor, dass Rosanna mit der einen Hand eine Kuh streichelte und mit der anderen den schnurrenden Kater kraulte.

Doch heute sprang der Kater plötzlich davon.

»Rosanna! Rosanna! Du sollst zum Großvater rauf!« Die Stalltür schepperte. Mit schlackernden Armen und Beinen kam Simone auf Rosanna zugerannt.

Seufzend stellte Rosanna den Melkschemel zur Seite. Doch gleich darauf musste sie sich bei Simones Anblick ein Grinsen verkneifen. In den letzten Wochen war die jüngste Breuer-Tochter ein gutes Stück gewachsen. Allerdings hatte sich der liebe

Gott dabei nicht sonderlich um die Proportionen gekümmert, und Simones Arme und Beine waren nun viel zu lang im Verhältnis zum Körper.

»Ich zum Großvater? Hast du dich da nicht verhört?«

»Nein, die Mutter hat's gesagt. Du sollst dich gleich auf den Weg machen! Sie hat schon alles eingepackt, was du auf den Moritzhof mitnehmen musst.«

Rosanna runzelte die Stirn. »Aber das ist doch Katharinas Aufgabe! Und außerdem ist heute doch erst Dienstag ...« Normalerweise fand der wöchentliche Besuch bei Franziskas Vater mittwochs statt.

»Kathi ist krank, sagt die Mutter!« Simone prustete geringschätzig. »Nur weil sie sich den Magen verdorben hat – pah! Und du musst doch morgen den ganzen Tag lang backen, also kannst du nur heute gehen.«

»Aber ich weiß den Weg doch gar nicht! Und außerdem kennt dein Großvater mich überhaupt nicht!«

In Rosannas Worten schwang Beklommenheit mit. Der Gedanke, allein auf den Berg zu wandern, um Franziskas verrücktem Vater einen Besuch abzustatten, behagte ihr ganz und gar nicht.

»Noch mehr Arbeit! Wo ich doch so schon zusehen muss, wie ich mit allem fertig werde!«, brummte sie unwillig. Erst vor ein paar Tagen hatte die Wirtin ihr eröffnet, dass sie von nun an vor jedem Backtag auch noch das Mehl aus der Mühle holen sollte. Glaubte Franziska eigentlich, dass ihr Tag mehr Stunden hatte als der anderer Leute?

Simone zuckte unglücklich mit den Schultern. »Ich kann nichts dafür, glaube mir! Ich könne doch an Kathis Stelle gehen, hab ich zu Mutter gesagt, aber ...«

An der Art, wie sich ihr Körper bei den letzten Worten versteifte, konnte Rosanna ablesen, wie Franziska auf Simones Angebot reagiert hatte: mit einer Backpfeife oder einer geringschätzigen Bemerkung.

Schon vor Tagen war der Wirtin irgendeine Laus über die

Leber gelaufen. Gestern hatte Rosanna sie im Lager zusammengekrümmt über einem Mehlsack angetroffen. Der Rücken!, war ihr erster Gedanke gewesen – Franziska klagte öfter über Schmerzen im Kreuz –, doch als sie der Wirtin aufhelfen wollte, hatte sie gesehen, dass diese weinte. Unwillig hatte sie Rosanna davongescheucht, war mit verkniffenen Lippen wieder ins Haus gegangen und hatte so getan, als sei nichts gewesen. Beim Abendessen tunkte sie ihr Brot derart energisch in die Milch, dass es nur so spritzte. Als ihre Schwiegermutter etwas dazu sagen wollte, fuhr sie ihr so barsch über den Mund, dass die alte Frau aufstand und den Raum verließ. Auch Gustav hatte den Mund schon zu einem Kommentar geöffnet, überlegte es sich dann aber doch anders. Die anderen folgten Gustavs Beispiel und widmeten sich intensiv dem Essen. Sogar Katharina, die sonst immer etwas zu erzählen wusste, hatte sich unter den wütenden Blicken ihrer Mutter regelrecht geduckt.

Rosanna seufzte. Wenn Franziska immer noch solch eine Laune hatte, war Simone ihr als Sündenbock bestimmt wieder einmal gerade recht gekommen!

»Na ja, wahrscheinlich kann sie mich am ehesten entbehren!« Rosanna zwang sich zu einem unbeschwerten Ton. »Wenn deine Mutter es wünscht, dann wird es schon seine Richtigkeit haben!«

Der Winter war in diesem Jahr über Nacht gekommen und hatte sich wie ein ungebetener Gast breit gemacht. Schon seit einiger Zeit gab es nachts Frost, und in der Nacht von Samstag auf Sonntag hatte der Himmel dann seine Schleusen geöffnet und dicke Flocken Schnee zur Erde fallen lassen. Dass es geschneit hatte, bemerkten die Leute erst, als sie ihre Häuser zum sonntäglichen Kirchgang verlassen wollten – das fahle Licht, das durch die Fenster in die Häuser fiel, hatten sie auf den ebenfalls seit Tagen anhaltenden Nebel geschoben. So mancher Rombacher war an jenem Tag zu spät oder gar nicht in die Kirche gekommen, weil es erst galt, den Hauseingang und das zum Haus gehörende Stück Straße freizuschaufeln.

Doch die Verantwortung der Rombacher hörte am letzten Haus des Dorfes auf, danach musste jeder selbst sehen, wie er vorankam. Zu dieser Jahreszeit waren ohnehin nicht viele Menschen zu Fuß unterwegs – nur ein älterer Herr mit gezwirbeltem Bart und einer schwarzen Aktentasche kam Rosanna entgegen, ehe sie die Abzweigung hinauf zum Moritzhof einschlug. Als seine dunkle Gestalt vor ihr auftauchte, begann ihr Herz wild zu klopfen. Doch er nickte ihr lediglich kurz zu und stapfte dann mit gesenktem Kopf in einer Spur, die ein Fuhrwerk hinterlassen hatte, weiter in Richtung Rombach. Dumme Kuh!, schalt sich Rosanna. Nicht jeder Mann wollte sich schließlich an einer unschuldigen Frau vergehen.

Einmal musste Rosanna auf dem steilen Weg Halt machen, nicht etwa, weil ihr der Rucksack mit den Lebensmitteln für den alten Moritz zu schwer wurde, sondern weil ihre Waden wie Feuer brannten. Lange konnte sie sich jedoch nicht ausruhen, denn schnell kroch die Kälte durch die dünnen Sohlen der Schuhe, die Katharina ihr auf Anweisung ihrer Mutter hin höchst ungern geliehen hatte.

Wenn sie doch nur schon wieder auf dem Rückweg wäre! Sogar Zacharias und Anton hatten sie mit einem mitleidigen Blick bedacht, als sie sich verabschiedete.

»Du nennst deinen Namen und packst das Essen aus!«, hatte die Wirtin sie angewiesen. »Dann soll er dir Putzzeug geben und dir sagen, wo es etwas zu tun gibt. Am schlimmsten sieht's immer in der Küche aus, also kümmere dich zuerst darum. Und sieh zu, dass du bis drei Uhr heute Nachmittag fertig bist! Uhren hängen dort oben allenthalben herum, so kannst du die Zeit nicht aus dem Auge verlieren. Und wenn er ein wenig ruppig sein sollte ...«, Franziska hatte tatsächlich verlegen die Schultern gezuckt, »... dann scherst du dich einfach nicht darum! Mein Vater ist nicht mehr an Gesellschaft gewöhnt.« Rosannas Sorge, sich im Nebel zu verirren, hatte Franziska nicht gelten lassen.

»Zum Moritzhof führt nur ein Weg hinauf. Wenn du dich also nicht gerade dumm anstellst und von einer steilen Klippe stürzt, kommst du unweigerlich da oben an!«

Es war ein stiller Tag, der Schnee schluckte alle Geräusche, und kein einziger Vogel war zu hören.

Während Rosanna ihrem eigenen Atem lauschte, versuchte sie, sich an all das zu erinnern, was sie in den letzten Monaten über Karl Moritz erfahren hatte: dass er seit dem Tod seiner Frau vor zehn Jahren allein auf dem Berghof lebte, dass er kurz darauf seine Milchkühe verkauft und die Milchwirtschaft aufgegeben hatte, aber weiterhin Weideland kaufte, als ob eine riesige Herde Vieh im Stall stünde. Offenbar schwang er seltsame Reden darüber, dass er »die Bäume retten« wolle. Erst ein paar Wochen zuvor hatte Kathi erzählt, dass er zwei Harzer mit einer Flinte aus seinen Wäldern gejagt habe. »Ich lasse nicht zu, dass ihr meine Bäume verletzt! So fängt's an: Zuerst sterben die Bäume und dann die Leute!« Kathi hatte für ihre Parodie des alten Mannes einige Lacher eingeheimst. Ob Harzer, Köhler oder auch gewöhnliche Rindenschäler – scheinbar hegte Karl Moritz für sie alle nur tiefste Verachtung. Rosanna konnte das nicht verstehen. Wovon sollten die Menschen denn leben, wenn nicht von den Erträgen aus dem Wald? Sie seufzte. Bei diesem seltsamen Kauz würde sie als Köhlertochter gewiss gleich auf Widerstand stoßen.

In Rombach ließ sich Karl Moritz nie blicken. Wenn er überhaupt jemals Einkäufe tätigte, dann musste das jenseits der Grenze in der Schweiz sein, die man vom Moritzhof aus scheinbar über geheime Pfade erreichen konnte. Der Laib Brot, die Würste und die Scheibe Speck, die Katharina ihm jede Woche brachte, machten mit Sicherheit nur einen Teil seiner Lebensmittel aus. Ein paar Bienenvölker besaß Karl Moritz – Kathi hatte einmal erzählt, dass er von ihr verlangt hatte, ihm beim Honigschleudern zu helfen. Und Obstbäume gab es dort oben wohl auch genug. Im Spätsommer hatte Kathi mittwochs mehrmals Pflaumen und Birnen gedörrt. Karl Moritz hatte dafür eigens einen Apparat konstruiert, dessen Bedienung Kathi nicht ganz geheuer gewesen war.

Franziskas Vater war ein Bastler – ständig schien er irgendeine neue Vorrichtung auszuprobieren, und jedes Mal beschwerte sich Kathi lautstark am Abendbrottisch darüber. Karl Moritz war also ein etwas verrückter Alter, der seine Tage mit Erfindungen verbrachte – wenn er nicht gerade krank war. Letzte Woche habe der Großvater nicht gut ausgesehen und gehustet, hatte Kathi erzählt, was seine Laune nicht gerade verbesserte.

Rosanna hätten weder der Husten noch irgendwelche Maschinen oder wild gewordene Bienenvölker etwas ausgemacht, aber vor den Wutanfällen, in die der alte Mann so oft und scheinbar ohne Grund verfiel, hatte sie Angst. Wie würde der Alte reagieren, wenn anstelle von Kathi ein fremdes Gesicht auftauchte? Und dann noch an einem ungewohnten Tag?

Doch als der Weg eine letzte Windung machte und endlich wieder eben wurde, überwog Rosannas Erleichterung darüber, es geschafft zu haben. Was konnte ihr ein alter Mann schon anhaben? Katharina hatte er bisher ja auch nicht den Kopf abgerissen! Wahrscheinlich war das meiste nur Gerede, und dass Kathi gern übertrieb, wusste schließlich jeder. Rosanna war in all diese Gedanken so vertieft, dass sie sich gar nicht fragte, warum sie sich diese zusätzliche Aufgabe auch noch hatte aufbürden lassen.

Ihr ursprünglicher Plan, in die Schweiz zu reisen, war in weite Ferne gerückt.

Noch bevor ich den Hof im dichten Nebel sehen konnte, roch ich es: den vertrauten Geruch von Maische, der beim Brennen von Schnaps entsteht. Dann hörte ich eine Männerstimme. Und noch eine. Raues Lachen. Ich konnte eine gewisse Schadenfreude nicht unterdrücken: Franziskas Vater ein Schwarzbrenner? Das Wetter war jedenfalls äußerst geeignet dafür. Auch Vater und die anderen Köhler hatten nur im Winter Schnaps gebrannt, weil sie dann den Schnee als Abkühlmasse benutzen konnten. Und bei solch schlechtem Wetter durften sie zudem davon ausgehen, dass sich der städtische Zollbeamte bestimmt nicht so tief in den Wald hinein verirrte. Beste Bedingungen also, die Fässer mit den angeschlagenen Kirschen vom Sommer, die nie eine Zollmarke gesehen hatten, zu verarbeiten.

Der alte Moritz ein Schwarzbrenner – das würde so manches erklären, dachte ich. Die Tatsache, dass er nie in Geldnot war, zum Beispiel. Oder dass er nicht ins Dorf einkaufen kam – gegen Schwarzgebrannten konnte man schließlich so ziemlich alles eintauschen. Die Frage war nur: Wer fand den Weg hierherauf, um Tauschgeschäfte zu machen? Ich erinnerte mich an Simones Bemerkung, dass es vom Moritzhof aus nicht mehr weit in die Schweiz und nach Frankreich sei. Das mochte des Rätsels Lösung sein ...

Plötzlich fand ich den Gedanken, dass die ahnungslose Familie unten im Dorf glaubte, der versponnene Alte würde nichts anderes tun, als irgendwelche Maschinen zu konstruieren, derart komisch, dass ich unwillkürlich kichern musste. Doch im nächsten Moment war mir schon wieder ziemlich mulmig zumute: Karl Moritz würde sicher alles andere als erfreut sein, dass ich ausgerechnet dann bei ihm auftauchte, wenn er mit Schwarzbrennen beschäftigt war ...

Natürlich war niemand im Haus, da konnte ich noch so lange an die Tür klopfen. Einfach eintreten wollte ich nicht, also rief ich laut seinen Namen. Einmal, zweimal, dreimal.

Als Karl schließlich um die Ecke gebogen kam, erschrak ich: Seine langen, weißen Haare wehten wie eine Fahne hinter ihm her, der Schnee ächzte unter seinen wütenden Schritten, und sein Gesicht war von der Hitze des Brennofens feuerrot. Das war kein alter, vom Husten geplagter Mann, sondern eher ein wild gewordener Stier ...

»Soso, Kathi ist krank. Und da fällt meiner Tochter nichts anderes ein, als mir die Magd zu schicken? Kann sie nicht einmal selbst kommen?«

Rosanna schluckte. Sie hatte damit gerechnet, dass der Empfang nicht freundlich werden würde. Doch dass der Alte vor ihr auf und ab hüpfte wie Rumpelstilzchen ...

»Ich will keine Fremde im Haus! Geh!«

»Aber die Wirtin hat gesagt, ich soll ...« Rosanna spürte, dass ihre Zehen in den zu engen Schuhen langsam steif wurden. Sie trat von einem Bein aufs andere.

»Ich will nichts hören! Geh!« Mit fuchtelnden Armen wollte Karl sie wie einen Schwarm Krähen davonscheuchen. »Und sag meiner Tochter, dass ich hier oben nur mittwochs jemanden sehen will! Es reicht schon, wenn ich an diesem Tag keine Ruhe hab! Mich bei meiner Arbeit zu stören ...«, brummte er noch, schon zum Gehen gewandt.

Wie erstarrt stand Rosanna da. So ein böser alter Mann! Bevor sie noch einen klaren Gedanken fassen konnte, rannte sie hinter Karl Moritz her und stellte sich ihm in den Weg.

»Nicht nur Sie haben Arbeit zu erledigen – das gilt auch für mich! Wegen Ihnen hab ich alles andere stehen und liegen lassen. Und wenn ich jetzt unverrichteter Dinge nach Rombach zurückkehre, dann bekomme ich Ärger! Und darauf habe ich verflixt noch mal keine Lust!« Vor lauter Aufregung vergaß sie Luft zu holen, sodass sie sich am Ende des Satzes verschluckte.

Angesichts dieses Ausbruchs schien es Karl Moritz die Sprache verschlagen zu haben. Einen Moment lang standen sie sich wie zwei Kontrahenten in einem Duell gegenüber. Von irgendwoher war ein leises Lachen zu hören – wahrscheinlich einer der Schwarzbrenner.

Und wenn schon, Rosanna war es inzwischen gleichgültig. Hatte Frau Breuer nicht gesagt, sie solle sich nicht einschüchtern lassen? Beide Arme in die Seiten gestemmt, zwang sie sich, dem alten Mann direkt in die Augen zu schauen.

»Sie lassen mich meine Arbeit tun – und ich störe Sie nicht bei Ihrer! Wenn mein Vater allerdings früher zu *arbeiten* hatte«, fuhr sie mit einem ironischen Unterton fort und deutete dabei mit dem Kinn in die Richtung, von wo erneut eine leichte Maische-Brise zu ihnen herüberwehte, »dann hielt er Fenster und Türen immer fest verschlossen. Für alle Fälle.« Sie rümpfte die Nase. »Und jetzt wäre es mir lieb, wenn Sie mir zeigen würden, was im Haus zu machen ist!«

Rosanna verstummte zufrieden. Sie ließ sich nicht mehr Bange machen, von nichts und niemandem! Hatte sie sich nicht genau das geschworen, als sie der Köhlerei für immer den Rücken kehrte? Abrupt wandte sie sich um, ließ den vom Donner gerührten Alten stehen und steuerte auf die Haustür zu.

Einen Moment später erwachte Moritz aus seiner Erstarrung. Sprachlos ging er an ihr vorbei ins Haus und winkte sie in die Küche. »Warte hier auf mich!« Und schon war er wieder weg.

Rosanna atmete die Luft aus, die sie unwillkürlich angehalten hatte, und ließ ihren Blick vorsichtig durch den Raum wandern.

Die Küche war auf ähnliche Weise eingerichtet wie die im »Fuchsen«, nur war alles viel schmutziger: ein großer Herd, auf dem mehrere benutzte Töpfe standen, daneben ein Kachelofen mit Bank und Esstisch, alles übersät mit Büchern, Holzschnitzarbeiten, Werkzeugen und eisernen Teilen, von denen Rosanna nicht wusste, wozu man sie benutzte, ein Spülstein, blutverschmiert. Aus einem Eimer daneben lugte ein Stück Fell hervor – vielleicht die Überreste eines geschlachteten Hasen. Du meine

Güte – gab es auch etwas, was der alte Mann *nicht* in der Küche erledigte?

Im nächsten Moment erschütterte ein lautes Rumpeln das Haus, und es wurde taghell im Raum. Der Strom!, schoss es Rosanna durch den Kopf, sobald sie sich von ihrem Schreck erholt hatte.

Karl Moritz kam zurück, hielt es jedoch nicht für nötig, ein Wort darüber zu verlieren. Er riss einen Schrank auf. »Hier ist Putzzeug. Was es zu tun gibt, siehst du ja wohl selbst. Hell genug ist es jetzt schließlich.«

»Kathi hat uns schon von Ihrem ... Strom erzählt und dass er so laut ist. Aber dass er alles so wunderbar hell macht, das hat sie nicht gesagt.« Verwundert blinzelte Rosanna in die Lampe über dem Tisch.

»Die Kathi ...« Der Alte winkte ab. In seinen Augen sah Rosanna jedoch kurz den Stolz über seine neueste Errungenschaft aufblitzen.

Rosanna beschloss, mit der Reinigung des Spülsteins zu beginnen. Derart ungepflegtes Putzzeug würde die Wirtin im »Fuchsen« nie und nimmer hinnehmen, schoss es ihr durch den Kopf, als sie sah, wie abgewetzt und schmutzig die Borsten der Bürste waren, die sie aus dem Schrank genommen hatte.

Moritz lehnte sich mit verschränkten Armen an die Wand und schaute ihr zu. Plötzlich schien er es gar nicht mehr so eilig zu haben, zu seiner »Arbeit« zurückzukommen.

»Eine Köhlerin bist du, hab ich gehört ... Wofür habt ihr denn die Bäume verbrannt?«

»Für die beiden Glashütten in unserer Nähe. Die ließen die Holzkohle immer mit Fuhrwerken abholen«, antwortete Rosanna, ohne von ihrer Arbeit aufzuschauen.

»Für Glas also. Dann sag mir doch mal: Kann man aus Glas ein Haus bauen? Oder etwa ein Dach damit decken?« Er knurrte verächtlich. Als Rosanna nicht antwortete, fuhr er fort: »Kann man in einem Bett aus Glas liegen? Oder sich einen Tisch daraus schreinern? Kann man Bücher auf Glas schreiben? Und wenn du einmal stirbst, wirst du dann in einem Sarg aus Glas liegen?« Karl Moritz verstummte und ließ Rosanna im nächsten Moment allein zurück.

Verwirrt schaute sie ihm nach. Ein Sarg aus Glas ... Was für ein wunderlicher alter Mann!

Kurze Zeit später war Rosanna der Verzweiflung nahe: Wohin sie auch schaute, überall starrte ihr der Dreck entgegen: Unter der Eckbank bauschte sich haufenweise der Staub – »Faulenzerwolle« nannte die Wirtin solche Flusen. Rosanna brauchte zwei Eimer Wasser, um den Boden vom gröbsten Dreck zu befreien. Mit einem frischen Eimer Wasser wollte sie danach den Küchenschrank auswischen. Prompt krabbelte ihr ein ganzes Heer von Mehlkäfern entgegen. Die Ecken waren mit Larven verklebt, der Kot der Tiere lag wie grobkörniger Pfeffer überall herum. Angewidert schlug Rosanna den Schrank wieder zu – sie würde ihm später mit einem kräftigen Salmiakwasser zu Leibe rücken müssen.

Alle Wischlappen, die sie fand, waren hart vor Schmutz, als ob sie zuletzt zum Schuheputzen verwendet worden wären. Sie schüttelte den Kopf. Kein Wunder, dass es Kathi vor den Besuchen hier oben grauste!

Gegen Mittag war sie endlich mit der Küche fertig und wagte einen Blick in die umliegenden Zimmer. Weder in der guten Stube noch in der Vorratskammer, noch in den anderen Räumen des Erdgeschosses sah es viel besser aus. Das gesamte Haus war verwahrlost. Dass ein einzelner Mann innerhalb einer Woche ein solches Durcheinander anrichten konnte, glaubte Rosanna inzwischen nicht mehr. Vielmehr vermutete sie, dass sich Kathi bei ihren wöchentlichen Besuchen hier oben nicht gerade überarbeitete ...

Da unter dem Herd bereits ein Feuer brannte, beschloss Rosanna, einen Topf mit den Kartoffeln, die sie mitgebracht hatte, aufzusetzen. Weiterputzen konnte sie auch später noch, und gegen eine Suppe hatte Karl Moritz sicher nichts einzuwenden.

Das Kartoffelwasser begann gerade sich milchig einzutrüben, als es laut an der Haustür klopfte. Rosanna schrak zusammen.

»Aufmachen bitte!«, forderte eine laute Männerstimme.

Rosanna zog den Topf zur Seite und wischte sich die Hände an ihrer Schürze ab. Auf Zehenspitzen ging sie in Richtung Tür. Wo war nur Karl Moritz?

Wenn die Tür jetzt aus Glas wäre, könnte ich sehen, wer draußen steht, schoss es ihr durch den Kopf. Vielleicht ging der Besucher ja wieder, wenn sie sich nicht rührte. Doch schon im nächsten Moment hämmerte er erneut gegen die Tür. »Ja wird's bald?«

»Wer ist denn da?«, fragte Rosanna zögerlich.

»Zollinspektion, Gerold Richter ist mein Name!« Wieder schlug er gegen die Tür.

Zollinspektion? Der Akziser! Der Mann, der im ganzen Amt von Hof zu Hof ging und Steuern eintrieb. Im »Fuchsen« war er auch schon gewesen, kurz nach Martini. Nun war er hier. Und Moritz brannte seelenruhig Schnaps in seiner Scheune! Rosanna wurde es heiß und kalt zugleich.

Sie riss die Tür auf. Vor ihr stand der Mann, der ihr am Morgen am Ortsausgang entgegengekommen war. Er trug immer noch seine Aktentasche unterm Arm und eine säuerliche Miene zur Schau. Noch schwerer schien er jedoch an der Wichtigkeit seines Amtes zu tragen. Wie blasiert er dreinblickte!

Rosanna schluckte. Dann trat sie ins Freie.

»Ich habe Ihren Namen nicht verstanden«, schrie sie. »Wer sind Sie?«

Der Mann schnaubte ungeduldig und wiederholte dann Rang und Namen. Er fragte nach Karl Moritz.

»Und was will ein Zollbeamter hier oben?«, brüllte Rosanna noch lauter, wobei sie das Wort Zollbeamter ausdrücklich betonte. Ha, es wäre doch gelacht, wenn es ihr nicht gelänge, den alten Moritz wenigstens vorzuwarnen!

»Das sag ich dem Herrn Moritz schon selbst«, antwortete der Mann unwirsch. »Wo ist er eigentlich?«

»Der Herr Moritz ist ein alter Mann. Ich bin die Magd und mache ihm den Haushalt.«

»Was schreist du denn so? Glaubst du, ich bin taub?« Er bedachte Rosanna mit einem verächtlichen Blick.

Rosanna gab sich so einfältig wie möglich und dachte gleichzeitig scharf nach. Wie konnte sie nur verhindern, dass dieser wichtigtuerische Kerl mit seiner Aktenmappe auf dem Hof herumschnüffelte?

»Das ist der Nebel!«, rief sie, ohne ihre Stimme zu senken. »Im Nebel versteh ich nichts.« Hoffentlich hört der alte Moritz mich, betete sie im Stillen. »Vielleicht ist es das Beste, wenn Sie erst einmal ins Warme kommen! Der Herr Akziser hat doch sicher schon einen langen Marsch hinter sich und ist halb erfroren.« Es hätte nicht viel gefehlt, und sie hätte den Mann am Ärmel ins Haus gezogen. Doch er folgte ihr freiwillig. Neugierig schaute er sich um, wobei sein Blick auf die unzähligen Großuhren fiel, die jeden Zentimeter an der Wand beanspruchten. Als wollten sie ebenfalls gegen den Besuch des Eindringlings protestieren, begannen zwei davon zu schlagen.

»Der Herr Moritz ist krank«, hörte sich Rosanna sagen, als sie in der Küche angelangt waren. Mit einem unguten Gefühl im Bauch fantasierte sie weiter. »Er ... er liegt in seinem Bett. Aber vielleicht ist er auch gerade nach draußen, seine Notdurft verrichten. Dazu will er nämlich nicht den Nachttopf nehmen, wissen Sie. Der Herr Moritz ist sehr eigen in dieser Bezieh...«

»Jaja«, winkte der Mann ungehalten ab. »Soll ich ihn selbst vom Abort holen, oder wärst du so gnädig, das zu tun?« Mit spitzen Fingern öffnete er seine Aktentasche und begann, auf dem Tisch, den Rosanna gerade erst leer geräumt hatte, Unterlagen auszubreiten.

»Gut, ich hole ihn. Aber Sie haben doch nichts dagegen, wenn ich Ihnen zuerst eine Vesper hinstelle.« Hastig nahm sie Brot, Schinken und Würste aus dem Rucksack. Bevor der Akziser zu einer Erwiderung ansetzen konnte, hatte Rosanna ihm ein Holzbrett hingestellt und einen Streifen vom Schinken abgeschnitten. Sie säbelte noch eine Scheibe Brot ab und stellte den Batzen Butter dazu, den sie zuvor auf dem Fensterbrett entdeckt hatte. Der Schinkenduft vermischte sich nicht unangenehm mit dem Salmiakgeruch des Scheuersalzes, das sie für die Spüle verwendet hatte.

»So, jetzt stärken Sie sich erst einmal, und ich hole den Herrn des Hauses!« Rosanna machte einen kleinen Knicks, verließ das Zimmer jedoch erst, als sie sah, dass der Zollbeamte den ersten Bissen Schinken nahm. Das Brot ignorierte er.

Mit wehendem Rock rannte sie auf die Scheune zu, öffnete das Tor nur einen Spaltbreit und zwängte sich hindurch. Sie erschrak, als sie im Halbdunkel keine zwei Handbreit von sich entfernt Moritz' Gesicht erkannte. Er musste am Scheunentor Wache gestanden haben.

»Ein Zollbeamter! Er sitzt in der Küche und isst Ihren Schinken! Ich hab gesagt, Sie seien krank«, flüsterte Rosanna atemlos. Aus dem Augenwinkel heraus beobachtete sie, wie zwei Männer Fässer hinter Strohballen verstauten und ein dritter ein Destilliergerät in einer Luke im Boden versenkte. Als sie sah, in welch großem Stil die Männer hier tätig waren, wurde ihr erneut ganz flau im Magen.

Rosanna öffnete den Mund und wollte von dem Gespräch mit dem Akziser berichten, doch Karl Moritz brachte sie mit einer Handbewegung zum Schweigen. Er fuhr sich mit beiden Händen durchs Haar, bis wirre Strähnen über seine Stirn fielen. Wie ein halb verhungerter Straßenköter sieht er aus, ging es Rosanna bei seinem Anblick durch den Sinn. Dann stützte er sich ohne eine weitere Erklärung auf ihren Arm und deutete ihr an, mit ihm in Richtung Haus zu gehen.

Der Rückweg brauchte seine Zeit: Humpelnd und vor sich hin jammernd schleppte sich Moritz über den Hof. Gemäß Rosannas Lüge mimte er den Alten und Kranken. Und damit nicht genug, brabbelte er außerdem unverständlich vor sich hin, als wäre er nicht mehr Herr seiner Sinne.

Rosanna grinste in sich hinein. Ein listiger Alter! Aber dieses

Spiel konnten auch zwei spielen! Sie hatte seine barschen Worte zur Begrüßung noch nicht vergessen und frohlockte geradezu bei dem Gedanken, es Karl Moritz zumindest ein wenig heimzahlen zu können.

Sobald die Tür hinter ihnen ins Schloss gefallen war, sagte sie laut und in tadelndem Tonfall: »Wie oft habe ich Ihnen schon gesagt, dass Sie nicht allein nach draußen gehen sollen, Herr Moritz?«

Sie spürte, wie sein Griff um ihren Arm fester wurde. Mit einem schadenfrohen Schmunzeln zerrte Rosanna ihn in die Küche, wo sich der Zollbeamte gerade ein weiteres Stück Schinken einverleibte. Beim Anblick des ungleichen Paares ließ er das Messer sinken. Seine schmalen Augenbrauen zogen sich missmutig zusammen, als ahnte er in diesem Moment, dass er den mühsamen Weg den Berg hinauf vergebens zurückgelegt hatte.

Rosanna hatte inzwischen Gefallen an der Posse gefunden. Eifrig zeigte sie auf den Besucher.

»Schauen Sie, Herr Moritz, das ist nun der Herr Zollbeamte ... o je, jetzt hab ich seinen Namen vergessen!« Sie kicherte verlegen. »Und das ist der Herr Moritz. Er hatte sich draußen verlaufen. Hat eben schon ein stattliches Alter auf dem Buckel, nicht wahr? Was für ein Glück, dass ich nach ihm geschaut habe! Ohne Hilfe kommt er gar nicht mehr zurecht, nicht wahr, Herr Moritz?« Rosannas Lächeln war zuckersüß.

Als Moritz den Zollbeamten später allein und mit schlurfendem Schritt durch Haus und Hof führte, war die Luft rein – und das im wortwörtlichen Sinne. Der Mann mit dem gezwirbelten Bart musste zähneknirschend eingestehen, dass sich »das Vögelchen, das mir gezwitschert hat, hier oben würde schwarzer Schnaps gebrannt«, leider getäuscht haben musste. Ha! Wie mürrisch er sich mit seiner Aktentasche trollte! Aber zuvor hatte er noch den ganzen Schinken aufgefressen.

Als der Mann weg war, wollte Moritz, dass ich mit ihm esse, obwohl ich eigentlich noch die gute Stube putzen wollte. Während er die Suppe löffelte, sprach er fast nur von seiner Turbine und dass er vorhabe, auch in den anderen Zimmern Strom zu verlegen. Über den Vorfall mit dem Akziser verlor er kein Wort mehr, und auch ich sprach nicht darüber.

»Bis nächste Woche!«, verabschiedete er mich, als ich mich schließlich wieder auf den Weg ins Dorf machen wollte.

»Wieso nächste Woche? Da kommt doch die Kathi wieder zu Ihnen«, antwortete ich erstaunt. Aber er lachte nur.

»Die kommt so schnell nicht wieder. Oder glaubst du, die kotzt sich umsonst morgens die Seele aus dem Leib? Das gnädige Fräulein wird sich noch umgucken. Nun wird ihr faules Lotterleben bald ein Ende haben.« Mehr sagte er nicht. Komisch ist er schon, dachte ich abermals.

Ein paar Tage später ließ Franziska Breuer die Katze aus dem Sack: Kathi würde den Gerhard heiraten, und zwar gleich zu Beginn des neuen Jahres. Plötzlich verstand ich auch Karls Bemerkung: Katharina war guter Hoffnung. Daher rührte Franziskas düstere Miene in den Tagen zuvor! Natürlich sagte keiner laut, dass Kathi schwanger war. Jeder tat so, als ob die Hochzeit zwischen ihr und dem Müllersohn längst abgemachte Sache gewesen sei. Noch vor Weihnachten schickten Breuers den Hochzeitslader aus. Wenn die

Rombacher über den ungewöhnlichen Termin tuschelten – eigentlich wird ja immer nur zwischen Ostern und Sommer geheiratet –, so bekam ich nichts davon mit. Wenn ich nicht gerade Brot buk, musste ich die Wäsche machen oder in der Küche helfen. Und jeden Dienstag ging ich jetzt zu Karl auf den Moritzhof. Es gab viel Arbeit, aber ich tat sie gern. Ausgenutzt fühlte ich mich damals nicht, auf diesen Gedanken kam ich erst viel später. Auch dass ich vor lauter Arbeit außer den Breuers kaum jemanden zu sehen bekam, fand ich nicht ungewöhnlich – ich kannte es schließlich nicht anders. Näheren Kontakt zu den Rombachern bekam ich erst, als Kathi in die Mühle zog und ich abends in der Wirtsstube bedienen durfte …

Die Kirche war bis auf den letzten Platz besetzt. Durch die bunten Fensterscheiben warf die Sonne rote und blaue und gelbe Lichtstrahlen, die auf den Rücken der Leute tanzten. Während der Organist die ersten Akkorde anschlug, schaute sich Simone unter niedergeschlagenen Lidern um. Alle waren sie da: die verhassten Schulkameraden mit ihren Familien, der Bürgermeister, der Eisenwarenhändler, aber auch einfache Leute – Bergbauern und Weber aus den umliegenden Berghöfen. Kathi saß zusammen mit ihrem Ehemann und der Müllerin zwei Reihen vor Simone. Jene hatte sich noch immer nicht daran gewöhnt, dass jetzt eigentlich Kathi die Müllerin war. Genauso wenig wie an den dicken Bauch, den Kathi vor sich her trug. Der käme von ihrem großen Appetit, erzählte sie jedem, und dass mit dem Kind erst im September zu rechnen sei, aber Rosanna hatte Simone gegenüber geäußert, dass es bestimmt schon im Juni zur Welt kommen würde. Simone verzog spöttisch den Mund. Da hatten die Leute bald was zu reden – und es geschah der dummen Gans recht! Aber eigentlich war sie über den Lauf der Dinge froh. Jetzt, da Kathi nicht mehr unter ihrem Dach lebte, konnte die Schwester sie nicht mehr dauernd quälen. Und zu Kathis Hochzeit hatte Simone sogar Schuhe bekommen und durfte nun sonntags mit in die Kirche gehen.

Schade nur, dass Rosanna heute nicht dabei sein konnte. Mutter hatte sie mit dermaßen vielen Aufgaben für das Ostermahl in der Wirtsstube betraut, dass sie wahrscheinlich nicht einmal zum Luftholen kam. Bei diesem Gedanken befiel Simone ein schlechtes Gewissen. Hätte sie nicht besser auf den Kirchbesuch verzichten und Rosanna helfen sollen? Doch dann tastete sie in ihrer Rocktasche vorsichtig nach dem Ei, das sie vom Pfarrer weihen lassen und später dann Rosanna schenken wollte. Ohne die Weihe war es kein wertvolles Geschenk, und sie wollte Rosanna doch etwas Wertvolles schenken, rechtfertigte sie ihre Entscheidung zum wiederholten Mal. Wenn sie Geld besäße, hätte sie der geliebten Freundin mehr geschenkt als nur ein Ei. Eine Spange für ihr Haar vielleicht, das in der Sonne immer so schön glänzte. Oder ein Marienbild, das sie auf ihrem Nachttisch hätte aufstellen können. Oder ... Doch mehr fiel Simone nicht ein. Dass es jemanden gab, der sie liebte und den sie ebenfalls liebte, sogar mehr als ihr Leben, daran musste sie sich erst noch gewöhnen.

Das erste Lied, ein Lobgesang auf den Leib Jesu, verklang in diesem Moment. Die Ministranten hatten sich rings um den Pfarrer aufgestellt. Er begrüßte nun die Ostergemeinde mit seiner krächzenden Stimme, die nach jedem zweiten Satz brach, woraufhin er sich stets lange und ausgiebig räuspern musste.

Doch Simone störte sich nicht daran. Sie liebte den Kirchgang! Die reich verzierten Kerzen am Altar, das schöne Gewand des Pfarrers, die vielstimmigen Gesänge, der Weihrauch ... Und alle Menschen saßen beieinander, teilten den Leib Jesu und gehörten zusammen. Wenn dann der Pfarrer zu predigen begann und sie sich recht auf seine Worte konzentrierte, waren die Gemeinheiten ihrer Geschwister sowie die Schindereien ihrer Mutter weit weg. Simone lehnte sich auf der harten Kirchenbank zurück. Sogar ihr Rücken, der mit dicken Striemen von Mutters Schlägen überzogen war, tat hier weniger weh. Simone war aus dem Milchhaus gerannt, auf der Flucht vor Zacharias und Anton, die ihr eine tote Maus ins Kleid hatten stecken wollen. Dabei war sie mit dem Ellenbogen an eine Schüssel mit Quark gestoßen, und der gesamte weiße Inhalt landete auf dem Boden. Die Brüder hatten sich schnell verdrückt und die Maus dabei in den Rosenbusch neben dem Milchhaus geworfen. Simone aber hatte die Schläge abbekommen.

Sie seufzte tief. Ein Dummejungenstreich, mehr nicht. In diesen geweihten Mauern war er es nicht wert, dass sie auch nur einen weiteren Gedanken daran verlor.

Hier war vieles unwichtig oder kränkte sie zumindest nicht mehr so sehr wie zuvor. Wie zum Beispiel der Gedanke an den Vater, der auf der anderen Seite bei den Männern saß und immer so tat, als gäbe es sie überhaupt nicht.

Und die Schule war ganz weit weg ... Zum Glück würde diese Quälerei im kommenden Sommer ein Ende haben. Nicht einmal Rosanna konnte sich vorstellen, wie schrecklich die Stunden in dem stickigen Klassenzimmer waren. Sie hatte ja auch das Glück gehabt, nie eine Schule besuchen zu müssen. Sie wusste nicht, wie es sich anfühlte, wenn die Buben »Vogelscheuche« hinter einem herriefen.

»Sei froh, dass du lesen und schreiben lernst«, hatte Rosanna erst gestern wieder gesagt, nachdem Franziska sie wegen einer fehlerhaften Aufschrift auf der Tafel vor dem Wirtshaus rügte. »Reisende wielkommen«, hatte Rosanna geschrieben. Die Mutter ritt auf dem Schreibfehler herum, als ob Rosanna der dümmste Mensch sei, der ihr je untergekommen war! Eine dumme Magd nannte sie Rosanna. Wie gut Simone das Gefühl kannte, gedemütigt zu werden! Deshalb hatte sie es Rosanna auch nicht übel genommen, als diese nach dem Vorfall nicht von ihr getröstet werden wollte, sondern sie wütend anschrie. Sie wolle einmal, nur ein einziges Mal in diesem Haus ihre Ruhe haben.

Simone warf der Mutter heimlich einen hasserfüllten Blick zu – sich über andere lustig machen, das konnte sie! Dabei gab es Schlimmeres im Leben, als nicht richtig schreiben zu können. Der Lehrer hatte Simone zwar erst kürzlich bescheinigt, sie sei so intelligent wie mancher Bub, und er hatte gefragt, ob die Eltern sie nicht auf ein Gymnasium schicken wollten, doch davon hatte Simone daheim nichts erzählt. Fort in eine fremde Stadt? Ohne Rosanna? Das konnte sie sich beim besten Willen nicht vorstellen. Sie brauchte Rosanna. Und Rosanna brauchte sie.

Auch ein Schutzengel brauchte Schutz.

Vor allem vor Zacharias, der Rosanna nachstellte, wo es nur ging. Glaubte er etwa, seine lüsternen Blicke würden ihr verborgen bleiben? Genauso hatte er damals die dumme Luise angeglotzt. Und dann hatte er sie geküsst – einfach widerlich! Simone hatte genau beobachtet, was hinter dem Abort geschehen war. Das sah ihrem Bruder ähnlich, dass er ein Mädchen ausgerechnet dorthin schleppte!

Simone wollte unbedingt verhindern, dass er das Gleiche mit Rosanna machte. Wenn sie sich nur vorstellte, wie Zacharias seinen breiten Mund auf Rosannas rosafarbene Lippen presste ... Simone schüttelte sich innerlich. Sie hatte die geliebte Freundin bereits gewarnt, ihr von Luise, der Magd, erzählt, aber Rosanna hatte nur gelacht und geantwortet, sie könne gut auf sich selbst aufpassen. Sie fügte hinzu, dass sie, Simone, Gespenster sähe, dass Zacharias einfach nur freundlich zu ihr sei. Nun, woher sollte Rosanna auch wissen, dass Simone keine Gespenster, sondern *mehr* sah als andere? Ihr Engel traute einfach niemandem etwas Böses zu. Daran hatte nicht einmal das furchtbare Erlebnis mit dem Mann im letzten Herbst beim Beerenlesen etwas geändert.

Die Erinnerung ließ Simone frösteln.

Sie hatte das schreckliche ... Ding des Mannes bereits an ihrem Schenkel gespürt. Viel hatte nicht mehr gefehlt.

Simone schauderte. Wenn Rosanna nicht gewesen wäre ...

Aber sie war da gewesen. Sie hatte ihr das Leben gerettet, auch wenn Rosanna das nicht so sah. Aber vielleicht war das bei Engeln immer so – dass sie ihre Güte und Fürsorge herunterspielten.

In jedem Fall war es das Mindeste, dass auch sie, Simone, auf die Freundin Acht gab.

Ach, wenn der Vater nur nicht so gemein wäre und sie ständig in die Reutberge schickte! Während ihr Buckel durch die vollen Dungeimer krumm wurde, machte sie sich fast verrückt vor Sorge um Rosanna. Nur an den Tagen, an denen Zacharias nach Schwend fuhr, um Bier zu holen, war ihr Herz leichter, denn dann drohte schließlich keine Gefahr.

Die Gemeinde stimmte nun ein neues Lied an, und um die unseligen, Furcht einflößenden Gedanken loszuwerden, fiel Simone mit mehr Leidenschaft als Talent in den Gesang ein. Sofort kassierte sie einen Rippenstoß von ihrer Mutter. Leiser singen! bedeutete er. Simone verstummte. Es war ohnehin nur ein kurzes Lied.

Der Pfarrer begann anschließend mit seiner Predigt. Simone liebte es besonders, wenn er vom »Zorn Gottes« sprach. Und das tat er oft und gern. Den Zorn Gottes – ja, den wünschte sie vielen Menschen! Dass es ihn gab, dafür war sie immerhin das beste Beispiel. Wie hatte ihre Mutter noch gesagt?

»Gottes Zorn hat mich für meine Sünden gestraft, als er mir Simone schickte.«

Heute sprach der Pfarrer jedoch nicht vom Zorn Gottes, sondern von der Herrlichkeit des Eis. Ein Ei werde zwei Mal geboren, sagte er, einmal, wenn die Henne es legte, und das zweite Mal, wenn es ausgebrütet war. Damit aus dem toten Ei aber ein Junges schlüpfen, damit aus dem glitschigen Eiweiß und dem Dotter ein wunderschöner Vogel werden könne, müsse die Henne es wärmen. Und erst wenn es zerbräche, könne neues Leben entstehen. An dieser Stelle räusperte sich der Pfarrer lange und ausgiebig. Der Mensch sei wie ein Ei, fuhr er dann fort. Auch er müsse erst zerbrechen, also sterben, um in Jesus Christus neu geboren zu werden.

Simones Augen glänzten, als der Pfarrer den heiligen Paulus

zitierte. »*Wer wird mich von dem Leib dieses Todes befreien?*«, hatte dieser einmal gesagt. O ja, sie kannte Paulus' Qualen, sie kannte sie sehr gut! Ihr ganzes Leben war furchtbar verlaufen, eine immer währende Qual, voller Zweifel und Fragen. Aber ihre Qualen hatten nun ein Ende ... Simone lächelte vor sich hin.

Sie würde wohl nicht als Fasan oder Papagei enden, in deren wunderschöner Erscheinung die guten Menschen laut den Worten des Pfarrers einstmals auferstehen würden. Simones Hülle war schließlich immer noch dieselbe. Aber innerlich fühlte sie sich vollständig verändert. Sie wartete darauf, dass der Pfarrer auch eine Bemerkung in diese Richtung machte. Und tatsächlich, kurz darauf sagte er, dass aus dem Ei keine Käfer oder Kröten oder Frösche schlüpften, sondern geflügelte Wesen, die sich gen Himmel erheben konnten.

In Simones Brust wurde es ganz warm. Ja, auch sie konnte fliegen, sie war frei in ihren Gedanken.

Der Pfarrer sprach davon, dass das Ei, das man sich zu Ostern schenkte, ein Sinnbild purer Lebensfreude und hoffnungsvoller Erwartung sei.

Das Ei in Simones Rocktasche war inzwischen durch ihre Körperwärme warm geworden. Sie seufzte wohlig bei dem Gedanken, dass sie später der Freundin die geweihte Gabe überreichen würde.

In einem Punkt hatte der Pfarrer allerdings Unrecht: Man musste nicht erst im Grab liegen, um neu geboren zu werden. Dasselbe konnte schon auf dieser Welt geschehen. Denn sie, Simone, war bereits neu geboren, sie war auferstanden.

Rosannas Liebe hatte sie auferstehen lassen. Jesus Christus hatte ihr einen Engel geschickt.

Ich bediente gern in der Gaststube. Zum einen war ich dann mit Zacharias zusammen, zum andern machte mir die Arbeit viel Spaß.

Wenn sich die Tische füllten und ich den Leuten Teller mit dampfendem Sauerkraut oder Kartoffelsuppe und dicke Scheiben Brot mit Schinken hinstellte, wenn am Ende alles bis auf den letzten Krümel aufgetunkt war, dann wusste ich, dass sich alle wohl fühlten. Das Servieren war für mich keine Arbeit wie das Brotbacken oder Wäschewaschen, es war völlig anders. Jeder Mensch, der Woche für Woche in den »Fuchsen« kam, brachte eine kleine Welt mit. Und jeder erwartete, dass man auf ihn und seine Welt einging. Darin war ich gar nicht mal so ungeschickt: Wenn sich einer auf der Durchreise befand und lediglich für eine warme Mahlzeit Rast machte, sah ich zu, dass er besonders zügig bedient wurde. So einer wollte nicht viel reden. Die Gäste, die über Nacht blieben, und die Männer vom Stammtisch hatten natürlich mehr Zeit und wollten auch immer ein wenig mit mir schwätzen.

Schon bald fiel mir auf, dass freitags, wenn es Süßspeisen gab, viele Männer einen Nachschlag bestellten. Nicht etwa, weil die Portionen dann kleiner ausfielen als an anderen Tagen, sondern weil Männer einen mindestens ebenso süßen Zahn haben wie Kinder. Also machte ich Franziska den Vorschlag, jeden Tag einen Teller mit süßem Hefekuchen oder eine Schale mit Kompott für alle sichtbar auf die Theke zu stellen. Bestimmt hatten viele nach dem Essen noch Lust auf etwas Süßes, fügte ich hinzu. Zu meinem Erstaunen ging die Wirtin gleich darauf ein, und tatsächlich: Von da an bestellten viele Gäste zusätzlich noch ein Stück Kuchen oder ein Schüsselchen Apfelkompott. Franziska sah das natürlich gern, auch wenn sie darüber mir gegenüber nie ein Wort verlor. Aber Simone, die ja die Abrechnungen für die Wirtsstube erledigte, behauptete, seit ich die Leute bediente, sei mehr Geld in der Kasse als zuvor. Und diese Tatsache allein war mir Lob genug.

Franziska Breuers launische Art war für mich nicht leicht zu ertragen. An manchen Tagen tat sie so vertraulich, als sei ich ihre beste Freundin. Mir war das gar nicht recht. Und dann gab es wieder Zeiten, da redete sie kein normales Wort mit mir, sondern hatte an allem, was ich tat und sagte, etwas zu meckern. Natürlich bekamen die anderen auch ihr Fett weg – Simone am meisten –, aber im Gegensatz zu mir schienen sie sich nichts daraus zu machen. »Zum einen Ohr rein und zu dem anderen wieder raus!«, sagte Zacharias zu mir, als seine Mutter wieder einmal durchs ganze Haus tobte. Ja, ihm gelang das, aber ich musste jedes Mal schlucken, wenn sie mich für etwas schalt, woran ich gar keine Schuld hatte. Und so war ich froh, dass ich wenigstens an den Abenden, wenn sie mit Anton und Simone in der Küche arbeitete, meine Ruhe vor ihr hatte.

Um den Bierausschank kümmerte sich Herr Breuer, und Zacharias brachte die Getränke an die Tische, was mir sehr gelegen kam. Mehrere Bierkrüge auf einmal haben nämlich ein ganz schönes Gewicht! Wir arbeiteten gut Hand in Hand: Meistens reichte ein Kopfnicken von mir, und Zacharias wusste, an welchem Tisch das Bier ausging. Wenn einmal besonders viel zu tun war, machte er sich auch nichts daraus, einen Stapel schmutziges Geschirr abzuräumen, obwohl sein Vater immer sagte, das sei Weibersache. Es gefiel mir natürlich sehr, dass Zacharias mir trotzdem bei der Arbeit half.

An meinem ersten Abend in der Wirtsstube hatte Franziska mich gewarnt, dass Gäste manchmal auch frech wurden. So etwas sollte ich sofort ihrem Mann melden. Doch richtigen Ärger gab es eigentlich nie. Die Leute mochten mich, sonst hätten sie, wenn's ans Zahlen ging, nicht immer auch ein paar Münzen für mich auf dem Tisch liegen lassen. Doch sobald der Gast weg war, nahm Franziska auch dieses Geld an sich. »Du bekommst schließlich Kost und Logis für deine Arbeit«, sagte sie zu mir. Zacharias fand das ungerecht und drängte mich, auf dem Geld zu bestehen, aber wie hätte ich das anstellen sollen? Franziska war die Wirtin und ich nur die Magd.

Seit die vier Fremdenzimmer unter dem Dach ausgebaut waren, fanden sich im »Fuchsen« abends immer öfter Übernachtungsgäste ein: Uhrenhändler, Leute, die mit Waldglas handelten, manchmal auch einer, der im Auftrag der Eisenbahn unterwegs war. Kaum hatte jener die Schwelle betreten, wurde er von den Männern am Stammtisch belagert. »Wann ist es denn endlich so weit mit der Eisenbahnlinie nach Rombach?« Dabei konnte doch jedes Kind sehen, dass es noch eine Zeit lang dauern würde. Die Arbeiter, die die Schienen verlegen sollten, waren noch nicht einmal am Ortseingang von Rombach angelangt. Karl schätzte, dass es noch ein, zwei Jahre dauern würde, bis Rombach seinen eigenen Bahnhof hätte. Bis dahin mussten die Reisenden weiterhin woanders aussteigen und schauen, wie sie von dort weiterkamen.

Ein Herr hatte sogar den weiten Weg von Köln bis in den Schwarzwald zurückgelegt. In seinem Gepäck hatte er Kölnisch Wasser, »aber das echte, bitte schön!«, wie er nicht müde wurde zu betonen. Als die Wirtin gerade einmal nicht ihren Kopf aus der Küchenklappe steckte, tupfte er mir einige Tropfen von dem Duftwasser in die Armbeuge. So würden es die feinen Damen in den Kurbädern ebenfalls halten, erklärte er mir und zwinkerte mir dabei so heftig zu, dass sein gezwirbelter Schnurrbart bebte.

Und dann war da noch der Herr Butto aus einem Ort namens Jena, der alle drei Monate mit einer ganzen Kiste Feldstecher anreiste, die er hiesigen Jägern anbot. Manche Gäste kamen auch nur ein einziges Mal, so wie der Herr, der Tabletten gegen Heiserkeit anbot. Die wollte nämlich niemand haben.

Wenn die Weitgereisten die Wirtsstube betraten, sahen sie meist so erschöpft aus wie ihre Pferde, die sie im Stall neben den Kühen gut untergebracht wussten. Aber nach ein, zwei Krügen Bier und einem guten Essen war die Abgespanntheit schnell von ihnen gewichen. Dann konnte es vorkommen, dass einer mit seinen Geschichten von den Reisen die halbe Wirtschaft unterhielt. Was die alles zu erzählen hatten! Da hätte ich mich manches Mal gern dazugesetzt, aber bei der vielen Arbeit konnte ich immer nur mit einem Ohr lauschen.

Spät nachts, wenn ich eigentlich nichts anderes mehr wünschte, als mich in der Kammer, die früher der Kathi gehört hatte, zum Schlafen hinzulegen, schlüpfte Simone meist noch zu mir und wollte, dass ich ihr ein paar der Geschichten erzählte. Oft tat ich ihr den Gefallen – sie bekam eben nichts vom Leben draußen mit.

Wenn am Stammtisch ein Cegospiel im Gange war, kam es vor, dass einer der Geschäftsleute mitspielen wollte. Die bildeten sich tatsächlich ein, mit ihrer städtischen Schläue die anderen beim Kartenspiel aufs Kreuz legen zu können! Aber so schnell ließen sich die Männer vom Stammtisch natürlich nicht die Butter vom Brot nehmen, und da konnte es manchmal sein, dass sie bis weit nach Mitternacht mit ihren bunten Karten dasaßen, ihre »Räuber«, »Bettel« oder »Solos« ansagten, lachten und einfach nur fröhlich waren.

Wenn ich daran zurückdenke, war das für mich eigentlich eine schöne Zeit im »Fuchsen« …

»Grüß Gott, der Herr.« Rosanna machte einen kleinen Knicks. »Wie schön, dass Sie uns wieder besuchen! Wenn ich fragen darf: Wie geht es Ihrem Rücken?«

Der Uhrenhändler schaute von seinem kleinen schwarzen Notizbuch auf, in das er gerade mit Bleistift winzige Eintragungen machte. »Dass du dir die leidige Geschichte mit meinem Hexenschuss gemerkt hast, bei den vielen Leuten, die zu euch kommen! … Sind doch immerhin schon zwei Wochen vergangen, seit ich das letzte Mal hier war. Aber wenn du schon fragst: Schlecht geht es! Ein alter Ochs hat halt kein junges Kreuz mehr!« Missmutig warf er seinen Bleistift auf den Tisch.

»So alt sind Sie nun auch wieder nicht! Warten Sie nur ab, bis das feuchte Aprilwetter vorüber ist, dann geht's auch dem Kreuz wieder besser.« Sie gab Zacharias ein Zeichen, dass er einen Krug Bier zapfen sollte, während sie gleichzeitig ein Sitzkissen von einem der Stühle nahm und dem Uhrenhändler in den Rücken schob. Dann zählte sie auf, was die Küche an diesem Tag zu bieten hatte.

Nachdem der Mann seine Bestellung gemacht und Rosanna seine Wünsche an Franziska weitergegeben hatte, schaute sie hinüber zur Theke. Sowohl Gustav Breuer als auch Zacharias waren beschäftigt, und an den Tischen wollte ebenfalls niemand etwas von ihr. Deshalb atmete sie einmal tief durch und ging dann zu einem der Ecktische hinüber.

Auch hier saß ein häufiger Gast, ein Devotionaliengroßhändler – auf das »groß« legte er besonderen Wert. Er reiste von Wallfahrtsort zu Wallfahrtsort und verkaufte den dort ansässigen Devotionalienhändlern silberne Amulette, mit Heiligenbildern geschmückte Seifen, wächserne Jesuskindfiguren und bunte Papierbilder, auf denen die Mutter Maria in allen möglichen Variationen zu sehen war. Ein solches Marienbild hatte er Rosanna bei seinem letzten Besuch geschenkt. »Devotionalien sollen die Gläubigen an ihre letzte Wallfahrt erinnern und sie geistig mit dem jeweiligen Wallfahrtsort verbinden«, hatte er ihr erklärt und hinzugefügt: »Solch eine Mutter Gottes in der Schublade schadet auch dann nicht, wenn man noch nie wallfahrten war.«

»Ach Rosanna, ich hab schon gedacht, du kämst heute gar nicht zu mir!« Erfreut schaute der Devotionaliengroßhändler von seinem Suppenteller auf. Sein Bart war fettig, seine Wangen waren von dem heißen Essen gerötet. Bevor er weitersprach, schob er sich genüsslich den nächsten Löffel Suppe in den Mund. »Aber ich sehe natürlich, dass du ständig springen musst.« Kauend nickte er in Richtung der voll besetzten Tische. »Am Stammtisch geht's heute ganz schön laut zu, nicht wahr? Wenn ich noch einen Beweis dafür bräuchte, dass euer Bier besonders gut schmeckt, dann hätte ich ihn hier leibhaftig vor mir!«

Verlegen strich sich Rosanna ein paar Haare hinters Ohr. »Ich habe da mal eine Frage ... Also, es ist so ...« Sie verstummte.

Der Händler legte seinen Löffel ab. »Nicht so schüchtern,

junge Frau! Möchtest du noch ein Marienbildchen haben? Ist es das?«

Rosanna schüttelte den Kopf. Hastig zog sie einen kleinen, runden Gegenstand aus ihrer Rocktasche und legte ihn vor den Mann auf den Tisch.

»Eine Spanschachtel?« Mit einem Stirnrunzeln griff der Händler danach. »Rosanna.« Laut las er die kunstvoll eingebrannte Aufschrift vor. »Eine hervorragende handwerkliche Arbeit. Aber was soll ich damit?«

»Mit der hier gar nichts!«, sagte Rosanna lächelnd. »Die hab ich nämlich geschenkt bekommen.« Aus dem Augenwinkel heraus sah sie, wie Zacharias ihr zuwinkte. Hastig erklärte sie dem Händler, dass eine junge Witwe im Dorf diese Spanschachteln herstellte, und fragte ihn, ob er sie nicht in seinen Devotionalienhandel aufnehmen könnte. »Margret würde die Schachteln mit den Namen von Wallfahrtsorten verzieren. Und Engel und die Mutter Maria einbrennen. Für mich hat die Margret Kühe genommen, weil sie weiß, dass ich die so gern hab!« Rosanna zeigte auf die detailgetreue Abbildung einer Herde Hinterwälderkühe, die wie im Gänsemarsch über den Rand der Schachtel liefen.

Der Devotionaliengroßhändler lachte auf. »Soso, Kühe magst du also besonders gern!«

»Rosanna! Nachschlag für Tisch zwei!«, drang Zacharias' Stimme über das Löffelgeklapper und Stimmengemurmel zu ihr herüber.

»Ich komme schon!«, rief sie zurück. »Ich dachte ja auch nur ... Die Wallfahrer könnten doch in diesen Schachteln ihre Marienbilder so schön aufbewahren.« Und die Margret hat das Geld bitter nötig, fuhr sie im Stillen fort.

Der Händler kratzte sich am Kopf. »Soso, das hast du dir also gedacht. Gar keine schlechte Idee! Na, ich könnte ja zumindest einmal mit dieser Margret reden – wenn du mir verrätst, wo die gute Frau wohnt.«

Rosanna war noch keine fünf Schritte vom Tisch des Mannes

entfernt, als sie erneut ihren Namen hörte. Gottlieb König, einer ihrer täglichen Gäste, deutete auf seinen leeren Bierkrug. Dann sagte er: »Rosanna, liebes Kind, wenn du vielleicht ... gleich die Wirtin fragen könntest ...« Er lächelte verlegen und deutete auf den vollen Korb, den er auf dem Stuhl neben sich abgestellt hatte.

»Mal sehen, was sich machen lässt«, antwortete sie mit einem Seufzen.

»Sag mal, was gibt es denn da so lange zu tratschen? Hier wird das Essen kalt!«, zischte Franziska durch die Durchreiche, wo zwei Suppen und drei Portionen Kesselfleisch darauf warteten, an die Tische gebracht zu werden. Rosanna presste die Lippen zusammen.

Sie war schon mitten in der Nacht aufgestanden, weil Elsa gekalbt hatte. Nun war sie todmüde, und die Füße taten ihr weh. Wie hätte sie sich gefreut, wenn die Wirtin ihr wenigstens eine kleine Verschnaufpause gönnen würde!

Das nächste Mal soll sich um die Viecher kümmern, wer will, ich werde meinen Schlaf jedenfalls nicht mehr opfern, nahm sich Rosanna im Stillen vor und ergriff die Teller so abrupt, dass Suppe über den Rand schwappte.

Nachdem sie das Essen verteilt hatte, ging sie zur Theke, wo ein Glas Wasser für sie bereitstand. Und wenn Franziska zehn Mal nach ihr brüllte – sie musste sich einen Moment lang ausruhen! Während sie einen Schluck Wasser trank, beobachtete sie, wie der Devotionaliengroßhändler die Spanschachtel, die sie scheinbar auf seinem Tisch vergessen hatte, nochmals beäugte.

Jetzt mussten Margret und er nur noch ins Geschäft kommen. Rosanna wünschte es der jungen Frau von Herzen. Sie und ihr Mann Robert hatten für eine Säckinger Firma Seidenbänder gewebt. Nach seinem Tod war Margret mit der Auftragsarbeit nicht mehr nachgekommen, und vor zwei Wochen hatte die Firma den Webstuhl schließlich abholen lassen. Margret hatte von einem Tag auf den anderen ohne Einkommen dagestanden. Erst vor ein paar Tagen war sie deshalb bei Franziska gewesen und hatte um Arbeit gebeten. Sie könne dienstags bei der Wäsche helfen, bot die Wirtin ihr lediglich an. Für fünfundzwanzig Pfennige. Für dieses Geld gab's im »Fuchsen« gerade einmal ein Brot mit Käse – und Margret sollte dafür einen ganzen Tag im stickigen Waschhaus verbringen.

»Herrje – schon wieder ein Fass leer!« Gustav Breuer riss Rosanna aus ihren Gedankengängen. »Man könnte meinen, die Fässer hätten unten auch ein Loch! Zacharias, richte dich darauf ein, dass du am nächsten Montag mit Anton nach Schwend fährst und Nachschub holst.«

Zacharias nickte säuerlich.

Wieder einmal wunderte sich Rosanna darüber, dass dem Breuer-Sohn die Fahrten nach Schwend zur Brauerei Jugel so ungelegen kamen. Sicher, es war schwere Arbeit, den Wagen mit den Fässern zu beladen, aber so ein Ausflug bot doch immerhin etwas Abwechslung! Anton war jedenfalls vor lauter Freude stets aus dem Häuschen, wenn es hieß, Pferde und Wagen vom Bauer Frisch auszuleihen und nach Schwend zu kutschieren.

Mit einem Seufzer trank Rosanna noch einen Schluck Wasser. Dann streckte sie sich kurz und stand auf. Erst im letzten Moment fiel ihr ein, dass sie ein gutes Wort für Gottlieb König einlegen sollte. Sie räusperte sich.

»Ach, Herr Breuer, der Herr König lässt anfragen, ob Sie vielleicht noch einmal Kräutergeist und Handcreme als Bezahlung nehmen würden ...«

Zacharias kicherte, aber sein Vater verdrehte die Augen. »Wir betreiben doch keinen Tauschhandel! Allmählich nimmt das wirklich überhand!«

Rosanna schaute den Wirt erwartungsvoll an, als hätte er noch gar nichts gesagt.

»Also gut, sag ihm, wir nehmen ein halbes Dutzend Flaschen Kräutergeist und eine Dose von der Creme. Franziska behauptet, die sei wirklich gut«, fügte er noch hinzu, als müsse er seine Entscheidung vor sich selbst rechtfertigen. Undeutliche Worte vor sich hin knurrend, verschwand er kurz darauf wieder hinter seinem Zapfhahn.

Rosanna wollte gerade mit neuem Schwung nach dem Tablett mit den frisch gefüllten Bierkrügen greifen, als sie eine Hand auf ihrem Arm spürte.

»Warte mal, der Gottlieb wird die gute Nachricht noch schnell genug erfahren. Aber das Ehepaar da ... Sind das auch Händler?« Zacharias deutete auf den Fenstertisch, wo eine sehr zarte, blasse Frau und ein ebenfalls ziemlich schmächtiger Mann saßen. Trotz ihrer fahlen Hautfarbe waren die Wangen der beiden gerötet, ob vom Wein oder weil sie so dicht beieinander saßen, war schwer zu sagen.

»Mutter sagt, sie hätten nur einen Koffer dabei und in ihrer Kutsche wäre auch nicht mehr Gepäck gewesen.«

»Nein, Händler sind das nicht, aber ich weiß auch nicht, in welcher Angelegenheit sie unterwegs sind. Als ich vorhin die Suppe auftrug, schwärmte die Frau dem Mann gerade von den ›heilenden Düften‹ des Waldes vor und dass die ihr so gut täten.« Rosanna zuckte mit den Schultern.

»Ach, daher weht der Wind!« Für Zacharias schien nun alles klar zu sein. »Wahrscheinlich hat ihr Geld für einen Aufenthalt in Bad Säckingen oder einem anderen Kurbad nicht gereicht, und so erholen sie sich halt hier vom harten Stadtleben!«, erklärte er auf Rosannas verständnislosen Blick hin. Die Ironie in seiner Stimme war nicht zu überhören.

Leute, die ohne triftigen Grund aus der Stadt bis nach Rombach kamen? Der Gedanke war Rosanna neu, aber er gefiel ihr. Er machte Rombach zu etwas Besonderem. Sie nahm sich vor, zu dem Ehepaar sehr freundlich zu sein. Schließlich sollten die Städter ihren Aufenthalt hier in bester Erinnerung behalten!

Zacharias' Hand ruhte noch immer auf ihrem Arm, hatte sich jedoch ein Stück auf ihre Hand zubewegt. Dort, wo sein kleiner Finger ihren Handrücken berührte, spürte Rosanna ein heftiges Brennen.

»Wenn ich später einmal genug Geld habe, möchte ich auch

in Kurbäder reisen und Kaffee trinken und essen gehen wie die vornehmen Leute. Vielleicht kann man sich dabei noch ein paar Anregungen für den ›Fuchsen‹ holen«, sagte Zacharias.

Sein Vater warf ihm einen missmutigen Blick zu. »Wenn ihr mit eurer Plauderei fertig seid, könnte sich der Herr vielleicht bequemen, mir zu helfen.« Er wies auf das leere Bierfass vor sich. Dann stieß er die Tür auf und rollte es hinaus. Sofort drang ein Schwall kalter Aprilluft in die Gaststube. In den frühen Abendstunden hatte es geregnet und die Nacht war kalt, wahrscheinlich würde es später noch Frost geben.

Rosanna, die von der Arbeit verschwitzt war, fuhr ein Schauer über den Rücken.

Zacharias bemerkte ihr Zittern und zog die Tür wieder zu. Wütend stieß er die Luft aus. »Ich hab ihm schon heute Mittag gesagt, dass wir ein weiteres Fass Bier bereitstellen müssen. Aber er wusste es ja wieder besser! Jetzt kann es dauern, bis wir Nachschub hier haben. Um an die letzten vollen Bierfässer zu gelangen, müssen wir nämlich erst das halbe Lager umräumen, so viele andere Dinge haben sich inzwischen davor angesammelt. Behältst du hier alles im Griff, solange wir im Lager sind?«

Rosanna ließ ihren Blick durch die Gaststube schweifen. Die Männer vom Stammtisch waren in ihr Kartenspiel vertieft, an den anderen Tischen wurde gegessen, alle Gläser waren noch halb voll – die Gäste waren also gut versorgt. Rosanna nickte. Dann erhob sie sich mit einem übertriebenen Seufzer.

»Da der feine Herr demnächst Kaffee trinken gehen möchte, mach ich am besten mit dem Geldverdienen weiter. Und solange kein Bier da ist, muss ich halt etwas anderes verkaufen!« Sie lächelte Zacharias an und wollte sich gerade die Platte mit den Hefeteilchen schnappen, um sie den Gästen anzubieten, als Zacharias abermals ihre Hand packte. Er lugte in Richtung des Touristenpaares.

»Schau mal, wie verliebt die sich angucken. Ich glaube, am liebsten würde er sie sofort küssen!«

Tatsächlich, die beiden Köpfe kamen sich immer näher. Der

Mann flüsterte seiner Frau etwas ins Ohr, woraufhin sie ihm ihr Gesicht noch weiter zuneigte.

»Vielleicht sollte ich besser nicht stören?«, murmelte Rosanna.

»Oder erst recht!«, erwiderte Zacharias und deutete in Richtung der anderen Gäste, von denen sich einige inzwischen neugierig nach dem Liebespaar umwandten.

»Hoffentlich ist das nicht ansteckend«, murmelte Zacharias gespielt besorgt. »Stell dir nur vor, der Stammtisch würde ...«

Rosanna prustete vor Lachen los, und auch Zacharias gelang es nicht länger, sorgenvoll dreinzuschauen.

»Und was ist mit dir? Hast du schon mal einen Mann geküsst?«, fragte Zacharias so leise, dass Rosanna im ersten Moment glaubte, sich verhört zu haben. Sein Atem roch nach frischem Bier und Metzelsuppe, und sein Blick ruhte forschend auf ihrem Gesicht.

Sie schüttelte den Kopf. »Nein, noch nie.« Sie verstummte nur kurz und fragte dann mit zugeschnürter Kehle: »Und du? Hast du schon mal ...« Rosanna spürte, dass sie errötete. Auf einmal wurde ihr ganz heiß.

»... einen Mann geküsst? Nein, nie!«, kam es im Brustton der Überzeugung zurück.

Rosanna musste kichern und bemerkte zunächst gar nicht, dass Zacharias erneut ihre Hand ergriffen hatte.

»Aber dich ... dich würde ich gern einmal küssen«, raunte er. »Deine Lippen sind so rosig wie Marzipan, so weich ... Wie oft hab ich mir schon vorgestellt, sie berühren zu dürfen!«

Rosanna schaute sich erschrocken um, doch glücklicherweise war niemand in Hörweite. Und es schaute auch keiner zu ihnen herüber. Man stelle sich nur vor, ein Gast würde der Wirtin erzählen, er habe die Magd beim Schäkern mit dem Wirtssohn erwischt! Rosanna blinzelte verlegen, sie wusste nicht, was größer war – ihre Angst oder ihre Freude über Zacharias' Gefühlsausbruch. Zacharias ...

»Und ... und warum tust du's dann nicht?«, hörte sie sich sagen und erschrak gleich noch einmal. War das ihre Stimme? So fremd, so forsch, so kokett? Ihr waren wohl die freundlichen Gespräche mit den Gästen und deren Komplimente zu Kopf gestiegen! Was musste Zacharias nun von ihr denken!

Doch er hatte sie schon hinter die Theke gezogen. Sein Blick wanderte unruhig über ihre Schulter, und erst als er sich überzeugt hatte, dass niemand ihnen Aufmerksamkeit schenkte, neigte er seinen Kopf zu ihr hinab.

»Mit dem größten Vergnügen ...«

Rosannas Augenlider flatterten wie Schmetterlinge. Aufgeregt fuhr sie sich mit der Zungenspitze über die Lippen. Ihre Kehle war plötzlich wie ausgetrocknet.

Die Schreie der Männer am Stammtisch, das Löffelklappern, Franziskas keifende Stimme in der Küche – all das war plötzlich ganz weit weg.

Doch gerade, als sich ihre Lippen berühren wollten, ließ ein eisiger Windzug die beiden jungen Leute zusammenschrecken. Im selben Moment fuhren sie auseinander.

Anton stand schwer atmend in der Hintertür. Sein Gesicht war weißer als ein Teller Kutteln.

»Verdammt, Zacharias, hast du mich denn nicht gehört?«

Seine Hand, mit der er in Richtung Lager zeigte, zitterte.

»Der Vater, ein Unfall! Komm schnell!«

Gustav Breuer war auf ein Lagerregal geklettert, um einen der Mehlsäcke, die den Weg zu den Bierfässern versperrten, fortzuzerren. Dabei hatte er das Gleichgewicht verloren und war gestürzt.

Als wir ihn fanden, war er ohnmächtig. Sein Kopf lag neben dem aufgeplatzten Mehlsack im weißen Staub. Außerdem war sein Bein so unnatürlich abgewinkelt, dass es nichts Gutes bedeuten konnte.

Ein glatter Beinbruch, sagte der Arzt, den Anton sofort holte, nachdem er und sein Bruder den Vater ins elterliche Schlafzimmer getragen hatten. Außerdem eine Gehirnerschütterung. Der Arzt blieb bis nach Mitternacht, richtete das Bein und schiente es. Franziska half ihm dabei.

Wir anderen mussten zusehen, dass die Arbeit in der Wirtschaft gemacht wurde.

Zacharias war sehr schweigsam. Er gab sich die Schuld an dem Unfall. Wäre er gleich mit ins Lager gegangen, statt sich mit mir zu vergnügen …

Das Leben ging weiter, auch ohne Gustav Breuer, der am nächsten Morgen zwar aus seiner Ohnmacht erwacht war, aber fortan nichts anderes tat, als stur vor sich hin zu starren. Nur manchmal murmelte er irgendein unverständliches Zeug.

Gleich am Morgen wurde die Arbeit neu verteilt, und zwar ohne viel Aufhebens. »Solange dein Vater darniederliegt, bist du der Wirt«, sagte Franziska mit rot geränderten Augen zu Zacharias. Anton wurde aus der Küche hinter die Theke beordert, worüber er nicht unglücklich war. Für Simone und mich änderte sich nicht viel, wenn man davon absah, dass wir zu einem großen Teil nun auch noch die Arbeit der Wirtin übernehmen mussten. Gustav hatte nämlich fiebrige Anfälle, in denen er nicht ganz Herr seiner Sinne war und sich so seltsam verhielt, dass es einem angst und bange dabei wurde. Franziska scheuchte dann stets alle aus dem

Raum – sie wollte nicht, dass jemand ihren Mann so zu sehen bekam. Der Arzt konnte sich Gustavs Zustand nicht erklären. Vielleicht war es doch nicht nur eine Gehirnerschütterung gewesen? Womöglich habe sich der Breuer-Wirt bei seinem Sturz den Schädel heftiger angeschlagen, auch wenn von außen keine Beule zu sehen war, so die hilflose Diagnose des Arztes. Er riet, dem Kranken absolute Ruhe zu gönnen.

Viele Stunden lang saß Franziska am Krankenbett, einen Eimer mit kaltem Wasser neben sich, in dem sie immer wieder Lappen tränkte, die sie Gustav anschließend auf die Stirn legte. Einmal wollte ich zu den beiden ins Schlafzimmer gehen, um zu fragen, ob ich bei meinem Gang zur Mühle außer Mehl noch andere Dinge mitbringen sollte. An der Tür hielt ich inne, da ich Franziska sprechen hörte.

Leise, seufzend, mehr zu sich selbst als zu dem Fieberkranken, sagte sie: »Ich hab mich oft gefragt, warum ich dich geheiratet habe. War es Liebe? Ich weiß es nicht. Aber irgendwann ... da fragt man nicht mehr ...«

Erschrocken lugte ich durch den Türspalt. Gustav starrte seine Frau mit offenen Augen an, doch sein Blick war so geistesabwesend, als wäre er schon tot.

Peinlich berührt schlich ich mich wieder davon. Und was war der Dank für meine Diskretion? Am Abend bekam ich Schelte, weil ich keinen Zucker gekauft hatte.

Zacharias blieb nicht viel Zeit, sich Gedanken über sein schlechtes Gewissen zu machen.

Er war nun der Wirt.

Und obwohl er schon immer ein stattlicher Kerl gewesen war, hatte ich nun das Gefühl, als wüchse er an jeder neuen Aufgabe. Er war so stolz! Wie er hinter dem Tresen stand und seine Geschwister und mich herumkommandierte ...

Ich war froh und glücklich, in seiner Nähe zu sein. Obwohl im selben Haus ein Kranker um sein Leben rang, überkam mich eine übermütige Freude, die mir nichts und niemand nehmen konnte ...

Rosanna war verliebt – und gleichzeitig war ihr seltsam zumute, denn plötzlich hatte sich zwischen ihr und Zacharias alles verändert.

Nach jenem Abend in der Wirtsstube versuchte er nicht mehr, sie zu küssen – er war zu sehr damit beschäftigt, sich an seine neue Rolle als Wirt zu gewöhnen. Doch wann immer er Rosanna einen Blick zuwarf, fühlte sie sich wie vom Blitz getroffen.

Plötzlich hatte jedes Wort, jede Bewegung eine neue Bedeutung. Wenn Zacharias in der Nähe war, verstummte sie. Dann wieder war sie schusselig wie nie zuvor, einmal fiel ihr ein Teller hinunter, ein anderes Mal ein Topf mit Erdbeermarmelade.

Sie ging Zacharias weiterhin aus dem Weg. Wenn sie sah, dass er in die Wurstküche lief, wartete sie einen Moment, bevor sie sich auf den Weg ins Waschhaus machte. Wenn er im Lager die Waren umräumte, zögerte sie das Milchholen hinaus und nahm sogar für ihre Trödelei von Franziska einen Rüffel in Kauf. Doch insgeheim malte sie sich immer wieder aus, wie es wohl wäre, wenn er sie einmal in den Arm nehmen würde ...

Rosanna atmete tief den warmen, süßen Frühlingswind ein, der alle paar Meter einen anderen Duft herbeiwehte. Links und rechts des steinigen Weges, der hinauf zum Moritzhof führte, blühten die Himbeersträucher und der Kreuzdorn, in Kniehöhe glühte der widerspenstige Ginster in goldgelben Tönen, und schüchtern lugten Maiglöckchen zwischen letztjährigen Grasbüscheln heraus. Noch ein paar Wochen zuvor waren die Wege durch den schmelzenden Schnee so schräg gewesen, dass das Laufen mindestens so beschwerlich war wie im tiefsten Winter, doch inzwischen war selbst in den schattigsten Ecken der letzte Rest Schnee verschwunden. Eine orangefarbene Sonne lachte über die vollbrachte Arbeit. Auf den Wiesen links und rechts des Weges flossen kleine Rinnsale zu Tal, die davon kündeten, dass die Erde satt und schwer war und sich nur langsam von der Last des Schnees erholte. Doch oberhalb des noch kalten, dunklen

Erdreichs war der Winter vergessen: Vögel wetteiferten um die klangvollsten Melodien, Bienen brummten durch die lauen Lüfte – wahrscheinlich wagten auch Karl Moritz' Bienen einen ersten Ausflug. Wie hatte er in der Woche zuvor gesagt? »Im Mai macht der liebe Gott für uns Menschen noch einmal die Tür zum Paradies auf!« Rosanna hatte noch nie einen so treffenden Vergleich für den Wonnemonat gehört.

Je höher sie kam, desto öfter wehten vom Wald her, wo die Kiefern und Tannen ihre prall gefüllten Staubbeutel auslüfteten, dicke gelbe Wolken über Rosannas Kopf hinweg.

Auf der letzten Anhöhe angelangt, blieb Rosanna für einen Moment stehen und schaute hinab ins Tal. Von ferne hörte sie das Muhen der Kühe und das Blöken der Schafe. Sie gab sich Mühe, unten im Dorf das Dach des »Fuchsen« zu entdecken. Wenn das Wetter besonders klar war, konnte sie sogar die kleineren Dächer des Backhauses und der Wurstküche ausmachen, wo Zacharias und Anton bei der Arbeit waren. Zacharias ... Wie immer, wenn sie an ihn dachte, schlug ihr Herz ein paar Takte lang schneller. Rosanna tastete nach dem blauen Band, mit dem sie ihren Zopf zugebunden hatte. Am ersten Mai war Zacharias bis ganz hoch an den Wipfel des Maibaumes geklettert, vorbei an all den hölzernen Zunftzeichen, um ihr eines der im Wind flatternden Bänder abzuschneiden.

»Für die schönsten Haare, die ein Mädchen haben kann«, hatte er ihr zugeflüstert. Simone und Margret hatten ganz neidisch geguckt.

Vielleicht dachte er in diesem Moment auch an sie? Erst gestern hatte er gesagt, dass seine Gedanken ständig sehnsüchtig zu ihr wanderten, selbst wenn sie sich im Nebenraum aufhielt. Und dass er deshalb am liebsten alle Wände im Haus abreißen wolle. Der alberne Kerl! Die Landschaft vor Rosannas Augen verschwamm, und stattdessen tauchten Zacharias' braune Augen auf, die Furche in seinem Kinn, seine Locken, die immer widerspenstiger wurden, je mehr er schwitzte ...

Mit einem Aufseufzen wandte sie sich wieder in Richtung

Moritzhof. Und obwohl ihre Gedanken noch unten im Dorf weilten, war sie wie jeden Dienstag überwältigt von dem Anblick, der sich ihr nun bot.

Auch der Berghof schien aus einem langen Winterschlaf erwacht zu sein. Seine vielen Fenster lächelten Rosanna geradezu entgegen, das tief gezogene, mit unzähligen Schindeln gedeckte Dach erinnerte sie an die Arche Noah, die ihren Bewohnern selbst im fürchterlichsten Sturm Sicherheit und Geborgenheit bot. Aber es war nicht die natürliche Schönheit des Hauses allein, die Rosanna magisch anzog. Es lag auch nicht an der Tatsache, dass man hier oben dem Himmel ein Stück näher war als unten im Tal. Das Besondere am Moritzhof bestand darin, dass er unverrückbar in die Landschaft eingebettet war. Links hinter dem Hof erstreckten sich fast endlos erscheinende Obstbaumwiesen, auf denen laut Karl Moritz besonders widerstandsfähige Birn- und Kirschbäume jährlich eine reiche Ernte lieferten. Rosanna konnte es kaum erwarten, bis es in diesem Jahr so weit war. Sie wollte für Karl Moritz nicht nur Marmelade kochen, sondern auch Früchte einmachen – ein bisschen Abwechslung auf dem Speiseplan würde dem Raubein sicher gefallen. Bestimmt gab Franziska ihr, wenn es so weit war, ein paar Einmachgläser mit. Rosanna schmunzelte. Erst vor ein paar Tagen hatte sie zufällig gehört, dass die Wirtin zu Gustav, der nun seine Tage auf dem Sofa in der guten Stube verbrachte, sagte, sie wäre unendlich froh, dass Rosanna so gut mit dem Vater zurechtkam. »Eine Sorge weniger!«, hatte sie noch hinzugefügt.

Rechts vom Hof befand sich ein kleiner Gemüsegarten, dem man trotz seiner Verwahrlosung ansehen konnte, dass einstmals viel Zeit auf seine Pflege verwendet worden war. Rosanna hatte sich fest vorgenommen, sich seiner anzunehmen. Rings um den Gemüsegarten hatte Moritz gegen den Wildverbiss einen Zaun gezogen, an dessen hinterer Seite ein Gartentor angebracht war. Durch jenes konnte man auf einem dick mit Nadeln und Laub gepolsterten Weg direkt in den Wald gelangen.

Der blassblaue Himmel, im Hintergrund der schwarze Wald,

davor die riesige freie Fläche mit dem Heidekraut, das jetzt im Frühjahr blassrosa war – und mittendrin saß der Berghof wie ein Juwel in einer wertvollen Fassung.

An der mächtigen Holztür angekommen, konnte Rosanna das Rauschen des Wasserfalls hören, der direkt hinter dem Haus von einem eiförmig in den Himmel ragenden Felsen in eine schmale Schlucht im Wald hinabstürzte. Mit dieser Wasserkraft trieb Karl Moritz die Turbine an. Dass sie dieses Rauschen an ihrem ersten Tag bei Karl nicht wahrgenommen hatte!

Als Letztes holte Rosanna eine Dose aus ihrem Rucksack und stellte sie neben die anderen Lebensmittel auf den Tisch. »Ich hab Ihnen noch etwas mitgebracht. Kräutersalz! Das habe ich nach einem Rezept meiner Mutter selbst gemacht«, erklärte Rosanna. »Wenn man vier Teile getrocknete Kräuter mit einem Teil Salz mischt, kann man damit Speisen viel billiger würzen als mit Salz allein. Die Wirtin ist ganz begeistert davon. Und zu Wild und Kaninchen passt es besonders gut!«

»Hoffentlich weiß meine Tochter, was sie an dir hat«, brummte Moritz, während er seinen Zeigefinger anleckte und ihn dann in die Dose steckte, um das Kräutersalz zu kosten. »Nicht schlecht«, lautete sein Kommentar.

Rosanna lachte. »Nicht geschimpft ist auch gelobt! Jetzt weiß ich, von wem Ihre Tochter das hat!«

Moritz' Erwiderung ging in einem schrecklich klingenden Husten unter. Die Arme in die Hüfte gestemmt, beobachtete Rosanna, wie sich sein hagerer Oberkörper zusammenkrümmte. Dabei presste er eine Hand auf seine Brust, als wolle er sein Herz daran hindern herauszuspringen. Dass sein Husten über den Winter hinaus anhielt, war laut Franziska äußerst ungewöhnlich. Als der Anfall vorüber war und Moritz sich mit einem Tuch den Mund abwischte, sagte Rosanna bemüht sorglos:

»Ich hätte Ihnen vielleicht eher einen Hustentee machen sollen. Wenn die Zeit langt, schaue ich später mal nach, was im Wald an passenden Kräutern wächst.«

Moritz hasste es, wenn man zu viel Aufhebens um ihn machte.

»Was kommt, das geht auch wieder.« Mit diesen Worten winkte er auch diesmal sofort ab. »Erzähl mir lieber, was es Neues gibt!« Seine von Fältchen umgebenen Augen forderten Rosanna kampflustig zu einem Einwand heraus, und Moritz begann sich gemächlich eine Pfeife zu stopfen. Rosanna seufzte missbilligend. Doch dann tat sie ihm den Gefallen und erzählte.

»Vorgestern gab es einen großen Tanz in den Mai – das war wirklich ein schönes Fest! Da haben Sie etwas verpasst. Auf dem ganzen Dorfplatz waren Tische und Bänke aufgestellt worden – und dann der Maibaum! So etwas hab ich noch nicht gesehen. Diese schönen gelben und blauen Bänder, die von der prächtigen Krone herab im Wind flatterten ...« Unwillkürlich wanderte ihre Hand erneut zu dem Band, das ihren Zopf zusammenhielt.

Als sie den Küchenschrank öffnete, um die mitgebrachten Lebensmittel zu verstauen, erkannte sie mit Genugtuung, dass dort keine Mehlkäfer mehr unterwegs waren. Es hatte Wochen gedauert, bis sie die Plagegeister schließlich ausgemerzt hatte! Kathi war wirklich faul wie ein wurmstichiger Apfel gewesen.

»Rosanna!« Karl Moritz klopfte mit seiner Pfeife auf den Tisch. »Ich hab gefragt, ob der ›Fuchsen‹ an diesem Tag auch geöffnet hatte!«

Rosanna zuckte zusammen. »Nein, das hätte ja keinen Sinn gemacht, wo doch das Bier direkt am Dorfplatz ausgeschenkt wurde. Zacharias und Anton sind dabei ganz schön ins Schwitzen gekommen. Und zu essen hat es dort auch etwas gegeben, aber darum haben sich die Frauen vom Trachtenverein gekümmert. Und ich glaube, die Mitglieder der Blaskapelle waren ebenfalls beteiligt. Ehrlich gesagt, ich war froh, an diesem Tag ausnahmsweise einmal nicht rennen zu müssen.«

»Verdient hast du's!« Karl machte ein geringschätziges Gesicht. »Dass Rombach auch ohne den ›Fuchsen‹ ein Fest zustande bekommt, wird meinem Schwiegersohn auf seinem Sofa sauer aufgestoßen haben. Wo Geld doch das Einzige ist, was Franziska und ihn interessiert! Aber dass von mir nichts zu holen ist, haben sie endlich kapiert«, fügte er noch brummend hinzu.

Stirnrunzelnd schaute Rosanna vom Spülstein zu ihm hinüber. Hier oben wetterte Moritz gegen die Breuers, und unten im Dorf äußerte sich Franziska gleichfalls nicht gerade freundlich über den alten Mann. Trotzdem wagte Rosanna nicht, nach dem Grund für diese gegenseitige Ablehnung zu fragen.

Als hätte Moritz ihre Gedanken gelesen, begann er erneut: »Kannst du dir vorstellen, dass die tatsächlich von mir verlangt haben, ich solle meinen Hof verkaufen? Den Hof, auf dem Franziska geboren wurde? Den Hof, den meine Eltern mir vermacht haben, auf dass ich ihn hege und pflege?« Er lachte bitter. »Wenn's nach meiner Tochter gegangen wäre, säße ich heute wie die beiden alten Breuers unten im ›Fuchsen‹ in einer kleinen Kammer. Mein Hof wäre weg, und sie hätte genug Geld für ihr Hotel!«

Rosanna war es ein wenig unangenehm, dass Karl Moritz plötzlich so vertraulich mit ihr sprach. Doch dann siegte ihre Neugier.

»Ein Hotel? Was für ein Hotel?«, fragte sie nach.

»Na, der Umbau der Fremdenzimmer! Das wollten die doch im ganz großen Stil machen! Ein richtiges Hotel eben. Jetzt sind es halt nur vier oder fünf Fremdenzimmer geworden – was kümmert es mich! Ein Hotel in Rombach ... Damit noch mehr verrückte Stadtmenschen hierher kommen. So eine Schnapsidee! Aber was will man von denen da unten anderes erwarten.« Moritz winkte ab. Das Thema war damit für ihn erledigt.

Während er in einer Zeitung blätterte, begann Rosanna den Boden zu schrubben.

Das war also der Grund für die Feindseligkeit zwischen Vater und Tochter. Rosanna nahm sich vor, bei Gelegenheit Simone über dieses Thema auszufragen. Oder wusste die womöglich gar nichts davon? Kräftig wrang Rosanna den Putzlappen aus. Was Zacharias wohl zu der Idee mit dem Hotel gesagt hatte? Bestimmt hatte sie ihm gut gefallen.

Es dauerte nicht lange, dann wanderten ihre Gedanken erneut zurück zu dem Fest am ersten Mai.

Wie gut Zacharias in seiner Tracht ausgesehen hatte! Der Hut saß verwegen auf seinem dichten, wuscheligen Haar, das rote Tuch hatte Zacharias gekonnt in den Ausschnitt seines Hemdes gesteckt ...

Im Gegensatz zu ihm war sich Rosanna in ihrem alten, an manchen Stellen bereits dünn gewordenen Kleid ärmlich vorgekommen. Wenn sie wenigstens eine schöne Schürze gehabt hätte! Ihre jedoch bestand aus einem löchrigen, alten Stoff und war ursprünglich eine von Gustavs Hosen gewesen. Und dennoch hatte sie noch nie ein so wunderbares Fest erlebt!

Es war Rosannas erster freier Tag seit langer Zeit gewesen. Am Morgen hatte die Wirtin ihr fünfzig Pfennige in die Hand gedrückt, damit sie sich etwas zum Essen kaufen konnte. Sie hatte Rosanna beschworen, das Geld auch wirklich auszugeben. »Es soll niemand sagen, dass es unserer Magd an etwas fehlt!«

Da Gustav mit seinem gebrochenen Bein noch immer ans Haus gefesselt war, hatte sich Franziska später allein auf den Dorfplatz begeben. Dort war sie mit den Jugels, deren Brauerei dem »Fuchsen« das Bier lieferte, verabredet gewesen. Stolz hatte Franziska ihre Geschäftspartner aus Schwend samt deren Tochter direkt an den Tisch des Bürgermeisters geführt, von wo aus sie die beste Sicht auf die Tanzfläche hatten.

Simone war von ihrer Mutter wieder einmal »vergessen« worden. Jedenfalls ging Franziska aus dem Haus, ohne Simone zum Mitkommen aufzufordern oder ihr wenigstens ein paar Groschen zu geben, damit sie sich ebenfalls ein wenig amüsieren konnte.

Vielleicht hatte die Wirtin aber auch angenommen, dass ihre jüngste Tochter nach dem Schrecken am Morgen sowieso zu

Hause bleiben würde. Als Simone nämlich die Fensterläden ihrer Kammer aufklappte, fand sie einen Schandmaien aus Schwarzdorn vor, der fein säuberlich am Fensterbrett befestigt war – das Zeichen für das unbeliebteste Mädchen im Dorf. Heulend lief sie daraufhin zu Rosanna, die das Gesteck ohne viel Federlesens wegriss.

»Als Kathi so alt war wie ich, bekam sie zum ersten Mal von einem Verehrer ein schönes Maibüschel an ihr Kammerfenster gesteckt – und ich bekomme so was!«, sagte Simone schluchzend. Die Scham über den Spott der jungen Leute aus dem Dorf hatte ihr Gesicht schmerzvoll verzerrt, sodass sie noch abstoßender aussah als sonst.

»Womöglich hat der Bursche mich gemeint und sich lediglich im Fenster geirrt!« Mit diesem Scherz versuchte Rosanna ihre eigene Betroffenheit zu überspielen. Schlagartig wurde ihr klar, dass Simone nicht mehr das Kind war, das sie in ihr sah. Sie war ein junges Mädchen, das seit einem Jahr seine Blutung hatte, in dessen Gesicht die Pickel sprossen wie Pilze nach einer feuchten Herbstnacht.

»Das glaubst du doch selbst nicht! Wer wird denn die ganze Zeit gehänselt? Wem rufen sie denn Vogelscheuche und Schreckgespenst und andere Schimpfnamen nach?«, erwiderte Simone wimmernd und blieb auch dann noch untröstlich, als Rosanna ernsthaft wütend wurde, weil sich Simone diesen dummen Scherz derart zu Herzen nahm.

Es kostete sie viel Mühe, das Mädchen doch noch zum Mitkommen zu überreden. Erst als Rosanna sagte, dass sie auf keinen Fall allein gehen würde und ob Simone ihr wirklich den Spaß verderben wolle, trottete Simone schließlich mit hängendem Kopf und Groll im Herzen hinter Rosanna her. Unter niedergeschlagenen Lidern schwirrte ihr Blick ständig umher, denn hinter jedem Jugendlichen, hinter jedem Kichern vermutete sie denjenigen, der ihre Pein verursacht hatte.

Zu ihrer Mutter wollte sie sich nicht setzen, also lotste Rosanna sie zu einem der äußeren Tische, wo schon Margret mit ihren

Kindern und zwei älteren Witwen saß. Dann kaufte Rosanna von ihrem Geld ein dick mit Kräuterquark bestrichenes Brot und teilte es mit Simone.

Sie hatte gerade den ersten Bissen genommen, als ihr Blick auf die Tanzfläche fiel, wo sich Zacharias mit der Brauereitochter aus Schwend ausgelassen im Kreis drehte. Der Anblick der beiden ließ das Quarkbrot bitter schmecken. Simone spottete über ihren Bruder und die »gute Partie« von der Brauerei, wodurch Rosannas Unwohlsein noch heftiger wurde.

Doch dann stand er plötzlich vor ihr.

»Anton muss noch eine Weile mit dem Zapfen allein zurechtkommen. Wenn ich also bitten darf?« Mit einer übertriebenen Verbeugung forderte Zacharias Rosanna zum Tanz auf. Erst sagte sie Nein, aber er lachte nur und zog sie wie ein widerspenstiges Kind auf den grob gezimmerten Bretterboden. Rosanna hatte gerade noch Zeit, einen Klecks Kräuterquark vom Zeigefinger abzuschlecken, bevor sie auch schon von anderen Tanzpaaren umringt waren.

»Ich kann das nicht«, murmelte sie verlegen, als die Kapelle zu einem neuen Lied anhob, doch sobald sie in Zacharias' Armen lag, wurden die Schritte plötzlich ganz leicht. Noch jetzt spürte Rosanna das Vibrieren des hölzernen Tanzbodens unter ihren Füßen. Sie schloss die Augen. Wie nah Zacharias ihr gewesen war ...

»Mädchen, wach auf! Ich rede mit dir!«

Rosanna rappelte sich aus ihrer Putzhaltung auf. »Ich ...«

Karl Moritz schüttelte den Kopf. »Also, da könnte man meinen, einer von euren feinen Gästen hat dir den Kopf verdreht! Ich sage dir eins: Die Uhrenhändler sind die größten Lumpen. Bilden sich was ein, weil sie so viel in der Welt herumkommen und weil sie immer ein Bündel Geldscheine im Sack haben. So einer säuselt natürlich besonders süße Worte, nicht wahr?«, polterte er drauflos.

»So ein Blödsinn! Ich lass mir doch nicht den Kopf verdrehen!«, erwiderte Rosanna und spürte, wie ihr die Röte ins Gesicht stieg.

»Solch ein fahrender Händler hat fast in jedem Dorf eine sitzen!«, fuhr Moritz fort, als hätte Rosanna gar nichts gesagt. »Und so manche ist dabei unglücklich geworden.«

Unglücklich ... Von wegen, Rosanna war noch nie in ihrem Leben so glücklich gewesen.

»Franziska hat schon ein Auge darauf, dass ich mit den Gästen nicht zu lange schwatze, da brauchen Sie keine Angst zu haben. Es ist nur zurzeit ziemlich viel los, vielleicht bin ich deswegen ein bisschen durcheinander.« Diese Ausrede hörte sich selbst in ihren Ohren recht lahm an. Trotzdem fuhr sie fort: »Zacharias hat zwar gesagt, dass es nach Ostern im Wirtshaus ruhiger wird, aber bisher ist nichts davon zu merken, ganz im Gegenteil! Es kommen immer mehr Leute. Und dass der Wirt ausfällt, das merkt man halt auch ...«

»Ich sag's doch, diese Gäste von weit her bringen Unruhe in unsere Gegend! Diese Leute leben nicht mehr im Einklang mit der Natur. Sie sind wie die Wolken: in ständiger Wanderung. Der Schwarzwälder dagegen ist wie ein Fels. Und ich sage dir noch was: Die Städter werden erst zufrieden sein, wenn sie unseren Wald vollends ausgeblutet haben. Wenn es kein Wild mehr gibt und keine Pilze und keine Beeren, von denen die Menschen leben können, wenn die letzten Waldflächen abgeholzt sind und kahl wie die Glatze eines alten Mannes. Dann können sie die Bauern in ihre Fabriken stecken und sie dort achtzehn Stunden am Tag schuften lassen!« Mit jedem Satz hatte sich Moritz mehr ereifert. Jetzt zog er hastig an seiner Pfeife.

Rosanna schaute ihn schräg an. »Nun ja, ich nehme an, dass nicht alle Gäste des ›Fuchsen‹ so etwas im Sinn haben. Und gewiss sind nicht alle an der ›Ausblutung des Waldes‹, wie Sie es nennen, beteiligt«, sagte sie.

Wenn sie jetzt nicht schnell vom Thema ablenkte, begann der alte Mann wieder mit einer seiner Predigten darüber, dass die Erde nicht ohne den Wald sein konnte und dass alle Menschen, die Bäume fällten oder auch nur das Harz der Bäume gewannen, Mörder seien. Mörder am Wald und Mörder an der Menschheit. Weil der Wald das für die Erde sei, was die Haut für die Menschen ist: ein großes Organ, das alles regelt. Und so weiter und so weiter.

Obwohl Rosanna diese Reden manchmal recht interessant fand, konnte sie sich gut vorstellen, wie sie in den Ohren der Rombacher klingen mussten, die froh über jeden Durchreisenden waren. Kein Wunder, dass die Leute den alten Moritz für einen verschrobenen Sonderling hielten! In Rosannas Augen war er allerdings ein netter Sonderling – wenn man ihn erst einmal ein wenig näher kannte. Jetzt fuhr sie rasch fort: »Gestern zum Beispiel – wir waren gerade bei der Morgenmahlzeit – klopfte es an der Tür, und als ich öffnete, stand ein Mann vor mir, der ziemlich seltsam aussah. Er war ganz in Schwarz gekleidet, als käme er direkt von einer Beerdigung. Und wie der ausgesehen hat, mit seinem langen, dünnen Bart bis auf die Brust hinab! Seine Lippen waren ganz farblos und schmal. Die Augen kniff er zusammen, als könne er nicht richtig sehen, dabei trug er eine Brille mit ganz dicken Gläsern. Irgendwie war er mir unheimlich. Er wäre der Schnider, sagte er und zeigte auf das riesige Bündel, das er auf dem Rücken trug, als ob damit alles erklärt wäre. Doch ich wusste bis dahin gar nicht, dass es reisende Schnider gibt, und hielt es für besser, erst einmal bei Ihrer Tochter nachzufragen, bevor ich den Mann ins Haus ließ. Dass ausgerechnet an diesem Tag der Schnider kam, passte der Wirtin nicht so recht in den Kram, wo es doch Gustav wieder schlechter ging und sie am Krankenbett Wache halten musste. Trotzdem bat sie ihn herein. Und dann war wie so oft der ganze Tag ein einziges Durcheinander ...« Rosanna machte eine resignierte Handbewegung. Eigentlich liebte sie Trubel, aber das wollte sie Moritz gegenüber nicht zugeben.

»Ich kenne den Mann, das ist der Alois«, bemerkte Moritz, schon nicht mehr ganz so griesgrämig. »Der Kauz ist bereits von

Dorf zu Dorf gereist und hat den Leuten Kleider genäht, als meine Martha noch lebte ...«

Rosanna schaute lächelnd auf. Wie immer, wenn Karl Moritz von seiner verstorbenen Frau sprach, wurde seine Stimme ganz weich.

Sie sagte: »Der Mann versteht sein Handwerk! Einer nach dem anderen musste sich vor ihn hinstellen. Dann nahm er Maß und notierte sich alles auf einem kleinen Zettel. Als er damit fertig war, musste ich den Küchentisch abräumen – ich war gerade dabei, Rotkohl zu reiben. Den ganzen Tag lang hat er den Tisch in Beschlag genommen, wir mussten sogar unser Mittagessen im Gastraum einnehmen. Der Boden war übersät mit Fusseln und Stofffetzen, und überall war es staubig von der Kreide, mit der er seine seltsamen Muster auf die Stoffe gekritzelt hatte. Aber –« Rosanna machte eine theatralische Pause. »Am Abend war der gute Mann mit allen Hosen, Kitteln und Schürzen fertig. Ich wollte meinen Augen nicht trauen!«

»Jaja, das ist schon ein flinker Bursche. Und erzählen kann er auch sehr gut. Ich erinnere mich noch, dass er einmal ...« Karl Moritz unterbrach sich. »Aber sag mal: Warum hast du denn dein neues Kleid nicht an? Ist es zu fein für mich und meinen Hof?« Sein Spott war ohne jegliche Schärfe.

Statt zu antworten, schüttelte Rosanna nur unbestimmt den Kopf und schaute dann aus dem Fenster.

»Nun sag nur nicht ...« Moritz schlug mit der flachen Hand auf die Tischplatte, sodass die Dose mit dem Kräutersalz einen Hüpfer machte.

Er stand auf, durchquerte einmal zornig die Küche und setzte sich dann wieder hin.

»Da lassen sie dich Tag und Nacht schuften ...« Der Rest des Satzes ging in einem weiteren Hustenanfall unter.

»Jetzt regen Sie sich doch bitte nicht auf! Simone ist dieses Mal auch leer ausgegangen, aber der Schnider kommt im Herbst schon wieder!« Trotzdem spürte Rosanna einen kleinen

Stich im Herzen. Wie gern würde sie nur ein Mal etwas anderes tragen als die alten, durchgewetzten Lumpen, die Franziska ihr zu Beginn ihrer Anstellung gegeben hatte! Dann würde sie Zacharias vielleicht glauben können, wenn er sagte, dass er sie schön fand ...

Es dauerte einen Moment, bis sie merkte, dass Moritz sie streng anschaute.

»Wo bist du denn jetzt schon wieder mit deinen Gedanken? Kein Wunder, dass die Frau Wirtin eine wie dich ausbeutet bis auf den letzten Blutstropfen!«, schalt er sie.

Nun musste Rosanna lachen. »So wie Sie das sagen, ist es ein Wunder, dass ich mir nicht selbst Leid tue.« Sie klatschte in die Hände. »Jetzt ist aber genug getratscht. Ich möchte heute noch alle Fenster putzen. Vor lauter gelbem Blütenstaub kann man ja kaum noch nach draußen gucken!« Sie wollte gerade mit dem Putzzeug die Küche verlassen, als Moritz ihr den Weg versperrte.

»Warte mal, ich habe da eine Idee ...« Er forderte Rosanna mit einer Handbewegung auf, ihm zu folgen. Schwerfällig stapfte er die Treppe hoch.

Hatte er womöglich ein Gerät konstruiert, mit dem man Fenster putzen konnte? Was technische Neuerungen anging, traute Rosanna ihm inzwischen jede Verrücktheit zu.

Moritz lief den langen Flur entlang, von dem links und rechts Türen abgingen. Hinter jeder Tür wartet Arbeit, dachte Rosanna ungeduldig. Schließlich blieb er vor einem schweren, überreich verzierten Schrank stehen und öffnete ihn. »Hier sind wir richtig!«

Auf vier Brettern stapelten sich dicke und dünne Stoffballen: klein geblümte Baumwollstoffe, grobes, naturfarbenes Leinen, etwas, das aussah wie Seide und in sattem Grün leuchtete. Ein Ballen war in zarten Blautönen fein gestreift. Verwundert schaute Rosanna den alten Mann an. Er lächelte.

»Meine Frau konnte nie Nein sagen, wenn ihr ein fahrender Händler ein schönes Stück Stoff anbot. Und sie war geschickt im Nähen – der Alois ist jedenfalls nie zu uns gekommen. Die Vorhänge, die Bettwäsche und unsere Kleidungsstücke – das hat sie alles selbst genäht. Na ja, die Stoffe sind inzwischen ein wenig verblichen, aber ich mochte sie nicht weggeben. Die Nähmaschine steht übrigens noch da hinten in der Kammer.«

Moritz legte Rosanna beide Hände auf die Schultern und schaute sie streng an.

»Heute, meine liebe Rosanna, wird nicht geputzt und geschrubbt! Und der Blütenstaub klebt nächste Woche auch noch auf den Fenstern. Heute nehmen wir die alte Nähmaschine in Betrieb, und dann nähst du dir das schönste Gewand, das Rombach je gesehen hat. Du kannst doch nähen?«

»Ja, aber –«

»Kein Aber! Auf geht's!«

Diesen Nachmittag werde ich nie vergessen! Karl und ich hockten zwischen all den ausgebreiteten Stoffen, dem Nähkorb seiner Frau und der Nähmaschine. Als ich ihm sagte, dass ich solch eine Maschine nicht kenne und demzufolge auch nicht bedienen könne, hat er sich vor Erstaunen mächtig verschluckt und musste wieder einmal furchtbar husten. Das Ende vom Lied war, dass Karl an der Nähmaschine saß und die von mir zugeschnittenen Teile zusammennähte. Dabei grummelte er immer wieder: »Wenn mich einer sehen würde ...« Diese Vorstellung brachte mich zum Lachen. Er war mit solchem Feuereifer bei der Sache! Schon damals merkte ich, dass Karl alles, was er anpackte, mit Leib und Seele tat. Nun ahnte ich, woher Franziska ihren Fleiß hatte. Nur – bei Karl war es nicht Fleiß allein. Es ging ihm nicht darum, anfallende Arbeit möglichst rasch hinter sich zu bringen. Er arbeitete vielmehr leidenschaftlich gern, ganz gleich, ob er einen seiner Grenzsteine beschlug, einen Anbau für die Scheune plante oder eine Pfeife schnitzte. Wenn man etwas tut, dann muss man es entweder richtig machen oder es bleiben lassen! Das habe ich an diesem Tag verstanden. Jedenfalls besaß ich am Ende einen neuen, dunkelblauen Rock und eine blau gestreifte Bluse mit silberfarbenen Knöpfen. Karl wollte unbedingt, dass ich auch noch eine neue Schürze bekam, da meine alte doch nur noch aus geflickten Löchern bestand. Aus dem Vorrat an Stoffen hätte man das halbe Dorf neu einkleiden können, und die Verlockung war schon sehr groß. Aber es war bereits nach sieben Uhr, und ich hatte ein schlechtes Gewissen, weil ich außer der Küche nichts geputzt und auch kein Essen gekocht hatte. So packten wir auf mein Drängen die Stoffe wieder in den Schrank und die Nähmaschine in die Kammer.

An jenem Abend kehrte ich später als sonst ins Dorf zurück und war auf Schelte eingestellt, aber nicht darauf, dass Franziska vor lauter Wut fast platzen würde! Als sie mich in meinem neuen Auf-

zug sah, fielen ihr fast die Augen aus dem Kopf. Dann ging die Fragerei los: Wie ich es wagen konnte, den Tag mit Nähen statt mit der Arbeit im Haushalt ihres Vaters zu verbringen? Was mir einfiele, mich einfach an den Stoffen ihrer Mutter zu bedienen? Ob der alte Mann nicht mehr bei Sinnen wäre? Und so weiter. Später, es waren bereits die ersten Gäste da, gab sie noch immer keine Ruhe. Ob ich mir nun zu fein wäre, das schmutzige Geschirr von Tisch vier abzuräumen, fauchte sie, als ich gerade andere Gäste mit Suppe versorgte. Hätte ich die Suppe kalt werden lassen, um zuerst die leeren Teller abzutragen, hätte Franziska auch gemeckert.

Ausgerechnet an dem Abend musste mir ein Bierkrug aus der Hand rutschen! Er blieb zwar zum Glück heil, aber dennoch brachte dies das Fass zum Überlaufen. Wie eine Furie schoss Franziska aus der Küche und gab mir vor allen Gästen eine Ohrfeige. Ich sei zu dumm für die einfachsten Arbeiten und nur eine Last für die Familie. Alle haben es mitbekommen – die Gäste, Zacharias ... Ich habe dagestanden wie der dümmste Tölpel. Nur mit größter Mühe gelang es mir, meine Tränen zurückzuhalten. Doch obwohl ich am ganzen Leib vor Wut und Scham zitterte, ging ich hoch erhobenen Hauptes an Franziska vorbei und fuhr mit meiner Arbeit fort, als wäre nichts gewesen. Das hatte sie nicht erwartet! Aus dem Augenwinkel sah ich ihre verwirrte Miene. Am Ende trollte sie sich wieder in die Küche. Und im nächsten Moment konnte man hören, wie sie dort Simone und Anton anfuhr.

Ich hab es mir zwar nicht anmerken lassen, aber den Spaß an meinem neuen Kleid hatte sie mir gründlich verdorben ...

»Gräm dich nicht!« Unbeholfen strich Simone Rosanna über die Wange. Dann begann sie Rosannas Haare zu bürsten. Wie jeden Abend hatte sie dafür ihre eigene Bürste geholt. Gesponnenes Gold, nannte sie Rosannas Haar im Stillen. Und Engelshaar. Normalerweise erzählte Rosanna Geschichten aus der Wirtsstube oder von ihren Besuchen beim Großvater, während sich Simone mit andächtigem Glanz in den Augen hingebungsvoll Rosannas Haaren widmete. Doch heute saß Rosanna stumm und zusammengesunken auf der harten Kante ihres Bettes in Kathis ehemaliger Kammer. Simone gab sich Mühe, die Bürstenstriche so sanft wie möglich zu führen – sie wusste, worunter ihre Freundin litt!

Rosanna hätte Simone am liebsten weggeschickt. Dass Franziska sie vor allen Gästen und vor Zacharias dermaßen abgekanzelt hatte, fraß an ihr wie eine gierige Ratte. Warum nur? Was hatte sie denn getan? Ihr Blick fiel auf die beiden neuen Kleidungsstücke, die sie achtlos zu Boden geworfen hatte. Sie drehte sich zu Simone um.

»Gönnt sie mir die Sachen nicht? Ist es das? Die Stoffe lagern doch schon mindestens seit zehn Jahren da oben im Schrank! Wenn ihr Herz daran hängt, warum hat sie ihren Vater dann nicht längst darum gebeten? Er hätte sie ihr bestimmt gegeben.« Rosanna spürte Tränen aufsteigen. Verflixt, sie wollte doch nicht weinen!

Simone zuckte mit den Schultern. »Manchmal kann sich Mutter selbst nicht leiden, glaube ich.« Sie hielt in ihrer Bewegung inne. »Und sie macht sich Sorgen um den Vater ...«

Heute hatte ihr Vater so laut in seiner Kammer geschrien, dass man ihn bis in die Küche hören konnte. Es ging um einen Sturm, ein herabfallendes Dach und um Zwerge, die Wäsche klauten ... lauter wirres, unzusammenhängendes Zeug. Alle hatten so getan, als würden sie es nicht mitbekommen. Aber es war ihnen inzwischen klar, dass das gebrochene Bein nicht der schlimmste Schaden war, den der Unfall beim »Fuchsen«-Wirt verursacht hatte. Der Doktor konnte sich nach wie vor keinen Reim auf die sonderbaren Anfälle machen. Sollten sie sich nicht bald verflüchtigen, sei es ratsam, Gustav einmal bei einem Spezialisten in Freiburg untersuchen zu lassen, hatte er bei seinem letzten Besuch gemurmelt.

Rosanna runzelte die Stirn. Vielleicht war Franziska wirklich außer sich vor Sorge um ihren Mann. Aber warum musste dann ausgerechnet sie als Sündenbock herhalten?

»Deinem Vater ging es heute auch nicht schlechter als in den letzten Tagen«, erwiderte sie hart. »Nein, nein, es ist etwas anderes ... Man könnte fast meinen, deine Mutter ist eifersüchtig darauf, dass ich mich mit dem Großvater so gut verstehe!« Bei den letzten Worten war sie laut geworden. Dann erinnerte sie sich daran, dass die Schlafkammer der Wirtsleute nur drei Türen entfernt lag, und fuhr leiser fort:

»Ob es ihr lieber wäre, der Alte würde sich jede Woche mit mir anlegen, so wie er es mit Kathi getan hat? Ich kann doch auch nichts dafür, dass er mich mag! Vielleicht liegt es daran, dass ich ihn gar nicht so schrecklich finde wie ihr. Er ist eigensinnig, aber ansonsten ein wirklich netter Mann.«

»Die Sache mit dem Kleid finde ich auch sehr freundlich von ihm. Trotzdem ... mir ist der Großvater unheimlich. Ich bin froh, dass er von mir nichts wissen will!« Ihre letzten Worte kamen recht spröde aus ihrem Mund.

Rosanna seufzte. Sie wusste an diesem Tag nichts Aufmunterndes zu sagen. Sie nahm Simone die Bürste aus der Hand und schob das Mädchen mit sanftem Druck in Richtung Tür. »Heute lassen wir das Zopfflechten einmal ausfallen. Sei mir nicht böse, aber ich möchte jetzt schlafen.«

Obwohl Rosanna so vieles durch den Kopf ging, fielen ihr die Augen zu, kaum dass ihr Kopf das Kissen berührt hatte. Als sie spürte, dass jemand an ihrer Schulter rüttelte, murmelte sie unwillig: »Simone, lass mich endlich ...«

»Psst, ich bin's!«

Die Stimme ließ Rosanna abrupt hochschrecken.

»Zacharias!« Sie setzte sich auf. Unwillkürlich zog sie den dünnen Stoff ihres Nachthemdes über ihrer Brust zusammen. Ihr Herz raste.

Zacharias setzte sich auf die Bettkante. »Ich wollte dir nur sagen, dass es mir Leid tut, was heute Abend ...« Er verstummte und machte mit niedergeschlagenen Augen eine Kopfbewegung in Richtung der elterlichen Schlafkammer. »Meine Mutter ...

Ich schäme mich für das, was sie getan hat! Dabei hast du so wunderschön ausgesehen.« Unbeholfen strich er Rosanna über die Wange.

Die Berührung verwirrte sie. Und die Tatsache, dass Zacharias sie in ihrer Kammer aufsuchte, um sie zu trösten, verwirrte sie noch mehr. Ihr wurde plötzlich ganz heiß.

»Ist halb so schlimm«, murmelte sie.

Er seufzte. »Manchmal könnte man glauben, Mutter wäre eifersüchtig«, sagte er und sprach dabei unbewusst Rosannas eigene Worte aus. Verlegen drehte er am Knopf seines Hemdes. Sein Blick fiel auf die Kleidungsstücke auf dem Boden. »Dabei ... Also, seit du da bist, ist alles anders geworden. Irgendwie schöner! Das wollte ich dir schon lange einmal sagen.«

Die Tränen, die Rosanna bis jetzt zurückgehalten hatte, drängten nun mit Macht in ihre Augen. Verlegen wollte sie sich abwenden, doch Zacharias hielt sie fest. Sein rechter Daumen zeichnete sanft die Schatten unter ihren Augen nach. Aus dieser Geste sprach so viel Zärtlichkeit, dass Rosanna aufschluchzte.

Im nächsten Moment hatte er seine Arme um sie geschlungen. »Du darfst nicht traurig sein. Bitte, mir zuliebe!«

Nach einer Weile versiegten Rosannas Tränen. Unter dem Kopfkissen kramte sie ein Taschentuch hervor und putzte sich geräuschvoll die Nase. Was, wenn Franziska sie beide hier antraf? Unruhig rutschte sie auf ihrem Strohsack nach hinten.

Zacharias dachte offenbar, sie wolle ihm Platz machen, und rückte näher.

»Du bist anders als alle Menschen, die ich kenne. Du hast eine Gabe, andere glücklich zu machen. Doch, so ist es!«, bekräftigte er, als Rosanna widersprechen wollte. »Sogar Anton! Seit du ihm gesagt hast, seine Würste würden bestimmt bei jeder Prämierung den ersten Preis gewinnen, platzt er vor Stolz und ist ganz wild darauf herauszufinden, ob es irgendwo eine Art Wettbewerb für Metzger gibt. Da hast du etwas angerichtet!« Zacharias lachte. In seinen Augen funkelten kleine Sterne.

»Warum soll's so etwas nicht geben?«, erwiderte Rosanna.

»Kühe und Pferde werden doch auch einem Preisrichter vorgeführt und prämiert. Und wenn es solch einen Wettbewerb nicht gibt, dann müsste man ihn erfinden! Bestimmt würden viele Metzger daran teilnehmen wollen. Und Anton wäre der Beste!«

Seltsam, schoss es ihr durch den Sinn, da saß Zacharias neben ihr auf dem Bett, und sie unterhielten sich über Würste und seinen unbeholfenen Bruder! Unwillkürlich musste sie kichern und biss sich von innen auf die Wange. Gleichzeitig spürte sie, wie leicht ihr auf einmal ums Herz wurde.

Zacharias schaute sie mit glänzenden Augen an. »Oder denk nur an die Sache mit Margret! Sie verkauft dank deiner Fürsprache jetzt richtig viele Spanschachteln.« Seine Bewunderung war offensichtlich.

»Wenn du nicht aufhörst, mich zu loben, werde ich noch rot!«, sagte Rosanna und spürte schon, wie ihr die Hitze in die Wangen stieg. Dennoch waren seine Komplimente nach dem heutigen Abend wie Balsam auf ihrer Seele.

»Und die Gäste sind auch ganz vernarrt in dich!«, fuhr Zacharias fort, ohne sich um ihren Einwand zu kümmern. »Wenn ich sehe, mit welchen Blicken dich manche durch die Wirtschaft verfolgen, würde ich am liebsten hingehen und sie zurechtweisen!«, sagte er eine Spur zu heftig.

Sofort hob Rosanna einen Zeigefinger an den Mund. »Nicht so laut!« Doch ihr Herz fühlte sich inzwischen federleicht an. War Zacharias etwa eifersüchtig?

Er verzog den Mund. »Du weißt schon, was ich meine. Es ist ja gut, dass die Leute dich mögen – das bringt Geld in die Kasse. Vielleicht ist es das, was Mutter manchmal so feindselig sein lässt: dass du mit den Gästen so gut umgehen kannst.«

»Blödsinn!«, erwiderte Rosanna, obwohl ihr dieser Gedanke auch schon gekommen war.

»Mutter ist eine gute Seele, ganz bestimmt, aber ...« Zacharias stieß laut die Luft aus. »Was ihr Benehmen anderen Leuten gegenüber angeht, ist sie genau wie der Großvater. Und den kennst du ja ... Meine Großmutter war ganz anders! Alle im

Dorf mochten sie, und wir Kinder sind sehr gern zu ihr auf den Hof gegangen, weil sie jedes Mal eine Kleinigkeit für uns bereithielt!« Zacharias legte den Kopf schräg und schaute Rosanna kritisch an. »Du hast etwas von ihrer liebenswürdigen Art.«

Zacharias' Körper strahlte eine solche Hitze aus, dass sich Rosanna am liebsten erhoben und die Dachluke geöffnet hätte. Doch sie wollte den Zauber des Augenblicks nicht zerstören, und so blieb sie an seiner Seite.

»Du sagst, dass die Leute mich mögen ... Aber was ist mit dir?« Ihr Herz klopfte plötzlich noch heftiger. Du lieber Himmel, woher hatte sie nur den Mut genommen, solch eine Frage zu stellen?

Statt einer Erwiderung schaute Zacharias sie nur an. Dann nahm er Rosanna sanft in seine Arme. »Das weißt du doch!«, antwortete er rau.

Sie schmiegte sich an seinen Nacken. Seine Nähe tat so gut! Sein Haar fühlte sich viel fester an, als sie geglaubt hatte. Und er roch so wunderbar ...

Sie verharrten in der Umarmung, und es erschien Rosanna wie eine Ewigkeit. Dann rückte Zacharias von Rosanna ab. Seine Augen suchten im Halbdunkel ihren Blick, hielten ihn fest. Er neigte seinen Kopf zu ihr und küsste sie. Bartstoppeln kratzten an ihrer Wange. Sie spürte sein Herz, das hart gegen ihre Brust schlug. Sein Atem war so nah ... Zaghaft öffnete sie ihre Lippen ein wenig und erschrak, als seine Zunge spielerisch über die ihre fuhr. Ein Kribbeln, wie sie es bisher noch nie erlebt hatte, machte sich in ihrem Bauch breit. Es war einfach unfassbar schön! Rosanna löste ihre Lippen von seinen, sah Zacharias liebevoll an und schmiegte sich dann noch näher an ihn. Er lächelte selig. Als er erst ein Bein und dann das zweite aufs Bett legte, machte sie ihm bereitwillig Platz. Wie einen Fächer breitete er ihre Haare auf dem Laken aus. »Du bist so wunderschön!«, flüsterte er und küsste sie erneut. Auf die Stirn, auf ihre geschlossenen Augenlider, auf den Mund. Hungrig drängte sich sein Leib an den ihren. Rosanna hatte keine Angst, als sie seine Männlichkeit an ihrem Schenkel spürte. Zacharias begehrte sie, das war das Wichtigste! Zwischen ihren Beinen wurde es warm und feucht, und sie begann unruhig auf der alten Strohmatratze hin und her zu rutschen. Ihre Hände strichen über seinen Rücken. Als seine Hand unter ihr Nachthemd schlüpfte, zuckte sie nur kurz zusammen. Doch sein Kuss sagte ihr, dass alles seine Richtigkeit hatte. In Rosannas Innerem erschollen Jubelchöre. So war es also, wenn man einen Mann liebte!

Zacharias' Hand wanderte ihren Bauch hinab, seine Finger gruben sich ein wenig zu fest in ihr Haar.

Plötzlich lag er auf ihr und stöhnte. Sein Knie drängte zwischen ihre Beine.

Rosanna riss die Augen auf.

Das wohlige Schauern wich einem großen Schrecken.

Um Himmels willen, was taten sie hier eigentlich?

Jeden Moment konnte die Tür aufgehen und ...

Resolut stemmte Rosanna ihre Arme gegen Zacharias' Brust.

»Aufhören, bitte! Du musst jetzt gehen ...«

Zacharias kam immer wieder in meine Kammer. Tagsüber träumte ich von seinen Berührungen, seinen zärtlichen Worten, und nachts konnte ich dann beides genießen. Er herzte mich so innig, dass ich mir manchmal vorkam wie eine wertvolle Puppe. Aber wir unterhielten uns auch. Immer wieder musste ich ihn dabei ermahnen, leise zu reden – allein der Gedanke, dass seine kraftvolle Stimme seine Eltern wecken könnte, ließ mich zu Eis erstarren. Franziska bekam zwar nichts mit, dafür jedoch Simone. Eines Nachts, Zacharias war gerade erst zu mir gekommen, huschte sie in meine Kammer. Mir wurde heiß und kalt zugleich. Ich wusste nicht, was ich sagen sollte. Sie stand einfach nur da und starrte uns an, als könne sie nicht glauben, was sie sah. »Geh sofort wieder in deine Kammer!«, sagte Zacharias zu ihr, in einem Ton, den ich nicht gutheißen konnte. Er klang verächtlich und sehr bestimmt. Simone trollte sich, doch am nächsten Tag und auch an den darauf folgenden ging sie mir aus dem Weg und sprach kein Wort mit mir. Dabei verfolgte mich ihr vorwurfsvoller Blick auf Schritt und Tritt. Ich hatte solche Angst, dass sie uns verraten würde! Als sie mir einmal in der Waschküche nicht ausweichen konnte, nutzte ich die Gelegenheit und versuchte, ihr meine Gefühle für ihren Bruder zu beschreiben. Aber wie sollte ich etwas schildern, wofür ich selbst keine rechte Erklärung fand? Ich wusste nur, dass ich noch nie für einen Menschen so empfunden hatte.

»Wie kannst du überhaupt noch einem Mann vertrauen, nach dem, was im letzten Herbst geschehen ist? Wie kannst du nur?«, fragte Simone mich schließlich. »Du hast doch gesehen, was das Schwein mir antun wollte! Glaubst du, Zacharias ist auch nur einen Deut besser?«

Natürlich glaubte ich das! Wie konnte sie ihren Bruder mit diesem niederträchtigen Mann vergleichen? Es fehlte nicht viel, und ich hätte Simone für ihre Bemerkung eine Ohrfeige verpasst. Stattdessen erwiderte ich, dass auch sie irgendwann die Liebe zu einem

Mann erleben würde. Doch Simone wies meine Bemerkung mit einer solchen Heftigkeit von sich, dass es mir fast ein bisschen Angst machte. Ich fragte mich, ob sich das Erlebnis beim Beerenpflücken wirklich so tief in Simones Gedächtnis eingebrannt hatte, dass sie sich nie davon erholen würde.

Außerdem hatte Simone Unrecht, wenn sie glaubte, Zacharias ginge es nur um das eine. In jenen Nächten lernte ich nämlich noch eine andere, eine nachdenklichere Seite von Zacharias kennen: Er war nicht nur der frohgemute junge Mann, der auf Maibäume kletterte und das Bier mit solchem Eifer zapfte, dass es in den Gläsern zischte wie heftiger Frühlingsregen. Er wollte mehr vom Leben, war erfüllt von einer Sehnsucht, für die er keinen Namen fand. Er sprach immer wieder darüber, dass ich es gewagt hatte, meine Heimat zu verlassen, mich mutterseelenallein auf den Weg zu machen. »Von einem Punkt im Leben aus losgehen, auf ein unsichtbares Ziel zu«, so umschrieb er es. Ich konnte ihm nicht klar machen, dass es schlichtweg notwendig gewesen war, diesen Schritt zu tun, er sah etwas Geheimnisvolles, Abenteuerliches darin. Gleichzeitig sprach er immer wieder davon, dass seine Eltern ihm eines Tages die gesamte Wirtschaft übergeben würden. Ihm passte vieles nicht an der Art, wie seine Eltern den »Fuchsen« führten. Altmodisch seien sie und neuen Ideen gegenüber verschlossen, so störrisch wie Esel, die lieber stehen blieben, als einen fremden Weg zu gehen. Er dagegen ...

Manchmal hatte ich das Gefühl, dass er sich fast wünschte, sein Vater würde sich nicht mehr richtig von dem Unfall erholen. Dann würde sein Ziel, selbst Wirt des »Fuchsen« zu werden, in greifbare Nähe rücken. Doch gleich darauf schalt ich mich dafür, dass ich Zacharias solche niederträchtigen Gedanken zutraute.

Wann immer es möglich war, sorgte Zacharias dafür, dass wir zusammen arbeiten konnten – sehr zu Simones Unmut! Sie hatte das Gefühl, von mir verraten worden zu sein, und ich konnte nichts dagegen tun. Manchmal war ich so wütend auf sie, dass ich sie anschrie: »Warum rennst du mir nach wie ein Hund, der kein

Zuhause hat? Lass mich in Ruhe!« Wenn sie dann mit eingezogenem Kopf davonschlich, bekam ich gleich ein schlechtes Gewissen. Manchmal rannte ich ihr dann hinterher und bat sie um Entschuldigung. Oft war ich aber auch einfach froh, sie los zu sein, um meine Zeit mit Zacharias ungestört genießen zu können. Wenn wir zusammen waren, machte selbst das Hühnerrupfen Spaß! Meine Haare seien im Nacken so zart wie Kükenflaum, sagte er dabei einmal und küsste mich genau dorthin. Dabei bekam ich durch die Berührung eher eine wohlige Gänsehaut …

In jenem Sommer schliefen Zacharias und ich das erste Mal miteinander. Nicht in meiner Kammer, sondern oben auf den Reutbergen beim Kartoffelhacken, während klumpige Erdbollen in meinen Rücken drückten und sich ein eklig glänzender Käfer in meinem Haar verlief. Über unseren Köpfen verwehte der Sommerwind die Pusteblumen, deren Samen im nächsten Frühjahr zu dicken, sattgelben Löwenzahnblüten heranwachsen würden. Es war wunderschön!

Zacharias' Berührungen waren kraftvoll und sanft zugleich und unsere Körper wie füreinander geschaffen, jedenfalls kam es mir so vor. Es war auch für ihn das erste Mal, und dennoch war es für uns beide zu jenem Zeitpunkt die natürlichste Sache der Welt. Den Gedanken, dass wir Unrecht taten, verbannte ich in eine so dunkle Ecke in meinem Kopf, dass er sich schließlich nicht mehr blicken ließ. Natürlich hatte ich Angst, schwanger zu werden. Aber Zacharias versprach mir aufzupassen. Außerdem, sagte er, würde man nur schwanger, wenn man es darauf anlegte, so wie Kathi es getan hatte …

Der Sommer kam und ging. Irgendwann machte die flirrende Hitze Nächten Platz, in denen es bereits empfindlich kalt wurde. Silberne Fäden, die den Leuten auf den Gesichtern kleben blieben, zogen sich auf allen Wegen von einem Strauch zum anderen. Die Felder und die Bäume waren abgeerntet – an dem

Gemüse, dem Obst und den Beeren, die nicht rechtzeitig eingebracht worden waren, taten sich nun dicke Haselmäuse gütlich. Auch die grüngelben Birnen, die wie kleine Glöckchen von Karls Bäumen gehangen hatten, waren verschwunden – in Fässern ohne Zollmarken, als hätte es sie nie gegeben.

Die bunten Farben des Hochsommers waren satten Ocker-, Gelb- und Rottönen gewichen. Bald würden feuchte Nebel auch sie fortwischen, um der hellsten aller Farben Raum zu geben: dem Schneeweiß.

Das Jahr wurde langsam alt.

Als Simone die Stalltür öffnete, drang ein Schwall klamme Luft in den Stall. Simone zog das Tuch, das sie sich gegen die morgendliche Kälte umgelegt hatte, fester um ihre Schultern und schloss leise die Tür.

»Rosanna – bist du hier?«

Ihre Augen gewöhnten sich allmählich an das schummrige Dunkel. Es musste doch einen Grund dafür geben, warum die Freundin seit ungefähr zwei Wochen jeden Morgen eine gute Stunde früher als sonst ihre Kammer verließ und irgendwohin verschwand. Zu einem weiteren heimlichen Schäferstündchen mit Zacharias, hatte Simone angenommen, als sie zum ersten Mal die Tür nebenan in aller Herrgottsfrühe knarren hörte. Doch Zacharias schlief um diese Zeit noch – davon hatte sie sich mit einem Blick in die Kammer der Brüder überzeugt. Schon ein paarmal war Simone seitdem auf Zehenspitzen durchs ganze Haus und das angrenzende Lager gelaufen – doch außer ihrem Großvater, der allein in der Küche saß und Pfeife rauchte, hatte sie niemanden angetroffen. Heute nun war ihr der Gedanke gekommen, einmal im Stall nachzuschauen.

Was war nur mit Rosanna los? Jetzt war sie schon seit gut anderthalb Jahren hier, aber diesen seltsamen Ausdruck auf ihrem Gesicht, der stets erschien, sobald sie sich unbeobachtet glaubte – diesen Gesichtsausdruck hatte Simone noch nie bei ihr gesehen. War es Angst? Oder war Rosanna traurig? Vielleicht wütend? Der Gedanke, dass die Freundin etwas vor ihr verheimlichte, stach Simone wie ein Büschel Brennnessel. Rosanna musste doch wissen, dass sie jedes Geheimnis mit ihr teilen konnte. Dass sie, Simone, immer für sie da war!

Bestimmt trug Zacharias die Schuld daran, dass Rosanna so seltsam geworden war. Bevor er sich zwischen sie gedrängt hatte, war Rosanna ihr gegenüber jedenfalls nicht derart abweisend gewesen.

Ach, warum hatte nicht Zacharias den Unfall haben können! Dann würde *er* jetzt wie ein Kleinkind in seinem Bett liegen und vor sich hin brabbeln. Und sie hätte Rosanna ganz für sich ... Aber der liebe Gott hatte seinen Zorn an einem anderen ausgelassen. Inzwischen ging es dem Vater zwar etwas besser, aber ob er jemals wieder der Alte wurde, stand in den Sternen.

So viel Abstand wie möglich zwischen sich und den Hinterteilen der Kühe haltend, ging Simone die Stallgasse entlang. Die Euter der Tiere waren milchschwer – wenn Rosanna also hier war, dann nicht, weil sie früher als sonst mit dem Melken begonnen hatte.

Simone wollte den Stall schon wieder verlassen, als sie hinten im Strohlager unter dem Dach einen Schatten erblickte.

»Rosanna?«, flüsterte sie erneut. Was, wenn es nicht Rosanna war, sondern ein Wegelagerer?

Im nächsten Moment sah sie die Freundin auf einem aufgetürmten, wackligen Gebilde aus Strohballen stehen, mehr als drei Meter über dem Stallboden.

»Du lieber Himmel, was machst du denn da oben?«

»Ich ...« Rosanna ruderte mit beiden Armen und versuchte auf dem obersten Ballen mit dem rechten Bein Halt zu finden – doch vergeblich. Der Turm aus Strohballen kam ins Wanken, stürzte – und Rosanna mit ihm. Sie schrie.

Als einer der Ballen sie hart an der Schulter traf, stand Simone noch immer wie gelähmt da.

Eine Kuh muhte laut und scharrte unruhig mit den Hufen.

Rosanna lag stöhnend auf dem Boden. Im nächsten Moment

war Simone bei der schwer atmenden Freundin und stützte sie. Ihr Herz klopfte bis zum Hals.

»Du hättest dir das Genick brechen können! Bist du verrückt, das Stroh so hoch aufzutürmen? Und dann noch hinaufzuklettern – was soll denn das? Da hinten ist doch genug Platz, es muss doch nicht alles hier lagern!«

Rosanna schloss die Augen, hielt eine Hand an ihren Hals und presste die andere an ihren linken Fuß. Sie würgte, als müsse sie sich erbrechen. »Mein Knöchel ...«

»Was ist damit?« Simones Hand fuhr an Rosannas Bein hinab. Am Knöchel schwoll das Fleisch zu einem eiförmigen Gebilde an. »O je, das sieht nicht gut aus. Wenn wir ganz rasch einen kalten Wickel machen, können wir das Schlimmste vielleicht noch verhindern. Komm!« Simone war schon auf den Beinen und wollte auch Rosanna aufhelfen, doch die schlug ihre Hand weg.

»Lass mich, es geht schon wieder! Was willst du eigentlich hier? Du hängst schon wieder wie eine Zecke an mir!« Mit einem düsteren Blick wandte sie sich ab.

Als hätte sie eine Ohrfeige bekommen, wich Simone zurück. »Ich ... hab schlecht geträumt, und da wollte ich ...«, stammelte sie. Ein dumpfer Schmerz erfüllte sie, lähmte ihre Gedanken, sodass sie Rosannas nächste Worte nur wie durch einen Schleier vernahm.

»Ich bekomme ein Kind.«

Simone schlug eine Hand vor den Mund. Hatte sie richtig gehört?

Rosanna ließ beide Hände in den Schoß sinken. Mit ihrer Wut schien auch jegliche Kraft sie verlassen zu haben. »Warum soll ich dich anlügen? Bald wird es eh jeder wissen. Alle werden mit dem Finger auf mich zeigen ...« Sie schlug die Hände vors Gesicht. Laute Schluchzer drangen aus ihrer Kehle.

»Du bekommst ein Kind?«, flüsterte Simone ungläubig, doch in ihren Ohren hallte es wie ein Schrei. Ein Kind, ein Kind, ein Kind ... Sie wusste genau, wer die Schuld an Rosannas Zustand trug! Hasserfüllt schaute sie in Richtung des Hauses, wo ihr Bruder den Schlaf des Gerechten schlief. Im nächsten Moment traf sie eine weitere Erkenntnis, härter, als ein ganzer Berg Strohballen sie hätte treffen können.

»Heilige Mutter Maria, hilf!« Sie bekreuzigte sich hastig. »Du wolltest es töten ...«

Rosanna, ihr Engel, war nicht besser als ihre Mutter? Eine Sünderin?

Rosanna weinte leise. »Es ist nicht so, wie du denkst ...«

»Ich hab's nicht haben wollen!«, ertönte von irgendwoher die Stimme ihrer Mutter, hart und böse.

Ich hab's nicht haben wollen!

Simone hielt sich die Ohren zu. Gottes Zorn war nahe.

Eine Zeit lang war außer dem gelegentlichen Muhen der Kühe nichts zu hören.

Simone hätte später nicht mehr sagen können, wie lange sie auf dem kalten Steinboden saßen. Aber es war lange genug, um zu erkennen, dass Zacharias für Rosannas Sündenfall verantwortlich war. Er hatte sie nicht nur geschwängert, er war auch schuld daran, dass Rosanna sich vor dem Herrgott versündigt hatte!

»Es ist nicht so, dass ich es nicht haben will«, sagte Rosanna endlich. »Aber wenn ich nur daran denke, wie eure Eltern reagiert haben, als Kathi ... Und sie und Gerhard waren immerhin schon offiziell verlobt. Von Zacharias und mir wissen deine Eltern ja nicht einmal etwas. Ich kann mir vorstellen, was die beiden sagen werden, wenn sie erfahren, dass Zacharias und ich uns lieben.« Rosanna blinzelte mit tränenschweren Augen. »Und jetzt noch ein Kind!«

Liebe, pah! Am liebsten hätte Simone das Wort ausgespien. Glaubte Rosanna tatsächlich, ein Mann könnte sie so lieben, wie sie, Simone, es tat? Zacharias war doch nur auf sein Vergnügen aus!

»Und was sagt er dazu? Ich meine, hat er dir geraten, dass du ...« Mit unbeweglicher Miene deutete Simone auf die Strohballen. »Das ist nun das Ende davon, dass du dich mit ihm eingelassen hast. Einem Mann darf man nicht vertrauen! Und meinem lieben Bruder schon gar nicht! Aber du musstest ja –«

»Er weiß noch gar nicht, dass ich schwanger bin«, unterbrach Rosanna sie müde. »Ich habe noch nicht mit ihm gesprochen, weil ... ja, weil das die Sache besiegeln würde. So kann ich mich noch an die Hoffnung klammern, dass alles vielleicht nur ein Irrtum ist.« Sie verschränkte ihre Hände wie zum Gebet. »Vielleicht kommt ja meine Blutung wieder, wenn ich mich ein bisschen körperlich anstrenge ...« Ihre Stimme erlahmte.

Simones Gesicht verdüsterte sich erneut. »Nenn es, wie du willst, *ich* nenn es eine Sünde! Wir können nur hoffen, dass der liebe Gott so früh am Morgen noch geschlafen und nicht hingeschaut hat.« Unwillkürlich fiel ihr Blick durch die mit Spinnweben verhangenen Stallfenster. Es dauerte gewiss nicht mehr lange bis zum ersten Hahnenschrei, und bald würde jemand nach ihnen suchen.

»Du und dein lieber Gott! Der kennt mich doch gar nicht – sonst hätte er mich davor bewahrt, oder?« Rosannas Worte kamen wie bittere Galle aus ihrem Mund.

Simone bekreuzigte sich abermals. Es war die pure Verzweiflung, die ihre Freundin so sprechen ließ. Sie musste nur das Häufchen Elend, das ihr gegenüber kauerte, betrachten, um dessen sicher zu sein. Krampfhaft suchte Simone nach einer Erlösung für Rosannas geplagte Seele. »Wenn Gott will, dass du ein Kind bekommst, dann wird er dir auch helfen«, sagte sie mit weitaus mehr Zuversicht, als sie wirklich verspürte. Doch schon mit dem nächsten Satz wurde alles einfacher. »Zacharias hat dich in diese Lage gebracht, also muss er dir auch wieder heraushelfen! Du hättest schon längst mit ihm sprechen sollen, statt dich allein damit zu quälen. Schließlich ist er der Vater deines Kindes. Er muss dich heiraten, so, wie der Gerhard die Kathi hat heiraten müssen. Dann wird alles gut. Denk doch mal nach: Dann wirst du meine Schwägerin!« Die letzten Worte klangen fast ein bisschen verwundert. Rosanna wurde ihre

Schwägerin – wie wunderbar! Eigentlich war doch alles ganz einfach.

»Meinst du?«, fragte Rosanna skeptisch, aber in ihren Augen funkelte ein Hauch Hoffnung.

Direkt vor ihnen seilte sich eine Spinne vom Stalldach ab.

Simones erster Impuls war, das Tier zwischen Daumen und Zeigefinger zu zerquetschen. Stattdessen sagte sie lächelnd: »Schau, eine Spinne! Die bringt Glück, heißt es!«

Alles würde gut werden. Der liebe Gott hatte sie heute Morgen in die Scheune geschickt, um Rosanna zu helfen.

»Wenn Zacharias mich heiratet, dann wäre ich ja ... die Wirtin.« Rosanna biss sich auf die Lippe. Zum ersten Mal, seit Simone sie gefunden hatte, spielte ein kleines Lächeln um ihren Mund.

»Ja, das wärst du«, bestätigte Simone nickend, obwohl sie sich an den Gedanken erst noch gewöhnen musste. Was wäre dann mit der Mutter? Ha, der würde es recht geschehen, wenn sie nichts mehr zu sagen hätte! Dann war es aus mit dem Herumkommandieren und mit den Gemeinheiten. Und Rosanna würde bestimmt dafür sorgen, dass sie, Simone, ordentliche Schuhe bekam.

Sie riss sich mit aller Macht aus ihren Tagträumen, befreite einen Strohhalm aus Rosannas Haar und streichelte ihre Wange.

Geliebte Rosanna! Ihr Schutzengel.

»Stell dir vor: Bald sind wir verwandt! Und ich werde dir helfen, mit dem Kind und mit allem. Nie werde ich dich im Stich lassen!« Halb zu sich und halb zu Rosanna sagte sie: »Du wirst schon sehen, alles wird gut!«

An jenem Tag habe ich mich aus der Waschküche zu Zacharias geschlichen, der hinter dem Stall beim Holzspalten war. Mein Herz tat einen Hüpfer, als ich ihn sah. Bei jedem Schlag stieß er eine weiße Atemwolke aus. Seine Stirnlocken waren feucht vom Nebel und von der Anstrengung. Zacharias – der Mann, den ich liebte. Ich hätte ihm stundenlang zuschauen können!

Als er mich sah, ging ein Strahlen über sein Gesicht, und er wollte sofort etwas sagen. Ich aber legte einen Finger auf die Lippen und forderte ihn stumm auf, mir in den Stall zu folgen. Zu dieser Zeit war dort für gewöhnlich niemand.

Ohne Umschweife kam ich zur Sache.

Zacharias schaute mich ungläubig an. »Ein Kind ... Rosanna, bist du dir sicher? Ich meine ...«

Ich nickte stumm.

»Ein Kind.« Wie eine schlecht geführte Marionette stakste Zacharias im Stall umher. »So plötzlich? Damit habe ich nicht gerechnet. Wir haben doch aufgepasst!«

Ich wusste nicht, was ich sagen sollte. Er wirkte so ... hilflos. Ich hätte ihn gern beruhigt, aber ich wusste einfach nicht, wie. Also beobachtete ich jede seiner Regungen, versuchte sie zu deuten. Er machte mir keinerlei Vorwürfe, nahm mich aber auch nicht in den Arm. Er schien benommen, als hätte er zu viel Bier getrunken.

Geteiltes Leid ist halbes Leid, sagt man. Aber nicht alles, was die Leute sich zum Trost sagen, stimmt.

Erst als Anton nach ihm rief, kam Zacharias wieder zu sich. Er legte mir seine Hände auf die Schultern. Als er sich an einem Lächeln versuchte, flackerte sein Blick ein wenig. »Wir kriegen das schon hin! Aber zuerst muss ich nachdenken.«

Später am selben Tag kam er zu mir ins Backhaus und sagte, er habe nun gründlich über alles nachgedacht. Es sei nicht gut, bei seinen Eltern sofort mit der Sprache herauszurücken. Wir sollten bis nach Martini damit warten. Ich wisse ja, wie viel Arbeit es bis dahin noch zu erledigen gebe, sagte er, und dass es wichtig sei, den richtigen Zeitpunkt für dieses entscheidende Gespräch zu wählen. Außerdem müsse er unbedingt einen Tag erwischen, an dem es dem Vater gut gehe. Ihm unsere Neuigkeiten an einem schlechten Tag zu überbringen würde uns gewiss keine Vorteile verschaffen, fügte Zacharias noch hinzu.

Darin musste ich ihm Recht geben. Erst ein paar Tage zuvor hatte Gustav Zacharias zu sich gerufen und ihm aufgetragen, sämtliche Schweine zu schlachten. Er wolle von nun an keinen Saustall mehr unterhalten, hatte er im Brustton der Überzeugung gesagt. Obwohl Zacharias und Franziska versuchten, Gustav diese Idee auszureden, bestand er darauf. Ob sein Wort in diesem Haus nichts mehr gelte, schrie er und warf sogar mit der Bibel, die auf seinem Nachttisch lag, nach Franziska. Also schlachteten Anton und Zacharias alle vier Sauen, den Eber und die zwanzig Ferkel. Bis spät in die Nacht räucherte Anton den Großteil der Würste und fragte sich, wie wir so viele Würste jemals an den Mann bringen sollten. Doch am nächsten Tag hatte Gustav von alldem nichts mehr gewusst! Wie die beiden Söhne auf solch eine Idee kommen konnten, wollte er wissen. Nie und nimmer hätte er sie beauftragt, die prächtigen Muttersauen zu verwursten ... Aber da war der Schaden bereits geschehen gewesen.

Ich bezweifelte, dass der Wirt jemals wieder der Alte werden würde. Aber ich sah ein, dass es keinen Sinn machte, ihm unsere Neuigkeiten mitzuteilen, solange er derart durcheinander war.

Der Martinitag ging ins Land. Gustav hatte seine klaren und seine verwirrten Momente. Ich wartete – und nichts geschah. Es fiel mir schwer, mich auf meine Arbeit zu konzentrieren. Am Esstisch sah ich Zacharias immer wieder mit flehenden Augen an. Warum sprichst du nicht wenigstens mit deiner Mutter?, bedeutete mein Blick. Doch er wich ihm aus, und stattdessen handelte ich mir von Franziska böse Blicke ein.

Nachts kam Zacharias nun nicht mehr in meine Kammer. Als ich nach dem Grund fragte, sagte er nur, es wäre nicht gut, wenn uns ausgerechnet jetzt jemand zusammen erwischen würde. Auch tagsüber kam es mir manchmal so vor, als würde er mir aus dem Weg gehen, doch dann redete ich mir ein, dass er nur zu viel zu tun hatte. Ich wollte geduldig sein.

Etwas hatte sich verändert, aber das wollte ich nicht wahrhaben.

Simone war fuchsteufelswild, weil sich ihr Bruder so zierte. Sie bot an, mit ihm zu reden, doch das wollte ich bei meiner Seele nicht. Als ob er gerade auf sie gehört hätte! Er hatte mir versprochen, dass alles gut werden würde, und daran hielt ich mich fest …

Mit einem Plumps ließ Rosanna den Lappen, mit dem sie gerade den Boden der Wirtsstube gewischt hatte, in den Wassereimer fallen. Fertig! Als sie sich strecken wollte, spürte sie plötzlich ein Stechen in ihrem unteren Rücken, das sie leise aufschreien ließ. Sie holte vom nächststehenden Tisch einen Stuhl und stellte ihn auf den Boden. Dann ließ sie sich langsam darauf nieder. Nur einen Moment ausruhen …

»Schon Feierabend?«, ertönte Franziskas scharfe Stimme von der Tür her.

Bevor Rosanna aufstehen konnte, stand die Wirtin schon neben ihr. Beide Hände in die Hüften gestemmt, schaute sie Rosanna vorwurfsvoll an. »Was sitzt du hier am helllichten Tag herum und hältst Maulaffen feil? Hör zu, so kann es nicht weitergehen. Wenn du glaubst, ich weiß nicht, was los ist, dann hast du dich getäuscht!«

Rosanna spürte, wie ihr Magen sank. Hatte Zacharias etwa … Hilflos schaute sie zur Tür. Sie murmelte eine Entschuldigung und wollte aufstehen.

»Hier geblieben!«, hielt Franziska sie zurück. »Jetzt reden wir beide mal miteinander!«

Sie nahm ebenfalls einen Stuhl vom Tisch und setzte sich Rosanna gegenüber.

»Schon seit Wochen ist deine Arbeit nichts mehr wert, dafür

schleichst du den ganzen Tag lang meinem Jungen hinterher! Glaubst du etwa, ich hätte nicht bemerkt, dass du unseren Hofengel mit deinen liebeskranken Blicken regelrecht verfolgst? Keinen Schritt kann er tun, ohne dass du dich an seine Fersen heftest. Wenn er in die Wurstküche geht, rennst du ihm nach. Wenn er das Lager aufräumt, hast du rein zufällig auch dort zu tun. Nur weil ich bei Gustav am Krankenbett sitze, bin ich nicht blind geworden!«, zeterte Franziska. »Der arme Junge muss sich wirklich verfolgt fühlen! Kannst du mir mal sagen, was das Ganze soll?«

Kleine Spuckefetzen flogen über den Tisch. Einer landete auf Rosannas Lippe. Sie wischte sich so heftig mit der Hand darüber, dass es wehtat. Die Wirtin wusste nichts, gar nichts. Zacharias hatte noch nicht mit ihr gesprochen.

Als Rosanna nicht gleich antwortete, fuhr Franziska fort: »Da hat man Mitleid mit einer wie dir, nimmt sie auf, gibt ihr ein Dach über den Kopf und Essen – und was ist der Dank? Nach ein, zwei Jahren wird sie übermütig und glaubt, andere für dumm verkaufen zu können. Die Magd vor dir hat gestohlen, und du glaubst, dich an meinen Sohn heranmachen zu können. Du liebe Güte – da frag ich mich wirklich, was das kleinere Übel ist!«

Mit jeder Anschuldigung, jeder Gemeinheit, die Franziska ihr an den Kopf warf, spürte Rosanna, wie ein Damm in ihr weiter nachgab. Nein, das hatte sie nicht verdient. So etwas musste sie sich nicht sagen lassen.

Die Wirtin schlug so hart mit der flachen Hand auf den Tisch, dass die Stühle, die noch darauf standen, einen Hüpfer machten. »Was ist, hat's dir die Sprache verschlagen?«

Plötzlich brach alles, was Rosanna in den letzten Wochen so mühsam zurückgehalten hatte, aus ihr hinaus. »Mir nicht, aber Ihrem Sohn anscheinend!«, fauchte sie. »Schon seit Wochen flehe ich ihn an, dass er endlich mit Ihnen redet. Aber wenn er dazu zu feige ist, muss ich es eben übernehmen!« Sie schaute der Wirtin gerade ins Gesicht.

»Was ist denn das schon wieder für ein Ton?«, schimpfte Franziska, blickte dann aber irritiert zur Seite. Sie war es nicht gewohnt, dass ihr jemand widersprach.

Jetzt musste es gesagt werden! Rosanna holte Luft. »Ich bekomme ein Kind, und Zacharias ist der Vater!«

»Nein!« Die Beine von Franziskas Stuhl kratzten schrill über den Boden.

»Doch. Wir lieben uns!«, sagte Rosanna und konnte den Triumph in der Stimme nicht ganz verbergen. »Schon seit vielen Monaten. Wir ...«

Bevor sie weitersprechen konnte, rannte die Wirtin aus der Küche.

Der Rest des Tages wurde für Rosanna schier unerträglich. Als sie Zacharias erzählte, dass sie seiner Mutter reinen Wein eingeschenkt hatte, brach er fast in Tränen aus. Dann wurde er wütend, machte ihr alle möglichen Vorwürfe, nicht zuletzt den, ihn verraten zu haben. »Was glaubst du, wie ich mich bei ihren Anschuldigungen gefühlt habe?«, warf Rosanna ihm als Antwort weinend an den Kopf.

Am Mittagstisch wurde kein Wort gesprochen. Die Luft war so dick, dass nicht einmal eine Säge sie hätte zerteilen können. Rosanna glaubte, an jedem Bissen Brot, den sie in ihre Milch tunkte, ersticken zu müssen. Unter dem Tisch drückte Simone immer wieder mit verschwitzten Fingern ihre Hand. Rosanna musste sich zusammennehmen, um nicht laut loszuschreien.

»Zacharias, komm mit zu deinem Vater. Wir müssen mit dir sprechen!«, presste Franziska schließlich zwischen ihren Lippen hervor, nachdem sie zu Ende gegessen hatte. Und an Rosanna gewandt, fuhr sie fort: »Du bist heute Abend an der Reihe, wenn die Gäste weg sind!« Dann riss sie allen die Teller weg, ohne sich darum zu kümmern, dass ihre Schwiegereltern noch nicht mal zur Hälfte mit ihrer Brotsuppe fertig waren.

»Was ist denn los? Geht's meinem Jungen nicht gut?«, krächzte Gustavs Vater mit seinem dünnen Stimmchen. Ein Blick von Franziska reichte, um ihn zum Schweigen zu bringen.

Es war kurz nach elf Uhr nachts, und die letzten Gäste waren eine Viertelstunde zuvor gegangen. Der Geruch von Bier und Tabak hing schwer in der Luft.

Franziska und Zacharias hatten Gustav für das Gespräch unter den Armen gepackt und ihn die Treppe halb hinuntergetragen, halb gezogen. Zu dritt hatten sie dann am unteren Ende des Stammtisches Platz genommen. Die Wirtin wies Rosanna den Stuhl am anderen Ende zu – weit weg von Zacharias.

Rosanna war schlecht vor Aufregung. Sie hatte Zacharias den ganzen Abend über nicht gesehen, Anton hatte an seiner Stelle den Zapfhahn bedient. Sie wusste nicht, wie das Gespräch zwischen ihm und seinen Eltern verlaufen war. Wie sehnte sie sich nach einem Blick, einer tröstenden Geste, einem aufmunternden Zwinkern von ihm! Doch Zacharias schaute sie nicht an, sondern widmete sich eingehend den Rillen in der Tischplatte.

Franziska seufzte tief auf. »Zuerst einmal muss ich dir sagen, wie sehr du mich enttäuscht hast. Wir haben dich aufgenommen wie eine Tochter. Und du? Du hast unser Vertrauen missbraucht. Gerade in dieser schweren Zeit ...« Sie blickte ihren Mann an, und einen Moment lang sah es so aus, als würde sie in Tränen ausbrechen. Gustav langte zu ihr hinüber und tätschelte ihren Arm. Er war zwar blass, aber offenbar bei klarem Verstand.

Bevor Rosanna etwas erwidern konnte, sprach die Wirtin weiter: »Gleichzeitig sehe ich ein, dass die Sache nicht allein dein Fehler war. Es gehören immer zwei dazu ...« Sie warf Zacharias einen strafenden Blick zu. »Eine wie du weiß es eben nicht besser. *Ich* jedoch hätte es besser wissen müssen!« Franziska presste die Lippen zusammen und schüttelte den Kopf, als könne sie immer noch nicht fassen, was geschehen war.

Rosanna spürte, wie ihr unter dem Blick der »Fuchsen«-Wirtin die Schamesröte in die Wangen stieg. Tausend Erwiderungen gingen ihr durch den Kopf, doch keine davon wollte über ihre Lippen kommen. Hilfe suchend schaute sie zu Zacharias hinüber, doch der wandte seinen Blick ab.

Gustav räusperte sich, woraufhin ihn alle erschrocken anschauten. Seine Gegenwart war inzwischen so ungewohnt, dass sie ihn beinahe vergessen hatten.

»Was geschehen ist, ist geschehen und kann nicht mehr rückgängig gemacht werden«, sagte er mit Grabesstimme.

Franziska lachte freudlos auf. »Leider! Und nun stellt sich die Frage, wie es weitergehen soll. Darüber haben Gustav und ich uns heute einige Gedanken gemacht.« Sie hielt inne und schaute ihren Mann an. Gustav nickte.

»Und?«, krächzte Rosanna. Mehr brachte sie vor Aufregung nicht heraus.

»Es gibt genau zwei Möglichkeiten, und Zacharias sieht das genauso. Erstens ...« Der Blick der Wirtin wurde hart. »Du packst sofort deine Sachen und gehst dorthin zurück, wo du hergekommen bist.«

Rosanna rang nach Luft.

»Zweitens: Du bleibst hier und bekommst das Kind.«

Rosanna atmete auf. Gott sei Dank! Sie hatte schon gedacht ...

»Natürlich wirst du, sobald der Bauch sichtbar wird, nicht mehr die Gäste bedienen können, aber diese Zeit bekommen wir schon herum.«

Rosanna nickte beklommen. »Ich kann ja stattdessen in der Küche und im Stall helfen«, antwortete sie leise. Warum schaute Zacharias sie noch immer nicht an? Warum tat er so, als habe das alles nichts mit ihm zu tun?

Franziska winkte ab. »Das wird man sehen. Natürlich darf niemand erfahren, dass du schwanger bist – dummes Gerede im Dorf können wir nicht gebrauchen. Sobald das Kind da ist« – sie stockte kurz, sprach dann aber umso bestimmter weiter –, »wirst du es weggeben.«

Wie vom Schlag getroffen, zuckte Rosanna zusammen.

»Das Kind weggeben? Unser Kind? Zacharias!« Jedes Wort schrillte in ihren Ohren.

Franziska sprach weiter, als hätte Rosanna nichts gesagt. »Ein paar Dörfer weiter gibt es eine ältere Frau, die in solchen Fällen hilft und Kinder aufzieht – gegen ein Entgelt natürlich.« Sie verzog verächtlich den Mund. »Aber was das Geld angeht, brauchst du dir keine Gedanken zu machen.«

Doch Rosanna hatte den Rest schon gar nicht mehr gehört. Ihre Gedanken rasten. In solchen Fällen? *In welchem Fall?*

Das konnte Franziska doch nicht ernst meinen ...

Warum sagte Zacharias nichts?

Ihr Kind sollte einer fremden Frau gegeben werden?

Rosanna hatte das Gefühl, von dichtem Nebel umgeben zu sein. Ihre Finger umklammerten die Tischkante so fest, dass ihre Knöchel weiß hervortraten.

Plötzlich spürte sie eine knochige Hand auf ihrem Arm. Franziska war zu ihr herübergerutscht.

»Ich verstehe ja, dass das alles nicht ganz einfach ist. Aber das hast du dir schließlich selbst eingebrockt. Schau, wir wollen dir doch helfen! In Rombach wäre der Teufel los, wenn die Leute wüssten, was du mit dir herumträgst. Dieses Gerede wollen wir dir ersparen!«, sagte die Wirtin eindringlich. Doch sogleich wurde ihre Stimme wieder härter.

»Und für unser Geschäft wäre das auch nicht gut, das ist dir doch wohl klar! Zacharias ... Nun, als zukünftiger Wirt kann er dich nicht heiraten. Der Hofengel und eine Magd ... Was glaubst du, was die Leute dazu sagen würden? So was ist noch nie gut gegangen! Wenn's der Anton gewesen wäre, nun ja ... Aber eine Wirtin muss mehr können, als nur Würste und Suppe servieren. Und du kannst nicht einmal richtig schreiben und lesen. Wie wolltest du ihm da je zur Seite stehen? Alle würden sich über dich lustig machen! Und Zacharias würde zum Gespött des ganzen Dorfes werden. Das kannst du doch nicht wollen! Wir müssen jetzt einen klaren Kopf behalten. Glaub mir, das ist die beste Lösung!« Nach diesem Redeschwall drückte Franziska Rosannas Arm fester. Dabei lächelte sie gezwungen.

Rosanna konnte dem Impuls, die Hand der Wirtin wegzuschlagen und ihr das Lächeln aus dem Gesicht zu kratzen, kaum noch widerstehen. Sie zog ihren Arm zurück.

»Zacharias, stimmt das? Du willst, dass ich ... *unser* Kind ...« Rosannas Stimme brach.

Zum ersten Mal schaute er sie an. Seine Unterlippe zitterte heftig. »Ich weiß doch auch nicht mehr weiter! Sie wollen, dass ich später einmal die Elsbeth Jugel heirate! Die von der Brauerei in Schwend!« Ein trockenes Schluchzen stieg aus seiner Kehle empor. »Aber die lieb ich nicht!«, presste er hervor.

Rosanna fühlte sich, als hätte jemand ihr einen Prügel übergezogen. Fassungslos schaute sie von Zacharias zu Franziska, die nun doch etwas verlegen schien.

Elsbeth Jugel? Von der Brauerei Jugel? Das Mädchen mit dem schiefen Lächeln, mit dem Zacharias am ersten Mai getanzt hatte? Das konnte nicht wahr sein ...

»Schnell gefreit, lang bereut«, sagte Gustav und nickte heftig mit dem Kopf. Dann begann er vor sich hin zu summen.

Rosanna hatte auf einmal das Gefühl, als stünde sie neben sich. Sie musste gegen ein hysterisches Lachen ankämpfen. Elsbeth Jugel und Zacharias? Der Wirt und die zukünftige Brauereibesitzerin?

Und was war mit ihr? Mit ihrem Kind? Mit ihrer Liebe?

Die Wirtin warf erst ihrem Mann und dann ihrem Sohn einen wütenden Blick zu.

»Darüber müssen wir ja jetzt nicht reden! Das eine hat mit dem anderen schließlich überhaupt nichts zu tun.« Fahrig strich sie ihren Rock glatt.

»Natürlich hat das etwas miteinander zu tun!«, jammerte Zacharias. »Hier geht es schließlich um mein Leben!«

»Ach – und um meines geht es nicht?« Rosanna spürte, dass die Wut wie Unkraut in ihr zu wuchern begann. Da heulte Zacharias herum wie ein trotziges Kleinkind – glaubte er etwa, seine Eltern auf diese Weise umzustimmen? Mit einer Mischung aus Hilflosigkeit und Zorn funkelte sie ihn an.

Mit seinen weit aufgerissenen, geröteten Augen sah Zacharias aus wie ein in die Enge getriebenes Tier.

»Mutter, Vater! Ihr habt damals doch auch aus Liebe geheiratet! Ihr müsstet uns doch verstehen!«

Gustav Breuer schnaubte.

»Liebe ... Was der Narr im Kopf hat, das hat er auch auf der Zunge!« Der Blick, mit dem er seinen Sohn bedachte, war klar und so eisig wie ein Gebirgsbach. Von einem Augenblick auf den anderen schien er wieder bei der Sache zu sein. »Was weißt du in deinen jungen Jahren schon von Liebe? Der Hintern gehört dir versohlt! Und dir will ich auch etwas sagen!« Er rutschte so nah an Rosanna heran, dass sie seinen widerlichen Atem riechen konnte. Sie lehnte sich unwillkürlich zurück. »Bei uns gibt es ein altes Sprichwort, das besagt: Liebe vergeht – Hektar besteht!«

Gustav wurde kurze Zeit später wieder ins Schlafzimmer gebracht. Danach bat Zacharias seine Mutter, ungestört mit mir sprechen zu dürfen. Genau zehn Minuten gewährte sie uns. Kaum waren wir allein, redete er auf mich ein. Dass er sich alles auch anders vorgestellt habe. Dass er genauso entsetzt, betrübt und fassungslos sei wie ich. Dass wir jetzt erst recht zusammenhalten müssten.

Ich hörte gar nicht richtig hin. Zacharias und Elsbeth Jugel? Und ich die dumme Magd, die nicht richtig lesen und schreiben konnte und mit der man nur Scherereien hatte …

Zacharias flehte mich an, hier zu bleiben. Weil der »Fuchsen« doch jetzt auch mein Zuhause sei, das könne ich doch nicht leichtfertig aufs Spiel setzen. Hier würde für mich gesorgt werden. Er beteuerte, dass er mich lieb habe. Dass diese Elsbeth Jugel ihm gar nichts bedeute, auch wenn ihre Eltern die größte Brauerei der Gegend hatten! Er würde sich nicht einfach verheiraten lassen. Aber ich müsse eben auch die Eltern verstehen. Auf ihre Art hatten sie vielleicht nicht Unrecht. Ich müsse doch zugeben, dass das mit dem Kind nicht hätte passieren dürfen. Wir seien doch beide noch so jung!

Vor Aufregung bekam er rote Flecken im Gesicht.

»Ich hab mir das auch nicht ausgesucht! Ich habe dir vertraut, als du sagtest, es würde nichts passieren. Du wolltest doch aufpassen! Und jetzt, wo ich schwanger bin, da …« Mir fehlten die Worte, um das Durcheinander an Gefühlen auszudrücken, das in mir herrschte. So sagte ich nur leise: »Wie kannst du von mir verlangen, dass ich mein eigenes Kind weggebe?«

Zacharias sagte, dass es dazu ja vielleicht gar nicht kommen müsse. Aber ich solle wenigstens über den Vorschlag seiner Mutter nachdenken. Er würde im Gegenzug alles versuchen, seine Eltern noch umzustimmen.

Als er mich in den Arm nahm und mich mit seinen vor Tränen glitzernden Augen anschaute, da hätte ich gern alles geglaubt.

Gleichzeitig beherrschte mich ein beunruhigendes Gefühl. Heute weiß ich: Ich traute ihm nicht.

»Vielleicht findet sich ja wirklich noch eine andere Lösung«, murmelte ich dennoch vage und dachte an meine heimlichen Sprünge im Stall. Dann ließ ich mir das Versprechen abnehmen, Schweigen über alles zu bewahren und vernünftig zu sein – was auch immer das bedeutete. Zacharias' Erleichterung war nicht zu übersehen.

Vernünftig zu sein – ich hab's wirklich versucht ...

Als Rosanna die letzten Schritte auf den Moritzhof zuging, hatte sie das Gefühl, als habe sie dies alles schon einmal erlebt: den Nebel, das feuchtkalte Novembergrau. Vor genau einem Jahr um diese Zeit war sie zum ersten Mal hier hinaufmarschiert. Doch wie vergleichsweise unbeschwert war sie damals gewesen! Jetzt waren ihre Schritte schwer wie die eines alten Weibes. An ihren Schuhsohlen blieben abgestorbene, nasse Blätter kleben.

Karl Moritz saß in der Küche. Zwischen seinen Beinen stand ein quaderförmiger Stein, den er mit einem Meißel bearbeitete. Ohne von seiner Arbeit aufzuschauen, nuschelte er einige Worte zur Begrüßung, denn in seinem Mundwinkel steckte eine Pfeife.

Rosanna nickte stumm zurück. Dann setzte sie den Rucksack mit der Wurst und dem Brot auf dem Tisch ab und holte sofort das Putzzeug aus dem Schrank. In der nächsten Stunde war sie mit der Schlafkammer des alten Mannes beschäftigt. Sie schleppte das Stroh seines Schlaflagers hinter das Haus auf den Mist und holte frisches Stroh aus dem Stall. Schon mehrmals hatte sie sich gefragt, warum dort solch eine stattliche Anzahl Strohballen lagerte, obwohl Moritz doch gar keine Tiere hielt. Sie kam selten in den Stall, glaubte aber seltsamerweise stets den Geruch von Schafen und Ziegen in der Nase zu haben. Nachdem Rosanna den Strohsack frisch gestopft hatte, nahm sie sauberes Leinen aus dem Schrank und bezog damit das Bett neu. Sie erinnerte sich daran, in einem der Schränke einen Stapel bunter Wolldecken gesehen zu haben. Sie holte eine davon und legte sie über Karls Bett. Bestimmt würde er sie in den kommenden kalten Nächten gut gebrauchen können.

Das Arbeiten tat ihr gut, und eine Zeit lang gelang es ihr, die schwarze Wolke in ihren Gedanken, die zu ihrem ständigen Begleiter geworden war, zu verdrängen.

Es war nicht ungewöhnlich, dass sie bei ihren Besuchen auf dem Moritzhof stundenlang ihrer Arbeit nachging, während sich Karl mit seinen Dingen beschäftigte. Dabei schätzte Rosanna die Gespräche mit dem alten Mann inzwischen sehr. Sein bissiger Humor, seine ungewöhnliche Art, Dinge und Menschen zu betrachten, und auch seine Vorliebe für den Dorftratsch, obwohl er selbst nie nach Rombach ging – all das hatte Rosanna lieb gewonnen. Meist unterhielten sie sich bei einem Teller Suppe, kurz bevor sich Rosanna wieder auf den Heimweg machte.

Heute zog sie jedoch ihre Tätigkeiten außerhalb der Küche absichtlich in die Länge. Ihr war nicht nach reden zumute, und so war es schon Mittag, als sie endlich hinunter in die Küche ging.

Moritz hatte sein Werkzeug aus der Hand gelegt und betrachtete gerade zufrieden seine Arbeit.

»Wenn es nicht zu regnen beginnt, kann ich den Grenzstein heute Nachmittag noch setzen. Der ist für ein ganz besonders schönes Stück Land bestimmt! So bald wie möglich werde ich dem Boden das zurückgeben, was ihm einst genommen wurde: junge, starke Tannen und Fichten! Wieder ein Fleckchen Erde aus den Fängen der Naturschänder gerettet! Bei mir muss kein Baum sterben, nur weil jemand glaubt, ihn in einer Eisengießerei oder einer Glashütte verfeuern zu müssen. Bei mir bekommen Bäume einen Platz zum Leben!«

Unwillkürlich musste Rosanna lächeln. Der ganze Küchenboden war mit feinem Sandstaub und kleinen Steinbrocken übersät. Die Tischplatte hatte dort, wo Moritz achtlos sein Werkzeug abgelegt hatte, ein paar neue Kratzer abbekommen.

»Ich sehe schon, Sie haben wieder einmal ganze Arbeit geleistet.« Nicht zum ersten Mal fragte sich Rosanna, wo und wie der alte Mann das Geld für seine Landkäufe auftrieb, auch wenn die kargen Hügel und abgeholzten Waldstücke nicht viel kosten konnten. Ob die Schwarzbrennerei tatsächlich so viel abwarf? Seufzend schnappte sie sich Besen und Kehrschaufel und ging in die Hocke.

»Was würden Sie nur ohne mich machen? Wahrscheinlich wäre das ganze Haus in kürzester Zeit zu einem Saustall verkommen!«

Im nächsten Moment fiel ihr die Schaufel aus der Hand, und Tränen brannten in ihren Augen. Dies war ihr letzter Besuch auf dem Moritzhof – danach würde tatsächlich alles verlottern! Rosanna kauerte auf dem Boden, ihr Herz war ein eisiger Klumpen. Sie hatte das Gefühl, nie mehr aufstehen zu können.

»Rosanna ... Mädchen!« Schwerfällig beugte sich Moritz zu ihr hinunter, klopfte ihren Rücken und murmelte beruhigende Worte. Irgendwann zeigten sie Wirkung.

Rosanna schaute auf. »Es ... es ist alles so schrecklich. Ich weiß nicht mehr weiter«, schluchzte sie.

Rosanna erzählte Karl alles. Sie begann mit der Zeit im April, wo zwischen ihr und Zacharias plötzlich alles anders wurde. Damals, als Gustav Breuer seinen Unfall gehabt hatte. Die Worte kamen zuerst zögerlich. Gleichzeitig empfand sie eine tiefe Erleichterung, endlich einmal alles loswerden zu können. Im Gegensatz zu Simone, die ständig irgendeine giftige Bemerkung machte, wenn sich Rosanna ihr anvertraute, hörte Karl Moritz stumm zu. Als zwischendurch die Turbine und mit ihr das Licht ausging, wäre er normalerweise sofort nach draußen gelaufen, um nach dem Rechten zu schauen. Heute schien er gar nicht zu bemerken, dass es plötzlich um sie herum dunkel wurde. Nur seine Lippen, die er so fest um seine

Pfeife presste, dass sie ganz weiß waren, zeigten, dass er nicht eingeschlafen war.

Zum Schluss erzählte Rosanna von dem Gespräch mit den Breuers. Dann sagte sie: »Ich hab's versucht! Ich wollte vernünftig sein und einfach weitermachen wie bisher. So tun, als wäre nichts geschehen. Aber ich schaffe es nicht! Immer muss ich an das Kind denken und was mit ihm geschehen soll, wenn es erst einmal auf der Welt ist.« Unter tränenschweren Lidern schaute sie zu Karl empor. »Franziska macht es mir ganz und gar nicht leicht. Sie behandelt mich wie Luft! Und wenn sie mal mit mir redet, dann guckt sie mich gar nicht richtig an. Als ob ich über und über mit Schmutz besudelt wäre!« Rosanna musste schlucken. »Und Zacharias ... Natürlich verstehe ich, dass er mit alldem überfordert ist. Trotzdem ... Ich hab das Kind nicht allein gemacht! Da kann Zacharias doch nicht so tun, als wäre nichts geschehen! Wenn er draußen beim Holzspalten ist, höre ich ihn manchmal sogar ein Liedchen pfeifen. Oder mit Anton scherzen. Mir ist so schwer ums Herz, und er merkt es gar nicht.« Der Kloß in ihrem Hals wurde dicker, und die Tränen strömten erneut über ihre Wangen. »Nie nimmt er mich in den Arm«, schluchzte sie. »Und wenn ich mit ihm reden will, hat er ständig etwas zu tun. Früher hat er doch auch Zeit gehabt! Wie kann er sagen, dass er mich lieb hat, und gleichzeitig so gemein sein? Ach, am liebsten wäre ich tot!«

Rosannas Blick wanderte zum Fenster und nach draußen, wo gerade ein Schwarm Krähen vorüberflog. Mutlos schaute sie den Vögeln nach.

Gestern war die Wirtin zu ihr gekommen und hatte erneut von der Amme erzählt, die ein paar Dörfer weiter wohnte. Sie habe derzeit lediglich einen Bastard in ihrer Obhut, hatte Franziska gesagt, und wäre deshalb bereit, sich Rosannas Kind anzunehmen. Dabei hatte sie Rosanna verschwörerisch zugezwinkert.

Rosanna wimmerte leise. Allein der Gedanke ... Ihr war, als würde jemand ein Messer in ihr Herz stechen und darin herumbohren.

»Ich hab geglaubt, denen liegt etwas an mir. Ich hab gedacht, die Breuers wären eine Art Familie für mich. Aber ... Ach, ich war so dumm! Eine dumme Magd!«, setzte sie bitter hinzu.

»Zacharias hat kein Rückgrat!«, fauchte Karl Moritz unvermittelt. »Und du nimmst ihn noch in Schutz!« Seine Augen loderten vor Zorn. »Ich sage dir, mein Kind, es ist völlig gleich, ob einer erst zwanzig oder achtzig ist! Entweder er hat Mumm in den Knochen oder nicht! Wer das in jungen Jahren nicht hat, der hat es nie!« Vor lauter Empörung verschluckte er sich und musste husten. Mit hochrotem Gesicht presste er keuchend hervor: »Erst bringt der Lump dich in andere Umstände, und nun will er dich nicht heiraten! Einer Mutter wollen sie das Kind nehmen? Pfui Teufel, da hört doch alles auf!« Seine Faust donnerte auf den Tisch.

Rosanna zuckte zusammen.

Mit ungewohnter Behändigkeit stand Moritz auf und griff nach seiner Jacke, die an einem Haken hinter der Tür hing. »Die werden mich jetzt kennen lernen!«

»Halt, wo wollen Sie hin?« Rosanna sprang auf. So gut es auch getan hatte, sich alles von der Seele zu reden – angesichts Moritz' Wutanfall bereute sie augenblicklich ihre Offenheit.

»Da fragst du noch?« Sein Grollen erfüllte den ganzen Raum. »Runter ins Dorf geh ich! Der Bande werde ich die Meinung sagen, glaub mir!«

Um Gottes willen! Mit einem Satz warf sich Rosanna vor die Tür. »Nein, bitte nicht! Tun Sie mir das nicht an!«, flehte sie. Dann holte sie tief Luft. »Wenn Zacharias mich nicht will, dann will ich ihn auch nicht!« Überrascht registrierte sie den festen Klang ihrer Stimme.

Moritz machte einen Schritt zurück. »Was soll denn das? Gerade hast du mir noch die Ohren voll geheult, wie sehr du ihn liebst.«

»Muss das eine denn etwas mit dem anderen zu tun haben?« Rosanna seufzte. »Man kann einen Menschen doch nicht zur Liebe zwingen, oder? Aber dieses Kind in meinem Bauch liebe ich. Es gehört zu mir wie meine Arme und meine Beine. Und genauso wenig, wie ich mir einen Arm abhacken ließe, genauso wenig werde ich das Kind weggeben! Deshalb gehe ich fort. Vielleicht blutet mir das Herz nicht mehr so sehr, wenn ich Zacharias nicht mehr regelmäßig sehe. Und er ist dann auch all seine Sorgen los!«, fügte sie am Ende mit harter Stimme hinzu. Danach fühlte sie sich ein wenig besser. Endlich hatte sie den Gedanken, der schon seit Tagen in ihrem Kopf herumschlich, laut ausgesprochen!

»Und wo willst du in deinem Zustand hin? Wer soll dich aufnehmen? Du weißt doch, wie die Leute sind! Eine Hure werden sie dich schimpfen! Auf deinen dicken Bauch werden sie zeigen. Es wird so sein, als ob du ein Schild um den Hals trägst: In Schande gefallen!«

Wie ein waidwundes Tier zuckte Rosanna zusammen. Dann aber hob sie trotzig den Kopf. »Von mir aus können sich die Leute das Maul zerreißen! Schlimmer als jetzt kann's nicht mehr werden. Und ich weiß auch schon, wo ich hingehen kann. Bestimmt nimmt mich die Margret bei sich auf. Manchmal hat man etwas davon, wenn man Leuten einen Gefallen getan hat ...« Rosanna lachte verdrießlich. »Und nach der Geburt ... irgendetwas wird mir schon einfallen. Vielleicht ziehe ich doch noch in die Schweiz. Die Webereien dort suchen immer Arbeitskräfte, das hört man jedenfalls in der Wirtschaft von den Reisenden. Irgendwo werde ich schon unterkommen«, sagte sie mit mehr Zuversicht, als sie tatsächlich verspürte.

Moritz schüttelte missbilligend den Kopf, warf dann aber seine Jacke auf einen Stuhl.

Erst als er sich wieder niedergelassen hatte, verließ Rosanna ihren Platz an der Tür und setzte sich ihm gegenüber.

Der alte Mann langte zum Fensterbrett, auf dem die Schnapsflasche stand. Als er zwei Gläser eingeschenkt hatte, schob er eines davon Rosanna zu.

»Trink!« Ohne ihr zuzuprosten, kippte Karl den Inhalt seines Glases in einem Zug hinunter.

Rosanna nippte zögerlich. Obwohl schon mancher Gast sie auf ein Glas hatte einladen wollen, hatte sie noch nie Alkohol getrunken. Die Flüssigkeit rann warm in ihren Bauch hinab und entzündete dort ein kleines Feuer. Daraufhin trank auch sie das Glas leer. Das nachfolgende Schwindelgefühl war nicht unangenehm.

Karl Moritz beobachtete sie aus zusammengekniffenen Augen. »Du würdest mich also einfach im Stich lassen, ja? Während du bei irgendeiner Frau im Dorf haust oder in einem Schweizer Armenhaus dahinvegetierst, überlässt du einen alten Mann seinem Schicksal«, setzte er anklagend hinzu. Seine Augen funkelten. Die Falten auf seiner Stirn waren noch ausgeprägter als sonst und erinnerten an gefurchten Ackerboden. Seine grauen Locken standen in alle Richtungen vom Kopf ab. »Ich könnte hier oben verrecken, und niemand würde es mitbekommen – soll es so sein?«

»Um Gottes willen, wie reden Sie denn! Jetzt machen Sie mir auch noch Vorwürfe! Natürlich werde ich Sie vermissen. Und die Simone auch.« Obwohl ihre Worte der Wahrheit entsprachen, spürte Rosanna einen Anflug von Verbitterung. Jeder dachte nur an sich, ganz gleich, ob er Zacharias, Simone oder Karl Moritz hieß! Normalerweise durfte man Worte wie *Alter* und *Krankheit* in seiner Gegenwart nicht in den Mund nehmen – und ausgerechnet jetzt tat er so, als ob sein letztes Stündlein bald schlagen würde, und bereitete ihr damit ein schlechtes Gewissen.

»Ich geh doch nicht gern! Mir ist das alles hier« – Rosanna machte eine ausholende Handbewegung, die den Moritzhof und Rombach einschließen sollte – »ans Herz gewachsen. Aber was soll ich denn tun? Sagen Sie es mir!« Die Wut kehrte zurück.

Zuspruch hatte sie von ihm erwartet und ein paar freundliche Worte. Vielleicht sogar ein paar Mark als Starthilfe für die nächste Zeit. Aber Vorwürfe – darauf konnte sie verzichten, die bekam sie jeden Tag zur Genüge zu hören.

Moritz grinste mit einem Mal, als bereite ihm etwas diebische

Freude. »Warum kommst du nicht von allein darauf? Du hast doch vorhin selbst gesagt, dass ich ohne dich nicht zurechtkomme – also, was ist die logische Schlussfolgerung? Du ziehst auf den Moritzhof und machst mir den Haushalt!«

Rosanna verharrte sprachlos, während Karl Moritz mit großer Selbstverständlichkeit weiterredete.

»Natürlich gibt es gewisse Regeln, die du einhalten müsstest – in mein Leben lass ich mir nämlich von niemandem reinreden. Ich bin nicht wie die alten Breuers, die sich vorschreiben lassen, was sie wann zu essen haben und wann es Zeit ist, ins Bett zu gehen. Solange ich lebe, bleibe ich mein eigener Herr!«

Angesichts dieses Ausbruchs musste Rosanna lächeln. »Die Person, die Ihnen etwas vorschreiben könnte, müsste in der Tat erst noch geboren werden!«

Der alte Mann nickte zufrieden. »Hör zu, hier hättest du ein Dach über dem Kopf, könntest in aller Ruhe dein Kind zur Welt bringen, und was die unten im Dorf dazu sagen, braucht dich nicht zu interessieren. Von mir aus kannst du gleich hier bleiben – sollen sie doch sehen, wie sie ohne dich zurechtkommen, die Flegel!« Seine Faust donnerte wieder auf den Tisch.

Rosanna war bei Karls Rede ganz schwindlig geworden.

Zu Karl Moritz ziehen?

Zu Franziskas Vater?

Das war ja verrückt!

Sie konnte sich lebhaft vorstellen, was seine Tochter dazu sagen würde.

Als hätte er ihre Gedanken gelesen, sagte Karl: »Franziska soll bloß ihren Mund halten. Unten in ihrem *Hotel*« – spöttisch betonte er dieses Wort –, »da kann sie ihr Kommando führen, aber das hier ist mein Haus, hier bestimme immer noch ich!«

Er zog den Stöpsel aus der Schnapsflasche und wollte Rosannas Glas erneut füllen, doch sie winkte ab. Tausend Fragen und Gedanken summten wie ein Schwarm Bienen durch ihren Kopf, da brauchte sie keinen Alkohol mehr!

»Und noch etwas: Bei mir wird keiner ausgebeutet. Ich würde

dir ein kleines Entgelt für deine Arbeit bezahlen.« Er verstummte, trank den Schnaps und klopfte dann seine Pfeife aus, um sie neu stopfen zu können.

Karls würziger Pfeifenrauch breitete sich über dem Tisch aus.

Rosanna zwang sich, das Summen in ihrem Kopf zu ignorieren und über Karls Vorschlag nachzudenken.

Ein Leben auf dem Moritzhof würde bedeuten, Zacharias nicht mehr zu sehen, ihm aber gleichzeitig nahe zu sein – dieser Gedanke versetzte ihr einen Stich in der Brust.

Und dann seine Eltern ... Mit einem Hauch Genugtuung stellte Rosanna fest, dass die Vorstellung, wie fuchsteufelswild Franziska auf diese neue Situation reagieren würde, ihr nicht unangenehm war.

Aber konnte sie sich ein Leben hier oben vorstellen? Karl Moritz war kein einfacher Mensch – stur, eigensinnig, rechthaberisch ... Das Haus war jedoch groß genug, sodass sie sich wenn nötig aus dem Weg gehen konnten. Außerdem war er ständig beschäftigt, und sie würde ihn wahrscheinlich gar nicht allzu oft zu Gesicht bekommen.

Wie ihr Alltag aussehen würde, das konnte sie sich überhaupt nicht vorstellen. Es bedeutete, den ganzen Tag allein zu sein. Keine Gäste, kein Schwatz mehr auf der Dorfstraße. Andererseits: Wer von den Rombachern würde mit ihr noch plaudern wollen, wenn ihr Bauch erst einmal anschwoll?

Wenn sie hier leben würde, konnte sie sich jeden Tag in Ruhe ein Zimmer oder eine Ecke des Hofes vornehmen und sauber machen. Und nächstes Frühjahr würde sie vielleicht den Gemüsegarten wieder herrichten – Arbeit gab es hier oben weiß Gott genug.

Aber war das nicht alles zweitrangig?

Viel wichtiger war, was Karl gesagt hatte: *»Hier könntest du in aller Ruhe dein Kind zur Welt bringen.«*

Rosanna spürte, wie ein warmer Schauer ihren Rücken hinablief.

Ihr Kind – hier war es erwünscht.

In Karl würde es sogar einen Großvater haben. Und in Simone eine Tante. Das wäre eine schön zusammengestückelte Familie! Ein müdes Lächeln schlich über Rosannas Gesicht. Aber es wäre ihre Familie.

Simone würde Augen machen, wenn sie erfuhr, was für ein großzügiges Angebot ihr Großvater Rosanna gemacht hatte. Sicher ließ es sich einrichten, dass sie ihnen hin und wieder einen Besuch abstattete. Oder dass sie sich irgendwo auf halbem Weg trafen. Nur eines stand fest: In den »Fuchsen« würde Rosanna nie mehr einen Fuß setzen!

Ein hysterisches Kichern drang aus ihrer Kehle, und es dauerte einen Moment, bis sie sich wieder gefangen hatte. »Ich ... Es ist so verrückt ... Vor einer Stunde wusste ich nicht mehr aus noch ein, und dann kommen Sie daher und brüten eine perfekte Lösung für meine Probleme aus!«

Sie biss sich von innen auf die Wange, um ein weiteres Kichern zu unterdrücken, und merkte, wie die Anspannung der letzten Wochen langsam von ihr wich. Plötzlich gab es nur noch eine Frage: Sollte sie Ja sagen – oder sollte sie nicht?

Rosanna atmete ein letztes Mal tief durch, dann streckte sie Karl Moritz ihre rechte Hand entgegen. »Einverstanden! Ich werde gern Ihre Haushälterin, aber nur, wenn Sie das mit dem Entgelt wieder vergessen!«

23. November 1900

Nun bin ich schon seit zwei Wochen Witwe. Und was habe ich seitdem getan? Nichts, außer mich um Bubi zu kümmern und zu schreiben. Über die Vergangenheit zu schreiben, als gäbe es kein Morgen mehr ...

Letzte Nacht hat es geschneit. Karl, du hast den Winter geliebt, hast immer gesagt, der Wald besäße dann einen ganz besonderen Zauber. Ja, so ist es wirklich: Wenn ich aus dem Fenster schaue, sehe ich die Schneekristalle im Mondlicht wie Sterne auf den Bäumen glitzern. Und die Bäume mit ihren weißen Mützen schimmern wie glühende Kerzen.

Ach, Karl, warum hast du nicht noch ein Weilchen bei mir bleiben können?

Ein Stern funkelt plötzlich hell ins Fenster. Ja, Karl, ich verstehe deine Nachricht, du hast Recht, ich muss mich zusammenreißen. Ich bin nicht allein auf der Welt. Bubi ist auch noch da. Der kleine Karl, den ich nach dir benannt habe, weil du ihm deinen Familiennamen gegeben hast, indem du mich heiratetest.

Karl Moritz junior – das arme Kind! Es hat derzeit nicht viel von seiner Mutter. Wir waren zwar heute draußen im Schnee, haben herumgetollt wie zwei junge Hunde, aber Bubi spürt, dass ich mit meinen Gedanken woanders bin. Ich bin bei dir, Karl, und bei meinen Aufzeichnungen, mit denen ich einen großen Teil meiner leeren Tage fülle.

Heute war Stanislaus Raatz da und hat drei Stunden lang Holz für mich gehackt. Er kommt jede Woche, bringt mir Butter und Mehl und auch mal ein Stück Fleisch. Sogar im Spicher war er und hat nachgeschaut, ob die Kartoffeln noch ausreichen. Er ist eine gute Seele und hat mit mir geschimpft, weil ich so mager geworden bin. Aber wenn mir nun einmal der Sinn nicht nach Essen steht?

Das Einzige, was mir in diesen Tagen hilft, ist dieses Tagebuch.

Du hattest Recht, Karl, es tut gut, sich alles von der Seele zu schreiben. Wenn ich meine Feder in die Tinte tauche, merke ich schon, wie sich meine Gedanken sammeln, wie der Schmerz und die Einsamkeit von mir weichen und ich mich ganz auf meine Aufgabe konzentriere. Du hast mir einmal erzählt, wie wichtig Rituale für uns Menschen seien – das Öffnen des Tintenfasses ist für mich zu einem wichtigen Ritual geworden, das mir Kraft und Mut zum Weitermachen gibt.

Simone war heute auch wieder da. Sie kommt jeden Tag, und ich bin sehr froh darüber. Ich war schon oft allein in meinem Leben, aber nun bin ich wirklich einsam. Ausgerechnet jetzt lässt sich keiner von den Männern blicken, die sonst so gern unsere »Gastfreundschaft« in Anspruch genommen haben! Glauben sie etwa, dass diese nicht mehr gilt, nun, da der Herr des Hauses tot ist? Andererseits wäre mir auch nicht recht wohl bei dem Gedanken, dass einer von denen hier oben nächtigt und ich ganz allein mit ihm bin. Sicher, bisher haben sich alle als mehr oder weniger redliche Gesellen erwiesen, aber vielleicht nur, weil sie wussten, dass mit Karl nicht zu spaßen ist.

Simone hat erzählt, dass ihre Mutter wieder auf dem Rombacher Rathaus gewesen ist und dass die Gehilfin des Ratsschreibers ihr eröffnet hat, der gnädige Herr stünde ab dem 6. Dezember wieder zu Diensten. Also noch zwei Wochen Gnadenfrist. Mir bleibt nichts übrig, als abzuwarten, was bei der Testamentseröffnung herauskommt.

Hast du wirklich für mich gesorgt, Karl? Oder bin ich vom Nikolaustag an heimatlos? Nun, ich sollte wohl ein wenig mehr Vertrauen zu dir haben. Du warst zwar ein altes Schlitzohr, aber auf deine Art ein Ehrenmann. Das habe ich in dem Moment verstanden, als du mir das Angebot machtest, zu dir auf den Moritzhof zu ziehen. Das war im November 1898 …

Natürlich blieb ich nicht gleich oben, schließlich hatte ich noch meine Sachen im »Fuchsen«. Viel war es nicht: meine Kleider und ein paar Kleinigkeiten, die Gäste mir geschenkt hatten. Am wichtigsten waren mir jedoch die Papiere über meine Geburt, die ich aus der Köhlerei mitgenommen hatte – vielleicht werde ich die später noch einmal brauchen.

Und natürlich wollte ich auch noch einmal zurück, um mich von Simone zu verabschieden.

Sie würde mit meiner Entscheidung nicht einverstanden sein, das wusste ich. Erst am Vorabend war sie ganz aufgeregt zu mir in die Kammer gekommen, weil sie glaubte, eine Lösung für mein Problem gefunden zu haben: Anton könne mich doch heiraten! Gegen eine Hochzeit mit ihm hätten die Eltern bestimmt nichts einzuwenden. Wo er doch sowieso nichts erben und sein Leben lang als Knecht bei Zacharias arbeiten würde. Als ich Simones feuerrote Wangen sah, die freudige Glut in ihren Augen, wurde ich so wütend, dass ich kein Wort herausbrachte. Ich packte sie nur grob am Arm und schob sie aus meiner Kammer. Doch kaum war sie weg, tat sie mir schon Leid. Ihre dumme Idee war aus purer Verzweiflung geboren, das wusste ich. Durfte ich ihr deswegen böse sein?

Es fiel mir schwer, an jenem letzten Abend im »Fuchsen« so zu tun, als ob nichts wäre. Mit jedem Essen, das ich servierte, wurde ich wehmütiger. Es war schon ein seltsames Gefühl, zu wissen, dass ich keinen einzigen Gast wiedersehen, keinen einzigen Teller Suppe mehr servieren würde. Und dann Zacharias hinter dem Tresen ... Nie mehr würde ich seinen verlangenden Blick auf mir spüren. Nun ja, viel Verlangen war da in den letzten Wochen ohnehin nicht mehr gewesen, eher der stille Vorwurf, dass ich ihm Scherereien bereitet hatte.

Wer würde von nun an im Wirtshaus bedienen? Simone? Oder Franziska selbst? Ich zwang mich, nicht darüber nachzudenken. Für mich gab es in diesem Haus keinen Platz mehr, alles andere ging mich nichts an.

Endlich war auch der letzte Gast fort. Auf der Treppe flüsterte ich Simone zu, dass ich ihr etwas erzählen müsse. Als sie kurze Zeit später in meiner Kammer stand, wusste ich zunächst nicht, wie ich anfangen sollte. Schließlich platzte ich mit meiner großen Neuigkeit einfach heraus. Doch Simone begann gleich wieder eine Hasstirade auf ihren Bruder, der mich in diese Lage gebracht hatte. Obwohl ich selbst mindestens genauso wütend und enttäuscht von ihm war, tat es mir weh, sie über Zacharias schimpfen zu hören. Dann fragte sie mich: »Wie kannst du bloß zu diesem schrecklichen alten Mann ziehen wollen?« Auf meine Gegenfrage, welche Möglichkeit ich denn sonst hätte, blieb sie mir eine Antwort schuldig, umklammerte nur fest meine Hände und flehte mich an zu bleiben. Ich erklärte ihr, dass das nicht möglich sei, mein Fortgehen jedoch nicht bedeuten müsse, dass wir uns nie wiedersahen. Ganz im Gegenteil: Wenn sie es einrichten könnte, dass fortan sie die wöchentlichen Besuche beim Großvater übernahm, hätten wir jede Woche einen ganzen Tag für uns! Der Gedanke munterte sie auf, sodass sie mir versprach, ihren Eltern nicht zu verraten, wo ich Unterschlupf gefunden hatte.

Am nächsten Morgen ging ich in den Stall, fütterte die Pferde der Gäste, molk die Kühe und verabschiedete mich von jeder einzelnen, indem ich ihnen eine Extraportion Heu einstreute. Bei Elsa angekommen, standen mir die Tränen in den Augen. Dann packte ich meine Sachen.

Mit dem Bündel in der Hand marschierte ich in die Küche, wo die anderen bereits zur Morgenmahlzeit zu Tische saßen. Ich schaute Zacharias für einen langen Moment an. Ich weiß, es ist albern, aber ich hoffte noch immer, dass er sich gegen seine Eltern und für mich entscheiden würde. Doch er erwiderte meinen Blick nicht. Also trat ich vor Franziska und sagte ihr, dass ich mich nun doch für die erste Möglichkeit, die sie genannt hatte, entschieden habe. Zuerst wusste sie gar nicht, was ich meinte. Aber dann dämmerte es ihr. Sie schaute drein, als würde sie die Welt nicht mehr verstehen. Bevor einer einen Ton sagen oder mich mit Fragen bombardieren konnte, verließ ich den Raum. Das war am Tag des heiligen Nikolaus …

Zwei Wochen vor Weihnachten war die Kirche noch voller als sonst. In der Reihe, wo Simone saß, hockten die Menschen so eng, dass sich ihre Schultern berührten. Es roch nach nassen Mänteln, nach Krankheit – in jeder Reihe hustete und schniefte jemand – und nach Weihrauch. Simone hatte Mühe, sich auf die Worte des Pfarrers zu konzentrieren. Das lag nicht allein an dem spitzen Ellenbogen ihrer Mutter, der sich in ihre Seite bohrte, sondern vor allem an dem großen schwarzen Loch, das an der Stelle klaffte, wo einst ihr Herz gesessen hatte.

Rosanna war weg.

Ihr Engel hatte sie verlassen.

Fünf Tage waren seitdem vergangen. Die Sonne hatte sich verzogen, und Simone schien es, als würde sie nie wieder aufgehen.

Sie hatte sich noch nie in ihrem Leben so allein gefühlt.

Der Pfarrer predigte gerade von Samenkörnern, die auf dornige Böden fielen. Von Worten, die ungehört in die Lüfte aufstiegen.

»... weil die Hausleute kein wachsames Auge auf ihre Dienstboten haben. Da wird ihnen erlaubt, sich herumzutreiben, auf den Tanzboden zu gehen, nächtens durch Feld und Wald zu strolchen und heimliche Bekanntschaften zu unterhalten. Und warum? Weil die Erntezeit vor der Tür steht oder eine Hochzeit oder sonst eine Arbeit, bei der man die Magd und den Knecht braucht. Da drückt der Hausherr lieber ein Auge zu, als dass er sagt: So etwas gibt's bei mir nicht! Weil er nicht riskieren will, dass der Knecht seinen Hut packt und vor seiner Zeit geht. Aber Unzucht ist die größte Sünde! Und es versündigt sich auch der, der ihr Vorschub leistet!« Die krächzende Stimme wurde mit jedem Wort lauter.

Simone zog die Luft zwischen den Zähnen ein. Sie hatte es ja gewusst!

Gott hatte alles gesehen und dann dem Pfarrer davon erzählt. Jeden Kuss zwischen Rosanna und Zacharias, jede Berührung ... Gott hatte einfach alles beobachtet. Es musste so sein –

warum sonst sollte der Pfarrer ausgerechnet heute über diese Sünde sprechen? Ihre Kehle war auf einmal wie zugeschnürt.

Erregt setzte sie sich aufrechter hin und lauschte den nächsten Worten des Pfarrers.

»Aber es sind nicht nur Bauern mit ihren Knechten und Mägden, bei denen meine Worte ungehört verfliegen. Es sind auch die Eltern, die ihren Söhnen und Töchtern die Gelegenheit zur Unzucht geben, obwohl es in ihren Kräften stünde, die Jungen davor zu bewahren.«

Simone spürte, wie sich ihre Mutter neben ihr versteifte. Ja, sollte sie sich nur recht unwohl fühlen! Die Mutter trug mindestens ebenso viel Schuld daran wie Zacharias, dass Rosanna nicht mehr bei ihnen war. Hätte sie besser aufgepasst ... Der Hass kochte in Simone hoch wie eine dicke Suppe. Es hätte nicht viel gefehlt, und sie hätte der Mutter den Ellenbogen so hart in die Rippen gestoßen, dass ihr die Luft weggeblieben wäre. Doch dann besann sie sich.

Denn Gott hatte alles gesehen. Und der Zorn Gottes war denen gewiss, die ihn schmähten. Der liebe Gott würde selbst für gerechte Strafe sorgen. Und wenn nicht, konnte sie ihm immer noch dabei helfen – nein, dann *musste* sie ihm helfen! Denn sie war auch ein Teil vom »Zorn Gottes«, Mutter hatte es selbst zugegeben, damals im Waschhaus. Vor Aufregung war Simones Mund ganz trocken geworden, und mit einem Räuspern versuchte sie nun, wieder Spucke im Mund zu sammeln.

»Wir nähern uns dem Tag von Christi Geburt, und so möchte ich euch an die unbefleckte Empfängnis der seligen Jungfrau erinnern. Aber wie sieht es denn aus in den Gemeinden? Da steht manch eine im weißen Kleid vor dem Altar, und man fragt sich, wie viele Flecken es schon abbekommen hat! Auf den Festen trägt so manche das Jungfernkränzlein, derweil sie mit einem Burschen zusammenkriecht, ihm schöntut, sich dem Verderben hingibt ...«

In der Stimme des Pfarrers stoben die ersten Funken des Höllenfeuers auf. Der Großteil der Anwesenden bekundete seine

Zustimmung mit einem demütigen Nicken, andere schauten leidenschaftslos nach vorn, in vereinzelten Gesichtern sah man eine leichte Röte aufsteigen.

Und warum sprach der Pfarrer nicht von den Männern, die wie Pilze die Frau vergifteten, die von ihnen naschte?, fragte sich Simone wütend. Ihr Herz lief über vor Mitgefühl für Rosanna. Wie würden die Worte des Pfarrers in ihren Ohren klingen ... Arme Rosanna, armer Engel! Vielleicht war es doch nicht so schlecht, dass sie nicht mehr in Rombach lebte. Der Pfarrer setzte nun zum Schlussakkord seiner Predigt an. »Jünglinge und Jungfrauen, ihr müsst wissen: Die jungfräuliche Würde soll euer größter Stolz sein! Darum hört nicht auf die süßen Worte, die euch verführen wollen zu Tanz und sündigem Beisammensein.«

Zacharias hatte Rosannas jungfräuliche Würde mit Füßen getreten. In der Hölle sollte er dafür schmoren! Simone beschloss, Gott am Ende der Predigt darum zu bitten.

»Und euch Eltern sage ich: Verbietet jeden gefährlichen Umgang, ein jedes nächtliche Zusammensein, sonst leistet ihr der Sünde eurer Söhne und Töchter Vorschub ...«

Mit einem schrägen Seitenblick bemerkte Simone, dass ihre Mutter mit regloser Miene nach vorn schaute, die Augen auf das Kreuz Jesu gerichtet. Es war, als wollte sie mit aller Kraft die Blicke von sich ablenken, die ihr von manch einer Kirchenbank mehr oder minder unverhohlen zugeworfen wurden.

Dass es mit Rosannas Verschwinden etwas Geheimnisvolles auf sich hatte, darüber wurde in den letzten Tagen in Rombach viel spekuliert. Hatte sie gestohlen? Oder einem Gast zu schöne Augen gemacht? Oder einem der Söhne? Es gab auch die geflüsterte Vermutung, dass der Wirt womöglich selbst ein Auge auf sie ... Dass die Schuld in jedem Fall bei Rosanna liegen musste, war klar – schließlich hatte Franziska überall herumerzählt, sie habe das Weib zum Gehen aufgefordert. Nur den Grund dafür hatte sie nicht genannt. Deshalb hofften nun manche Kirchenbesucher, aus ihrer Reaktion auf die Predigt weitere Schlüsse in dieser rätselhaften Angelegenheit ziehen zu können.

Wenn ihr alle wüsstet!, dachte Simone hasserfüllt. Am liebsten wäre sie aufgestanden und hätte mit dem Finger durch den Weihrauchnebel in Richtung der Männerbänke gezeigt, dorthin, wo Zacharias saß. »Da sitzt der Schuldige! Ihn müsst ihr ächten und bestrafen!« Stattdessen kaute sie so lange auf der Haut rund um ihren Daumennagel herum, bis nur noch das rosafarbene Fleisch zu sehen war.

Das Mittagessen fiel an diesem Sonntag recht schlicht aus: Franziska hatte vor dem Kirchgang einen Batzen Schweinefleisch zusammen mit Kartoffeln, Möhren und einigen Zwiebeln auf den Herd gestellt. Noch im Sonntagsgewand begann sie, das Fleisch in Stücke zu schneiden. Dann schaufelte sie jedem von dem Eintopf in einen Suppenteller. Nach einem kurzen Gebet begannen alle stumm zu löffeln.

Simone hatte keinen Hunger. Seit der Predigt war ihr Bauch angefüllt mit der Sorge um Rosanna. Angewidert schaute sie auf das kleine Stück Fleisch, das inmitten einiger Rüben auf ihrem Teller trieb.

In den letzten Monaten hatte Rosanna sonntags gekocht – Sauerkraut und Kartoffelknödel oder Spätzle, dazu Braten mit feiner Soße. Manchmal hatte sie auf Franziskas Geheiß vorneweg eine Suppe zubereitet, und stets gab es einen Apfel- oder Napfkuchen als Nachtisch. Wenn die Familie aus der Kirche gekommen war, hatte das Essen schon dampfend auf dem Tisch gestanden. Trotz der aufwändigen Vorbereitungen fand Rosanna fast immer die Zeit, hinten im Garten ein paar Blumen zu pflücken und zu einem Strauß zu binden, der dann die Mitte des Tisches zierte. Am Erntedanksonntag hatte sie sogar einen Kranz aus Weizen und Hafer gebunden und in die Mitte eine Kerze gestellt. So war Rosanna – sie hatte stets ein Auge für schöne Dinge, von denen die Mutter behauptete, dass sie überflüssig seien.

Obwohl die Zeit meist knapp war, ging es beim Mittagessen oft munter zu: Da wurde bei der Suppe über die Sonntagspredigt gesprochen, mit dem Hauptgericht der Dorftratsch durchgekaut oder über den einen oder anderen Gast gelästert, und zum Nachtisch schmiedeten sie Pläne für die kommende Woche. Manchmal kam gegen Ende des Mahls Kathi mit ihrem Sohn Benjamin auf einen Sprung vorbei. Dann wurde Kaffee gekocht und der inzwischen fast sechs Monate alte Säugling bewundert. Rosanna und Simone hatten sich dabei so manches Mal verstohlene Blicke zugeworfen und die Augen verdreht.

Abrupt ließ Simone jetzt ihren Löffel fallen und schob den Teller von sich.

Heute stand die Blumenvase verwaist auf der Fensterbank, und alle löffelten stumm ihre Suppe. Die Sonntagspredigt wurde mit keinem Wort erwähnt.

»Es würde mich schon interessieren, wohin Rosanna gegangen ist«, sagte Margot Breuer schließlich unvermittelt. In ihrer Stimme schwang unverhohlenes Bedauern mit.

Simone lugte über ihren Teller hinweg zur Großmutter hinüber. Sie war sich nicht sicher, was und wie viel die Alten wussten.

»Wehe, du sagst einen Ton zu den Großeltern!«, hatte die Mutter ihr gedroht und ihr dabei das Ohr so schmerzhaft verdreht, dass Simone noch immer nicht darauf liegen konnte. Sie konnte sich nicht vorstellen, dass Franziska selbst mit der Wahrheit herausgerückt war, denn das hätte ja bedeutet, den allerliebsten Hofengel bloßstellen zu müssen. Also waren die Alten wahrscheinlich ahnungslos. Anton hingegen wusste Bescheid – dass sie ihm gegenüber ebenfalls Stillschweigen bewahren sollte, hatte die Mutter nicht gesagt. Doch kaum hatte Simone ihn aufgeklärt, bereute sie es auch schon. Seine Reaktion war nämlich mehr als dürftig gewesen – ein Schulterzucken, ein leises Murmeln, das ginge ihn alles nichts an. Aber später am Tag hatte er vergessen, Salz an die Mettwurst zu geben, und das Ergebnis war ungenießbar. Und als Zacharias deswegen eine Bemerkung machte, bekamen die beiden einen handfesten Streit. Simone konnte sich nicht daran erinnern, dass Anton dem »gnädigen Hofengel« bisher je einmal widersprochen hätte.

Stirnrunzelnd schaute sie jetzt zu ihrem Bruder hinüber, der mit verschlossener Miene seine Suppe löffelte. Vielleicht war ihm Rosanna doch nicht ganz gleichgültig.

Franziska hielt mit dem Suppenlöffel auf halbem Weg zum Mund inne. »Von mir aus kann sie dorthin gegangen sein, wo der Pfeffer wächst! So ein Lumpentier trifft immer wieder seinesgleichen.« Der Löffel verschwand in ihrem Mund.

»Was hast du auf einmal gegen Rosanna?«, fragte ihr Schwiegervater. »Das ist doch ein fleißiges und fröhliches Mädchen.«

Franziska presste die Lippen zusammen. Es war nicht unüblich, dass sie Fragen oder Bemerkungen ihrer Schwiegereltern einfach ignorierte, wenn sie ihr gerade nicht gelegen kamen.

»Es ist nicht immer alles so, wie's ausschaut!«, murmelte Gustav, ohne dass die anderen besondere Notiz von ihm nahmen.

»Also mir tut's auch Leid, dass sie nicht mehr da ist«, bemerkte Anton und fing dafür von Simone einen erstaunten Blick ein.

»Schluss jetzt! Ich will nichts mehr von diesem Weibsbild hören! Sie ist weg, und zwar auf Nimmerwiedersehen. Und das ist auch gut so, sie hat uns genug Ärger gemacht.« Franziska funkelte die Runde böse an, vor allem Simone fixierte sie einen Moment länger als die anderen.

»Und was würdest du sagen, wenn sie doch nicht auf Nimmerwiedersehen fort ist?« Die Worte purzelten aus Simones Mund, bevor sie etwas dagegen unternehmen konnte.

Überrascht schauten die anderen sie an.

»Was willst du damit sagen?«, fragte Franziska lauernd.

Simone spürte, wie die Pusteln in ihrem Gesicht zu brennen begannen.

»Nicht jeder ist so gemein wie ihr!« Obwohl sie innerlich bebte, schaute sie der Mutter direkt in die Augen. »Andere haben da, wo ihr den Geldbeutel sitzen habt, ein Herz!«

Irgendwer ließ vor Schreck seinen Löffel in die Suppe fallen. Ein Spritzer Brühe landete auf der Hand der Großmutter, die einen erschrockenen Zischlaut von sich gab. Doch bevor sie etwas über die Verdorbenheit der heutigen Jugend sagen konnte, spielte Simone ihren Trumpf aus.

»Rosanna ist bei Großvater Karl! Der Moritzhof ist ihr neues Zuhause!«

»Waaas?«, ertönte es aus sechs Kehlen gleichzeitig.

Natürlich hatte ich damit gerechnet, dass irgendwann einmal Franziska auftauchen würde. In einem Dorf wie Rombach verbreiteten sich Nachrichten schneller als ein Waldbrand. Dass es allerdings so bald geschehen würde, hätte ich nicht gedacht.

Es war Sonntagnachmittag kurz nach drei Uhr, als sie mit einer Miene auf dem Moritzhof ankam, als sei der Leibhaftige in ihr. »Du elendiges Luder!«, zischte sie mir zu, als ich die Tür öffnete. Sie hob die Hand, als wolle sie auf mich losgehen, doch dann besann sie sich eines Besseren und rannte an mir vorbei zu ihrem Vater in die Küche. Von meinem Platz im Flur aus konnte ich jedes Wort hören, das gesagt oder vielmehr geschrien wurde. Es war vor allem Franziska, die laut brüllte. Sie nannte Karl einen alten, verkalkten Mann, der nicht mehr im Vollbesitz seiner Sinne sei. Sie warf ihm vor, das Andenken ihrer Mutter dadurch zu beschmutzen, dass er eine Hure unter seinem Dach dulde. Eine Hure, die ihren Sohn verführt hatte, in der Hoffnung, einmal die Wirtin des »Fuchsen« zu werden. Ich würde ein Kuckucksnest aus dem Moritzhof machen, weil ich meine Brut in ein fremdes, gemachtes Nest setze. Und so weiter und so weiter. Der Hass in ihrer Stimme ließ mir das Blut in den Adern gefrieren.

Doch plötzlich wurde es ruhig in der Küche, und das Schlagen der Wanduhren zur halben Stunde war das einzige Geräusch, das im Haus zu hören war. Einen Augenblick lang befürchtete ich, etwas Schlimmes sei geschehen – Franziska sei ohnmächtig geworden oder Karl habe einen Herzanfall. Doch kaum war der letzte Glockenschlag verklungen, hörte ich ihn vollkommen ruhig sprechen.

»Bist du jetzt fertig? Dann will ich dir etwas sagen. Hör gut zu, denn ich sage es nur einmal: Nicht ich beschmutze das Andenken deiner Mutter, sondern du! Sie würde sich im Grab herumdrehen, wenn sie wüsste, was für ein herzloser Mensch du geworden bist.

Und nun geh! Du bist zwar meine Tochter, aber ich will dich hier nie wieder sehen!«

Franziska schien nicht gleich zu reagieren, denn Karl wiederholte seine letzten Worte noch einmal lauter. Das reichte, um mich aus meiner Erstarrung erwachen zu lassen. Ich versteckte mich hinter der Tür zur guten Stube, denn ich wollte Franziska auf keinen Fall unter die Augen treten.

»Glaube nicht, dass in dieser Sache das letzte Wort gesagt ist!«, schrie sie, dann hörte ich die Haustür schlagen.

Ich wusste nicht, was ich tun sollte. Meinetwegen hatte sich Karl mit seiner Tochter überworfen. Ich fühlte mich elend.

Schließlich ging ich in die Küche. Die Luft dort war geladen wie vor einem Gewitter. Mir wurde schwindlig, und ich riss trotz der Kälte und des Nebels draußen eines der Fenster auf. Karl saß über seine Zeitung gebeugt, als sei nichts gewesen. Sein zerfurchtes Gesicht war jedoch blass, und in seinen Augen spiegelte sich bittere Enttäuschung wider. Ich stammelte etwas vor mich hin, doch Karl schüttelte unwirsch den Kopf. Weil mir nichts Besseres einfiel, nahm ich die Schnapsflasche vom Fensterbrett und schenkte uns beiden ein Glas ein. Während ich nur daran nippte, kippte Karl die Flüssigkeit in einem Zug hinunter und füllte das Glas dann erneut. Ich wartete darauf, dass er auf Franziska zu sprechen kam. Stattdessen schien er bewusst ein anderes Thema zu suchen, denn er wedelte mit seiner Zeitung.

»Manche Schreiberlinge sollte man an einem Baum aufhängen, statt für ihre Worte wertvolles Holz zu opfern! Aber es stehen auch einige interessante Dinge drin. Zu schade, dass du zu dumm bist, um lesen zu können«, knurrte er und bedachte mich mit einem unfreundlichen Blick.

Ich fuhr zusammen, als hätte er mich geschlagen. Er war also doch wütend auf mich!

Plötzlich klatschte er laut in die Hände.

»Verdammt noch mal, Mädchen! Wenn ich eins nicht leiden kann, dann ist es Selbstmitleid. Schau dich doch an: Du sitzt da und lässt alles über dich ergehen. Kein Wunder, dass die dich unten

im Dorf ein dummes Weib schimpfen. Zeige Rückgrat! Setz dich aufrecht hin! Du hast keinen Grund, dich kleiner zu machen, als du bist.« Er brüllte lauter als zuvor gegenüber Franziska. Es hätte nicht viel gefehlt, und er hätte mich geschüttelt.

Da spürte ich, wie etwas in mir zu brodeln begann.

»Sie alter Besserwisser!«, schrie ich ihn an. »Ich war zwar nie in einer Schule, aber dumm bin ich deshalb noch lange nicht! Und beleidigen müssen Sie mich auch nicht. Große Reden gehalten zu bekommen hilft mir auch nichts. Wie wäre es, wenn Sie mir stattdessen das Lesen und Schreiben beibringen? Oder sind Sie vielleicht zu dumm dazu?«

Kaum hatte ich diese Worte ausgesprochen, schlug ich vor Schreck die Hand vor den Mund. Wie konnte ich nur ...

Zu meiner Überraschung begann Karl herzhaft zu lachen. Erst da wurde mir klar, dass er es genau auf solch einen Ausbruch angelegt hatte.

So kam ich ausgerechnet durch Franziskas Besuch zu meiner ersten Unterrichtsstunde. In meinem Kopf hörte ich noch ihre erboste Stimme – und Karl verlangte von mir, dass ich Buchstaben aneinander reihte! Dafür suchte Karl einen Artikel über den Ausbau der Schwarzwaldbahn aus. Es war die reinste Quälerei. Viele Worte hatte ich noch nie gehört, geschweige denn auf Papier gesehen. Ich konnte mir keinen Reim darauf machen und kam mir tatsächlich dumm vor! Nach nur einem Absatz beschloss Karl, dass der Text nichts tauge, und zeigte stattdessen auf eine Anzeige, auf der ein Brauereiwagen mit zwei Pferden abgebildet war. Ausgerechnet die Brauerei Jugel hatte sie aufgegeben. Ich war mir sicher, dass Karl sie mit Absicht ausgesucht hatte. Und wenn schon, sagte ich mir und kämpfte gegen das Bild von Elsbeth Jugel in Zacharias' Armen an.

Nach langer Zeit und vielen vergeblichen Versuchen, die Buchstaben richtig ausgesprochen aneinander zu fügen, wollte ich aufgeben. Doch Karl ließ es nicht zu und forderte mich immer wieder geduldig auf, von vorn zu beginnen. Unzählige Male erklärte er mir, welcher Buchstabe wie lautete. Schließlich wurden wir für unsere Mühe belohnt. Stotternd las ich: »Bra... Brauerei Jugel in Schwend empfiehlt ihr rein gebrautes, bekömmliches Bier!«

Ich schaute grimmig auf und sagte: »Wenn man von dem Bier so schiefe Zähne bekommt wie Elsbeth Jugel, kann es nicht sehr bekömmlich sein!«

»Das steht aber nicht in der Anzeige«, erwiderte Karl trocken. Daraufhin mussten wir beide lachen. »Na also, es geht doch!«, lobte er mich. Ich weiß nicht, ob er damit meine kümmerlichen Leseversuche oder meine giftige Bemerkung meinte.

Später am Nachmittag bestand er darauf, dass ich eine ganze Spalte aus der Zeitung abschrieb. Zur Übung. Am Abend war ich so erschöpft, als hätte ich den ganzen Tag schwere Arbeit geleistet. Gleichzeitig fühlte ich mich so wach und munter wie seit langem nicht mehr. Und ich hatte keinen Moment lang an Zacharias, Franziska und das ganze Elend gedacht.

Inzwischen kann ich wohl behaupten, dass ich der deutschen Sprache mächtig bin. Zumindest reicht es zum Lesen und Tagebuchschreiben. Aber ohne Karls grenzenlose Geduld und seine Strenge in den ersten Wochen wäre ich heute noch nicht dazu in der Lage …

Weihnachten verging und danach auch das Neujahrsfest. Obwohl die Tage auf dem Moritzhof nach einem ganz anderen Rhythmus verliefen als die im Gasthof »Fuchsen«, fiel Rosanna die Umstellung leichter, als sie angenommen hatte. Morgens war sie stets eine Stunde früher auf den Beinen als der Hausherr, um das Feuer in der Küche zu schüren und die Morgenmahlzeit zu bereiten, die sie gemeinsam einnahmen. Danach ging jeder seiner Wege. Karl Moritz steckte das Geld, das er durchs winterliche Schwarzbrennen verdiente, in technische Neuerungen und gestaltete dadurch das Leben auf dem Hof immer angenehmer. Derzeit baute er einen riesigen Warmwasserspeicher ein, der unter viel Brodeln und Poltern für warmes Wasser im oberen

Badezimmer sorgen sollte, wo es sogar eine Badewanne gab. Davor hatte er weitere Stromleitungen von der Turbine in alle möglichen Zimmer gelegt, sodass nun jeder Raum mit elektrischem Licht versorgt wurde. Für Rosanna grenzte das Ganze an eine Art Wunder, das sie allerdings sehr genoss: Statt mühsam mit Streichhölzern die Petroleumleuchten anzuzünden, konnte sie mit einem Griff zum Schalter Licht machen. Die Helligkeit brachte jedoch auch gewisse Nachteile mit sich: In den erleuchteten Räumen war die »Faulenzerwolle« in jeder Ecke sichtbar und Rosanna folglich ständig mit Staubwischen beschäftigt.

Auf ihre Bitte hin hatte Karl Moritz außerdem das alte Backhaus des Hofes wieder instand gesetzt. Seiner Ansicht nach lohnte es sich zwar nicht, für zwei Personen den Ofen anzuwerfen und Brot zu backen, doch Rosanna wollte lieber die Arbeit auf sich nehmen, als ins Dorf zu gehen und gemeinsam mit den anderen Hausfrauen, die über keinen eigenen Brotbackofen verfügten, im Rombacher Backhaus zu backen. Sie wusste, dass es feige war, den Dorfbewohnern aus dem Weg zu gehen, aber die Vorstellung, dass alle auf ihren dicker werdenden Bauch starrten, schreckte sie ab. Es blieb die Frage, wie sie an Mehl kommen konnte. Sollte sie zu Katharina in die Mühle gehen? Auch davor grauste ihr. Karl Moritz versprach daher, sich darum zu kümmern. Tatsächlich standen ein paar Tage später drei Säcke mit verschieden grobem Mehl unter dem Dachvorsprung des Backhauses und außerdem ein Becher mit Sauerteig. Karl verlor kein Wort darüber, wie die Sachen auf den Hof gelangt waren. So konnte Rosanna nur annehmen, dass sie aus der gleichen Quelle stammten, aus der Moritz regelmäßig frischen Schinken, Butter, Heidelbeermarmelade, Zucker, Salz und andere Lebensmittel schöpfte. Ein Tauschhandel? Mit wem und gegen was? Mehr als ein Mal hatte sie aus dem Spicher, der kleineren Scheune hinter dem Haus, ein nächtliches Rumoren vernommen, dazu das Geflüster von Männern, die angestrengt versuchten, leise zu sein, und dadurch erst recht gehört wurden. Andere Schwarzbrenner? Dagegen sprach jedoch der Geruch nach Ziegen oder Schafen, der an manchem Morgen in der Luft hing. Also eher Viehdiebe?

Im »Fuchsen« war es immer mal wieder vorgekommen, dass ein Rombacher seine Wut über das Verschwinden einer halben oder ganzen Herde Vieh von den Hochweiden im Alkohol ertränkt hatte. Nie waren die Viecher wieder aufgetaucht, und auch der Dieb wurde nie geschnappt. So mancher Herder, wie die bezahlten Hirtenbuben im Dorf genannt wurden, verlor wegen eines solchen Vorfalles sein Ansehen und musste fortan auf sein Einkommen verzichten. Gewährte Moritz womöglich Viehdieben Quartier? Angesichts der Nähe zur Schweiz war das durchaus denkbar. Oder trafen sich hier oben Schmuggler? Die Spuren von Wagenrädern, die morgens hin und wieder den Boden zerfurchten, deuteten ebenfalls darauf hin. Irgendetwas ging dort oben vor, und Moritz setzte alles daran, dass Rosanna nichts davon mitbekam – natürlich vergeblich, denn sie hatte nicht nur Augen, sondern auch Ohren, und das leise Stimmengemurmel in manchen Nächten entging ihr keineswegs.

Viehdiebe, Schmuggler – obwohl ihr bei keiner dieser Vorstellungen wohl war, fragte sie nicht weiter nach. Wenn Moritz ihr nichts von seinen nächtlichen Besuchern erzählen wollte, war das seine Sache.

Stattdessen genoss sie ihre neue Freiheit, die das Leben auf dem Berg mit sich brachte. Nachdem Karl ihr angeboten hatte, eines der Zimmer als zukünftiges Kinderzimmer einzurichten, verbrachte Rosanna die ersten Wochen damit, neue Vorhänge, Bettwäsche und Kinderkleidung zu nähen. Die Nähmaschine konnte sie inzwischen bedienen. Auch für ihre eigene Kammer, die neben dem zukünftigen Kinderzimmer lag und durch eine Tür mit diesem verbunden war, nähte sie Vorhänge und außerdem eine Decke, die sie nachts über das Federbett warf. Da sie sich mitten in den Raunächten, also in den Tagen zwischen Weihnachten und den Heiligen Drei Königen, befanden, in denen es sowieso Brauch war, Ordnung im Haus zu schaffen, widmete sich Rosanna auch gleich den anderen Schlafzimmern im ersten Stock. Sie lüftete, fegte und wischte Staub, rieb Schränke mit duftendem Bienenwachs ein und wienerte den Boden mit einer übel riechenden Politur, die dafür jedoch den stumpfen Brettern zu neuem Glanz verhalf.

Ihre Schwangerschaft behinderte sie dabei überhaupt nicht. Da sie gar keine Zeit haben wollte, über Zacharias nachzudenken, suchte sie nach immer neuen Aufgaben.

Karl ließ sie gewähren, nur wenn ihr vor Anstrengung der Schweiß auf der Stirn stand, schalt er sie. »Das Leben besteht nicht aus Arbeit allein«, sagte er dann.

Aus diesem Grund bestand er auch darauf, dass sich Rosanna täglich nach dem Mittagessen im Lesen und Schreiben übte. Nicht, dass er sie dazu hätte zwingen müssen. Sie selbst konnte es kaum erwarten, aus dem großen Schrank in der guten Stube ein Buch für die tägliche Übungsstunde auszuwählen.

Karl Moritz' Bibliothek war gut ausgestattet: Gedichtbände drängten sich neben Büchern, zwischen deren Deckeln sich Beschreibungen und bunte Abbildungen aller heimischen Pflanzen befanden. Berichte von weit gereisten Zeitgenossen standen Seite an Seite mit Kinderbüchern. Dass es so viele Bücher gab! Rosanna war fassungslos. Was als Übel begonnen hatte, wurde bald zur Leidenschaft: Sie wollte lesen, lesen, lesen. Sie solle auch beginnen, täglich Tagebuch zu schreiben, forderte Karl sie auf und schenkte ihr dafür ein in dicke schwarze Pappe gebundenes Notizbuch. Das sei nicht nur eine hilfreiche Übung, sondern auch dabei dienlich, die eigenen Gedanken zu ordnen. Doch Rosanna wusste nicht, ob sie ihre Gedanken überhaupt ordnen wollte, Gedanken, die wie flüchtige Diebe noch viel zu oft hinunter ins Dorf, in den »Fuchsen«, zu Zacharias liefen. Deshalb blieben die Seiten jungfräulich weiß. Für ihre Schreibübungen reichten ihr lose Blätter, auf deren Vorderseiten Karl Zeichnungen und Entwürfe für seine Gerätschaften gekritzelt hatte.

Beim Abendessen kamen sie oft noch einmal auf das Buch zu sprechen, dessen Seiten Rosanna am Nachmittag studiert hatte.

Karl Moritz war ein intelligenter Mann, der sich zu jedem Thema eine eigene Meinung bildete, auf der er dann allerdings ziemlich stur beharrte. Während Rosanna vor dem geschriebenen Wort eine kindliche Ehrfurcht besaß, hielt er vieles von dem, was geschrieben stand, für schlichten Humbug.

Rosanna las ihm einmal aus einem Buch mit dem Titel »Das brave Kind« das Kapitel »Wie man Kinder vor den Gefahren des Lebens schützt« laut vor:

»... Die gute Mutter sollte recht erfinderisch sein, wenn es darum geht, dem Kinde Angst einzujagen. So erzähle sie die Geschichte des Nachtkrabbs oder der blinden Näherin, die Kinder sticht, wenn diese nicht bei Dunkelheit zu Hause sind ...«

»Kindern unnötig Angst einzujagen – was für ein Blödsinn!«, knurrte Karl daraufhin verächtlich.

Rosanna, die selbst auch mit solchen Geschichten aufgewachsen war, wollte wissen, was daran falsch sei.

»Alles«, erwiderte der alte Mann. »Es macht doch viel mehr Sinn, Kinder über die tatsächlichen Gefahren der Dunkelheit aufzuklären. Nämlich, dass sie einen falschen Schritt tun und einen Berg hinabstürzen oder in eine Wildererfalle treten könnten. Oder dass sie im Wald einer aufgebrachten, säugenden Bache begegnen können. Oder sich im Nebel verlaufen. *Das muss* ein Kind wissen, dann passt es von selbst auf sich auf!«

Ein anderes Mal schrieb Rosanna gerade eine Passage aus einem Buch über die Geografie des Schwarzwaldes ab, als Moritz sie unvermittelt fragte: »Spürst du es auch? Wie frei der Geist hier oben auf dem Berg ist? Hier, wo der Mensch nicht so eingezwängt ist wie unten im Dorf, fällt einem das Denken leichter. Zumindest sollte man das annehmen«, fügte er im gleichen Atemzug hinzu und runzelte kritisch die Stirn, als er sah, dass sich Rosanna wieder einmal verschrieben hatte.

Vor lauter Konzentration auf das Lesen oder Schreiben hörte sie ihm oft nur halbherzig zu. Doch manchmal, wenn sie abends allein im Bett lag, fielen ihr Karls Bemerkungen wieder ein. Dann fragte sie sich, was wohl Simone oder Zacharias oder andere Leute zu seinen Ansichten sagen würden, obwohl sie die Antwort darauf im Grunde längst kannte: Die Leute unten im Dorf hielten Moritz für einen alten Spinner, über dessen Geschwätz sich das Nachdenken nicht lohnte.

Nach dem Abendessen ging Karl Moritz oft noch in die Scheune oder den Spicher. Rosanna dagegen befahl er ohne ein Wort der Erklärung, das Haus nach Anbruch der Dunkelheit nicht mehr zu verlassen. Ein wenig ärgerte es sie schon, dass er glaubte, sie würde nichts von den nächtlichen Besuchen mitbekommen. So bat sie ihn eines Abends, seinen Gästen unbekannterweise Grüße auszurichten, woraufhin er sie schräg anschaute, aber nichts erwiderte.

Einen Tag nach den Heiligen Drei Königen klopfte es gegen Mittag an der Tür. Zuerst so leise, dass Rosanna, die gerade dabei war zu kochen, glaubte, sich verhört zu haben. Doch dann sah sie einen bekannten Schatten am Fenster vorbeihuschen. Sofort ließ sie das Messer, mit dem sie rote Rüben schälte, fallen und rannte hinaus.

»Simone! Was machst denn du hier?« Atemlos umarmte sie das junge Mädchen.

»Mutter sagt, ich soll mal nach den liederlichen Verhältnissen hier oben gucken!« Simone lächelte verlegen und drückte Rosanna fest an sich. Dann linste sie ins Haus. »Wo ist er denn?«

»Dein Großvater?« Nur mit Mühe gelang es Rosanna, sich aus der erdrückenden Umarmung zu befreien. »In der Scheune. Ich kann's zwar selbst noch nicht glauben, aber es ist mir gelungen, ihn dazu zu bringen, dass er seine Grenzsteine zukünftig nicht mehr am Küchentisch meißelt.« Sie kicherte. »Ach, ich freue mich so, dass du da bist! Los, komm ins Haus!« Ihr wurde plötzlich bewusst, dass sie Simone vermisst hatte.

In der Küche angekommen, setzte Rosanna Wasser für Kaffee auf und stellte Brot, Butter und Honig auf den Tisch.

»Man sieht ja noch gar nichts«, sagte Simone und deutete mit einer Kopfbewegung auf Rosannas Bauch. Sie hatte ihre Jacke noch immer nicht abgelegt, als wolle sie flüchten, sobald ihr Großvater die Küche betrat.

»Du müsstest mich mal ohne Rock sehen, dann würdest du das nicht mehr behaupten. Da, fühl mal, wie dick ich schon bin!«

Rosanna griff nach den knochigen Händen der Freundin und legte sie auf ihren Bauch. Sie rügte sich für das aufsteigende Gefühl von Ekel, das sie überkam, als sie Simones Fingernägel sah – alle bis aufs Fleisch abgebissen. Daumen und Zeigefinger der rechten Hand waren blutig und entzündet. Mit wehem Herzen strich sie Simone ein paar krause Haare aus der Stirn.

Statt sich über Rosannas gewölbten Leib zu äußern, schluchzte Simone auf. »Du fehlst mir so! Ohne dich ist es so schrecklich, dass ich gar nicht mehr leben will! Die anderen sind gemein, und ich ... ich habe niemanden, der ...«

Simone wurde von einem solchen Weinkrampf geschüttelt, dass sie nicht weitersprechen konnte. Ihre Finger gruben sich fest in das Fleisch von Rosannas Unterarmen. Aus verquollenen Augen starrte sie Rosanna an.

»Am liebsten würde ich auch verschwinden, auf Nimmerwiedersehen! Ach, Rosanna, können wir nicht zusammen weggehen? In die Schweiz?«

Eine Wut, die stärker war als jedes Mitgefühl, erfüllte Rosannas Herz. Sie konnte sich nur allzu gut vorstellen, wie Franziska ihren Ärger an Simone ausließ! Und die anderen waren vermutlich nicht besser. Simone, das hässliche Kind mit dem krummen Rücken, den roten Pusteln im Gesicht und dem schiefen Mund, gab schließlich ein geeignetes Opfer ab.

»Du weißt doch, dass das nicht geht«, murmelte sie und zeigte auf ihren Bauch.

»Und der, der dir den Braten ins Rohr getan hat, steht gemütlich hinterm Tresen und spielt den Wirt. Ich hasse ihn. Ich hasse sie alle!«, spie Simone unvermittelt aus, dann heulte sie erneut los.

Stumm wiegte Rosanna das Mädchen im Arm, während ihr

bewusst wurde, dass die Ungerechtigkeiten der Breuers ihr nichts mehr anhaben konnten. Eine Welle der Dankbarkeit gegenüber Karl Moritz überflutete sie, weil sie nicht mehr mit den Menschen im Dorf umgehen musste. Doch natürlich konnte sie das der Freundin nicht sagen.

Während Simone mühsam ihre Fassung wiedererlangte, schmierte Rosanna ihr ein Honigbrot.

»Nun iss, du bist so mager wie ein Spatz nach dem Winter!« Sie stand auf, um den Kaffee aufzubrühen. Als sie kurz darauf jeder Tasse einen kleinen Schuss Milch hinzufügte, dachte sie wieder einmal mit Bedauern an die gute Elsa mit ihren braunen Augen und der fetten Milch. Karls einzige Kuh war uralt und gab nur noch sehr wenig Milch. Bisher war Rosanna bei Karl mit ihrem Wunsch nach einer zweiten Milchkuh oder wenigstens ein, zwei Ziegen auf taube Ohren gestoßen. Bis auf seine Bienen und die alte Kuh hatte er alle anderen Tiere nach dem Tod seiner Frau abgegeben, und das sollte auch so bleiben.

Seufzend setzte sich Rosanna ihrem Gast gegenüber an den Tisch. »Und jetzt erzähl! Was tut sich denn bei euch?«

Kauend zuckte Simone mit den Schultern. »Katharina kommt jetzt abends wieder zum Bedienen. Es ist dem Gerhard wohl nicht recht, aber Mutter sagt, es müsse sein. Ich muss jetzt dienstags das Brot backen. Letzte Woche ist mir eine Ladung verbrannt, weil Zacharias die neuen Därme für die Blutwürste nicht finden konnte und ich sie für ihn im Lager suchen sollte. Da hat Mutter vielleicht getobt! Ich wäre zu dumm für die einfachsten Sachen, hat sie gesagt. Und dass ich ...«

Rosanna hörte nicht mehr zu. Bei Zacharias' Namen hatte ihr Herz geflattert wie ein aufgeschrecktes Vögelchen. Nun hielt sie sich eine Hand an die Brust, während vor ihrem inneren Auge sein Gesicht auftauchte.

Wie geht es ihm?

Spricht er manchmal von mir?

Glaubst du, er bereut seine Entscheidung?

Vermisst er mich?

Ach Zacharias, warum hat alles so kommen müssen ...

»Der Bursche hat kein Rückgrat, das ist es!«, dröhnte plötzlich Karls Stimme in ihrem Kopf und verscheuchte das flatternde Vögelchen.

Rosanna räusperte sich. »Und sonst?« Erleichtert, dass sich ihre Stimme anhörte wie immer, sprach sie weiter: »Habt ihr viele Gäste? Oder hält der Schnee die Leute ab? Herrje, Kind, jetzt lass dir die Worte doch nicht wie Würmer aus der Nase ziehen!«

Simones Gesicht verdüsterte sich. »An Weihnachten kam die ganze Familie Jugel zu Besuch. Fettwanst Fritz, seine Frau Regula und die schreckliche Elsbeth. Ich musste das Zimmer für sie herrichten und ihr eine Wärmflasche bringen, damit sie nicht friert. Hat mich schon einmal jemand gefragt, ob ich in meiner Kammer friere?«

»Ich«, hätte Rosanna erwidern können und musste an die vielen Nächte denken, in denen sie aufgestanden war und eine Extradecke über die magere Gestalt in der Kammer nebenan gelegt hatte.

»Du hättest mal sehen müssen, wie die mit mir schöngetan hat! Wollte wissen, worin meine Aufgaben im Haus bestünden. Ob ich schon mit der Schule fertig sei. Und ob ich schon einen Verehrer hätte – stell dir das mal vor! Mir so eine Frage zu stellen – als ob sie keine Augen im Kopf hat! Ich hab sie nur finster angeguckt und nichts geantwortet. Und wenn sie zehnmal die zukünftige Wirtin des ›Fuchsen‹ werden soll – ich kann sie nicht leiden. Am liebsten hätte ich ihr erzählt, was ihr verehrter zukünftiger Bräutigam mit dir getrieben hat. Da wäre ihr das Lachen mit ihren schiefen Zähnen aber vergangen!« Simone lachte höhnisch auf.

»Dann ist das also tatsächlich schon abgemachte Sache ...« Rosanna verkrampfte unwillkürlich die Hände.

»Was?«, fragte Simone zwischen zwei Bissen Brot. »Das mit der Hochzeit? Ach, ich weiß auch nicht.«

Die Flecken in ihrem Gesicht wurden noch röter. Sie schien

nicht zu merken, dass sich Rosanna bei jedem ihrer Worte ein wenig mehr krümmte, als habe sie Bauchschmerzen.

»Zacharias hat sich nicht sonderlich um sie gekümmert, obwohl Mutter die beiden sogar nach dem Essen in die gute Stube geschickt hat, damit sie sich in Ruhe unterhalten konnten.«

Ironie triefte aus ihren letzten Worten.

»Nach zehn Minuten rannte er allerdings schon wieder nach draußen, murmelte, ihn würde ein unheimliches Reißen plagen. Ha, wahrscheinlich ist ihm ihre Gesellschaft auf den Magen geschlagen!« Sie kicherte boshaft.

»So unausstehlich finde ich Elsbeth gar nicht«, hörte sich Rosanna sagen. »Ich meine, ich habe sie ja nur ein Mal gesehen, damals am ersten Mai, und da machte sie einen freundlichen Eindruck.« Warum musste Simone nur ständig Gift und Galle spucken? Jetzt war es schon so weit gekommen, dass *sie* Elsbeth in Schutz nahm! Irritiert schüttelte sie den Kopf. »Lass uns von etwas anderem reden.«

Simone schob sich einen ganzen Löffel Honig in den Mund und riss dann die Augen auf.

»Am zweiten Januar – da hast du was verpasst! Da standen plötzlich mehrere Männer in Socken in der Wirtsstube, alle mit sonderbaren Schuhen unter dem Arm. Obwohl sie von oben bis unten dick vermummt waren, waren sie durchgefroren bis auf die Knochen! Mit ganz blauen Mündern, sodass sie zuerst kaum ein Wort herausbrachten. Kathi hat vor Schreck aufgeschrien – du kennst sie ja. Nach ein paar Kannen heißem Tee mit viel Schnaps drin erzählten sie dann, dass sie auf ihren so genannten Schneeschuhen den ganzen Weg vom Feldberg bis nach Rombach zurückgelegt hätten. Sie blieben nur eine Nacht, was Mutter nicht gerade gefiel, dann reisten sie weiter. Bis nach Säckingen wollten sie und von dort mit der Bahn zurück. Verrückt, nicht wahr?«

Rosanna war plötzlich von einer solchen Sehnsucht nach der lauten Wirtsstube und ihren Gästen erfüllt, dass es sie körperlich schmerzte. Wenn ihr überhaupt etwas fehlte, dann waren es die Reisenden mit ihren Geschichten, ihren persönlichen Eigenheiten und Wehwehchen.

Um sich abzulenken, stand sie auf und ging ans Spülbecken, wo die roten Rüben immer noch darauf warteten, zu einem Eintopf verarbeitet zu werden.

»Und was reden die Leute im Dorf so?«, fragte sie mit einer gezwungen gleichgültigen Stimme.

»Na ... Du weißt ja, viel bekomme ich nicht mit.« Simone rutschte unbehaglich auf ihrem Stuhl nach vorn und schaute zur Tür. Vermutlich hätte es ihr jetzt nicht viel ausgemacht, wenn der Großvater erschienen wäre.

»Aber?« Rosanna gab nicht nach.

»Der Pfarrer hat kurz vor Weihnachten eine seltsame Predigt gehalten ...«

Während Rosanna die Rüben zerhackte, lauschte sie mit unbeweglicher Miene Simones Bericht.

»Danach rannte Mutter von Haus zu Haus und erzählte überall herum, du hättest den Gästen ständig schöne Augen gemacht und dass sie dich deshalb hätte entlassen müssen. Eben weil sie eine solche Unzucht unter ihrem Dach nicht dulden wolle.«

»Also, das ist doch ...« Rosanna fehlten die Worte.

»Hundsgemein!«, beendete Simone den Satz.

»Hinterhältig. Boshaft. Niederträchtig. Und gelogen!«

Und weil es einer jener Momente war, in denen man nur entweder lachen oder weinen konnte, brachen beide in heftiges Gelächter aus.

Rosanna hatte gerade die Suppe fürs Mittagessen aufgesetzt, als Karl Moritz hereinkam. Er und Simone begrüßten sich und wechselten ein paar Worte, doch es war offensichtlich, dass beide auf die Anwesenheit des anderen keinen großen Wert legten. So beschloss Rosanna, Simone das Kinderzimmer zu zeigen. Mit mäßigem Interesse bewunderte das junge Mädchen die Wiege, in der einst Franziska und ihre beiden verstorbenen Brüder gelegen hatten und der Karl Moritz einen frischen Anstrich und Rosanna einen neuen Stoffhimmel verpasst hatten.

Erst als Simone kurze Zeit später gegangen war, fiel Rosanna auf, dass sich die Freundin überhaupt nicht danach erkundigt hatte, wie es ihr ging. Hatte sie nichts erfahren wollen, sodass sie der Mutter mit ruhigem Gewissen sagen konnte, sie wisse nichts? Oder interessierte Rosannas Zustand sie wirklich nicht?

Der Winter war lang und einsam. Aber es war eine erträgliche Einsamkeit. Statt den Erzählungen der Reisenden im Wirtshaus zu lauschen, las ich nun Bücher. Die Märchen von Wilhelm Hauff, die Abenteuerromane von Karl May, Gedichte von einem Mann namens Eduard Mörike – sie sorgten dafür, dass mir die Abende, an denen Karl nicht im Haus war, nicht lang wurden.

Jeden Mittwoch kam Simone auf den Hof, geschickt von ihrer Mutter, die auf diesem Weg erfahren wollte, was sich bei uns tat. Ich weiß nicht, was Franziska erwartete: Dass ich ihren alten Vater verführte wie zuvor ihren Sohn? Dass ich ihn verhexte, ihm seine Sinne raubte, ihn mir untertan machte? Bei dem Gedanken an die langweiligen Geschichten, die Simone daheim zu erzählen hatte, musste ich lächeln: Großvater hat im größten Schneegestöber seine Turbine repariert. Der Sturm letzte Woche hat das halbe Dach vom Bienenhaus weggeweht. Rosanna hat aus Dörrpflaumen ein Kompott gekocht, und Großvater hat so viel davon gegessen, dass er die halbe Nacht auf dem Abort verbrachte. Und so weiter.

Für mich bedeuteten Simones Besuche die einzige Abwechslung. Obwohl sie sich selbst aus Tratsch nichts machte und auch nie viel davon mitbekam, hielt sie, wie sie selbst sagte, mir zuliebe Augen und Ohren offen. Und so erfuhr ich beispielsweise, dass sich ein Uhrmacher in Rombach niedergelassen hatte und noch in diesem Frühjahr ein Geschäft mit Uhren aller Art eröffnen wolle. An wen will er die denn verkaufen?, fragte ich mich. Die Rombacher hatten doch alle Uhren, also blieben nur die Durchreisenden. Ob man von diesem Handel leben konnte? Dass sich der Liederkranz nicht mehr im »Fuchsen« traf – die Gründe dafür wusste Simone nicht –, sondern in den Räumlichkeiten der Dorfschule, erzählte sie mir ebenfalls. Sie bestellte mir außerdem Grüße von Margret, die sich immer wieder nach meinem Wohlbefinden erkundigte. Auch einige der Gäste würden regelmäßig nach mir fragen, aber weder von Katharina noch von Franziska eine Antwort darauf bekommen.

Einmal brachte Simone mir einen Tiegel Creme von Gottlieb König mit – »Gegen raue Hände im Winter«. Als ich die krakelige Schrift auf dem Tiegel sah, verzog ich wehmütig das Gesicht. Dass der alte Kerl mich vermisste, glaubte ich sofort. Mehr als einmal hatte ich den »Fuchsen«-Wirt überredet, anstelle einer Bezahlung Kräuter-Arzneien von Gottlieb König anzunehmen. Wahrscheinlich hatte er bei Zacharias nicht mehr solch ein leichtes Spiel und musste für sein Bier bezahlen wie jeder andere auch.

Von Simone wusste ich, dass Zacharias längst der »Fuchsen-Wirt« war, zumindest inoffiziell. Gustav Breuer hatte noch immer seine verwirrten Anfälle, daran änderte auch der Besuch bei einem Freiburger Arzt für Geisteskrankheiten nichts.

Etwas stieß mir in jenen Tagen sauer auf: die Art, wie Simone ihrem Großvater gegenüber auftrat und wie sie über ihn sprach. Wenn er nach mir rief, sagte sie: »Was will er denn jetzt schon wieder, der alte Kauz?« Und wenn das Wetter schlecht war oder seine Rückenschmerzen ihn von der Arbeit draußen abhielten und er sich ausnahmsweise einmal zu uns setzte, dann warf sie ihm böse Blicke zu. Als ob er schuld daran sei, dass ich nicht mehr unten im Dorf wohnte! Da konnte ich noch so oft sagen, wie gern ich bei Karl lebte. Ich glaube, das war für Simone das Schlimmste: dass es mir offensichtlich gut ging. Sie war eifersüchtig auf mein friedliches Leben bei ihrem Großvater.

An manchen Tagen konnte ich den Blick aus dem Fenster kaum ertragen: Weiß in allen Schattierungen, wohin man schaute. Graues Weiß, wo der Rauch aus unserem Kamin den Schnee verschmutzt hatte, das schrille Weiß des Neuschnees, schattiges Weiß in den Wipfeln des Waldes, wo das dunkle Grün der Tannen durchdrang. Auch am Himmel war nur selten einmal erfrischendes Blau zu sehen, dafür umso mehr Grautöne. Ich war so ausgehungert nach Farben, dass ich eines Tages alle möglichen Stoffe aus dem Schrank holte und Stühle, Sofas und Tische damit herausputzte. Karl fragte am Abend, ob wir unter die Zigeuner gegangen seien, und meinte, dass ihm von den vielen Mustern ganz schwindlig wer-

de. Das sei kein Schwindel, antwortete ich ihm, sondern die belebende Wirkung schöner Farben. Seinen schrägen Blick übersah ich geflissentlich.

Mein Bauch wuchs. Das Kind darin nahm Gestalt an und war äußerst lebhaft. Langsam wurde mir klar, dass ich bald nicht mehr allein sein würde. Ich begann mich darauf zu freuen ...

»Wissen Sie, was heute für ein Tag ist?«, fragte Rosanna eines Morgens beim Frühstück.

Karl Moritz schüttelte den Kopf.

»Der zweite Februar – Lichtmess!«

»Ach, daher weht der Wind. ›An Lichtmess die Magd die Spindel vergess, der Knecht ein Stück Brot mehr ess!‹ Heute ist der Tag, an dem die unzufriedenen Dienstboten ihr Bündel packen. Willst du mir damit sagen, dass ich deinen Lohn erhöhen soll?« Karls Augenbrauen hüpften wie zwei kleine struppige Tiere in die Höhe.

»Ach was!« Rosanna spürte, wie ihr die Röte ins Gesicht schoss. »Wie können Sie so etwas annehmen? Mir ist sowieso nicht recht, dass Sie mir jeden Monat so viel Geld geben und dazu noch freie Kost und Logis. Ich brauche das Geld doch gar nicht!«

»Eines Tages brauchst du es vielleicht. Außerdem soll man Geld – wenn es einem angeboten wird – nie ablehnen! Aber was wolltest du denn sagen?«

Triumphierend hob Rosanna einen Korb in die Höhe, den sie neben der Eckbank abgestellt hatte. Einige unterschiedlich dicke Kerzen, die sie beim Saubermachen in einem der vielen Schränke gefunden hatte, lugten hervor.

»Heute werden in der Kirche doch die Kerzen fürs ganze Jahr geweiht. Ich habe beschlossen hinzugehen, weil ich eine Taufkerze weihen lassen möchte. Dann bin ich gerüstet, wenn's so weit ist!«

Auf ihrem Gesicht breitete sich ein warmes Lächeln aus, das

allerdings im nächsten Moment schon wieder erlosch. Rosanna seufzte.

»Ich kann mich nicht ewig hier oben verstecken! Ich hoffe, es ist Ihnen recht, wenn ich ein paar Kerzen mitnehme? Ich lasse auch eine für den Bienenstock weihen und eine Wetterkerze ...« Als sie die steile Falte sah, die sich auf Moritz' Stirn gebildet hatte, ließ sie die weißen Kerzen sinken. »Wenn's wegen dem Mittagessen ist ... Ich bin spätestens in drei Stunden wieder zurück, dann mache ich schnell die Suppe von gestern warm.«

Moritz winkte ab. »Wetterkerzen sind schwarz, falls du das nicht weißt«, brummte er. Er schien von ihrer Idee nicht sonderlich begeistert zu sein, sagte jedoch nichts mehr dazu, sondern widmete sich dem Stopfen seiner Pfeife.

Rosanna lächelte. »Schwarz oder weiß – das wird dem Herrn Pfarrer bestimmt nichts ausmachen.«

Im vergangenen Jahr hatten sich nur die Frauen zu Lichtmess in der Kirche eingefunden. Dieses Jahr waren auch die Männer zum Gottesdienst gekommen. Die Kirche war bis auf den letzten Platz gefüllt, und als der Pfarrer seine Gemeinde zum Beten aufrief, war das Knacken vieler junger und alter Kniegelenke nicht zu überhören. Auch konnte der Pfarrer kaum einen Satz sprechen, ohne dass irgendwo ein harter Husten, ein Niesen oder Schnäuzen die von Weihrauch geschwängerte Luft erfüllte.

Rosanna war als eine der Letzten eingetreten und hatte in der hintersten Reihe Platz genommen. Dennoch blieb ihr Erscheinen nicht unbemerkt. Immer wieder drehte jemand den Kopf zu ihr um. Manche nickten ihr ausdruckslos zu, andere stießen ihren Nachbarn an, der sich daraufhin ebenfalls den Hals nach ihr verrenkte. Hier und da gab es Gezischel und unfreundliche Blicke. Manche Kirchenbesucher starrten ganz unverhohlen auf ihren Bauch, den selbst der dicke Wintermantel nicht mehr zu verbergen vermochte. Rosanna fühlte sich zunehmend unwohl. Bei dem Gedanken, nach dem Gottesdienst allein an den Altar treten zu müssen, hätte sie am liebsten Reißaus genommen.

Aber sie war nicht um ihrer selbst willen hier, sondern für ihr Kind. Und so saß sie mit hocherhobenem Kopf da und schaute nach vorn.

»Lasset uns beten! Gott, du Quell und Ursprung allen Lichtes, du hast am heutigen Tag dem greisen Simeon Christus offenbart als Licht zur Erleuchtung der Heiden.

Segne die Kerzen, die wir in unseren Händen tragen und zu deinem Lob entzünden. Führe uns auf den Weg des Glaubens und der Liebe zu jenem Licht, das nie erlöschen wird. Darum bitten wir durch Christus, unseren Herrn.«

Die krächzende Stimme des Pfarrers verstummte. Mit einem gnädigen Nicken wies er seine Schäflein an, nach vorn zu treten. Binnen einer Minute leerten sich die Kirchenbänke auf der linken Seite, wo die Frauen saßen, und es bildete sich eine lange Schlange im Mittelgang. Schrittweise bewegten sich die Frauen nach vorn. Rosanna hatte sich ganz am Schluss eingereiht. Auf halbem Weg zum Altar kam ihr Franziska entgegen. Sie erstarrte bei Rosannas Anblick, ging dann aber ohne einen Gruß an ihr vorbei. Simone, die hinter ihrer Mutter hergetrottet war, stieß einen leisen Freudenschrei aus, der von den Umstehenden mit missbilligendem Zischen und Kopfschütteln kommentiert wurde.

»Wir sehen uns nachher draußen«, flüsterte Simone ihr zu, dann wurde sie von ihrer Mutter am Arm weitergezerrt.

Rosanna nickte, obwohl sie wusste, dass Franziska Simone so schnell wie möglich nach Hause schleppen würde.

Schritt für Schritt bewegten sich die Frauen nach vorn, wo der Pfarrer in immer gleichem Tonfall die Segnungen sprach. Sollte sie zuerst die Taufkerze oder erst die anderen Kerzen weihen lassen? Bei den Frauen vor ihr konnte sie keine Gesetzmäßigkeit erkennen. Da wurde dem Pfarrer eine Totenkerze nach einer Opferkerze oder ein Bündel Pfenniglichter nach einer Gewitterkerze entgegengestreckt.

Rosanna nickte Margret zu, die mit ihren Kindern vom Altar zurückkam. Beide Kinder hielten stolz eine Kerze in der Hand und sahen wohlgenährt und gut gekleidet aus. Margret zwinkerte Rosanna freundlich zu.

Dann war sie nur noch wenige Schritte vom Altar entfernt.

Plötzlich begannen einige der Frauen an ihren Körben zu nesteln, mussten einen Stiefel schnüren oder Mäntel auf- oder zuknöpfen. Neugierige Spannung auf das, was kommen sollte, war ringsum zu spüren.

Und dann war Rosanna an der Reihe.

Mit einem Lächeln und leicht bebender Hand hielt sie dem Pfarrer die größte ihrer Kerzen entgegen. Mühevoll hatte sie an den vergangenen Abenden die Rundung mit einem stilisierten Taufbecken aus feinen Wachsstreifen verziert und dieses noch mit wächsernen Blüten umrankt.

Der Pfarrer machte einen Schritt zur Seite und flüsterte seinem Messdiener etwas zu, woraufhin dieser heftig den Weihrauch zu schwenken begann.

Rosanna hielt noch immer die Kerze hoch.

Der Pfarrer hüstelte und holte aus seiner Soutane ein verschmutztes Taschentuch, in das er sich ausgiebig schnäuzte.

Rosanna hielt die Kerze hoch.

Der Pfarrer wandte sich um und flüsterte seinem anderen Messdiener etwas ins Ohr, woraufhin dieser etwas entgegnete. Der Pfarrer begann erneut zu flüstern.

Die Kerze wurde immer schwerer.

Als Rosannas Arm schließlich zu zittern begann, ließ sie die Kerze sinken und verstaute sie mit großer Sorgfalt im Korb.

Hinter ihren Augen brannte es.

Die umstehenden Frauen stießen laut die Luft aus, die sie unwillkürlich angehalten hatten. Hier und da war ein unterdrücktes Kichern zu hören.

In Rosannas Hals bildete sich ein Knäuel, das ihr die Kehle verschloss. Sie glaubte daran zu ersticken.

Am liebsten hätte sie sich in irgendeinem Loch verkrochen.

Stattdessen schlich sie mit gesenktem Blick davon. Von rechts bekam sie einen Stoß in die Seite, sodass sie stolperte und beinahe ihren Korb verlor. Niemand entschuldigte sich wegen der Rempelei.

Sie war schon in der Mitte des Kirchganges angelangt, als sie abrupt stehen blieb.

Sollte ihr Kind später einmal zu hören bekommen, dass sie vor lauter Scham aus der Kirche gerannt war?

Diese Genugtuung wollte sie niemandem gönnen, heute nicht und in Zukunft auch nicht.

Sie zwang sich, tief Luft zu holen, und das Knäuel in ihrer Kehle schrumpfte langsam.

Rosanna machte auf dem Absatz kehrt, zwängte sich zwischen den Frauen hindurch, die ihr empörte Blicke zuwarfen, und trat so nahe an den Pfarrer heran, dass er nicht anders konnte, als sie anzuschauen. So laut, dass es auch in den hintersten Reihen zu hören war, sagte sie: »Mein Kind wird zur Welt kommen! Und wenn es auch Ihren Segen nicht hat, den unseres Herrgotts hat es gewiss, denn vor *seinen* Augen sind alle Kinder gleich, ob Ihnen das passt oder nicht!«

Ohne sich um die offen stehenden Münder zu kümmern oder um die Kreuze, die geschlagen wurden, schritt Rosanna mit hoch erhobenem Haupt in Richtung Ausgang.

Erst hinter der letzten Biegung von Rombach ließ sie ihren Tränen freien Lauf.

Nach dem Vorfall in der Kirche wuchs nicht nur mein Bauch, sondern auch mein Stolz. Wenn die Rombacher beschlossen hatten, mich zu ächten, dann sollte es eben so sein. Ich brauchte sie nicht! Und ihren verlogenen Pfarrer erst recht nicht.

Simone, die nach dem Geschehen in der Kirche hinter mir hergerannt war, sah das natürlich anders: Ich solle zur Beichte gehen und um die Vergebung meiner Sünden bitten. Wenn ich nur genügend Rosenkränze betete, würde mir auch vergeben werden. »Welche Sünden?«, fragte ich sie. Als sie merkte, dass mit mir in dieser Sache nicht zu reden war, beschloss sie, an meiner Statt für mich zu beten. »Von mir aus«, antwortete ich. »Wenn's dich selig macht!« In jener Zeit wurde mir Simones Geplapper oft zu viel. Deshalb war ich ruppig zu ihr, und dennoch kam sie jeden Mittwoch brav wie ein Hündchen auf den Moritzhof getrottet. Je abweisender ich war, desto mehr bemühte sie sich um mich, zumindest kam es mir so vor. »Sie hat eben niemanden außer dir«, sagte Karl. Dass sogar er sie in Schutz nahm, obwohl er sie nicht sonderlich mochte, ärgerte mich. Auch wenn Simone meine Freundin war, so war sie doch ein Teil des Dorflebens. Und ich war es nicht mehr. Ich hatte mein Zuhause hier oben gefunden, das wurde mir in dieser Zeit immer stärker bewusst. Der Moritzhof war nicht mehr nur ein Zufluchtsort.

Etwas war im Umbruch ...

Sosehr sich der Winter auch an den steilen Berghängen und in den tiefen Wäldern festkrallte – gegen die ersten Sonnenstrahlen im April konnte er nichts ausrichten. Der Wandelmonat machte auch im Jahr 1899 seinem Namen alle Ehre: Wind brachte aus südlicher Richtung die erste Wärme, und binnen weniger Tage schmolz der Schnee an vielen Stellen. Darunter lugte noch müdes Frühlingsgrün hervor. Die Ebene vor dem

Moritzhof sah aus, als hätte jemand ein löchriges graues Tuch über sie gebreitet.

Rosanna fiel die tägliche Arbeit zunehmend schwerer, immer öfter hörte sie auf Karl Moritz, der sie dazu anhielt, sich auszuruhen. Sie hatte sogar seine Gewohnheit übernommen, nach dem Mittagessen ein kleines Schläfchen zu halten. Während sie ihren Kopf in das weiche Federkissen drückte, kam sie sich dick und faul vor, doch kurz darauf war sie schon eingeschlafen. Wenn sie wieder erwachte, spiegelte sich die Sonne in den eilig schwindenden Eiszapfen am Dachvorsprung, und der Nachmittag hatte schon längst begonnen.

Es war Mitte April, als Moritz wieder einmal zu einem nächtlichen Treffen in der Scheune aufbrach. Rosanna hatte es sich mit einer Strickarbeit auf der Küchenbank gemütlich gemacht. Um das Scharren der Füße und das leise Murmeln, das von draußen zu ihr hereindrang, kümmerte sie sich nicht.

Bald hatten das Klappern der Nadeln und die ewig gleichen Bewegungen ihrer Hände eine so einschläfernde Wirkung, dass sie immer müder wurde. Sie war gerade dabei, die Asche im Ofen zusammenzuscharren, um anschließend ins Bett zu gehen, als die Haustür aufgerissen wurde.

»Rosanna, ich bin's!«, hörte sie Moritz rufen. »Ich bringe jemanden mit.«

Im nächsten Moment stand er auch schon im Rahmen der Küchentür, gefolgt von zwei Männern, die einen leblos wirkenden Körper zwischen sich trugen. Ein weiterer Mann, der ein Bündel im Arm hielt, drängte sich hinter ihnen in die Küche.

Karl Moritz wies auf die Küchenbank. »Legt sie dorthin! Rosanna, geschwind, hol eine Decke! Und stell Wasser auf für Tee!«

Rosanna konnte gerade noch ihr Strickzeug von der Bank nehmen, bevor die beiden Männer ihre Last ablegten. Auf Karls Nicken hin verließen sie danach wortlos den Raum.

Unsicher machte Rosanna einen Schritt auf die Bank zu.

Eine Frau!

Rosannas Nase kräuselte sich unwillkürlich wegen des Gestanks, der von dem leblosen Frauenkörper ausging. Während ihrer Schwangerschaft war Rosannas Geruchssinn immer ausgeprägter geworden, doch in diesem Fall bedurfte es keiner besonders guten Nase, um zu riechen, dass die Frau von ihren eigenen Exkrementen beschmutzt war.

Allem Anschein nach war sie sehr krank. Ihr Körper krümmte sich unter der dicken Kleidung zusammen, kaum dass sie lag. Ihre Augen glänzten fiebrig, ihr Blick war ziellos und schien nichts wahrzunehmen, ihre Stirn war schweißnass, ebenso wie die Haarfransen, die ihr ins Gesicht hingen.

»Was hat sie denn?« Vorsichtig legte Rosanna die Decke über die Frau. Hoffentlich ist es nichts Ansteckendes, schoss es ihr durch den Kopf, während sie ihre Hand schützend auf ihren Bauch presste. Aus dem Augenwinkel heraus sah sie, dass der Mann, der bei ihnen geblieben war, das Bündel auf dem Sessel neben dem Ofen ablegte. Ein leises Wimmern ließ Rosanna zusammenfahren.

Ein Säugling!

Eine Frau und ihr Kind mitten in der Nacht auf dem Hof – was hatte das zu bedeuten?

Die Blicke des Mannes flogen zwischen dem Kind und der Frau hin und her, als könne er sich nicht entscheiden, um wen er sich zuerst kümmern sollte. Dann kniete er vor der Frau nieder, rang die Hände und jammerte vor sich hin. Rosanna verstand kein Wort, doch die fremde Sprache und der Tonfall kamen ihr bekannt vor. So hatten auch mehrere Gäste im »Fuchsen« gesprochen. Von denen hatte es immer geheißen, sie seien Franzosen. Der Mann war also bestimmt ebenfalls Franzose.

Der Säugling schrie nun wie am Spieß. Rosanna ging zu ihm und nahm ihn hoch, woraufhin er sich etwas beruhigte. Das Kind fühlte sich warm an, schien aber kein Fieber zu haben.

Karl Moritz rüttelte den Mann an der Schulter. »Um Himmels willen, Alexandre, beruhige dich! So schnell stirbt keiner! Rosanna, wo bleibt der Tee?«, rief er im selben Moment, als Rosanna mit der freien Hand die Kanne auf den Tisch stellte.

»Soll ich?« Fragend hielt sie eine Tasse in die Höhe und zeigte auf die Frau. Karl nickte. Sie drückte dem verzweifelten Mann das Kind in den Arm. Den Kopf der Frau in die Höhe haltend, flößte sie ihr anschließend kleine Schlucke der heißen Flüssigkeit ein.

Die Kranke hatte ein flaches Gesicht, aus dem sich einzig die Nase hervorhob, sowohl die großen Augen als auch die vollen Lippen, deren Haut sich trocken kräuselte, verliehen ihm einen fast kindlichen Ausdruck. Obwohl man die Frau nicht als ausgesprochen schön hätte bezeichnen können, konnte sich Rosanna vorstellen, dass sie auf Männer durchaus anziehend wirkte – wenn sie gesund war.

»Was hat sie denn?«, wiederholte sie ihre Frage von zuvor.

»Sie ist völlig unterkühlt, der Säugling wahrscheinlich auch. Außerdem leidet sie schon seit Tagen an einem heftigen Durchfall. Alexandre sagt, sie könne nicht einmal Wasser bei sich behalten. Haben wir noch von den gedörrten Heidelbeeren?«

Rosanna bejahte, obwohl sie bezweifelte, dass die gegen einen derart starken Durchfall halfen. Karl holte die Dose dennoch aus dem Schrank.

Nachdem Rosanna der Frau eine Tasse Tee eingeflößt hatte, schob sie ihr eine Beere nach der anderen in den Mund. Mehr als einmal würgte die Frau, und Rosanna befürchtete, sie würde sich auf der Stelle übergeben, doch dann schluckte sie die runzeligen Beeren doch hinunter. Ihr Atem kam schwach und stockend.

Karls sorgenvoller Blick bestätigte Rosannas schlimmste Befürchtungen: Hier rang ein Mensch um sein Leben.

Was sind das für Leute? Warum ist die Frau in ihrem jämmerlichen Zustand nicht in den Händen eines Arztes? Wie und wo ist sie so krank geworden? Was, wenn sie stirbt? Die Fragen hämmerten gegen Rosannas Stirn. Doch statt sie laut zu stellen, sagte sie mit hohler Stimme: »Was ist mit dem Kind? Es hat doch sicher Hunger.«

Karl erwiderte abwesend: »Alexandre sagt, Claudine habe es gestern das letzte Mal gestillt, danach sei keine Milch mehr gekommen.«

»Das sagen Sie erst jetzt? Soll ich etwas Milch warm machen? Ein halber Krug ist noch da ...« Alexandre und Claudine. Wenigstens hatten die Fremden jetzt Namen.

Was, wenn auch das Kind starb? Der Gedanke ließ alles Blut aus Rosannas Kopf weichen. Ihr wurde schwindlig. Unauffällig hielt sie sich an der Tischkante fest, während Moritz ein paar Worte mit dem Kindsvater wechselte, der den Säugling daraufhin wieder Rosanna in den Arm legte.

Das Kind war ebenfalls völlig verschmutzt, sodass Rosanna es erst einmal auszog und mit einem lauwarmen ausgewrungenen Lappen abwusch. Es war ein Mädchen. Sobald es sauber war, holte Rosanna eines der Nachthemden, die sie für ihr eigenes Kind genäht hatte, und zog es dem Säugling an. Danach flößte sie ihm die Milch ein, indem sie immer wieder ihren kleinen Finger in die Tasse tauchte und ihn dann an den winzigen Mund des Kindes hielt. Die gierigen Saugbewegungen, die es machte, trieben Rosanna die Tränen in die Augen. Doch sie hatte keine Zeit, sich allzu lange um die Kleine zu kümmern. Die Frau auf der Küchenbank bäumte sich stöhnend auf. Ein fauliger Geruch breitete sich aus.

»Ich muss sie sauber machen!« Rosanna übergab den Säugling samt Milchtasse seinem Vater. Dann ergriff sie die Schnapsflasche. »Ein paar Schlucke davon könnten Ihrem Freund wohl nicht schaden, er ist ja weißer als Schnee!«

Resolut schob Rosanna die beiden Männer aus der Küche. In der Tür hielt sie Karl am Ärmel fest.

»Die Frau ist schwer krank!«, zischte sie mit zugeschnürter

Kehle. »Jemand muss ins Dorf gehen und den Doktor holen!«

Der alte Mann schüttelte den Kopf. »Das geht nicht«, murmelte er. Auf seinem Gesicht lag ein Ausdruck, der von großer Sorge und Nervosität sprach und der Rosannas eigene Angst noch wachsen ließ. »Bitte frag jetzt nicht weiter.«

»Das fällt mir aber schwer«, presste sie hervor. Ihre Augen funkelten wütend. »Dann bringen Sie mir wenigstens frische Wäsche für ... Claudine! In meinem Schrank finden Sie alles.«

Kurz darauf entledigte sie die Kranke Schicht für Schicht ihrer Kleider. Unter einem dicken Lammfellmantel kam ein einstmals schönes, dunkelgrünes Seidenkleid zum Vorschein, darunter seidene Unterwäsche. Alles war jedoch durch die Exkremente völlig verschmutzt. Der Gestank ließ Rosanna würgen, doch ihr Schrecken über den Zustand der Frau überwog jeden Ekel. Ihre Haut war schrumpelig wie ein Winterapfel – die Frau stand kurz davor auszutrocknen! Panik stieg in Rosanna auf, und am liebsten hätte sie nach Karl gerufen. Stattdessen warf sie eilig die Decke über die nackte Frau und flößte ihr eine weitere Tasse Tee ein.

»Sie müssen trinken, liebe Frau! Trinken Sie!«, flehte Rosanna.

Die Frau starrte sie an, und vorübergehend wurde ihr Blick etwas fester. Sie murmelte ein paar undeutliche Worte, die deutsch klangen.

»Ihrem Mädchen geht es gut, es schläft. Und Sie werden auch wieder gesund. Alles wird gut, aber Sie müssen jetzt unbedingt trinken.« Rosanna rang sich ein Lächeln ab. »So ist es gut«, lobte sie die Frau, die unter großer Anstrengung ein paar Schlucke hinunterbrachte.

Doch die Tasse war noch nicht zur Hälfte leer, als sich der kranke Körper erneut gegen die Flüssigkeit zu wehren begann. Der Stuhlgang war wässrig und faulig. Claudine schluchzte auf und drehte sich zur Wand, als schäme sie sich.

»Das macht doch nichts. Ich werde Sie waschen, dann ist es gleich wieder vergessen.« Rosanna strich der Kranken ein paar verschwitzte Strähnen aus der Stirn. War es ein Fehler, ihr etwas zu trinken zu geben? Aber was sollte sie stattdessen tun?

Sie hatte die Frau gerade gewaschen und ihr ein frisches Hemd übergezogen, als Karl hereinkam.

»Das Kind schläft jetzt. Und Alexandre betrinkt sich besinnungslos. Die beiden anderen hatten es auf einmal sehr eilig wegzukommen. Verdammt!« Er kratzte sich am Kopf und bedachte die Kranke mit einem nachdenklichen Blick. »Vielleicht könnte ein Arzt wirklich noch etwas für sie tun. Verflucht, wenn sie doch schon in Frankreich wären! Aber so liegt alles in Gottes Hand ...« Resigniert ließ er sich auf einen Stuhl sinken und legte die Hände in den Schoß.

Angst um die Frau und Wut über die Untätigkeit der Männer ließ Rosanna am ganzen Leib zittern. Gleichzeitig spürte sie, wie die Wut ihr Kraft verlieh.

»Dieser Alexandre nimmt lieber den Tod seiner Frau in Kauf, statt einen Arzt zu Hilfe zu holen? Und Sie reden, als ob sie schon tot wäre! Das ist wahrhaftig eine große Hilfe! Wie wäre es, wenn Sie und Ihr feiner Freund die arme Claudine wenigstens in eines der Zimmer bringen? Ob zum Sterben oder zum Gesundwerden – das werden wir ja sehen. In einem Bett hat sie es jedenfalls bequemer als auf der schmalen Küchenbank.«

Rosannas Zähne klapperten so heftig, dass sie nicht weitersprechen konnte. Sie stand auf und verließ das Zimmer. In der Diele zog sie ihren Mantel an und schnürte die Stiefel. Dann streckte sie den Kopf noch einmal durch die Tür.

»Ich für meinen Teil habe keine Lust zuzusehen, wie ein Säugling seine Mutter verliert, nur weil sie vielleicht etwas ausgefressen hat. Ich gehe hinunter ins Dorf, aber nicht zum Arzt, obwohl ich das am liebsten täte!« Bevor Karl etwas sagen konnte, fügte sie mit barscher Stimme hinzu: »Dass die getrockneten Heidelbeeren hier nichts ausrichten können, sehen Sie ja selbst. Aber vielleicht hat Gottlieb König eine wirkungsvolle Kräutermedizin. Ich werde ihm sagen, dass ich sie für *Sie* brauche! Viele

Rombacher schwören auf seine Mittel und lassen sich lieber von ihm helfen als vom Arzt. Beten Sie, dass er auch uns helfen kann!«

Und weg war sie.

Claudine Berlots Leben hing in jener Nacht wirklich am seidenen Faden.

Der Nachthimmel war verhangen, und ich kam nur langsam voran. Es war fünf Uhr morgens, als ich durchgefroren und völlig erschöpft vom Rombacher Kräutermann zurückkehrte. Gottlieb König hatte mir meine Geschichte von Karls Erkrankung abgenommen und gab mir alles, was ich brauchte. Die beiden Männer hatten Claudine in meiner Abwesenheit tatsächlich in eines der Zimmer im oberen Stock gebracht. Die Kleine legten sie in das Bettchen, das Karl mir für mein Kind gegeben hatte. Als ich kam, schliefen Mutter und Kind, und so wartete ich, bis Claudine wieder erwachte. Als Erstes verabreichte ich ihr das Kohlepulver. Und wie König vorhergesagt hatte, hörte der Durchfall schlagartig auf. Von da an flößte ich ihr außerdem regelmäßig Tee aus Wiesenknöterich und Eibisch ein. Man konnte zusehen, wie ihr Körper von Stunde zu Stunde wieder straffer wurde. Hätte sie die Flüssigkeit nicht bei sich behalten, wäre sie wohl gestorben ...

Rosanna war gerade ins Zimmer der Kranken getreten, als jene die Augen öffnete. Ihr Gesicht hatte noch immer die bleiche Farbe von poliertem Elfenbein, doch ihre Augen glühten schwarz wie Kohle.

»Wo bin ich? Alexandre? Mein Kind ... Wo ...?«

Vor lauter Schreck, den bisher leblosen Körper sprechen zu hören, und das auch noch in deutscher Sprache, verschüttete Rosanna etwas von dem Tee. Die Spritzer landeten auf dem Flickenteppich vor dem Bett.

»Sie sind in Sicherheit. Und Ihr Kind und Ihr Mann sind es auch.« Sie machte unsicher eine Pause. »Ich bin Rosanna und ... ich wohne hier«, setzte sie noch hinzu und blieb mitten im Raum stehen. Nun, da Claudine wach war, verspürte Rosanna ihr gegenüber eine plötzliche Scheu.

»Rosanna ...« Claudine wiederholte den Namen langsam. Dann wanderten ihre Augen durch den Raum, wobei ihr Blick für einen kurzen Moment auf jedem Gegenstand ruhte.

Was gab es da zu gucken? Störte sich die Frau an dem bisschen Staub? Oder war ihr die Umgebung zu schäbig? Unruhig trat Rosanna von einem Fuß auf den anderen.

»Du hast ein gutes Auge. Diese Kommode da ... Wie du die Blumen vor dem Spiegel arrangiert hast – sehr geschmackvoll! Und die Kissenparade auf der Fensterbank – das nenne ich ländlichen Chic!«

Rosanna hätte ihrer rauen Stimme stundenlang lauschen können.

Was bedeutete wohl ländlicher Chic? Dass sich die Frau, die gerade dem Tod von der Schippe gesprungen war, über die Einrichtung ihres Zimmers auslassen würde – damit hatte Rosanna nicht gerechnet.

Mit einer schwachen Geste winkte Claudine Rosanna zu sich. Die Hand, die sie auf Rosannas Finger legte, fühlte sich warm, aber nicht mehr fiebrig an.

»Du hast mir das Leben gerettet«, sagte die Frau schlicht. »Ich weiß nicht, wie ich dir dafür danken soll.«

Rosanna schüttelte lächelnd den Kopf. »Da gibt es nichts zu danken. Und jetzt trinken Sie den Tee, damit Sie schnell wieder auf die Beine kommen! Ihr Mann und Ihr kleines Mädchen brauchen Sie nämlich.« Sie beugte sich über die Kranke und wollte ihr etwas von dem Tee einflößen, doch die Frau nahm Rosanna die Tasse ab und führte sie mit zittriger Hand selbst an den Mund.

Stumm beobachtete Rosanna sie, und dabei fiel ihr nicht nur ein Stein, sondern ein ganzer Felsbrocken vom Herzen.

Die Fremde zog eine Grimasse. »Dieses Getränk schmeckt etwas bitter. Wenn ich vielleicht ein wenig Zucker haben könnte?«

Nachdem Claudine wieder eingeschlafen war, legte sich Rosanna selbst ein paar Stunden hin. Ihr Rücken schmerzte, und das Kind in ihrem Bauch rumorte wie nie zuvor. Der Marsch durch die Nacht hatte sie sehr erschöpft. Aber schon um die Mittagszeit war sie wieder auf den Beinen und kochte für die Kranke und die Männer eine kräftige Fleischbrühe.

Claudine bestand darauf, die Brühe selbst zu löffeln. Alexandre saß mit einem glücklichen Lächeln daneben und dankte in einem deutsch-französischen Kauderwelsch abwechselnd Gott und Rosanna für deren Hilfe.

Von da an ging es aufwärts. Claudine war eigentlich noch zu schwach, um aufzustehen, aber schon am nächsten Tag schleppte sie sich um die Mittagszeit die Treppe hinab, um sich in die gute Stube zu setzen. Da sie keinerlei Anstalten machte, in die Küche zu kommen, servierte Rosanna allen das Mittagessen am großen eichenen Tisch mit den lederbezogenen Stühlen. Für die Männer hatte sie Bratkartoffeln mit Speck zubereitet, für Claudine und das Kind eine Milchsuppe, die von der Kranken jedoch ignoriert wurde. Stattdessen häufte sich Claudine ein paar Löffel Kartoffeln auf den Teller. Rosanna, die sich noch immer darüber wunderte, wie schnell sich die Kranke in eine ziemlich eigenwillige und anspruchsvolle Frau verwandelt hatte, warf schüchtern ein, das Essen sei für einen angeschlagenen Magen doch viel zu deftig. Doch da schob sich Claudine schon die erste Gabel in den Mund.

»Wunderbar, einfach wunderbar!«, murmelte sie immer wieder und verdrehte dabei genießerisch die Augen.

Rosanna strahlte.

Nach dem Essen bat Claudine Rosanna, ihre Tasche zu holen. Rosanna staunte nicht schlecht, als die Kranke kurze Zeit später mit Spiegel, Puder und Kamm hantierte und sich zu guter Letzt sogar die Lippen mit einer roten Creme aus einem winzigen Tiegel betupfte, bis sie aussahen wie eine aufgeplatzte Kirsche.

»Eine Frau muss in jeder Lage das Beste aus sich machen,

glaube mir, meine Liebe!«, sagte sie zu der verblüfften Rosanna und bot ihr von der Lippenfarbe an. »Das gilt auch für deinen Zustand«, fügte sie hinzu und tippte ungeniert auf Rosannas dicken Bauch.

Rosanna lehnte das Angebot jedoch verlegen ab, stellte das schmutzige Geschirr auf ein Tablett und verließ verwirrt den Raum. Wie konnte das angehen? Gerade noch war Claudine todkrank gewesen, und nun? Lippenfarbe – du meine Güte!

Wer ist diese Frau, fragte sie sich nicht zum ersten Mal und ärgerte sich, dass sie noch immer nicht den Mut gefunden hatte, ihren Gast einfach zu fragen.

Obwohl sich Claudines Zustand so schnell gebessert hatte, bestand Rosanna darauf, dass die drei Gäste noch ein paar Tage blieben. Ein Marsch zu Fuß durch die teils noch schneebedeckten, teilweise schon knöcheltief aufgeweichten Wege nach Frankreich wäre in Claudines Zustand blanke Unvernunft gewesen, das musste selbst Alexandre einsehen, der so schnell wie möglich weg wollte. Auch er sprach ein recht manierliches Deutsch, nur die große Sorge um seine Frau hatte ihn in seiner Muttersprache reden lassen.

Nachdem es Claudine besser ging, hätte Karl sie ohne mit der Wimper zu zucken wieder im Spicher einquartiert, doch Rosanna bettelte so lange, sie und das Kind im Haus behalten zu dürfen, bis er endlich nachgab.

Obwohl Claudine manchmal ein wenig von oben herab tat, war Rosanna fasziniert von der geheimnisvollen Fremden. Es machte ihr Spaß, die nun stets nach Lavendelpuder duftende Frau zu umsorgen, in deren Gegenwart die Stunden davonrannten wie ausgelassene Fohlen.

Doch Claudines Temperament hatte auch noch eine andere Seite. Ihre Launen passten zum herrschenden Aprilwetter. Gerade noch gleißend hell, versteckte sich die Sonne schon ein paar Minuten später hinter dicken Wolkenbergen und rief eine regelrechte Weltuntergangsstimmung hervor.

»Das Weib hat nicht nur die Hosen an, sondern auch die Knute in der Hand!«, brummte Karl, als Claudine ihren Mann wieder einmal wegen einer Kleinigkeit anschrie. Doch in Karls Stimme lag ein Hauch von Bewunderung – selbst der alte Brummbär konnte sich dem Charme der jungen Frau nicht entziehen. Die beiden seien Künstler, hatte er knapp entgegnet, als Rosanna ihn fragte, um wen es sich bei den Gästen eigentlich handele. Künstler? Aha ...

Rosanna begann Claudine noch genauer zu beobachten: Wie ihre schwarzen Augen funkelten, wie rasch sich ihre Lider hoben und senkten! Sie erzählte mit Händen und Füßen, als wäre die Sprache allein nicht ausreichend, um all das auszudrücken, was sie sagen wollte. Ihre voll tönende Stimme wurde von Stunde zu Stunde stärker. Es fiel Rosanna schwer zu glauben, dass sie dieselbe Frau vor sich hatte, die noch ein paar Nächte zuvor in ihrem eigenen Dreck lag und an ihrem Erbrochenen zu ersticken drohte.

Auch Claudine war neugierig, sie wollte alles über Rosanna und deren Lebensumstände wissen. Nur über die Umstände, die sie selbst hierher gebracht hatten, erzählte sie nichts. Rosanna drängte sie nicht, auch wenn sie inzwischen beinahe vor Neugier platzte.

Und Claudine sang ...

Noch nie hatte Rosanna einen Menschen so singen hören! Nicht glockenrein wie der Knabenchor unten in der Rombacher Kirche, sondern irgendwie rauchig, als hätte Claudine mit Salzwasser gegurgelt. Claudine sang, während sie darauf wartete, dass Rosanna ihr kleine runde Pfannkuchen fürs Frühstück buk. Sie sang beim Spielen mit ihrem Kind, manchmal sogar dann, wenn sie allein auf dem Sofa in der Stube saß. Es war ihr gleichgültig, ob sie Zuhörer hatte. Claudine sang so, wie andere Menschen atmeten.

Eines Abends packte Alexandre seine Geige aus und spielte für seine Frau. Das Wehklagen der Saiten wand sich um die kräftige Frauenstimme, doch bald wurde der Geigenklang von der Stimme überwuchert, so wie wilder Wein eine Wand verschwinden lässt. Reglos saß Rosanna da und lauschte, unfähig, sich zu bewegen oder etwas zu sagen. Ihr Kopf, ihr Bauch – ihr ganzer Körper war erfüllt von der Musik. Das Blut in ihren Adern pulsierte, die feinen Nackenhärchen stellten sich auf wie in einer frischen Brise.

Diese beiden waren tatsächlich Künstler, und sie waren imstande, sich in der Musik zu vereinen.

Welches Schicksal hatte diese ungewöhnlichen Menschen hierher geführt? Die Frage ließ Rosanna nicht mehr los.

Als die beiden Männer wieder einmal unterwegs waren und der Säugling schlief, platzte Rosanna schließlich heraus: »Claudine, ich ... ich habe noch nie eine Frau wie Sie kennen gelernt! Eine Künstlerin. Aber Sie und Alexandre und das Kind ... warum müssen Sie sich eigentlich hier verstecken?«

Statt zu antworten, begann Claudine an dem Häkeldeckchen herumzuzupfen, das Rosanna unter die Teekanne gelegt hatte. »Ich wundere mich, dass du jetzt erst fragst. Unser Freund Jonas hatte schon Recht, als er sagte, der Moritzhof sei der richtige Ort für uns!« Sie verzog den Mund. »Warum willst du die Geschichte überhaupt hören? Glaubst du, sie ist so viel anders als die, die ihr hier oben immer wieder zu hören bekommt? Eigentlich ist es doch immer dasselbe: Die Leute mögen keine Menschen, die ein Leben führen, das anders ist als das eigene! Wer anders ist, wird mit Misstrauen gestraft. Wer anders ist, wird als Gefahr betrachtet!« Bitterkeit überzog ihre Worte.

Rosanna wand sich und zuckte dann verlegen mit den Schultern. Sie konnte doch nicht zugeben, dass sie rein gar nichts von Karls »Übernachtungsgästen« wusste! Das muss sich ändern, beschloss sie im Stillen. Karl konnte sie nicht ewig im Ungewissen lassen.

»Kein Mensch gleicht dem anderen! Jeder hat seine eigene Geschichte, und ich würde eure gern hören. Aber nur, wenn du bereit bist, sie mir zu erzählen.« Unwillkürlich war Rosanna zum vertraulichen Du übergegangen, doch Claudine schien sich nicht daran zu stören.

»Also gut. Aber ich warne dich, du wirst dich unsäglich langweilen!« Sie hielt Rosanna ihre Teetasse hin. Nachdem sie gefüllt war, nahm Claudine einen tiefen Schluck.

»Alexandre und ich haben uns vor ein paar Jahren kennen gelernt. Sein Vater ist ein berühmter Geigenmacher im Elsass. Er holt das Holz für seine Instrumente nur aus einem bestimmten Teil des Waldes, von besonderen Bäumen.« Claudine machte eine wegwerfende Handbewegung. »Ich verstehe nicht viel von diesen Dingen, aber die Leute kommen von weit her, um eine Geige von Meister Romain zu erstehen. So erging es auch Zoltan, dem Mann, mit dem ich damals durch die Lande reiste, um in Kurbädern den feinen Damen und Herren aufzuspielen. Zoltan ist ein wunderbarer Geiger – besser als Alexandre –, und wir konnten uns aussuchen, wo wir spielten. Gefiel uns eine Unterkunft nicht oder hielten wir die Bezahlung für ungenügend, lehnten wir ab – wir hatten schließlich die Wahl.« Sie lachte geziert. »Mit einer Geige aus der Werkstatt Romain wollte Zoltan unseren Ruf noch weiter tragen, über die Kurbäder hinaus zu den europäischen Adelshöfen. Doch dann kam alles ganz anders. Ich sah einen schwarzhaarigen Wuschelkopf, der mürrisch mit einem Besen in der Hand in der Tür des Geigenbauers herumlungerte, und verliebte mich in ihn. Kurze Zeit später hatte Meister Romain einen Gehilfen weniger und Zoltan seine Sängerin verloren.«

»Wie romantisch! Dann hat also Alexandre deinetwegen sein Heimatdorf verlassen?« Rosanna seufzte tief auf und verspürte einen Stich im Bauch. Sie rutschte von ihrem Stuhl hinüber zu Claudine aufs Sofa. Seit dem Morgen hatte sie immer mal wieder kleine Stiche im Unterleib wahrgenommen. Nicht wirklich schmerzhaft, aber auch nicht angenehm. Vielleicht erleichterten die weichen Kissen im Rücken ihr das Sitzen.

Claudine lächelte. »Alexandre tut alles für mich. Damals begann die schönste Zeit meines Lebens. Oh, wir stritten viel! Das tun wir auch heute noch. Aber es ist nie langweilig. Alexandre hat Ideen, bei denen andere die Hände über dem Kopf zusammenschlagen würden, aber ich liebe ihn dafür. Und wenn wir gemeinsam spielen – nun, du hast es ja gehört ... Zoltan dagegen hatte nur *seine* Musik im Kopf. Mein Gesang war für ihn nicht mehr als ein Stückchen Spitze auf einem edlen Gewand, und am liebsten wäre er als Solokünstler gefeiert worden. Nun, soviel ich weiß, ist ihm das inzwischen auch gelungen. Du siehst also, alles hat sich zum Besten entwickelt.« Sie machte eine anmutige Handbewegung. Doch als Rosanna leise aufstöhnte, runzelte Claudine die Stirn. »Ich weiß, ich weiß, du willst wissen, wie es dazu kam, dass wir uns verstecken müssen. Wie gesagt, es ist eigentlich immer die gleiche Geschichte. Mit Alexandre konnte ich nicht mehr so wählerisch sein, was die Auftritte betraf – Einladungen in die feinen Salons hat er noch nie erhalten. Und als dann unsere Kleine zur Welt kam, mussten wir zusehen, dass jeden Tag genügend Geld hereinkam. Wir spielten also auf Jahrmärkten, in Gasthöfen, manchmal auch in einem Hotel in einem der Kurbäder. Wir traten auf, wo immer Leute bereit waren, für einen Abend mit Geige und Gesang ein paar Münzen hinzulegen. Das ging lange Zeit gut. Vor zwei Wochen schließlich waren wir in Baden-Baden. In den ersten Tagen traten wir tagsüber auf dem Marktplatz auf, doch dann kam ein Herr auf uns zu und bot uns an, in seinem Theater zu musizieren. Die Schauspielgruppe, die er eigentlich engagiert hatte, war nicht erschienen, und so hatten wir eine ganze Woche lang ein festes Engagement. Ich war froh darüber, denn die kleine Claire war in letzter Zeit ein wenig kränklich. An den ersten beiden Abenden kamen auch tatsächlich genügend Gäste. Doch am dritten und vierten Tag spielten wir vor fast leeren Reihen – ich weiß nicht, warum. Baden-Baden ist eben kein kleines Dorf, und es finden abends dutzende von Zerstreuungen statt, die die Leute besuchen können. Kurgäste sind verwöhnt, glaube mir! Die Laune des Theaterbesitzers wurde immer schlechter, er warf uns vor, miserabel zu spielen, woraufhin Alexandre ihm vorhielt, zu wenig Werbung gemacht zu haben. Nicht einmal Handzettel hatte der Geizkragen verteilt! Ein Wort ergab das nächste, und am Ende wies Alexandre mich an, sofort zu packen. Als er unsere Gage einforderte, stellte sich der Mann plötzlich dumm. Wir hätten nicht einmal einen Bruchteil des Geldes verdient, behauptete er. Wieder stritten er und Alexandre. Obwohl wir das Geld dringend benötigten, wäre ich am liebsten ohne abgereist. Ich bin schließlich viel länger unterwegs als Alexandre und weiß nur zu gut, wer in solchen Situationen den Kürzeren zieht. Doch er blieb stur. Er packte den Theaterbesitzer am Kragen und zerrte ihn ins Büro. Dort zwang er ihn, die Kasse zu öffnen, aus der Alexandre genau die Summe Geld nahm, die uns zustand. Als wir auf die Straße liefen, kam der Mann hinter uns her und begann laut zu schreien. ›Diebstahl! Zu Hilfe, diese beiden Ganoven wollen einen ehrenwerten Mann berauben!‹, zeterte er. Unser Pech war, dass gerade in diesem Moment zwei Gendarmen um die Ecke bogen. Da half nur noch eins: wegzulaufen, so schnell es ging. Tja, und jetzt werden wir wegen schweren Diebstahls gesucht.«

»Das glaube ich nicht! Das ist ja hundsgemein!«, platzte Rosanna dazwischen. Vor lauter Aufregung über Claudines Geschichte war ihr Bauch ganz hart geworden. Zudem wurde Rosanna von einer seltsamen Unruhe ergriffen, und sie wäre am liebsten aufgestanden und ein wenig durchs Zimmer gelaufen. Gleichzeitig wollte sie nun unbedingt auch noch den Rest der Geschichte hören.

»So geht es eben! Sobald irgendetwas nicht glatt läuft, fällt den feinen Bürgern wieder ein, dass wir fahrende Leute sind, denen nicht zu trauen ist. Mir wurde schon einmal nachgesagt, ich hätte ein ganzes Dorf verwünscht! Ach, wenn ich's nur könnte, ich hätte bestimmt schon öfter davon Gebrauch gemacht!« Claudine lachte bitter auf. »Jedenfalls blieb uns nichts anderes übrig, als Baden-Baden so schnell wie möglich zu verlassen. Und so machten wir uns auf den Weg in Richtung Süden. Wir schliefen nachts in leer stehenden Scheunen, einmal auch mitten in einer Schafherde. Was wir zum Essen benötigten, besorgte uns Alexandre. Noch zwei Tage hätten wir gebraucht, und wir wären über den Berg gewesen – wortwörtlich! Doch dann wurde ich krank. Und den Rest kennst du ja.«

Rosannas Bedürfnis, diese wunderbare, tapfere Frau zu umarmen, wurde fast übermächtig. Doch sie wagte es nicht. Claudines Stolz verlieh ihr eine Unnahbarkeit, die sie stets wie ein dünnes Cape umhüllte.

»Und nun?«, fragte Rosanna stattdessen betont gleichgültig. Doch schon im nächsten Moment schrie sie leise auf, weil ein heftiger Stich durch ihren Bauch fuhr und zwischen ihren Beinen wieder herauszukommen schien. Herrje, was war denn das?

»Wir reisen nach Frankreich, vielleicht ganz in den Süden, wo an den Bäumen Zitronen und Orangen wachsen. Uns wird es schon gut gehen, du brauchst deswegen nicht so ein sorgenvolles Gesicht zu machen, Kindchen! Obwohl ich es rührend finde, dass du dich um uns sorgst. Das ist schon lange nicht mehr vorgekommen ...«

»Claudine, ich ...« Der Rest von Rosannas Worten wurde von einem schrillen Schrei verschluckt.

Rosanna presste sich beide Hände auf den Bauch.

»*Mon Dieu!* Was ist denn los?« Claudine sprang auf und griff Rosanna mit beiden Händen stützend unter die Arme, als befürchtete sie, die andere würde im nächsten Moment umfallen. »Ist dir schlecht? Wirst du ohnmächtig? Rosanna, so rede doch!«

»Ich ... ich weiß nicht ...« Jedes Wort wurde von einem lauten Stöhnen begleitet. Rosanna hatte das Gefühl, als würde ihr Bauch entzweigerissen, als stritten sich zwei hungrige Wölfe um die besten Stücke. »Claudine, ich glaube, das Kind kommt ...«

Claudine rief noch ein paarmal »Mon Dieu«, doch dann wurde ihr ziemlich schnell klar, dass der liebe Gott in Sachen Geburtshilfe nicht die allergrößte Unterstützung sein würde. Danach ging alles ziemlich schnell: Ich schleppte mich in meine Kammer hinüber, mit einem dicken Packen Leinentücher unter dem Arm. Damit deckte ich das Bett ab. Dann bat ich Claudine, Wasser aufzusetzen, und sagte ihr, wo sie frische Handtücher finden würde. Schließlich kroch ich aufs Bett, wo ich mich meinem Schicksal ergab.

Ich war so froh, nicht allein zu sein! Claudine wusste, was zu tun war. Sie hielt meine Hand, wenn eine Wehe meinen Bauch zerreißen wollte. Sie forderte mich auf zu schreien, obwohl es dazu eigentlich keiner großen Aufforderung bedurfte. Trotz des Dröhnens in meinen Ohren hörte ich, wie die Männer ins Haus zurückkamen. Die Bienen seien zum ersten Mal ausgeflogen, rief Karl hocherfreut, während er die Treppe hinaufpolterte. »Ein Schwarm im Mai ist wert ein Fuder Heu«, fügte er hinzu. Doch Claudine wollte weder von den Bienen noch von der erfolgreichen Hasenjagd der beiden etwas hören, sondern drückte Alexandre Claire in den Arm und schickte die erschrockenen Männer dann in die Küche. Karl wies sie an, etwas zu essen zu kochen.

Knapp eine Woche zuvor war ich noch diejenige gewesen, die Claudine beistand, nun hielt sie meine Hand. »Wir machen das gemeinsam«, sagte sie immer wieder. Als ob wir gleichzeitig ein Kind zur Welt bringen würden! Ich war zwar verängstigt und völlig ausgelaugt, aber ich hatte Unterstützung und dankte meinem Herrgott für dieses Wunder.

Gott sei Dank ging alles gut. Nach vier Stunden kam mein Junge zur Welt. Ich blutete stark, doch Claudine beruhigte mich. Das sei nicht schlimm, bei ihr seien noch ganz andere Sturzbäche gekommen.

Vom ersten Moment an war Bubi ein wunderschönes Kind, mit einem schwarzen Flaum auf dem Köpfchen und blauen Augen, von denen Claudine jedoch meinte, dass sie ihre Farbe noch ändern könnten. Doch das haben sie nicht getan – mein Sohn hat auch heute noch blaue Augen.

Als sie ihn mir auf den Bauch legte, fing ich fürchterlich an zu weinen und konnte mich gar nicht mehr beruhigen. Warum war Zacharias nicht da, um seinen Sohn zu begrüßen und ein Glas auf ihn zu heben, wie stolze Väter das tun?

Doch Claudine und Alexandre und natürlich auch Karl trösteten mich. Immer wieder bestätigten sie mir, was für einem prächtigen Kind ich das Leben geschenkt hatte. Ach, das tat so gut!

Drei Tage nach Bubis Geburt heulte ich erneut Rotz und Wasser. Unsere Gäste reisten nämlich ab. Aber einen Trost hatte ich: Claudine versprach mir, auf dem Weg nach Frankreich nach Josef Stix Ausschau zu halten, einem Wanderpfarrer, der mein Kind taufen sollte. Dass der Rombacher Pfarrer meinem Bastard nicht die Weihe geben würde, war mir seit Lichtmess klar. Claudine versprach mir außerdem, uns zu besuchen, sobald Gras über die falschen Anschuldigungen in Baden-Baden gewachsen war.

Als Simone das nächste Mal auf den Moritzhof kam, traf sie natürlich fast der Schlag. Bei ihrem letzten Besuch hatte ich gesagt, das Kind würde sich bestimmt noch einige Wochen Zeit lassen, und nun war Bubi plötzlich da! Natürlich bestaunte auch sie ihn gebührend und behauptete sogar, er sei ein viel hübscherer Säugling als Kathis Sohn. Dann wollte sie unbedingt wissen, wie die Geburt verlaufen war. Und warum ich sie nicht geholt hatte. Als ob ich dazu noch in der Lage gewesen wäre! Also erzählte ich ihr von Claudine und Alexandre. Natürlich ohne Namen zu nennen und ohne den Grund für ihren Besuch zu verraten. Sofort verdüsterte sich Simones Miene. »Eine wildfremde, dahergelaufene Frau …« Obwohl sie nicht weitersprach, hing ihre Entrüstung wie kalter Rauch in der Luft.

Die nächsten Wochen hatte ich nicht mehr viel Zeit, an Zacharias zu denken oder mir über Simones Eifersucht Gedanken zu machen oder gar mir selbst Leid zu tun. Bubi war ständig hungrig. Kaum hatte er meine Brüste leer gesaugt und ein paar Stunden geschlafen, schrie er schon wieder nach Nahrung. Ich kam mir vor wie Elsa, die Milchkuh.

Die Scheune stand ebenfalls kaum eine Nacht leer. Nach einem ziemlich heftigen Streit mit Karl, bei dem ich ihm klar machte, dass seine Geheimniskrämerei mir gegen den Strich ging, stellte er mir den einen oder anderen »Übernachtungsgast« sogar mit Namen vor. Warum die Fremden Unterschlupf brauchten, erzählte er mir nicht, und ich fragte auch nicht nach. Er duldete aber, dass ich den Leuten – fast immer waren es Männer – etwas zu essen brachte. Ich solle die Burschen nicht so sehr verwöhnen, grummelte er. Nicht, dass sie uns noch mit einem Hotel verwechselten! Ich hörte gar nicht hin. Seitdem ich Claudines schreckliche Geschichte vernommen hatte, musste ich wieder öfter an meinen eigenen Marsch quer durch den Schwarzwald denken, damals, als ich vor Vater geflüchtet war. Die Angst, die Einsamkeit, der Hunger, die Kälte, die Dankbarkeit für eine unerwartete warme Mahlzeit ... Ich konnte gar nicht mehr anders, als mein Auge auf das Wohlergehen der Leute zu richten. Und davon abgesehen fand ich es nur rechtens, den Leuten etwas Gutes zu tun – immerhin ließ sich Karl für den Unterschlupf ja auch bezahlen.

Vom ersten Tag an war mein Sohn immer bei mir, ich ertrug es nicht, auch nur für kurze Zeit von ihm getrennt zu sein. Franziskas ungeheuerliche Forderung, ich solle mein Kind zu irgendeiner Amme geben, saß mir noch immer wie ein Stachel im Fleisch. Ich war so dankbar, dass alles anders gekommen war!

Wenn ich im Garten arbeitete – wo es im Mai natürlich besonders viel zu tun gab –, schlief Bubi in einem Wagen, den Karl für ihn mit einem Sonnendach versehen hatte. Ich stellte den Wagen immer unter das kleine Haselnussbäumchen. Karl hatte es für Bubi gesetzt, und dort hatte er auch die Nachgeburt vergraben. Das sei ein Brauchtum hier in der Gegend und würde dem Kind Glück, Gesundheit und Segen bescheren, erklärte er mir. Ich fand es ein-

fach wunderbar. Wenn Bubi größer ist, kann er seine eigenen Haselnüsse ernten.

Obwohl ich wirklich genug Arbeit im Haus hatte, bestand Karl darauf, dass ich ihn nun, wo mich kein Bauch mehr behinderte, einmal täglich in den Wald begleitete. Warum nicht, sagte ich mir, wenn's ihm Freude bereitet. Bubi schlief währenddessen in einem Tragetuch an meiner Brust. Schon nach den ersten Spaziergängen wusste ich nicht, wer mehr Freude empfand: Karl, der seine Gedanken und Empfindungen über seinen geliebten Wald mit mir teilen konnte, oder ich.

Bäume seien die größten Pflanzen der Welt, erklärte mir Karl. Und er sehe in jedem von ihnen ein Abbild des Kosmos, jeder sei ein Symbol für Reife und Ruhe. Die Wurzeln seien wie die Erde, die Blätter wie das Firmament. Bäume hätten eine Seele, und wenn ein Mensch genau hinhörte, würden sie ihm diese offenbaren. Und so folgten wir der stummen Aufforderung zur Stille und schwiegen gemeinsam, während der weiche Waldboden unter unseren Füßen jeden Schritt verschluckte. Das Wetter war unstet in jenen Tagen, immer wieder erwischten uns kleine Schauer, und nur manchmal huschten flüchtige Sonnenstrahlen in die verwunschenen Winkel, in die Karl mich führte. Einmal wurden wir von einem Eichelhäher angegriffen, weil wir seinem Nest zu nahe kamen, und mussten vom Weg abweichen, noch tiefer in den Wald hinein. Dort war der Boden von Wildschweinen zerwühlt. In den Furchen glitzerte der Regen der letzten Nacht, und es roch erdig und harzig und auf unbestimmte Weise nach Tier. Bizarre Äste, die aussahen wie manche Fabeltiere aus Karls Büchern, säumten unseren Weg. Karl nahm den einen oder anderen davon mit nach Hause. Er wolle Holztiere für Bubi daraus schnitzen, erklärte er.

Ich, die ich als die Tochter eines Köhlers mitten im Wald aufgewachsen war, begann plötzlich, den Wald mit anderen Augen zu sehen: Ich erkannte die Schönheit der mit Flechten bewachsenen Stämme, ging mit vorsichtigen Schritten über die Flächen, wo Moos die Erde wie ein dicker Pelz überzog. Manchmal stellte ich mir vor, Karl würde mich in einen Zauberwald führen.

»Verstehst du nun, warum ich nicht zulassen kann, dass Menschen aus reiner Gier den Wald Stück für Stück abholzen? Dass ich jeden Flecken Erde, den ich bekommen und bezahlen kann, kaufe, um ihn wieder mit Tannen und Fichten aufzuforsten?«, fragte mich Karl eines Tages. Ich nickte stumm. Ja, ich wusste, was er meinte. Und ich verstand ihn auch, als er sagte: »Hier im Wald offenbart sich Gott, nicht unten in der Rombacher Kirche ...«

Es war ein sonniger Morgen, der schönes Wetter und gute Laune versprach. Überall standen die Holunderbüsche in voller Blüte, und ihr herber Geruch erfüllte die Luft. An den Heckenrosen schwollen die Knospen von Tag zu Tag mehr an – es würde nicht mehr lange dauern, bis sich die ersten zartrosafarbenen Blütenblätter aus ihrer engen Hülle befreiten. Zwischen dem stacheligen Blätterwerk schwirrten bereits ungeduldige Bienen umher, voller Erwartung, von dem königlichen Nektar trinken zu können.

Das Keckern des Eichelhähers vermischte sich mit dem hungrigen Zirpen von Nesthockern, die darauf warteten, dass ihre fleißigen Eltern den nächsten Wurm brachten.

Doch trotz alledem waren Simones Gedanken so düster wie an einem kalten Novembertag.

Sie war zu ihrem wöchentlichen Besuch auf dem Moritzhof unterwegs, und als einziges Mitbringsel für Rosanna hatte sie schlechte Laune und die Nachricht dabei, dass Zacharias noch in diesem Sommer heiraten würde.

Wie sollte sie ihr das nur erklären?

Seit Bubis Geburt hatte Simone das Gefühl, der geliebten Freundin nicht mehr so nahe zu stehen wie einst. Simone verstand das nicht. Natürlich musste sich Rosanna um ihr Kind kümmern. Aber gab es denn wirklich nichts anderes mehr? Wann immer Simone anhob, etwas aus dem Dorf oder der Wirtschaft zu erzählen, konnte sie sicher sein, dass der Kleine zu krähen anfing und Rosanna aufsprang, um nach ihm zu sehen.

Sie hatte sich nicht einmal richtig über den Kindbett-Wecken gefreut, den sie ihr extra aus allerfeinstem Mehl gebacken hatte – heimlich, damit die Mutter es nicht mitbekam.

War es nötig gewesen, zur Kindstaufe drei fremde Männer einzuladen, von denen einer unheimlicher aussah als der andere? Sie seien Freunde von Karl aus der Schweiz, hatte Rosanna lediglich gesagt. Einer von ihnen, den sie »den Engländer« nannten, war sogar Pate geworden. Und dann dieser Wanderpfarrer mit dem schrecklich zerlöcherten schwarzen Umhang! Wie der Sensenmann hatte er ausgesehen und nicht wie ein Pfarrer. Ach, warum hatte die Taufe nicht in der schönen Rombacher Kirche stattfinden können? Mit Orgelklängen und Weihrauch und dem reich verzierten Taufbecken ... Stattdessen hatte sie, Simone, als Taufpatin eine Blechschüssel mit Wasser halten müssen. Das Ganze hatte im Hof stattgefunden, während im Hintergrund die beiden Ziegen blökten, die der Großvater Rosanna geschenkt hatte, und seine Bienen immer wieder Angriffe auf den kleinen Bubi flogen.

Noch eine weitere Sache ließ Simone keine Ruhe. War es nötig gewesen, den Kleinen nach dem Großvater zu benennen? Karl – was für ein schrecklicher Name! Warum hatte Rosanna das Kind nicht Jacob genannt, nach jenem Jacob, der ein Jünger Jesu gewesen war und der am dritten Mai seinen Namenstag hatte. Aber nein, Karl hatte es sein müssen!

Ein hämisches Lächeln umspielte jetzt Simones Mundwinkel.

Mutter hatte natürlich Gift und Galle gespuckt, als sie von dem kleinen Karl hörte. Sie nannte Rosanna eine Erbschleicherin, der jedes Mittel recht sei, um an Großvaters Hab und Gut zu gelangen. »Dieses Weib setzt ihre Brut wie ein Kuckuck ins fremde, gemachte Nest!«, tobte sie und fügte hinzu, dass sie als Tochter da auch noch ein Wörtchen mitzureden hätte!

Simone, die froh war, dass ihre Mutter nach endlosem Bitten und Betteln erlaubt hatte, dass sie die Gotti, also die Patin, des kleinen Buben wurde, hatte geschwiegen. Was wusste Mutter schon? Als ob Rosanna, dieses Unschuldslamm, je auf einen solchen Gedanken gekommen wäre! Und außerdem – was gab es bei dem alten Greis schon zu holen?

Allerdings war der Großvater seit der Taufe regelrecht aus dem Häuschen. Führte sich auf, als ob der Kleine *sein* Kind sei. Rosanna hier, Rosanna da – ständig schleppte er irgendetwas für sie oder das Kind an. Ein Lammfell, das Rosanna in Bubis Wiege legen konnte. Eine Rassel, die er aus Holunderholz angefertigt hatte und für die der Säugling noch viel zu klein war. Merkte der Großvater denn nicht, dass er Rosanna damit nur auf die Nerven ging? Warum schmeichelte er sich derart bei ihr ein? Wollte er ihr, Simone, Rosanna wegnehmen? Das sollte ihm auf keinen Fall gelingen!

Simone ballte die Hände so fest zu Fäusten, dass sich ihre Nägel ins Fleisch gruben. Sie ließ sich nicht vertreiben! Und nach dem heutigen Tag würde Rosanna sie noch dringender brauchen als je zuvor. Als das tief gezogene Dach des Moritzhofes vor ihr auftauchte, war es Simone inzwischen gelungen, wieder etwas Zuversicht zu schöpfen. Der Gedanke an ihren Engel, an ihre geliebte Rosanna, ließ ihre Schritte schneller werden. Sie würde ihr ohne viele Umschweife von Zacharias und Elsbeth erzählen und auch davon, dass der Vater wohl nie mehr richtig gesund werden würde. Der »Fuchsen« brauchte schließlich einen richtigen Wirt. Und wenn die Freundin danach zusammenbrach, würde sie zur Stelle sein, um sie in den Arm zu nehmen, ihr die glänzenden Haare aus der Stirn zu streichen und sie zu trösten. Sie würde mit Rosanna Pläne schmieden für eine neue, schöne Zukunft. Ohne Zacharias. Ohne Anton, der auch nur an sich dachte und ihr und Rosanna keinerlei Hilfe war. Und ohne den schrecklichen alten Mann, der glaubte, ein Anrecht auf Rosanna zu haben, nur weil sie ihm den Haushalt führte.

Ach Rosanna ...

Eines Tages würde es nur noch sie beide geben. Wenn Bubi größer war. Wenn der Großvater nicht mehr lebte. Wenn Rosanna nicht mehr auf seinen Unterschlupf angewiesen war. Wenn sie, Simone ... Was vermochte sie nur zu tun, damit sie und Rosanna wieder zusammenleben konnten? Ohne die Männer, die Rosanna immer nur unglücklich machten. Und ohne ihre schreckliche Familie. Ohne die Rombacher, die so gemein sein konnten und dumm.

Simone seufzte tief auf. Eines Tages ...

Das war sie ihrem Engel schuldig.

»Der Zacharias heiratet also ...« Karl Moritz schaute von seinem Platz am Esstisch hinüber zu Rosanna, die am Spülstein Radieschen von ihrer erdigen Hülle befreite.

»Wenn Sie glauben, das macht mir etwas aus, dann täuschen Sie sich!«, erwiderte sie, ohne sich umzudrehen. In der Schublade kramte sie nach einem Messer, um den Käse aufzuschneiden.

»Ist das auch wahr, Rosanna?«, fragte Karl betont beiläufig. Mit seinem rechten Fuß bewegte er Bubis Wiege hin und her.

»Ach, ich weiß es nicht!« Mit einer ruckartigen Bewegung ergriff sie das Holzbrett mit den Radieschen und dem Käse und brachte beides zum Tisch. »Seit Simone weg ist, frage ich mich, ob ich mir das womöglich nur einrede. Der Vater meines Kindes heiratet – müsste ich da nicht in Tränen ausbrechen?« Sie setzte sich Karl gegenüber.

Der alte Mann schwieg. Als er keine Anstalten machte, das Brot aufzuschneiden, übernahm Rosanna diese Aufgabe.

»Tatsache ist, dass ich viel trauriger darüber bin, dass er seinen Sohn noch kein einziges Mal besucht hat. Interessiert es ihn denn gar nicht, wie sein Kind aussieht? Ob es Ähnlichkeit mit ihm hat? Das tut weh, darüber muss ich nachts oftmals weinen. Aber dass Zacharias nun seine ›gute Partie‹ zum Traualtar führt, berührt mich seltsam wenig.« Gedankenversunken legte sie auf jeden Teller eine Scheibe Brot und butterte die ihre lustlos. Was Zacharias anging, hatte sie keine Illusionen mehr. *Der Junge hat kein Rückgrat* – mit diesen Worten hatte Karl Recht gehabt. Anfänglich, in ihren ersten Wochen auf dem Moritzhof, hatte sie tatsächlich noch gehofft, Zacharias würde eines Tages wie ein edler Ritter auf einem weißen Schimmel dahergaloppiert kommen und ihr offenbaren, dass er einen schrecklichen Fehler gemacht habe. Dann würde er sagen, dass er ohne sie nicht mehr leben könne und sie doch bitte wieder zurückkommen solle. Dass er seinen Eltern schon gesagt habe, die zukünftige Wirtin hieße Rosanna, und ...

»... ans Heiraten zu denken?«

Rosanna war nach wie vor so tief in ihre Gedanken versunken, dass sie Karls Frage gar nicht gehört hatte. »Entschuldigen Sie, was haben Sie gesagt?«

Karl Moritz hielt die Wiege sanft an, dann stützte er beide Arme links und rechts von seinem Teller auf dem Tisch ab. Sein Blick war ernst.

»Ich bin froh, dass du dabei bist, Zacharias zu vergessen. Das macht mir die Sache etwas leichter. Ich ... ich habe eigentlich schon länger darüber nachgedacht ... Ich meine, man macht sich ja so seine Gedanken, und vielleicht ist jetzt der Moment gekommen, dir diese Gedanken mitzuteilen.«

Rosanna runzelte die Stirn. Täuschte sie sich, oder war Karl tatsächlich eine leichte Röte ins Gesicht gestiegen? Und warum stotterte er so?

Ein jeder Tag hat seine Plage, hatte ihre Mutter immer gesagt. Vielleicht hielt dieser Tag sogar zwei Plagen für sie bereit ... Rosanna wappnete sich innerlich. Wollte Karl ihr etwa sagen, dass seine Gastfreundschaft nun, da Bubi geboren war, ein Ende hatte? Stirnrunzelnd schaute Rosanna Karl an, doch der hielt seinen Blick angestrengt auf die Wiege gerichtet. Er konnte ihr also nicht einmal mehr in die Augen schauen ...

Rosanna setzte sich aufrechter hin. Was auch kommen sollte, sie würde auf keinen Fall weinen. Irgendwie würde es schon weitergehen. Schlechte Nachrichten sollten an ihr abperlen wie Wasser am Gefieder einer Ente. Den Stich in ihrer Brust versuchte sie zu ignorieren.

»Wenn ich hier nicht mehr erwünscht bin, müssen Sie es mir nur sagen«, bemerkte sie steif.

Karl Moritz schaute verwirrt auf. »Wie kommst du denn auf so eine Idee? Ach verdammt, ich druckse hier herum wie ein junger Esel! Dabei bin ich doch höchstens ein alter Esel.«

Verlegen rieb er sich das Ohrläppchen und seufzte.

»Also, um es kurz zu machen: Ich habe über dich nachgedacht. Und über mich. Und darüber, wie es weitergehen soll. Ich bin schließlich nicht mehr der Jüngste, und mich plagen jedes Jahr mehr Zipperlein. Meine Knochen sind eingerostet wie altes Werkzeug. Mein Rücken ... nun ja. Und dann der Husten, der mir morgens immer so zu schaffen macht!«

»Jedes Mal, wenn Sie anfangen, Ihre Krankheiten aufzuzählen, schwant mir nichts Gutes«, erwiderte Rosanna ironisch. Doch ihr war schon wieder ein wenig leichter ums Herz. In einem plötzlichen Anfall von Hunger biss sie herzhaft von ihrem Brot ab. Kauend sagte sie: »Normalerweise gehen Sie mir doch schon an die Gurgel, wenn ich Sie nur an Ihren Hustentee erinnere!«

Der alte Mann lächelte verlegen. »Das ist doch nicht so gemeint. Ich will dich keineswegs unter Druck setzen ... Aber was würdest du davon halten, wenn wir beide heiraten?«

Rosanna verschluckte sich so heftig, dass sie zu prusten begann. Aufgeweichte Brotfetzen, Spucke und Butterflocken landeten auf dem Tisch.

»Wie bitte?«, keuchte sie.

»Du hast schon richtig gehört. Heiraten – wir beide! Natürlich nur auf dem Papier, das versteht sich von selbst. Gewisse eheliche Pflichten würde ich dir natürlich nicht abverlangen. Aber dieser Schritt hätte viele Vorteile – für uns beide.«

Rosanna schüttelte den Kopf. »Vorteile für uns beide, wie Sie das sagen ... Als ob es dabei um eine geschäftliche Abmachung ginge. Ich will nicht heiraten! Sie nicht und auch sonst niemanden. Von Männern habe ich die Nase voll! Also, ich meine, natürlich nicht von Ihnen, aber ...« So schnell ihre Worte gekommen waren, so plötzlich taten sie ihr Leid. Verlegen schob sie mit ihrem Schürzenzipfel ein paar Brotkrumen auf dem Tisch zusammen. Wie konnte Karl nur auf so eine Idee kommen? Als Bubi leise wimmerte, stürzte Rosanna mit übertriebener Fürsorge an die Wiege, nur um etwas zu tun zu haben.

»Ich verstehe dich ja, Rosanna. Aber du darfst nicht nur an das Hier und Jetzt denken! So eine ›geschäftliche Abmachung‹ hätte durchaus ihre Vorteile. Was wäre zum Beispiel, wenn ich heute noch einen Herzschlag erleide und tot umfalle? Was würde dann aus dir werden?«

»Sie und ein Herzschlag!« Rosannas Mundwinkel verzogen sich missbilligend. »Da fallen doch eher Ostern und Weihnachten zusammen.« Trotz ihrer forschen Worte war ihr plötzlich bange. Er hatte Recht, was würde dann aus ihr werden?

»Wenn du mich heiratest, könnte ich für dich sorgen, auch nach meinem Tod. Du wärst dann immer noch jung genug, um dir einen feschen Burschen in deinem Alter zu suchen, und gleichzeitig wärst du unabhängig. Das ist ein großer Vorteil, glaube mir! Ich würde aufs Rombacher Amt gehen und vom Ratsschreiber entsprechende Papiere aufsetzen lassen. Mit so etwas habe ich meine Erfahrung. Wo der Herr Richter doch inzwischen ein guter Freund von mir ist ...« Karl lachte übermütig. In Wahrheit verhielt es sich so, dass Johannes Richter, der als Ratsschreiber und zugleich als Grundbuchbeamter von Rombach fungierte, jedes Mal die Augen verdrehte, wenn Karl Moritz kam, um einen weiteren Flecken »nutzloses Land«, den er einem der Bauern abgeschwatzt hatte, auf seinen Namen umschreiben zu lassen.

Rosanna schwieg. Sie hasste es, wenn ihre Gedanken mit ihr durchgingen wie wilde Pferde und sie zu keiner vernünftigen Antwort mehr fähig war. Karl und sie ... versorgt sein ... unabhängig ...

»Ich erwarte natürlich auch eine Gegenleistung: Wenn ich wirklich einmal krank werde, dann sollst du für mich sorgen. Ich will nicht enden wie ein ausrangiertes Möbelstück, das nur noch nutzlos in der Ecke steht und Platz wegnimmt und das jeder am liebsten beim nächsten großen Feuer verbrennen würde. Ich will nicht unmündig werden wie die alten Breuers – noch nicht tot, aber schon lange nicht mehr lebendig. Niemals!«

»Aber ich würde doch auch für Sie sorgen ohne diese ... Heirat. Das müssen Sie doch inzwischen wissen! Dazu bedürfte es weiß Gott nicht dieses Schrittes. Ich und Frau Moritz – stellen Sie sich das mal vor!« Ein unfreiwilliges Lachen gurgelte in Rosannas Kehle, blieb dann aber dort stecken, bevor es ausbrechen konnte. »Und denken Sie an Ihre Tochter. Die würde Sie glatt für verrückt erklären!«

»Das soll sie nur versuchen«, erwiderte Moritz. »Ich weiß, wie meine Tochter sein kann, leider! Das ist mit ein Grund, warum ich diesen Plan gefasst habe.«

Franziska würde Rosanna vom Hof jagen, kaum dass Karl den letzten Atemzug getan hatte – so viel stand fest.

Das würde ich nicht überstehen, schoss es Rosanna durch den Kopf. In diesem Augenblick wurde ihr klar, wie sehr sie das Leben auf dem Moritzhof lieben gelernt hatte. So sehr, dass sie sich ein Leben anderswo, ohne das schützende, tief gezogene Dach des alten Hauses, ohne den Himmel, dem man hier näher war als an jedem anderen Ort, nicht mehr vorstellen konnte. Der Moritzhof war nicht nur ein beliebiges Haus, in das das Schicksal sie verschlagen hatte. Der Hof war ihr Zuhause.

Als sich das Schweigen zwischen ihnen immer weiter ausdehnte, platzte Rosanna schließlich heraus: »Herr Moritz, vielleicht haben Sie ja Recht mit dem, was Sie sagen. Trotzdem kann ich Sie nicht heiraten. Als Ihre Frau müsste ich ja Du zu Ihnen sagen!«

Ich willigte ein und hatte fortan jeden Tag Bauchschmerzen vor lauter Sorge. Andere Bräute freuen sich auf den Hochzeitstag, nennen ihn den schönsten Tag ihres Lebens, ich aber fürchtete mich davor. Nicht etwa, weil ich den Gedanken an Karl als Ehemann so abschreckend fand. Mehr als einmal hatte er mir versichert, dass er keineswegs die Ehe mit mir vollziehen wolle. Was dann wirklich in der Hochzeitsnacht geschah ... Nun, das geschah allein durch mich.

Aber ich konnte mir einfach nicht vorstellen, wie wir die Hochzeit an sich hinter uns bringen sollten.

Aus meiner Zeit als Magd im »Fuchsen« wusste ich um das Hochzeitsbrauchtum in Rombach. Doch kein einziger Brauch passte zu meinem Bräutigam und mir.

Es gab keine Brauteltern, bei denen er um meine Hand hätte anhalten können. Wir hatten niemanden, den wir als Hochzeitslader von Haus zu Haus hätten schicken können. Und wen sollten wir überhaupt einladen? Wer würde unserer Einladung nachkommen? Die Breuers gewiss nicht. Vielleicht würde Franziska nicht einmal Simone erlauben, daran teilzunehmen, da sie doch schon wegen Simones Patenschaft für den kleinen Karl solch ein Gezeter veranstaltet hatte. Auch Zacharias, der ja bald offiziell »Fuchsen«-Wirt werden sollte, konnte Simone verbieten, zu unserer Hochzeit zu erscheinen. Simones Berichten zufolge gefiel er sich außerordentlich gut in seiner neuen Rolle und spielte sich dementsprechend auf.

Und wo sollte das Fest überhaupt stattfinden? Außer dem »Fuchsen« gab es kein anderes Wirtshaus in Rombach. Blieb also nur der Moritzhof ...

Und dann war da noch das Problem mit dem Pfarrer. Nie und nimmer würde er uns das heilige Sakrament der Ehe erteilen, sagte ich zu Karl. Wo ich doch schon vor der Ehe schwanger gewesen war und ein Kind geboren hatte. Höchstens Josef Stix könne uns trau-

en, der Wanderpfarrer, der auch Bubi getauft hatte, behauptete ich. Karl widersprach. Das ginge nicht, denn in dieser Angelegenheit musste alles vor den Augen der »heiligen Rombacher Dreifaltigkeit« – darunter verstand er den Pfarrer, den Bürgermeister und den Lehrer – seine Richtigkeit haben. Schließlich sollte nachher niemand den geschlossenen Bund anfechten können. Auch das leuchtete mir ein, doch meine Bauchschmerzen wurden dadurch nur umso heftiger.

Karl versprach mir, sich um alles zu kümmern und jede entsprechende Notwendigkeit zu bedenken. Er bat mich allerdings, unsere Pläne vorerst für mich zu behalten. Als ob ich Lust verspürt hätte, jemandem davon zu erzählen! Ich konnte mir schon vorstellen, wie Simone reagierte, wenn sie es erfuhr. Sie würde sagen, ich sei von allen guten Geistern verlassen. Natürlich wollte ich ihr meine Beweggründe erklären, aber ob sie mich deshalb besser verstand?

Und wem hätte ich sonst davon berichten sollen? Margret vielleicht, doch die sah ich in diesen Tagen nur selten. Dasselbe galt für Gottlieb König. Auf dem Hof ging die Arbeit nie aus, und so blieb mir nur selten Zeit, die wenigen Menschen, die mir in Rombach noch wohlgesonnen waren, zu besuchen. Außerdem war mir jeder Gang ins Dorf zuwider.

Von Karls »speziellen Freunden« kannte ich inzwischen den einen oder anderen etwas besser, aber mir wäre nie in den Sinn gekommen, mich einem dieser Raubeine anzuvertrauen. Höchstens vielleicht Stanislaus Raatz, der regelmäßig auf den Hof kam, um Karl den im letzten Winter schwarz gebrannten Schnaps abzukaufen. Er hatte Frau und zwei Töchter in der Schweiz, und er war es auch, der den Fusel dort an Gasthöfe weiterverkaufte, die nicht nach dessen Herkunft fragten. Im Gegensatz zu den anderen Kerlen, die den Mund gern voll nahmen, war Stanislaus ein stiller Mann. Wenn er an jemanden das Wort richtete, dann tat er es so betont und langsam, als ob er mit einem dummen Kind redete. Doch bald merkte ich, dass dies einfach seine Art war. Manchmal saßen wir abends zu dritt an dem langen Holztisch vor dem Haus und warteten darauf, dass sich die Sommernacht auf uns senkte, sodass sich

Stanislaus auf den Heimweg machen konnte. Dann redeten wir über Gott und die Welt, und die Grillen im nahen Gras zirpten dazu, als hätten sie auch etwas zu sagen. Mir gefiel, wie Stanislaus von seiner Familie sprach. Ich freute mich über den Stolz in seiner Stimme, wenn er von seiner jüngeren Tochter Mechthild erzählte, die am Genfer See bei einem Uhrmacher ausgebildet wurde. Eine der ersten Frauen überhaupt, die dieses Handwerk erlernen durften! Die Ausbildung kostete natürlich viel Geld, und ich vermutete, dass Stanislaus deshalb die gefährlichen Schmugglergänge unternahm. Seine ältere Tochter Sieglinde war in einem Hotel angestellt – wenigstens sie hatte ihr eigenes Auskommen. Was würde Stanislaus Raatz wohl sagen, wenn eine seiner Töchter einen über fünfzig Jahre älteren Mann zum Ehemann nehmen wollte? Die Frage ging mir oft durch den Kopf, aber ich habe sie ihm nicht gestellt.

In jener Zeit machte ich es Karl nicht leicht. Statt gemeinsam mit ihm darüber nachzudenken, wie wir den Rombacher Pfarrer für unseren Plan gewinnen konnten, statt das Hochzeitsfest mit allen seinen Einschränkungen zu planen, jammerte ich eigentlich nur herum. Wenn ich heute darüber nachdenke, ärgere ich mich über mich selbst. Hatte ich mir nicht schon bei meiner Flucht vor meinem Vater geschworen, mich nicht mehr so schnell einschüchtern zu lassen? Meine Ängste und Zweifel besser im Zaum zu halten?

Karl jedoch blieb fest bei seiner Überzeugung, dass alles gut werden würde. Ich solle ihm nur vertrauen und mir keine Sorgen machen. Unserer Hochzeit im Herbst würde bald nichts mehr im Wege stehen. Bis Karl allerdings beginnen konnte, alles Nötige in die Wege zu leiten, musste er sich in Geduld üben. Simone erschien prompt nicht an dem gewohnten Wochentag, woraufhin er den ganzen Tag grantig war. Als ich ihn fragte, warum ihm am Besuch seiner Enkelin plötzlich so viel lag, erwiderte er nur, er habe ihr einige Fragen stellen wollen. Diese Antwort half mir jedoch auch nicht weiter …

Es war Hochsommer und damit Reisezeit im Schwarzwald. Während auf dem Moritzhof die Schwalben ihre Kreise zogen, die Kirschbäume abgeerntet werden mussten und eine der beiden Ziegen aus dem Gatter ausbrach und erst zwei Tage später mit einem tiefen Riss im Ohr und hunderten von Kletten im Fell wieder auftauchte, war im »Fuchsen« jedes Fremdenzimmer von Sommerfrischlern belegt. Neben den Arbeiten, die Simone in Haus, Küche und Garten zu verrichten hatte, musste sie nun auch noch die Fremdenzimmer putzen, Vesperkörbe für Wanderfreunde zubereiten und am Abend, wenn alle Gäste wieder zurückgekehrt waren, deren Wanderstiefel schrubben. Statt eines wöchentlichen Waschtages waren es nun zwei. Zacharias, der stolz darauf war, dass der »Fuchsen« ein so beliebtes Ziel für Reisende geworden war, kontrollierte höchstpersönlich, ob auch für jeden neuen Gast frische Bettwäsche verwendet wurde. Er war es auch, der Simone in den nächsten zwei Wochen die Besuche auf dem Moritzhof verbot, da konnte Simone noch so bitten und betteln.

Wahrscheinlich will er nicht, dass ich Rosanna von seinen großartigen Hochzeitsvorbereitungen erzähle, dachte Simone bei sich. Kränze aus Rosmarin, Sträußchen aus getrockneten Kräutern und Rosen und hunderte von weißen Schleifen hatte sie schon binden müssen – sie sollten am ersten August die Hochzeitstafel schmücken. Und das alles für Elsbeth, die Ziege, wie Simone die Brauereitochter heimlich nannte. Sie hasste ihren Bruder umso mehr.

Es war fast schon Ende Juli, als sie Rosanna endlich wieder besuchen durfte. Den Korb voller duftendem Kräuterbrot, das sie am Vortag gebacken und vor der Mutter versteckt hatte, rannte Simone das letzte Stück des Berges so schnell hinauf, dass sie oben angekommen völlig aus der Puste war.

Sie hatte gerade zum Klopfen angesetzt, als die Tür des Moritzhofes aufgerissen wurde.

»Da bist du ja endlich!«

Erschrocken wich sie zurück, weil statt Rosanna die hagere Gestalt ihres Großvaters vor ihr stand. Die schlohweißen Haare standen wild von seinem Kopf ab, im grellen Sonnenlicht sahen sie aus wie ein Heiligenschein. Doch so wütend, wie er Simone anfunkelte, kam er ihr eher wie der Teufel persönlich vor.

»Was ist los? Ist Rosanna krank? Ist ihr etwas geschehen?« Mit klopfendem Herzen und ohne sich weiter um den Mann zu kümmern, drängte Simone an ihm vorbei.

Rosanna ...

»Hier geblieben, Mädchen! Rosanna geht es gut. Sie ist hinten im Garten. Du hättest sie eigentlich sehen müssen. Aber da ich sowieso mit dir allein reden will, trifft es sich gut, dass du so ein blindes Huhn bist.«

Nur langsam beruhigte sich Simones Herzschlag wieder. »Was willst du von mir?«, fragte sie mürrisch.

Mit einem Kopfnicken, das keinen Widerspruch zuließ, wies der Großvater sie an, ihm in die Küche zu folgen.

»Wie ich höre, bist du eine von denen, die ihr Heil in der Kirche suchen. Da wird es für dich ein Leichtes sein, mir ein paar Fragen zu beantworten.«

Simone runzelte die Stirn. War der Alte nun endgültig übergeschnappt? Und warum kam Rosanna nicht endlich herein? Es war doch ein viel zu heißer Tag, um mit einem Säugling so lange draußen zu sein. Nach Essen roch es auch noch nicht, obwohl es fast Mittag war. Dabei hatte Simone den ganzen Tag lang noch keine Zeit gehabt, auch nur den kleinsten Bissen zu sich zu nehmen, und gehofft, bei Rosanna einen Teller Suppe zu bekommen.

Die Küchenbank ächzte, als sich der Großvater an den Tisch setzte. Voller Ungeduld beobachtete Simone ihn dabei. Wie hielt Rosanna das Leben mit diesem alten Tölpel nur aus?

Karl Moritz hangelte nach seiner Pfeife. Als hätte er alle Zeit der Welt, begann er sie zu stopfen. Schließlich sagte er: »Es geht um Folgendes: Ich möchte dem Pfarrer von Rombach eine kleine Freude bereiten, weiß aber nicht, womit.«

Dem Pfarrer eine Freude bereiten? Der Alte war tatsächlich übergeschnappt.

»Vielleicht würde er sich schon darüber freuen, dich endlich einmal wieder im Gottesdienst zu sehen«, antwortete Simone scharf.

»Das wird er auch bald, mein Kind. Aber jetzt möchte ich, dass du mir die Kirche ganz genau von innen schilderst. Wie prächtig ist sie ausgestattet?«

Warum sollte sie ihm die Kirche beschreiben? Glaubte der Alte, sie nicht vom Rathaus unterscheiden zu können? Simone hatte schon eine weitere spitze Bemerkung auf den Lippen, doch dann besann sie sich. Schließlich wollte sie nicht ihre ganze kostbare Zeit mit dem Großvater verbringen, sondern das Gespräch so schnell wie möglich beenden. Warum lässt er sich nicht von Rosanna erzählen, wie es in der Kirche aussieht?, fragte sie sich im Stillen. Trotzdem beschrieb sie Karl die bunten Fenster, auf denen die heiligen Apostel abgebildet waren. Und die Statue der Mutter Gottes mit dem Jesuskind. Außerdem die Votivbilder, die in Reih und Glied hingen und eine ganze Längsseite der Kirche einnahmen, sodass alle Kirchgänger unwillkürlich darauf blickten.

»Diese Votivtafeln – ich dachte, solche gäbe es nur in einer Wallfahrtskirche?«, unterbrach Karl Moritz seine Enkelin.

»Ich weiß es nicht genau. Manchmal bringen die Wallfahrer sie von ihren Pilgerreisen mit und hängen sie dann in unserer Kirche auf. Aber ich glaube, es gibt auch Tafeln von Leuten, die noch nie wallfahrten waren«, antwortete Simone unsicher.

»Aha. Erzähl weiter: Gibt es jemanden im Dorf, der solche Tafeln bemalt?«

Diesmal wusste Simone Bescheid. »Nein. Soviel ich weiß, geben die Leute die Tafeln bei Herbert Burgmann in Auftrag. Das ist ein Devotionaliengroßhändler, der durch die Gegend reist und alle paar Wochen zu uns in den ›Fuchsen‹ kommt. Der hat einen Katalog mit verschiedenen Vorlagen dabei – ich durfte schon einmal hineinsehen. Fast jedes menschliche Elend kannst du malen lassen. Und als würde das nicht reichen, nennt Burgmann den Leuten auch noch den richtigen himmlischen Helfer dafür!« Simone lachte verächtlich auf. »Manche machen es sich da ziemlich leicht ... Wenn sich die Leute schließlich entschieden haben, wen sie um Hilfe bitten wollen, lässt er die Tafeln irgendwo nach ihren genauen Wünschen bemalen.«

»Herbert Burgmann, aha. Und gibt es tatsächlich noch viele Leute, die sich mit so einem Bild die Gnade Gottes erkaufen wollen?«

Irritiert schaute Simone zu, wie der alte Mann etwas auf ein Stück Papier kritzelte. Ihr gefiel der leicht abfällige Ton nicht, in dem der Großvater sprach. Andererseits war ihr in den letzten Minuten ein Gedanke gekommen: Er war ja schon sehr alt, fühlte vielleicht seinen Tod nahen und wollte jetzt etwas tun, um sich von seinen Sünden zu befreien. Nun, dann war es ihre Christenpflicht, ihm dabei zu helfen. Sie begann von Judas Thaddäus zu erzählen – dem Schutzheiligen für ausweglose Situationen, der besonders häufig auf Votivtafeln zu finden war.

Der Großvater lächelte zum ersten Mal. »Und was gibt es noch in der Kirche zu sehen?«

Simone beschrieb das Taufbecken aus gemeißeltem Granit, die hölzerne Vertafelung der Orgel ...

Bald war sie so in ihre Schilderungen vertieft, dass sie zunächst gar nicht merkte, wie das Lächeln des Großvaters erlosch und sich seine Miene immer weiter verdüsterte. Schließlich hielt sie inne.

»Was ist? Du hast doch hören wollen, wie es im Haus Gottes aussieht! Unsere Kirche ist nun einmal reich ausgestattet ...«

»Ja schon, aber es muss doch auch etwas geben, was ihr noch *nicht* habt!« Er knallte seine Pfeife so heftig auf den Tisch, dass kleine Tabakflusen herausstoben. »Irgendeine besondere Heiligenfigur, die sich der Pfarrer wünscht. Oder ein größeres Kreuz ... Mädchen, wenn jemand so etwas wissen kann, dann du!«

Obwohl seine Heftigkeit Simone einschüchterte, fühlte sie

sich doch ein wenig geschmeichelt, dass er sie zu Rate zog. Aber unter dem lauernden Blick des alten Mannes fiel es ihr schwer, sich zu konzentrieren.

»Vielleicht gibt es tatsächlich etwas ...« Sie biss sich auf die Unterlippe und versuchte, die Erinnerung an Fronleichnam in sich wachzurufen. Oder besser gesagt, an den Tag davor ...

Wie jedes Jahr hatten die Frauen auf dem Dorfplatz einen prächtigen Teppich aus Blüten ausgelegt, auch Simone hatte dabei geholfen. Aus gelbem Ginster hatte sie Rauten um das Kreuz herum gelegt, das als Mittelpunkt das Kunstwerk zierte. Am Abend war dann der Herr Pfarrer gekommen und hatte ihre Arbeit begutachtet. Und dabei hatte er eine Bemerkung gemacht ...

Sie biss ein Stückchen Nagelhaut von ihrem Daumen ab, kaute hingebungsvoll und sagte dann: »Ich weiß tatsächlich etwas, was unserer Gemeinde fehlt und dem Pfarrer große Freude bereiten würde ...«

Kurze Zeit später war Simone aus dem Gespräch entlassen und Karl Moritz auf dem Weg nach Rombach.

Das Pfarrhaus lag zwischen der Kirche und dem Friedhof. Als Karl dort ankam, war es zwei Uhr nachmittags. Unterwegs hatte er den einen oder anderen Dorfbewohner gesehen, war aber nur selten stehen geblieben, um ein paar Worte zu wechseln. Bestimmt würde heute Abend das halbe Dorf rätseln, warum sich Karl Moritz nach so langer Zeit wieder einmal hatte blicken lassen. Als er den Türklopfer betätigte, hoffte er, den Herrn Pfarrer nicht aus seinem heiligen Mittagsschlaf zu reißen.

Auf dem Weg ins Tal hatte er sich einen Plan zurechtgelegt. Gleichzeitig ärgerte es ihn, dass er überhaupt gezwungen war, dem Pfaffen dermaßen um den Bart zu gehen. Aber wenn es seinem Zwecke diente, sollte es ihm recht sein. Mit diesem Argument zwang er seinen Stolz in die Knie.

Als er im Haus Schritte nahen hörte, zog er noch einmal seinen alten, abgewetzten Gehrock zurecht, den er für diesen Besuch aus dem Schrank geholt hatte, und tastete in seinem Rucksack nach der Flasche mit dem Kirschwasser. Zehn Jahre lang war es gereift und rann die Kehle hinab wie Öl. Nur das Beste für den Pfaffen, dachte er grimmig, als sich die Tür endlich öffnete.

»Eine Fahne für die Fronleichnamsprozession willst du spendieren, soso ... Und womit haben ich und meine Schäflein diese Ehre verdient?« Die Augen des Pfarrers verengten sich zu zwei schmalen Schlitzen.

Karl versuchte, sich seine Abneigung gegenüber dem Mann mit der krächzenden Stimme und dem feisten Gesicht nicht anmerken zu lassen.

»Nun, ich dachte einfach, dass es ein Jammer ist, dass Rombach für die Prozession noch immer keine Fahne besitzt. Wo doch in anderen Gemeinden an jenem Tag, an dem der Himmel für die Menschen weiter offen steht als sonst, nicht nur die heilige Eucharistie bei der Prozession durchs Dorf getragen wird, sondern auch noch prächtige Fahnen ...«

Der Pfarrer runzelte die Stirn. »Woher willst *du* eigentlich wissen, was bei uns durchs Dorf getragen wird? Wenn ich mich nicht täusche, habe ich dich seit dem Tod deiner Martha nicht mehr bei uns gesehen.« Der Tadel in jedem einzelnen Wort war nicht zu überhören.

»Das stimmt, Herr Pfarrer. Aber mit meiner Gesundheit steht es nicht zum Besten, an manchen Tagen bin ich so krumm, da müsste mich schon einer den Berg hinuntertragen ...«

Karl holte so tief Luft, dass er husten musste. Er zog ein Taschentuch aus dem Sack. Während er geräuschvoll hineinspuckte, verbarg er gleichzeitig ein Grinsen. Etwas war eingetreten, womit er nicht gerechnet hatte: Die Sache begann ihm Spaß zu machen.

»Aber ich habe mir jede Ihrer Predigten von meiner Enkelin Simone nacherzählen lassen. Und dann habe ich im Herrgottswinkel gebetet. Eine eigene Kapelle besitzt mein Hof ja leider nicht ... Jeden Sonntag, Gott ist mein Zeuge!« Bevor der Pfarrer zu einer Erwiderung ansetzen konnte, lenkte er das Gespräch wieder in seine Richtung.

»Auf solch einer Fahne könnte doch auf der einen Seite das Jesuskind abgebildet sein und auf der Rückseite unser Herr Pfarrer höchstpersönlich ... Ich dachte da an Stickereien mit goldenem Faden auf schwerer, doppelt gelegter Seide ...«

Als Karl das Pfarrhaus wieder verließ, war es acht Uhr abends. Die Flasche Kirschwasser war geleert, und Karl hatte dem Pfarrer versprochen, bei seinem nächsten Besuch gleich zwei Flaschen mitzubringen. »Auf einem Bein steht es sich schließlich nicht gut, nicht wahr?«

Obwohl das Gespräch gar nicht schlecht begonnen hatte, entpuppte sich der Pfarrer doch als ziemlich störrisch. Als Karl endlich mit seinem Anliegen herausrückte, fehlte nicht viel, und der Kirchenmann hätte ihn in hohem Bogen hinausgeworfen. Aber Karl blieb stur. Immer wieder betete er den gleichen Sermon hinunter: Dass es ihm ein Anliegen sei, ein in Schande gefallenes Mädchen zu retten, und dass dieser Wunsch doch vor Gott seine Gnade finden müsse. Ob es am Kirschwasser lag oder an der Julihitze oder einfach an Karls Hartnäckigkeit – schließlich wurden die Einwände des Pfarrers gegen eine solche Verbindung immer dünner. Doch umsonst war sein Segen keineswegs, und so hatte sich zu dem Versprechen, eine Fronleichnamsfahne und eine besonders reich verzierte Votivtafel anfertigen zu lassen, noch die Zusicherung gesellt, dass Rosanna vor ihrer Heirat auf eine Wallfahrt gehen würde, um für die Erlösung von ihren Sünden zu beten. Wirklich ausschlaggebend war nach Karls Ansicht jedoch das Säckel Geld gewesen, das er dem Pfarrer »für die bedürftigen Seelen« der Gemeinde zugesteckt hatte und in dem sich ganze fünfzig Mark befanden.

Was sind fünfzig Mark dafür, dass ich am ersten Sonntag im November als Bräutigam vor den Traualtar treten werde?, fragte sich Karl, während er sich vom Pfarrhaus entfernte.

Er war so guter Laune, dass er überlegte, auf einen Abstecher in den »Fuchsen« zu gehen. Da würde die liebe Familie Augen machen! Sie mochte sich den Kopf darüber zerbrechen, was ihn ins Dorf getrieben hatte, aber er würde natürlich kein Wort verraten.

Franziska erfuhr von der Heirat noch früh genug. Spätestens dann, wenn der Pfarrer im Oktober von der Kanzel herab verkündete: »Zum heiligen Sakrament der Ehe haben sich versprochen Rosanna Schwarz und Karl Moritz ...«

Das würde ein Zischen und Raunen auf der Weiberseite geben! Zu schade, dass er nicht dabei sein konnte. Aber an den ersten beiden Verkündigungssonntagen war es Brauch, dass Braut und Bräutigam der Kirche fernblieben. Erst am dritten Sonntag war ihnen der Kirchenbesuch wieder erlaubt.

Unschlüssig blieb Karl auf dem Dorfplatz stehen. Sollte er nun im »Fuchsen« vorbeischauen?

Nein, sein Bier konnte er auch mit Rosanna trinken. Sie fragte sich bestimmt schon, wo er so lange blieb.

Vielleicht würde er zur Feier des Tages auch eine Flasche von dem Wein aufmachen, den der Engländer ihm beim letzten Besuch mitgebracht hatte.

Ja, das war eine hervorragende Idee. Ein Glas Wein würde Rosanna gut tun.

Und während sie gemeinsam tranken, wollte er ihr die frohe Botschaft übermitteln, dass sie in den nächsten Wochen auf Wallfahrt gehen würde.

Am ersten August heiratete Zacharias, am Wochenende darauf brach ich mit Simone zu einer Wallfahrt auf. Dass Zacharias ihr die Erlaubnis dazu gegeben hatte, wunderte mich. Als ich Simone darauf ansprach, sagte sie, es wäre Elsbeth gewesen, die ihm zugeredet habe. Sie sei auch schon wallfahrten gewesen und würde dieses Erlebnis mit Sicherheit ihr Leben lang nicht mehr vergessen. Statt sich über die Freundlichkeit ihrer Schwägerin zu freuen, hetzte Simone jedoch nur darüber, dass sich Elsbeth bei ihr einschmeicheln wolle und dass sie das nie und nimmer erweichen konnte. Simone hat es den Menschen noch nie leicht gemacht, sie zu mögen.

Unsere Wallfahrt führte uns nach St. Märgen. Dieser hübsche Ort liegt ein gutes Stück nördlich von Rombach. Wenn man von dort aus ins Tal guckt, kann man fast schon Freiburg sehen! In St. Märgen wollten wir zum Gnadenbild der Muttergottes beten. Wir waren drei Tage lang von früh bis spät unterwegs, ich mit Bubi auf dem Rücken und Simone mit unserem Gepäck. Wenn es dunkel wurde, fragten wir bei einem Bauern an, ob wir in dessen Scheune übernachten durften. Wallfahrern wird dieser Wunsch stets gern gewährt. In St. Märgen sollten wir uns ein Zimmer im Gasthof Hirsch nehmen, dessen Besitzer ein alter Bekannter von Karl war. Ich freute mich darauf, einmal wie eine feine Dame in einem Fremdenzimmer zu nächtigen. Ansonsten konnte ich dem Unternehmen nicht viel abgewinnen, sah aber ein, dass es sein musste.

Das lange Marschieren in der Hitze war anstrengend. Manchmal hatte ich das Gefühl, vor Durst umzukommen, und ausgerechnet dann war natürlich kein Brunnen oder Bach in der Nähe. Simone schienen weder die Hitze noch der Durst etwas auszumachen. Wenn sie nicht gerade betete oder Kirchenlieder sang, lachte sie aus vollem Herzen. Je heißer der Tag wurde und je beschwerlicher unser Weg, desto glückseliger wurde sie. Das wäre das Schönste, was sie bisher in ihrem Leben erlebt habe, sagte sie.

Ich hatte schon von einigen Gästen im »Fuchsen« gehört, dass eine Wallfahrt eine geradezu berauschende Wirkung auf den Geist eines Menschen haben könne. Nun musste ich nur Simone anschauen, um zu erkennen, dass dies der Wahrheit entsprach.

Ständig hielt sie mich zum Beten an und sagte Gebete auf, die ich nachsprechen sollte. Immerzu wollte sie meine Hand in ihrer halten, die heiß und schwitzig war. Ach, war das alles ermüdend! Und auch ein wenig langweilig.

Natürlich horchte ich in mich hinein. Versuchte, mein Herz für den lieben Gott zu öffnen. Aber so recht wollte mir das nicht gelingen – ich war mir einfach keiner großen Sünde bewusst, auch wenn die anderen Menschen und insbesondere der Pfarrer das anders sahen. Natürlich, es war ein Fehler gewesen, dass ich Zacharias gegenüber so leichtgläubig gewesen war. Aber sollte ich bereuen, dass ich schwanger wurde und einen prächtigen Sohn geboren hatte?

Statt mich auf meinen Bittgang vorzubereiten, grübelte ich die meiste Zeit darüber nach, warum Karl das alles auf sich nahm. Als er an jenem Abend aus Rombach zurückkehrte und mir von seinem Besuch beim Pfarrer berichtete, bin ich aus allen Wolken gefallen. Karl, der mit der Kirche so gar nichts im Sinn hatte und der zum Beten viel lieber in seinen heiligen Wald ging, war vor dem Pfarrer zu Kreuze gekrochen? Für mich?

Noch heute ist mir nicht ganz klar, warum er das alles getan hat. Er hat nie gesagt, dass er mich liebt. Kein einziges Mal.

Liebe … Sind dafür eigentlich Worte nötig?, fragte ich mich auf dem langen, staubigen Weg und musste wieder einmal an Zacharias' Liebesbekundungen denken, die keinen Pfifferling wert gewesen waren.

Simone bekam von alldem nichts mit. Sie ärgerte sich nur fürchterlich, dass sie nicht selbst auf die Idee mit der Wallfahrt gekommen war. Auf diese Weise hätte ich mich doch schon viel früher von meinen Sünden rein waschen können! Sie schäme sich für ihre Gedankenlosigkeit und habe vor, in der Wallfahrtskirche Buße dafür zu leisten, dass sie mir so eine schlechte und gedankenlose Freundin gewesen sei.

Ich erwiderte nur, sie solle nicht einen derartigen Blödsinn daherreden.

Dass diese Wallfahrt, diese Reise, einzig und allein dem Zwecke diente, den Rombacher Pfaffen gnädig zu stimmen, wusste sie natürlich nicht ...

Die Hochzeit war eine schlichte Angelegenheit. Rosanna trug ein schwarzes Gewand aus Seide, das sie sich kurz zuvor geschneidert hatte. Karl war mit einer alten, schönen Tracht bekleidet. Die Gäste – Claudine und Alexandre, die gerade von einem Auftritt in St. Blasien kamen, Margret und eine Hand voll alter Freunde von Karl – kamen in ihrer Alltagskluft. Niemand hatte die Rombacher Kirche ausgeschmückt. Keine Mädchen warfen Blumen, dafür schrie Bubi, der gerade einen Zahn bekam, wie am Spieß. Kein Schützenverein, kein Kegelverein stand vor der Kirche Spalier, um dem Brautpaar alles Gute zu wünschen oder es mit ein paar Scherzen in den Hafen der Ehe zu verabschieden. Von den Breuers ließ sich niemand blicken – Karl hatte seine Tochter und ihre Familie nicht eingeladen. Rosanna bezweifelte, dass Simone überhaupt gekommen wäre. Seit sie von Rosannas Hochzeitsplänen erfahren hatte, spuckte sie Gift und Galle und wetterte schlimmer gegen ihren Großvater als je zuvor. Er habe Rosanna erpresst, würde ihr nur erlauben, auf seinem Hof zu bleiben, wenn sie ihn heiratete, und so weiter. An manchen Tagen war es so schlimm gewesen, dass Rosanna sie wütend weggeschickt hatte.

Nach der Trauungszeremonie, die der Pfarrer kühl und distanziert hinter sich brachte, fuhr die Hochzeitsgesellschaft in einer Kutsche, die Karl für diesen Tag bestellt hatte, auf den Moritzhof. Leider handelte es sich dabei um ein offenes Fuhrwerk, und vom Himmel regnete es Bindfäden. Auf dem Hof angekommen, musste Rosanna den Männern erst einmal trockene Hosen und Kittel von Karl herauslegen, weil alle bis auf die Haut durchweicht waren. Margret und Claudine, die beide durch Regenschirme besser gegen das schlechte Wetter geschützt gewesen waren, richteten in der Zwischenzeit in der guten Stube das Essen her, das Rosanna am Abend zuvor zubereitet hatte: Rehgulasch mit gerösteten Spätzle, dazu der letzte Ackersalat aus dem Garten. Außerdem gab es Wein, den einer von Karls Freunden mitgebracht hatte. Die Tafel war mit zwei Kerzen dekoriert und mit einem Strauß Strohblumen, den Margret geschwind vom Fensterbrett genommen und zwischen Salatschüsseln und Fleischplatten platziert hatte.

Rosanna erlebte ihren Hochzeitstag wie durch einen Nebel. Bin das wirklich ich?, fragte sie sich in der Kirche, während sie mit fremder Stimme die Worte des Pfarrers nachsprach. Da stand sie mit gerade einmal neunzehn Jahren, ein uneheliches Kind auf dem Arm, und heiratete einen Mann, der ihr Großvater hätte sein können. Und später saß sie am Kopfende einer Tafel, ihr Bräutigam neben ihr, und prostete fremden Leuten zu. Alles kam ihr so unwirklich vor! Sie lachte und scherzte mit den anderen, aber das war nur eine Fassade. So tief sie auch in sich hineinhorchte, sie konnte keine Gefühle entdecken – weder freudige noch traurige, weder erwartungsfrohe noch hoffnungslose. In ihr war alles so leer wie in einem ausgeräumten Keller. Karl, der wohl spürte, dass seine Braut nicht glücklich war wie andere an einem solchen Tag, nickte ihr immer wieder einmal aufmunternd zu, kümmerte sich aber nicht weiter um sie. Rosanna wusste nicht, was sie davon halten sollte. Wie sehr hätte sie sich jemanden gewünscht, dem sie ihr Herz hätte ausschütten können! Aber diesen jemand gab es nicht. Sowohl Claudine als auch Margret versteckten sich hinter einer aufgesetzten Fröhlichkeit, die Rosanna wehtat.

Gegen Abend verabschiedeten sich die Gäste. Keiner machte

einen der üblichen Scherze, die Hochzeitsnacht betreffend. Margret bot an, noch zu bleiben und beim Abwasch zu helfen, doch Rosanna lehnte dankend ab. Sie war froh, etwas zu tun zu haben.

Wie soll das jetzt alles nur weitergehen?, fragte sie sich, während sie bis zu den Ellenbogen in seifiger Lauge hantierte.

Sie war jetzt verheiratet.

Und Karl war ihr Ehemann.

Kein schlechter Mann, im Gegenteil.

Aber was nun?

Unruhig warf sie immer wieder einen Blick in die Wiege, die sie in die Küche geschoben hatte. Doch Bubi, erschöpft von dem langen Tag ohne Mittagsruhe, war endlich eingeschlafen. Entspannt nuckelte er an dem Daumen seiner rechten Hand, seine Wangen waren leicht gerötet und ein seliger Ausdruck lag auf seinem Kindergesicht. Von ihm würde sie so schnell nichts mehr hören.

Rosanna seufzte. Keine Ausrede also.

Sie trocknete sich die Hände ab, nahm einen Schluck Wein aus dem Glas, das sie neben dem Spülstein abgestellt hatte, und atmete einmal tief durch. Nun würde sie zu ihrem Mann gehen.

Karl saß in seinem Lehnstuhl in der guten Stube und rauchte eine Pfeife. Als Rosanna im Türrahmen erschien, winkte er sie zu sich.

»Bist du auch so froh, dass wir es endlich hinter uns haben?«

Mit einem leisen Ächzen nahm er seine Füße von dem kleinen Schemel, sodass Rosanna sich darauf setzen konnte. Doch sie hob seine Füße wieder auf den Schemel und zog sich stattdessen einen Stuhl heran.

»Na ja, so schlimm war es nun auch wieder nicht«, antwortete sie mit gerunzelter Stirn. »Oder bereuen Sie ... äh, ich meine, bereust du es etwa schon, mich geheiratet zu haben?«

Karl sah müde aus und sehr alt. Unter seinen Augen lagen

dunkle Schatten. Zum ersten Mal kam ihr der Gedanke, wie anstrengend das ganze Unternehmen für den alten Mann gewesen sein musste. Ein Schwall von Zuneigung überflutete sie.

»So ein Blödsinn!«, erwiderte er, doch seinen Worten fehlte die übliche Heftigkeit. »Ich ...«

Sein Blick verlor sich hinter ihrem Kopf.

Rosanna schluckte. Plötzlich waren ihre Zweifel, ihre Ängste unwichtig geworden. Sie wollte etwas sagen, das die Traurigkeit aus Karls Blick verjagen könnte, doch ihr fiel nichts ein.

»Ach, ich bin ein alter Depp!«, fuhr Karl fort, und der Ärger in seiner Stimme hörte sich für Rosanna beruhigend an. Doch schon in seinen nächsten Worten lag erneut eine traurige Nachdenklichkeit.

»Ich hab vorhin daran denken müssen, welch großes Geschenk der liebe Gott mir gemacht hat, als er dich damals auf den Hof schickte. Jede Stunde, jeder Tag mit dir ist ein Geschenk! Aber dann denke ich darüber nach, wie es dir dabei geht. Du bist eine junge Frau, die sich ihr Leben bestimmt anders vorgestellt hat. Betrogen musst du dir vorkommen. Verraten und verkauft vom Schicksal. Habe ich dabei überhaupt das Recht, so glücklich zu sein?« Er blinzelte. Erschrocken registrierte Rosanna den Glanz von Tränen.

Sie erhob sich, ging zu ihm und legte ihre Arme um seine Schultern.

»Alles ist gut so, wie es ist«, murmelte sie, während sie Karl sanft hin- und herwiegte. »Du hast Recht, ich habe mir meine Zukunft anders vorgestellt. Damals, als ich schwanger war, glaubte ich, Zacharias und ich würden einmal ... Aber der Mensch denkt, Gott lenkt – heißt es nicht so? Hast du schon einmal daran gedacht, dass Gott mir ein ebenso großes Geschenk gemacht hat? An dem Tag, als er mich an Kathis Stelle zu dir schickte? Ich bin froh und stolz, Frau Moritz zu sein, das ist die reine Wahrheit!« Sie atmete tief durch. Auf einmal fühlte sie sich ganz leicht. Sie gab ihrem Mann einen kleinen Klaps auf die

Schulter. »Und jetzt genug der trüben Gedanken. Es ist spät – sollen wir nicht zu Bett gehen? Es ist immerhin unsere ... Hochzeitsnacht.«

30. November 1900

Was in der Hochzeitsnacht geschah, blieb eine Ausnahme. Ich ging mit Karl in sein Zimmer, setzte ihn wie ein Kind aufs Bett und gebot ihm, dort sitzen zu bleiben. Dann zog ich mich aus. Erst die Schürze, dann den Rock, die Bluse, dann meine Unterwäsche, bis ich nur noch ein dünnes Leibchen anhatte. Karl wollte etwas sagen, protestieren, doch ich legte ihm den Zeigefinger an die Lippen. Sei still!, sagte ich stumm zu ihm. Und er schwieg. Wie er mich angeschaut hat! Als wäre ich eine schöne Statue, eine Göttin. Dann zog ich ihn aus und legte mich zu ihm ins Bett. Zuerst waren es nur meine Hände, die streichelten. Er lag stocksteif da, ich spürte, dass ihm unwohl war, aber ich machte weiter. Streichelte seine Brust mit dem grauen Pelz, streichelte seine Beine, mager und hart von der vielen Arbeit. Ich küsste ihn auch. Irgendwann spürte ich eine Hand auf meiner Brust. Ganz sanft, als handele es sich um etwas sehr Kostbares. Ich weiß, es hört sich dumm an, aber ich hätte in diesem Moment aufheulen können vor Freude.

Diese Liebesnacht war mein Geschenk an Karl. Meine Art, danke zu sagen. Dass er diesen Dank angenommen hat, war für mich ein Beweis seines großen Vertrauens zu mir. Obwohl er es bestimmt ganz anders gemeint hat. Es war eine einmalige Sache, danach habe ich nie mehr bei ihm gelegen. Und er hat es auch nie mehr von mir verlangt.

Den Wechsel von 1899 ins Jahr 1900 verbrachten Karl, Bubi und ich allein. Niemand kam zu Besuch, weder Claudine noch jemand von den anderen. Uns war das recht so. Wir bekamen nichts mit von den vielen großen Festen, die überall auf der Welt abgehalten wurden. Wir fühlten uns wie auf einer Arche Noah – sicher, geborgen, eine Familie.

Im »Fuchsen« unten hatte es an Silvester ein großes Fest gegeben, von Elsbeth organisiert. Laut Simone war es ein sehr schöner Abend, »fast so schön wie zu der Zeit, als du noch bei uns warst«. Natürlich weiß ich, dass jeder Mensch entbehrlich ist, aber mit dieser Bemerkung versetzte Simone mir trotzdem einen Stich. Meine Hochzeit mit Karl lag damals noch keine zwei Monate zurück, und sie hatte mir immer noch nicht verziehen. Sie konnte oder wollte einfach nicht verstehen, was mich zu diesem Schritt bewogen hatte.

Als unser Aufgebot in der Kirche bekannt gegeben wurde, hatte natürlich auch Franziska Zeter und Mordio geschrien, aber es nutzte ihr nichts. Es gab rein gar nichts, was sie Karls Willen hätte entgegensetzen können. Selbst der Pfarrer bestätigte ihr, dass Karl diese Entscheidung im vollen Besitz seiner geistigen Kräfte getroffen hatte – »und als guter Christ«, fügte er noch an. Ich weiß das, weil Simone ihre Mutter zu diesem Gang begleitet und mir später davon berichtet hat. Mir kam es damals so vor, als sei sie enttäuscht gewesen, dass ihre Mutter nichts hatte ausrichten können. Und so wurde ich zu Franziskas »Stiefmutter« …

1900 begann als ein gutes Jahr. Der Winter verabschiedete sich relativ früh und mit ihm auch Karls Husten. Das Frühjahr war trocken und sonnig. Eine stille Zufriedenheit, wie ich sie noch nie zuvor empfunden hatte, machte sich in mir breit.

Bubis ersten Geburtstag feierten wir bei strahlendem Sonnenschein und mit einer riesigen Schokoladentorte, die Claudine und Alexandre bei ihrem überraschenden Besuch mitbrachten. Es war die reinste Freude zuzusehen, wie Bubi auf seinen unsicheren Beinen versuchte, Claudines kleiner Tochter Claire nachzueifern, die eine Runde nach der anderen um die Festtafel drehte.

Zum ersten Mal in meinem Leben hatte ich Freunde: Claudine und Alexandre, Stanislaus Raatz, der einmal sogar seine Tochter Sieglinde mitbrachte, der Engländer und ein paar andere kamen immer wieder zu uns. Es waren längst nicht mehr nur geschäftliche Interessen oder »Gründe der Sicherheit«, die die Leute zu uns auf den Berg führten. Ich glaube, irgendwann haben sich alle in den Moritzhof verliebt.

Claudine und Alexandre nahmen bei ihren Auftritten öfter sogar große Umwege in Kauf, um uns für ein, zwei Tage zu besuchen, und jedes Mal freute ich mich wie ein Kind.

Der Engländer kam im Sommer allerdings nur einmal vorbei, und zwar um uns mitzuteilen, dass er in der Schweiz eine Wirtschaft mit dem Namen »Zum goldenen Pendel« eröffnet habe. Seine Reisen ins Ausland, wo er Uhren verkaufte, hatten einen wohlhabenden Mann aus ihm gemacht, der sich mit der Wirtschaft einen Traum erfüllte. Ha, wie vornehm er nun tat! Mit Schlips und Frack kam er anstolziert, sodass ich ihn im ersten Moment gar nicht erkannte. Aber trotz seiner aufgesetzten Manieren war er der Alte geblieben und lud uns ein, auch einmal eine Nacht unter seinem Dach zu verbringen – als Dankeschön für unsere Gastfreundschaft. »Welche Gastfreundschaft?«, knurrte Karl. »Bisher habt ihr Kerle noch immer für meine Dienste gezahlt.« Da zwinkerte der Engländer mir zu und sagte: »Dir bin ich in der Tat nichts schuldig geblieben, aber die Freundlichkeit deiner Frau ist nicht mit Geld zu bezahlen.« Das hat mich sehr gefreut.

Doch nun haben es Karl und ich nicht mehr geschafft, dem »Goldenen Pendel« einen Besuch abzustatten …

Der Sommer kam so rasch, wie sich der Winter verabschiedet hatte. Und er war ebenfalls trocken. Mehr als einmal kam Simone weinend angeschlichen, weil sie sich am Tag zuvor von früh bis spät in den Reutbergen hatte schinden müssen. Der Boden war so hart, dass mit der Hacke fast kein Eindringen möglich war. Dafür wucherten die Disteln umso zahlreicher. Ihre Hände waren oft zerstochen und so wund, dass nicht einmal Gottlieb Königs Heilsalbe half. Auch in meinem Gemüsegarten, auf den ich so stolz war, kümmerten die gelben Rüben vor sich hin, vertrockneten die Himbeeren an den Sträuchern, wurde der Kohl gelb. Nur Karls Bienen ging es gut. Er könne sich nicht daran erinnern, je so eine reiche Honigernte erlebt zu haben, sagte Karl.

Es war eine schöne Zeit. Jeden Morgen fiel mein erster Blick beim Aufwachen auf Bubis Bett, und dabei dankte ich Gott für seine Gnade, die mich auf den Moritzhof gebracht hatte.

Und ich danke Gott außerdem dafür, dass er Karl und mich wenigstens unseren ersten Hochzeitstag hat erleben lassen.

Drei Tage später, am siebten November 1900, war mein Mann tot …

Simone war auf dem Weg zur Mühle, als sie Margret traf.

»Grüß dich, Simone. Sag, was gibt es Neues von Rosanna? Ich hab sie seit dem Erntedankfest nicht mehr gesehen, sie kommt ja kaum einmal ins Dorf. Die Ehe scheint ihr gut zu tun – wer hätte das gedacht! Nun, ich komme zum Glück ganz gut *ohne* Ehemann aus.« Margret straffte ihre Schultern, und ein zufriedenes Lächeln umspielte ihre Lippen. »Und das hab ich nur Rosanna zu verdanken, glaube nicht, dass ich das je vergessen werde. Wenn sie damals nicht … na ja. Also sag, wie geht's meinem Glücksengel?«

Glücksengel, von wegen! Rosanna war *ihr* Schutzengel und sonst nichts, auch wenn sie sich nicht mehr täglich sahen, wie das früher der Fall gewesen war. Erbost starrte Simone auf die neue Schürze der jungen Frau. Die Geschäfte mit Herbert Burgmann, dem Devotionaliengroßhändler, schienen ja blendend zu laufen!

»Weiß auch nicht«, antwortete sie mürrisch.

Margret runzelte die Stirn. »Was soll das heißen? Ich dachte, ihr seht euch jede Woche? Hatte Rosanna nicht vorgestern ihren Hochzeitstag? Du meine Güte, wie die Zeit vergeht … Also, wenn ich daran denke, dass …«

Munter plapperte Margret weiter, während Simone ungeduldig von einem Bein aufs andere trat.

»Wenn du Rosanna siehst, richte ihr schöne Grüße von mir aus. Und deinem Großvater natürlich auch. Und sag ihnen, dass ich gern an ihr Hochzeitsfest zurückdenke, auch wenn es etwas … ungewöhnlich war.« Mit einem Kichern schulterte Margret ihren prallen Rucksack, in dem sich bestimmt wieder eine Unmenge von Spanschachteln befand, und ging ihres Weges.

Simone zog den Leiterwagen so ruckartig an, dass er einen Moment lang gefährlich auf zwei Rädern schwankte.

Seit einem Jahr war Rosanna nun schon mit dem Alten verheiratet! Ein ganzes Jahr hatte sie ihm bereits geopfert. Und niemand wusste, wie lange das noch so gehen würde.

Ein Jahr, in dem die Freundin ihr immer fremder geworden war.

Doch was tat sie, Simone, nicht alles, um die alte Nähe wiederherzustellen! Die ganze Woche über sammelte sie mühsam den Klatsch aus dem Dorf, sprach dabei sogar mit Leuten, mit denen sie freiwillig nie ein Wort gewechselt hätte, nur um bei ihrem wöchentlichen Besuch etwas erzählen zu können. Bei der Arbeit zu Hause kassierte sie regelmäßig Schelte, weil sie viel zu oft ihren Kopf durch die Küchenlade steckte, um Gesprächsfetzen aus der Wirtschaft aufzuschnappen, damit sie Rosanna später davon berichten konnte. Selbst mit Elsbeth, ihrer Schwägerin, hatte sie sich ein wenig angefreundet. Nur damit sie Rosanna erzählen konnte, dass sich Zacharias und seine Herzallerliebste schon wieder gestritten hatten. Und dass der kleine Michael, Zacharias' drei Monate alter Sohn, die ganze Nacht hindurch schrie, weil er eine Ohrenentzündung hatte.

Und wie dankte Rosanna es ihr? Indem sie die glückliche Ehefrau spielte und so tat, als wäre sie, Simone, eine Fremde. Indem sie ausschließlich um den alten Greis herumscharwenzelte. »Willst du noch eine Tasse Tee, Karl?« und: »Karl, schau, ich habe dir ein Früchtebrot gebacken, das ist deiner Verdauung doch immer so förderlich.«

Karl, Karl, Karl – immer nur er!

Manchmal kam Simone fast die Galle hoch. Als sie Rosanna letzte Woche gefragt hatte, ob sie ihren Geburtstag am 20. November bei ihr feiern dürfte, hörte die Freundin auch nur mit halbem Ohr hin. Dabei hatte sie Simone an deren letzten beiden Geburtstagen sogar einen Kuchen gebacken! Mit Eiern drin und viel Honig. Doch jetzt, wo der Alte sie dermaßen in Beschlag nahm, hatte sie für so etwas natürlich keine Zeit mehr.

Und wenn es nicht Karl war, dann war es Bubi. Du meine Güte, so ein Theater veranstaltete ja nicht einmal Kathi mit ihrem Sohn! Und Elsbeth mit dem kleinen Michael schon gar nicht, der lag oft stundenlang in seinem Bettchen und schrie sich die Kehle aus dem Leib, ohne dass jemand die Zeit fand, nach ihm zu schauen. Bubi hingegen musste nur einen Pieps von sich geben, und schon war Rosanna zur Stelle. Manchmal konnte man sich nicht einmal richtig mit ihr unterhalten, weil Bubi ständig dazwischenkrähte. Natürlich mochte Simone ihr Patenkind, aber was zu viel war, war zu viel.

Simone bedachte Alois, den Schnider, der auf der anderen Seite der Dorfstraße mit seiner riesigen Rückenkiepe in Richtung des »Fuchsen« ging, mit einem giftigen Blick. Aha! Es waren also wieder neue Kleider fällig. Aber bestimmt nicht für sie. Vor lauter Wut auf alles und jeden versetzte Simone ihrem Wagen einen Tritt.

Und dann diese seltsamen Besucher, von denen Rosanna manchmal erzählte. Man könnte fast meinen, ihr Schutzengel würde da oben ein Hotel führen. Erst vor zwei Wochen hatte sie von einem Sauerkrautessen berichtet, an dem sechs von Karls Freunden teilgenommen hatten.

Und hatte sie Simone auch eingeladen? Natürlich nicht.

Und in der Woche zuvor war wieder einmal diese schreckliche Claudine mit ihrem entsetzlichen Lachen zu Gast gewesen. Schmarotzer, allesamt! Warum merkte Rosanna das nicht? Die Leute umschwärmten sie wie Fliegen einen Zwetschgenkuchen, weil sie wussten, dass es bei Rosanna stets einen Teller Suppe und ein warmes Bett gab.

Bei dem Gedanken, wie ihr geliebter Engel immer nur ausgenutzt wurde, spürte Simone wieder einmal den drückenden Schmerz der Hilflosigkeit in ihrem Bauch. Warum gelang es ihr nur nicht, Rosanna vor ihrer eigenen Gutmütigkeit zu schützen?

Wie kam es überhaupt, dass ihr seltsamer, unfreundlicher Großvater so viele Freunde hatte?

Einmal hatte Simone ihrer Mutter diese Frage gestellt, doch die hatte gar nicht gewusst, wovon Simone sprach. Freunde? Der Großvater? Das war bestimmt nur eine Lügengeschichte, mit der sich Rosanna wichtig machen wollte. Trotzdem hatte sie Simone aufgetragen, bei ihrem nächsten Besuch Augen und Ohren offen zu halten. Franziska redete zwar nicht mehr mit ihrem Vater, wollte aber dennoch über alles informiert sein, was sich auf dem Moritzhof tat. Nur aus diesem Grund war es Simone weiterhin erlaubt, Rosanna zu besuchen.

Simone seufzte. In der kalten Novemberluft blieb ihr Atem wie eine weiße Wolke in der Luft stehen.

Was nutzte das Augen- und Ohrenoffenhalten, wenn es ihr doch nicht gelang, Rosanna aus ihrem Elend zu befreien? Beim Gedanken an das Leben, das ihr Engel zu führen gezwungen war, spürte Simone einen Stich in der Brust. Und gleich darauf meldete sich wie immer das schlechte Gewissen. Weil sie Rosanna, die ihr das Leben gerettet hatte, damals im Wald, als die Bestie sie anfiel, im Stich ließ.

Wie sollte man es anders nennen?

In der Mühle war Simone froh zu erfahren, dass Kathi am Krankenbett ihres Sohnes saß. Eine fürchterliche Erkältung plage den Kleinen, sagte die alte Müllerin. Simone drängte darauf, schnell das Mehl zu verladen. Wenigstens musste sie sich nun nicht auch noch mit Kathis Geschwätzigkeit herumschlagen. Je schneller sie mit ihrer schweren Last wieder daheim war, desto eher konnte sie zum Moritzhof aufbrechen.

Denn heute war ihr Rosanna-Tag.

Als sie sich kurze Zeit später auf den Weg den Berg hinauf machte, waren ihre Schritte schwer. Wie hatte sie sich immer auf diese Besuche gefreut! Doch in letzter Zeit war sie im Anschluss an das Wiedersehen mit der geliebten Freundin stets am Boden zerstört. Diese Machtlosigkeit! Zusehen zu müssen, wie ihr Engel litt, dabei aber so tat, als sei sie die glücklichste Frau auf Gottes Erde. Ihr, Simone, brauchte Rosanna nichts vorzumachen. Wie konnte sie glücklich sein bei dem Leben an der Seite eines Greises?

Simone schob sich die Stirnfransen, die von der feuchten Luft noch krauser waren als sonst, aus dem Gesicht.

Vielleicht sollte sie noch mehr beten. Vor lauter Arbeit war sie manchmal abends so müde, dass sie gerade noch ein Vaterunser schaffte. Aber heute Abend, ja, da würde sie Gott um Hilfe bitten. Und eines Tages, da war sie sich sicher, würde der liebe Gott ihre Bitte erhören und Rosanna von ihrem Leid erlösen.

Sie legte sich gerade im Geist verschiedene Gebete zurecht, als sie ein Stück entfernt eine Gestalt entdeckte. Abrupt blieb sie stehen.

War das nicht der Großvater? Warum kam er ihr entgegen? Simone kniff die Augen zusammen, um in dem starken Nebel besser sehen zu können.

Nein, er kam ihr nicht entgegen, sondern schien sich am Wegrand zu schaffen zu machen. Für einen alten Mann erstaunlich behände, kletterte er ein Stück den steilen Abhang hinab, bis nur noch sein Oberkörper zu sehen war.

Beim Näherkommen erkannte Simone, dass eine Schubkarre voller Zwergtannen mitten auf dem Weg stand. Der Alte war also wieder einmal dabei aufzuforsten.

»Grüß dich, Simone.« Er kletterte schwer atmend den Hang wieder hinauf. »Na, hast du für Martini schon alle Gänse gerupft?«

Simone schüttelte mürrisch den Kopf. Er wusste ganz genau, dass sie das Gänserupfen, von dem man wunde Finger bekam, hasste! Warum sonst hätte er diese Bemerkung gemacht? Selbst in der kalten Novemberluft konnte sie den Geruch von altem Schweiß riechen, den der Mann ausströmte. Widerlich! Sie ballte ihre Hände zu Fäusten.

»Rosanna ist oben im Haus.« Karl Moritz nickte seiner Enkelin zu und holte dann eine Tanne vom Wagen, ohne sich weiter um sie zu kümmern.

Auch Simone setzte ihren Weg fort, doch kurz darauf rutschte sie auf den nassen Steinen aus. In letzter Sekunde stützte sie sich mit den Händen ab und rappelte sich mühsam wieder hoch. Fast wäre sie zu Fall gekommen.

Wie vom Schlag getroffen blieb sie stehen. Warum eigentlich sie? Konnte nicht ein anderer ... Ihr schwindelte.

Tausend Bilder schossen ihr kaleidoskopartig durch den Kopf.

Und keines davon war bunt.

Alle grau. Und so wirr ...

Rosanna am Krankenbett, wo sie den Alten wie einen Säugling fütterte. Wie sie ihm Windeln anlegte, so wie Mutter das bei Großvater Breuer machen musste. Wie der Alte Rosanna anschrie, weil der Ziegelstein fürs Bett nicht warm genug war für seine kranken, alten Glieder.

Rosanna ... ihr Engel ... verdammt zu jahrelanger Pein ...

Wie im Wahn ging sie mit steifen Gliedern zurück zu der Stelle, wo ihr Großvater arbeitete. Wurde von einer so zerstörerischen Wut geschüttelt, dass ihr die Glieder wehtaten.

»Was willst du denn noch? Hast du's dir anders überlegt mit deinem Besuch bei Rosanna?«

Wie er sie musterte! Als ob sie nicht ganz bei Sinnen wäre.

War sie noch bei Sinnen?

Aus Simones Kehle kroch ein Lachen, das selbst in ihren Ohren fremd klang. Sie spürte eine kalte Glut in sich brennen, die sie erfüllte, die keinen Raum mehr ließ für andere Gedanken, für Gedanken jenseits des Hasses ...

»Ist es nicht gefährlich, hier an diesem steilen Hang zu arbeiten?«, fragte sie ihren Großvater mit einer so schrillen Stimme, dass es in ihren Ohren pfiff. Sie ließ unruhig ihren Blick umherschweifen, wollte lächeln, brachte aber nur eine Fratze zustande. »Was, wenn du ausrutschst oder das Gleichgewicht verlierst?«

Sie streckte ihre Hand aus.

Es war ganz leicht.

Eine Energie, die in ihr aufstieg, von der sie nicht wusste, woher sie kam, ließ sie fortfahren: »Vielleicht ist es besser, du machst ein anderes Mal weiter und kommst jetzt mit, zu Rosanna ins Haus. Ich helfe dir.«

Bevor der Alte etwas erwidern konnte, packte sie seine Hand. Zog erst daran, stieß sie jedoch im nächsten Moment mit aller Macht von sich. Mit der ihr von Gott verliehenen Kraft.

Es war ganz leicht.

Karls Schrei gellte durch die Luft, aber Simone hörte nichts.

Ein Summen wie von einer Heerschar Engel übertönte alles.

Es war ganz leicht gewesen.

6. Dezember 1900

Mir ist vor Aufregung so schlecht, dass ich gar nicht weiß, wo ich anfangen soll!

Heute Mittag kam der Postbote mit einem Brief von Johannes Richter, dem Amtsschreiber und Notar von Rombach. Der Brief war versiegelt, und ich musste dem Boten unterschreiben, dass ich ihn erhalten habe. Ich habe noch nie einen Brief bekommen – und dann gleich so einen! Aus lauter Angst, was wohl darin steht, habe ich ihn erst am Abend aufgemacht. Du meine Güte, was wäre gewesen, wenn ich ihn ein paar Tage liegen gelassen hätte? Oder wenn Karl mir nicht das Lesen beigebracht hätte? Dann wäre ich zu dem Termin morgen früh um neun Uhr nicht erschienen. Und dann?

Morgen wird also Karls Testament eröffnet. Hat er mich wirklich darin bedacht? Oder ist Blut wieder einmal dicker als Wasser? In diesem Fall würde Franziska alles bekommen, und ich stünde mit leeren Händen und einem Kind auf dem Arm da. Mir ist so bang, dass ich kaum noch atmen kann. Aber vielleicht ist es ja ein gutes Zeichen, dass der Brief ausgerechnet heute, am Namenstag des heiligen Nikolaus, ankam. War der heilige Nikolaus nicht einer, der sich um die Bedürftigen kümmerte?

Ich frage mich, ob Franziska etwas damit zu tun hat, dass mir die Einladung erst so kurz vor dem Termin zugestellt worden ist. Doch es hängt wohl eher damit zusammen, dass der Herr Notar gerade erst von seiner Bäderreise zurückgekehrt ist.

Ich war noch nie im Rathaus. »Zimmer drei« steht auf der Vorladung. Hoffentlich werde ich nicht ausgerechnet morgen verschlafen! Simone wäre stolz auf mich, wenn sie wüsste, wie viele Stoßgebete ich heute schon gen Himmel geschickt habe …

Am liebsten wäre Simone auch zur Testamentseröffnung gegangen, aber nur ihre Mutter war geladen. Die Sorge darüber, was aus Rosanna werden würde, brachte Simone fast um den Verstand.

Bevor die Mutter das Haus verließ, hatte sie Simone ein gutes Dutzend Aufgaben genannt – als sie zurückkam, hatte Simone gerade einmal die Hälfte davon erledigt. Wenn sie geglaubt hatte, sich dann endlich unbemerkt aus dem Staub machen zu können, hatte sie sich getäuscht! Doch schon kurz darauf war sie froh darüber, denn Franziska rief alle Familienmitglieder zusammen, um ihrem Groll über das ihr widerfahrene Unrecht Luft zu machen. Frohlockend hatte Simone zugehört und sich auf die Lippen beißen müssen, um ein triumphierendes Lachen zu unterdrücken.

Danke, lieber Gott!

Als sich Simone endlich auf den Weg zu Rosanna machen wollte, war es später Nachmittag. Doch Franziska Breuer verbot ihrer Tochter schlichtweg, noch jemals einen Schritt in Richtung Moritzhof zu tun.

»Willst du mich etwa festbinden wie die Kühe im Stall?«, schrie Simone sie an und rannte trotzdem los.

»Komm du mir wieder heim, dann setzt es was!«, schrie die Mutter ihr nach, doch das kümmerte Simone nicht. Die paar Schläge würde sie später gern einstecken.

Jetzt brauchte Rosanna sie.

»Soll ich?« Nervös fuchtelte Rosanna mit dem Briefumschlag herum. »Ich ... Es fühlt sich so seltsam an, ich meine, Karl hat mir noch nie geschrieben. Und jetzt ...« Erneut füllten sich ihre Augen mit Tränen.

Simone seufzte. Das ging nun schon so, seit sie angekommen war. Einmal brach Rosanna in Tränen aus, wenige Minuten später kicherte sie nervös, und einen Augenblick danach versank sie in gedankenvolles Schweigen. Es war höchste Zeit, diesem Spiel ein Ende zu machen.

Resolut schnappte Simone nach dem Umschlag und riss ihn

mit dem Zeigefinger auf. Ein paar Bögen Papier kamen zum Vorschein. Diese hielt sie Rosanna hin.

»Ich habe keine Lust, noch stundenlang wie die Maus vor der Falle dazusitzen. Entweder du liest jetzt Großvaters Brief, oder ich gehe!«

Mit zitternder Hand griff Rosanna danach.

»Lies!«, forderte Simone sie nochmals auf.

Rosanna begann:

»Moritzhof, am 10. November 1899

Liebe Rosanna,

wenn du diese Zeilen liest, weile ich nicht mehr auf dieser Welt, sondern wandle in den ewigen Wäldern. Oder ich schmore im Höllenfeuer – wer weiß das vorher schon so genau?

Ich habe dir versprochen, für dich, meine liebe Frau, zu sorgen. Ich habe mein Wort gehalten. Vom heutigen Tag an bist du eine reiche Frau. Dir gehört nicht nur der Moritzhof, sondern außerdem noch Ländereien und Wälder, die sich insgesamt auf gut achtzig Hektar belaufen.«

Simone unterbrach. »Achtzig Hektar – wie viel ist das?«

Rosanna zuckte mit den Schultern. »Weiß ich nicht.«

Als Simone die Küche des Moritzhofes betreten hatte, war Rosanna gerade wieder einmal dabei gewesen, in ihr Tagebuch zu schreiben. Was sie dem wohl alles anvertraute, fragte sich Simone nicht zum ersten Mal. Bisher war es ihr noch nicht gelungen, einen Blick hineinzuwerfen.

Rosanna hatte das Buch sofort zur Seite gelegt, als Simone erschien. Sie war noch nicht ganz zur Tür herein gewesen, als die Freundin sie schon mit Großvaters Brief überfiel, den sie vom Amtsschreiber überreicht bekommen hatte.

Und jetzt dankte Simone ihrem Herrgott dafür, dass sie den Mut gefunden hatte, ihrer Mutter die Stirn zu bieten.

»Ich bin eine reiche Frau, kannst du dir das vorstellen? Alles, was ich sehe, was ich berühre, der Boden, über den ich laufe – das alles gehört mir!«, sagte Rosanna atemlos. »Der Amtsschreiber hat gesagt, mein Name steht jetzt im Katasteramt in den Unterlagen zu allen Ländereien, die Karl gehört haben.« Rosanna schaute sich so verwundert um, als habe sie die Küche mit der alten Spüle, dem ramponierten Tisch und den kleinen Fenstern noch nie zuvor gesehen. »All das ist mein. Und dazu noch ein stattlicher Betrag. Ich hatte keine Ahnung, dass Karl ein so reicher Mann war.«

Mit einer fahrigen Bewegung griff sie nach der Schnapsflasche und schenkte Simone und sich ein Glas ein.

Simone schob das Glas angewidert von sich. Rosanna trank wie ein Mann – es war höchste Zeit, dass die liederlichen Sitten hier oben ein Ende hatten! Sie räusperte sich.

»Achtzig Hektar ... Vielleicht sollten wir wirklich einmal aufs Katasteramt gehen und nachschauen, wie viel das ist und wie weit dein Land überhaupt reicht.«

»*Dein* Land – wie sich das anhört!« Rosanna kämpfte gegen einen Schluckauf an. »Wenn ich mir vorstelle, wie deine Mutter toben muss ...«

»Stell es dir lieber nicht vor«, murmelte Simone.

Wie Rumpelstilzchen war sie in der Wirtschaft herumgewirbelt! »Mich hat er mit Geld abgespeist und sie bekommt den Hof!«, hatte sie geschrien. Und dass sie das Testament anfechten würde. Da konnte der Amtsschreiber ihr zehnmal sagen, dass es zwecklos war.

Das geschah der Mutter recht! Hätte sie Rosanna damals nicht aus dem Haus gejagt, wäre alles anders gekommen. Nun aber bekam jeder das, was er verdiente – seine gerechte Strafe.

Bekam den Zorn Gottes zu spüren.

Warum der Großvater der Mutter trotz allem so viel Geld vermacht hatte, verstand Simone nicht. Die beiden waren sich doch spinnefeind gewesen. Ihretwegen hätte die Mutter auch leer ausgehen können. Aber Simone wollte nicht respektlos sein, sondern demütig und dankbar. Schließlich war jetzt alles gut. Gott hatte ihr ein Zeichen geschickt, draußen auf dem Weg, an jenem Tag. Als sie selbst beinahe zu Fall gekommen war.

Seit der Großvater tot war, fühlte sie sich so leicht, so unbeschwert! Aber Rosanna zuliebe, die schließlich noch für geraume Weile die trauernde Witwe spielen musste, verbarg sie ihre Gefühle.

Einen Moment lang spielte Simone mit dem Gedanken, der Freundin zu verraten – oder wenigstens eine Andeutung darüber zu machen –, wem sie ihr neues Glück zu verdanken hatte. Sie verwarf diesen Gedanken zwar sofort wieder, doch die heimliche Freude, die sie verspürte, wärmte sie wie ein loderndes Feuer. Sie hatte alles richtig gemacht. Einmal im Leben hatte sie wirklich alles richtig gemacht.

Nachdem Rosanna noch einen Schluck Schnaps getrunken hatte, nahm sie den Brief wieder auf.

»Natürlich wünsche ich mir, dass wir noch einige Jahre miteinander verbringen dürfen ...«

Ja, lieber Großvater, das hast du dir vor einem Jahr noch so gedacht, schoss es Simone durch den Sinn, aber den Zorn Gottes, den hast du nicht eingeplant.

»... trotzdem: Wenn ich gestorben bin, wirst du noch immer eine junge Frau sein, eine junge, unabhängige Frau – auch das habe ich dir ja versprochen.
Nun liegt es in deiner Hand, aus dieser Unabhängigkeit etwas zu machen.
Du besitzt den Hof, die Ländereien und den Wald – das ist deine Lebensgrundlage. Du liebst doch Kühe, also könntest du Milchkühe anschaffen, so wie Martha und ich früher welche hatten.
Oder du könntest eine sanfte Forstwirtschaft führen – ein Teil der Bäume, die ich gesetzt habe, ist in ein paar Jahren so groß, dass sie abgeholzt werden können.

Dann sind da noch die Bienen. Für einen guten Honig zahlen die Leute – vor allem die verrückten Städter – nicht schlecht. Was die Kirschbäume angeht ... nun, es gibt gewisse Tätigkeiten, die für eine Frau einfach nicht geeignet sind, du weißt schon, was ich meine. Aber du bist eine wunderbare Köchin, verstehst dein Handwerk am Herd, also könntest du aus den Früchten Marmelade kochen und diese ebenfalls an die Städter verkaufen.«

»Die Städter, die Städter! Ein Leben lang hat er über die Gäste, die uns in Rombach besuchen, geschimpft. Jetzt plötzlich nimmt er sie so wichtig. Wie stellt er sich das vor? Sollst du wie eine Marketenderin mit einem Bauchladen voller Marmelade- und Honiggläser durch die Gassen ziehen und darauf hoffen, dass jemand dir etwas abkauft?«

Allein der Gedanke daran, dass ihr geliebter Engel auf das Wohlwollen von irgendwelchen Reisenden angewiesen sein könnte, versetzte Simone in Rage.

Rosanna verzog das Gesicht. »Ehrlich gesagt, finde ich Karls Ideen auch etwas abwegig. So viele Leute kommen ja schließlich nicht nach Rombach. Und diejenigen, die kommen, machen im ›Fuchsen‹ Station. Deine Mutter wäre sicher hellauf begeistert, wenn ich meine Waren vor eurer Tür feilbieten würde.« Sie seufzte.

Simones Blick wanderte voller Mitleid über Rosannas Gesicht, das verriet, dass sie zu wenig Schlaf bekommen hatte. Nun, von jetzt an konnte sie beruhigt schlafen.

Rosanna las weiter.

»Zu den Forellen: Vielleicht gibt es eines Tages in Rombach außer dem ›Fuchsen‹ noch weitere Gasthöfe – dann könntest du die Forellen dort verkaufen.
Was immer du beschließt zu tun, wende dich zuerst an Stanislaus Raatz oder auch an den Engländer. Sie waren viele Jahre meine Freunde, und sie werden dir mit Rat und Tat zur Seite

stehen. Stanislaus wird dir außerdem weiterhin Lebensmittel bringen, das habe ich vor einiger Zeit so mit ihm besprochen …«

»Das ist ja wieder einmal typisch für Großvater! Mich hat er nicht erwähnt. Glaubt er vielleicht, ich würde dich verhungern lassen?«, brauste Simone auf.

»Er wusste doch, dass du für mich da sein wirst, das brauchte er doch nicht extra aufzuschreiben.« Nervös kaute Rosanna auf ihrer Unterlippe. »Andererseits: Wie willst du mir schon helfen? Du hast doch von all den Dingen, von denen Karl geschrieben hat, nicht den geringsten Schimmer. Und ich erst recht nicht! Honig machen? Forellen züchten?« Sie kippte den Rest ihres Glases hinunter.

»Wenn du dich betrinkst, hilft uns das auch nicht weiter«, tadelte Simone. Was hatte sich der Alte nur dabei gedacht, als er die Klausel in sein Testament einfügte, dass Rosanna den Hof bis zu ihrem Tod behalten musste? Ansonsten wäre es doch so leicht gewesen: Rosanna hätte alles verkauft, und sie beide hätten irgendwo, ganz weit weg, ein neues Leben beginnen können. So jedoch bestimmte Karl Moritz in gewisser Weise noch aus dem Grab heraus über Rosanna.

Angewidert verzog Simone das Gesicht. Doch da hob Rosanna den Brief erneut vor die Augen.

»Vielleicht wäre es am sinnvollsten, wenn du dir nach dem Trauerjahr einen neuen Mann suchst. Einen, der dich liebt und achtet und der dir das geben kann, was ich in meinem Alter nicht mehr vermochte. Einer, der recht fleißig ist und etwas vom Land und den Tieren versteht. Such ihn dir sorgsam aus, Rosanna! Nicht jeder Ehemann stirbt dir nach ein paar Jahren weg.«

»Was anderes hat der Alte nicht im Kopf gehabt, als dich sofort wieder unter die Haube zu bringen, oder?« Du meine Güte – auf den Gedanken, dass sich Rosanna wieder verheiraten könnte, war sie noch gar nicht gekommen. Er legte sich wie

Frost auf Simones Haut und löschte unvermittelt das lodernde Feuer.

Rosanna schlug mit der flachen Hand auf den Tisch. »Jetzt sei doch nicht so giftig! Karl hat ja nicht Unrecht – wie soll ich das hier alles allein bewältigen? Herrgott noch mal!«

Simone bekreuzigte sich hastig.

»Du kannst trotzdem beruhigt sein, so schnell werde ich mich schon nicht wieder dem ›Falschen‹ an den Hals werfen«, fügte Rosanna spitz hinzu. »Welcher Mann sollte mich im Übrigen schon wollen? Eine Witwe mit Kind, eine gefallene Frau. Höchstens vielleicht einer wie euer Anton. Ein armer Tropf, der selbst nichts hat und der mich nur wegen meines Besitzes nimmt. Aber so einen will ich nicht!«

Ihre Unterlippe begann zu zittern, und im nächsten Moment standen ihr abermals Tränen in den Augen.

»Ach Simone, Karl hat es bestimmt gut mit mir gemeint. Ich weiß trotzdem nicht, wie das jetzt alles weitergehen soll. Der Hof, das viele Land – was mache ich nur damit? Und dann ist da noch der Bub. Manchmal fühle ich mich so schrecklich verlassen wie noch nie in meinem Leben, daran können auch die verdammten achtzig Hektar Land nichts ändern!« Sie schluchzte auf.

Simone wurde ganz warm ums Herz. Sie rutschte näher an Rosanna heran, streichelte sanft ihre Wange und umarmte sie.

Wie zart er war, ihr Engel. So zart und schutzbedürftig trotz der vielen Muskeln, die Rosanna von der Schinderei auf dem Hof bekommen hatte.

»Du bist eine reiche Frau, das hast du selbst gesagt«, flüsterte sie beschwörend. »Da brauchst du doch gewiss keinen Kerl, der dich schlecht behandelt, dich womöglich schlägt oder dir Vorschriften macht, so wie Zacharias das die ganze Zeit bei Elsbeth tut. Und so einen wie den Anton brauchst du schon gar nicht! Du hast doch mich ...«

Rosanna blickte mit tränenverschleierten Augen auf. Zufrieden sah Simone ein winziges Fünkchen Hoffnung darin aufglimmen. Ja, nun erkannte Rosanna endlich, wer wirklich für sie sorgte. Liebevoll drückte sie die Freundin enger an sich.

»Und wenn du noch ein bisschen mehr betest, brauchst du dir sowieso keine Gedanken zu machen. Vielleicht können wir im Frühjahr wieder einmal eine Wallfahrt unternehmen? Der Herrgott meint es gut mit dir, du wirst schon sehen. Er wird's schon richten!«

»Du und dein Herrgott! Der kennt mich doch gar nicht!«, antwortete Rosanna, musste aber über Simones Eifer lächeln.

Julies Augen tränten. Hinter ihrer Stirn hämmerte es unaufhörlich. Benommen schaute sie vom Bildschirm des Laptops auf. Wenn sie nicht schleunigst eine Kopfschmerztablette einwarf, hatte sie binnen einer halben Stunde die schönste Migräne. Trotzdem konnte sie sich nicht aufrappeln.

Welcher Wochentag war heute? Wie spät war es? Es dauerte einen Moment, bis sie die Dämmerung vor dem Fenster dem frühen Sonntagmorgen zuordnen konnte.

Müde rieb sie sich die Augen. Sie hatte die ganze Nacht hindurch geschrieben. Wie so oft in den letzten Tagen.

Im offenen Kamin, wo sie am Abend zuvor ein Feuer entzündet hatte, schimmerte die weiße, kalte Asche. Im ganzen Haus war es sehr kühl.

Mit schmerzenden Gliedern stand Julie auf und streckte sich. Unter ihren Füßen knisterte es, und sie stellte verdutzt fest, dass um sie herum auf dem Boden das Papier von einem halben Dutzend Tafeln Schokolade lag. Wann hatte sie die bloß alle gegessen? Als sie versuchte, ihre losen Haare wieder zu einem Zopf zusammenzufassen, bemerkte sie, dass sich ihre Stirn fiebrig anfühlte. Und schon seit Stunden musste sie dringend zur Toilette.

»First things first«, sagte sie laut und ging nach draußen, um sich zu erleichtern.

Die Vögel, die noch nicht gen Süden gezogen waren, stimmten nacheinander ihr morgendliches Konzert an. Die Luft war klar, durchzogen von silbernem Morgennebel, der sich in den nächsten zwei Stunden lichten würde. Dann würde sich eine fahle Sonne in die Höhe kämpfen. Es sollte ein schöner Tag werden, ohne Regen. Woher weiß ich das eigentlich?, schoss es Julie durch den Kopf. Sie lächelte und inhalierte tief die berauschende Mischung aus feuchtem Laub und Waldboden. Ja, hier oben war man dem Himmel wirklich ein Stückchen näher als anderswo.

Als sie mit einem Arm voll Brennholz wieder ins Haus trat, war ihr Kopfweh verschwunden.

Sie hatte den Anfang geschafft!

Gut zweihundert Seiten Text waren auf der Festplatte ihres Laptops und außerdem noch einmal auf einer Diskette abgespeichert – die ersten drei Tagebücher von Rosanna und dazu Julies Geschichten. Die Arbeit langer Tage und noch längerer Nächte. Abtauchen. Einsinken. Nicht mehr wissen, wer man war, wo man war.

Rosannas Leben – und Simones natürlich auch.

Nichts anderes war mehr wichtig.

Dass ihr das »Kuckucksnest« einmal gehören sollte, dass sich dadurch für ihre Kunstschule ganz neue Möglichkeiten ergaben, dass Antonia unten im Dorf und Theo in Freiburg auf ihren »Bericht« warteten – all das kam Julie völlig unwirklich vor. Gerade so, als würde sie auf einem anderen Stern leben. Dort, wo Rosanna zu Hause war.

Gedankenverloren ließ Julie einen Teebeutel in die graue Plastiktasse plumpsen und setzte auf dem Campingkocher Teewasser auf. Dann suchte sie in ihren Vorräten vergeblich nach einer weiteren Tafel Schokolade.

Endlich sah es danach aus, als hätte sich Rosannas Leben zum Besseren gewendet. Bestimmt war sie über Karls Tod bald hinweggekommen. Es war ja keine Liebesheirat im üblichen Sinne gewesen, auch wenn sich die beiden gemocht und respektiert hatten. So unterschiedlich waren der alte Mann und die junge Frau nämlich gar nicht. Beide freiheitsliebend, beide ausgestattet mit einem Dickkopf, der Konventionen zur Nebensache werden ließ.

Mechanisch schraubte Julie das Glas mit der Nussnougatcreme auf und kratzte den letzten Rest für eine Scheibe Brot zusammen. Morgen würde sie dringend neue Vorräte einkaufen müssen. Auch wenn sie noch so gut vorankam – eine, eher zwei Wochen intensiver Arbeit lagen mindestens noch vor ihr.

»Arbeit – was heißt hier Arbeit, nennen wir es eher Besessenheit«, brummte sie vor sich hin. »Jetzt führst du schon Selbstgespräche, Julie Rilling! Pass auf, dass du nicht allzu wunderlich wirst, du Einsiedlerin!«

Sie nahm ihr Frühstück und ein Sitzkissen mit zur Bank vor dem Haus. Aus der Teetasse stiegen kleine Wölkchen auf. Julie spürte, wie sich die feuchte Morgenluft auf ihr Haar setzte. Ihr Blick verlor sich über dem Tal, das mit jedem Tag, den sie hier oben verbrachte, sein Aussehen veränderte. Ein Teil der Bäume hatte schon viel Laub verloren, die Buchen und Eichen wirkten regelrecht zerfleddert. Wie majestätisch hoben sich die Nadelbäume mit ihrem Immergrün dagegen ab!

Wie war Rosanna wohl mit der großen Verantwortung, die Karl ihr nach seinem Tod aufgebürdet hatte, zurechtgekommen? Rosanna hatte schließlich, wie sie selbst schrieb, von nichts eine Ahnung. Trotzdem war später eine erfolgreiche Geschäftsfrau aus ihr geworden.

Kurz darauf saß Julie schon wieder an ihrem Schreibplatz. Nahm wie eine Süchtige das nächste Tagebuch in die Hand. Fuhr sich mit zitternden Fingern durchs strähnige Haar. Weiterlesen. Weitermachen ...

Die Buchstaben verschwammen vor ihren Augen. Sie blinzelte heftig und schlug dann das Buch wieder zu.

Sie *musste* eine Pause einlegen, so schwer es ihr auch fiel. Sie war schon viel zu tief in der ganzen Geschichte versunken. Irgendwie musste es ihr gelingen, wieder aufzutauchen und Luft zu holen.

Sie stellte die leere Teetasse in die steinerne Spüle, schnappte sich ihre Autoschlüssel und verließ das Haus.

»Frau Fahrner geht es den Umständen entsprechend gut. Wir mussten die rechte Brust entfernen, doch das spielt in ihrem Alter sicher eine untergeordnete Rolle. Sie liegt noch auf der Intensivstation, aber wir rechnen damit, dass wir sie heute Mittag verlegen können. Ihre Tante hat ein starkes Herz. Und sie ist eine Kämpfernatur, so etwas hilft natürlich auch. Allerdings stellt eine Operation in diesem Alter immer eine hohe körperliche Belastung dar – und ein Risiko.«

Benommen hörte Julie dem Arzt mit den rot geränderten Augen zu. Eine Krankenschwester versuchte, einen Wagen mit Frühstückstabletts an ihnen vorbeizubugsieren. Erst als sie Julie bat, einen Schritt zur Seite zu gehen, wachte diese auf.

»Entschuldigung ... ich ... das kam alles so plötzlich ...« Sie schüttelte den Kopf, als wolle sie ihn von Spinnweben befreien. »Als ich vorhin meine Großtante besuchen wollte und die Nachbarin mir sagte, sie sei ins Krankenhaus eingeliefert worden, habe ich mich riesig erschreckt.«

Der Arzt nickte unverbindlich. »Hat Ihre Tante Ihnen denn nichts von der bevorstehenden OP erzählt?«

Julie schüttelte den Kopf.

»Nun ja, ich glaube, in ihrer Akte gelesen zu haben, dass sie sich ziemlich kurzfristig zu diesem Schritt entschlossen hat. Ihr Hausarzt hatte ihr allerdings schon vor einem halben Jahr dazu geraten.«

Julie schluckte. »Kann ich sie sehen?«

»Im Prinzip sind auf der Intensivstation nur die allernächsten Angehörigen zugelassen. Aber selbst wenn Sie eine solche wären, würde ich Ihnen von einem Besuch abraten. Für viele Menschen ist es eine traumatische Erfahrung, ihre Liebsten an die vielen Geräte und Schläuche angeschlossen zu sehen. Warum fahren Sie nicht nach Hause, machen sich einen ruhigen Sonntag und besuchen Ihre Tante morgen?«

Das Lächeln des Arztes war bemüht. Unruhig trat er von einem Bein aufs andere. Wahrscheinlich war seine Schicht längst zu Ende, und er hoffte auf ein paar Stunden Schlaf, bevor ihm der nächste Dienst bevorstand.

Ruhiger Sonntag! Julie spürte Panik aufwallen, wie Milch, die bei zu hoher Hitze über den Topfrand quillt. Antonia rang um ihr Leben! Was, wenn sie es nicht schaffte? Was, wenn Antonia starb, bevor ihr sehnlichster Wunsch in Erfüllung ging?

Hastig bedankte sie sich bei dem Arzt für seine Auskünfte. Sie musste sofort zurück! Es gab viel zu tun.

Sie war schon am Ausgang des Krankenhauses angelangt, als sie abrupt stehen blieb und in ihrer Tasche nach Zettel und Stift kramte. Sie schrieb:

»Liebe Antonia,
unser ›Projekt‹ macht gute Fortschritte und Sie hoffentlich auch. Wenn ich mit meinen Gedanken nicht bei Rosanna und Simone bin, dann bin ich bei Ihnen.
Gute Genesung wünscht Ihnen
Ihre Julie«

Am Eingang zur Intensivstation fing Julie eine Schwester ab und bat sie, Antonia ihre Nachricht zu geben, sobald sie aufgewacht und in der Lage war, sie zu lesen.

»Theo!« Julie sprang aus ihrem Auto, rannte auf die Freundin zu und umarmte sie. »Als ich dein Auto sah, hab ich es im ersten Moment für eine Fata Morgana gehalten! Ach, ich bin so froh, dass du da bist!« Sie drückte Theo noch fester an sich. Auf einmal war der Druck in ihrer Magengegend wie weggeblasen.

»Ich bin's, in Fleisch und Blut. Und mit einem großen Vorrat von Lorenzos Marktstand.« Strahlend befreite sich Theo aus Julies Klammergriff und wies auf den Korb, den sie auf der Bank vor dem Haus abgestellt hatte. »Ich dachte, nach Mengen von Schwarzwälder Schinken und Heidelbeermarmelade steht dir der Sinn vielleicht nach ein paar Oliven und einem Häppchen Parmaschinken.«

»Und nach italienischem Weißbrot. Nach einem Glas Prosecco. Nach gefüllten Pilzen. Und nach Auberginencreme …« Julie, die den Korb durchwühlte, schaute auf. »Dafür bekommst ausnahmsweise einmal *du* ein Sternchen. Ach was, ein ganzes Dutzend Sternchen kriegst du!« Sie sah die Freundin strahlend an, doch im nächsten Moment spürte sie, wie ihre Augen zu brennen begannen. »Ach Theo, ich bin so froh, dass du da bist«, wiederholte sie mit zittriger Stimme.

Theo schaute Julie kritisch an. »Ich glaube, es ist höchste Zeit, dass ich dich vorübergehend aus deinem Robinson-Crusoe-Dasein befreie. Na los, zeig mir mal das Haus, und ich sage dir, ob das alles die Mühe überhaupt wert ist!«

Nach der Hausbesichtigung, während der Theo einen Entzückensschrei nach dem anderen ausstieß, breiteten die beiden Freundinnen alle Köstlichkeiten aus Theos Korb auf dem Tisch vor dem Haus aus. Die Sonnenstrahlen wärmten noch ein wenig, doch bald stand Julie auf und holte zwei Decken, in die Theo und sie sich einwickelten. Bei Prosecco und Parmaschinken erzählte Julie von ihrem Besuch bei Antonia. Theo zeigte sich zwar betroffen darüber, dass Antonia im Krankenhaus lag, in ihrer üblichen optimistischen Art war sie jedoch davon überzeugt, dass die alte Dame schnell wieder genesen würde.

»Hauptsache, der Krebs wurde vollständig entfernt!«

Julie nickte. Sie wollte jetzt nicht an die Qualen einer Chemotherapie denken, die Antonia vielleicht bevorstanden. Stattdessen berichtete sie Theo von ihren Fortschritten.

»Ich weiß natürlich, dass ich für meine Schreiberei keinen Preis bekommen werde, aber ich habe zumindest das Gefühl, dem Kern der Sache doch ziemlich nahe zu kommen.« Zufrieden lutschte Julie einen Olivenkern.

»Und trotzdem lässt du mich nicht einmal einen Blick hineinwerfen?« Missbilligend zündete sich Theo eine Zigarette an. »Wenn du schon Skrupel hast, *mich* darin lesen zu lassen, wie wird es dir dann bei Antonia ergehen?«

»Das weiß ich noch nicht. Ich weiß nur, dass ich die Sache nicht aus der Hand geben will, solange ich ... solange es noch kein Ende gibt.« Es fiel Julie schwer, ihre Beweggründe zu erklären. Du willst nicht teilen, flüsterte eine leise, unangenehme Stimme in ihr Ohr. Du willst Rosanna für dich behalten, so wie Simone seinerzeit.

Ärgerlich runzelte Julie die Stirn. »Sei mir nicht böse, ja?«

Mit einer lässigen Handbewegung wischte Theo das Thema vom Tisch.

Einen Moment lang schwiegen die beiden Frauen, jede in ihre eigenen Gedanken versunken.

»Hier oben ist es noch schöner, als ich es mir ausgemalt habe«, sagte Theo dann und seufzte tief und zufrieden. »Mir tut es jetzt schon Leid, dass ich wieder weg muss! Ich fühle mich ... wie verzaubert!«

Julie strahlte. Immer wieder hatte sie sich ausgemalt, wie es wohl sein würde, wenn Theo das erste Mal zu Besuch kam. Tief in ihrem Innern hatte sie die Angst verspürt, Theo würde die Magie dieses Fleckchens Erde nicht zur Kenntnis nehmen. Was für eine grundlose Angst!, schalt sich Julie nun.

»Ich sehe uns schon hinter der Rezeption stehen und Schlüssel an unsere Gäste ausgeben.« Theo kicherte aufgeregt. »Willkommen im ›Kreativhotel Kuckucksnest‹!« Sie ließ die Worte Silbe für Silbe über ihre Zunge rollen. Dann verzog sie den Mund. »Aber ein Umbau zu einem modernen Hotel würde Unsummen verschlingen. Ob uns das überhaupt eine Bank finanziert?«

Julie runzelte die Stirn. »So weit sind wir noch lange nicht. Eins nach dem anderen!« Es erschien ihr als schlechtes Omen, jetzt schon von Zukunftsplänen zu sprechen, wo sie den größten Teil ihrer Aufgabe noch vor sich hatte. Trotzdem sagte sie: »Ich glaube aber, dass die Kosten gar nicht so hoch wären. Die Bausubstanz selbst ist noch in Ordnung. Natürlich muss Strom gelegt werden, wobei ich nicht weiß, ob wir die Kosten allein zu tragen hätten oder ob es irgendwelche Zuschüsse gibt. Und dann wären da noch die Wasserleitungen und die sanitären Umbaumaßnahmen. Ein Bad für jedes Zimmer und so ...«

Obwohl sie schon längst satt war, riss sie sich ein weiteres Stückchen Weißbrot ab und fuchtelte damit in der Luft herum.

»Und selbst wenn ich von Bank zu Bank rennen muss – ich

werde keine Ruhe geben, bis Rosannas ›Kuckucksnest‹ zu neuem Leben erwacht ist!«

Abrupt erhob sich Julie und schüttelte die Brotkrumen von ihrer Decke.

»Und jetzt machen wir einen Rundgang über das Gelände. Du hast ja noch gar nichts gesehen.«

»Wenn du meinst ...« Skeptisch schaute Theo auf ihre dünnen Wildleder-Slipper.

»Ich frage mich, ob Rosanna und Simone damals wohl denselben Weg gegangen sind? Das wäre eine irre Vorstellung, oder?«, raunte Julie.

»Wenn dem so war, dann hatten die beiden sicher geeigneteres Schuhwerk an«, entgegnete Theo leise. Sie versetzte der Freundin einen kleinen Schubs. »He, warum flüstern wir eigentlich?«

Julie zuckte mit den Schultern. »Das muss an diesem Wald liegen. Er hat so etwas ... Sakrales.« Jedes Knacken, wenn sie auf einen Ast traten, jedes Rascheln erschien ihr auf einmal übermäßig laut.

»Stimmt.« Theo nickte. »Und etwas Spirituelles. Schau, da ist der nächste Grenzstein. Wie viele, sagst du, kommen noch?«

»Nicht mehr allzu viele, wir sind bald zurück am Hof.« Gedankenverloren hob Julie eine Buchecker auf und betrachtete sie eingehend. Wenn Rosanna damals nach der Testamentseröffnung auch auf die Idee gekommen war, ihr Anwesen abzulaufen, hatte sie bestimmt Mühe, die Grenzsteine zu finden. Es war schließlich Winter und ein Teil der Steine zugeschneit.

Theo ging in die Hocke und strich mit dem Zeigefinger über das eingemeißelte Muster eines Grenzsteines. »Der alte Karl Moritz hat sich wirklich ziemlich viel Mühe mit diesen Dingern gemacht.«

Julie nickte. Sie hatte der Freundin zuvor erklärt, was es mit den rechteckigen, behauenen Steinen auf sich hatte. Der untere Teil, der Fuß genannt wurde, war in der so genannten Grube im Boden verankert. In den Kopf, also den oberen Teil, hatte Karl jeweils ein großes *M* für Moritz gemeißelt und darüber eine stilisierte Wolke – zumindest hatte Julie die Schlangenlinien als solche ausgemacht. So konnte jeder, der des Weges kam, erkennen, um wessen Land es sich handelte. An der Art, wie der Stein in den Boden gesetzt war, vermochte man außerdem den weiteren Verlauf der Grundstücksgrenze zu erkennen. Die lange Seite verlief nämlich immer parallel zur Grenzlinie. Und noch einen weiteren Hinweis lieferten die Steine: In ihr »Dach« war eine Art Pfeil geschlagen, sodass man mit einem Blick erkannte, in welcher Richtung man den nächsten Grenzstein finden würde. Julie wusste dies alles aus einem Büchlein über das Brauchtum im Schwarzwald, das sie sich gleich zu Anfang in dem kleinen Souvenirladen in Rombach gekauft hatte.

Theo holte ihr Päckchen Zigaretten aus der Jacke, überlegte es sich dann aber anders.

»Eigentlich verrückt ... Da sprechen wir über Grenzsteine und Landbesitz! Sag mal, ist dir bewusst, dass du eine angehende Großgrundbesitzerin bist?«

Julie lachte. »Nun, so schön dieser Gedanke ist, so beängstigend finde ich ihn gleichzeitig.«

»Na dann frag dich mal, wie es deiner Rosanna vor hundert Jahren ergangen ist. Sicher keinen Deut anders!«

Am nächsten Morgen erwachte Julie gut erholt und voller Tatendrang. Ohne zu frühstücken fuhr sie hinunter in den Ort zum Einkaufen. Während sie sich in dem kleinen Eiscafé einen Cappuccino gönnte, ließ sie an der Theke beide Akkus ihres Laptops aufladen.

Gegen Mittag war sie wieder auf dem Moritzhof. Wie der Tag zuvor machte auch dieser Montag dem Goldenen Oktober alle Ehre. Obwohl die Sonne nicht mehr besonders hoch stand, tauchten ihre Strahlen alles in ein goldenes Licht. Kurzerhand schnappte sich Julie ihren Notizblock und das nächste von Rosannas Tagebüchern und setzte sich an den Tisch vor dem Haus.

Mit Herzklopfen, als warte sie auf einen heimlichen Liebhaber, las sie weiter.

28. Februar 1901

Gestern Nachmittag erschien Stanislaus Raatz. Er sagte, er habe sich Gedanken über meine Lage gemacht. Jetzt, da auf dem Moritzhof kein Schnaps mehr schwarz gebrannt würde, müsse ich schauen, dass ich auf andere Art und Weise zu Geld käme. Er habe mir dazu einen Vorschlag zu machen, fügte er hinzu, aber nicht zwischen Tür und Angel.

Also brachte ich Bubi ins Bett, stellte Brot und Schinken auf den Tisch und dazu eine Flasche von Karls Kirschwasser – wenigstens gibt es davon noch einen ordentlichen Vorrat hinten im Spicher. Und dann hörte ich mir an, was er zu sagen hatte.

Ich solle mir Ziegen anschaffen. Das war der grandiose Vorschlag, den er unterbreitete.

Im ersten Augenblick war ich mir nicht sicher, ob er mich auf den Arm nehmen wollte. »Ich habe doch schon zwei Ziegen, deren Milch reicht für Bubi und mich völlig aus«, antwortete ich.

Doch Stanislaus schüttelte den Kopf und begann in seiner bedächtigen Art, seine Idee weiter zu erläutern. Er und der Engländer hätten sich Gedanken gemacht, fing er an. Mein Land müsse für mich arbeiten. Wenn man die vielen Steilhänge betrachte, die zum Moritzhof gehören, habe eine Ziegenhaltung gegenüber einer Milchkuhhaltung erhebliche Vorteile: Die Tiere würden die Hänge von nachwachsendem Dickicht befreien, sie seien genügsam, und aus der Milch könnte man wunderbaren Käse herstellen.

Mein Argument, dass ich zwar im »Fuchsen« schon bei der Käseherstellung geholfen, aber noch nie allein Käse gemacht hatte, ließ er nicht gelten. Für alles sei gesorgt, sagte er, er und der Engländer würden nicht nur eine gesunde Herde von gut vierzig Ziegen für mich ausfindig machen, sondern sie würden mir außerdem noch eine Magd vermitteln. Ein junges Mädchen namens Bärbel, gerade mal dreizehn Jahre alt. Sie komme aus einer alten Käserei-

Familie, die jedoch nach dem Tod des Vaters in Not geraten sei. Die Mutter, die noch vier weitere Kinder zu versorgen habe, sei froh, das Mädchen loszuwerden.

Stanislaus Raatz strahlte, als sei er der leibhaftige Weihnachtsmann, der ein Geschenk nach dem anderen aus seinem Jutesack zauberte.

»So ist allen geholfen, verstehst du?«, sagte er.

Nein, das verstand ich ganz und gar nicht, im Gegenteil, es wurde mir alles zu viel. »Ich und eine Magd? Wovon soll ich die bezahlen? Wo soll sie schlafen? Und überhaupt – ein Mädchen als Hirtenbub, davon habe ich ja noch nie gehört ...«

Bärbel brauche ich nicht zu bezahlen, die Mutter sei bereit, die Tochter gegen Kost und Logis hier arbeiten zu lassen, erklärte Stanislaus Raatz. Und schlafen könne sie bei den Ziegen.

Als ob ich das zulassen würde! Wenn das Mädchen schon kommt, dann schläft sie natürlich bei mir im Haus.

Wir redeten bis tief in die Nacht. Das letzte Mal, als ich Karls Uhren schlagen hörte, war es Mitternacht. Danach achtete ich nicht mehr auf die Zeit.

Nichts gegen Ziegen, ich mag unsere Maja und die Liane sehr gern, aber gleich vierzig Stück davon? Und ein Bock?

Ich erzählte Stanislaus von Karls Vorschlägen mit dem Honigmachen oder der Forellenzucht.

»Das kannst du alles nebenher versuchen«, winkte er ab. »Der Ziegenkäse liefert dir jedoch ein regelmäßiges Einkommen. Der Engländer und ich werden uns nämlich um den Verkauf kümmern.«

Gegen so viele Argumente war ich machtlos, und so ließ ich mich am Ende breitschlagen.

Nächstes Wochenende holt Stanislaus mich ab. Dann geht's ins Brunntal, wo wie jedes Jahr am ersten Märzwochenende ein großer Viehmarkt stattfindet. Dort treffen wir den Engländer und machen den Ziegenhandel perfekt.

Ich will eigentlich nicht schon wieder schreiben, dass mir angst und bange ist. Aber wenn's nun mal so ist ...

Ich höre jetzt schon, was Simone zu diesem Plan sagen wird: »Ziegen! Diese Mistviecher fressen doch alles auf, was nicht niet- und nagelfest ist! Vor denen ist kein Blumenbeet und kein Kräutlein sicher!« Wenn es um etwas Neues geht, ist sie eine alte Unke, aber ich werde mich nicht beirren lassen ...

Stanislaus Raatz hielt Wort: Es war noch nicht ganz hell, als er am Samstag darauf an Rosannas Tür klopfte. Dick vermummt – in der Nacht zuvor hatte es noch einmal strengen Frost gegeben – machten sich die beiden auf den Weg zum Viehmarkt. Bubi, der im Wechsel einmal auf Rosannas, dann wieder auf Stanislaus' Schultern reiten durfte, quiekte vergnügt. Am Ortsanfang von Brunntal wartete der Engländer auf sie. Rosanna hätte den Weg zum Marktplatz auch allein gefunden, sie musste dabei nur dem strengen Geruch der tierischen Ausscheidungen folgen, der in der Luft lag.

Ihre beiden Begleiter wussten genau, was sie für Rosanna kaufen wollten. Vor allem Muttertiere sollten es sein, damit sich die Herde alsbald vergrößerte, aber auch ein paar junge Böcklein und ein mächtiger Ziegenbock. Während die Männer mit den jeweiligen Besitzern der Tiere feilschten, hatte Rosanna alle Hände voll zu tun, um Bubi zu bändigen. Er zeigte nicht die geringste Scheu vor den vielen Tieren, sondern wollte jedes einzelne von ihnen umarmen und schließlich sogar auf ihnen reiten. Als der Handel gegen Mittag perfekt war, hatte Rosanna mehr als genug vom Markttrubel und vom Blöken und Muhen der mehr als achthundert Stück Vieh. Müde und aufgeregt zugleich folgte sie den beiden Männern schließlich ins »Goldene Pendel«, die Gastwirtschaft des Engländers.

Sie wies einige Besonderheiten auf. Wenn sich die Gäste zum Beispiel erleichtern mussten, konnten sie das im Wasserklosett mit Spülung tun, denn das Haus wartete mit einer eigenen Kanalisation auf.

Während sie in froher Stimmung Rosannas Erwerb von

vierzig Ziegen feierten – Bubi war inzwischen auf der Ofenbank der Gaststube eingeschlafen –, kam Bärbel dazu. Sie war ein ängstliches Mädchen, das den Blick ständig auf den Boden gerichtet hielt. Als sie mit ihrem mageren Bündel unterm Arm im Türrahmen stand, fühlte sich Rosanna an den Moment erinnert, als sie selbst in der Rombacher Mühle nach Brot und Arbeit gefragt hatte. Sofort beschloss sie, Bärbel herzlich aufzunehmen.

Der Engländer hatte einen Hirten engagiert, der Rosanna und Bärbel half, die neu erworbene Herde sicher auf den Berg zu bringen. Auf dem Moritzhof angekommen, verfrachtete Rosanna die Tiere über Nacht erst einmal in die Scheune. Dann zeigte sie Bärbel ihre Kammer. Das Erste, was das Mädchen tat, war, zu prüfen, wie gut der Strohsack gefüllt war. Als es feststellte, dass es sich gar nicht um einen Strohsack, sondern um eine richtige Matratze handelte, brach es in Tränen aus. Hier könne sie nicht schlafen, das sei alles viel zu fein für eine wie sie, schluchzte Bärbel. Rosanna möge ihr erlauben, im Stall zu nächtigen. Von der Reise übermüdet und zu keiner Auseinandersetzung mehr imstande, willigte Rosanna schließlich ein.

In den nächsten Wochen verfluchte Rosanna ihren Entschluss, Ziegen zu halten, mehr als einmal. Die eigenwilligen Tiere beschränkten sich nämlich nicht darauf, die steilen Berghänge von nachwachsendem Dickicht zu befreien, sondern taten sich außerdem an jungen Baumschösslingen gütlich, die Karl in seinem letzten Lebensjahr gesetzt hatte. Rosanna war empört, als sie den Schaden bemerkte, aber da war es schon zu spät.

Bald stand fest, dass Bärbel mit dem Hüten der vierzig Tiere völlig überfordert war. Immer wieder »fraßen sich die Tiere davon«, wie sie sagte, ohne dass sie sie hätte aufhalten können. Dann stiegen sie mit den Vorderbeinen die Obstbäume hoch, futterten die ersten Kirschen direkt von den Zweigen oder scheuerten sich ihre Hörner an den Bäumen und verletzten dabei die Baumrinde. Auch eilig errichtete Gatter, bei deren Herstellung unter anderem Margrets ältester Sohn half, hielten die Viecher nicht im Zaum: Die mit großem Aufwand errichteten Weidezäune wurden durchgenagt oder übersprungen, und schon waren die Ausbrecher wieder auf Abwegen. Nach jedem Vorfall kam Bärbel heulend angelaufen, warf sich vor Rosanna auf die Knie, umklammerte sie und flehte: »Bäuerin, schicken Sie mich nicht fort! Morgen mach ich's besser, ich schwöre es.« Am liebsten hätte Rosanna Bärbel samt den Ziegen davongejagt, aber das brachte sie nicht übers Herz. Ganz davon abgesehen konnte und wollte sie das viele Geld, das sie für die Tiere gezahlt hatte, nicht einfach verloren geben.

Am Ende blieb ihr nichts anderes übrig, als mit Bubi im Schlepptau selbst zu helfen, die Ziegen zu hüten. Und sogar dann kam es noch vor, dass sie ausbrachen. Nur an Simones Besuchstag, wenn sie zu dritt hüteten, war den Tieren Einhalt zu gebieten.

Das Melken verlief dagegen problemlos, und Rosanna war mit der täglichen Milchmenge von gut fünfzig Litern zufrieden. Und was das Käsemachen anging, verstand die junge Bärbel tatsächlich ihr Handwerk: Frischkäse, Hartkäse, mit und ohne Kräuter und hervorragend im Geschmack, waren das Ergebnis nach den ersten drei Wochen. »So etwas Gutes habe ich noch nie gegessen, danach würden sich die Gäste im ›Fuchsen‹ alle zehn Finger ablecken«, sagte Simone, die erstaunlicherweise gegenüber Bärbel keinerlei Eifersucht zeigte. Rosanna schob dies auf den Umstand, dass die Magd ein äußerst schlichtes Gemüt besaß, auf das man wirklich nicht eifersüchtig sein konnte.

Stanislaus und der Engländer ließen wie verabredet zweimal wöchentlich die kleinen, runden Käselaibe, die Rosanna und Bärbel herstellten, abholen.

Trotzdem konnte sich Rosanna an ihrem ersten selbst verdienten Geld nicht so recht freuen. Wenn sie abends zu Bett ging, grauste ihr schon vor dem nächsten Morgen, der dank der Ziegen bestimmt wieder neue Schrecken bereit hielt. Sie, der normalerweise keine Arbeit zu viel war, fühlte sich einfach überfordert. Was nutzt es mir, fragte sie sich, dass ich mit dem Käse gutes Geld verdiene, wenn die Tiere mich gleichzeitig um den Verstand bringen?

22. Juni 1901

Bubi ist tot.

Es schüttete, als ob die Welt mit einer zweiten Sintflut gestraft würde. Die Bäume wurden vom Regen nach unten gedrückt, Blätter wehten über den Hof, als wäre es Mitte November und nicht Mitte August. Die wenigen Menschen, die es nicht mehr rechtzeitig in ihre Häuser geschafft hatten, rannten mit tief in die Stirn gezogenen Kappen oder Kopftüchern durch die aufgeweichten Gassen in Richtung der sicheren Häuser. Alle Tische im Wirtshaus waren besetzt, dabei war es noch nicht einmal Mittagszeit. Wo sollten die Sommergäste bei diesem Wetter auch sonst hin? Aus Rastatt waren Leute angereist, aus Straßburg und sogar aus Liechtenstein, um die gesunde Höhenluft zu genießen. Nun saßen sie eingehüllt in Schwaden von Zigarrenrauch und Bratwurst im »Fuchsen« fest.

Obwohl Simone die paar Meter zwischen dem Schlachthaus und der Küche gerannt war, kam sie bis auf die Haut durchnässt drinnen an. Schaudernd drückte sie mit dem Fuß die Tür hinter sich zu. »Bei diesem Wetter jagt man keinen Hund nach draußen!«

Keuchend hievte sie den schweren Kessel Metzelsuppe auf den Herd, wo er noch einmal erwärmt werden sollte. Dann strich sie sich die Tropfen aus ihrem bleichen Gesicht.

»Und trotzdem willst du heute hoch auf den Berg?« Zacharias machte eine Kopfbewegung zur Tür hin. »Verflixt noch mal, ich sagte doch, ihr sollt für heute ein paar Vesperteller mehr herrichten! Was soll ich mit den lumpigen fünf Platten hier anfangen? Hat noch keiner von euch ins Wirtshaus geschaut?«, herrschte er gleich darauf seine Mutter und Elsbeth an, die sich gerade die Schürze zum Servieren umband. Eilig stellte Elsbeth weitere Platten auf die Anrichte und begann, Speck, Schinken und geräucherte Wurstscheiben darauf zu legen, während sich Franziska abmühte, das Feuer im Herd anzufachen. Durch das nass gewordene Brennholz geriet dies zu einer äußerst qualmenden Angelegenheit.

Ohne sich um den Tumult ringsum zu kümmern, begann Simone, Lebensmittel in einen Rucksack zu packen: einen Brotlaib, ein Stück Schinken, ein Glas Erdbeermarmelade, ein kleines Leinensäckchen mit getrockneten Pflaumen und eines mit Apfelringen, die Kathie am Tag zuvor vorbeigebracht hatte.

Alles würde unberührt im Speiseschrank landen. Der Schinken würde versalzen oder Schimmel ansetzen. Das Brot wurde gewiss hart und taugte dann gerade noch als Futter für die Ziegen. Die Trockenfrüchte würden grau werden und die Maden anziehen. Und währenddessen wurde Rosanna immer weniger. So leicht wie eine Feder. Nur noch Ecken und Kanten, nur noch ...

Simone war so in ihre Gedanken vertieft, dass sie Zacharias gar nicht bemerkte. Erst als sein Schatten auf sie fiel, schaute sie auf.

»Wie geht es ihr?«, fragte er leise.

Simone zuckte mit den Schultern. »Nicht gut«, presste sie hervor und musste heftig blinzeln. Daran war nur der Rauch schuld. »Sie sagt, sie fühlt sich wie ein Tier in einer Falle. Noch nicht tot, aber auch nicht mehr lebendig.« Ihre Augen brannten qualvoll, aber sie war zu müde, um noch eine Träne weinen zu können. »Ich weiß bald nicht mehr, was ich tun soll oder wie ich ihr helfen kann. Sie schweigt in sich hinein, und wie's in ihr aussieht, wage ich mir nicht vorzustellen. Der Kleine war doch ihr Ein und Alles.« Simone schluckte hart.

Zacharias seufzte. »Jetzt sind's doch schon fast acht Wochen her. Irgendwann geht der schlimmste Schmerz vorüber. Sag ihr das, du bist doch ihre Freundin. Das Leben muss weitergehen, auch wenn's einem schwer fällt.« Unbeholfen klopfte er seiner Schwester auf die Schulter und wandte sich ab.

Simone spürte, wie die Wut ihr Kreuz ganz steif werden ließ. Das Leben muss weitergehen, äffte sie ihren Bruder stumm nach. Zacharias machte es sich wie immer einfach. Bei der Beerdigung ein paar Blumen auf das kleine Grab, ein verlegenes Händeschütteln – das war es. Was für ein Wunder, dass er überhaupt den Anstand besessen hatte hinzugehen. Mutter hatte das nicht für nötig befunden. Nicht einmal der Tod ihres Enkels war für sie ein Grund gewesen, den Groll, den sie gegen Rosanna hegte, aufzugeben.

»Da, pack auch noch ein Pfund Butter dazu. Sie muss ja schließlich wieder zu Kräften kommen.«

Widerstrebend nahm Simone die Butter entgegen, die Zacharias ihr hinhielt. Der Blick, den er in die Richtung warf, wo Elsbeth stand, entging ihr nicht. Natürlich, seine Frau sollte von seiner freundlichen Geste nichts mitbekommen. Was für ein Feigling! Sie fand seine Großzügigkeit verlogen, so wie sie alle in dieser Familie verlogen fand.

Plötzlich hatte niemand mehr etwas dagegen, dass sie sich um Rosanna kümmerte. Plötzlich waren alle froh darüber, dass sie es tat. Weil Simones Besuche wie Tücher waren, mit denen sie ihr schlechtes Gewissen zudecken konnten.

Es ist auch *dein* Sohn, der gestorben ist, wollte sie Zacharias ins Gesicht schreien. Es ist die Frau, die durch deinen unseligen Samen zur Mutter wurde, die sich nun Tag für Tag, Nacht für Nacht die Augen ausweint. Du bist schuld, dass sie nur noch ein Schatten ihrer selbst ist. Dass ich sie nicht mehr erreiche, dass *niemand* sie erreicht.

Nicht einmal die schreckliche Claudine, die Rosanna mit ihrer Singerei sonst immer in gute Laune versetzen konnte. Doch oben auf dem Moritzhof gab es keinen Grund mehr, fröhliche Lieder zu singen. Und schon nach zwei Tagen war diese Claudine eilig und mit dem vagen Versprechen wiederzukommen abgereist. Hatte die stumm Trauernde Simone überlassen.

Simone wusste nicht, was schlimmer war: Rosannas Schweigen oder die Momente, in denen sie doch einmal sprach, denn der Hass, der dann aus ihren Worten strömte, machte Simone Angst.

Es war der Hass auf Bärbel, der sie an jenem schwarzen Tag im Juni wieder einmal beim Einfangen der Ziegen hatte helfen müssen.

Nur eine halbe Stunde hatte sie Bubi allein im Garten gelassen. Im Gemüsegarten, der doch eingezäunt war. Bis heute wusste keiner, wie der kleine Kerl es geschafft hatte, zum Forellenteich zu gelangen.

Rosanna verbarg auch nicht ihren Hass auf Kathi, die just an jenem Tag, in der Stunde, da Bubi um sein Leben rang, eine Tochter gebar.

Und Hass auf die Hebamme, die ausgerechnet in jener Woche eine Bäderfahrt unternommen hatte, um ihrem kranken Rücken etwas Gutes zu tun.

Auf den Arzt, der Kathi bei der Geburt geholfen hatte.

Auf sie, Simone, die nicht beharrlich genug auf den Doktor eingeredet hatte.

Was hätte sie denn tun sollen, verdammt noch mal?

Eilig bekreuzigte sich Simone.

Hätte sie dem Arzt wie einem Bullen einen Ring durch die Nase ziehen und ihn daran den Berg hinaufschleppen sollen? Es sei eine Steißgeburt, hatte er gesagt, da könne er die Gebärende nicht einfach ihrem Schicksal überlassen. Anschließend wolle er so schnell wie möglich auf den Moritzhof kommen.

So schnell wie möglich war nicht genug gewesen. Er hatte nur noch Bubis Tod feststellen können.

Simone spürte, wie sich ihre Kehle zuschnürte. Sie hatte ihm doch eindringlich gesagt, dass es dem kleinen Karl nicht gut ging! Dass der Bub, nachdem er aus seiner Ohnmacht erwacht war, winselte wie ein kleines Tier. Dass Rosanna vor lauter Sorge nicht mehr ein noch aus wusste.

Vielleicht hätte sie noch beharrlicher bleiben sollen, als der Arzt an dieser Stelle verdrießlich abwinkte.

»Er hat einen Schock! Kein Wunder bei dem eiskalten Quellwasser, in das er gefallen ist. Davon müssen sich die kleinen Lungen erst wieder erholen. Wickelt ihn in warme Decken und legt ihm einen heißen Kirschkernbeutel auf die Brust.«

Das hat Rosanna doch alles längst getan, hatte Simone erwidern wollen. Doch die Worte blieben ihr im Halse stecken, als sie Kathis schmerzerfüllte Schreie aus dem Nebenzimmer hörte.

Und es war schließlich nicht das erste Mal gewesen, dass ihr Patenkind etwas anstellte. Der Junge hatte ständig irgendwelche Schrammen und Macken. Oder er steckte sich irgendwelche giftigen Kräuter oder Steine in den Mund. Und jedes Mal führte sich Rosanna auf wie eine wild gewordene Mutterhenne. Woher hätte sie wissen können, dass es dieses Mal wirklich um Leben und Tod ging?, fragte sich Simone zum hundertsten Mal.

Doch nun war Bubi tot.

Und in Rosannas Augen trug sie, Simone, eine Mitschuld daran.

Rosanna spürte ihre Arme schon lange nicht mehr. In den ersten Stunden war da ein Zittern gewesen, ein Ziehen in den Fingern, ein Verkrampfen der Hände, doch inzwischen war alles tot. Schippe für Schippe trug sie den mit Gras bewachsenen Hügel zwischen der Scheune und dem Spicher ab, schaufelte die Erde samt Grassoden, Steinen und was sie sonst noch zu Tage förderte auf ihre Schubkarre. Karre für Karre fuhr sie dann über den matschigen Grund in Richtung Forellenteich, wo sie ihre Last auskippte. Immer wieder blieb das Rad der Karre im Boden stecken, bewegte sich nicht mehr weiter. Mit schier übermenschlicher Kraft zerrte Rosanna dann an der Schubkarre, drückte mit ihrem ganzen Leib dagegen, schrie vor Erschöpfung und Wut, bis das Rad schließlich nachgab und sich eine Elle vorwärts bewegte.

Den Teich hatte sie am Vortag abgelassen, die Forellen so gut es ging mit einem Kescher gefangen und in den Wasserfall geworfen, von wo sie in den Bach und hinab ins Tal gespült wurden. Wo früher eisig blaues Wasser in der Sonne glitzerte, starrte ihr nun Dreck und Schlamm entgegen.

Rosanna empfand nichts bei diesem Anblick. Gebeugt wie eine alte Frau wandte sie sich um – noch mehr Erde wartete darauf, ins Grab geworfen zu werden. Stunde um Stunde, den ganzen Tag lang. Wie Nadelstiche prasselte der Regen auf Rosannas bloße Arme, fiel eisig auf ihre Stirn, schien sich um ihren Hals zu legen und ihr die Luft zu nehmen.

Irgendwann nahm sie ihre Entkräftung wahr. Freute sich daran, wie ihr Körper scheinbar in seine Einzelteile zerfiel.

Mit Augen, die nicht mehr ihre waren, sah sie eine Gestalt auf sich zukommen. Simone. Ohren, die nicht zu ihr gehörten, fingen erschrockene Rufe auf. In *ihren* Ohren brachte der Regen die Stille zum Rauschen.

Bubi ist für immer tot. Und ich bin es auch bald.

»Du lieber Himmel! Wie lange bist du denn bei diesem Wetter schon draußen? Willst du dir den Tod holen?« Halb schleifte, halb zog Simone die Freundin ins Haus. Ohne sich um den Schmutz zu kümmern, den ihre Schuhe hinterließen, schleppte sie Rosanna die Treppe hinauf.

»Wo ist eigentlich Bärbel? Dieses dumme Ding kann doch nicht seelenruhig dabei zuschauen, wie du dich umbringst! So viel Stroh kann doch nicht einmal sie im Kopf haben.«

Ihre Worte waberten an Rosanna vorbei. Das Summen in den Ohren füllte nun ihren ganzen Kopf. Jeder Gedanke löste sich darin auf.

Bärbel ... die Ziegen ... kalt ... alles war so kalt ... wie in einem Grab ...

Simone brachte Rosanna ins Badezimmer. Mit Argwohn betrachtete sie den Warmwasserspeicher.

»Ein heißes Bad wird dir gut tun. Aber wie funktioniert das Ding? Muss ich diesen Knopf drücken oder einen der Schalter umlegen?« Sie schüttelte Rosanna sanft.

Rosannas Blick blieb leer. Was wollte Simone von ihr? Warum konnte sie sie nicht einfach in Ruhe lassen?

»Na also!« Ein Scheppern ertönte, gleich darauf das Gurgeln von Wasser, als sich der Kessel füllte.

Rosanna spürte, wie Arme an ihr zerrten. Wie ihr die schweren Lederstiefel von den Füßen gerissen wurden. Ihr Kinn blieb in dem triefnassen Stoff des Kleides hängen, das Simone ihr über den Kopf ziehen wollte. Leinenstoff grub sich in ihr Fleisch. Sie ließ alles reglos mit sich geschehen.

Bubi ist für immer tot. Und ich bin es auch bald.

Krampfhaft versuchte sie sich an die Menschen zu erinnern, die schuld waren an seinem Tod. Aber nach Wochen tiefsten Leidens war ihr Inneres so leer, dass sie nicht einmal mehr Hass daraus schöpfen konnte.

Wie gern hatte Bubi mit ihr im warmen Wasser gebadet ... Der Gedanke war schneller da, als sie ihn davonjagen konnte.

Sein Köpfchen hatte zwischen ihren Brüsten gelegen, so blond, so weich. Gejuchzt hatte er und immer wieder mit den Händen ins Wasser gepatscht, bis das halbe Zimmer überschwemmt war.

Heiße Tränen rannen über ihre Wangen.

»So, jetzt schnell hinein mit dir!« Simone fasste sie an beiden Händen, wollte sie wie ein Kind in die Badewanne bugsieren. »Während du im warmen Wasser liegst, mach ich uns einen Tee. Du wirst sehen, bald hast du wieder ein bisschen Leben in dir.«

Abrupt riss sich Rosanna los. »Ich will nicht leben!« Ihre Stimme war schrill, nein, keine Stimme, ein Kreischen eher, dann nur noch ein Schluchzen. »Erst Karl, dann Bubi ... Sterben möchte ich, sag das deinem lieben Gott. Warum holt er mich nicht auch? Das kann doch nicht so schwer sein. Ach, warum kann ich nicht einfach tot umfallen?«

Weinend sank sie auf die Knie, verbarg den Kopf in ihren Armen. *Nie mehr aufstehen ...*

»Rosanna, Liebste ...« Simones Blick flatterte hilflos hin und her. »Ich verstehe deine Trauer. Auch ich bin traurig. Karl war doch mein Patenkind! Aber trotzdem ...«

»Ich will nicht mehr«, murmelte Rosanna dumpf. »Ich kann auch nicht mehr.«

Arme, nicht warm, aber wärmer doch als ihre eigenen, schlangen sich um ihren Körper. Eine Stimme, ganz nah an ihrem Ohr.

»Mein Engel, du darfst nicht verzweifeln. Ich bin doch bei dir. Und der liebe Gott ebenfalls, auch wenn du das jetzt nicht glauben magst.«

Etwas Leichtes, Fedriges berührte Rosannas Kopf. Küsse, so liebevoll, von schmalen Lippen. Rosanna wollte sich der Umarmung entziehen, aber sie konnte sich nicht bewegen. Wollte ihre Augen öffnen, aber es gelang ihr nicht. Sie war gefangen in schwarzer Einsamkeit.

»Rosanna, mein lieber, lieber Engel! Hörst du mich? Du bist völlig erschöpft, das ist doch kein Wunder nach dem, was du heute getan hast. Aber jetzt wird alles gut.« Simone schluchzte. »Ich bin doch für dich da ...«

Arme, zu stark, wiegten sie hin und her, lullten sie ein ... die Berührung ... nicht mehr so unangenehm ... warm, weich ... die Stimme so sanft ... Zögerlich hoben sich Rosannas Arme, ihr Leib drängte sich dem Trost entgegen, der sanften Stimme. Simones Mund neigte sich zu ihrem hinab. Lippen, zu feucht, küssten sie. Einmal, zweimal.

»Du bist nicht allein. Ich passe auf dich auf, für immer, das verspreche ich dir ...«

Die Lippen liebkosten nun ihre Handflächen.

Nicht allein ... Tränen sammelten sich in ihren Mundwinkeln, wurden weggeküsst, fielen in ihren Schoß, spitze Kniescheiben drückten gegen ihren Leib, während eine Hand ihr das nasse Haar aus der Stirn strich. *Nicht allein* ...

Schwindel überfiel Rosanna, der grausame Schmerz in ihrem Bauch, der sie ständig an ihren Verlust erinnerte, begann zu flattern wie ein eingesperrter Vogel in einem zu engen Käfig, wurde leichter.

Stumm ließ ihr Körper die Zärtlichkeiten zu, beantwortete sie zaghaft. Ihre Hand glitt über hervorstehende Hüftknochen. Über Stoff, so nass und kalt. Darunter Haut, flaumig, Gänsehaut. Mit geschlossenen Augen hob sie ihren Kopf, empfing flatternde Küsse.

Nicht allein ...

Eine Hand auf ihrer Brust. Seltsames Schaudern. Ein Stöhnen, so süß, so fremd ... Fremd? Nein ... nicht nachdenken, leben nur, fühlen, es geht noch ...

31. Dezember 1901

Was für ein unseliges Jahr geht nun zu Ende! Mir graut davor zurückzublicken. Aber noch mehr graut mir davor, nach vorn zu schauen. Was soll das neue Jahr mir schon bringen? Mein Kind ist tot, und niemand und nichts auf der Welt wird daran etwas ändern.

Ich bin müde. Halb tot geschuftet hab ich mich in den letzten Monaten. Wenn man müde ist, fällt das Denken schwer. Und wenn man nicht mehr richtig denken kann, fällt auch das Fühlen schwer – was für ein Segen!

Wenn ich diese Zeilen geschrieben habe, werde ich zu Bett gehen. Welchen Sinn macht es, hier mutterseelenallein zu sitzen und auf Schlag zwölf zu warten? Wenn Simone hätte kommen können, wäre ich vielleicht wach geblieben. Vielleicht ...

Der Engländer hat mich eingeladen, den Jahreswechsel im »Goldenen Pendel« zu verbringen. Aber danach stand mir nicht der Sinn. Von Claudine habe ich außer einer Karte zu Weihnachten kein Lebenszeichen bekommen – sie und Alexandre haben ein längeres Engagement in Frankreich, schrieb sie. Ach Claudine, manchmal könnte ich deine Fröhlichkeit so gut gebrauchen!

Kein Mensch interessiert sich für mich. Hätte sich Kathi nicht einmal nach mir erkundigen können? Nein, lieber wiegt sie ihr Neugeborenes in den Armen. Hätte der Pfarrer nicht einmal nach mir schauen können? Nein, lieber predigt er seinen Schäflein in der Kirche von Anstand und Moral. Und der elende Arzt?

Nicht, dass ich auch nur einen von ihnen brauche – von mir aus können sie sich allesamt zum Teufel scheren.

Simone ist der einzige Mensch, der mir geblieben ist. Wenn sie mich im Arm hält, spüre ich, dass ich noch lebe, ob ich will oder nicht ...

Immer wieder beteuert sie mir, dass sie in der Kirche für mein Seelenheil betet. Nun ja, wenn's ihr etwas bringt ...

Manchmal nimmt ihre Frömmigkeit allerdings seltsame Züge an: Da hat sie doch tatsächlich geglaubt, in der Kirche würde sie ihre Pickel und eitrigen Geschwüre loswerden! Als sie mir erzählte, wie sie den Rat eines alten Mütterchens befolgt hat, musste ich sogar lachen. Sie solle in die Kirche gehen, hatte die alte Frau ihr gesagt, und just in dem Moment, wenn sie zwei Menschen miteinander sprechen sehe, folgenden Satz dreimal flüstern: »Was ich sehe, das ist eine Sünd', und was ich greife, das verschwind'.« Natürlich hatte es einige Sonntage gedauert, bis Simone ihren »Hexenspruch« anbringen konnte – wenn jemand in der Rombacher Kirche spricht, dann ist es der Pfarrer und sonst niemand. Doch hatte sie am Ende auch nur einen Pickel weniger? Natürlich nicht.

Was ihr geholfen hat, war das Schminkzeug, das Claudine mir bei ihrem allerersten Besuch geschenkt hat und für das ich sowieso keine Verwendung habe. Als Simone mir von ihrem glücklosen Versuch erzählte, fiel mir ein, dass ich diesen Beutel noch irgendwo liegen hatte. Nach einigem Herumkramen war er schließlich gefunden. Und nachdem wir eine dicke Schicht Puder auf Simones Gesicht aufgetragen hatten, waren ihre Pickel zumindest teilweise verschwunden. Dann riet ich ihr noch, die Haare nicht so streng nach hinten zu tragen, sondern ein paar Strähnen ins Gesicht fallen zu lassen. Unwillig hat sie meinen Rat befolgt, und nun sieht sie tatsächlich ganz manierlich aus. Sie hat gestrahlt, wie ich es noch nie gesehen habe. Und ich habe mich mit ihr gefreut.

Ist das etwa ein Verbrechen?

Simone war in der Stunde meiner größten Not für mich da. Da ist es doch nur rechtens, wenn ich ihr auch einmal helfe.

Wie sie es schafft, sich immer wieder von der ganzen Arbeit zwischen Wirtschaft, Fremdenzimmern, Wurstherstellung und Garten freizumachen, ist mir ein Rätsel. Und genauso verwunderlich finde ich es, dass die lieben Breuers es zulassen. Denen wäre es doch am liebsten, Simone würde sich auch noch von mir abwenden. Aber das wird nicht geschehen, so gut kenne ich die Kleine.

Manchmal, das muss ich allerdings gestehen, geht sie mir mit ihrer Anhänglichkeit auf die Nerven. »Ich bin nicht dein geliebter Engel!«, habe ich sie vor ein paar Tagen angeschrien, als sie mich zum x-ten Male so nannte. Doch sie setzte nur wieder ihren seelenvollen Blick auf und tätschelte meine Hand. Manchmal kommt es mir so vor, als würde sie mir gar nicht richtig zuhören. Als würde sie nicht mit mir sprechen, sondern mit einem Menschen, den sie sich vor ihrem inneren Auge erschaffen hat. Seltsam ist das ...

Gleich zu Beginn des Jahres 1902 traf Rosanna eine wichtige Entscheidung: Sie würde sich nicht länger von ein paar dummen Tieren tyrannisieren lassen. Deshalb verkaufte sie zwanzig der vierzig Ziegen – zu einem denkbar schlechten Preis, denn wer wollte schon mitten im Winter seine Herde vergrößern? Doch mit den verbliebenen Tieren kam Bärbel schließlich gut zurecht.

Rosanna verließ nur selten den Hof. Nicht einmal zu Margrets Hochzeit ging sie, die zur Überraschung aller den Devotionaliengroßhändler Herbert Burgmann heiratete. Sie schickte jedoch Bärbel mit einem Geschenk ins Dorf. Wenn aber Gäste auf den Hof kamen, lebte Rosanna auf. Anfang Januar kam Stanislaus Raatz mit seiner Tochter Sieglinde zu Besuch, ein paar Tage später erschien der Engländer. Auch Claudine und Alexandre tauchten zu einem Überraschungsbesuch auf, nachdem ihre Anstellung in Frankreich zu Ende war. Zu Rosannas Bedauern mussten sie schon nach zwei Tagen weiterreisen, doch Claudine versprach, spätestens im März wiederzukommen.

Nach einem solchen Besuch fiel es Rosanna umso schwerer, die Einsamkeit und Simones erdrückende Zuneigung zu ertragen.

19. März 1902

Simone war da, aber nur kurz. Sie wollte mich überreden, mit ihr in die Kirche zu gehen. Der Pfarrer würde heute, am Josefstag, eine Skulptur des heiligen Josef, Bräutigam der Maria, enthüllen. Im anschließenden Gottesdienst wolle man seiner, der sein Leben lang für Arme und Kranke da gewesen war, gedenken. Simone war aufgedreht und voller Vorfreude. Nicht einmal meine ruppige Absage ließ das Glänzen in ihren Augen erlöschen. Dann gehe sie eben allein und bete für mich mit, sagte sie und sprang davon, um nur ja den Anfang nicht zu verpassen.

Noch ein Heiliger in Simones Sammlung! Andere junge Mädchen horten Haarspangen oder sonstigen Kleinkram – Simone sammelt Heilige und ist in ihrer Leidenschaft nicht einmal allein: Seit Karl den Pfarrer so großzügig mit seiner Geldspende bedacht hat, füllt sich die Rombacher Kirche laut Simone mit immer mehr Marienfiguren, dicken Putten, Altaraufbauten und so weiter.

Kaum war Simone weg, klopfte es erneut an der Tür. Es war Claudine. Wie hab ich mich gefreut! Sie kam allein. Alexandre und die Kleine sind für einige Zeit bei seinem Vater im Elsass. Dem Geigenbauer gehe es gesundheitlich nicht sehr gut, sagt Claudine. Deshalb haben sie ihr Engagement in Bad Säckingen auch nicht verlängert. Ihr stehe der Sinn jedoch nicht nach wochenlanger Krankenpflege, sondern eher nach ein paar Tagen Erholung auf dem Moritzhof. »Nun, die sollst du haben«, sagte ich zu ihr.

Jetzt ist es schon nach Mitternacht, und ich bin so müde, dass mir die Augen fast zufallen. Den ganzen Nachmittag und den ganzen Abend lang haben wir geredet. Aber wenn ich mich jetzt hinlege, kann ich sowieso nicht schlafen. Also werde ich lieber aufschreiben, was mir den Schlaf rauben würde. Claudines Anliegen nämlich.

Sie habe eine große Bitte, begann sie. Eine gute Bekannte, »nen-

nen wir sie einmal die Gräfin Z.«, brauche dringend für zwei, drei Wochen einen sicheren Unterschlupf. Ich erwiderte, dass es diese Art Gäste seit Karls Tod auf dem Moritzhof nicht mehr gäbe. Lachend winkte Claudine ab. Bei Ludmilla Gräfin von Z. sehe die Sache ein wenig anders aus. Das sei ein armes Ding. Und dann klärte sie mich auf – in einer Ausführlichkeit, die mir nicht sonderlich recht war.

Ludmilla hatte im zarten Alter von sechzehn Jahren auf Drängen ihrer ebenfalls adligen Familie den wesentlich älteren Grafen Z. geheiratet. Seine Familie sei zwar arm an Land, besitze jedoch sehr rentable Eisengießereien in ganz Süddeutschland, sagte Claudine.

Ich musste an dieser Stelle sofort an Karl denken, der die Eisenwerke stets verflucht hatte. »Gefräßige Monster, deren Öfen ganze Wälder als Brennstoff verschlingen«, hatte er sie genannt.

Die Ehe war nicht gut. Der Graf stellte sich als schwermütiger Mann heraus, der in regelmäßigen Abständen versuchte, sich das Leben zu nehmen. »Wenn es ihm nur endlich einmal gelänge!«, sagte Claudine, und ich sah Simone vor mir, die sich bei solchen Worten heftig und mindestens drei Mal bekreuzigen würde. Graf Z. erträgt kein Licht, er bekommt beim geringsten Sonneneinfall Herzrasen, und daher sind sämtliche Räume seines Herrenhauses ständig mit braunen Samtvorhängen verdunkelt.

Nachdem der erste Schock überwunden war, versuchte die junge Frau in den ersten Jahren noch, das Beste aus der Zwangsheirat zu machen. Sie schmückte das Haus, lud Gäste ein, stellte den besten Koch weit und breit ein. Doch all ihre Bemühungen, ihrem Mann die Schwermut auszutreiben, schlugen fehl. Vom Körpergeruch seiner Gäste bekam der Graf Atemnot, die fremdartigen Speisen des Koches schmeckten ihm nicht, und für die farbenfrohen Stoffe auf den Polstermöbeln und an den Wänden hatte er keinen Sinn.

Die Ehe blieb kinderlos – der Graf sei körperlichen Freuden nicht zugeneigt, behauptete Claudine. Nur ein Mal pro Monat muss Ludmilla ihn beglücken, »weil sein Nervenarzt ihm rät, die Säfte fließen zu lassen«.

Ich konnte nicht glauben, was ich da hörte. Wie kommt eine

Frau mit solch einem Leben zurecht?, wollte ich wissen. Wer sagt denn, dass sie damit zurechtkommt?, entgegnete Claudine. Einen Selbstmordversuch habe Ludmilla auch schon hinter sich. Aber inzwischen bemühe sie sich, so weit wie möglich ihre eigenen Wege zu gehen. Eine Frau im besten Alter, adelig, freundlich, witzig, dazu äußerst ansehnlich und wohlhabend – auch ohne den Gatten an ihrer Seite habe sich Ludmilla ihren Platz in der höheren Gesellschaft erobert. Der Graf, der trotz – oder gerade wegen – seiner kränklichen Ich-Bezogenheit ein überaus eifersüchtiges Wesen besitzt, sieht ihre Alleingänge jedoch nicht sonderlich gern: Ob zum Nachmittagskaffee mit anderen Damen, zum Konzert im Kursaal von Baden-Baden oder in einem anderen Kurort, zur Sommerfrische in den Alpen – bei jedem Ausgang stellt er Ludmilla zwei Begleiterinnen zur Seite, »damit sie sich nicht so allein fühlt«. In Wirklichkeit handelt es sich dabei um zwei Drachen, stets in tristes Schwarz gekleidet, die gut von ihm dafür bezahlt werden, ein Auge auf die junge Gräfin zu haben.

»Es geht ihm nur um Kontrolle, nicht um Ludmilla selbst«, sagte Claudine.

Kurz vor Weihnachten war trotzdem etwas geschehen. Der Graf hatte seine Frau mit nach Lörrach genommen, und während er einen Geschäftstermin wahrnahm, schlich sich Ludmilla aus dem Hotel und spazierte durch die festlich geschmückte Stadt. Endlich einmal frei von allen Zwängen, war sie ein paar Straßen weiter in ein Café gegangen und hatte Kaffee und Kuchen bestellt. Am Nebentisch saß ein feiner Herr und rauchte Zigarre. Ludmilla bekam von dem Rauch einen fürchterlichen Hustenanfall. Der Herr bat eiligst um Verzeihung und lud sie auf ein Glas Champagner ein, und Ludmilla sagte nicht Nein.

Nun, den Rest konnte ich mir schon denken …

Ludmilla hatte sich zum ersten Mal in ihrem Leben unsterblich verliebt. Und dem Herrn – er ist im Diamantenhandel tätig – erging es genauso.

Ein Diamantenhändler! Bis zum heutigen Tag wusste ich noch nicht einmal, dass es so jemanden gibt.

Seit jenem Tag versuchen die beiden Liebenden sich zu sehen, wann und wo immer es geht. Und nun hat Ludmilla scheinbar Mittel und Wege gefunden, ihrem Gemahl vorzugaukeln, sie wolle eine Kur antreten. In Wirklichkeit will sie sich jedoch mit ihrem Geliebten treffen, und zwar an einem Ort, der vor den Augen der Öffentlichkeit absolut geschützt ist. Wie sie ihre beiden Wachhunde loswerden will, weiß Claudine allerdings noch nicht.

Daher weht also der Wind, dachte ich gleich. Der Moritzhof als geheimes Liebesnest ...

Ich war mir anfangs nicht sicher, ob ich das unterstützen sollte. Gleichzeitig wusste ich schon in diesem Moment, dass ich nicht anders kann, dafür tut mir die Gräfin viel zu Leid. Na ja, sagen wir einmal, ein bisschen Neugierde spielt bei meiner Entscheidung auch eine Rolle. Zudem lockt mich die Abwechslung, die das Unternehmen in meinen trüben Alltag bringen wird.

Natürlich wollte ich wissen, woher Claudine diese Ludmilla kennt und warum sie sich so für sie einsetzt. Claudine gab mir bereitwillig Auskunft. Sie kennen sich schon seit Ewigkeiten, noch aus der Zeit, als Claudine mit Zoltan bei feinen Gesellschaften für musikalische Unterhaltung sorgte.

»Es war in Wildbad, bei einem Promenadenkonzert auf dem Kurplatz. Zwischen zwei Auftritten spazierte ich durch den nahe gelegenen Park, als ich auf einer Bank ein heulendes Häufchen Elend sitzen sah – Ludmilla. Ich konnte gar nicht anders, als sie anzusprechen. In ihrer Verzweiflung und Einsamkeit öffnete sie mir, einer Fremden, ihr Herz. Seitdem sind wir sehr vertraut miteinander.« Auf diese Erklärung folgte Claudines typisches Achselzucken, mit dem sie stets alles und nichts erklärte.

Ach, sollen die beiden Liebenden doch kommen! Das Haus ist schließlich groß genug, sodass man sich nicht ständig gegenseitig auf die Füße tritt. Und ob ich jetzt für Bärbel und mich koche oder für ein paar Leute mehr – was macht das schon aus ...

Rosanna war bereits in aller Herrgottsfrühe wach. Für den Fall, dass die Gäste gleich nach ihrer Ankunft ein warmes Bad wünschten, verzichtete sie darauf, den Warmwasserspeicher schon jetzt anzuwerfen und das heiße Wasser zu verbrauchen, und wusch sich stattdessen mit kaltem Wasser die Haare. Dann suchte sie im Schrank nach ihrer besten Schürze, musste dabei aber feststellen, dass diese an den Rändern schon ziemlich verschlissen war. Das ganze Haus hatte sie herausgeputzt, nur daran, sich selbst auch ein wenig schön zu machen, hatte sie nicht gedacht.

Nachdem sie mit Bärbel gefrühstückt und diese sich mit den Ziegen auf den Weg gemacht hatte, brach Rosanna zu einem weiteren Rundgang durchs Haus auf. Alles war für die Gäste vorbereitet. Dennoch rückte sie hier einen Strauß mit Trockenblumen zurecht und ordnete dort einen Stapel Bücher, den sie aus Karls Bücherschrank für die Gäste zusammengestellt hatte. Mit dem Zeigefinger fuhr sie prüfend über Tische und Kommoden, über den Spiegel in der Diele und über das Waschbecken im Badezimmer. Nirgendwo ein Hauch von Staub. Der Moritzhof mochte nicht so fein sein wie die edlen Herrenhäuser, die die Gräfin gewohnt war, aber blitzblank war er allemal! Und außerdem verfügte er schließlich über zwei richtige Badezimmer. Irgendwann einmal war Martha Moritz es leid gewesen, für jedes Vollbad die schwere Zinkwanne ins Schlafzimmer und dann Eimer für Eimer Wasser hochzuschleppen. So hatte Karl zuerst unten die Besenkammer in ein Badezimmer umgewandelt, und weil er schon einmal dabei war, baute er im Obergeschoss gleich noch ein zweites dazu. Das war ein Luxus, an den sich Rosanna längst gewöhnt hatte, den sie dennoch immer wieder aufs Neue genoss.

An jedem Fenster, an dem sie vorbeikam, blieb sie stehen und warf einen sorgenvollen Blick hinaus. Wenn sich doch endlich der Frühlingsnebel verziehen würde! Sie wollte so gern, dass sich die Landschaft von ihrer schönsten Seite zeigte, wenn diese Gräfin ankam.

Einen Monat später hätte sie kommen müssen, dann standen die Weißdorn- und Himbeerhecken in voller Blüte, der Ginster hatte sein gelbes Feuerwerk entfacht, und die Luft war geradezu parfümiert vom süßen Duft der Maiglöckchen. Jetzt aber, Mitte April, musste man noch ganz genau hinschauen, wollte man das neu erwachende Leben unter der Blätterschicht des vergangenen Herbstes entdecken. Wenigstens war der Schnee schon geschmolzen, und auf den tiefer gelegenen Wiesen wuchs das Grün bereits saftig und war übersät vom Gelb des Löwenzahns.

Wahrscheinlich hat die Gräfin sowieso kein Auge für die Schönheit der Natur, ging es Rosanna durch den Kopf. Wahrscheinlich kann sie es kaum erwarten, in den Armen ihres Geliebten zu liegen.

Gegen elf Uhr hatte sich der Nebel schließlich gelichtet, und eine helle Sonne strahlte vom Himmel. Rosanna, die auf der Bank vor dem Haus saß und Kartoffeln schälte, hörte das Prusten der Pferde, die mit weit nach unten gebeugten Köpfen das letzte steile Stück bewältigten, noch bevor sie die Kutsche selbst sah. Der feuchte Atem der Rösser hinterließ weiße Wölkchen in der klaren Luft.

Eilig schnappte Rosanna sich die Kartoffeln und brachte sie in die Küche. Nachdem sie sich die Hände an einem Tuch abgewischt hatte und sich einmal übers Haar gefahren war, ging sie langsam wieder nach draußen. Dabei schlug ihr Herz so heftig, als wolle es gleich aus der Brust springen.

Sie bedeutete dem Kutscher, direkt vor der Tür zu halten.

Der Mann schob seine Pfeife in den linken Mundwinkel, sprang vom Bock, öffnete den Kutschenschlag und reichte seine Hand hinein. »Gnädige Frau?«

Eine dicke Wolke Lavendelduft wehte heraus. Dann kam ein violetter Wildlederstiefel zum Vorschein, schließlich ein zweiter. Ein voluminöser Rock aus dunkellilafarbenem Stoff bauschte sich zwischen Tür und Rahmen, wurde zum Aussteigen von einer in gleicher Farbe behandschuhten Hand zusammengerafft.

Vor lauter Stoff war von der zweiten Person im Wagen nur wenig zu sehen.

Du meine Güte!, dachte Rosanna bei sich, noch bevor sie des riesigen Hutes ansichtig wurde, auf dem ganze Sträuße von künstlichen Maiglöckchen und Irisblüten angebracht waren. Was will denn so eine hier oben? Der gefällt's hier doch nie und nimmer! Was hatte sich Claudine dabei nur gedacht? Doch noch bevor die Frau und ihr Begleiter ganz ausgestiegen waren und Rosanna ihr Mut gänzlich verließ, setzte sie ein strahlendes Lächeln auf und sagte: »Gnädige Frau, gnädiger Herr ... Herzlich willkommen auf dem Moritzhof!«

22. April 1902

Alles läuft gut. Meine beiden Gäste scheinen sich wohl zu fühlen. Erst vorhin hat die Gräfin gesagt, sie habe schon lange nicht mehr mit so großem Appetit gespeist. Das will ich auch hoffen, wo ich meine Speisekammer für diesen Besuch doch extra mit all den wundervollen Sachen gefüllt habe! Inzwischen bin ich auch froh, dass ich die Hennen gekauft habe, auch wenn ich die Viecher noch immer nicht sonderlich leiden kann. Aber so feine Leute essen morgens gern ein weich gekochtes Frühstücksei, hat Simone gesagt, als ich ihr von der bevorstehenden Ankunft meiner Gäste erzählte. Da der »Fuchsen« inzwischen ständig Übernachtungsgäste hat, muss sie es ja wissen. Auch sonst ist es nicht schlecht, stets frische Eier zu haben. Gestern buk ich für die Mittagsmahlzeit einen ganzen Berg Pfannkuchen, die ich mit Pflaumenmus füllte. Kein einziger ist übrig geblieben, dabei hatte Bärbel auf einen Rest gehofft. Dass feine Leute so viel essen können – das hätte ich nie im Leben gedacht.

Heute Abend servierte ich geräucherte Forellen, für die ich Stanislaus Raatz ein kleines Vermögen hinlegen musste. Wenn Karl wüsste, dass ich seine Forellen letztes Jahr einfach den Bach hinabgeschwemmt habe ... Eigentlich war's eine Dummheit, die Fische konnten schließlich nichts für die Katastrophe mit meinem geliebten Bubi. Aber damals war ich nicht ganz bei Sinnen, und Karl würde das wahrscheinlich verstehen. Ach, es ist müßig, darüber nachzudenken ...

Weil der Herr Steudle – so heißt der Diamantenhändler – mein selbst gebackenes Brot so gern mag, reichte ich nach den Forellen lediglich Brot und einen herrlichen Wildschweinschinken, den Anton Simone mitgegeben hat, dazu Senf, in den ich allerlei Kräuter mischte. Für den Nachtisch hatte ich getrocknete Pflaumen mit viel Zucker und Kirschwasser zu einem dicken Sirup aufgekocht.

Den habe ich dann über einen gestürzten Grießpudding gegeben. Bis auf den letzten Löffel hat der feine Herr wieder einmal seinen Teller leer gekratzt. Und die Gräfin behauptete, sie würde bald nicht mehr in ihr Korsett passen, wenn ich weiterhin so reichhaltig kochen würde.

Simone, die heute da war, sagte, sie hätte gar nicht gewusst, dass ich so gut kochen kann.

»Ich auch nicht!«, erwiderte ich ...

»Ach, da sind Sie ja, Frau Rosanna! Macht es Ihnen etwas aus, wenn ich mich ein wenig zu Ihnen geselle?« Unvermittelt stand die Gräfin in der Küchentür.

Rosanna, die gerade das Zicklein, das Stanislaus für sie geschlachtet hatte, mit getrockneten Kräutern einrieb, schrak zusammen. »Ganz und gar nicht.« Sie lächelte. »Möchten Sie vielleicht eine Tasse Pfefferminztee? Ich habe gerade frischen aufgebrüht.« Sie wies mit dem Kopf in Richtung des Tisches.

»Warum nicht? Ein warmes Getränk nach unserem langen Marsch kann nicht schaden«, antwortete die Gräfin. »Enno hat sich mit einem Buch in den Salon verzogen. Wie ich ihn kenne, wird es Stunden dauern, bis er aus seinen Abenteuern wieder auftaucht. Vor allem, da Sie ihm die Karaffe mit dem süffigen Wein dazugestellt haben.« Ludmilla ließ sich auf der Küchenbank nieder, ohne sich darum zu kümmern, dass sich der karamellfarbene Samt ihres bauschigen Rockes an der rauen Sitzfläche schabte.

Der Salon – so wurde die gute alte Stube nun also genannt! Rosanna musste sich ein Lächeln verkneifen. Sie wusch sich die Hände, dann schenkte sie ihrem Gast eine Tasse Tee ein und stellte außerdem eine Schale mit Keksen dazu, die sie gerade erst aus dem Ofen geholt hatte.

An einem Gebäckstück knabbernd erzählte Ludmilla von ihrem Spaziergang zu dem Aussichtspunkt, den Rosanna ihr am

Morgen empfohlen hatte. Was für ein Blick!, rief sie bewundernd. Bis zu den Alpen könne man von dort aus sehen. Und was für eine Luft! Die würde selbst einem Lungenkranken zu neuen Kräften verhelfen. Aber Gott sei Dank sei man selbst ja nicht lungenkrank, lachte sie vergnügt.

Wie unkompliziert die Gräfin ist, staunte Rosanna wieder einmal. Und wie schön es war, sie im Haus zu haben.

»Wenn das Wetter weiterhin so eine gute Laune hat, könnten wir heute Nachmittag eigentlich ein Sonnenbad nehmen.«

»Ein Sonnenbad ...« Rosanna runzelte die Stirn. Was meinte die Gräfin damit? Erwartete sie etwa, dass Rosanna einen Badebottich nach draußen schleifte und dort mit heißem Wasser füllte?

»Ich weiß, ich weiß, die Sonne ist der Feind eines jeden blassen Teints. Und außerdem ist es eigentlich zum Sonnenbaden noch ein wenig früh im Jahr. Aber mit einer Decke oder auch zweien ...« Die Gräfin blinzelte. »Ich möchte am liebsten jedes Lüftchen und jeden Sonnenstrahl hier oben aufsaugen, wissen Sie.« Sie verstummte, und ein dunkler Schatten legte sich auf ihr Gesicht.

»Nun, an ein paar Decken soll es nicht liegen«, antwortete Rosanna hastig. »Was würden Sie denn für Ihr ... Sonnenbad sonst noch benötigen?«

»Da ich nicht annehme, dass Sie Deckchairs besitzen, dürfen es auch ganz normale Stühle oder Sesselchen sein. Aber diese Deckchairs sind so unwahrscheinlich bequem! Seit meiner Schiffsreise über den Kanal schwärme ich regelrecht von diesen Dingern, ich habe mir schon überlegt, ob ich nicht einen Schreiner beauftrage, mir ...« Die Gräfin hatte sich wieder gefangen und plauderte munter weiter.

»Gleich nach dem Mittagessen werde ich Ihnen zwei Stühle und ein paar Decken vors Haus bringen«, versprach Rosanna, nachdem ihr Gast zum Ende gekommen war. Faul in der Sonne herumzusitzen nannte man also »Sonnenbad« ... Nun, da gab es doch noch die zusammenklappbaren Holzstühle, die Karl für seine Freunde während des Schwarzbrennens in die Scheune gestellt hatte. Wo waren die nur?

Ludmilla klatschte in die Hände. »Sie sind wirklich ein Schatz!«

Lächelnd bot Rosanna ihrem Gast einen weiteren Keks an.

Claudine hatte schon Recht gehabt: Ludmilla war ein faszinierendes Wesen. Wählerisch zwar, aber gleichzeitig auch verschwenderisch in ihrem Lob, wenn sie zufrieden war. So hatte ihr beispielsweise das Zimmer, das Rosanna für sie bestimmt hatte, nicht behagt, weil es zum Wald hinaus lag und etwas schattig war. Es erinnere sie zu sehr an zu Hause, murmelte sie. In einer eiligen Aktion hatte Rosanna daraufhin ein Schlafzimmer nach vorn hinaus hergerichtet. In der Mitte prangte ein Himmelbett, dessen Gestänge Rosanna vor längerer Zeit mit einem grün-weiß gestreiften Stoff bezogen hatte. Aus demselben Stoff hatte sie Vorhänge genäht und außerdem ein paar Kissen für die Fensterbank, auf der man gemütlich sitzen und ins Tal hinabschauen konnte. Das frische Grün des Stoffes erinnerte an eine Frühlingswiese. Bis zu diesem Tag hatte noch niemand in dem Zimmer übernachtet.

»Andere Weiber putzen die Puppenküche oder den Kaufladen für ihre Kinder heraus, für dich ist der ganze Moritzhof eine Puppenstube«, hatte Karl immer wieder geschmunzelt, wenn sie mit ellenlangen Stoffbahnen für einen Vorhang oder für Tischdecken an der Nähmaschine gesessen hatte. Wie hätte Rosanna ihm erklären können, was es für sie bedeutete, so ein schönes Zuhause zu haben? Da Karl es ihr nicht verbot, hatte sie nach und nach Zimmer für Zimmer hergerichtet.

Die Gräfin war von dem grünen Himmelbett begeistert gewesen. Hatte von »pittoresker Ländlichkeit« gesprochen und sich sofort auf der Fensterbank niedergelassen. Der Diamantenhändler war dagegen von Anfang an mit seinem Zimmer zufrieden. Ihm hatte Rosanna Karls Schlafzimmer gegeben.

»Also, vielleicht halten Sie mich für ein wenig forsch, Frau Rosanna, wenn ich Sie das einfach frage ... Und natürlich müssen Sie nicht antworten ...« Mit gespreiztem kleinem Finger stellte Ludmilla jetzt ihre Teetasse ab. Ihre Augen ruhten erwartungsvoll auf Rosanna.

»Entschuldigung, ich ... Was sagten Sie gerade?« Erschrocken riss sich Rosanna aus ihren Gedanken. Wie unhöflich von ihr, ihrem Gast nicht zuzuhören!

»Ich habe Sie gefragt, womit sich Ihre anderen Gäste sonst die Zeit vertreiben. Ich meine, für ein Hotel in dieser Abgeschiedenheit gibt es doch recht wenig Möglichkeiten zu einem kurzweiligen Zeitvertreib. Bitte verstehen Sie mich nicht falsch, wir finden alles ganz wundervoll hier oben, aber es gibt ja nicht einmal einen Billardtisch für die Herren ...« In gespielter Verzweiflung hob Ludmilla ihre fein gezupften Brauen.

»Die ... anderen Gäste?«, wiederholte Rosanna unsicher.

Welche anderen Gäste? Und was war um Himmels willen ein Billardtisch? Eine Art Spiegelkommode für Männer vielleicht? Wo sie sich rasieren konnten?

»Nun ja, es wird ja nicht immer so leer bei Ihnen sein!« Die Gräfin machte eine unbestimmte Handbewegung in Richtung Eingang. »Vermutlich rennen die Sommerfrischler Ihnen doch in ein paar Wochen das Haus ein. Und dann gibt es neuerdings ja auch viele Städter, die nur übers Wochenende aufs Land fahren.«

Rosanna runzelte die Stirn. »Jaja, aber eigentlich ist der Moritzhof gar kein Hotel ...«

»Kein Hotel? Aber ich dachte ... Also, Claudine Berlot sagte doch, Sie hätten oft Gäste hier oben. Sehr anspruchsvolle Gäste. Und dass Sie extra wegen uns auf eine weitere Belegung Ihres Hauses verzichtet hätten. Wobei wir Ihnen für diese Exklusivität natürlich äußerst dankbar sind.« Ludmilla wirkte irritiert.

Rosanna schluckte. Was um alles in der Welt hatte Claudine der Gräfin erzählt? Das wird sie mir büßen, dachte sie wütend. Ich schüttele sie so lange, bis sie keinen Pieps mehr herausbringt!

»Besucher gibt es hier oben schon«, antwortete sie gedehnt. »Aber seit dem Tod meines Mannes haben wir nur noch selten

Übernachtungsgäste. Im Grunde genommen ...«, *sind Sie die Ersten hier*, lag es ihr auf der Zunge zu sagen. Doch etwas hinderte sie daran.

»Im Grunde genommen ist der Moritzhof sozusagen noch ein ... Hotel ... im Entstehen«, fuhr sie stattdessen fort. Was rede ich da bloß für einen Unsinn?, fragte sie sich sogleich im Stillen. Und doch fügte sie hinzu: »Mir schweben einige Veränderungen vor. Aber ich bin mir noch unsicher. Doch meine Berater ...« Sie machte eine wegwerfende Handbewegung. Welche Berater?, rügte sie sich stumm und hoffte inbrünstig, nicht rot zu werden. Stanislaus und der Engländer etwa?

Ein Hotel ... Vorsichtig ließ sich Rosanna das Wort auf der Zunge zergehen.

»Das kann ich mir vorstellen!« Die Gräfin schnaubte mitfühlend. »Eine hübsche junge Frau wie Sie, alleinstehend, Herrin eines solchen Anwesens – da vergeht doch sicher kein Tag, an dem Ihnen nicht jemand seine hochtrabenden Pläne verkaufen will. Aber Sie haben vollkommen Recht, meine Liebe. Hier oben ist ein wahres Paradies, da sollten Sie schon sorgfältig prüfen, welche Veränderungen klug sind und welche nur dazu dienen, die Taschen von Halsabschneidern zu füllen.«

Rosanna fiel in ihr vertrauliches Lachen ein. Bin ich eigentlich wahnsinnig geworden?, fragte sie sich gleichzeitig. Dann schenkte sie frischen Tee nach und umklammerte ihre Tasse, als wolle sie nicht nur Wärme, sondern auch Mut daraus ziehen.

»Wissen Sie, mein Problem ist, dass ... gewisse Umstände mich bisher stets daran gehindert haben, mich bei der Konkurrenz umzuschauen.«

Rosanna zwang sich zu einem beiläufigen Ton, war sich jedoch nicht sicher, ob dieser ihr gelang.

»Ich kenne eher kleinere Gasthäuser, damit kann ich den Moritzhof eigentlich nicht vergleichen«, fuhr sie fort und dachte dabei an den »Fuchsen« und das »Goldene Pendel« vom Engländer. Ihr Magen rutschte eine Etage tiefer. Gewiss hielt die Gräfin sie nun für eingebildet.

Doch Ludmilla Gräfin von Z. führte genießerisch ihre Tasse zum Mund und nickte dabei heftig. »Schau stets nach oben, nie nach unten! Das hat schon meine Mutter immer gesagt. Und gerade heutzutage, wo der Schwarzwald als Reiseziel doch enorm *en vogue* ist und dank der neuen Eisenbahnlinien so überaus gut erreichbar! Vom nächstgelegenen Bahnhof ist es mit der Kutsche ja nur noch ein Katzensprung hier herauf. Da sollten Sie sich schon überlegen, etwas wirklich Außergewöhnliches aus Ihrem Hotel zu machen. Die Konkurrenz ist groß, verstehen Sie? Obwohl – gerade in dieser südlichen Gegend des Schwarzwaldes scheint der Tourismus noch ziemlich in den Kinderschuhen zu stecken ...«

Rosanna nickte zaghaft und schluckte. Dann wagte sie zu sagen: »Gnädige Frau – Sie sind doch bestimmt schon viel in der Welt herumgekommen. Haben in den verschiedensten Häusern übernachtet. In Kurbädern, in Hotels. Was würden Sie denn für den Hof, äh, ich meine, für mein ... Hotel ... vorschlagen?« Unwillkürlich hielt sie die Luft an.

»Nun ja, und wenn ich dann im Hochsommer nach Biarritz fahre – das ist ein Badeort an der französischen Küste, müssen Sie wissen –, gibt es dort naturgemäß wieder ganz andere Zeitvertreibe.« Ludmilla Gräfin von Z. kicherte. »Der größte Unterschied zu deutschen Bädern ist wohl der, dass die Rocksäume im Süden noch ein Stückchen weiter nach oben rutschen. Ach, diese südliche Leichtigkeit!« Sie war inzwischen voll und ganz in ihrem Element.

Rosanna hörte nur noch mit halbem Ohr ihren Schwärmereien über Strandpromenaden, Segelausflüge und Langustenessen zu. Die Teekanne war längst leer, inzwischen dürstete es sie nach etwas anderem. Aber sie wollte die kostbare Zeit, die ihr blieb, bis die Gräfin wieder Sehnsucht nach ihrem Geliebten bekam, nicht mit Kaffeekochen verschwenden. Dazu brannten ihr noch viel zu viele Fragen auf den Lippen, für die sie jedoch nicht einmal die richtigen Worte fand. Ihr schwirrte der Kopf vor lauter bunten, fremden, aufregenden Bildern. Keines dieser Bilder überlebte lange, und wie die bunten Schnipsel in einem Kaleidoskop setzten sie sich immer wieder zu neuen Bildern zusammen: elegant gekleidete Damen mit Sonnenschirm beim Spaziergang, Gäste an großen Tischen, auf denen verschiedene Gesellschaftsspiele ausgebreitet waren, Herren in schwarzen Fräcken und mit schönen Damen am Arm, die sich auf langen Stuhlreihen einen Platz suchten, um einer Freiluftserenade zu lauschen. Springbrunnen, deren Wasserspiele an heißen Tagen Auge und Seele des Gastes erfreuten. Zauberer, Hypnosekünstler, Sänger, die in kleinen Salons vor einem erlauchten Kreis auftraten. So sah also der »Zeitvertreib« für Hotelgäste in Deutschland, der Schweiz und Italien aus!

Der Gedanke, aus dem Moritzhof ein Hotel zu machen, hatte sich wie ein aufdringlicher Gast in Rosannas Kopf eingenistet und ließ sich nicht mehr vertreiben. Doch was konnte sie ihren Gästen hier oben auf dem Berg bieten?

Vielleicht würden sich Claudine und Alexandre bereit erklären, hin und wieder für ihre Gäste zu musizieren. Na, ob das reichte?

Die Gräfin hatte auch von Jagden gesprochen, die fürstliche Herrschaften ausrichteten. Und davon, dass sich die Gäste gegenseitig in ihren Hotels besuchten – tat man dies nicht, galt man als eigenbrötlerisch. Mit einem Fürsten konnte Rosanna nicht dienen, aber eine Jagd ließe sich vielleicht einrichten ... Immerhin gehörten ihr achtzig Hektar Wald! Nach Karls Tod hatte Stanislaus Raatz einen Jagdpächter angeschleppt, der gegen eine jährliche Vergütung nun die Hege des Wildes übernahm. Vielleicht würde dieser Mann auch einmal eine Jagd für Gäste organisieren.

Eine Jagd organisieren! Du meine Güte! Als Nächstes entwarf sie womöglich schon die Speisekarte für Gäste, von denen sie noch nicht einmal wusste, ob es sie je geben würde.

Sie prustete verächtlich und spottete heimlich über sich selbst.

Ludmilla schaute sie stirnrunzelnd an. »Stimmen Sie nicht mit mir überein, dass der besondere Reiz gerade im Wechsel zwischen dem hektischen Stadtleben und der besinnlichen Ruhe auf dem Land liegt?«

»Doch, doch«, beeilte sich Rosanna zu sagen. »Aber ich frage mich die ganze Zeit ...«

Sie biss sich auf die Lippe. Wie um alles in der Welt sollte sie ihre Frage formulieren, ohne dass sie sich verriet?

»Ich frage mich«, hob sie erneut an, »wie die feinen Herrschaften von all diesen schönen Orten und Hotels, die Sie mir geschildert haben, überhaupt erfahren? Ich meine, es kommen doch jährlich neue Hotels dazu ...«

»Ein wichtiger Gedanke«, lobte Ludmilla, die zusehends größeren Gefallen an ihrer Rolle als Rosannas Beraterin fand. »Ohne den allerneuesten Reiseführer wäre man in der Tat hilflos. Ich persönlich bevorzuge die Baedeker-Reisehandbücher – sie sind stets auf dem neuesten Stand und was Beschreibungen von Unterkünften angeht sehr präzise.«

Ein Blick in Rosannas verunsicherte Miene reichte, um sie ihre Bemerkung weiter ausführen zu lassen. Es handele sich hierbei um kleine, handliche Bücher, nicht viel größer als ein Kirchengesangbuch, die der Baedeker-Verlag herausgab. Der Reisende fände darin nicht nur Karten und Wegbeschreibungen, sondern auch Adressen für Unterkünfte und jede Menge Werbeanzeigen von Geschäften noch dazu, die in der jeweiligen Gegend ansässig wären. Ludmilla versprach, ihren Baedeker über den Schwarzwald später aus ihrem Zimmer zu holen.

»Aber Sie sollten nicht nur einen Eintrag im Baedeker planen, sondern auch Prospekte und Postkarten«, fuhr sie fort. »Ja, Postkarten! Je länger ich darüber nachdenke ... Bei dieser Fülle an Motiven hier oben wird das einzige Problem darin bestehen, das schönste auszusuchen. Aber im Grunde kann es nur eines geben: Ihr Hotel selbst! Diese pittoreske Behäbigkeit, dieses Bodenständige und gleichsam fast mystisch Schöne, das Ihr Haus umgibt ... Allerdings müssten Sie zuvor wieder Ihr Hotelschild anbringen lassen. Wenn ich das so sagen darf – das Fehlen des Schildes mutete nämlich schon bei unserer Ankunft etwas seltsam an. Aber ich nehme an, Sie lassen Ihr Aushängeschild zurzeit renovieren?«

Rosanna nickte vage.

Ein Hotelschild ...

Prospekte ...

Der Moritzhof auf einer Postkarte ...

Ein wohliges Kribbeln, das sie seit vielen Monaten nicht mehr verspürt hatte, breitete sich in Rosannas Bauch aus.

Sie würde aus dem Hof ein Hotel machen. Gäste bewirten und damit ihren Lebensunterhalt verdienen. Was für ein Gedanke! Warum war sie nicht schon längst darauf gekommen? Wo diese Idee doch eigentlich so nahe lag?

Es ist wie damals, als ich schwanger war und Karl mir vorschlug, zu ihm zu ziehen und seine Magd zu werden, schoss es Rosanna durch den Kopf. Ein Gedanke, der scheinbar aus dem Nichts auftaucht – und plötzlich sieht die Welt völlig anders aus.

Sie hatte Mühe, still sitzen zu bleiben. Sie musste etwas tun, irgendetwas, sonst würde sie platzen vor lauter Aufregung.

Auch Ludmillas Augen glänzten wie die eines Kindes, das am Weihnachtsabend durchs Schlüsselloch lugt.

»Wie ich Sie beneide! Ein Hotel zu erbauen, ich meine natürlich, ein Hotel umzubauen ... nein, das trifft es auch nicht, ich ... ach, Sie wissen schon, was ich meine. Das war immer mein sehnlichster Wunsch ...«, fügte sie leise hinzu.

»Ein Hotel zu eröffnen?« Rosanna schüttelte ungläubig den Kopf.

Ludmilla lachte. »Nein, das meine ich nicht. Aber so etwas wie eine ... Geschäftsfrau zu werden. Eine Idee zu haben und diese Idee wachsen zu sehen. Etwas aufzubauen!« Sie verzog spöttisch den Mund. »Ich weiß, diese Gedanken sind für eine Dame meines Standes sehr untypisch. Und wehe, ich würde sie einmal laut aussprechen! Woanders, meine ich. Man würde mich schlichtweg für verrückt erklären.«

»Aber das können Sie doch immer noch! Sie haben so viele Bekannte, bestimmt würden die Ihnen helfen«, antwortete Rosanna heftig. Die Traurigkeit in Ludmillas Worten bekümmerte sie. Sie hätte so gern etwas von ihrer optimistischen Stimmung abgegeben!

Doch Ludmilla schüttelte nur resigniert den Kopf. »Nein, Rosanna, solche Dinge muss man tun, wenn man jung ist. So wie Sie! Wie alt sind Sie eigentlich, wenn ich fragen darf?«

»Zweiundzwanzig«, erwiderte Rosanna.

Ludmilla nickte. Nachdenklich fuhr sie fort: »Später kann man nur noch zurückschauen auf all das, was man unterlassen hat, weil ›es sich nicht gehört‹, weil ›man so etwas einfach nicht tut‹, weil ..., ja, weil man eine Frau ist.« Sie griff nach Rosannas Arm. Ihre Hand war warm, fast fiebrig. »Lassen Sie sich nicht einschüchtern, niemals! Von nichts und niemandem! Es gibt nichts Schrecklicheres, als ein Leben zu führen, das einem nicht entspricht. Glauben Sie mir, ich weiß, wovon ich rede.«

11. Mai 1902

Sie sind weg. Vor einer halben Stunde ist dieselbe Kutsche gekommen, die die beiden auch gebracht hatte, und hat die Gräfin und den Herrn Steudle abgeholt. Nun bin ich wieder allein. Ach, wie wird mir das Haus leer vorkommen!

Andererseits bin ich auch froh, dass ich jetzt zum Durchatmen komme. Seit meinem Gespräch mit Ludmilla schwirren mir so viele Gedanken durch den Kopf, dass ich gar nicht weiß, welchem ich mich zuerst widmen soll. Wann immer mir etwas einfällt, was mein zukünftiges »Hotel« betrifft, schreibe ich es in ein Büchlein, das ich extra für diesen Zweck besorgt habe.

Natürlich frage ich mich oft, ob ich verrückt bin. Wie kann ich mir einbilden, ein Hotel führen zu können? Bin ich nicht zu jung dazu? Und zu dumm? Eine arme Köhlertochter, die nicht mal richtig schreiben und lesen konnte, als sie hier ankam. Aber ich habe es gelernt! Und arm bin ich längst nicht mehr, auch wenn mir mein Reichtum bisher nichts als Trauer gebracht hat. Vielleicht ist die Zeit gekommen, das zu ändern.

Karl hatte genug Vertrauen in mich, um mir seinen Hof zu vermachen. Und das hat er bestimmt nicht getan, damit ich nur hier sitze und Däumchen drehe oder ein paar Ziegen halte. Es liegt an mir, aus seinem Vermächtnis etwas zu machen! Ich solle das Land für mich arbeiten lassen, hat er in seinem Brief geschrieben. Nun, genau das habe ich vor.

Eines ist gewiss: Viel Zeit zum Traurigsein wird mir nicht mehr bleiben, sobald mein Plan erst einmal Gestalt annimmt. Gäste machen viel Arbeit, das habe ich jetzt schon gemerkt ...

Wenn die Zweifel kommen, sage ich mir: Was Zacharias und die Elsbeth mit dem Pferdegebiss schaffen, das kann ich allemal! Zacharias selbst hat immer gesagt, die Gäste würden mich mögen und ich gäbe eine gute Wirtin ab. Nun, ich werde ihm zeigen, was für eine gute ich sein werde! Ich freue mich schon auf die Gesichter unten im Dorf, wenn die ersten Kutschen mit Übernachtungsgästen hier herauffahren! Aber so weit sind wir noch lange nicht ...

Eigentlich sollte ich statt zu schreiben jetzt am Waschtrog stehen. Die Tisch- und Bettwäsche muss gewaschen werden, außerdem die Berge von Handtüchern, welche die Gräfin benötigt hat. Gott sei Dank sind die Schränke hier oben voll mit dem Zeug. Ich glaube, Ludmilla hat sich jeden Tag gewaschen ... Nun ja, vielleicht ist das bei den feinen Leuten so üblich.

Ich muss wohl noch einiges dazulernen, was »feine Leute« angeht. Wenn die Gräfin und ihr Geliebter ein Maßstab sind, dann ist die bessere Gesellschaft jedenfalls ganz anders, als ich sie mir vorgestellt habe.

Gestern Abend fragte mich der Herr Steudle doch tatsächlich, ob ich ihm nicht eine Tüte von meinen Haselnusskeksen mitgeben könne, als »unwiderstehliche, süße Erinnerung an süße Stunden« – so hat er sich ausgedrückt. Ich musste mir ein Lachen verkneifen. Aber wer kann so einer Bitte schon widerstehen? Also habe ich mich halt hingestellt und »unwiderstehliche« Kekse für ihn gebacken. Und weil ich nichts anderes zur Hand hatte, nahm ich eine von Margrets Spanschachteln und tat sie dort hinein. Als ich ihm vorhin die Keksdose überreichte, war er so gerührt, dass er mir noch einen zusätzlichen Geldschein in die Hand gedrückt hat. Dabei haben die Gräfin und er mich doch sowieso schon fürstlich bezahlt.

Das war ein sehr peinlicher Moment, als es ans Zahlen ging. Ich wusste natürlich nicht, was ich verlangen sollte, habe die Nächte gezählt, die die beiden hier oben waren, druckste dann ein wenig herum, bis Ludmilla mich schließlich äußerst skeptisch anschaute. Ob denn nicht mehr der Tarif gelte, den Claudine ihr genannt habe? Welchen Tarif hat sie Ihnen denn genannt?, fragte ich zurück. Nun, acht Mark pro Tag, inklusive Verpflegung. Acht Mark? Das ist doch viel zu viel, wollte ich schon sagen – soviel ich wusste, verlangten sie unten im »Fuchsen« vier Mark die Nacht. Aber da hatte Ludmilla mir das Geld schon auf den Tisch gelegt. Und zwar acht Mark pro Tag und Person ... Und dann hat sie noch einmal wiederholt, wie wohl sie sich gefühlt haben und dass sie ganz vielen Leuten vom Moritzhof erzählen werde. Ich frage mich, wie sie das machen will, wo sie doch heimlich hier war.

Mein Zorn auf Claudine ist längst verraucht. Sie hat es schließlich nur gut mit mir gemeint. In ihren Augen ist Trubel und Kurzweil das Heilmittel in allen Lebenslagen, und damit hatte sie ja auch Recht. Wenn sie erst einmal erfährt, welche Spätfolgen ihr Heilmittel für mich hat ...

368 Mark – mein erstes, selbst verdientes Geld als Hotelwirtin! Was Karl wohl dazu sagen würde?

Ich höre Simone unten im Haus rufen. Heute ist ja ihr Besuchstag, das habe ich glatt vergessen. Wie schön, dann ist das Haus doch nicht so leer! Ich muss mich dringend ein wenig um sie kümmern. Und um Bärbel ebenfalls – wenn die Arme weiterhin nur mit den Ziegen zu tun hat, fängt sie bald selbst an zu meckern ...

»Ein *Hotel*?«

Rosanna nickte. Die Wäsche knallte mit einem Platsch gegen die Trogwand.

Simone streifte sich die Seife von den Händen ab, dann setzte sie sich auf den umgestürzten Bottich, der neben dem Waschtrog stand. Sie konnte nicht glauben, was sie da gerade gehört hatte.

»Du lässt dich viel zu leicht begeistern. Und dann denkst du nicht mehr geradeaus. So war das schon immer bei dir! Erst hast du dich von Zacharias einwickeln lassen, dann war es dein Umzug hier herauf, dann diese ... Hochzeit mit Großvater ... Es ist nicht gut, immer das Erstbeste, das einem in den Sinn kommt, durchzusetzen, ganz abgesehen davon, dass es überhaupt nicht funktioniert! Das müsstest du doch inzwischen gemerkt haben.«

Vor lauter Eifer hatte Simone das Atmen vergessen und bekam einen heftigen Schluckauf.

Rosanna schaute vom Waschtrog herüber. Sie warf wie ein Pferd den Kopf nach hinten, um ein paar Haarsträhnen loszuwerden, die ihr in die Augen hingen.

»Wenn du mit deinen neunmalklugen Reden fertig bist, kannst du mir die Tischdecken in dem Korb dort hinten bringen.« Kraftvoll zog Rosanna einen Stoffberg aus der Lauge. »Zunächst einmal ist das nicht die ›erstbeste‹ Idee, wie du es nennst. Ich habe nämlich alles längst durchdacht. Du müsstest mal die Notizen sehen, die ich mir schon gemacht habe! Und zweitens muss man das Leben nun einmal so nehmen, wie es ist.« Befriedigt zog sie das letzte Wäschestück aus dem Wasser. »So, das hätten wir!«

Aber das Leben ist doch schön so, wie es ist, schrie es laut in Simone, während sie den nächsten Schluckauf krampfhaft unterdrückte. *Wir haben doch alles, was wir brauchen. Wir haben uns! Und endlich gibt es niemanden mehr, der uns hier oben stört. Warum willst du dir fremde Leute ins Haus holen?* Der scharfe Geruch, der aus dem Bottich aufstieg, brannte in ihren Augen. Was um alles in der Welt hatte Rosanna da hineingetan?

Sie verstand die Freundin nicht. Sie verstand die Freude nicht, die aus Rosannas Augen strahlte. Und es war ihr schleierhaft, woher Rosanna die Kraft nahm, mit der sie die Wäsche herumschleuderte, als gelte es einen Wettbewerb zu gewinnen. Rosanna war in den letzten Monaten so zart wie ein neu geborenes Vögelchen gewesen. Ein Vögelchen, das man herzen, das man unter die warme Jacke stecken und beschützen wollte. Heute aber stand ihr ein wild gewordenes Huhn gegenüber!

Wo kam sie her, diese Kraft? Nicht von ihr, Simone – sie war ja nicht hier oben gewesen, weil Zacharias sie wegen der verflixten Gäste nicht weggelassen hatte. Jedes Jahr kamen sie früher! Wo sie im »Fuchsen« doch eh schon nicht mehr ein noch aus wussten vor lauter Arbeit. Und nun dachte Rosanna allen Ernstes darüber nach, sich dasselbe Los aufzubürden? Und das ohne jede Not?

»Du weißt ja gar nicht, wovon du sprichst«, erwiderte Simone barscher als beabsichtigt. »Solch ein ... Hotel« – wie sich das anhörte! Rosanna schien wirklich den Verstand verloren zu haben – »kannst du doch nicht einfach aus dem Stegreif führen. Schau dir doch mal an, wie viel Arbeit allein diese beiden Leute gemacht haben!« Sie zeigte auf die zwei Körbe, die noch immer überquollen von schmutziger Wäsche. »Daheim sind wir fünf Leute, wenn du Kathi dazunimmst, sechs, und dennoch kommen wir kaum zurecht mit der Arbeit. Und da bildest du dir ein, das allein schaffen zu können?«

»Natürlich nicht!«, schnaubte Rosanna zurück. »Mir ist schon klar, dass ich Hilfe brauchen werde. Aber da ist ja Bärbel, die –«

»Bärbel? Die stinkt doch eine halbe Meile gegen den Wind nach Ziegen! Die willst du auf Hotelgäste loslassen?« Simones Lachen klang schrill.

»Die Ziegen kommen sowieso weg. Na ja, vielleicht behalte ich ein paar, gerade so viele, dass wir Käse für unsere Gäste machen können. Der hat den beiden nämlich gut geschmeckt.«

Simone biss sich auf die Lippen. »Die Ziegen kommen weg, aha. Das steht also auch schon fest.« Ihr Bauch verkrampfte sich, als hätte ihr jemand eine Faust hineingerammt.

»Genau! Und dafür kauf ich noch ein paar Hühner. Dann habe ich immer genug Eier für das Frühstück und welche zum Backen noch dazu!«, antwortete Rosanna zufrieden.

Simone schüttelte nur den Kopf. Sie war sprachlos.

Eine Zeit lang war nur das Platschen aus dem Waschbottich zu hören.

Ein Hotel ... fremde Leute hier oben ... womöglich Männer, die Rosanna nachstiegen ... Leute, die etwas von Rosanna wollten, zu jeder Tages- und Nachtzeit. Sie, Simone, wusste, wie es war, ständig springen zu müssen, weil irgendjemand pfiff.

Wäre ich doch nur letzte Woche hergekommen, schalt sich Simone im Stillen. Hätte ich doch Zacharias einfach toben lassen! Wieder einmal war sie nicht da gewesen, als die Freundin sie gebraucht hatte. Und nun hatte so eine feine Dame ihr einen

Floh ins Ohr gesetzt. Und *sie* konnte sehen, wie sie den wieder herausbekam. Nun, das würde ihr nicht gelingen, indem sie hier saß und ihren Bauch hielt, auch wenn das Pochen und Drücken darin immer schlimmer wurde.

Simone holte tief Luft. »Und wo willst du Gäste herbekommen? Es hat Jahre gedauert, bis es sich einigermaßen herumgesprochen hatte, dass man im ›Fuchsen‹ gut übernachten kann. Und dabei liegt unser Haus direkt an der Straße nach Süden, also sehr günstig für Leute auf der Durchreise. Aber der Moritzhof ... Wer sollte denn in diese Einsamkeit kommen wollen?«

Rosanna ließ beide Hände ins Wasser sinken.

»Siehst du, jetzt sagst du selbst, dass es hier oben einsam ist.« Sie schaute Simone um Verständnis heischend an. »Wenn jemand hier oben ist – Stanislaus, Claudine, du oder jetzt die beiden feinen Leute –, dann fällt mir wenigstens nicht die Decke auf den Kopf. Kannst du das nicht verstehen?«

Simone trat an Rosanna heran. Sie legte ihr von hinten beide Arme um den Leib. Als sie ihr einen Kuss auf die feuchte Wange drückte, schmeckte sie Rosannas salzigen Schweiß.

»Und wenn ich zu dir ziehen würde? Dann wärst du nicht mehr allein.«

»Ach Simone, jetzt bist *du* es aber, die träumt!«, erwiderte Rosanna gequält. »Du glaubst doch nicht im Ernst, dass deine Leute dich einfach weggehen lassen würden?«

»Wenn ich heiraten würde, müssten sie mich auch gehen lassen!«, antwortete Simone heftig. Nur würde sie nie heiraten. Niemals!

Rosanna seufzte. »Ich habe geglaubt, du würdest mir dabei helfen, Pläne zu schmieden. Zu überlegen, was zu tun ist. Du könntest mir zum Beispiel anbieten, den schriftlichen Kram zu erledigen, der in so einem Hotel gewiss zuhauf anfällt. Wo du mit Zahlen doch so gut umgehen kannst.«

Simone ließ Rosanna abrupt los. »Wenn ich dir das anbieten würde, dann hieße das doch, dass ich deine verrückten Ideen unterstütze!«

»Und warum tust du es nicht?«, antwortete Rosanna sanft. »Ich dachte, du bist meine Freundin …«

Simone wandte trotzig den Kopf ab und schwieg.

»Na gut, wenn du nicht willst … Dann fahre ich eben Anfang Juni allein nach Titisee.« Auf Rosannas Stirn hatte sich eine steile Falte gebildet.

»Titisee? Aber was willst du … Ich dachte, wir könnten dieses Jahr wieder einmal auf Wallfahrt gehen!« Simones Gedanken flatterten davon, und sie beobachtete nervös, wie sich Rosannas Schultern in der für sie typischen Art strafften.

»Bleib mir mit deinen Wallfahrten vom Leib! Was ich jetzt brauche, ist etwas anderes als ein paar bunte Bildchen von irgendeiner Marienstatue!«

Simone bekreuzigte sich hastig. Wie konnte die geliebte Freundin nur so daherreden! Und wie sie sie anschaute! So hart. So gleichgültig. So gemein … Hilflos suchte sie nach passenden Worten. Nach irgendetwas, das geeignet wäre, Rosanna wieder zur Besinnung zu bringen. Doch Rosanna sprach weiter, ohne sich um Simones Verwirrung zu kümmern.

»Was ich jetzt brauche, sind Eindrücke, wie es dort zugeht, wo Touristen sind. Die Gräfin hat gesagt, Titisee sei ein vorzüglicher Ort für Erholungssuchende. Dort gibt es viele Hotels und Gaststätten und sogar eine Uferpromenade mit Ruderbooten und Badehäuschen! Ich werde in mindestens zwei verschiedenen Hotels übernachten, damit ich einen Vergleich habe, verstehst du? Und ich werde jeden Tag woanders essen gehen. Natürlich muss ich mir erst einmal etwas Ordentliches zum Anziehen kaufen. Wahrscheinlich erledige ich das gleich an Ort und Stelle, die Gräfin sagte nämlich, es gäbe dort auch hervorragende Geschäfte. Ach, wenn ich an all das denke, wird mir schon ein wenig bang. Und dann der Gedanke an die Eisenbahnfahrt … Aber nur so kann ich herausfinden, was Reisenden gefällt.« Sie goss frisches Wasser in den Bottich.

Simone fühlte sich, als habe sie ihren Kopf zu lange unter eiskaltes Wasser gehalten. Rosannas Redeschwall betäubte ihre

Nerven, sie nahm nur noch Wortfetzen wahr, ohne den eigentlichen Sinn zu erfassen. Pläne – nichts als Pläne. Wozu? Warum?

»Und außerdem: Was hält mich denn hier, seit Bubi tot ist? Wen interessiert es, ob ich hier oben auf dem Berg sitze oder nicht?«, fügte Rosanna mit harter Stimme hinzu.

Mich interessiert es, mich!, wollte Simone rufen, doch da sprach Rosanna schon weiter.

»Und außerdem bin ich mir sicher, dass die Idee mit dem Hotel auch in Karls Sinne wäre.«

Der letzte Satz klang nicht völlig überzeugt. Sofort beschloss Simone, in diese Kerbe zu hauen.

»Gewiss wäre es *nicht* in Großvaters Sinne, dass sich Stadtmenschen hier oben ausbreiten! Leute, die nicht hierher gehören. Wenn du so weitermachst, muss ich am Ende noch der Mutter Recht geben, die sagt, du hättest den Moritzhof zu einem rechten Kuckucksnest verkommen lassen!«

Statt eingeschnappt zu sein, brach Rosanna in schallendes Gelächter aus. »Das ist eine Idee!«, sagte sie, als sie sich wieder beruhigt hatte, und legte Simone kameradschaftlich einen Arm um die Schulter. »Weißt du, dass du mich gerade von einem großen Problem befreit hast?«

Simone runzelte die Stirn. »Wieso denn das?«

»Na, endlich weiß ich, wie ich mein zukünftiges Hotel nennen werde! ›Hotel Kuckucksnest‹!« Rosanna grinste schadenfroh. »Dann haben endlich alle Recht, die sagen, dass sich auf dem Moritzhof Fremde einnisten, die eigentlich gar nicht hierher gehören.«

17. Juni 1902

Ich weiß bald nicht mehr, wo mir der Kopf steht! Seit ich aus Titisee zurück bin, habe ich keinen Moment mehr zum Durchschnaufen gehabt. An allen Ecken und Enden soll ich gleichzeitig sein.

Endlich hat sich Claudine mal wieder blicken lassen. Sie ist heute angekommen und findet meine Idee mit dem Hotel großartig. Wenn es nach ihr ginge, würde ich mein Glück noch diesen Sommer versuchen, statt bis zum nächsten Jahr zu warten. Aber der Herr aus dem Verlag, der die Baedeker-Reiseführer herausbringt, schrieb mir, meine Anzeige würde erst in der Ausgabe vom Januar 1903 erscheinen. Daher ist es wohl klüger, mit der Eröffnung des Hotels bis zum nächsten Frühjahr zu warten. Nicht, dass ich bis dahin nur Däumchen drehen kann. Es gibt ja so viel zu tun! Claudine meinte, sechs Gästezimmer würden auf Dauer nicht reichen und ich solle darüber nachdenken, den ungenutzten Raum unterm Dach umzubauen. Vielleicht hat sie Recht, aber damit will ich mich jetzt noch nicht beschäftigen. Das ist schließlich alles mit hohen Kosten verbunden. Im Augenblick ist mir wichtiger, dass die Bibliothek umgestaltet wird, dass ich noch ein paar Tische für das Esszimmer auftreibe, dass ich irgendwie aus der guten Stube einen eleganten Salon zaubere, vielleicht mit genügend Platz zum Tanzen, und und und ... Auch draußen gibt es eine Menge Arbeit: Der Weg hoch zum »Kuckucksnest« muss befestigt werden – größere Kutschen könnten sonst seitlich mit den Rädern abrutschen. Claudine sagt, ich solle auch damit rechnen, dass demnächst Gäste mit Automobilen anreisen werden. Na ja ...

Den Gemüsegarten will ich aufs Doppelte vergrößern – schließlich möchte ich mir nicht jede Kartoffel von Stanislaus liefern lassen müssen, der verdient eh schon genug an mir.

Dann muss der alte Schuppen, in dem nur Gerümpel steht, zu einem Pferdestall umgebaut werden. Da es hier oben keinen Miet-

stall gibt, wo die Gäste ihre Kutschpferde unterstellen können, muss ich für deren Unterkunft sorgen. Daran hatte ich bis zu meiner Reise nach Titisee gar nicht gedacht ...

Es wäre auch schön, draußen, gleich neben der Küche, ein paar Tische aufzustellen, damit die Gäste ihren Kaffee und Kuchen bei schönem Wetter nachmittags unter freiem Himmel genießen können. In Titisee ist so etwas gang und gäbe.

Ach, ich könnte meine Liste ewig fortführen! Aber als ich mit Simone ausgerechnet habe, was allein diese ersten Umbauten kosten werden, da hat es mich ganz schön gegraust. Fast das ganze Geld, das Karl mir vermacht hat, wird dafür draufgehen. Simone sagt, ich solle im ersten Jahr nur die wichtigsten Renovierungen machen und dann Jahr für Jahr ein weiteres Projekt in Angriff nehmen. Aber was ist wichtig und was nicht? Das kann sie mir auch nicht sagen, da muss ich mich allein auf mein Gefühl verlassen.

Trotzdem bin ich froh, dass sie nicht mehr ständig gegen das Hotel wettert – ihr schwarzseherisches Gejammer hat mich ganz schön geärgert. Es war gut, dass sie mit mir nach Titisee gereist ist – die Hotels dort und die vielen Gäste, die so bereitwillig ihr Portemonnaie öffnen, haben sie anscheinend sehr beeindruckt. Inzwischen spricht sie schon von »unserem« Hotel.

Manchmal frage ich mich allerdings doch, ob ich mich nicht übernommen habe. Nicht, dass ich an meiner Idee selbst zweifle. Aber ich kann sie nun einmal nicht allein verwirklichen, und das ist ein Problem. Denn ich weiß nicht, woher ich die Leute für all die Aufgaben nehmen soll. Nun rächt es sich, dass ich mich nie mehr um einen guten Kontakt zu den Rombachern bemüht habe. Jetzt muss ich zu Kreuze kriechen und den einen und anderen bitten, für mich zu arbeiten. Aber eine große Hoffnung habe ich: Stanislaus wird seine ältere Tochter fragen, ob sie im nächsten Jahr bei mir anfangen will. Das wäre ein wahrer Glücksgriff, denn sie hat das Ganze schließlich gelernt.

Heute war der Zimmermann da, der die Haustür erweitern soll. Schon drei Mal hatte er mir versprochen zu kommen, heute erst hat er es wahr gemacht. Aber statt sich gleich an die Arbeit zu machen, wollte er von mir wissen, warum ich die Tür überhaupt verbreitern möchte. Weil hier oben jedem Tür und Tor offen stehen sollen, sagte ich. Weil niemand das Gefühl haben darf, durch ein Hintertürchen hineinschleichen zu müssen. Der Mann schaute mich an, als sei ich von allen guten Geistern verlassen. Da standen wir nun im Nieselregen mitten in der Schafskälte, und er lamentierte, so eine große Tür gäbe es aber sonst nirgendwo.

Ich hätte ihm natürlich von meinem Plan erzählen können, aber das wollte ich nicht. Das werden alle schon früh genug erfahren. Sie ahnen allerdings bereits, dass sich hier oben etwas tut. Simone sagt, im Dorf würden schon jetzt die Gerüchte über mein Treiben wie wilde Herbstblätter herumfliegen.

Endlich zückte der Zimmermann seinen Zollstock und fing mit seiner Arbeit an. Das alte Schild, das über der Tür hängt, könne er auch gleich wegmachen, habe ich ihn angewiesen. Ich brauche es nicht mehr.

»Wenn dieses Haus so lange steht,
bis in der Welt der Neid vergeht,
so steht es nicht nur kurze Zeit,
sondern bis in alle Ewigkeit.«

Ja, damit hatten Karls Vorfahren schon Recht, aber dieser Spruch soll trotzdem nicht am Eingang meines Hotels stehen. Dafür habe ich mir etwas anderes ausgedacht, und Margret ist gerade dabei, meine Worte in ein riesiges Holzschild zu brennen. Unter den Worten »Hotel Kuckucksnest« *soll stehen:*

»Willkommen ist hier jeder Gast,
mach lange oder kurze Rast,
in diesem Haus ist niemand fremd,
drum keine Scheu den Eintritt hemmt.«

Nächtelang habe ich über diesen vier Zeilen gegrübelt. Simone findet sie kitschig, sie meint, ich hätte etwas mit »Gottes Segen auf allen Wegen« oder so ähnlich schreiben sollen. Aber ich finde meinen Spruch schön. Er hat so etwas Einladendes.

Und noch ein weiteres Schild habe ich bei Margret in Auftrag gegeben. Es wird die Form eines Pfeils haben, und darauf soll stehen:

»Zum ›Kuckucksnest‹!
Fremdenzimmer, feine Speisen und Getränke
20 Gehminuten«

Dieses Schild werde ich an der Wegkreuzung unten am Fuß des Berges aufstellen. Vielleicht lockt es ja doch schon dieses Jahr den einen oder anderen Gast hier herauf. Ein, zwei Zimmer habe ich immer fertig, und die Speisekammer ist gut gefüllt – von mir aus können sie also kommen.

Ich hoffe, Karl ist mir wegen des alten Schildes nicht böse …

Betrübt schaute Elsbeth auf das Tablett mit den Tellern, die sie gerade vom Fenstertisch abgeräumt hatte. Alle vier waren noch halb voll. Schnell in die Küche damit, bevor Zacharias dies sah! »Habe ich es dir nicht gleich gesagt? Bei dieser Hitze wollen die Leute etwas Leichtes wie Knöpfle und Gurkensalat. Oder von mir aus auch einen Kartoffelsalat mit Bratwurst«, hörte sie ihn im Geist schon wieder schimpfen. Aber wer hätte denn wissen können, dass es so heiß werden würde? Diese Temperaturen waren selbst für Juli nicht üblich, rechtfertigte Elsbeth ihre Entscheidung, fürs Mittagessen einen Gemüseeintopf auf die Karte gesetzt zu haben.

Und wann hätte sie Knöpfle schaben sollen? Oder stundenlang Kartoffeln rädeln? Noch bis vor einer halben Stunde war sie mit Franziska und Anton auf den Wiesen gewesen, um Öhmd zu machen – gegen Abend rechnete man nämlich mit einem heftigen Gewitter. Bis dahin musste der zweite Grasschnitt eingebracht sein. Die beiden anderen befanden sich noch immer draußen, nur sie war nach Hause gerannt, hatte sich den schlimmsten Schweiß abgetrocknet und dann sofort das Essen für die Mittagsgäste aufgewärmt. Zacharias hätte Simone verbieten sollen, sich wieder aus dem Staub zu machen, ärgerte sich Elsbeth. Ein paar Hände mehr wären heute wirklich hilfreich gewesen.

Eilig kippte sie die restliche Suppe in den Trog mit Schweinefutter. Dann wischte sie sich mit einem feuchten Tuch den Schweiß von der Stirn und eilte erneut in die Gaststube.

Prüfend wanderte ihr Blick über die besetzten Tische. Kein Bierhumpen leer, auch die Weintrinker schienen alle noch versorgt zu sein. Nur sieben Leute hatten etwas zu essen bestellt, die anderen hatten scheinbar keinen Appetit. Erschrocken stellte Elsbeth fest, dass sie noch immer nicht die Bestellung des Ehepaars aus Pforzheim aufgenommen hatte. Dabei war der Mann einer von denen, die immer einen ordentlichen Hunger an den Tag legten. Ärgerlich auf sich selbst und mit einem Lächeln, bei dem sie ihre schiefen Zähne zu verbergen versuchte, bat sie bei den Gästen um Entschuldigung.

»Das macht gar nichts, Frau Breuer«, winkte der Mann ab. »Wir haben sowieso keinen Hunger. Aber einen Krug von Ihrem guten Wein – den hätten wir schon gern!«

Keinen Hunger? Missmutig notierte sich Elsbeth die Bestellung. »Und Sie möchten ganz gewiss nicht doch einen Teller Suppe?«, versuchte sie nochmals ihr Glück.

Die beiden schüttelten heftig den Kopf. »Wir sind noch immer satt von der wunderbaren Brotzeit, die wir vorhin genossen haben. In dieser hübschen Bergwirtschaft, wissen Sie? Einen solchen Teller Speck bekamen wir!« Der Mann machte eine ausladende Handbewegung.

»Und saure Gurken. Und dieses schmackhafte Brot!« Seine Frau verdrehte schwärmerisch die Augen. »Und als Garnierung die wundervolle Aussicht!«

Elsbeth stutzte. Wunderbare Brotzeit? Hübsche Bergwirtschaft? Wovon redeten die beiden?

»So lässt es sich aushalten, habe ich zu meinem Mann gesagt. Dafür habe ich sogar den steilen Aufstieg gern in Kauf genommen. Trotzdem, ein kleiner Hinweis darauf, *wie* steil der Weg sein würde, hätte schon auf dem Schild unten an der Straße stehen können. Es ist schließlich nicht jeder so gut zu Fuß wie wir, nicht wahr, Friedrich?«

Der Mann tätschelte die fleischige Hand seiner Gattin. Die beiden waren von ihrem Erlebnis noch so erfüllt, dass sie nicht merkten, wie sich Elsbeths Miene versteinerte.

Bergwirtschaft? Steiler Aufstieg? Aber ... das konnte doch nur bedeuten, dass ...

Ein beängstigender Gedanke nahm von der »Fuchsen«-Wirtin Besitz.

»Wir haben ganz schön gestaunt, als wir Ihre Magd da oben antrafen. Ganz eilig ist sie an uns vorbeigerannt, hat sich nicht mal umgedreht, als wir nach ihr riefen. Aber sie hatte sicher viel zu tun bei dem Andrang, der dort oben herrscht. Schön, dass sich die Menschen auf dem Dorf noch gegenseitig aushelfen, hab ich zu meinem Mann gesagt. So etwas findest du bei uns in der Stadt schon lange nicht mehr. Da ist jeder nur noch auf seinen eigenen Nutzen bedacht.« Die Frau seufzte betrübt.

»Unsere Magd? Wer ...«, krächzte Elsbeth. Ihr war auf einmal so schwindlig, dass sie sich an der Tischkante festhalten musste. Nicht ihre Suppe war schuld, dass die Gäste heuer so wenig zum Essen bestellten. Die Leute waren schlichtweg schon satt, wenn sie die Wirtsstube betraten ...

»Na, diese kraushaarige Dünne. Das Mädchen, das morgens immer unser Zimmer richtet. Wie heißt sie noch?« Stirnrunzelnd wandte sich die Frau an ihren Gatten.

»Das ist meine –« *Schwägerin,* wollte Elsbeth sagen, doch dann hielt sie mitten im Satz inne. Sie merkte, wie das verkrampfte Lächeln ihr völlig entglitt. Simone ... dieses windige, verlogene Biest! Das konnte doch alles nicht wahr sein!

Heute war Mittwoch, und Simone war wieder einmal frühmorgens auf den Moritzhof gestapft. »Jemand muss sich doch um die arme Frau kümmern«, bekam Elsbeth stets zur Antwort, wenn sie es wagte, Zacharias zu fragen, warum er Simones Besuche bei dieser Rosanna nicht unterband. Ob *ihr* jemand half, ihr Tagwerk zu bewältigen, das war ihrem lieben Gatten gleichgültig. Hauptsache, die gnädige Frau Moritz hatte jemanden, bei dem sie sich ausheulen konnte.

Elsbeth merkte, dass sich ihr Herzschlag beschleunigte. Noch immer krallte sie sich an der Tischkante fest, inzwischen war alles Blut aus ihren Fingern gewichen. Die Eifersucht, die sie seit Jahr und Tag verspürte, wann immer Rosannas Name fiel, wallte in ihr auf. Dass Zacharias in Rosanna mehr gesehen hatte als nur eine dahergelaufene Magd, wusste sie schon lange, auch wenn ihr nicht ganz klar war, was sich damals zwischen den beiden abgespielt hatte. Aber grundlos murmelte ein Mann den Namen einer Frau schließlich nicht im Schlaf ...

Arme Frau, von wegen! Franziska hatte schon Recht mit dem, was sie über die ehemalige »Fuchsen«-Magd sagte. Dieses elendige Weibsbild schien wirklich mit allen Wassern gewaschen zu sein. Und nun würde auch Zacharias das erkennen müssen.

Hübsche Bergwirtschaft ... Noch immer weigerte sich etwas in ihr, zu glauben, was sie gehört hatte. Wenn das Zacharias erfuhr!

Plötzlich hatte Elsbeth es sehr eilig.

Pikiert schauten die Pforzheimer Gäste zu, wie Elsbeth mit grimmiger Miene die Theke ansteuerte, Zacharias roh am Ärmel packte und ihn durch die Küchentür bugsierte.

»Hast du das gesehen? Na, wir sind auch schon freundlicher bedient worden«, flüsterte die Frau spitz.

»Ja, und man kann sich nicht einmal beschweren«, antwortete ihr Gatte. »Wo sie doch selbst die Wirtin ist ...«

Auf dem Moritzhof herrschte Hochbetrieb. Alle fünf Tische, die Rosanna vor die Tür gestellt hatte, waren von Wanderern belegt, die sich an Brot, Wurst und Schinken gütlich taten. Sogar Sommerfrischler aus der Schweiz waren da, dabei sollte man doch glauben, die hätten selbst Berge genug! Die gute Laune der Gäste wurde nur hin und wieder dadurch getrübt, dass Karls Bienen, die nach seinem Tod verwildert waren, ebenfalls versuchten, sich an den Köstlichkeiten zu laben. Dumme Viecher, ärgerte sich Rosanna, als sie zwei der Wanderer heftig mit den Armen fuchteln sah. Früher nahmen die Bienen Blütenstaub, heute musste es Schwarzwurst sein!

Doch im Gegensatz zu dem summenden Völkchen verflog ihr Ärger rasch wieder. Tief sog sie den Duft der gemähten Wiesen ein, der von den umliegenden Hängen heraufwehte.

Nicht im Traum hatte sie geglaubt, dass ein einfaches Schild unten an der Kreuzung ihr derart viele Gäste bescheren würde. Fast jeden Tag kamen welche – gestern war eine Gruppe von Wandergesellen sogar schon morgens um neun Uhr aufgetaucht. Denen hatte sie heiße Milch und Brot, noch lauwarm aus dem Ofen, serviert. Dazu Butter und Honig. Gestärkt von dieser morgendlichen Mahlzeit hatten die vier Männer und drei Frauen ihre Wanderung fortgesetzt und versprochen, auf dem Rückweg wieder bei ihr Rast zu machen.

Ja, das sollen sie nur tun, dachte Rosanna bei sich. Und dazu noch möglichst vielen Leuten erzählen, dass man hier oben gut essen kann. Mit einem glücklichen Lächeln nahm sie Simone, die gerade von der Quelle kam, die Krüge mit frischem, kühlem Wasser ab.

»Du darfst mit dem Wasser nicht so großzügig sein«, murrte Simone. »Lass die Leute doch Wein trinken! Den müssen sie schließlich bezahlen.«

»Bei mir soll es keine durstigen Kehlen geben. Und wenn einer bei dieser Hitze keinen Wein will, kann ich es ihm nicht verdenken«, erwiderte Rosanna und wollte die Krüge an die Tische tragen.

Simone weigerte sich nach wie vor, mit den Gästen direkt zu tun zu haben, sie half lieber im Hintergrund. Nun hielt sie Rosanna an der Schulter fest. »Warte mal! Der Mann da ... Ist das nicht der Akziser?«

Rosanna kniff die Augen zusammen, um den Mann, der am Rand des Plateaus erschienen war und mit einem Paket unter dem Arm auf sie zumarschierte, besser erkennen zu können.

»Gerold Richter, du hast Recht. Was will denn der hier?« Ein mulmiges Gefühl machte sich in Rosannas Magengegend breit. Sie hatte den Mann nur einmal gesehen – damals, bei ihrem ersten Besuch auf dem Moritzhof, als er gekommen war, um das Schwarzbrennen auszuspionieren. Aber seine hochmütig zur Schau gestellte Wichtigtuerei erkannte sie sofort wieder.

»Bei uns war er vorletzte Woche auch. Er hat Zacharias so viel Steuern abgeknöpft, dass der danach einen ganzen Tag lang nicht mehr ansprechbar war«, flüsterte Simone.

»Steuern? Aber ...« Rosanna hatte plötzlich das Gefühl, als habe sich Karls Bienenvolk in ihrem Kopf versammelt. Steuern! Dass sie würde Steuern zahlen müssen, wenn sie Gäste bewirtete – daran hatte sie noch gar nicht gedacht.

»Du, der trägt unser Schild unterm Arm!« Fassungslos schaute Simone von Rosanna zu dem Mann, der mit gewichtiger Miene auf sie zueilte. »Was hat das zu bedeuten?«

Rosanna seufzte. »Auf alle Fälle nichts Gutes ...«

23. Juli 1902

Ach, ich bin so verzweifelt! An alles habe ich gedacht, nur an das Wichtigste nicht.

Kein Wirtshaus ohne Wirtschaftsgerechtigkeit. So einfach ist das.

Ich könnte mich ohrfeigen vor Wut!

Nachdem Gerold Richter auf die »Missstände« auf dem Moritzhof aufmerksam gemacht worden war, war er extra zu seinem Bruder ins Katasteramt gegangen, um nachzusehen, ob für unser Haus nicht noch alte Schankrechte eingetragen waren. Weil er nicht hatte glauben wollen, dass jemand so dumm sein konnte, eine Wirtschaft ohne Schankgenehmigung zu eröffnen. Tja, da habe ich ihn wohl eines Besseren belehrt.

Zum Glück war Richter bereit, von einer Strafe abzusehen. Aber ich musste meinen Ausschank sofort einstellen. Es war so schrecklich, die Leute wegzuschicken!

Richter hat mir geglaubt, dass ich von einer Schankgenehmigung nichts wusste, dass es keine böse Absicht war, diese nicht einzuholen. Aber was hilft mir das? Auf die Frage, wie ich diese Genehmigung bekommen könne, hat er nur mit den Schultern gezuckt.

Simone war mir ebenfalls keine große Hilfe. Kreidebleich stand sie da und zitterte am ganzen Leib, sodass ich befürchtete, sie würde jeden Moment umkippen. »Wer hat Sie denn … informiert?«, wollte sie ängstlich vom Akziser wissen, worauf der natürlich keine Antwort gab. Mich würde es auch interessieren, wer mich angeschwärzt hat, aber über kurz oder lang wäre der Akziser wohl sowieso dahinter gekommen.

Am meisten ärgert mich, dass Simone mich nicht auf die Sache mit der Ausschankgenehmigung aufmerksam gemacht hat. Und von den Steuern, die man bezahlen muss, hat sie mir auch nichts gesagt. Sie ist doch in einer Wirtschaft groß geworden, da müsste sie sich eigentlich in solchen Dingen auskennen! Ins offene Messer hat sie mich rennen lassen, und das habe ich ihr auch gesagt. Was nutzt es mir, dass sie tausend Mal um Entschuldigung bat?

Ach, was soll denn jetzt nur werden? Mein ganzes Geld habe ich in die Vorbereitungen für das Hotel gesteckt. Und nun soll auf einmal alles umsonst gewesen sein? …

Alle hatten sich versammelt: Franziska Breuer, Zacharias, Elsbeth und Anton. Nur Gustav hatte man im Bett gelassen. Die beiden alten Breuers schliefen auch schon längst. Sie hatten zwar beim Abendessen das aufgeregte Getuschel und Gezischel zwischen den anderen mitbekommen, aber man sagte ihnen lieber nichts.

»Wie *konntest* du uns nur so hintergehen?«, schrie Franziska zum wiederholten Male. »Hinter unserem Rücken gemeinsame Sache mit dieser … Hure zu machen! Ist dir deine Familie denn gar nichts wert?«

Simone saß mit verschränkten Armen am Kopfende des Tisches und schwieg. Sie hörte weder die Vorwürfe, die ihr von allen Seiten an den Kopf geworfen wurden, noch spürte sie die Ohrfeigen, die erst ihre Mutter und dann Zacharias ihr verpasst hatten. Sogar dass ihre Mutter Rosanna als Hure beschimpfte, ging an ihr vorbei.

Hass, rot und sengend und stärker, als sie ihn je gefühlt hatte, erfüllte sie.

Zacharias.

Er war der Verräter.

Er hatte ihrem geliebten Engel den Akziser auf den Hals gehetzt.

»Ich hab geglaubt, ich müsse tot umfallen, als die Gäste von ihrem ›wundervollen Essen‹ auf dem Berg erzählten! Kein Wunder, dass bei uns die Kasse leer bleibt, wenn sich die Leute woanders voll fressen!«, ereiferte sich nun auch Elsbeth. »Schlimm genug, dass dieses Luder überhaupt auf die Idee gekommen ist.

Aber dass du sie dabei unterstützt ... Das kommt davon, wenn man dir immer alle Freiheiten lässt!«, fügte sie mit einem boshaften Seitenblick auf Zacharias hinzu.

Anton saß wie immer schweigend daneben. Er war damit beschäftigt, mit einem Zahnstocher das Schwarze unter seinen Fingernägeln zu entfernen.

Unter dem Tisch ballte Simone ihre Hände zu Fäusten. Wenn sie jetzt aufschauen und Elsbeths selbstgerechte Miene erblicken müsste, würde sie ihre Wut nicht mehr beherrschen können. Sie würde aufspringen und ihrer Schwägerin das Pferdegesicht zerkratzen. Und ihre Faust in Antons fetten Wanst rammen, bis ihm die Luft wegblieb und er röchelte wie eines seiner Schweine, das im nächsten Moment abgestochen wurde. Und Zacharias – den würde sie ... Simone schluckte, als sie erkannte, dass ihr keine Strafe einfiel, die ihrem hinterhältigen Bruder gerecht geworden wäre. Zum Teufel sollte er fahren! Die Hölle war gerade gut genug für ihn.

Zum ersten Mal hatte sie wegen ihres stummen Fluches nicht den Anflug eines schlechten Gewissens.

»Da tut man alles für dich, und wie dankst du es uns? Indem du dafür sorgst, dass Rosanna uns die Butter vom Brot nimmt!«, beendete Zacharias seine Tirade.

»Jetzt mach dich doch nicht lächerlich!«, platzte Simone heraus und erschrak sogleich. Aber nur im ersten Moment. So hatte sie noch nie mit ihm gesprochen. Und es fühlte sich gut an.

Sie wusste, dass sie gerade heute mit ihrem verschwitzten, wirren Haar und ihrem aufgesprungenen Gesicht besonders Furcht erregend aussah. Seit ein paar Tagen war ihre Haut so entzündet, dass keine Schminke der Welt die tiefen Furchen und Pusteln hätte verdecken können. Das Einzige, was sie tun konnte, war, sich zu verstecken. So wie heute Mittag bei Rosanna, als sie sich weigerte, die Gäste zu bedienen.

Doch nun fixierte sie Zacharias mit einem Blick, der ihm nicht erlaubte, woanders hinzuschauen als auf sie, seine Schwester. Sie lachte rau. Der elende Feigling!

»Was ist denn schon dabei, wenn Rosanna den Leuten ein paar Wurstbrote anbietet! Von irgendetwas muss sie schließlich auch leben!« Es funktionierte. Zacharias starrte seine Schwester an, als sehe er sie zum ersten Mal. Obwohl sein Mund offen stand, blieb er sprachlos. Ja, so kannte er sie nicht! Aber das sollte erst der Anfang sein. Von nun an war es aus und vorbei mit dem Herunterschlucken, dem Ducken und Katzbuckeln. Der Gedanke ließ schrille Jubelchöre in Simones Ohren ertönen.

An seiner Statt platzte Franziska laut heraus: »Ja, ja, das arme Weib steht kurz vor dem Verhungern. Dass ich nicht lache! Erst hat sie mir mein Erbe auf niederträchtige Art gestohlen, und nun will sie uns auch noch die Lebensgrundlage nehmen?«

Simone lächelte. So aufgelöst hatte sie ihre Familie noch nie erlebt. Ein Gefühl von Überlegenheit machte sich in ihr breit und kühlte den sengenden Hass ab wie ein frischer Frühlingsregen. Sie fragte sich, ob sie nicht hier und jetzt von Rosannas Plänen für das zukünftige »Hotel Kuckucksnest« erzählen sollte. Ha, das wäre ein Spaß! Elsbeth würde vor Schreck ihr Pferdegebiss nicht mehr zubekommen. Anton würde noch dümmer aus der Wäsche schauen als sonst. Und Mutter und Zacharias ... Mühevoll riss sich Simone aus ihren Tagträumen. Ohne Schankrecht sah es mit dem Hotel ziemlich schlecht aus ...

»Dir ist ja wohl klar, dass von jetzt an mit deinen Besuchen auf dem Moritzhof Schluss ist. Es wird nicht ungestraft bleiben, dass du mich in meiner Gutmütigkeit so hintergangen hast. Ab morgen wirst du vor Arbeit nicht mehr aus den Augen gucken können, das garantiere ich dir!« Zacharias ließ seine Faust auf den Tisch donnern. Hilfe suchend schaute er dabei in die Runde, doch Anton zuckte nur mit den Schultern. Franziska und Elsbeth schwiegen.

»Eine schöne Rede hast du da gehalten, wirklich.« Simone schaute ihren Bruder spöttisch an. Ihr Kopf war leicht, ihre Zunge gelöst, als hätte sie solche Sätze schon ihr Leben lang gesagt. »Vielleicht nicht ganz so imposant wie der Vater früher, wenn er wütend war, aber doch ganz beachtlich.« Sie betrachtete ihn von oben bis unten, als sei er eine preisgekrönte Sau, an der man unbedingt einen Makel finden musste, um den Preis zu drücken. »Nur leider hat deine Rede nicht den gewünschten Erfolg. Ich gehe nämlich von hier weg. Von morgen an musst du dir jemand anderen suchen, den du herumkommandieren kannst.«

»Was redest du so dumm daher?«, herrschte Franziska sie an. »Wo willst *du* schon hin? Oder glaubst du allen Ernstes, dass wir dich zu *der* ziehen lassen würden?« Auf ihrem Gesicht zeigte sich Fassungslosigkeit und Abscheu – darüber, dass diese Ausgeburt an Hässlichkeit, an Verderbtheit ihre eigene Tochter war. Darüber, dass sich Simone erdreistete, so etwas überhaupt laut auszusprechen.

Ja, schau mich nur an. Mich, den Zorn Gottes, durchfuhr es Simone glückselig. Das Wissen darum, was gleich geschehen würde, ließ ihr einen Schauer über den Rücken rinnen. Sie lachte wieder. Bald! Bald würde sie für immer bei ihrem geliebten Engel sein! Schankgenehmigung hin oder her – all dies würde dann keine Rolle mehr spielen, denn sie waren zusammen, für immer und ewig. Aber zuerst ...

Sie setzte sich aufrechter hin. Gemächlich wanderte ihr Blick zwischen Zacharias und der Mutter hin und her.

»Und ob ich das glaube! Und ich werde nicht mit leeren Händen gehen. Ich werde mein Erbe mitnehmen. Den Anteil, der mir zustünde, wenn ich heiraten würde.« Sie spürte, wie ihr Grinsen Franziska an den Rand der Beherrschung brachte. Schlag doch zu!, forderte Simone ihre Mutter stumm heraus. Dann pack ich deine Hand und breche dir das Handgelenk.

»Du heiratest aber nicht. Wer würde *dich* schon wollen!«, antwortete Elsbeth giftig. »Und volljährig bist du auch noch nicht, also haben dein Bruder und deine Eltern dabei ja wohl noch ein Wort mitzureden.« In der Art, wie sie dies sagte, schwang fast ein Hauch von Bedauern mit, Simone nicht so einfach loswerden zu können.

»Heiraten tu ich nicht, das stimmt schon«, antwortete Simone gedehnt. »Aber ...« Sie hielt die Luft an.

Tausend Mal schon hatte sie sich gefragt, wie es wohl wäre, wenn sie es der ganzen Sippschaft erzählte. Doch nun war es schwieriger, als sie es sich vorgestellt hatte.

»Was fliegt dir denn jetzt schon wieder für ein Furz durch den Kopf?«, fragte Franziska ärgerlich. »Langsam habe ich wirklich genug ...«

»Aber es gibt dennoch einen Menschen, den ich liebe. Und der mich liebt«, unterbrach Simone ihre Mutter. Ein Summen erfüllte nun ihren Kopf wie der Gesang von Heerscharen von Engeln. Jetzt ... »Rosanna und ich sind nämlich ein Liebespaar. In ... jeder Beziehung. Und wenn ihr nicht wollt, dass alle Welt davon erfährt, dann müsst ihr mich auszahlen!«

Sie ergötzte sich derart an den offenen Mündern und den fassungslosen Augen, die ihr entgegenstarrten, dass der laute Knall erst in ihre Wahrnehmung eindrang, als Franziska schon ohnmächtig am Boden lag.

4. August 1902

Endlich ist wieder ein wenig Ruhe eingekehrt. Aber ich bin so erschöpft, dass mir heute am helllichten Nachmittag die Augen zugefallen sind. Nicht einmal in mein Tagebuch habe ich vor lauter Arbeit etwas eintragen können. Es hat mir gefehlt, das Schreiben. Aber mein Kopf war so voll und die Tage zu kurz für all das, was erledigt werden musste. Und als dann auch noch Simone auf einmal mit Sack und Pack vor meiner Tür stand ... Darauf war ich nicht gefasst gewesen.

Natürlich freue ich mich, dass sie hier ist. Ich bin gern mit ihr zusammen. Aber ich war auch nie unglücklich, wenn sie am Ende ihres Besuchstages wieder ging. Sie hat so eine Art ... Ich kann es nicht richtig beschreiben, aber manchmal habe ich das Gefühl, ich würde von ihr aufgefressen! Mit Haut und Haaren. Natürlich ist es schön, einen Menschen zu haben, der sich um einen sorgt und kümmert. Aber doch nicht unablässig!

Außerdem bin ich zwischendurch auch gern einmal allein. Das war nicht immer so, nach Karls Tod und vor allem nach Bubis Tod konnte ich das Alleinsein nicht ertragen. Doch ich habe es gelernt und genieße es inzwischen sogar. Vor allem frühmorgens, wenn außer mir noch keiner wach ist. Wenn ich das Feuer geschürt habe und vor die Tür in die Morgendämmerung trete, dann habe ich das Gefühl, die Welt gehöre mir allein!

Simone hingegen ist ein Morgenmuffel. Nun ja, jetzt lebt sie hier, und wir müssen irgendwie miteinander auskommen.

Wenn ich lese, was ich geschrieben habe, komme ich mir gemein und böse vor. Auch wenn die Breuers ein schrecklicher Haufen sind, so waren sie doch Simones Familie und Halt. Und nun hat sie sich wegen mir mit allen überworfen – für immer, wie es scheint. Einen solchen Schritt hätte ich ihr gar nicht zugetraut. Da lässt sie sich jahrelang schlechter behandeln als das Vieh im Stall, und dann so etwas.

Ohne das Geld, das sie mitbrachte, hätte ich meinen Traum vom »Hotel Kuckucksnest« für immer beerdigen können. Das, was von meinem Geld übrig war, hätte vorn und hinten nicht ausgereicht, um Luise Margstätter ihre Schankgenehmigung abzukaufen.

Der Engländer hatte schon Recht, als er mich vor der alten Frau warnte: Sie lebt zwar noch abgeschiedener als ich, aber was den Wert der Wirtschaftsgerechtigkeit ihrer Hütte angeht, da wusste die listige Alte sehr wohl Bescheid! Einen ordentlichen Batzen habe ich dafür zahlen müssen. Aber im Grunde hat wohl nicht das Geld allein den Ausschlag gegeben. Da war sehr rasch eine Art Vertrautheit, eine seltsame Verbundenheit zwischen uns ...

Ich glaube, den Besuch bei Luise Margstätter werde ich mein Leben lang nicht vergessen.

Der Engländer hatte mich zwar zu ihr geführt, aber er wollte nicht mit in die ehemalige Mühle hineingehen. Ich konnte es ihm nicht verdenken: Gegen die Margstätter-Hütte sind manche Köhlerhütten vornehm! Ein kleines hölzernes Hutzelhäuschen, ein Fels als Rückwand, das Dach geduckt unter einem Felsvorsprung, das Holz zu einem silbrigen Grau verwittert – von der ständigen Feuchtigkeit des tosenden Wasserfalls, der keine drei Handbreit daneben die Felsen hinabstürzt. Ich wollte mir erst gar nicht vorstellen, wie kalt und düster es dort im Winter sein muss.

»Hier soll einmal eine Wirtschaft gewesen sein?«, fragte ich fassungslos und konnte kaum mein eigenes Wort verstehen. Doch der Engländer klärte mich auf, dass die Margstätters einmal eine reiche Familie gewesen waren. Sie besaßen eine Mühle, in der das Korn der ganzen Gegend gemahlen wurde, und ein Wirtshaus, in dem alle, die auf dem Weg in die Schweiz waren, Rast machten. Nun, das Wirtshaus gibt es schon lange nicht mehr, die Mühle auch nicht, aber das Schankrecht hatte das alte Haus immer noch inne.

Viel Hoffnung, dass es mir gelingen würde, es der alten Frau abzuschwatzen, machte mir der Engländer nicht. »Vor dir haben schon einige ihr Glück versucht, aber bisher hat sich die Luise nicht erweichen lassen, sich von ihrem Schankrecht zu trennen. Am Ende nimmt sie's noch mit ins Grab, die sture Alte!« Dann erklärte er mir noch, dass ihr vier Söhne gestorben seien, sie daher keine Nachfahren habe, welche die einstige Bergwirtschaft hätten wieder aufnehmen können. Vier Söhne zu verlieren – wie kann ein Mensch so etwas überleben?, fragte ich mich, und der Gedanke an Bubi drohte plötzlich mein Herz zu zerreißen. »Jetzt heul doch nicht – gefressen hat sie meines Wissens noch keinen!«, sagte der Engländer, der meine Tränen sah, bevor ich sie wegwischen konnte. Mein Traum von einem Hotel, mein Besuch hier – all das kam mir auf einmal so sinnlos vor, dass ich am liebsten auf der Stelle umgekehrt wäre. Aber damit hätte ich mich beim Engländer vollends lächerlich gemacht. Also schnäuzte ich mich einmal kräftig, klopfte an und betrat die Hütte. Was hatte ich noch zu verlieren?

Dieser Geruch, der mich empfing ... Ich weiß zwar nicht, wie es in einem Grab riecht, aber so stelle ich es mir vor: modrig, nach Fäulnis und Zerfall. Und mittendrin hockte diese einsame alte Frau, die kaum mehr aus den Augen schauen konnte, die meine Hände fasste und dann mein Gesicht abtastete, »damit ich dich besser sehen kann«. Diese eisigen Finger! Als ob der Tod einen streift – so kam es mir vor.

Der Engländer habe mich geschickt, sagte ich. Und dass ich auf dem Rombacher Amt gewesen sei. Nachdem ich meine Gastgeschenke – eine Flasche Kirschwasser und einen ganzen Schinken – auf den Tisch gelegt hatte, rückte ich mit meinem Anliegen heraus.

»Soso, ein Gasthaus willst du eröffnen. Und wieso, glaubst du, soll ich ausgerechnet dir mein Schankrecht verkaufen?«

»Weil ich es brauche«, erwiderte ich schlicht. Ohne eine Schankgenehmigung könne ich meine Zukunftspläne für immer begraben, erklärte ich ihr dann.

»Soso«, wiederholte sie. Ihre Stimme war rostig wie eine schlecht geölte Tür. »Wenn du so großartige Pläne hast, warum fühle ich dann trotzdem Tränen auf deinem Gesicht?«

Wie sie mich dabei mit ihren trüben Augen fixierte! Ich kam mir vor wie beim Jüngsten Gericht und senkte meinen Blick, als hätte ich etwas zu verbergen. Als ich mich anschließend verstohlen in der Stube umschaute, musste ich an die vier Buben denken, die einstmals in diesem Haus gelebt hatten. Urplötzlich hörte ich ihr Lachen, ihre Streitereien, ihr Weinen, wenn eine Rauferei ausgeartet war und sich einer dabei wehgetan hatte.

Wenn Kinder ihre Eltern verlieren, ist das der Lauf der Dinge. Aber wenn es umgekehrt geschieht, dann ist die Ordnung der Welt auf den Kopf gestellt. Und auf dem Kopf kann man nun einmal nicht leben – das wusste ich selbst am allerbesten.

Bei diesem Gedanken fiel mir dummer Kuh nichts anderes ein, als erneut in Tränen auszubrechen. Auf einmal spürte ich Arme um mich. Arme, die mich hielten und die nicht kalt waren wie der Tod, sondern tröstend und warm. Und eine Stimme im Ohr, die sagte: »Erzähl mir, was dir so schwer aufs Herz drückt.«

So unglaublich es klingt: Ich habe dann wirklich den halben Tag damit verbracht, Luise Margstätter mein Leid zu klagen. Warum hörst du nicht endlich auf, beschwor ich mich zwischendurch immer wieder, die alte Frau hat doch weiß Gott selbst genug Elend hinter sich. Da muss sie sich doch nicht auch noch deines anhören. Aber sobald ich einmal angefangen hatte, konnte ich einfach nicht mehr aufhören.

Irgendwann, es muss Stunden später gewesen sein, ich hatte inzwischen völlig das Zeitgefühl verloren, klopfte es an der Tür. Der Engländer! Den hatte ich ganz vergessen, so weit entfernt befand ich mich, in einem anderen Raum, einer anderen Zeit.

Ob damit zu rechnen sei, dass ich heute noch einmal herauskommen würde, schnauzte er mich an. Dass er noch etwas anderes zu tun habe, als für mich den Bergführer zu spielen. Ich war zum Glück gerade mit dem Erzählen fertig und hatte mich auch wieder einigermaßen gefangen. Ich bat den Engländer um Entschuldigung, dass ich ihn so lange hatte warten lassen, und stand auf. In diesem Moment war mir alles gleichgültig. Keine Wirtschaftsgerechtigkeit, kein Hotel, was machte das schon aus? Dafür war mir so leicht ums Herz wie schon lange nicht mehr.

Doch ich hatte die Rechnung ohne die alte Luise gemacht. Sie zog den Engländer am Ärmel ins Haus und sagte: »Auf deine Eile pfeif ich, lass dir das gesagt sein. Du hast das Kind schließlich zu mir gebracht. Nun wird es ja wohl noch erlaubt sein, dass wir gemeinsam auf die zukünftige Besitzerin meiner Schankrechte anstoßen, oder?«

Bis heute weiß ich nicht, warum sich Luise dazu entschloss, den Handel mit mir zu machen. Vielleicht lag es an meiner Offenheit. Vielleicht hatte sie aber auch einfach nur Mitleid mit mir ...

Am ersten Mai des Jahres 1903 öffnete das »Hotel Kuckucksnest« seine Türen, nachdem Rosanna das Schankrecht der alten Margstätter-Mühle offiziell auf den Moritzhof hatte übertragen lassen.

Rosannas Vision – von den Rombachern belächelt, von Simone mehr als skeptisch beäugt – wurde Wirklichkeit: Dank einer Eintragung in Baedekers Schwarzwaldführer und dank Claudines Mundpropaganda tummelten sich im »Kuckucksnest« vom ersten Tag an die unterschiedlichsten Gäste wie bunte Geranien im Blumenkasten auf einer Fensterbank.

Und mit den Gästen zog das Glück ins »Kuckucksnest« ein. Die früheren Schicksalsschläge waren zwar nicht vergessen, aber Trauer und Leid wanderten als düstere Gestalten der Vergangenheit immer weiter davon. Es war wie nach einem endlos langen Winter: Die eisige Schneedecke, unter der Rosannas Leben so lange Zeit brachgelegen hatte, war endlich geschmolzen, und darunter lugte ein Sträußchen Zuversicht hervor, keimte ein Hauch von Unbeschwertheit, blitzte ein verhaltenes Strahlen auf.

Die sechs Fremdenzimmer mit den insgesamt zweiundzwanzig Betten reichten bald nicht mehr aus. Immer wieder musste Rosanna schriftlichen Anfragen von Gästen Absagen erteilen oder diese auf das nächste Jahr vertrösten. Schon im Winter des Jahres 1904 begann Rosanna mit dem Ausbau des Dachgeschosses. Dank des Rombacher Zimmermanns, der gleich noch einen Schreiner und einige Gehilfen mitbrachte, entstanden so in nur wenigen Monaten weitere fünf Gästezimmer sowie ein Badezimmer. Während unter dem Dach gehämmert und geschraubt wurde, feierten die Gäste im Speisesaal mit Rosanna ein rauschendes Silvesterfest, das mit einem Fackellauf durch den verschneiten Wald begann und mit Musik von Claudine und Alexandre gekrönt wurde.

Beflügelt von ihrem Erfolg als Hotelwirtin, wuchs in Rosanna ein Selbstbewusstsein, das ihr manchmal schon ein bisschen unheimlich war.

Die Breuers spuckten natürlich Gift und Galle. Das »Kuckucksnest« war nicht nur zur Konkurrenz geworden, sondern zur ernsthaften Bedrohung für den »Fuchsen«, der weder im Zimmerangebot noch bei den anderen Attraktionen mit dem Hotel auf dem Berg mithalten konnte. Als Anfang des Jahres 1905 plötzlich Zacharias vor der Tür stand und Rosanna zähneknirschend eine Zusammenarbeit »anbot«, lachte sie ihn schlichtweg aus.

6. Mai 1908

Ach Karl, heute hab ich einmal ganz besonders heftig an dich denken müssen. Deshalb schreibe ich diese Zeilen nun für dich. Lange Zeit habe ich das nicht mehr getan. Aber Karl, du brauchst keine Angst zu haben, dass mir alles zu viel wird, ganz im Gegenteil: Von mir aus kann's gar nicht genug Arbeit geben! Arbeit macht das Leben süß – so sagt man doch.

Heute schickte ich eine Gruppe von Gästen aus Karlsruhe zusammen mit meinem Jagdpächter Gmeiner auf eine Vogelwanderung. Weißt du, nicht jeder hat Interesse an der Jagd, doch die meisten wollen den Wald kennen lernen. Deshalb habe ich auch den Schwarzwaldverein, der Wanderkarten herausgibt, angeschrieben mit der Bitte, eine solche Karte auch für das Rombacher Amt anzufertigen. Leider kommt es nämlich immer wieder einmal vor, dass sich einer der »Stadtmenschen«, wie du meine Gäste nennen würdest, im Wald verläuft. Vor allem, wenn er von den Spazierwegen abweicht, die ich rund um den Hof habe anlegen lassen. Mit einer Karte in der Hand könnten sich die Leute getrost allein auf den Weg machen, ohne dass ich Stunden später einen Suchtrupp losschicken muss ...

Doch zurück zu den Karlsruher Gästen. Du hättest sehen sollen, wie deren Augen glänzten, als sie mit dem Gmeiner nach drei Stunden zurückkamen! Einer von ihnen nahm mich später zur Seite und bedankte sich überschwänglich für das unvergessliche Erlebnis. Ich wusste gar nicht, wie ich darauf reagieren sollte.

»Es freut mich, dass unsere Vogelwelt solch einen Eindruck auf Sie hinterlassen hat«, antwortete ich ihm schließlich.

Woraufhin er den Kopf schüttelte und sagte, die Vögel allein seien es nicht gewesen. »Wissen Sie, das ganze Jahr über sitze ich in meinem Kontor zwischen all den Akten. Manchmal esse ich mittags mein Brot in einem kleinen Park, damit ich wenigstens ein bisschen frische Luft schnappen kann«, erklärte er mir. »Deshalb bedeutet der Aufenthalt im Schwarzwald für meine Frau und mich etwas ganz Besonderes. Hier oben sind wir der Natur so nahe! Was für ein Schrecken war es für uns alle, als der Herr Gmeiner uns in eine Ecke des Waldes führte, die vor Jahren völlig abgeholzt wurde. Diese Nacktheit! Diese Brutalität, mit der sich der Mensch die Natur zu Eigen macht! Es mag sich vielleicht seltsam anhören, aber in diesem Moment wurde mir klar, dass die Natur kein Opfer ist, das sich jede Behandlung klaglos gefallen lässt. Sie ist ein Wert, den wir Menschen hegen und pflegen müssen ...« Er verstummte und bat um Entschuldigung, dass er mich mit seinem Reden so lange aufhielt. Aber ich spürte, dass er es ernst meinte.

Karl, kannst du verstehen, dass ich bei diesen Worten einen Kloß im Hals hatte? Als ich mich von dem Mann verabschiedete, hätte ich am liebsten in den Himmel hochgeschaut und dir zugerufen: »Siehst du, Karl, sie haben doch einen Sinn für die Schönheit der Natur!« ...

Vogelwanderungen, Schlittenfahrten im Winter – endlich hatten Rosannas Kreativität, ihre Fantasie ein Ventil gefunden, und sie scheute sich nicht, dieses Ventil ständig unter Druck zu halten. Im Laufe der kommenden Jahre erdachte sie immer wieder neue Möglichkeiten, mit denen sie ihren Gästen die Zeit vertreiben konnte.

Aus Todtnau, genauer gesagt vom dortigen Kurarzt Tholus, besorgte sie zehn Paar Schneeschuhe. Dann bat sie Jonas, einen alten Freund von Karl, gegen ein Entgelt mit den Gästen Schneeschuhwanderungen zu unternehmen. Diese wurden so begeistert angenommen, dass alsbald Schneeschuhwettkämpfe stattfanden, deren Gewinner jedes Mal unter großem Hallo eine Flasche Kirschwasser überreicht bekamen. Das Kirschwasser wurde übrigens inzwischen hochoffiziell unter den gestrengen Augen des Akzisers Gerold Richter gebrannt. Manchmal ließ Rosanna ihre Gäste dabei zuschauen, und die staunten nicht schlecht, wenn sie sahen, wie von zwei Zentnern Kirschen am Ende gerade einmal zehn Liter Feinbrand übrig blieben.

Eines Tages suchte Rosanna den Bauern auf, der mit seinem Gespann das Bier für den »Fuchsen« aus Schwend holte, und fragte ihn, ob er Lust habe, mit ihren Gästen Schlittenfahrten durch den winterlichen Wald zu unternehmen. Sie musste ihn nicht lange überreden: Dass man bei Rosanna etwas verdienen konnte, hatte sich längst herumgesprochen. Sie zahlte nicht übermäßig gut – dazu sah sie keine Veranlassung –, aber in jenen wirtschaftlich schweren Zeiten war jeder froh, ein paar Mark dazuverdienen zu können.

Weil immer mehr Gäste Karls Wanduhren bewunderten, stattete Rosanna nach einigem Überlegen auch dem Uhrenhändler, der ein paar Jahre zuvor in Rombach seinen Laden eröffnet hatte, einen Besuch ab. Der Mann war von ihrer Idee, einige seiner Uhren in der Empfangshalle des Hotels aufzuhängen und den Leuten zum Verkauf anzubieten, äußerst angetan. Und die Gäste, entzückt über die günstigen Preise, kauften seine Kuckucks- und Schwarzwalduhren – oft sogar gleich mehrere auf einmal.

Auch Margret profitierte von der Sehnsucht der Städter, ein Stück Schwarzwald mit nach Hause zu nehmen: Als Rosanna im Herbst 1907 einen Teil des Spichers zu einem kleinen Andenkenladen umbaute, fanden sich in den Regalen neben selbst gemachten Säften und Marmeladen auch Margrets Spanschachteln, verziert mit der Ansicht des Hotels. Gottlieb Königs Ringelblumensalben und Gesundheitselixiere vervollständigten neben Spazierstöcken aus Eschenstämmchen das Angebot. Die bizarr gebogenen Spazierstöcke fanden einen derart reißenden Absatz, dass sich Rosanna entschloss, auf einem der Reutberge Eschenschösslinge setzen zu lassen. So entstand zum großen Entzücken der Fremden die erste Spazierstockfarm der Gegend.

Wer einmal im »Hotel Kuckucksnest« gewesen war, kam stets wieder, brachte Freunde oder Verwandte mit, die nun ihrerseits die liebenswerte, schöne und so überaus aufmerksame Hotelwirtin kennen lernen wollten.

Das Haus, das Rosanna zur Heimat geworden war, wurde nun auch für viele fremde Menschen zu einem zweiten Zuhause.

Rosanna war glücklich, und ihre Stammgäste waren es auch. Im Laufe der Zeit zählten dazu auch immer mehr bekannte Schauspieler, zum Beispiel von der Baden-Badener Bühne, und ebenso Maler und Schriftsteller. Wann immer eine bekannte Persönlichkeit im »Kuckucksnest« auftauchte, widmete sich Rosanna ihr auf den Seiten ihres Tagebuchs in aller Ausführlichkeit. Sie berichtete, in welchen Theaterstücken ihr Gast mitgewirkt hatte oder wo die Bilder eines Malers schon ausgestellt worden waren. Oder dass sie von einem Dichter ein signiertes Exemplar seines Buches geschenkt bekommen hatte. Rosanna schien solche Menschen zu sammeln, wie andere Menschen Wanduhren oder Tabakspfeifen horteten, und war jedes Mal überaus stolz, ihrer Sammlung ein weiteres Exemplar hinzufügen zu können. Die Leistungen dieser Menschen, ihre Bekanntheit wurden für Rosanna ein Gradmesser ihres eigenen Erfolges.

Für ihre Gäste sah es so aus, als erledige sie alles mit leichter Hand. Doch das war nicht immer der Fall. Wenn sie einen Berater brauchte – ohne fachmännische Unterstützung kam sie bei einigen ihrer Projekte einfach nicht zurecht –, musste sie sich oft erst überwinden, einen »solch wichtigen Mann« anzusprechen. Und wie hatte sie gezaudert, als es darum ging, für das Hotel Postkarten machen zu lassen! Immer wieder hatte sie den Besuch beim Rombacher Fotografen hinausgezögert. »Fotografien sind nur etwas für vornehme Leute«, pflegte sie zu sagen. Erst als Claudine eines Tages mit einem Wanderfotografen im Schlepptau auftauchte und Rosanna geradezu zwang, sich im besten Sonntagsstaat neben den Eingang ihres Hotels zu stellen und fotografieren zu lassen, war das Eis gebrochen. Rosanna war von dem Bild so entzückt, dass sie fortan jede Gelegenheit nutzte, Bilder von sich, ihrem Hotel und seinen Gästen zu bekommen. Bald gab es im Andenkenladen auch Ansichten des »Kuckucksnests« als Postkarten zu kaufen.

Natürlich wurde alles, was sich oben auf dem Berg tat, unten im Dorf mit großem Interesse zur Kenntnis genommen. Genauer gesagt, die Leute hatten noch nie zuvor so viel zu tratschen gehabt. »Die zwei alten Jungfern« wurden Rosanna und Simone hinter vorgehaltener Hand genannt. Ihr Hotel war »ein Weiberhaushalt« und »ein Kuckucksnest obendrein«. Das alles konnte doch nicht mit rechten Dingen zugehen! Als Rosanna Tennisplätze anlegen ließ und nur wenige Monate später riesige Scheiben für Bogenschützen auf den Berg gefahren wurden – beides unter fachmännischer Anleitung –, schüttelten die Rombacher fassungslos die Köpfe. Und als Rosanna im Winter darauf einen Skilift errichten ließ – im Jahr zuvor war sie in Schollach gewesen, um sich dort den ersten Skilift der Welt anzuschauen –, erklärten die Leute sie endgültig für verrückt. Wie Menschen von einem anderen Stern wurden die Skifahrer bestaunt, die ins Dorf hinabfuhren, um sich dann mittels Turbinenkraft vom Lift wieder auf den Berg schleppen zu lassen.

Doch selbst die größten Skeptiker, die ärgsten Lästermäuler mussten im Stillen zugeben, dass das Dorf von Rosannas Geschäftstüchtigkeit profitierte. Rosanna war zu einer wichtigen Arbeitgeberin geworden. Sie beschäftigte Küchenmägde, Zimmermädchen, einen Pagen, Musiker für den Tanzsaal, Leute für den Garten und einen Knecht für die Pferde. Eine Arbeit im großen Hotel zu bekommen erschien vielen Rombachern begehrenswerter, als sich Tag für Tag den Buckel auf dem steinigen Acker hinterm Haus krumm zu machen. Und so stellte sich selten einmal jemand quer, wenn sie zu ihm kam, um eine Zusammenarbeit vorzuschlagen.

So auch im Frühjahr 1909, als Rosanna die Rombacher Blaskapelle bat, einmal wöchentlich ein Konzert vor dem Hotel zu geben – gegen Bezahlung natürlich. Stolz stellten sich die Dorfmusiker ihrem neuen Publikum und steckten verstohlen die eine oder andere Münze ein, die manche Gäste ihnen nach einem Konzert noch zusätzlich in die Hand drückten.

Trotz dieser Annäherung an die Dorfbewohner konnte Rosanna nie ganz vergessen, wie diese einstmals auf sie herabgeschaut hatten. Das Kichern der Frauen, ihre Stöße im schmalen Kirchgang, als Rosanna an Lichtmess eine Taufkerze weihen lassen wollte, saßen wie Stacheln in ihrem Fleisch. Wer von den Rombachern nicht fleißig war, wer nicht spurte, wurde schneller entlassen, als er oder sie gucken konnte. Manches Mal schlug Rosanna eine Bitte um Anstellung schon im Vorhinein aus, ohne dass es einen besonderen Anlass dafür gegeben hätte. Einzig aus dem Grund, weil es ihr eine Genugtuung war, auch wenn sie sich für ihre Niederträchtigkeit im Nachhinein manchmal schämte.

Eine solche Strenge, eine solche Härte hätten die Rombacher der jungen Frau nicht zugetraut – und auch das sprach sich herum. Rosanna war zu einer wichtigen Person im Dorf geworden, der man – wenn auch ungern – Respekt zollte. Als Rosanna den Bürgermeister, den Uhrenhändler, den Pfarrer und ein paar andere einflussreiche Männer aufsuchte, um ihnen die Gründung eines Heimatpflegevereins vorzuschlagen, hatte sie schnell eine Hand voll Mitstreiter zusammen. Der Gedanke, das Schwarzwälder Brauchtum hochzuhalten, es für kommende Generationen zu pflegen, gefiel den traditionsbewussten Rombachern. Und Rosannas Gäste erzählten alsbald gern von ihren Ausflügen ins Dorf, wo sie den prachtvoll geschmückten Maibaum bewundert hatten oder einer »Schwarzwälder Hochzeit« beiwohnen durften.

An Fronleichnam schickte Rosanna ihre Gäste hinunter ins Dorf, wo diese die Prozession verfolgten und die Fahne mit dem Jesuskind auf der einen und dem Abbild des Pfarrers auf der anderen Seite bestaunten. Bei dem Gedanken daran, wie die Kirchengemeinde zu der Fahne gekommen war, musste Rosanna jedes Jahr aufs Neue in sich hineinlachen.

Obwohl ihre Erinnerung an die erste Zeit in Rombach alles andere als rosig war, versuchte sie, ihren Gästen ein wenig von den Traditionen, die sie selbst im »Fuchsen« kennen gelernt hatte, nahe zu bringen. So wurde im »Kuckucksnest« jedes Fest gefeiert, zum Beispiel der Tag des heiligen Hubertus am dritten und der Sankt-Martins-Tag am elften November. An Himmelfahrt buk Rosanna »fliegendes Fleisch«, also Brot in Vogelform, am Erntedankfest ließ sie den Wanderpfarrer Josef Stix kommen, damit dieser vor einem festlich geschmückten Erntedankaltar eine Predigt für die Gäste hielt. Und jedes Mal war der Speiseraum dem Anlass entsprechend festlich mit Blumen und Ranken herausgeputzt.

Rosanna machte aus dem »Kuckucksnest« einen verzauberten Ort, an dem selbst der nüchternste Mensch eine Magie verspürte, von der er ein Stück mit nach Hause nehmen konnte.

Und die Gäste liebten Rosanna dafür.

12. September 1916

Nun dauert der Krieg schon über zwei Jahre! Ich erinnere mich noch genau an den Tag, als Gäste sich beim Frühstück über das serbische Attentat auf das österreichische Thronfolgerpaar in Sarajewo unterhielten. Das war im Juli 1914. Kurz darauf erklärte Österreich Serbien den Krieg – und wer hätte damals gedacht, dass dieser schreckliche Krieg auch einmal ganz Deutschland betreffen würde. Dem Himmel sei Dank, dass wir hier oben auf dem Berg von allem abgeschottet leben können. Dass täglich viele Menschen sterben müssen, wissen wir nur aus den Zeitungen. Am liebsten würde ich meinen Gästen verbieten, Zeitungen mit ins »Kuckucksnest« zu bringen. Wer zu mir reist, soll die Kriegswirren und die schrecklichen Nachrichten vergessen. Inzwischen kommen sowieso fast nur noch Frauen. Mütter mit ihren Kindern und deren Kindermädchen, Ehefrauen von Offizieren, die ihre Liebsten in ländlicher Sicherheit wissen wollen.

Die Stimmung unter den Frauen ist manchmal recht trübe – und das ist ja kein Wunder. Ich versuche einerseits, meine Gäste so gut es geht von ihren Sorgen abzulenken, andererseits sind derzeit viele der üblichen Zerstreuungen einfach nicht passend – ich kann doch unmöglich einen Tanzabend veranstalten! Dafür gibt es aber Spielenachmittage für die Kleinen. Und Handarbeitsabende für die Frauen, an denen Socken und Schals für die tapferen Soldaten gestrickt werden.

Die Stimmung unter den Gästen ist das eine Problem, ihre Versorgung ein anderes. Für Stanislaus wird es immer schwieriger, ausreichend Lebensmittel heranzuschaffen. Inzwischen muss selbst der kleinste Hof in unserer Gegend seine Erzeugnisse dem deutschen Heer zur Verfügung stellen. Ein Wunder, dass an uns noch niemand herangetreten ist. Aber außer Käse, Eiern und Schnaps produzieren wir ja ohnehin nichts. Noch sind die Tische recht manierlich gedeckt, aber die Vielfalt von früher fehlt natürlich. Doch Not macht bekanntlich erfinderisch. Man muss sich halt etwas einfallen lassen, und deshalb gibt es zum Nachmittagskaffee – den hat Stanislaus Gott sei Dank aus einer seiner »geheimen« Quellen erst kürzlich wieder organisieren können – auch einmal Kartoffelkuchen. Oder eine schlichte Quarkspeise, dafür in hübschen Förmchen serviert.

Das erinnert mich daran, dass ich noch die Speisekarte für den morgigen Tag zu »erdichten« habe. Und dann muss ich mir noch ein kleines Programm für den Nachmittag ausdenken.

Wenn ich in den Zeitungen die Bilder von den jungen Soldaten mit den erwartungsfrohen Gesichtern sehe, muss ich oft an Bubi denken. Er wäre jetzt siebzehn. Ich glaube, ich hätte es nicht ertragen, wenn auch er in den Krieg aufgebrochen wäre. Zacharias' Sohn hat sich letzte Woche freiwillig gemeldet, erzählte mir Simone. Mit gerade einmal sechzehn Jahren! Wie konnten die Breuers das nur zulassen? So gesehen bleibt mir einiges erspart ... Aber kann das ein Trost sein? Nie und nimmer!

Die Leere in meinem Herzen, die entsteht, wenn ich an Bubi denke, gehört zu mir wie meine Arme oder meine Beine ...

Es war später Abend. Als die Zahlen vor ihren Augen zu flackern begannen, schaute Simone blinzelnd von ihrer Buchhaltung auf. Sie gähnte herzhaft und streckte sich, dann beschloss sie, für heute Schluss zu machen. Morgen war auch noch ein Tag, und die Buchhaltung vom letzten Monat würde gewiss nicht davonlaufen.

Sie war schon halb die Treppe hinauf, als aus dem Speisesaal Rosannas Lachen ertönte.

Rosanna – sie würde doch nicht noch ...

Mit grimmig verzogener Miene trabte Simone die Treppe wieder hinunter.

Heute war Jagdtag gewesen. Einst ein großes Ereignis, das für viele Städter den Höhepunkt ihres Urlaubs darstellte, war die

Jagd nun zu einer überlebenswichtigen Unternehmung geworden. Wild bedeutete Fleisch auf dem Teller. Die Jagd wurde noch immer vom Jagdpächter Gmeiner angeführt, aber es nahmen statt der Gäste ausschließlich alte Männer aus dem Dorf teil, von denen der eine oder andere nur noch mit Mühe den steilen Bergweg hinaufkam.

Dennoch hielt Rosanna an der alten Tradition fest, den Erfolg der Jagd am Abend mit allen Beteiligten zu feiern.

Im Türrahmen des Speisesaals angekommen, räusperte sich Simone geräuschvoll. Als Rosanna aufschaute, winkte sie die Freundin zu sich.

»Was gibt's denn?«, fragte Rosanna seufzend. Ihre Wangen waren gerötet, ein paar Strähnen hatten sich aus ihrer Flechtfrisur gelöst, ihr Atem roch nach Alkohol. Der Blick, den sie Simone zuwarf, verriet Unmut und Irritation darüber, gestört worden zu sein.

»Musst du eigentlich auf jeden Bock, der geschossen wurde, einen Schnaps mittrinken?«, zischte Simone der Freundin zu. »Du trinkst wie ein alter Bierkutscher und nicht wie eine Dame!«

Rosanna lachte auf. »Ach Simone, seit wann bin ich eine Dame?« Sie tätschelte Simones Schulter wie die eines kleinen Kindes. »Du weißt doch, dass zu einer Jagd ein kleiner Umtrunk gehört. Ich kann die Leute nicht einfach sang- und klanglos nach Hause schicken! Du bist müde, also geh zu Bett! Bestimmt hast du wieder den halben Abend über den Zahlen verbracht.«

Verärgert schaute Simone Rosanna nach, die ohne eine Antwort abzuwarten wieder zu ihrem Tisch ging. Ihre Rückkehr wurde sogleich mit einer weiteren Runde Kirschwasser gefeiert. Zwei der Männer rutschten eilfertig auf der Bank zur Seite, um Rosanna in ihre Mitte zu nehmen.

Wie Hunde, die um eine läufige Hündin streifen, fuhr es Simone durch den Kopf. Merkten die alten Dackel denn nicht, wie lächerlich sie sich machten, indem sie um Rosanna herumscharwenzelten? Gleichzeitig musste sie zugeben, dass zu diesem Spiel zwei gehörten. Würde Rosanna nicht so bereitwillig mit den Männern schwatzen und lachen, kämen sie vielleicht erst gar nicht auf diese Idee. Sie, Simone, wurde doch auch in Ruhe gelassen! Aber Rosanna bildete sich ein, dass dieses Verhalten von ihr erwartet wurde – so ein Blödsinn!

Den Kopf voller düsterer Gedanken, stieg Simone die Treppe wieder hinauf.

Sie konnte ihren Ärger auf Rosanna einfach nicht unterdrücken, im Gegenteil. Als sie sich für die Nacht fertig machte, fiel ihr der vergangene Nachmittag ein: Eine geschlagene Stunde lang hatte Rosanna im Sessel neben einem alten Weib gesessen, hatte deren Hand gehalten und sich ihre Sorgen und Nöte im Allgemeinen und ihre Rückenprobleme im Besonderen angehört. Für jeden hatte Rosanna ein offenes Ohr.

Nur nicht für sie.

Simone konnte sich nicht daran erinnern, wann sich Rosanna das letzte Mal ausschließlich ihr gewidmet hatte. Wenn sie miteinander sprachen, ging es meist um das verflixte Hotel.

Simone hatte Mühe, ihre Haare mit der Bürste zu entwirren, wie jeden Abend war die Prozedur langwierig und schmerzhaft. Während sie vor dem Spiegel saß und ein ausgerissenes Büschel Haare aus ihrer Bürste zupfte, lauschte sie mit einem Ohr in Richtung Treppe und hoffte, möglichst bald die Tür zur benachbarten Kammer zu hören.

Das Hotel, immer und immer wieder das Hotel! Es war das Einzige, wofür Rosanna lebte.

Wenn es doch nie dazu gekommen wäre ...

Seit der Eröffnung waren viele Jahre vergangen. Dass aus Rosanna und ihr kein Liebespaar geworden war, dass es bei der einen, der einzigen Nacht geblieben war – auch daran hatten die anderen und nicht zuletzt das leidige Hotel Schuld. Simone hatte sich das ganz anders vorgestellt. Aber wie sollte sich Rosanna auf ihre Liebe zu ihr konzentrieren, wenn ständig jemand an ihrem Rockzipfel hing oder etwas von ihr wollte. Simone lebte Tag für Tag mit der Bedrohung, Rosanna würde einen Gast lieber mögen als sie. Dass ihr geliebter Engel den Besuchern gegenüber zwar freundlich und fürsorglich war, aber keinesfalls deren Freundschaft suchte, sondern stets eine professionelle Distanz wahrte, sah sie nicht. Rosannas Verhalten lieferte ihr vielmehr den Beweis dafür, dass sie weiterhin sorgfältig über die geliebte Freundin wachen musste.

Dafür betete, dafür atmete, dafür lebte sie.

Aber es war schwer, ständig ein Auge auf Rosanna zu haben, denn Simone hatte fast nur im Hintergrund zu tun, sie erledigte die Buchhaltung, organisierte die Zimmerverteilung, zahlte die Löhne aus. Das Personal beaufsichtigte sie nicht, dafür hatte Rosanna eine Hotelfachfrau eingestellt, und zwar keine andere als die Tochter von Stanislaus Raatz.

Dass Rosanna damals diese Sieglinde ihr vorgezogen hatte, hatte Simone sehr verletzt. Sicher, eine Respektsperson wie Sieglinde in ihrer blütenweiß gestärkten Schürze und mit dem strengen, glatten Knoten im Haar war sie nicht. Aber sie hätte schon gewusst, wie man den Leuten Beine macht! Bei ihr wären die Betten spätestens um zehn Uhr morgens gemacht gewesen und nicht erst gegen elf oder zwölf, wie das unter Sieglindes Aufsicht der Fall war. Aber in diesem Punkt ließ Rosanna nicht mit sich reden.

Gedankenverloren betrachtete sich Simone im Spiegel.

Eine unscheinbare Frau mit sehr hellen Augen und fahlbraunem Haar starrte ihr entgegen. Nachdem vor Jahren die schlimme Akne der Pubertät ausgeheilt war, sah ihr Gesicht zwar nicht mehr aus, als hätten Vögel in einer zu reifen Frucht gepickt, aber eine Schönheit war sie nicht geworden. Zu ihrem nicht ansprechenden Äußeren kam ihre ruppige Art, die die Menschen rasch auf Abstand gehen ließ. Das wiederum verunsicherte Simone so sehr, dass sie noch schroffer wurde. In ihrem Innersten wünschte sie sich jedoch nichts mehr, als bei den Gästen beliebt zu sein. Dann hätte sie mit stolzgeschwellter Brust zu Rosanna sagen können: »Schau nur, sie mögen mich auch!« Doch das war nicht der Fall, und Rosanna registrierte genau, wie die Leute auf Simone reagierten: im besten Fall gleichgültig, im schlechtesten Fall mit offener Ablehnung.

Simone spürte auch, dass hinter ihrem Rücken darüber getuschelt wurde, wie eine so fröhliche Frau wie die Wirtin Moritz mit einem derart spröden Wesen, das ständig seinen Rosenkranz knetete, befreundet sein konnte. Aber die Leute sollten reden, so viel sie wollten. Nichts und niemand würde sich jemals zwischen Rosanna und sie drängen! Sicher, die intime Zweisamkeit der Anfangsjahre war verschwunden, überrollt vom arbeitsamen Hotelalltag. Dennoch wusste Rosanna in ihrem tiefsten Herzen genau, zu wem sie gehörte – daran glaubte Simone ganz fest.

Hätte sie sonst im Jahr 1905 darauf bestanden, beim Rombacher Amtsschreiber einen Termin zu vereinbaren? Eine schriftliche Vollmacht hatte sie Simone damals erteilt, für die Zeiten, in denen sie ein paar Tage lang verreisen musste. Und das kam immer wieder einmal vor, sei es wegen eines Amtsbesuches, um neue Möbel zu bestellen oder um bei der Konkurrenz Anregungen für einen neuen Hotelprospekt abzugucken. In diesen Zeiten musste der Betrieb weitergehen. Rechnungen mussten bezahlt, Löhne ausgehändigt werden. Dafür brauchte Simone eine schriftliche Vollmacht.

Und weil sie schon einmal beim Notar saß, ließ Rosanna gleich auch ein kurzes Testament aufsetzen. Sollte ihr je etwas zustoßen, dann würde Simone, die durch das Geld, das sie eingebracht hatte, im Grunde sowieso schon Miteigentümerin des Hotels war, alleinige Eigentümerin werden.

Simone hatte sich anfangs mit Händen und Füßen gegen dieses Testament gewehrt. Allein der Gedanke, Rosanna könne etwas zustoßen, hatte sie in Panik versetzt. Was wäre ihr Leben dann noch wert? Ihr war es zuwider, sich mit rechtlichen Einzelheiten für diesen Fall auseinander zu setzen. Aber Rosanna hatte darauf bestanden.

Als Simone die Bürste endlich aus der Hand legte und in ihr kaltes Bett kroch, spielte ein kleines Lächeln um ihre Lippen.

Ihr hatte Rosanna die Vollmacht erteilt.

Sie war von ihr im Testament zur Miteigentümerin und späteren Erbin bestimmt worden.

Kein Mann, kein Kind, keine Haushälterin Sieglinde, niemand sonst.

Ihr geliebter Engel hatte nur an sie gedacht.

Julie konnte die Seiten gar nicht schnell genug umblättern, so gierig war sie darauf, zu erfahren, wie es mit Rosannas Hotel weiterging. Wenn sie ein Stück gelesen hatte und ihre Erkenntnisse in ihrem eigenen Text verarbeiten wollte, ärgerte sie sich jedes Mal darüber, dass sie nicht schneller zu tippen vermochte. Dennoch konnte sie Rosannas Überzeugung, Schreiben sei ein sinnliches Ritual, inzwischen gut nachempfinden. Allein der Moment, wenn sie ihren Laptop einschaltete und der helle Bildschirm vor ihren Augen auftauchte, erfüllte sie mit einer kreativen Energie, von der sie nicht geahnt hatte, dass sie überhaupt in ihr existierte.

Wenn sie weiterhin so gut vorankam, würde sie bis Ende des Monats mit ihren Aufzeichnungen fertig werden. Und obwohl ihr bewusst war, dass sie nicht ewig in ihrer Einsiedelei verharren und fremde Leben leben konnte, graute ihr schon jetzt vor dem Moment, wenn sie aus Rosannas und Simones Leben endgültig wieder auftauchen musste.

Doch für heute war es genug. Mit einem Glas Wein setzte sich Julie auf die Bank vor dem Haus und starrte in die Dämmerung. So war es also dazu gekommen, dass Simone den Hof ihrer Tochter Antonia vererben konnte ... Simone war von Rosanna zur alleinigen Erbin eingesetzt worden – was für ein großer Vertrauensbeweis.

Doch trotz aller wiederkehrender Freundschaftsbekundungen, trotz der Treue zwischen den beiden Frauen konnte Julie noch immer nicht begreifen, was Rosanna in Simone gesehen hatte. War es am Anfang Mitleid gewesen, so musste es in späteren Jahren etwas anderes geworden sein. Eine besondere Art von Zuneigung? Gewohnheit? Angst vor dem Alleinsein?

Manchmal überkam Julie beim Lesen das Gefühl, Rosanna sei im tiefsten Herzen stets einsam gewesen. Dabei hatte sie gar keine Zeit, sich einsam zu fühlen: die nie enden wollende Arbeit, die Verantwortung für die vielen Menschen, die sie nun zu tragen hatte, das stete Kommen und Gehen der Gäste ... Und doch gab es Hinweise darauf, zum Beispiel wenn sie über ein verliebtes Ehepaar schrieb. Sie tat dies so sehnsuchtsvoll, dass es Julie schmerzte. Ein anderes Mal hatte sie die Begegnung mit einer Mutter und deren vier Kindern geschildert und gleich darauf so sprunghaft das Thema gewechselt, dass Julie Mühe hatte, ihr zu folgen – bis sie erkannte, dass dies Rosannas Art war, ihre tiefsten Bedürfnisse zu verdrängen.

War Rosanna wirklich einsam gewesen? Es fiel Julie schwer, sich darüber ein Urteil zu bilden. Oberflächlich gesehen sicher nicht. Immerhin besaß sie einige langjährige Vertraute – Claudine, Bärbel, Sieglinde, deren Vater Stanislaus. Die wichtigste Person in ihrem Leben war jedoch über viele Jahre hinweg Simone.

Ausgerechnet Simone, dachte Julie. Liebe Rosanna, warum bist du nie auf die Idee gekommen, dass Simone es vielleicht gar nicht so gut mit dir meinte, wie du immer glaubtest?

Julie erschauerte und wusste nicht, ob die Abendkälte allein dafür verantwortlich war.

Nachdem sie das Glas Wein ausgetrunken hatte, ging sie zurück ins Haus und nahm ihre Lektüre wieder auf.

Sie konnte nicht abwarten, zu erfahren, wie es mit Rosanna und Simone weiterging.

18. Juni 1919

Ach, das Reisen ist noch immer so beschwerlich, dass ich meine Gäste dafür bewundere, dass sie diese Strapazen überhaupt auf sich nehmen! Jetzt ist der Krieg schon fast ein Jahr vorbei, und noch immer sind die Züge mit verletzten Soldaten überfüllt. Wenn man während der Fahrt aus dem Fenster schaut, fällt der Blick auf ungepflegte Äcker und Obstwiesen, auf denen Bäume wild vor sich hin wuchern, weil niemand Zeit hat, sie zu beschneiden. Auf den Bahnhöfen blickt man überall in die verhärmten, von Schrecken gezeichneten Gesichter bettelnder Mütter in Lumpen. Junge Männer bekommt man fast nirgendwo zu sehen. Irgendjemand hat ausgerechnet, dass uns dieser verdammte Krieg mehr als 190 Milliarden Goldmark gekostet hat – und was hat er uns gebracht? Zwei Millionen deutsche Soldaten sollen gefallen sein! Kann sich ein Mensch eine solche Zahl überhaupt vorstellen? Mir bricht es das Herz. In den Zeitungen steht, dass sich die Regierungen der beteiligten Länder Ende des Monats in Versailles treffen wollen, um einen Friedensvertrag auszuhandeln. Wovon Deutschland seine Kriegsschulden bezahlen will, ist mir schleierhaft, wo das Land doch ausgeblutet ist wie ein abgehangenes Stück Fleisch.

Ich kann kaum beschreiben, wie froh ich war, als für mich in Rombach endlich die letzte Station gekommen war! Ich weiß, dass ich egoistisch bin. Aber je älter ich werde, desto schwerer fällt es mir, auch nur für wenige Tage meinem geliebten »Kuckucksnest« fernzubleiben. Doch dieses Mal musste es sein, und es hat sich gelohnt. Endlich ist es mir gelungen, einen Kurarzt für unser Haus zu verpflichten. Nun ja, genau genommen ist er noch gar kein Kurarzt, aber auch daran trägt nur dieser Krieg die Schuld. Denn kurz nach Beendigung seines Studiums wurde der frisch gebackene Doktor Michael Steiert eingezogen. Ausgerechnet nach Deutsch-Ostafrika schickte man ihn. Nun, dort hat er immerhin überlebt.

Auf alle Fälle hat er sich sehr über mein Angebot gefreut. Meine Befürchtung, ihm könne es bei uns auf dem Berg bald zu langweilig werden, hat er glaubwürdig zerstreut. Er habe genug Aufregungen für den Rest seines Lebens hinter sich, sagte er und hielt mir die Hand zum Einschlagen hin. Der Mann gefällt mir! Und mir gefällt noch viel mehr, dass er die Rombacher einmal wöchentlich auf meine Kosten behandeln wird ...

Kaum war ich in Rombach aus dem Zug gestiegen, musste mir ausgerechnet Zacharias über den Weg laufen. Er hat mich dann gleich an das Treffen des Heimatpflegevereins erinnert. Als ob ich schon je eins vergessen hätte!

In vier Wochen findet Antons Hochzeit statt, da gibt es bei unserem nächsten Treffen natürlich noch einiges zu besprechen. Der gute alte Anton! Dass wir vom Heimatpflegeverein seine Hochzeit bezahlen und nicht er selbst, stößt Zacharias sauer auf. Dabei sollte er über dieses Arrangement doch froh sein: Er hat sowieso kein Geld für die Ausrichtung einer großen Feier. Als Gegenleistung dürfen die Gäste vom »Kuckucksnest« einer traditionellen Schwarzwälder Hochzeit beiwohnen, was diese bestimmt wieder außerordentlich »chic« und »entzückend ländlich« finden werden.

Zacharias sah nicht gut aus. Eigentlich hätte ihm die harte Arbeit auf den Feldern kräftige Muskeln bescheren müssen, stattdessen scheint es, als hätten die letzten Jahre alle Kraft aus ihm gesaugt. Die alten Breuers sind ihm schon längst keine Hilfe mehr, sondern zur zeitraubenden Belastung geworden. Aber vor allem kommt er nicht darüber hinweg, dass sein Michael nicht aus dem Krieg heimgekehrt ist. Mit gerade einmal sechzehn Jahren ... Ja, nun hat Zacharias am eigenen Leib erfahren, was es heißt, einen Sohn zu verlieren.

Er wirkt wie ein müder alter Mann ... Warum habe ich trotzdem kein Mitleid mit ihm?

Ach, was sitze ich hier und schreibe dummes Zeug? Eigentlich müsste ich schon längst meinen Rundgang durchs Hotel machen. Als Erstes werde ich mir Wolferl vornehmen. Auf den letzten hundert Metern hat die Kutsche immer wieder seitlich die Hecken ge-

streift. Die müssen dringend zurückgeschnitten werden, und wenn mich mein Auge nicht getäuscht hat, dann wuchert auf den Tennisplätzen auch schon wieder der Löwenzahn. Dass Wolferl als Gärtner nicht selbst ein Auge für solche Dinge hat!

Simone hat mich beschworen, sofort zu ihr ins Büro zu kommen, aber das muss noch warten. Anscheinend hat sich Stanislaus letzten Monat bei der Abrechnung der Lebensmittel gehörig zu unseren Ungunsten vertan. Absichtlich, behauptet Simone, was ich keinesfalls glaube. Aber ich muss der Sache natürlich trotzdem nachgehen.

Und dann gibt es offenbar einen Gast, der schon den ganzen Morgen mit triefender Nase in der Bibliothek sitzt. Wahrscheinlich hat er eine Grippe, sagt Sieglinde. Kein Wunder bei der elenden Schafskälte in den letzten Tagen! Sieglinde befürchtet, dass der Mann die anderen Gäste anstecken wird, traut sich aber nicht, ihn darauf anzusprechen. Wenn nur der Doktor Steiert schon hier wäre! Dann hätte er bereits seinen ersten Patienten zu versorgen. Doch so werde ich den unvernünftigen Herrn wohl höflich auffordern müssen, sich in sein Zimmer zu begeben, bis er wieder wohlauf ist.

Ach, es sind immer mindestens fünf Dinge gleichzeitig zu tun! Und ich würde lügen, wenn ich sage, dass mir das nicht behagt.

Trotzdem hat es gut getan, erst einmal ein paar Zeilen zu schreiben. Wenn ich mein Tagebuch aufschlage, die Feder in die Tinte tauche und das erste Wort zu Papier bringe, dann weiß ich, dass ich wieder zu Hause bin …

»Und du bist sicher, dass es eine gute Idee ist, diesen Doktor Steiert herzuholen? Ich meine, das wird dem Rombacher Arzt nicht gefallen …« Simone hatte Mühe, mit Rosanna Schritt zu halten, die zielbewusst auf die Bibliothek zusteuerte.

Rosanna lachte. »Das ist doch der Sinn der ganzen Übung! Grün und blau soll er sich ärgern, wenn ihm die Leute davonrennen! Und die Rombacher wird's freuen, wenn sie von mir eine kostenlose Behandlung spendiert bekommen. Nicht, dass mir deren Wohl besonders am Herzen liegt, aber das ist mir die Sache wert!«

Vor der Tür zur Bibliothek blieb Rosanna stehen. Die Hand schon auf der Türklinke, drehte sie sich zu Simone und deren bekümmertem Gesicht um. Sie seufzte. Simone machte sich einfach immer zu viele Sorgen.

»Ich weiß schon, was ich tue. Dieses selbstgefällige Ekel von Dorfarzt ... Es geschieht ihm recht!« Allein beim Gedanken an den Mann richteten sich ihr auch nach all den Jahren noch die Nackenhaare auf.

Simone schaute weiterhin skeptisch drein. »Und das alles wegen der alten Geschichte? Ist es das wert? Ich meine ...«

»Die alte Geschichte?« Obwohl Rosanna flüsterte, hatte ihre Stimme einen schrillen Ton angenommen. »Du redest von meinem Sohn, der gestorben ist, weil dieser Arzt es nicht für nötig hielt, ihn rechtzeitig zu behandeln.« Sie spürte, wie sich ihr Herz zusammenzog.

»Du hast ja Recht«, murmelte Simone. »Es ist nur ... dieser Arzt wird uns ein ordentliches Sümmchen Geld kosten ...«

Mit Mühe schluckte Rosanna ihren Ärger über die Freundin hinunter. »Du und deine buchhalterische Seele! Wenn man dir zuhört, könnte man glauben, das Hotel stehe kurz vor dem Ruin! Dabei ging es uns noch nie so gut wie derzeit! Wir könnten uns fünf Ärzte leisten, wenn wir wollten. Und jetzt lass mich meine Arbeit tun!« Rosanna drückte die Klinke hinunter.

Obwohl es helllichter Tag war und die Sonne den Parkettboden der Bibliothek in ein goldenes Licht tauchte, brannten alle Lampen. Musste das sein? Ärgerlich starrte Rosanna auf den ihr zugewandten Rücken, der in einem der hohen Lehnsessel vor dem Kamin fast verschwand. Wahrscheinlich hätte der alte Tattergreis am liebsten noch ein Feuer angezündet! Aber da hatte selbst ihre Gastfreundschaft Grenzen: Im Sommer wurde nur abends der Kamin im Esszimmer angemacht. Ansonsten lagen für besonders verfrorene Gäste überall Decken bereit.

Rosanna räusperte sich, um den Gast auf ihr Eintreten aufmerksam zu machen. »Einen schönen guten Tag, der Herr, man hat mir gesagt, dass Sie …«

Der Rest ihrer Begrüßung wurde von einem heftigen Niesanfall verschluckt.

Rosanna presste ihre Lippen zusammen. Was für eine Zumutung! Und wie rücksichtslos den anderen Gästen gegenüber. Instinktiv hielt sie sich eine Hand vor Mund und Nase. Es wäre schrecklich, wenn sie sich ansteckte. Zaghaft ging sie um den Sessel herum, um den Kranken näher zu betrachten.

Über einem riesigen karierten Taschentuch starrten ihr zwei braune Augen entgegen.

Was für schöne Augen!, durchfuhr es Rosanna. Ein warmes Haselnussbraun mit grünen Sprenkeln darin. Ihre Wut verrauchte so schnell, wie sie gekommen war. Sie konnte nicht anders, als in diese Augen zu blicken, auch wenn sie im Moment so sehr tränten, dass man den Eindruck haben konnte, der Mann weine bitterlich. Mitleidig betrachtete sie kurz darauf die rot angeschwollene Nase, die hinter dem Taschentuch zum Vorschein kam und deren Haut vom vielen Schnäuzen ganz wund war.

Ich starre ihn ja an! Rosanna schoss die Röte ins Gesicht. Hastig wandte sie den Blick ab.

Kein alter Tattergreis. Höchstens so alt wie sie. Von durchschnittlicher Statur, mit dunkelblonden Haaren, unregelmäßig kurz geschnitten, als habe er sie eigenhändig mit einem Messer abgesäbelt. Trotzdem ein gut aussehender Mann, aber kein eitler, davon zeugten seine Schuhe, von denen der linke ein Loch aufwies. Ob er womöglich arm war? Aber wie konnte er sich dann einen Aufenthalt hier oben leisten?

Was geht mich das alles an?, fragte sich Rosanna plötzlich und zwang sich, an all die Aufgaben zu denken, die noch vor ihr lagen. Das Beste würde sein, ihr Gespräch mit dem Kranken so rasch wie möglich hinter sich zu bringen. Mühsam suchte sie nach Worten, mit denen sie ihn höflich auf sein Zimmer komplimentieren konnte.

»Entschuldigen Sie, verehrte Frau Rosanna, aber ich habe immer so einen schrecklichen Schnupfen, sobald ich in die Nähe von frisch gemähten Wiesen ...« Der Rest des Satzes ging in einem neuerlichen Niesanfall unter. »Jedes Jahr werde ich von dieser – hatschi! – Plage befallen, aber so schlimm wie diesmal war es noch nie. Und das ausgerechnet während meines Aufenthaltes in Ihrem schönen – hatschi! – Haus!« Verlegen zuckte der Mann mit den Schultern.

Schnupfen nur dank frisch gemähter Wiesen? Aber das konnte ja gar nicht ansteckend sein! Rosanna unterdrückte ein nervöses Kichern. Wehe, wenn sie Sieglinde in die Finger bekam! Andererseits gab der Mann wirklich eine jämmerliche Figur ab, wie er so in dem Sessel kauerte, Schreibzeug und Stifte halb vom Schoß gerutscht, die Stirn erhitzt und schweißnass ...

Impulsiv zog Rosanna einen Sessel heran, setzte sich ihm gegenüber und griff nach seiner Hand. »Kein Wunder, dass Sie sich hier drinnen verschanzen, Sie Ärmster! Aber vielleicht ist morgen schon das Schlimmste vorüber. Sie wissen doch sicher, was man sagt: Menschen und Juniwind ändern sich geschwind!«

»Meinen Sie?« Seine Stimme war weich, melodisch. Er hatte seine haselnussbraunen Augen fast flehentlich auf Rosanna gerichtet.

Sie nickte eifrig. Schweigen breitete sich zwischen ihnen aus.

Unvermittelt hatte Rosannas natürliche Redegewandtheit sie im Stich gelassen. Die freundlichen, unverbindlichen Worte, das Geplänkel, das sie sonst mit ihren Gästen austauschte – alles vergessen. Die Luft im Raum war plötzlich aufgeladen wie vor einem Gewitter. Rosanna fuhr sich unsicher durch die Haare.

Als sie aufstand, zitterten ihre Knie. »Ich werde Ihnen Tee bringen lassen. Mit viel Honig darin. Und ein kaltes Tuch für die Stirn.« Ihr Lächeln wirkte verkrampft, irgendwie unecht.

»Nein, warten Sie!« Der Mann sprang ebenfalls auf. Das Taschentuch, Papierbögen, Stifte und etwas metallisch Scheppperndes fielen auf den Boden. Ohne sich darum zu kümmern, griff er nach Rosannas Händen, bevor sie es hätte verhindern können.

Ihre Gesichter waren einige Handbreit voneinander entfernt. Doch sein Blick hatte etwas so Magisches, dass es Rosanna vorkam, als stünden sie näher beieinander, als es tatsächlich der Fall war. Ihr Herz klopfte wie nach einem schnellen Marsch. Sie hatte Angst, dass er es hören konnte.

Er roch nach in der Sonne getrockneter Wäsche, nach Kampfer und einem Hauch Duftwasser. Und sie starrte ihn schon wieder unverhohlen an! Was musste der Mann nur von ihr denken? Ihr Blick flatterte, suchte einen Fluchtweg, fand ihn unten auf dem Boden.

Sein linkes Bein ist kürzer als das rechte, stellte sie überrascht fest. Und ich kenne noch nicht einmal seinen Namen.

Der Mann lächelte. »Ich brauche keinen Tee. Und auch sonst nichts. Aber ... können Sie mir nicht noch ein Weilchen Gesellschaft leisten?«

19. Juni 1919

Es ist nach Mitternacht, ein neuer Tag hat begonnen. Durchs Fenster zwinkert ein müder Mond. Und soeben hat Simone geschimpft, ich solle endlich zu Bett gehen. Aber ich weiß, dass ich keine Ruhe finden kann, bevor ich nicht meine Gedanken geordnet habe. Die Frage ist nur, ob das überhaupt gelingen wird ...

Gestern war ich noch so froh, endlich wieder hier zu sein, und nun ist mein Herz schwer. Ich habe mich zum ersten Mal richtig mit einem Gast angelegt. Helmut Fahrner heißt er.

Dabei fing alles so harmlos an ... Er tat mir Leid, wie er so dasaß mit seinen tränenden Augen und seiner Triefnase. Und das bei schönstem Sonnenschein, wo sich alle anderen Gäste draußen tummelten. Also setzte ich mich zu ihm, damit er nicht so allein war.

Ich zeigte auf den Berg von Zeichnungen und Skizzen, den er inzwischen wieder vom Boden aufgehoben und auf das Tischchen neben sich gelegt hatte, und fragte ihn, ob er ein Maler sei.

Nein, er sei ein Schildermaler, antwortete er mir.

Ich wusste nicht einmal, dass es so etwas noch gibt! Ich hatte angenommen, dass alle Uhrenschilder heutzutage nur noch mit Abziehbildern von Apfelrosen oder Früchtekörben beklebt werden. In der Massenproduktion sei das tatsächlich der Fall, erklärte Herr Fahrner mir, aber exklusive Uhren würden auch heute noch von Hand bemalt. Er selbst verziere Uhrenschilder nicht nur mit den klassischen Motiven, sondern ganz nach den Wünschen des Käufers. Dann zeigte er mir ein paar Entwürfe, an denen er gerade arbeitet. Ich war beeindruckt. Ganze Stadtansichten bringt er aufs Zifferblatt. Oder Landschaften, gestochen scharf. Aber auch verrückte Dinge, von denen kein Mensch glauben würde, dass sie auf eine Uhr gehören: zum Beispiel einen Metzger, der gerade ein Schwein schlachtet! Oder einen Hochzeitszug. Für einen Pferde-

züchter soll er dessen Lieblingshengst verewigen. Fahrners Entwurf sieht vor, dass die lange Pferdemähne an den Ziffern vorbeifließt. Einfach zauberhaft! Das sagte ich ihm auch. Es sei nicht mit den Uhren zu vergleichen, die der Rombacher Händler mir ins Haus gehängt habe, fügte ich hinzu.

Und dann ging es los ... Er fühlte sich offenbar nicht zu elend, um mich wegen der Uhren zu tadeln, die in der Empfangshalle zum Verkauf aushängen. Solche Massenprodukte, fabriziert zu Billigstpreisen, seien schuld daran, dass die Kleinmeister unter den Uhrenmachern nicht mehr existieren konnten. Firmen wie Altpeter mit ihren »amerikanischen Methoden« hätten ein altes, ehrenwertes Handwerk zu reinem Kommerz verkommen lassen, hätten abertausende von Uhrmachern ihrer Existenzgrundlage beraubt – die Werkstatt seines Vaters nicht ausgenommen. Der käme nur noch mit Ach und Krach über die Runden. Und wofür das alles? Dafür, dass sich jetzt jeder Hinz und Kunz eine Schwarzwalduhr leisten konnte!

Ich war so wütend! Wie er es wagen könne, meine Gäste Hinz und Kunz zu nennen, fuhr ich ihn an. Da opferte ich meine Zeit, um ihm ein wenig Gesellschaft zu leisten, und diesem ungehobelten Kerl fiel nichts anderes ein, als mich und meine Gäste zu beschimpfen. Ich erwiderte, dass ich nichts Schlimmes daran fände, Uhren so günstig anzubieten. Schließlich würde jeder noch etwas daran verdienen, und das galt doch sicherlich auch für die Leute, die die Uhren herstellten.

Von wegen, hielt Fahrner mir vor. Das seien alles arme Fabrikarbeiter, die zwölf bis vierzehn Stunden pro Tag für einen Hungerlohn schufteten und sich nach der Schicht noch Arbeit mit nach Hause nahmen, weil das Geld vorn und hinten nicht ausreichte. Eine goldene Nase würden sich nur die Industriellen und die Uhrenhändler verdienen. Ich solle mir mal die Villa Altpeter in Schramberg ansehen. Ein Königspalast sei das, erbaut auf dem Rücken der Arbeiter, die Gärten getränkt mit deren Schweiß. Ein bisschen pathetisch fand ich das schon, aber inzwischen hatte Fahrner es tatsächlich geschafft, mir ein schlechtes Gewissen ein-

zureden. Mir wollte einfach keine passende Entgegnung einfallen. Mein Gehirn, meine Arme, mein Mund – alles funktionierte langsamer als sonst, gerade so, als hätte jemand mich über und über mit Klebstoff beschmiert. So saß ich nur da und starrte ihn belämmert an. Hoffentlich hatte ich nicht auch noch den Mund offen stehen lassen ... Fahrner muss auch so schon einen denkbar schlechten Eindruck von mir bekommen haben.

Der Käufer werde im Grunde genommen auch betrogen, fuhr er fort. Statt wertvoller Volkskunst, statt echter Schwarzwälder Handarbeit bekäme er Fabrikware mittlerer bis minderer Qualität.

Inzwischen hatte er sich so warm geredet, dass er nicht einmal mehr niesen oder schniefen musste. Ganz im Gegenteil: Er sah richtig munter aus. Die Sprenkel in seinen Augen funkelten grün und rötlich und braun, als hätte der Herbst ein Feuerwerk darin angezündet.

Ich war fassungslos. Als hätte der Kerl mir den Boden unter den Füßen weggerissen. Nicht nur seine Reden sind es, seine ganze Art ist so anders. Er hat etwas an sich, wofür ich einfach keine Worte finde. Vielleicht ist das auch gut so.

Und was tat dieser Kerl dann?

Fragt mich mit treuherzigem Blick, ob sich irgendwo ein Stück Kuchen auftreiben ließe, weil er nämlich Lust auf etwas Süßes habe. Und ob ich weiter bei ihm bleiben könne.

Und was tue ich? Ich dumme Kuh? ...

Es war ein ganz normaler Vormittag. Durch die geschlossene Bürotür drangen die alltäglichen Geräusche des Hotels. Das leise Schurren, das bedeutete, dass die hölzernen Stiegen gewachst und gebohnert wurden. Sieglindes Stimme, die einem der Zimmermädchen den Kopf wusch, weil dieses vergessen hatte, die Schuhe der Gäste zu putzen. Töpfeklappern aus der Küche, wo die Mittagsmahlzeit zubereitet wurde. Es sollte Knöpfle mit Wildragout geben, dazu einen Salat aus Roter Beete und als

Nachtisch Grießpudding mit flambierten Kirschen. Auf Simones Schreibtisch lag der Speiseplan für die kommende Woche. Der Koch hatte schon zwei Mal seinen Kopf zur Tür hereingesteckt, um nachzufragen, ob sie ihn fertig habe. Zwei Mal hatte sie ihn unwirsch wieder weggeschickt. Zuvor hatte sie ihn jedoch gefragt, ob er wisse, wo Rosanna sei. Er hatte verneint.

Auch Sieglinde hatte Rosanna heute noch nicht gesehen.

Wie ein gefangenes Tier lief Simone in ihrem Büro auf und ab. Sieben Schritte hin. Sieben Schritte wieder zurück. Als sie am Morgen wach wurde, war Rosannas Zimmer schon leer gewesen. Krampfhaft überlegte sie, ob sie einen auswärtigen Termin vergessen hatte, den Rosanna wahrnehmen musste. Wurde ein berühmter Gast erwartet, bei dem es sich Rosanna nicht nehmen ließ, ihn persönlich vom Bahnhof abzuholen? Davon stand allerdings nichts im Gästebuch. War Rosanna in die Druckerei nach Schwend gefahren, um die letzte Lieferung von Postkarten, die in miserabler Qualität gedruckt worden war, zu monieren?

Sieben Schritte hin. Sieben Schritte wieder zurück. Ein Blick aus dem rückwärtigen Fenster in Richtung der Tennisplätze, ein Blick auf das Gemälde an der Wand neben der Tür. Rosanna hatte das Hotel von einem Heimatmaler in Öl verewigen lassen. Dann ein Blick auf die Berge von Unterlagen auf dem Schreibtisch. Und wenn ihr Leben davon abgehangen hätte – es war Simone unmöglich, sich auf irgendeine Rechenarbeit oder organisatorische Frage zu konzentrieren.

Ihre Nasenflügel blähten sich wie im krampfhaften Bemühen, Witterung aufzunehmen.

Etwas lag in der Luft.

Gefahr. Bedrohung.

Dass Rosanna unauffindbar war, konnte nicht als Grund, sondern als Folge dieser Bedrohung gelten – zu diesem Schluss hatte es Simones Verstand immerhin schon gebracht.

Die Aufschlaggeräusche vom Tennisplatz dröhnten laut in ihren Ohren. Ebenso gleichförmig waren auch Simones Gedanken – sie kam nicht weiter, konnte nicht einmal sagen, welchen Gedanken sie hätte zu Ende denken wollen. Das war es, was sie fast in den Wahnsinn trieb.

Fünf, sechs, sieben ... Abrupt drehte sich Simone vom Fenster weg.

Ihre Unruhe hatte an jenem Tag begonnen, an dem dieser Schildermaler, dieser Helmut Fahrner, angereist war. Irgendetwas war da zwischen ihm und Rosanna ... Wenn er in ihre Nähe kam, sprang sie auf wie ein aufgescheuchtes Reh. Lachte zu laut. Rückte sich die Frisur zurecht. War ... irgendwie anders.

Dies alles störte sie schon seit Tagen wie ein Stein im Schuh. Das war es, was sie nachts nicht zur Ruhe kommen ließ, und wenn sie doch schlief, dann nur unruhig und leicht, aus lauter Angst, etwas zu verpassen. Simone biss sich so fest auf die Unterlippe, dass sie Blut schmeckte.

Rosanna und dieser Mann – nein, das konnte nicht sein! Hastig verdrängte sie den Gedanken, er war zu bedrohlich, einfach zu unglaublich.

Eins, zwei, drei ... Abrupt blieb Simone stehen. Rannte sie vor diesem Gedanken davon wie ein Tier auf der Flucht?

Sie hob den Briefbeschwerer von ihrem Schreibtisch auf und drehte ihn in der Hand.

Oder fühlte sie sich nicht vielmehr wie ein Tier, das Angst hatte, angegriffen zu werden? Das sich verteidigen musste, auf Leben und Tod?

»Also, so etwas habe ich mein ganzes Leben lang noch nicht getan!« Rosanna lachte. »Ein Frühstück bei Sonnenaufgang ...« Genießerisch streckte sie ihre nackten Füße der Sonne entgegen, deren Strahlen ihre blasse Haut kitzelten. Die Schuhe hatte sie achtlos ins Gras geworfen. Plötzlich wurde die Lust, den nassen Tau unter den Fußsohlen zu spüren, übermächtig. Sie sprang von der karierten Decke auf und drehte sich so schnell im Kreis, dass sich ihr Rock bauschte.

Lächelnd beobachtete Helmut Fahrner sie dabei. »Wenn man

Sie so sieht, könnte man den Eindruck bekommen, *Sie* seien hier der Gast und würden das alles zum ersten Mal sehen!« Er machte eine umfassende Handbewegung.

»So kommt es mir auch gerade vor«, erwiderte Rosanna mit einem tiefen Seufzer.

Gestern, als sie mit ihm nach Rombach spaziert war, war es ihr ähnlich ergangen: das Plätschern der Viehtränke in der Mitte des Dorfplatzes, der riesige Kastanienbaum, unter dessen Dach der Heimatverein eine Bank aufgestellt hatte, die Blumentröge vor den Häusern – ihr war es vorgekommen, als sähe sie dies alles zum ersten Mal.

»Wie wäre es mit einem Becher Milch? Bisher haben Sie kaum etwas gegessen und getrunken.« Fragend hob Fahrner die Kanne in die Höhe.

Statt zu antworten, schaute Rosanna versonnen ins Tal hinab, in dessen Mitte sich Rombach wie die Perle in eine Muschel schmiegte. Wie sollte sie ihm sagen, dass sie satt war von all den fremden, betörenden Gefühlen, die in ihrem Innern um den besten Platz stritten? Langsam drehte sie sich zu ihm um. Wie er so dasaß, entspannt an den Stamm einer Eiche gelehnt, wirkte er, als sei er eins mit der Natur. Über ihnen keckerten Eichelhäher und ließen sich von den zwei Eindringlingen nicht im Geringsten stören.

»Hier oben ist man dem Himmel wirklich ein Stückchen näher, nicht wahr? Mein verstorbener Mann hat einmal zu mir gesagt: ›Gedanken wecken Gedanken.‹ Seltsam, dass mir das gerade jetzt in den Sinn kommt.« Sie lächelte nachdenklich. »Das Hotel hält mich normalerweise derart in Trab, dass in meinem Kopf für andere Gedanken gar kein Platz ist.«

Helmut Fahrner schwieg, als wolle er abwarten, ob sie dem noch etwas hinzuzufügen hatte. Dabei ruhten seine Augen in einer Art auf ihr, die sie mit der Wärme eines Wannenbades einhüllte und im selben Moment erschauern ließ.

Rosanna schüttelte beinahe unmerklich den Kopf. Was war nur an diesem Mann, dass allein seine Anwesenheit ausreichte, um sie aus dem Gleichgewicht zu bringen? Sie setzte sich und langte halbherzig nach einem Rosinenbrötchen. Doch statt es zu essen, zerbrach sie es und warf die Krumen auf den Felsvorsprung vor ihnen. Es dauerte nicht lange, bis der erste Spatz danach pickte. Nach kurzer Zeit hatte sich die Nachricht von der ungewöhnlichen Leckerei herumgesprochen, und Rosanna und Fahrner waren von einem ganzen Schwarm von Spatzen umringt.

»Schauen Sie nur!« Lachend zeigte Rosanna auf einen Vogel, der sich abmühte, einen besonders großen Brocken in die Luft zu heben.

»Er ist nicht der Einzige, der mehr abbeißt, als er verdauen kann ...« Plötzlich lag Fahrners Hand auf der ihren.

Rosanna zuckte zusammen, als habe ein glühendes Eisen sie berührt. Sie wollte ihre Hand zurückziehen, doch die war wie gelähmt.

»Wie meinen Sie das?«, fragte sie mit rauer Stimme und wusste selbst nicht, ob sie damit seine Bemerkung oder seine Berührung meinte.

Mit einem schüchternen Lächeln gab Fahrner ihre Hand wieder frei.

»Die Antwort haben Sie doch selbst schon gegeben«, sagte er, während sich Rosanna von ihrem Schwindelgefühl erholte. »Ach, verehrte Frau Rosanna, es bricht mir das Herz zu sehen, wie eine so schöne, eine so ... lebendige Frau wie Sie ihr Leben mit nichts anderem füllt als mit der Leitung eines Hotels! Nicht, dass ich Ihre Leistung in irgendeiner Weise schmälern will, Gott bewahre! Ich hatte in den letzten Tagen genug Gelegenheit, Ihren Geschäftssinn, Ihre Hingabe an Ihre Gäste zu bewundern ...«

Argwöhnisch beobachtete Rosanna das leichte Zwinkern seiner Augen. Machte sich der Mann über sie lustig?

»Das sagt ja der Richtige! Wer von uns beiden ist denn derart mit seiner Arbeit verheiratet, dass ihn seine Kundschaft selbst bis ins ›Kuckucksnest‹ verfolgt?«, spöttelte sie mit unsicherer Stimme.

Seit Fahrners Ankunft waren fast jeden Tag Fremde gekommen und hatten nach dem Schildermaler gefragt – elegante Herren, die sich und ihr Anliegen sehr wichtig nahmen. Sie waren in die Bibliothek geführt worden, wo sich Fahrner in einer Ecke ein improvisiertes Atelier eingerichtet hatte.

Der Schildermaler winkte ab. »Dabei geht es nur um meine Arbeit, und dafür bezahlen die Leute schließlich ordentlich. Wenn also jemand meine Entwürfe sehen will oder die Fortschritte, die sein Uhrenschild macht, kann ich ihn nicht daran hindern. Was kann ich dafür, dass die Leute mir hierher nachreisen?« Er lächelte erneut.

Rosanna verzog den Mund. »Bei mir ist das doch um keinen Deut anders! Was wollen Sie mir eigentlich vorwerfen?« Enttäuschung darüber, dass er mit seinen Reden abermals dabei war, die Stimmung zu verderben, machte sich in ihr breit.

»Nicht das Geringste, liebe Rosanna! Ich ...«

»Ich bin nicht Ihre liebe Rosanna!« Augenblicklich funkelte sie ihn an. Sie konnte mit diesem Gespräch rein gar nichts anfangen, und das machte sie wütend. So, wie er sie die ganze Zeit anschaute, hatte sie mit etwas anderem gerechnet, und dass sie sich das eingestehen musste, ärgerte sie noch mehr.

»Leider«, flüsterte er.

Rosanna stutzte.

Einen Moment lang schwiegen sie beide.

Dann sprang Fahrner auf und kniete im nächsten Moment vor ihr. »Rosanna, wie gern würde ich Ihnen etwas von Ihrer Last abnehmen! Wie gern würde ich Ihnen meine Schulter zum Anlehnen anbieten! Ich möchte Sie fröhlich lachen hören. Und tanzen sehen! All das und noch viel mehr haben Sie verdient. Stattdessen mühen Sie sich Tag und Nacht ab, um Ihren Gästen eine schöne Zeit zu bereiten. Das kann doch nicht alles sein!«

Er hörte sich beinahe verzweifelt an und streckte seine Hand nach Rosannas aus. Doch mitten in der Bewegung hielt er inne und ergriff stattdessen die Milchkanne. Nachdem er einen Becher eingeschenkt hatte, reichte er ihn Rosanna.

Verlegen zupfte Rosanna eine Haarsträhne, die sich aus dem geflochtenen Kranz gelockert hatte, aus ihrem Gesicht, als könne sie so die Röte, die sie in ihren Wangen aufsteigen spürte, ebenfalls entfernen. Während sie an der Milch nippte, schaute sie unauffällig zu Fahrner hinüber.

»Vielleicht mag Ihnen mein Leben tatsächlich ... ein bisschen seltsam vorkommen«, begann sie stockend. Dann lachte sie auf. »Geschäftsfrauen gibt es ja wirklich nicht allzu häufig. Und es stimmt: In manchen Momenten habe ich schon das Gefühl, dass mir die Verantwortung über den Kopf wächst. Aber ... ich habe mir das alles nicht ausgesucht! Ich wäre auch als Ehefrau und Mutter glücklich geworden. Nur trifft auf mein Leben scheinbar immer noch der alte Spruch zu: Der Mensch denkt, und Gott lenkt.«

»Das mag sein, aber heißt es nicht auch: Jeder ist seines Glückes Schmied?« In seinem Blick lag so viel Gefühl, dass es Rosanna ganz schwindlig wurde. Wo führte das hin?

»Bisher musste ich von allen Menschen, die mir lieb und teuer waren, Abschied nehmen. Von meiner Mutter, meinem Ehemann, meinem Sohn ...« Sie wandte ihren Blick ab, damit er ihren Schmerz nicht sehen konnte. »Irgendwann traut man sich einfach nicht mehr, an das eigene, private Glück zu glauben. Dafür habe ich jetzt das ›Kuckucksnest‹. Es ist leichter, von vornherein zu wissen, dass alle, die zu mir kommen, auch wieder gehen werden.« So wie du, schoss es ihr durch den Kopf. Es hätte nicht viel gefehlt, und sie hätte losgeheult. Eine tiefe Sehnsucht, von der sie nicht mehr gewusst hatte, dass sie in ihr schlummerte, war erwacht. Rosanna lächelte traurig. »Vielleicht gebe ich deshalb eine so gute Wirtin ab.« Verlegen rupfte sie ein Breitwegerichblatt ab und zerpflückte es. Der Saft tropfte kühl und weißlich von ihren Fingern. Ärgerlich wischte sie sich die Hände an ihrem Rock sauber.

»Ach, was rede ich für einen Blödsinn! Das hört sich an, als wäre ich todunglücklich! Das bin ich aber nicht. Außerdem liegt die Last ja nicht allein auf *meinen* Schultern – ich habe ja auch noch Simone ... Ein anderes Leben ist mir halt nicht bestimmt!«, setzte sie nachdrücklich hinzu.

Fahrners Augen ruhten noch immer auf ihr, und als ein Schmetterling zwischen ihnen vorbeiflog, scheuchte er ihn sanft weg.

»Wie können Sie so etwas sagen! Bitte, Rosanna, stoßen Sie mich nicht zurück. Das Schicksal ... Es muss sich nicht immer wiederholen! Ich möchte für Sie da sein. Ich ...« Er verstummte und beugte sich näher zu ihr.

»Ja?«, hauchte Rosanna. Sein Gesicht war so nahe, dass sie die nachwachsenden Barthaare erkennen konnte.

»Ich ... habe noch nie eine Frau wie Sie kennen gelernt. Sie haben mir den Kopf verdreht. Haben mein Herz gestohlen. Ich ... ich glaube, ich habe mich unsterblich in Sie verliebt ...«

Er zog Rosanna zu sich heran und küsste sie sanft erst auf das rechte, dann auf das linke Augenlid.

Wie weich waren seine Lippen! Und zart wie der Flügelschlag eines Schmetterlings. Rosanna hielt noch immer den Atem an, ohne es zu merken. Ein leichter Schwindel befiel sie, reglos saß sie da, in Erwartung dessen, was jetzt kommen würde.

Und als sich sein Mund dem ihren näherte, fiel Rosanna zum ersten Mal in ihrem Leben in Ohnmacht.

2. Juli 1919

Es ist etwas ganz Schreckliches geschehen: Ich bin verliebt! Ach, es ist so furchtbar schön, so aufregend, so beängstigend! Ich habe Mühe, die Feder auf dem Papier zu halten, so zittrig sind meine Hände, wenn ich nur an IHN denke!

Warum musste mir das in meinem Alter noch passieren? Nie im Leben hätte ich damit gerechnet. Oder es darauf angelegt! Natürlich gab es auch in der Vergangenheit manchmal den einen oder anderen Gast, der mir hätte gefallen können. Aber ich war jedes Mal schlau genug, mich von diesem Menschen fern zu halten. Ich wusste schließlich, dass er mich wieder verlassen würde. Warum sollte ich mir da das Herz schwer machen? Und plötzlich kommt dieser eine daher, und ich vergesse alle meine guten Vorsätze, und nichts ist mehr so, wie es war! Ich schwebe wie auf einer Wolke, um im nächsten Moment wieder unsanft auf dem Boden der Tatsachen zu landen. Und diese Tatsachen sehen so aus: Helmut ist ständig unterwegs mit seinen vielen Kommissionen, und ich bin hier oben gebunden. Wie soll das mit uns beiden gehen? Uns trennen Welten. Aber Helmut ist tatsächlich zuversichtlich. Er werde schon Mittel und Wege finden, sagt er.

Ich fühle mich diesem Mann nahe wie keinem zuvor. Manchmal kommt es mir vor, als könne er Gedanken lesen. Oder in mein Innerstes schauen. Dann sagt er etwas, was ich im Grunde genommen schon lange weiß, aber nicht wahrhaben will, und damit bringt er mich jedes Mal aus der Fassung. Ich habe ihm sogar von Bubi erzählt. Davon, dass ich mich noch immer schuldig fühle an seinem Tod. Hätte ich nicht die elenden Ziegen angeschafft, wäre mir mehr Zeit geblieben, auf ihn aufzupassen. Beim Erzählen habe ich bitterlich geweint. Dabei kann ich mich nicht erinnern, wann ich überhaupt das letzte Mal geweint habe. Ich rechnete damit, dass Helmut etwas in der Art erwidern würde wie: »So ein

Unglück kann jedem passieren, zu jeder Zeit.« Aber er hat mich nur in den Arm genommen und mich schluchzen lassen. Das tat so gut!

So ist das mit Helmut: Bei ihm muss ich nicht immer die Starke sein, bei ihm darf ich schwach sein.

Mein Leben lang musste ich gegen meine Schwächen ankämpfen, und dann kommt einer daher und macht mir so ein verheißungsvolles Angebot. Wie soll ich da Nein sagen? Wenn er mich anschaut, läuft es mir heiß und kalt über den Rücken, und ich habe Mühe, meine Hände bei mir zu behalten. Ich will ihn berühren, liebkosen ... Und dabei muss ich mich doch zurückhalten! Der Gäste wegen und natürlich auch wegen Simone.

Kann es sein, dass das Schicksal es wirklich so gut mit mir meint? ...

Ungeduldig schaute Simone auf die silberne Uhr, die an einem Lederband um ihren Hals baumelte. Jetzt reichte es! Nun war es schon fast halb neun, und Rosanna war noch immer nicht aus den Federn.

»Kein Wunder, wenn man die halbe Nacht mit den Gästen durchzecht!«, brummte Simone vor sich hin. Ohne anzuklopfen stieß sie die Tür zu Rosannas Schlafzimmer auf.

»Wie lange ... Ach, die gnädige Frau ist schon wach?« Ironisch hob sie die rechte Augenbraue, während sich ihr Blick mit Rosannas im Spiegel traf.

Langsam drehte sich Rosanna zu ihr um. Außer einem Unterrock hatte sie nichts an. In der linken Hand hielt sie eine karierte Bluse, in der rechten eine gestreifte.

»Sag mal, erinnern die dich nicht auch an unsere Tischdecken?« Sie zog die Nase kraus, sodass sich kleine Fältchen darauf bildeten. Auf ihren blassen Wangen zeigten sich hektische rote Flecken. »Außer uns läuft doch hier niemand mehr mit so altmodischem Zeug herum ...« Missbilligend warf sie die beiden Blusen aufs Bett und kramte in ihrem Kleiderschrank.

»Es ist zum Aus-der-Haut-Fahren! Wohin ich auch schaue, alles ist entweder klein kariert oder verschlissen oder ...«

Abrupt wandte sie sich wieder dem Spiegel zu und trat noch näher an ihn heran.

»Sag mal, findest du eigentlich, dass ich alt aussehe? Ich meine, ich bin neununddreißig, ich könnte schon Großmutter sein, und ganz so schlank wie einst bin ich auch nicht mehr ...« Rosanna straffte den Stoff ihres Unterrockes, sodass sich um die Hüftgegend eine kleine Wölbung abzeichnete.

»Nun sieh dir das mal an!« Sie brach plötzlich in Tränen aus, warf sich aufs Bett und vergrub ihren Kopf unter dem Kopfkissen. »Fett bin ich! Und alt!«, kam es dumpf darunter hervor. »Und ich habe nichts Rechtes anzuziehen.«

Simone, die noch kein einziges Wort gesagt hatte, stand mit verschränkten Armen kopfschüttelnd im Raum. Gerade noch himmelhoch jauchzend, nun zu Tode betrübt – so war Rosanna schon seit geraumer Zeit. Und dann dieses eitle Getue! Das legte Rosanna an den Tag, seit ...

Wenn sie die Freundin fragte, was los sei, bekam sie stets eine ausweichende Antwort. Sie verheimlichte ihr etwas, das spürte Simone. Sogar ihr heiß geliebtes Hotel vernachlässigte sie zurzeit – und das wollte etwas heißen! Simones Blick verdunkelte sich.

»*Sag mal*«, äffte sie die Freundin nach, »hast du sonst keine Sorgen? Doktor Steiert fachsimpelt schon den ganzen Morgen mit Gottlieb König über irgendwelche Heilkräuter, statt sich den Gästen zu widmen! Außerdem reist nachher der Winterhalter an, die Freifrau von Berg hat sich entschlossen, eine Woche länger zu bleiben, was bedeutet, dass wir Zimmer drei noch nicht wieder frei haben. Und das Telefon steht nicht still!«

Das Kopfkissen wurde ein wenig gelupft. »Wer war denn dran?«, kam es gedämpft, aber doch mit gewissem Interesse. Im Gegensatz zu Simone, die noch immer jedes Mal erschrak, wenn das Telefon klingelte, war Rosanna in das Gerät regelrecht verliebt, seit die Leitung vor zwei Jahren gelegt worden war.

Ärgerlich winkte Simone ab, ehe ihr einfiel, dass Rosanna sie ja gar nicht sehen konnte. »Wenn dich das interessierte, würdest du dich nicht hier verkriechen!«, erwiderte sie giftig.

Das Kissen senkte sich wieder, und leises Schluchzen war darunter zu hören.

Plötzlich drang Hufgeklapper und das Geräusch von Wagenrädern auf dem Kiesweg durch das geschlossene Fenster zu ihnen. Das war doch nicht etwa schon der berühmte Komponist Winterhalter? Und Rosanna stand nicht bereit, um ihn zu begrüßen? Und kein Zimmer war für ihn frei? Simone riss das Fenster auf.

»Wie oft muss man Stanislaus eigentlich noch sagen, dass er mit den Waren hintenherum fahren soll?«, zischte sie, als sie das Gespann ihres Lieferanten erkannte. Vor lauter Ärger schmerzte ihr ohnehin schon verspanntes Kreuz noch mehr.

Rosanna hatte aufgehört zu weinen, trotzdem verharrte sie in ihrer Höhle.

Die Sonne fiel in grellen Streifen ins Zimmer. Schon jetzt war der Tau auf den Geranien in der Blumenbank getrocknet. Es sah so aus, als würden Mensch und Tier für das verregnete Frühjahr mit einem wunderbaren Sommer entschädigt werden. Der Duft nach frischem Heu strömte ins Zimmer. Auf den Spazierwegen, die auf den einstigen Ziegenweiden angelegt worden waren, flanierten schon die ersten Damen, deren beigefarbene Sonnenschirme an riesige Butterblumen erinnerten.

Simone startete einen neuen Versuch.

»Was für ein wunderschöner Tag! Da werden die Tennisplätze von früh bis abends belegt sein. Los, steh auf, dir wird die frische Luft auch gut tun. Wie lange willst du dich denn noch in deinem Schneckenhaus verkriechen?«

»Solange es mir passt! Ich geh heute nicht unter Leute. Ich will niemanden sehen!«, kam es gepresst unter dem Kissen hervor.

Stirnrunzelnd betrachtete Simone die halbnackte Gestalt auf dem Bett. Wie kindisch sich Rosanna benahm!

»Es ist wegen des Schildermalers, nicht wahr? Helmut Fahrner.«

Schlagartig tauchte Rosannas Kopf auf.

»Was ist mit ihm?« Ihre verheulten Augen waren vor Angst geweitet. »Ist ihm etwas geschehen?«

Simone spürte, wie sich ein eiserner Panzer um ihre Brust legte. Sie schluckte.

Die ganze Zeit über hatte sie es gewusst, sich jedoch mit aller Macht dagegengestemmt.

Nun, da sie seinen Namen ausgesprochen hatte, galoppierten ihre Gefühle davon, ließen ihr keine Zeit, sie zu verdrängen. Das unterschwellige Gefühl einer drohenden Gefahr, das ihr ständiger Begleiter geworden war, brach mit einer Heftigkeit an die Oberfläche, dass es ihr die Luft zum Atmen raubte.

Diesen Augenblick hatte sie ein Leben lang gefürchtet: dass jemand daherkommen und Rosannas Herz stehlen würde. Nach Zacharias und dem Großvater war es jedoch keinem mehr gelungen. Weil sie, Simone, auf ihren geliebten Engel aufgepasst hatte.

Lieber Gott, mach, dass es nicht wahr ist!

Doch ein Blick auf Rosanna, die aufgesprungen war, sich das erstbeste Kleid übergeworfen hatte und nun zur Tür rannte, ließ Simone erkennen, dass ihre Furcht berechtigt war.

»Bleib!«

Ihr Befehl, wie ein Peitschenknall, ließ Rosanna innehalten.

»Was ist mit dir und diesem Mann?« Simone erkannte ihre eigene Stimme nicht. Sie klang so kalt ... »Du hast dich in ihn verliebt.« Keine Frage, eine Feststellung.

Rosanna nickte fast unmerklich. Als sie sich umdrehte, stand in ihrem von Schlaflosigkeit gezeichneten Gesicht Verwunderung, Ungläubigkeit, aber auch etwas wie Scham, als sei sie bei einer verbotenen Tat ertappt worden.

»Ich ... ja. Nein! Doch, ich glaube ... ja.«

Simone empfand ihr hilfloses Lächeln wie einen Schlag. Einem Blasebalg gleich, aus dem sämtliche Luft entwichen war, sank sie auf der Bettkante nieder. Ihre Fäuste ballten sich im Schoß zusammen, ihre Nägel krallten sich schmerzhaft in die Haut, und die Knöchel wurden weiß vor lauter Anstrengung. »Und er?«

Rosanna rutschte mit dem Rücken an der Tür hinab, bis sie auf dem Fußboden saß. Ihr Blick verlor sich irgendwo zwischen Simones Knien und Füßen. Sie seufzte tief.

»Er liebt mich auch, jedenfalls sagt er das immer wieder. Aber ... kann ich es wirklich glauben? Vielleicht sagt er es ja auch nur so daher ... Ach, bei dem Gedanken könnte ich gleich wieder losheulen!« Ihre Unterlippe zitterte.

Als Simone Rosannas weinerliche Stimme hörte, wäre sie am liebsten aufgestanden und hätte Rosanna geschüttelt und geschüttelt, bis sie –

»Wie kann man sich nur so den Kopf verdrehen lassen! Und dann noch von einem dahergelaufenen Schildermaler«, fuhr sie auf. »Was willst du denn von so einem? Das ist doch einer, der seine Zeit mit unnützen Bildchen für unnütze Leute vertut! Und dann sein Bein ... Er ist ein Krüppel!«

»Ich verbiete dir, so von ihm zu sprechen! Er ist im Krieg verwundet worden«, kam es scharf von Rosanna zurück. Der Blick, den sie Simone zuwarf, war voller Abscheu. Sie rappelte sich auf, legte die Hand erneut auf die Klinke. »Und übrigens: War mir schon jemals das Aussehen eines Menschen wichtig?«

Simone spürte, wie die Hitze ihr in die Wangen schoss.

Sie biss sich auf die aufgesprungene Unterlippe. So würde sie dieses Mal nicht weiterkommen – klar und unverrückbar erschien plötzlich diese Einsicht. Wenn Rosanna in der Vergangenheit einmal einen Gast besonders sympathisch gefunden hatte, war es Simone stets gelungen, ihn »schlecht zu reden«. Rosanna hatte dann sehr schnell das Interesse verloren, und der Gast war abgereist, ohne dass er ihr hätte gefährlich werden können. Bei diesem Fahrner sah die Sache anders aus ... Simone drängte sich zwischen Rosanna und die Tür.

»So hab ich das nicht gemeint! Entschuldige ... Ich will doch nur das Beste für dich. Wenn ich dich so unglücklich sehe, bricht mir das Herz, verstehst du? Dann habe ich das Gefühl, dich beschützen zu müssen.«

Ihre Stimme, gerade noch eisig vor Wut, war nun wieder sanft wie das Schnurren eines Kätzchens. Genauso sanft wollte Simone Rosanna über die Wange streichen, doch diese wich der Berührung aus.

»Wirklich, ich finde diesen Herrn Fahrner auch ganz nett. Aber wenn er es nicht ehrlich mit dir meint, bekommt er es mit mir zu tun, das kannst du mir glauben!« Sie drohte scherzhaft mit dem Zeigefinger und bot all ihre Kraft auf, um Rosannas skeptischem Blick standhalten zu können, ja, sie erwiderte ihn sogar mit einem kleinen Lächeln.

Rosanna runzelte ungläubig die Stirn. »Du ... findest ihn auch nett?«

Simone tastete in ihrer Tasche nach dem Rosenkranz. Lieber Gott, gib mir die Kraft, meinen Engel zu beschützen! Noch nie hab ich dich so dringend gebraucht wie jetzt. Die hölzernen, vom vielen Greifen glatt geschliffenen Perlen zwischen ihren Fingern verliehen ihr Sicherheit.

»Aber ja doch! Und selbstverständlich gönne ich dir dein Glück!«

Simone legte ihren freien Arm um Rosanna, zog sie zurück ins Zimmer, setzte sich erneut auf die Bettkante und klopfte auf den freien Platz neben sich. Widerstrebend ließ sich Rosanna nieder.

Simone atmete auf. »Dabei weiß ich noch gar nicht viel über ihn. Erzähl mal, was ist denn dein Helmut für ein Mensch?« Aufmunternd nickte sie der Freundin zu, während sich ein dicker Klumpen ihre Kehle hinabzwängte. *Dein Helmut ...*

Rosanna durchschaute Simones unechtes Gehabe offenbar nicht.

Da sie einmal angefangen hatten, über Helmut zu reden, konnte sie gar nicht mehr damit aufhören. Er sei so liebevoll, so besorgt um sie. Und unglaublich witzig! Wenn sie mit ihm zusammen sei, müsse sie sich oft vor lauter Lachen den Bauch halten. Und er sei so bescheiden! Dabei habe er Gründe genug zu prahlen. Erst gestern habe der Fürst zu Fürstenberg ein Uhrenschild bei ihm in Auftrag gegeben, mit einem Jagdmotiv – man stelle sich das mal vor!

Ein Jagdmotiv? Wäre Rosanna ein Hund gewesen und Simone in diesem Moment im Besitz einer Flinte, sie hätte nicht gezögert, sie auf die geliebte Freundin zu richten. Sie hätte es getan, um Rosanna zu erlösen, so, wie man ein geliebtes Tier von seinen Qualen erlöst. Allein das Zuhören tat Simone weh. Das war nicht mehr ihre Rosanna, die da sprach, diese Frau schien ja geradezu besessen zu sein!

Lieber Gott, warum hast du das nicht verhindert? Ich habe doch mein Bestes getan ... Was hätte ich denn noch tun sollen?

Rosanna braucht wieder einmal meine Hilfe. Der altvertraute Gedanke nistete sich in ihrem Kopf ein. Im selben Moment rollte etwas Rundes, Warmes über ihre Handfläche – die Perlen ihres Rosenkranzes. Sie musste ihn zerrissen haben. Oder will Gott mir ein Zeichen senden?, fragte sie sich, während sie mit der Hand die Stofffalten ihrer Schürzentasche abtastete, in der die Holzkugeln herumkullerten.

Obwohl sie nur halb bei der Sache war, gelang es ihr, an den »richtigen« Stellen von Rosannas Lobgesang zu nicken oder ein bewunderndes »Ooh!« auszustoßen, während gleichzeitig in einem anderen Teil ihres Gehirns ein Plan zu keimen begann.

Denn Rosanna war kein tollwütiger Hund, den man mit einem Schuss hätte erlösen können. Sie musste sich etwas anderes ausdenken, um der Freundin zu helfen.

Und eines wusste Simone schon jetzt mit tödlicher Sicherheit: So wenig, wie man einen Baum im Frühjahr am Ausschlagen hindern konnte, so sicher würde Gottes Zorn den Samen ihres Plans in ihr zum Wachsen bringen. Gott würde nicht zulassen, dass ein dahergelaufener Kerl Rosanna das Herz brach. Er würde ihr helfen.

Laut sagte sie: »Wie schön sich das alles anhört! Diesen Helmut möchte ich unbedingt ein wenig näher kennen lernen.«

Rosanna strahlte übers ganze Gesicht. »Wenn du wüsstest, wie mich das freut! Und Helmut ebenfalls. Er fragt nämlich sehr oft nach dir, weil du doch meine beste Freundin bist. Warum kommst du nachher nicht einfach mit? Wir wollen zum Engländer. Aber zuerst muss ich etwas zum Anziehen finden!«

Und schon verschwand ihr Kopf erneut in ihrem Schrank, fuchtelten ihre Arme zwischen Röcken und Blusen herum, während Simone ihr mit versteinerter Miene zusah.

15. September 1919

Es ist zehn Uhr abends. Helmut ist noch unten in der Bibliothek, er spielt mit einigen Gästen Karten. Eigentlich müsste ich auch noch unten sein, die Leute erwarten von mir, dass ich mich zeige. Aber ich habe mich leise aus dem Staub gemacht. Ich möchte ein wenig allein sein. Wie sehr genieße ich diese Momente, in denen die Zeit innehält und alles in einem perfekten Gleichgewicht zu sein scheint! Aber lange wird dieser stille Moment nicht mehr dauern – Helmuts Sehnsucht nach mir ist so groß, dass jede Minute, die er nicht mit mir verbringt, verschwendet ist, hat er gestern zu mir gesagt.

Ist es da ein Wunder, dass ich manchmal das Gefühl habe, mein Herz würde vor lauter Liebe und Innigkeit erdrückt? Dann ziehe ich mich zurück – so wie jetzt. Aber kaum bin ich allein, verzehre ich mich danach, ihn unten in der Küche rumoren zu hören und kurz darauf seine Schritte auf der Treppe zu vernehmen. Wenn er gleich zu mir kommt, werde ich ein paar Keksbrösel von seinem Hemd wischen müssen und vielleicht auch von seinen Lippen. Helmut ...

Seine Angewohnheit, kurz vor dem Schlafengehen noch etwas Süßes zu verzehren, hat anfänglich in der Küche ganz schön für Aufruhr gesorgt. Als zum ersten Mal morgens ein Teller mit Keksen fehlte, verdächtigte Maria, unsere Köchin, einen Tag lang jeden des Diebstahls. Und obwohl alle den Verdacht heftig von sich wiesen, sperrte sie in der nächsten Nacht die frisch gebackenen Kekse, die eigentlich auf dem Tisch hätten auskühlen sollen, weg. Dafür fehlte am nächsten Morgen eine Schüssel mit Pudding. Und wieder ging das Spiel los: Wer von den Angestellten hatte nicht an sich halten können? Wer war so verfressen, dass ihm seine Ration nicht ausreichte? Dass jemand trotz unserer reichlich bemessenen Portionen nächtlichen Hunger verspürte, war Maria so sauer aufge-

stoßen, dass sie sich in der Nacht darauf auf die Lauer legte. Sie hat nicht schlecht gestaunt, als es ausgerechnet Helmut war, den sie auf frischer Tat ertappte! Schuldbewusst gestand er mir, dass er ohne einen gezuckerten Happen einfach nicht schlafen könne – eine alte Angewohnheit aus Kindertagen, als ihm die Mutter vor dem Schlafengehen stets eine Kamelle zugesteckt habe.

Seit diesem Tag stellt Maria ihm sogar extra einen Teller mit Keksen oder einem Stück Kuchen hin. Helmut versteht es, die Menschen für sich einzunehmen. Jeder akzeptiert, dass er sich gern eine Extrawurst braten lässt – und die meisten sind sogar stolz darauf, ihm einen Gefallen tun zu dürfen, so wie Maria.

Ich frage mich, warum ich Helmuts kleine Marotte in solcher Ausführlichkeit schildere. Vielleicht, weil dies zeigt, wie sehr er schon Teil des Moritzhofes geworden ist. Wie sehr wir uns schon an ihn gewöhnt haben! Alle mögen ihn, sogar Simone. Er ist aber auch unendlich freundlich zu ihr! Ich glaube, das tut ihr richtig gut.

Nun sitze ich hier in seinem Zimmer am offenen Fenster, die Nacht ist lau, der Mond scheint herein, er ist blass, verhangen, als habe er sich ein dünnes Kittelchen übergezogen. Unter dem ersten herabfallenden Laub rascheln ein paar Mäuse. Von Süden her weht ein warmer Wind, wie in einer schwülen Sommernacht, in der die Gewitter schon hinter der nächsten Bergkuppe lauern. Dabei haben wir bereits Mitte September! Die Natur kann machen, was sie will. Und wir Menschen?

Je älter ich werde, desto weniger verstehe ich das komplizierte Teppichmuster, das unser Leben ausmacht. An jeder Ecke steht jemand und hält ein paar Fäden in der Hand: kräftige Fäden, durch nichts zu zerreißen, dünne, die sich aneinander scheuern, bis sie sich auflösen, helle und dunkle Fäden, bunte und farblose, die für kein Muster taugen. Aus all diesen Fäden werden unsere Leben gewebt, und manchmal sind die Muster so undurchschaubar, dass ein Einzelner sie gar nicht verstehen kann.

War es Fügung, dass Helmut ausgerechnet ins »Kuckucksnest« gekommen ist? Oder war es Zufall? Er hätte überallhin reisen können, und dann hätten wir uns nie kennen gelernt! Wer hat dabei die Fäden in der Hand gehalten? War es womöglich doch der liebe Gott, den Simone so gern anruft?

Das werden wir wohl nie erfahren. Und vielleicht ist es auch nicht wichtig. Entscheidend ist nur, dass wir selbst auch etwas dafür tun, den Zauberteppich des Lebens zu bewahren.

Vielleicht hätte ich doch besser mit meinen Gästen noch ein, zwei Gläser Wein getrunken, statt mich hier in philosophischer Dichtkunst zu versuchen. Aber das kommt nur daher, weil ich so unglaublich glücklich bin!

Bis jetzt habe ich es geschafft, meine Neuigkeit für mich zu behalten, aber wenn ich nun nicht darüber schreibe, platze ich.

Helmut hat mir heute erzählt, dass er seine Wohnung in Furtwangen gekündigt hat.

Wenn es mir recht ist, möchte er fortan hier oben leben und arbeiten. Wenn es mir recht ist – ha! Ich hätte vor Freude fast losgeheult. Er bleibt bei mir! Wir werden zusammenleben! Natürlich wird er ab und an verreisen müssen, um neue Auftragsarbeiten zu verhandeln, fertige Stücke abzuliefern oder Farben und Pinsel zu kaufen. Aber das macht nichts. Vielleicht kann ich ihn ja manchmal sogar begleiten. Und wenn nicht, dann weiß ich, dass er zurückkommen wird. Und ich werde mich jedes Mal unbändig auf ihn freuen.

Ich bin gespannt, wie Simone auf die Neuigkeit reagieren wird. Tief in ihrem Innern ist sie nach wie vor ein wenig eifersüchtig, das weiß ich wohl! Dabei bemüht sich Helmut so sehr, mit ihrer manchmal etwas barschen Art zurechtzukommen. Erst gestern sagte er: »Simone ist wie eine Kastanie: außen so stachelig, dass man es kaum wagt, sie anzufassen. Aber unter den Stacheln ist bestimmt ein glänzender Kern verborgen, sonst wäre sie dir in all den Jahren nicht eine so treue Freundin gewesen.« Da habe ich ihn ganz fest gedrückt.

Manchmal, wenn die beiden sich unterhalten, muss ich in mich hineinlächeln. Oberflächlich gesehen handelt es sich immer um ein scheinbar belangloses Gespräch, aber ich bin in der Lage, die nicht ausgesprochenen Gedanken, die stillen Fragen zwischen den

Zeilen zu hören. »Akzeptierst du mich als neuen Mann an Rosannas Seite?«, scheint Helmut Simone dann zu fragen. Und sie fragt zurück: »Nimmst du mir Rosanna auch wirklich nicht weg?« Sie trauen sich gegenseitig noch nicht so recht über den Weg – Helmut, die Liebe meines Lebens, und meine beste Freundin. Dabei sage ich Simone immer wieder, dass niemand zwischen uns treten wird. Dass unsere Freundschaft einmalig ist. Aber meine Liebe zu Helmut ist eben auch einmalig, das muss sie akzeptieren ...

Müde strich sich Simone ein paar widerspenstige Strähnen aus der Stirn. Sie schlug die Zeitschrift, in der sie geblättert hatte, zu und warf einen Blick auf die Wanduhr. Fast Mitternacht, und noch immer machte die Hand voll Gäste in der Bibliothek keine Anstalten, in ihr Zimmer zu gehen. In regelmäßigen Abständen hörte man Karten auf den Tisch knallen, gefolgt von Gelächter oder einem herzhaften Fluch.

Als Simone aufstand und zur Anrichte ging, um sich ein Glas Wasser einzuschenken, spürte sie ihre Knie. Das Kreuz tat ihr weh, und die Muskeln in ihrem Nacken waren so verspannt, als hätte sie jemand verknotet. Jetzt ein warmes Bad ... Stattdessen trank sie ein paar Schlucke abgestandenes Wasser. Dann setzte sie sich wieder und wartete. Aus der Bibliothek erklang raues Lachen. Sie seufzte. Das konnte noch dauern ...

Früher hatten Rosanna und sie gemeinsam das Hotel »zu Bett gebracht«. Sie hatten gewartet, bis sich der letzte Gast endlich aus seinem Sessel erhoben hatte und die Treppe hinauf in sein Zimmer gewankt war. Dann waren sie durch alle Räume gegangen, hatten kontrolliert, ob die Kerzen gelöscht waren, hatten die Asche im offenen Kamin in der Empfangshalle zusammengescharrt und alle Fenster und die hintere Tür zum Garten verschlossen. Und statt nach diesem Rundgang gleich zu Bett zu gehen, hatten sie sich meist noch mit einem Glas Kirschwasser in die Küche gesetzt und den Tag Revue passieren lassen.

Für Simone war diese letzte Stunde des Tages – die oftmals

schon die erste des folgenden war – stets die schönste gewesen. Dann hatte sie Rosanna ganz für sich allein gehabt. Morgens beim Frühstück war Rosannas Kopf schon wieder voll mit lauter Dingen, die es an dem Tag zu erledigen gab. Wenn Simone ihr dann etwas erzählen wollte, war sie oft unwirsch. Und ungeduldig. Spät abends dagegen ... Da gab es keinen Gast, keine Maria, keine Sieglinde, die ihre Zweisamkeit gestört hätten. Da konnte sie Rosanna auch einmal in den Arm nehmen, so wie früher.

Wütend und traurig zugleich starrte Simone auf ihr halb leeres Wasserglas, das ihr plötzlich wie ein Sinnbild der gesamten elenden Situation vorkam.

Kein Kirschwasser mehr. Nicht für sie.

Kein gemeinsames Tuscheln über die Gäste, kein vereintes Kichern über irgendeinen albernen Vorfall während des Tages, kein Zuprosten. Kein »Gute Nacht« vor ihren Schlafzimmertüren.

Denn Rosanna schlief nicht mehr im Zimmer nebenan. Klammheimlich hatte sie sich aus dem Staub gemacht. Erst hatten nur ein paar Schuhe in ihrem Zimmer gefehlt und ein paar Kleider. Dann immer mehr. Inzwischen war ihr Kleiderschrank fast leer – Simone fielen vor Schreck beinahe die Augen aus dem Kopf, als sie das feststellte. Dafür platzte der alte Schrank in Karls ehemaliger Kammer schier aus den Nähten. Dort, wo sich schon Fahrners Malzeug, seine Entwürfe, Hosen und Jacken türmten – dorthin, ans Ende des Ganges, hatte Rosanna ihre Sachen gebracht.

Simone hatte sie keinen Ton davon erzählt.

Simone warf einen glasigen Blick in Richtung Tür. Oben, in Karls alter Kammer, wartete Rosanna gerade auf ihren Liebhaber.

Liebhaber – allein das Wort ließ Simone die Galle hochkommen. Niemand konnte ihren Engel so lieb haben wie sie! Aber Rosanna war zu verblendet, um das zu erkennen. Da säuselte ihr einer ein paar schöne Worte ins Ohr, und schon war es um sie geschehen.

Oh, Simone wusste sehr wohl, was hinter der verschlossenen Tür vor sich ging. Sie hatte ihre alte Fähigkeit aus Kindertagen, sich unsichtbar zu machen, Dinge zu hören, die nicht für sie bestimmt waren, nicht verloren. Rosannas kehliges Lachen, ihre wohligen Seufzer, dazu Helmuts erregtes Stöhnen – manchmal war dies alles zu viel für sie. Dann entfernte sie sich rasch von den Wänden, die ihr so viel Schreckliches zuflüsterten.

Liebe macht blind, hieß es. Simone stieß ein verächtliches Prusten aus. Vielleicht machte Liebe auch blind, auf alle Fälle aber machte Liebe vergesslich! *Alles* hatte Rosanna vergessen. Alle Pein, die Zacharias ihr zugefügt hatte. Seine Feigheit, seine Verlogenheit. Oder der Großvater mit seiner erpresserischen Art und Weise, mit der er Rosanna auf den Hof gelockt und später zu seiner Ehefrau gemacht hatte. Aber sie, Simone, hatte nichts vergessen.

Als die Tür aufging, schrak Simone zusammen.

»Ach, du bist es. Du Arme, todmüde siehst du aus! Warum lässt du nicht einmal jemand anderen den letzten Rundgang machen? Ein bisschen mehr Schlaf würde dir gut tun.« Helmut lächelte Simone aufmunternd zu. »Hab ich einen Durst!« Er deutete auf den Wasserkrug auf der Anrichte. »Möchtest du auch etwas?« Als Simone verneinte, nahm er einen großen Schluck Wasser direkt aus dem Krug, dann schnappte er sich den Teller mit Keksen, den Maria ihm hingestellt hatte.

Die Selbstverständlichkeit, mit der er sich hier bewegte, schnürte Simones Kehle zu. Wie der »Herr im Haus« ...

Noch im Hinausgehen schob sich Helmut den ersten Keks in den Mund.

Doch dann hielt er im Türrahmen inne.

»Eigentlich können die anderen auch ohne mich weiterspielen. Einer mogelt sowieso schlimmer als der andere! Ich hab nämlich etwas Wichtiges mit dir zu bereden, und da kann ich es dir auch gleich hier und jetzt sagen ...«

Er kam zurück in den Raum und ließ sich verschwörerisch lächelnd auf dem Stuhl gegenüber von Simone nieder. Dann hielt er ihr den Keksteller hin, doch Simone schüttelte den Kopf. Am liebsten wäre sie aufgestanden und hinausgerannt. Sie ertrug seine Nähe nicht. Sein Geruch nach Rasierwasser, nach Zigarrenrauch und Mann war ihr zuwider. Unbehagen kroch ihr über den Rücken.

Als sie sprach, war ihre Stimme brüchig wie ein altes Seil. »Was gibt es denn so Wichtiges?«

»Ich ... also, es ist so ...« Helmut fuhr sich durch den unfrisierten Haarschopf. »Verflixt, wenn es mir schon so schwer fällt, es dir zu sagen, wie wird es dann erst sein, wenn ich Rosanna frage?« Er lachte unbeholfen.

Simone runzelte die Stirn. »Was willst du Rosanna fragen?«

»Na ja, vielleicht findest du es ein bisschen kindisch, aber es ist so: Ich habe nächsten Monat Geburtstag. Und da habe ich mir gedacht ... also, ich dachte, ich nehme das zum Anlass ...« Er verdrehte die Augen. »Kurz und gut: Ich möchte Rosanna fragen, ob sie mich heiraten will. Ich möchte um ihre Hand anhalten.«

»Nein!« Mit einem zischenden Laut zog Simone die Luft ein. Sie presste eine Hand auf die Brust aus lauter Angst, ihr Herz könne zerspringen. »Das ... kannst du ... nicht machen!«

Helmut verzog den Mund. »Ich hab es befürchtet ... Du findest meine Idee selbstsüchtig! Ich meine, es muss ja nicht unbedingt an meinem Geburtstag sein. Vielleicht würde Rosanna das tatsächlich in den falschen Hals bekommen und glauben, dass ich sie mir als ›Geschenk‹ wünsche. Aber weißt du, ich will etwas ganz Besonderes aus diesem Moment machen. Ich möchte ...«

Mit erstarrtem Gesicht saß Simone da, während Helmut von Kerzen faselte und von Blumen, die er am Tag seines Heiratsantrages im ganzen Zimmer verteilen wollte. Und davon, dass er in der kommenden Woche auf seiner Reise nach Bad Liebenzell, wo er eine Uhr abzuliefern hatte, Ringe kaufen wollte.

Noch nie in ihrem Leben hatte sich Simone so hilflos gefühlt. So konfus. Jeder vernünftige Gedanke löste sich auf, alles verschwamm vor ihren Augen zu einem grellweißen Leuchten, das wehtat und sie blendete. Sie hatte das Gefühl, verrückt zu werden.

Alles war verloren!

Ihr geliebter Engel. Ihre Liebe. Ihr Leben.

Wie sollte sie Rosanna jetzt noch retten?

Sie stand auf. Ihr Rückgrat drohte wie ein morscher Ast entzweizubrechen.

Sie lächelte Helmut zu. Klopfte ihm sogar in einer Geste, die aufmunternd wirken sollte, auf die Schulter.

»Nein, nein, wenn ich so darüber nachdenke ... Dein Geburtstag ist als Zeitpunkt für einen Heiratsantrag genauso gut wie jeder andere auch. Vielleicht solltest du mit Maria sprechen, damit sie euch etwas besonders Feines kocht. So ein großer Tag will doch gut vorbereitet sein ...« Sie würgte ihren Ekel die Kehle hinunter.

»Meinst du wirklich?« Helmuts Zweifel lösten sich bei Simones Worten sofort auf. »Also, jetzt bin ich aber froh, dass ich mit dir darüber geredet habe. Niemand kennt Rosanna schließlich besser als du! Etwas Feines zu essen ... Woran hast du denn gedacht? Wie wäre es mit ...«

Doch Simone hatte den Raum längst verlassen.

Weg! Sie musste weg!

Weg von diesem Mann, der Unheil brachte mit jedem Wort, mit jeder Gebärde.

Als wäre der Leibhaftige hinter ihr her, rannte sie aus dem Haus.

Als sie schließlich außer Atem stehen blieb, brauchte sie einen Moment, um sich zu orientieren, wo sie eigentlich war. Da – der Nebeneingang des Hotels. Unwillkürlich wanderte ihr Blick nach oben. In manchen Zimmern brannte noch Licht. Dort war es warm. Dort lagen sich Menschen in den Armen oder träumten friedlich schnarchend.

Tränen stiegen in Simones Augen, brannten heiß. Sie zitterte am ganzen Leib, ihre Zähne schlugen aufeinander. Der Erdboden fühlte sich durch ihre dünnen Filzpantoffeln eisig an. Obwohl sie doch auf dem Weg in die Hölle war.

Dabei hatte sie den Himmel auf Erden gehabt! Gott hatte ihr eigens einen Engel geschickt. Ihre Rosanna! In guten wie in schlechten Zeiten.

Und nun sollte das alles nicht mehr gelten, sollte ihr nichts bleiben als der Weg ins Fegefeuer. Und Rosanna drohte die ewige Verdammnis an der Seite eines Mannes, der es nicht ernst mit ihr meinte.

Das Zittern ließ ein wenig nach.

Sie musste Rosanna retten!

So, wie Rosanna einst sie gerettet hatte. Damals, vor vielen Jahren, im Wald beim Blaubeerensammeln.

Noch war Zeit. Helmut feierte erst am 25. Oktober Geburtstag. Bis dahin waren es noch mehr als fünf Wochen. Fünf Wochen, in denen ihr eine rettende Idee kommen konnte, wie der Heiratsantrag zu verhindern war.

So etwas war ihr doch früher auch gelungen. Mit Gottes Hilfe.

Aber jetzt war alles anders.

Sie schlang die Arme um ihren Leib, legte den Kopf in den Nacken, schaute gen Himmel, als erwarte sie ein Zeichen Gottes. Einen Wink. Einen winzigen Hinweis nur. Etwas, das einen Funken Hoffnung versprach.

Doch der blasse Mond schwebte trüb am Firmament, ab und zu setzte sich eine schwammige Wolke vor ihn, sonst geschah nichts.

Keine verheißungsvolle Sternschnuppe.

Kein bedeutsames Spiel zwischen Licht und Schatten.

Kein Zeichen.

25. Oktober 1919

Ich habe das Gefühl, die Welt steht Kopf! Helmut hat heute Geburtstag. Aber statt wie ein Geburtstagskind abzuwarten, was der Tag für ihn bringen wird, tut er fürchterlich geheimnisvoll. Eigentlich wollte ich ihn mit einem Essen beim Engländer überraschen. Aber als ich Simone gestern sagte, dass wir heute Abend nicht hier sein würden, erwiderte sie, das könne ich vergessen. Helmut habe eine Überraschung für mich, und es sei dafür notwendig, im Hotel zu bleiben.

Eine Überraschung für mich? An seinem Geburtstag?

Simone hat bei ihren Worten ziemlich grimmig geschaut, also wird es sich wohl um etwas handeln, was mich freut und sie ärgert. Arme Simone!

Auch Maria scheint eingeweiht zu sein. Sie hat Helmut vorhin verschwörerisch zugeblinzelt, aber mir hat sie nichts gesagt. Hier bei uns fliegen die Geheimnisse herum wie draußen die Herbstblätter!

Ausnahmsweise empfinde ich es als einen Segen, dass die meisten Gäste in den letzten Tagen abgereist sind – das schlechte Wetter in diesem Oktober hat sie vertrieben. So muss ich mich nicht auch noch um die großen und kleinen Probleme und Sorgen fremder Menschen kümmern. Wo mir doch das Herz fast überläuft vor Glück!

Nun sitze ich wie bestellt und nicht abgeholt in der Bibliothek, während sich Helmut wer weiß wo herumtreibt. Er habe noch etwas zu erledigen, und ich dürfe unter keinen Umständen in unser Zimmer kommen, bevor er mich holt.

Ehrlich gesagt habe ich eine Vermutung. Mir schwirrt da etwas durch den Sinn, von dem mir ganz schwindlig wird.

Vor ein paar Tagen habe ich die Quittung eines Liebenzeller Goldschmiedes auf Helmuts Schreibtisch entdeckt. Nicht, dass ich neugierig war oder gar gestöbert hätte! Das würde ich nie tun. Aber ich hatte zuvor meinen Notizblock verlegt und suchte ihn wie die sprichwörtliche Nadel im Heuhaufen. Ich hatte ihn tatsächlich oben im Schlafzimmer liegen lassen, allerdings auf dem Nachttisch. Aber bei meiner Suche bekam ich eben auch jenen kleinen Zettel zu Gesicht.

Eine Rechnung für zwei Ringe mit Gravur!

Ich glaubte, mir bliebe das Herz stehen! Eilig schob ich die Quittung unter andere Papiere und sah mich um wie ein Dieb, der auf frischer Tat ertappt wurde.

Zwei Ringe mit Gravur – das kann doch nur eines bedeuten! Doch bis jetzt habe ich umsonst gehofft, Helmut würde mir durch irgendeine Geste oder eine Andeutung etwas verraten. Er ist wie immer – liebevoll, frech und fröhlich. Womöglich bin ich mit meiner Vermutung doch auf dem Holzweg, und es handelt sich bei dieser Quittung um Ersatzteile für eine wertvolle Uhr. Aber gibt es eigentlich Ringe in einem Uhrwerk?

Natürlich werde ich Helmut zuliebe ganz erstaunt tun und mir nicht anmerken lassen, dass ich schon etwas geahnt habe. Wo er sich so viel Mühe gibt!

Ach, ich bin die glücklichste Frau der Welt ...

Rosanna stützte sich auf einen Ellenbogen und beobachtete Helmut, der aus dem Bett kletterte. Die Decke hatte sich als Knäuel um ihre Füße gewickelt. Im blassen Schein der Kerzen wirkte ihre Haut wie feinstes Porzellan. Durch das offene Fenster kroch kalte Herbstluft ins Zimmer, legte sich wie ein feuchter Film auf ihre Haut und ließ ihre Brustwarzen zu zwei festen Knospen werden. Während sich auf Helmuts Rücken eine Gänsehaut bildete, spürte Rosanna die Kälte nicht. Sie war erfüllt von einer Wärme, die sie von innen glühen ließ. Zärtlich strich sie mit einer Hand über Helmuts Rücken.

Der Verlauf des Abends ließ Rosanna an eine der Operetten denken, von denen ihre Gäste immer erzählten.

Erster Akt: Wie sie von Helmut mit verbundenen Augen ins Zimmer geführt wurde, das über und über mit Blumen geschmückt war, dazu brannte mindestens ein Dutzend Kerzen. Wahrscheinlich gab es im ganzen Haus nirgendwo mehr einen Kerzenleuchter ...

Zweiter Akt: Helmut und sie am reich gedeckten Tisch. Sonst wurde nie Essen in die Zimmer gebracht – aber irgendwie hatte Helmut wohl Maria dazu überredet, all die wundervollen Speisen nach oben zu schaffen.

Dritter Akt: Sein Heiratsantrag. »Ohne dich kann ich nicht mehr leben«, hatte er geflüstert und ihr schließlich die Ringe gezeigt.

Vierter Akt: Wie sie sich liebten. Rosanna hatte nicht viel Erfahrung mit Männern, aber sie wusste, dass ihre Körper miteinander harmonierten – zärtlich und leidenschaftlich zugleich.

Es war wirklich wie in einer Operette, nur dass bei ihnen alles wahrhaftig war. Kein Vorhang fiel am Ende und machte den schönen Schein zunichte.

Rosanna fühlte sich gesättigt, dabei hatte sie kaum etwas gegessen. Ihre Glieder wurden angenehm schwer.

Frau Fahrner – wie schön das klang! Sie streckte sich wohlig, während ihr Blick auf die dicken Sträuße mit Astern fiel. Helmut musste für diesen Abend den halben Blumengarten geplündert haben.

»Weißt du, dass ich noch nie so glücklich war? Am liebsten würde ich die Zeit anhalten!« Sie seufzte tief.

Helmut lächelte, während er unter dem Bett nach seinen Pantoffeln angelte.

»Eine Uhr kann man anhalten, die Zeit nicht. Aber beiden ist eines gemeinsam: Sie laufen stets vorwärts, nie zurück.« Er band den Gürtel seines Hausmantels zu. Statt aufzustehen, wandte er sich nochmals zu Rosanna um. »Und das ist auch gut so, denn ich würde nicht mehr in der Zeit leben wollen, als es dich noch nicht gab.« Jedes Wort war wie ein sanftes Streicheln. Die Sprenkel in seinen Augen glitzerten, und einen Moment lang befürchtete Rosanna, er würde zu weinen beginnen. Ihr Herz lief geradezu über vor Liebe für diesen Mann, der ihr so großzügig seine Gefühle schenkte. Ohne Angst, dabei unmännlich zu wirken. Ohne Angst, zu viel preiszugeben. Rosanna setzte sich auf, wollte ihn erneut küssen, umarmen, festhalten ... Doch Helmut drückte sie mit sanfter Gewalt zurück aufs Kissen.

»Wenn du mich nicht loslässt, komme ich nie zu meinem Nachtisch. Möchtest du wirklich nichts? Wo du doch vorhin wieder nur gegessen hast wie ein Spatz! Ich mache mich für dich gern auf den weiten Weg in die Küche. Ein, zwei Schokoladenkekse oder ein Stück Gewürzkuchen ... Hast du eigentlich gewusst, dass einem Speisen, die man nach Mitternacht verzehrt, Zauberkräfte verleihen?«

Rosanna prustete laut heraus. »Zauberkräfte! Noch eine Ausrede für deinen süßen Zahn! Aber bitte, geh doch, wenn dir Kekse und Kuchen lieber sind als ich ...« Spielerisch warf sie ein Kissen nach ihm, wobei die Decke zur Hälfte vom Bett rutschte. Ohne sich darum zu kümmern, angelte Rosanna nach der Flasche Wein, die auf ihrem Nachttisch stand. »Ich werde mich in der Zwischenzeit einfach betrinken!«

Helmut nahm ihr die Flasche aus der Hand und füllte ihr Glas großzügig. »Tu das, aber hab ich nicht gesagt, du sollst liegen bleiben? Mein liebes Kind, als meine zukünftige Ehefrau musst du ein wenig Gehorsam lernen. Sonst machst du mir am Ende noch einen Strich durch die Rechnung.« Helmut grinste sie spitzbübisch an, schüttelte die Decke auf und breitete sie wieder über Rosanna.

»Gehorsam lernen? Hört, hört! Und was für eine Rechnung?« Rosanna schaute ihn über den Rand ihres Glases argwöhnisch an.

»Na, wie soll ich mit dir alt werden, wenn du dir hier und heute eine tödliche Lungenentzündung holst?«

»Also bitte!«, antwortete Rosanna mit gespielter Entrüstung und zerrte ihn aufs Bett, bevor er sich dagegen wehren konnte. Sie begann, ihn zu kitzeln.

»Sag das mit dem Gehorsamlernen noch einmal!« Ihr rechter Zeigefinger bohrte sich in seine linke Seite, während sie mit der linken Hand unter seine Achsel fuhr. Er zuckte zusammen, schrie auf, flehte um Erbarmen, doch Rosanna hielt keineswegs inne. Sie kannte jede seiner empfindlichen Stellen: die weiche Kuhle in seinem Nacken, die runden Monde um seine Brustwarzen, seinen Bauchnabel – bald liefen ihm die Tränen übers Gesicht, und hilflos wie ein Wurm wand er sich unter ihren Berührungen.

Schließlich hob er beide Hände. »Bitte aufhören! Ich verspreche dir auch, nie mehr ... Gehorsam von dir zu verlangen!«, presste er außer Atem hervor.

Mit einem zufriedenen Lächeln nahm Rosanna ihre Hände weg.

»Aber ...«, hob er erneut an.

»Aber was?« Ihr Lächeln wurde ein wenig schmaler.

»... wenn ich jetzt nicht bald etwas Zucker zwischen die Zähne bekomme, überleg ich es mir vielleicht doch noch anders. Mir ist nämlich schon ganz schwindlig.« Er wollte das kürzere Bein aus dem Bett schwingen, doch diesmal war es Rosanna, die ihn aufs Laken zurückdrückte. Sie küsste ihn auf die Stirn.

»Nein, Liebster. Lass mich gehen! Du hast mich den ganzen Abend lang verwöhnt, als wäre ich eine Prinzessin. Dabei hast du heute Geburtstag! Ich möchte dir wenigstens deine heiß geliebten Kekse bringen.«

In der Küche hing noch der Duft des Rotweinbratens, den Maria ihnen zur Feier des Tages zubereitet hatte. Die Köchin hatte sich bei diesem Essen selbst übertroffen: Das Fleisch war so zart, dass es auf bloßen Gabeldruck vom Knochen fiel, die Soße kräftig braun, gewürzt mit allerlei Kräutern und viel Wein. Dazu gab es goldgelbe Spätzle – wahrscheinlich hatte die halbe Eierausbeute des Tages dafür herhalten müssen. Während Helmut herzhaft zulangte, aß Rosanna kaum etwas. Wer konnte in so einer Nacht an Essen denken? Sie lächelte verträumt, als ein lautes Knurren ihres Magens sie daran erinnerte, dass man doch nicht allein von Luft und Liebe leben konnte. Vielleicht ein kleiner Bissen Fleisch? Und etwas Soße, aufgetunkt mit einem Stück Brot? Wie sie Maria kannte, war bestimmt noch ein Rest übrig.

Sie hob den Deckel der Bratenpfanne und wollte genießerisch den Duft nach Wein und Kräutern einatmen, als sie eine leichte Übelkeit verspürte. Hastig legte sie den Deckel wieder auf die Pfanne. Eigentlich stand ihr der Sinn gar nicht nach etwas Deftigem. Dabei gehörte sie sonst zu den Frauen, die lieber herzhaft als süß aßen. Wenn sie sich nachmittags auf eine Tasse Kaffee oder Tee zu ihren Gästen setzte, ließ sie sich statt Kuchen oft ein Schinkenbrot bringen. Das war schon immer so gewesen.

Bis auf eine bestimmte Zeit in ihrem Leben ... Damals war auch kein Honigtopf vor ihr sicher gewesen.

Die Erinnerung ließ Rosanna zusammenfahren. Mit zittrigen Knien setzte sie sich auf die alte Bank neben der Arbeitsplatte. Sie musste dringend nachdenken. Helmut würde sein Schwindelgefühl noch eine Weile länger ertragen müssen. Rosanna strich mit beiden Händen über ihren Bauch.

Konnte es sein, dass sie ...

Gedankenverloren griff sie nach dem Teller mit dem Gewürzkuchen, den Maria für Helmut hingestellt hatte.

Wann haben Helmut und ich das erste Mal miteinander geschlafen?, fragte sie sich, während sie ein Stück Kuchen abbrach und in den Mund steckte. Er war Mitte Juni angereist. Sie nahm sich noch ein Stück Kuchen und kaute darauf herum, während sie weiter nachrechnete.

Bei dem gemeinsamen Frühstück auf dem kleinen Aussichtsplateau waren sie sich zum ersten Mal näher gekommen. Damals hatte sie auch keinen Appetit gehabt und ihr Brot lieber den frechen Spatzen zugeworfen. Versonnen tupfte Rosanna mit dem Daumen ein paar Kuchenkrümel auf und leckte ihn dann ab.

Es muss ungefähr Ende Juli gewesen sein, entschied sie schließlich.

Und seitdem hatte sie keine Blutung mehr gehabt.

Das musste nicht unbedingt etwas bedeuten. Ihre Monatsblutung hatte diesen Namen noch nie verdient – es gab Zeiten, in denen sie manchmal ein halbes Jahr lang vergeblich auf den Blutfluss wartete. Dann schmerzten ihre Brüste, und ihr Bauch war gespannt bis zum Zerreißen. Solche Unregelmäßigkeiten seien nicht ungewöhnlich, hatte Doktor Steiert ihr einmal erklärt, als sie ihm mit hochrotem Kopf und stotternd von ihrem Problem erzählte. Es gäbe inzwischen Ärzte, die sich auf Frauenangelegenheiten spezialisiert hätten, fügte er hinzu und sagte, er würde ihr gern einen Kollegen empfehlen. Doch Rosanna hatte abgewinkt. Für so eine Konsultation hatte sie keine Zeit, und außerdem gab es Schlimmeres als einen Bauch, der etwas spannte.

Aber diesmal fühlte es sich anders an ...

Ihr wurde heiß und kalt zugleich.

Ein Kind?

In ihrem Alter?

Eine warme Woge des Glücks drohte sie davonzuschwemmen. Konnte es wirklich sein? Aber ja doch, ja!

Was würde Helmut bloß dazu sagen? Sollte sie es ihm überhaupt schon erzählen, oder sollte sie noch ein wenig warten, bis sie Gewissheit hatte?

»Gewissheit? Wem willst du etwas vormachen, Weib?«, murmelte sie vor sich hin. Warum nur hatte sie die Wahrheit so lange nicht erkannt? Oder hatte sie tief im Innern längst gespürt, dass sie –

Entsetzt starrte sie auf den Teller vor sich. Vor lauter Aufregung hatte sie den ganzen Kuchen vertilgt! Und Helmut wartete oben wahrscheinlich schon halb verhungert darauf, dass sie zurückkam.

Abrupt stand Rosanna auf und ging zur Anrichte, um noch ein paar Stücke Kuchen abzuschneiden. Doch außer dem Laib

Brot, den sie zuvor aus dem Schrank geholt hatte, war nichts zu sehen. Stirnrunzelnd schaute sie in den Brotschrank – nichts. Offenbar waren die Stücke auf dem Teller die letzten von Helmuts Geburtstagskuchen gewesen ...

Rosanna fuhr sich mit der Zunge über die Zähne, wo noch ein paar Krümel klebten. Eigentlich war der Kuchen ziemlich trocken gewesen, Helmut hatte also nicht viel verpasst. Sie kicherte in sich hinein.

Sie ignorierte ihren Durst und zog sich stattdessen einen Hocker heran. Während sie in den Keksdosen auf dem Schrank nach etwas Süßem suchte, schoss ihr ein weiterer Gedanke durch den Sinn. Sie würden sich mit der Hochzeit sputen müssen! Sonst stand sie am Ende mit vierzig Jahren genauso da wie mit zwanzig: als ledige Mutter.

Eine unbändige Freude nahm von ihr Besitz. Auch Helmut würde sich auf das Kind freuen, so viel war gewiss. Nein, die Geschichte würde sich nicht wiederholen. Mit zittrigen Fingern versuchte Rosanna, den Deckel der Keksdose, der sich verklemmt hatte, aufzubekommen.

Am besten erzählte sie Helmut gleich von ihrem Verdacht. Er hatte schließlich ein Recht darauf, zu erfahren, dass er nicht nur heiraten, sondern schon bald eine Familie gründen würde.

Und dabei kenne ich *seine* Familie noch nicht einmal, sinnierte Rosanna weiter. Er erzählte wenig von zu Hause. Ein paar Geschwister gab es in Furtwangen noch. Nun, man würde sehen ...

Die ersten beiden Dosen waren leer, erst in der dritten wurde Rosanna fündig. Schmunzelnd legte sie eine Hand voll Nusskekse auf den Teller. Sie musste Maria bitten, am nächsten Backtag auch Kleingebäck auf ihre Liste zu schreiben – bei der gestiegenen Nachfrage reichte es nicht mehr aus, nur einmal im Monat Kekse zu backen.

Rosanna löschte das Licht und machte sich auf den Weg nach oben.

25. Oktober 1919, kurz vor Mitternacht

… Ich bin noch nie so glücklich gewesen.

31. Oktober 2000

Julie schrie auf, als hätte ihr jemand einen Schlag ins Genick verpasst.

»Nein! Das glaub ich einfach nicht! Das kann nicht sein ...«

Fassungslos blätterte sie zurück, starrte auf die eng beschriebenen Seiten mit Rosannas geschwungener Schrift, wo jeder Buchstabe vor Lebensfreude schier zu platzen schien. Die Bäuche der *B's* und *G's* blähten sich wie Luftballons, die Brücken der *M's* und *N's* waren weit gespannt, so als könne die Schreiberin es kaum erwarten, zum nächsten Wort, zum nächsten Satz zu kommen.

Julie presste die Lider zusammen, atmete einmal tief durch, und als sie die Augen wieder öffnete, hoffte sie auf ein Wunder.

Doch die weiteren Seiten des Tagebuches blieben jungfräulich weiß – Rosanna war also gestorben, bevor ihre beschwingte Schrift sie hätte füllen können.

Ich bin noch nie so glücklich gewesen – das war tatsächlich Rosannas letzte Tagebucheintragung, geschrieben in jener Nacht, als Helmut ihr den Heiratsantrag gemacht hatte. Als sie von ihrer nächtlichen Naschtour in die Küche wieder ins Zimmer gekommen war, schlief Helmut *»eingerollt wie eine Katze am Kamin«*, hatte Rosanna geschrieben. Statt sich zu ihm zu legen, hatte sie sich nochmals hingesetzt und ihrem Tagebuch die Vermutung anvertraut, dass sie schwanger war. Dann folgte jener letzte Satz.

Ich bin noch nie so glücklich gewesen.

Das durfte einfach nicht wahr sein!

Wie gelähmt saß Julie da.

Rosannas letzte Tagebucheintragung stammte vom 25. Oktober 1919. Nur einen Tag später, am 26., war sie gestorben, das stand in den Zeitungsberichten, die Julie mit zitternden Händen zwischen den Fotoalben und den Tagebüchern hervorkramte, um sich des Datums noch einmal zu versichern.

Aber weder im Tagebuch noch in den Zeitungen fand sich ein einziger Hinweis darauf, woran Rosanna gestorben war.

Wie sollte sie dieses Rätsel jemals lösen?

Und noch etwas schoss Julie durch den Sinn und verwirrte sie vollends: Antonia Fahrner war achtzig Jahre alt, das hieß, sie wurde 1920 geboren. Und das bedeutete, dass Helmut und Simone kurz nach Rosannas Tod ...

Helmut und Simone?

Wie konnte das angehen?

Julie verstand nun gar nichts mehr.

Als ihr Handy klingelte, dauerte es einen Moment, bis sie das Geräusch zuordnen konnte. Fahrig suchte sie auf dem Schreibtisch nach dem Gerät. Als sie sich meldete, erkannte sie ihre Stimme kaum.

»Na endlich! Hör mal, könntest du bitte noch an einer Tankstelle halten und zwei Kisten Sekt mitbringen? Ich habe plötzlich Angst, dass die drei, die wir hier haben, nicht reichen. Nachdem ich gehört habe, wie viele Leute noch jemanden mitbringen wollen ... Mir kommt es so vor, als würde halb Freiburg heute Abend hier auftauchen. Also, ich bin echt froh, wenn du endlich da bist! Hier geht es drunter und drüber, das kannst du mir glauben. Über eine Stunde haben wir damit vertrödelt, diese verdammten Hexen an der Decke zu befestigen. Ich hab ja gleich gesagt, dass es ohne Dübel nicht geht, aber –« Theo unterbrach sich, um einen tiefen Zug aus ihrer Zigarette zu nehmen. »Sag mal, warum stöhnst du denn so? Bist du krank? Oder – hey, das kannst du mir nicht antun!«

Julie stöhnte noch lauter. »Theo, es ... es tut mir so Leid ...« Sie hatte die Halloween-Party völlig vergessen. Sie hatte noch nicht einmal gepackt. Sie ...

»Sag jetzt nicht, dass du noch auf deinem Einsiedlerhof bist«, dröhnte es in ihrem Ohr.

»Doch«, flüsterte Julie. Ihr Kreuz schmerzte, ihre Augen brannten vor Übermüdung, ihre Füße waren eiskalt. Draußen hatte sich die Nacht herabgesenkt, dabei war es noch nicht einmal sechs Uhr abends. Sie musste bald Kerzen anzünden, sonst würde sie später nicht einmal mehr ihr Feuerzeug finden. Bei ihrem Einzug ins »Kuckucksnest« war es noch mindestens bis sieben Uhr hell geblieben. Wie lange war das her? Julie rechnete im Stillen nach. Drei Wochen. Heute war Dienstag, der 31. Oktober.

Halloween. Die Nacht der Geister. Die Nacht, in der die Toten als Geister zurückkommen konnten, wenn man sich nicht vor ihnen schützte. Auch Rosannas Geist? Julie nahm das Handy vom Ohr.

»Das darf doch nicht wahr sein!«, nuschelte Theos Stimme in Schulternähe. »In zwei Stunden bringt Emilio die Knoblauch-Pizzen, der Barkeeper aus dem ›La Donna‹ experimentiert dermaßen intensiv mit seinen Absinth-Cocktails herum, dass er vom Probieren schon halb betrunken ist, wir haben dutzende von Rübengeistern und diese dämlichen Hexen drapiert, kurz gesagt: Hier steppt der Bär – und du hast das alles vergessen? Mensch, ich hab fest damit gerechnet, dass du in der nächsten halben Stunde hier eintrudelst ...«

Julie hob das Handy wieder an ihr Ohr. »Theo, es tut mir wirklich Leid! Aber es ist etwas Schreckliches passiert ...«

»Was ist los? Ist was mit Antonia? Hattest du einen Unfall? Hey, jetzt red doch endlich!« Jeder Vorwurf war aus Theos Stimme gewichen, sie hörte sich nur noch besorgt an.

»Mit Antonia ist alles in Ordnung, hoffe ich zumindest«, sagte Julie. Wie sollte sie Theo erklären, was sie gerade so stark beschäftigte? Sie seufzte tief. »Hast du überhaupt noch Zeit?«, fragte sie vorsichtig.

»Darauf kommt es jetzt auch nicht mehr an«, antwortete Theo, und Julie vernahm, wie sie die Bürotür mit einem lauten Rums zuschlug. »Also, ich höre ...«

»Es geht um Rosanna ...« Julie holte tief Luft. Dann begann sie von der großen Liebe zwischen Rosanna und Helmut Fahrner zu erzählen. Von seinem Heiratsantrag und von Rosannas Vermutung, schwanger zu sein. Und davon, dass sie genau am nächsten Tag gestorben war.

»Warte mal«, unterbrach Theo sie. »Dieser Helmut Fahrner ist doch *Antonias* Vater. Und Antonia ist ... achtzig Jahre alt! Das heißt ...«

»Genau!«, fiel Julie ihrer Freundin ins Wort, verblüfft über die Schnelligkeit, mit der Theo dieselben Schlüsse gezogen hatte wie sie selbst. Nur hatte sie, Julie, vor lauter Wald die Bäume nicht mehr gesehen, sonst wäre sie in den letzten Tagen schon einmal auf diese Ungeheuerlichkeit aufmerksam geworden.

»Der gute Herr Fahrner und Simone müssen kurz nach Rosannas Tod geheiratet haben! Das kapier ich nicht!«

Einen Moment lang herrschte an beiden Enden der Leitung Schweigen.

»›Ich würde nicht mehr in der Zeit leben wollen, als es dich noch nicht gab‹, hat Helmut zu Rosanna gesagt. Zumindest steht es hier so.« Julie begann, im Raum umherzulaufen. Wo hatte sie denn nur das verdammte Feuerzeug hingelegt? »Er und Rosanna – das war doch die ganz große Liebe! Und dann heiratet er ausgerechnet Simone, die ihr ganzes Leben lang Männer hasste?«

Dem Geräusch nach zu urteilen, zündete sich Theo eine ihrer unvermeidlichen Zigaretten an.

»Das hört sich wirklich alles seltsam an ... Helmut Fahrner war doch Antonias Vater. Oder gibt es irgendwo in dieser verzwickten Geschichte ein Detail, das du bisher übersehen hast?«

Julie verneinte. An dieser Tatsache war nicht zu rütteln. Nachdem sie das Feuerzeug auf dem Kamin entdeckt und zwei Kerzen angezündet hatte, setzte sie sich wieder an den Schreibtisch.

»Zwei Frauen und ein Mann«, murmelte Theo. »Da ist Ärger vorprogrammiert. Simone muss doch vor Eifersucht und Hass grün angelaufen sein! Von wegen ›geliebter Engel‹ und so! Oder hatte sie womöglich von Anfang an selbst ein Auge auf den Schildermaler geworfen? Wenn ja, dann hat die gute Rosanna nichts davon mitbekommen. Aber welche normale Frau ist schon in der Lage, mit Schmetterlingen im Bauch klar zu denken?«

Julie stimmte ihr zu. »Natürlich habe ich von Anfang an gewusst, dass Rosannas Tagebücher mir nur ihre persönliche Sicht vermitteln. Das ist ja die Schwachstelle im ganzen Projekt! Andererseits bin ich Rosanna dabei so nah wie irgend möglich gekommen. Nur – was nutzt mir das? Es gibt nichts daran zu rütteln, dass sie am 26. Oktober 1919 gestorben ist, das steht so in der Todesanzeige, und gleichzeitig hat die Kreiszeitung einen Nachruf über sie gedruckt, in dem dieses Datum auch noch einmal erwähnt wurde. Warum aber ist sie ausgerechnet an dem Tag gestorben? Ich versteh das einfach nicht!« Fahrig strich sich Julie eine Strähne ihres ungewaschenen Haars aus der Stirn. Verflixt, sie musste eine Antwort auf diese Frage finden.

»Und dein restliches Recherchematerial?«

»Das kannst du vergessen!«, seufzte Julie resigniert. In jenem Nachruf wurde Rosannas Tod als »mysteriös« bezeichnet, aber es stand nichts darüber geschrieben, woran oder warum Rosanna gestorben war. Vielmehr war die Rede von einer »schicksalhaften, tödlichen Heimsuchung«.

»Heimsuchung! Als ob Rosanna für etwas bestraft worden wäre!«, schnaubte Theo. »Herzversagen, plötzlicher Hirntod, eine nicht auskurierte Lungenentzündung – das waren damals die gängigen Todesursachen, nicht aber eine schicksalhafte Heimsuchung.«

Sie zog an ihrer Zigarette, und Julie konnte förmlich hören, wie Theo nachdachte.

»Helmut Fahrner war doch der Bruder deines Opas. Vielleicht kommst du so weiter? Frag mal deinen Vater, ob der etwas über das seltsame Liebesleben seines Onkels weiß!«

»Mein Vater war zu dieser Zeit noch gar nicht auf der Welt«, antwortete Julie mutlos.

»Mensch, Julie, so kurz vor dem Ziel kannst du nicht einfach aufgeben! Und dabei geht es mir nicht um unser zukünftiges Arthotel, das war bisher nicht mehr als ein schöner Traum. Ich hätte kein Problem damit, wenn es dabei bliebe, obwohl ...«

Einen Moment lang hingen die beiden Frauen ihren Gedanken nach, bis sich Theo räusperte.

»Ich kenne dich. Du kannst jetzt nicht einfach sagen: ›In Ordnung, Rosanna ist damals gestorben, und kein Hahn kräht mehr nach dem Wie und Warum.‹ Das ist nicht deine Art. So, wie du von Rosanna erzählst, könnte man meinen, sie sei eine gute Freundin von dir. Und in dem Fall ist es deine Pflicht herauszufinden, was damals los war. Vergiss Halloween, vergiss die Party – irgendwie krieg ich das schon allein hin, und wenn ich zur Not die Hälfte der Gäste einfach wieder auslade. Aber du musst jetzt am Ball bleiben!«

Nachdem sie sich von Theo verabschiedet hatte, ging Julie im Haus umher, machte überall Licht und kochte sich eine Kanne Früchtetee, der ihr jedoch schon nach der ersten Tasse auf den Magen schlug.

Einer spontanen Eingebung folgend, war Julie vor ein paar Tagen hinunter ins Dorf und auf den Friedhof gelaufen. Jede Reihe hatte sie nach Rosannas Grab abgesucht, hatte herabgefallenes Laub von Grabsteinen und Kreuzen gewischt, doch vergeblich. Der Friedhofsverwalter hatte sie schließlich aufgeklärt, dass Gräber, die nicht für alle Ewigkeit gekauft waren, nach fünfundzwanzig, manchmal auch erst nach dreißig Jahren neu belegt wurden.

Fünfundzwanzig Jahre mussten also reichen, um eine Seele vom Hier und Jetzt ins nächste Leben zu schicken. Und wenn bei *einer* Seele die Zeit nicht reichte? Wenn das Grab neu belegt wurde und der Körper zwar verwest, die Seele aber noch nicht zur Ruhe gekommen war?

Julie erschauerte. Ihr Blick wanderte durch die Eingangshalle des »Kuckucksnests«. Nein, hier waren keine Geister. Ein Mosaik aus Licht und Schatten, nicht anders als an jedem Abend. Und doch kam es Julie so vor, als seien die Konturen der einzelnen Schatten deutlicher als sonst zu sehen, so scharf wie die eines Scherenschnittes.

Auch die Geräusche des Hauses, die Julie normalerweise nur noch im Unterbewusstsein wahrnahm, hatte sie an diesem Abend wieder deutlich in den Ohren: das Knacken von Holz, das leise Stöhnen des Windes, der unter das Vordach wehte, der Atem ...

»Du spinnst ja langsam!«, sagte Julie laut.

Plötzlich fiel ihr Jan Bogner ein. Was würde der Privatdetektiv wohl dazu sagen, dass ihre Recherchen sie in eine Sackgasse geführt hatten? Und Antonia? Vielleicht konnte die ihr helfen. Andererseits wusste sie vermutlich am allerwenigsten, was sich zwischen ihren Eltern abgespielt hatte. Wahrscheinlich ahnte sie nicht einmal, dass Helmut zuerst Rosannas Liebhaber gewesen war.

Außerdem hatte Antonia bestimmt genug damit zu tun, ihre Sachen für die Kur in Bad Wildbad zu packen, wohin sie am nächsten Tag aufbrechen wollte. Sechs Wochen Aufenthalt waren vorgesehen, was bedeutete, dass sie erst Mitte Dezember wieder in Rombach sein würde. Es ging Antonia gut. Besser, als es die Ärzte oder sie selbst für möglich gehalten hatten. Julie hatte ihr vorgeschlagen, sie in Wildbad zu besuchen und ihr dann den Schlüssel fürs »Kuckucksnest« zurückzugeben, doch Antonia hatte abgewinkt.

»Behalten Sie ihn!«, hatte sie gesagt – ohne einen Termin zu nennen, bis wann.

Es war ausgemacht, dass sie sich zum Jahreswechsel treffen würden. Dann wollte Julie berichten, was sie herausgefunden hatte. Sie konnte sich des Gefühls nicht erwehren, dass Antonia daran nicht mehr so viel lag wie zu Beginn des Unterfangens. Fürchtete sie Julies Erkenntnisse? Oder hatte sie einfach nur das Interesse verloren?

»Welche Erkenntnisse?«, spottete Julie laut. Das Gefühl, versagt zu haben, war ihr zuwider! Doch jammern half nichts. Sie musste etwas tun – oder es zumindest versuchen.

Spontan ergriff sie das Handy und tippte die Nummer ihrer Eltern ein.

Vielleicht hatte Theo ja Recht, und ihr Vater wusste etwas.

✧

Sie hatte Glück, und ihr Vater nahm beim ersten Klingeln ab.

»Unser Sherlock Holmes meldet sich auch wieder einmal – wie schön!«, sagte er zur Begrüßung.

Julie entschuldigte sich wortreich dafür, nicht schon früher einmal angerufen zu haben.

Auf seine Frage, ob sie mit diesen »Memoiren« etwa schon fertig sei, antwortete sie, dass sie mit ihrer Arbeit gut vorankäme. Dass sie vor lauter Frustration beinahe aus der Haut fuhr, erwähnte sie lieber nicht.

»Hast du deinen Onkel Helmut eigentlich jemals kennen gelernt?«, fragte sie schließlich so beiläufig wie möglich.

»Onkel Helmut? Nein. Genauso wenig wie seine Frau, diese Simone.«

Julies Hoffnung schwand.

»Nicht einmal zu Helmuts Beerdigung ist sie gekommen! Und auch ihre Tochter nicht. Dabei hat unsere Familie die beiden sehr wohl über seinen Tod informiert. Entweder interessierte sie das nicht – oder die Nachricht kam nie an, es war ja schließlich Krieg.«

»Helmut Fahrner starb im Zweiten Weltkrieg? War er nicht viel zu alt, um Soldat zu werden? Außerdem hatte er doch schon aus dem ersten Krieg eine Behinderung!« Julie runzelte die Stirn.

»Ich hab nicht gesagt, dass er *gefallen* ist«, erwiderte ihr Vater. »Aber erwischt hat es ihn trotzdem, und zwar bei einem Bombenangriff. Helmut war zu jener Zeit in Pforzheim in einer Uhrmacherwerkstatt beschäftigt. Dort starb er, sein Leichnam wurde neben der Werkbank gefunden.« Julies Vater verstummte für eine Weile. Dann fuhr er fort: »Eigentlich schade, dass ich ihn nie kennen gelernt habe. Er war irgendwie ... eine geheimnisvolle Person, zumindest kam es mir als Kind so vor. Aber warum interessiert er dich eigentlich? Ich dachte, bei deinem Projekt gehe es vor allem um diese beiden Frauen, Rosanna und Simone.«

»Ja, schon, aber Helmut war immerhin Simones Ehemann.«

Ihr Vater brummte etwas Unverständliches. Dann sagte er: »Was ich über Helmut weiß, hab ich von Tante Roswitha.«

»Tante Roswitha ...« Julie erinnerte sich vage an eine alte Frau, die sie als Kind einmal mit ihren Eltern besucht hatte.

»Roswitha war die ein Jahr jüngere Schwester von Helmut – die beiden standen sich recht nahe.«

Krampfhaft überlegte Julie, wie sie ihre nächste Frage formulieren sollte, doch bevor sie dazu kam, fuhr ihr Vater fort: »Als Helmut starb, hat sie sehr gelitten. Zu Helmuts Beerdigung, an der übrigens halb Furtwangen teilnahm, kam auch unsere Familie vollständig zusammen. Das war etwas Besonderes, denn mein Vater hatte ja sonst mit seinen älteren Geschwistern kaum Kontakt. Tja, an diesem Tag hat mir Roswitha ein wenig von ihrem Bruder erzählt ...«

Endlich! Julie stieß die Luft aus, die sie schon eine Weile angehalten hatte.

Die Tante hatte ihrem jugendlichen Neffen, dessen Augen beim Anblick einer Soldatenuniform zu glänzen begannen, in einem ernsten Gespräch die Kriegsbegeisterung austreiben wollen, doch die Trauer um Helmut hatte am Ende überwogen. Sie sei nie darüber hinweggekommen, dass er sich schon als junger Kerl aus dem Staub gemacht hatte, erzählte sie. Und dass damals – im Jahre 1912 – das Elend seinen Lauf genommen habe ...

Ein Schildermaler auf der Wanderschaft – was konnte dem nicht alles zustoßen!, hatte Roswitha lamentiert. Doch Helmut hatte sowohl seine Wanderjahre als auch den Ersten Weltkrieg halbwegs glimpflich überstanden. Nach dem Krieg brachte er es in seiner Kunst sogar zu einigem Ansehen. Seine Uhrenschilder seien im ganzen Schwarzwald gefragt gewesen.

Ein echtes Unglück sei ihm erst zugestoßen, als er Simone Breuer kennen lernte, behauptete Roswitha unter Tränen.

Das sei im Jahr 1919 gewesen ...

Dann erzählte Julies Vater, was Julie natürlich schon wusste, dass Helmut zu jener Zeit in einem Hotel namens »Kuckucksnest« seine Zelte aufgeschlagen hatte.

Ein paar Jahre später, es musste ungefähr 1923/24 gewesen sein, sei Helmut eines Tages überraschend wieder in Furtwangen bei seiner Familie aufgetaucht. Ganz hohlwangig sei er gewesen, habe laut Tante Roswitha traurige Augen und einen leeren Blick gehabt und sich ihr schließlich offenbart.

Er habe eine Frau geheiratet, die er nicht lieben könne. Und nun hielte er dieses Leben nicht mehr aus und habe sich davongeschlichen wie ein Dieb. Frau und Kind habe er zurückgelassen.

Die bestürzte Roswitha wollte daraufhin natürlich Näheres wissen, und Helmut gab nach und nach die Einzelheiten preis: wie er in einer Frau namens Rosanna die große Liebe seines Lebens gefunden hatte, dass ihr Tod ihn in ein tiefes Loch stürzte, aus dem er nicht mehr herauszukommen glaubte. Sein Leben sei ohne Rosanna nichts mehr wert gewesen.

Doch nicht nur er war in tiefer Trauer gefangen, sondern auch Simone, die beste Freundin der Verstorbenen. Diese habe sogar versucht, sich nach dem Tod der Freundin das Leben zu nehmen. Er, Helmut, habe sie in letzter Minute gerettet. Sie habe jedoch getobt und geschrien, sie wolle nicht mehr leben, der Schmerz sei zu groß. Helmut habe sie in den Arm genommen und versucht, Trost zu spenden, wo es eigentlich keinen gab.

In ihrem Elend klammerten sie sich aneinander – zwei einsame Seelen, denen das Liebste auf der Welt genommen worden war. Trotzdem konnte Helmut im Nachhinein nicht mehr verstehen, wie es eigentlich dazu gekommen war, dass er und Simone ... Es sei einfach geschehen, gestand er seiner Schwester unter Tränen. Nur eine Nacht seien sie zusammen gewesen. Eine Nacht, in der er sich immer wieder vorstellte, Rosanna mit ihren weichen Rundungen im Arm zu halten. Doch was er spürte, waren Kanten und Knochen.

Am Morgen danach habe er voller Schuldgefühle seine Koffer packen und abreisen wollen. Doch Simone flehte ihn an zu bleiben, wenigstens bis die Beerdigung vorüber war. Bis klar war, wie es mit dem Hotel weiterging.

Helmut hatte zugestimmt. Er dachte an Rosanna und daran, wie sie sich stets für Simone verantwortlich gefühlt hatte. Wie sie deren Anhänglichkeit, ja geradezu Aufdringlichkeit klaglos ertragen hatte. Da war es wohl nicht zu viel verlangt, dass er für einige Wochen dasselbe aushielt. Was machte es im Übrigen für einen Unterschied, ob er seine Tage dort oder woanders verbrachte? Wo sollte er schon hin? Die Welt hatte ihren Reiz verloren.

Als die Beerdigung vorbei war, lief der Hotelbetrieb einigermaßen weiter, doch Helmuts Abreise wurde auf unbestimmte Zeit verschoben, denn Simone war schwanger!

Ein einziges Mal nur, in der Stunde ihrer tiefsten Not, hatten sie sich vereinigt, und aus dieser Not wurde nun ein Kind geboren.

Helmut tat, was getan werden musste: Er bot Simone an, sie zu heiraten, obwohl sich alles in ihm dagegen sträubte. Simone nahm seinen Antrag an, doch Helmut wusste, dass sie alles andere als eine glückliche Braut war. Sie hatte stets einen Rosenkranz in der Hand, den sie hektisch knetete. Unter dem schwarzen Tuch, das sie nach Rosannas Tod für den Rest ihres Lebens trug, sah ihre Haut fahl und totenbleich aus.

Die Ehe wurde natürlich alles andere als glücklich. Die Eheleute sprachen kaum miteinander – was hätten sie auch zu reden gehabt? Das Hotel interessierte Helmut nicht, und über Rosanna zu reden brachten beide nicht übers Herz. Man hätte meinen sollen, dass Antonia, das kleine Mädchen, die Eheleute verband, doch dem war nicht so. Simone kümmerte sich kaum um das Kind, verbrachte stattdessen lange, einsame Stunden beim Gebet. Wenn sie Antonia anschaute, dann mit einem so abweisenden Blick, als könne sie sich nicht erklären, was dieses Kind überhaupt mit ihr zu tun habe, erzählte Helmut seiner Schwester.

Er hingegen tat sein Bestes, was Antonia anging. Nahm sie mit in das kleine Atelier, das er sich im hinteren Teil des Hofes eingerichtet hatte. Ließ sie mit Pinseln spielen, gab ihr Farben zum Malen. Doch wenn es darum ging, das Kind zu waschen und ihm zu essen zu geben, ließ er das fremde Leute tun, Sieglinde oder die Köchin Maria zum Beispiel.

Er verbrachte immer mehr Stunden in seinem Atelier. Dort, zwischen den Farben und den bunten Bildern, konnte er sein Elend für kurze Zeit vergessen. Doch kaum verließ er seine Uhrenschilder, kehrte alles um so bedrückender zu ihm zurück. Jede Ecke des »Kuckucksnests« erinnerte ihn an Rosanna und daran, wie sein Leben hätte verlaufen können.

Helmut gestand seiner Schwester, dass er in den ersten Jahren seinen Kummer abends mit den Gästen ertränkte, die sich freuten, wenn sich der »Wirt« zu ihnen setzte. Doch im Laufe der Zeit kamen immer weniger Gäste – ohne Rosanna sei das »Kuckucksnest« nur noch halb so schön, sagten einige ganz offen. Danach trank Helmut allein. Die Einsamkeit ließ ihn halb verrückt werden.

Eines Tages hatte er sein Elend nicht mehr ertragen und war gegangen.

Armer Helmut! Nun fügten sich plötzlich die Teile der Geschichte zusammen ...

Fast atemlos hatte Julie der Erzählung ihres Vaters gelauscht. Jetzt fragte sie: »Und seitdem hatte Helmut nie wieder Kontakt mit seiner Frau oder seiner Tochter? Und Antonia hat auch nie versucht, ihren Vater zu erreichen?«

Julies Vater seufzte am anderen Ende der Leitung. »Keine Ahnung. Dass Helmut Simone nicht mehr sehen wollte, kann ich ja verstehen, aber das Kind? Antonia konnte schließlich nichts für die Probleme ihrer Eltern. Andererseits hab ich nicht ernsthaft darüber nachgedacht. Ich kannte den Mann ja gar nicht ...«

Einen Moment lang schwiegen beide. Dann fügte Julies Vater hinzu: »Eins muss man jedoch sagen: Helmut hat keine arme Frau sitzen lassen! Simone war reich, sie besaß dieses riesige Hotel, das später ihre Tochter erbte. Helmut hingegen starb als armer Mann. Und nun will seine Tochter, dass das Hotel unserer Familie zufällt ... Das Leben kann manchmal ganz schön verrückt sein, nicht wahr?«

Julie seufzte zustimmend.

Nachdem sich Julie von ihrem Vater verabschiedet hatte, fühlte sie sich aufgekratzt und zerschlagen zugleich. Am liebsten hätte sie sich schlafen gelegt, doch sie ahnte, dass sie keinen Schlaf finden würde. Jetzt war sie schon so weit gekommen – aber sie wusste immer noch nicht, woran Rosanna so plötzlich gestorben war:

Ihr Blick fiel auf das Buch, das Theo ihr geschenkt hatte. »So schreiben Sie einen Bestseller«. Sie prustete verächtlich.

»Also, alles noch mal von vorn!« Sie musste die Unterlagen noch einmal durchsehen, jeden Fetzen Papier, jeden Zeitungsschnipsel, jedes Foto.

Das war sie Antonia schuldig.

Das war sie Rosanna schuldig.

Stunde um Stunde verging, ohne dass sie etwas Nennenswertes entdeckte. Julies Hoffnung schmolz wie Schnee in der Märzsonne. Weil sie nicht wusste, was sie sonst noch tun konnte, nahm sie sich erneut das Fotoalbum mit den Bildern von Rosanna, Simone und dem »Kuckucksnest« vor. Inzwischen kannte sie jedes Detail. Dennoch hatten die Fotografien nichts von ihrer Faszination verloren. Rosannas zeitlose Schönheit, fern jeglicher Modediktate, das Spiel von Licht und Schatten auf ihrem Gesicht, ihre Unnahbarkeit und zugleich ihre Offenheit berührten Julie zutiefst.

Als sie alles durchgesehen hatte, rutschte ihr ganz hinten, zwischen dem letzten Blatt und dem rückwärtigen Einband, der Stapel Briefe entgegen, den sie zu Anfang schon einmal in den Händen gehalten hatte: Briefe von Gästen, die Rosanna für die schöne Zeit im Allgemeinen oder ein spezielles Erlebnis im Besonderen gedankt hatten. Julie waren sie bisher unwichtig erschienen.

Sie beschloss gerade, nun auch noch diese Briefe zu lesen, als ihr ein Umschlag auffiel: Er war nicht adressiert. Und er war ungeöffnet.

Ein Prickeln überfiel Julie, die Härchen an ihren Unterarmen standen plötzlich zu Berge.

Vorsichtig ritzte sie mit dem Fingernagel den brüchigen Umschlag auf. Ganz gleich, was sich darin befand – sie war die Erste, die das Geschriebene zu lesen bekam. Diese Erkenntnis durchdrang Julie mit aller Deutlichkeit.

In dem Umschlag befanden sich zwei dicht beschriebene Blätter, die Julie mit zittrigen Fingern auffaltete. Als sie die Schrift sah, stockte ihr für einen Moment der Atem. Die engen, aufrechten Buchstaben und der dünne Tintenstrich waren ihr schon so oft unter die Augen gekommen! In Gehaltsabrechnungen, Eintragungen im Gästebuch, auf alten Speisekarten ...

Es war Simones Schrift.

Mit bis zum Reißen gespannten Nerven begann Julie zu lesen.

Nun machten sich die Geister der Toten also doch noch auf den Weg in die Gegenwart.

31. Oktober 1919

Das ist es nun – das Ende. Gottes Zorn hat mir das Liebste genommen, das ich auf dieser Welt hatte. Weil ich nicht genug gebetet habe? Weil ich zu hochmütig war? Weil ich geglaubt habe, das Schicksal nach meinen Wünschen formen zu können?

Aber Gott hatte mir doch ein Zeichen geschickt! Warum soll es dann Hochmut sein, dass ich danach gehandelt habe?

Trotzdem bin ich bereit, meine Strafe anzunehmen. Aber keiner schenkt meinen Worten Glauben.

»Ich habe Rosanna umgebracht«, sagte ich immer wieder – zu Doktor Wohlauf, der herbeieilte, als sich Rosanna krümmte und vor Schmerzen schrie, als sie sich die Seele aus dem Leib kotzte. Doch er stieß mich zur Seite, als würde er ein störendes Möbelstück aus dem Weg räumen. Säfte, Tinkturen, Tabletten – alles hat er ihr gegeben. Aber der Durchfall, das Erbrechen nahmen kein Ende. Und dann das Röcheln, als ihr die Luft knapp wurde ... Nie werde ich dieses Geräusch vergessen. Es wird mich mein Leben lang verfolgen, Tag und Nacht. Wenn sie wenigstens ohnmächtig geworden wäre ... Aber sie war bei uns, bis zum letzten Atemzug.

O Herr im Himmel, hilf! Was habe ich nur getan?

»Ich habe Rosanna umgebracht«, sagte ich auch zu Helmut. Er nahm mich in den Arm und heulte an meiner Schulter wie ein Schlosshund. Er glaubt, die Trauer habe mich wahnsinnig gemacht. Alle glauben das. Doch dem ist nicht so. Gott weiß das.

Aber was hätte ich denn tun sollen? Einfach weiter zuschauen, wie mein Engel in sein Verderben rennt? Nach allem, was Rosanna für mich getan hat? Wochenlang habe ich darüber nachgegrübelt, wie ich Helmut loswerden könnte. Zuerst habe ich gebetet, er möge einen dringenden Brief erhalten, der ihn vom Hotel weglockt, für immer. Vergraulen ließ er sich ja nicht, da konnte ich noch so garstig sein. Ihn einfach wie den Großvater den Hang hinunterzustoßen habe ich nicht fertig gebracht – es bot sich nie die Gelegenheit dazu. Woran habe ich nicht alles gedacht! Ein Unfall mit einer Kutsche – nicht zu bewerkstelligen. Ein fehlerhaftes Gewehr bei der Jagd – ebenfalls unmöglich. Sogar Glasscherben wollte ich ihm ins Essen tun. Aber das wäre bestimmt aufgefallen.

Und dann ... in jener Nacht, als Helmut mir von seinen Heiratsplänen erzählte und ich in den Garten gerannt war und Gott um Hilfe anflehte, stand plötzlich dieses Blümlein mit seinem mit Gift gefüllten Kelch vor mir. Eine Herbstzeitlose. Hätte ich dieses Zeichen ignorieren sollen? Gottes Zeichen?

Fünf Samen davon sind tödlich – hat er mir mit der Stimme meiner Mutter ins Ohr geflüstert. Und ich war Gott so unendlich dankbar!

Ich konnte doch nicht wissen, dass es Rosanna sein würde, die in jener Nacht den Kuchenteller leer aß! Das hat sie noch nie getan. Wo war Gott bloß in dieser Nacht?

»Du und dein lieber Gott – der kennt uns doch gar nicht!«, hat Rosanna immer gesagt. Hatte sie damit am Ende Recht?

Ich weiß, ich werde die Antwort finden, wenn ich in der Hölle schmore, dort, wo Gottes Zorn mich hinschicken wird, nachdem ich diese Zeilen zu Ende geschrieben habe. Eine Todsünde werde ich begehen – aber was macht das noch aus? Wo eine ist, kann auch eine zweite sein.

Es wäre nur rechtens, wenn ich auf dieselbe qualvolle Art sterben müsste wie mein geliebter Engel. Draußen auf den Wiesen stehen noch genügend von den blasslila Blumen ... Aber nicht einmal dazu reicht mein Mut. Und um Vergebung bitten – das darf ich nicht.

Aber ich habe doch etwas tun müssen, oder nicht?

Simone Breuer, am 31. Oktober im Jahr 1919

✧

Der letzte Dezembertag war kalt und trocken. Eine schwache Vormittagssonne schien, während die Menschen überall in der Stadt letzte hektische Vorkehrungen für die Silvesterfeiern trafen. Auf den Parkplätzen der Supermärkte wurden Körbe voller Leckereien in die Autos gehievt. Väter mit aufgeregten Kindern an der einen und riesigen Paketen mit Feuerwerkskörpern in der anderen Hand schoben sich durch die Fußgängerzone. In den Schneidereien standen die Kunden Schlange, um in letzter Minute zu eng gewordene Abendroben und Fräcke ändern zu lassen. Auch die Frisöre hatten viel zu tun. Und aus den Bäckereien wehte der Duft von frisch gebackenen Berlinern und Neujahrsbrezeln.

Leicht befremdet betrachtete Julie das Gewimmel, während sie ihren Wagen im Schritttempo durch Freiburg steuerte. Genauso gut hätte sie in einem Raumschiff sitzen und von einem anderen Planeten kommen können. Ein Frisörbesuch? Nicht nötig. Ein Abendkleid? Noch viel weniger. Sie hatte ihre Haare zu einem schlichten Zopf geflochten, dazu trug sie Jeans und Pullover. Silvesterkracher? Julies Blick fiel auf die Aktentasche, die auf dem Beifahrersitz lag. Darin befand sich ihr Bericht, die Arbeit von drei Monaten. Säuberlich ausgedruckt und im Copy-Shop mit einem eleganten dunkelgrünen Einband versehen, auf den sie ein Foto von Rosanna und Simone hatte drucken lassen.

Das, was sie Antonia mitzubringen hatte, würde ein Kracher der ganz besonderen Art werden.

Noch immer holte sie der Schrecken ein, wenn sie an jene

letzte Nacht im Oktober dachte, als sie in einem Stapel belangloser Briefe Simones Geständnis gefunden hatte. Plötzlich hatte sie es schwarz auf weiß vor sich gehabt: Rosanna war keines natürlichen Todes gestorben! Dies nur zu ahnen oder es dann sicher zu wissen war ein riesiger Unterschied.

Trotzdem hatte Julie in den letzten beiden Monaten ein wenig Abstand gewonnen. Auch wenn viele Fragen für immer unbeantwortet bleiben mussten, auch wenn vieles von dem, was sie für Antonia aufgeschrieben hatte, nicht mehr war als eine Mutmaßung, war es ihr doch gelungen, Rosannas rätselhaften Tod aufzuklären. Durch einen Zufall, gewiss, aber was machte das für einen Unterschied? Es käme häufig vor, dass ein schlichter Zufall nach langen und peniblen Recherchen zum Erfolg führte, hatte Jan Bogner ihr erklärt.

Jan Bogner. Julie lächelte. Seit sie aus Rombach zurück war, hatten sie mehrmals telefoniert und sich einmal auch getroffen. Die Gespräche mit ihm waren Julie sehr wichtig. Er hatte ihr auch klar gemacht, dass sie nun wieder ihr eigenes Leben leben müsse. Und Julie hatte ihm Recht gegeben. Jan Bogner war ein echter Freund geworden.

Neben der Aktentasche stand ein Korb. Darin befanden sich ein Laib Weißbrot, geräucherter Lachs und Heringssalat vom Fischladen um die Ecke und eine Flasche Sekt. Julie hatte diesen kleinen Imbiss mit gemischten Gefühlen eingepackt. Waren Sekt und Lachshäppchen angebracht angesichts dessen, was sie Antonia zu erzählen hatte? »Ach ja, übrigens, Ihre Mutter war eine Mörderin! Möchten Sie noch ein Gläschen Sekt?« In einem Anfall von Hysterie, verbunden mit regelrechten Panikattacken auf Julies Seite, hatten Theo und sie sich am Vorabend über den Irrwitz der Situation lustig gemacht. Andererseits wollte Julie nicht mit leeren Händen zu Antonia kommen, und der Gedanke, dass man sich mit dem Essen ein wenig ablenken konnte, wenn die Situation zu emotional oder peinlich wurde, beruhigte Julie. Doch wie sollte sie nur anfangen? Und sollte sie Antonia wirklich alles erzählen?

Endlich hatte sie Freiburg hinter sich gelassen. Je höher sie in den Schwarzwald hinauffuhr, desto spärlicher wurde der Verkehr.

Julies Gefühle waren widersprüchlich. Einerseits konnte sie es kaum erwarten, Antonia endlich ihre Geschichte zu erzählen beziehungsweise sie ihr zum Lesen zu geben. Andererseits war ihr dieser Gedanke unheimlich. Wie würde Antonia reagieren?

Wie würde ich selbst in so einer Situation reagieren, fragte sich Julie nicht zum ersten Mal. Aber sosehr sie sich auch bemühte, es gelang ihr nicht, sich in Antonias Lage hineinzuversetzen. Das beunruhigte sie. Sie mochte Antonia. Ihr bescheidenes Wesen, ihr stiller Mut, die Art, wie sie ihre Krebserkrankung meisterte – all das imponierte Julie. Dazu kam inzwischen das Wissen, wie Antonias Kindheit verlaufen sein musste: einsam, an der Seite einer Mutter, die nicht fähig war, Liebe zu schenken, weil ihre Liebe tödlich war. Julie kam es so vor, als kenne sie Antonia schon seit Jahren. Würde ihr dieses Gefühl die bevorstehende Aufgabe erleichtern oder eher erschweren? »Frau Fahrner ist stärker, als du glaubst«, hatte Jan gesagt.

Die Straßen wurden nun immer enger. Schon in Freiburg hatte man den Schnee riechen können, hier oben wurde die Landschaft hinter jeder Serpentine weißer. Die Straßen waren zum Glück freigeräumt, doch links und rechts davon türmten sich riesige Berge Schnee. Julies Blick fiel auf das Außenthermometer ihres Wagens. Minus sieben Grad – zu kalt für weitere Schneefälle. Raureif ließ die Landschaft glitzern. Obwohl ihr Kopf voll war mit dem, was ihr bevorstand, konnte sie sich dem Zauber der winterlichen Umgebung nicht entziehen. Julie lächelte.

Es war schön, hier oben zu sein.

»Nachdem ich den Brief Ihrer Mutter gefunden hatte, bin ich gleich am nächsten Tag hinunter ins Dorf zu Doktor Gärtner gegangen. Dass Simone einen Selbstmordversuch unternommen hatte, wusste ich schon von meinem Vater. Und auch, dass sie von Helmut gerettet worden war. Jeder normale Mensch würde in so einer Situation einen Arzt rufen, und ich hoffte darauf, dass auch

Helmut es getan hat. In dem Fall musste es darüber eine Krankenakte oder einen Eintrag in den Unterlagen des Arztes geben, sagte ich mir. Allerdings rechnete ich mir keine großen Chancen aus, dass Doktor Gärtner noch irgendwo alte Unterlagen seiner Vorgänger aufbewahrte. Zumal es sich um einen Krankenbericht handelte, der vor mehr als achtzig Jahren geschrieben worden war. Aber ich hatte Glück!« In Julies Stimme schwang ein Hauch von Genugtuung mit. »Wenn Sie den Keller des guten Doktors gesehen hätten – voll bis unter die Decke ...« Die Genugtuung schwand, und an ihre Stelle trat eine gewisse Unsicherheit, die schon große Teile von Julies Bericht begleitet hatte.

Antonia betrachtete die junge Frau, die ihr gegenüber mit angezogenen Beinen auf dem Sessel saß. Das Licht der Kerzen, die auf dem Tischchen davor standen, tauchte ihre linke Gesichtshälfte in Schatten, während ihre rechte Seite regelrecht glühte. Es würde keine drei Minuten dauern, und Julie würde ihre Beine wieder auf den Boden stellen oder nach vorn auf die Kante des Sessels rutschen. Ihre Hände begleiteten wie unruhige kleine Tiere ihre Rede, flogen in die Luft, fielen zurück in ihren Schoß, ihre Finger trommelten auf die Sesselkante ... Julies Nervosität hatte im Laufe des Abends eher noch zugenommen, stellte Antonia mit einem Anflug von Mitleid fest. Wie kann ich so ruhig bleiben, während sich Julie derart quält?, fragte sie sich stumm und versuchte zum wiederholten Mal, einen Blick in ihr Innerstes zu werfen. Ihre Mutter, ihre eigene Mutter, die man nie ohne einen Rosenkranz in der Hand angetroffen hatte, war eine Mörderin gewesen. Erst Karl Moritz, dann Rosanna und ihr ungeborenes Kind. Warum erschreckte sie diese Erkenntnis so wenig? Oder war der Schrecken derart groß, dass er jedes andere Gefühl abtötete? Antonia wusste es nicht. Sie riss sich aus ihren Gedanken.

»Was haben Sie denn im Keller von Doktor Gärtner gefunden?«, fragte sie, weil sie wusste, dass Julie eine Reaktion von ihr erwartete. »Er ist übrigens mein Hausarzt ...«

Julie rutschte auf dem Sessel nach vorn, beide Hände auf der Lehne aufgestützt.

»Nachdem wir fast drei Stunden gesucht hatten, fanden wir die besagte Kiste, von der Doktor Gärtner behauptete, dass sich darin uralte Krankenberichte befänden. Er hatte Recht!«

Ein nervöses Schulterzucken begleitete Julies Worte.

»Es handelte sich um die Krankenberichte von Doktor Wohlauf. Er war zur fraglichen Zeit der Dorfarzt gewesen, hatte sich aber auch um die Menschen im ›Kuckucksnest‹ gekümmert, wenn der Hotelarzt einmal verreist war. Wir begannen also damit, die Dokumente zu durchsuchen. Es war gespenstisch, von Krankheit oder Tod all dieser Menschen zu lesen. Eine Frau hatte ein Kind mit einem Wasserkopf geboren und war daraufhin selbst ins Wasser gegangen. Eine andere war mit roten Pusteln zum Doktor gekommen, die sich als Pocken herausstellten. Daraufhin wurde die ganze Familie unter Quarantäne gestellt. Geburten, Kindstod, Armbrüche – dieser Doktor Wohlauf hat wirklich sehr genau Buch über seine Patienten geführt. An manche Berichte waren sogar Briefe geheftet – in diesen Fällen hatte er die Meinung eines Kollegen eingeholt. Und während wir all das durchblätterten, hoffte ich, mit meiner Vermutung Recht zu behalten. Immerhin wusste ich ja aus Simones Abschiedsbrief, dass es genau dieser Doktor Wohlauf aus Rombach gewesen war, der Rosanna in ihren letzten Stunden beigestanden hatte. Und so hoffte ich, dass auch er es war, der Simone damals ... Doktor Steiert, der Hotelarzt, schien sich zu jener Zeit gerade nicht im ›Kuckucksnest‹ aufgehalten zu haben – wo er war, kann ich allerdings nicht sagen. Das ist leider auch ein Punkt, der wahrscheinlich immer unklar bleiben wird«, antwortete Julie nachdenklich.

Die junge Frau atmete tief durch, und Antonia versuchte sich zu wappnen für das, was nun noch kommen würde: die Art und Weise, wie sich ihre Mutter das Leben hatte nehmen wollen.

»Simone wollte sich im Spicher erhängen. Im Krankenbericht steht, dass sie schon halb ohnmächtig war, als Helmut sie fand. Außerdem steht darin, sie habe schwere Verletzungen am Hals und in der Genickgegend aufgewiesen. Und dass sie sehr verwirrt war, als sie wieder zu sich kam.«

»Verwirrt! Wann war meine Mutter eigentlich einmal nicht verwirrt!«, sagte Antonia mit brüchiger Stimme.

Julie schwieg betreten.

Seit dem späten Nachmittag saßen sie nun schon beisammen. Als Julie angekommen war, hatte Antonia den Tisch bereits gedeckt. Obwohl sie sich seit ihrer Rückkehr aus der Reha-Klinik wieder selbst versorgte, hatte allein die Vorstellung, etwas Aufwändiges kochen zu müssen, sie erschöpft. Stattdessen hatte sie beim Metzger eine kalte Platte bestellt, an deren Rand sie Julies mitgebrachten Lachs platzierten.

Sie hatten sich gerade zum Essen niederlassen wollen, als es an der Tür klingelte. Es war Martina Breuer, die Frau von Antonias Neffen, die Wirtin des »Fuchsen«. Mit einer Neujahrsbrezel in der Hand hatte sie sich nach Antonias Wohlergehen erkundigt und dabei neugierig auf das Auto mit Freiburger Kennzeichen geschielt, das vor Antonias Haus parkte. Antonia wimmelte sie freundlich, aber bestimmt ab – die Verwandtschaft würde noch früh genug erfahren, was sie im Schilde führte.

Während des Essens hatten sie sich über Belanglosigkeiten unterhalten. Antonia berichtete von ihrer Kur, von den Anwendungen, die sie dort erhalten hatte, von den gymnastischen Übungen, zu denen sie täglich überredet worden war. »Ich und Sport! Ein Leben lang habe ich mich erfolgreich vor so etwas gedrückt!«, sagte sie lachend.

Julie hatte zuerst von ihrem Alltagsleben im »Kuckucksnest« erzählt. Davon, dass ihr Campingkocher in den letzten Tagen den Geist aufgegeben hatte. Und davon, wie erstaunlich gut sie in der Einsamkeit zurechtgekommen war. Schließlich sprach sie von Jan Bogner und erzählte, dass sie sich angefreundet hätten. Antonia, die den jungen Mann inzwischen auch kennen gelernt hatte, freute sich darüber. Er habe so etwas durch und durch Ehrliches an sich, sagte sie.

Und das als Privatdetektiv, ergänzte Julie kichernd.

Ein gemütlicher Jahresausklang unter zwei sich nicht allzu

nahe stehenden Verwandten – für einen fremden Betrachter hätte es genau danach ausgesehen. Doch über alldem Kerzenschein, dem Geruch nach Räucherlachs und gefüllten Eiern lag eine fast fühlbare Spannung, die mit jedem Häppchen, das von der kalten Platte verschwand, intensiver wurde. Es war noch nicht einmal neunzehn Uhr – die Kirchenglocken läuteten gerade zum abendlichen Gottesdienst –, als Julie es nicht länger ertrug und fragte, ob Antonia nun anfangen wolle, den Bericht zu lesen. Sie würde sich ins Gästezimmer zurückziehen – es war ausgemacht, dass sie bei Antonia übernachtete –, doch davon wollte Antonia nichts hören. Sie würde den Bericht bestimmt einmal lesen, sagte sie, aber eigentlich wäre es ihr lieber, wenn Julie ihr in eigenen Worten von ihren Recherchen berichtete. Julie zögerte. Schon beim Schreiben war es ihr an manchen Stellen schwer gefallen, die richtigen Worte zu finden. Wie sollte ihr das jetzt aus dem Stegreif gelingen? Antonia winkte nur ab.

Und so begann Julie zu erzählen, wie Rosanna einst nach Rombach gekommen war und bei der Familie Breuer ein neues Zuhause fand. Davon, wie sie und Simone sich angefreundet hatten und dass diese Freundschaft im Laufe der Zeit für Simone immer wichtiger wurde. Manchmal nahm Julie ihren Bericht zur Hand und las Stücke aus Rosannas Tagebucheintragungen vor, weil es ihr wichtig war, Rosannas Sichtweise und nicht nur ihre eigene Interpretation zu vermitteln.

Antonia hörte die meiste Zeit über schweigend zu. Nur manchmal unterbrach sie Julie mit einer Zwischenfrage.

»Meine Großmutter muss doch tot umgefallen sein, als Mutter ihr beichtete, dass sie lesbisch war! Zur damaligen Zeit und in Rombach! So etwas wäre ja selbst hier und heute noch ein Skandal. Und trotzdem hat sie ihre Tochter einfach gehen lassen?«

Julie wusste darauf keine Antwort. In Rosannas Tagebüchern stand nichts darüber, wie die Familie Breuer mit der Nachricht, dass die Tochter eine Frau liebte, umgegangen war. Antonia hatte außerdem wissen wollen, ob Julie die Eintragung beim Rombacher Notar, dank deren Simone nach Rosannas Tod Alleineigentümerin des Hotels geworden war, eingesehen hatte. Julie bejahte – es handelte sich dabei um ein Dokument aus dem Jahr 1905, unterschrieben sowohl von Rosanna als auch von Simone, beglaubigt vom Rombacher Amtsschreiber und der Sekretärin des Bürgermeisters. Antonia hatte anerkennend genickt. Hausaufgaben gemacht!, sagte der Blick, den sie Julie zuwarf.

Immer wieder fragte Julie nach, ob es für Antonia auch nicht zu anstrengend sei, ob ihr die ganze Sache nicht zu viel werde. Antonia hatte jedes Mal abgewinkt und Julie fast ungeduldig zum Weitererzählen angetrieben.

Um kurz nach elf war Julie am Ende ihrer Geschichte angelangt.

Da das Schweigen zwischen ihnen immer beklemmender wurde, stand Antonia auf und ging in die Küche. Als sie zurückkam, balancierte sie auf einem kleinen Tablett eine Flasche Sekt und zwei Gläser.

»Sekt? Jetzt?«

Antonia lächelte über Julies offensichtliche Verwirrung. »Wenn nicht jetzt, wann dann?«, erwiderte sie mit mehr Überzeugung, als sie verspürte. »Oder meinten Sie die Tatsache, dass es noch nicht Mitternacht ist?«

Julie runzelte die Stirn. »Sie wissen genau, was ich meine.« Mit einem leicht missbilligenden Zug um den Mund nahm sie Antonia die Flasche aus der Hand und öffnete sie.

»Ich bin ehrlich gesagt ein wenig sprachlos«, sagte sie, während sie die beiden Gläser füllte. »Ich meine, das alles kann doch nicht leicht für Sie sein. Und trotzdem …« Sie wies mit dem Kinn auf das Glas, das sie Antonia reichte.

»Nicht trotzdem, sondern gerade deshalb! Auf Ihr Wohl, liebe Julie!«

Antonia nahm einen zaghaften Schluck. Dann ergriff sie Julies Hand.

»Zuerst einmal möchte ich Ihnen für alles danken, was Sie

auf sich genommen haben. Es war bestimmt nicht einfach.« Sie machte eine unbestimmte Handbewegung. »Ach was, es war höllisch schwer, sonst hätte ich mich ja nicht ein Leben lang davor gedrückt!« Antonia lachte bitter auf und hob erneut ihr Glas. »Ich will Ihre Arbeit mit dem, was ich Ihnen jetzt zu sagen habe, gewiss nicht schmälern. Bitte verstehen Sie das nicht falsch, aber ... eigentlich habe ich meinen Frieden schon in dem Moment gefunden, als ich den Anwalt beauftragte, nach Ihnen zu suchen. Allein die Tatsache, dass ich endlich, nach all den Jahren, den Mut gefunden hatte, mich der Vergangenheit zu stellen, war eine Erlösung für mich. Es ist wie mit dem Krebs: Ich habe das Gefühl, dass etwas aus mir hinausgekommen ist, was ich viel zu lange beherbergt habe. Und wenn man es hinter sich hat, stellt man fest, dass es letztlich doch nicht so schlimm war.« Sie verzog den Mund. »Hört sich seltsam an, oder?«

Julie nickte. Sie hob ihr Glas und prostete Antonia zu. »Trotzdem ... Wie fühlen Sie sich jetzt, nachdem Sie all das wissen?« Julie wies auf die gebundenen Blätter.

Antonia seufzte. »Ich weiß es nicht«, antwortete sie nach einem Zögern. »Das alles ist schwer zu verstehen. Vielleicht wäre es mir leichter gefallen, wenn ich mich schon in früheren Jahren einmal mit ... der Geschichte auseinander gesetzt hätte. Aber so ist es, als hätte sich eine dicke Staubschicht auf meine Gefühle gelegt. Meine Mutter ist eine Mörderin – allein diese Tatsache müsste doch ausreichen, um mich zu erschüttern, oder?«

Julie zuckte mit den Schultern.

»Das tut es auch, keine Sorge«, antwortete Antonia trocken. »Ich habe mich natürlich gefragt, was Sie wohl herausfinden würden. Alle möglichen Szenarien habe ich mir ausgemalt, aber auf so etwas bin ich nicht gekommen.« Antonia seufzte. »Was mich unendlich traurig macht, ist die Tatsache, dass Mutter meinen Vater nie geliebt hat.«

»Das wissen wir doch gar nicht«, antwortete Julie. »Immerhin hat sie ihn geheiratet. Vielleicht erkannte sie in der Zeit nach Rosannas Tod, was für ein guter Mensch er war. Zwei einsame, trauernde Menschen ... Helmut war für Simone da in der Stunde ihrer größten Not! Vielleicht hat das ihre Liebe zu ihm geweckt, ich meine, schließlich war Ihre Mutter kurz darauf schwanger«, fügte sie etwas lahm hinzu. Dass es von Helmuts Seite aus keinesfalls Liebe, sondern vielmehr Pflichtgefühl gewesen war, wollte sie nicht erwähnen.

»Unsinn!«, widersprach Antonia resolut. »Ich muss bestimmt noch über vieles, was ich heute erfahren habe, nachdenken. Aber eines weiß ich ganz gewiss: Meine Mutter hat Vater nicht aus Liebe geheiratet. Und Sie wissen das auch. Nachdem ihr Selbstmordversuch gescheitert und sie zum Weiterleben verdammt war, beschloss sie, das Los auf sich zu nehmen, vor dem sie Rosanna bewahren wollte. Sie heiratete den Mann, den Rosanna hatte heiraten wollen. Und sie bekam ein Kind von ihm, wie Rosanna eines bekommen hätte. In ihren Augen war das das Schlimmste, was Rosanna hätte geschehen können. Dass Rosanna selbst dies ganz anders sah – auf diesen Gedanken ist meine Mutter wohl nie gekommen.« Tränen glitzerten in Antonias Augen, und sie wandte sich ab. »Mein Vater und ich – in ihren Augen waren wir Gottes Strafe für das, was sie getan hatte.«

Darauf wusste Julie nichts zu sagen.

Antonia nahm noch einen Schluck Sekt. Ihre Unterlippe bebte, doch dann straffte sie sich.

»Wie ich schon sagte: Sie haben gute Arbeit geleistet. Am dritten Januar haben wir einen Termin bei Herrn Schleicher. Dann werde ich Ihnen offiziell das ›Kuckucksnest‹ überschreiben.« Sie winkte ab, als Julie auffuhr. »Sie haben doch nicht etwa geglaubt, ich würde wortbrüchig werden, oder?«

Julie schüttelte verlegen den Kopf.

»Na also!« Antonia lächelte. »Aber eines sind Sie mir noch schuldig ...«

»Und das wäre?«

»Sie haben gut recherchiert. Sie sind regelrecht in Rosanna und meine Mutter hineingeschlüpft, um das Puzzle Teil für Teil zusammenzufügen. Mein Kompliment! Aber ein letztes Teilchen – vielleicht das wichtigste – fehlt immer noch ...« Antonia hielt einen Moment lang die Luft an. »Das Glück, das aus dem ›Kuckucksnest‹ verschwunden ist – erinnern Sie sich?«

In diesem Moment läuteten die Kirchenglocken das neue Jahr ein. Julie stand auf und machte einen Schritt auf Antonia zu. Die beiden Frauen umarmten sich, doch ihre Bewegungen hatten trotz aller Herzlichkeit etwas Mechanisches. Antonia fragte, ob Julie vors Haus gehen wolle, um das Feuerwerk anzuschauen, doch Julie verneinte. Sie schlug vor, einen Kaffee zu kochen, bevor sie Antonias letzte Frage beantwortete.

»Ja, warum ist das Glück aus dem ›Kuckucksnest‹ verschwunden?« Julie inhalierte tief den aus der Tasse aufsteigenden Kaffeeduft. »Natürlich habe ich mir diese Frage auch gestellt. Immer wieder. Sie war sozusagen der rote Faden, der mich durch all die Tagebücher geführt hat.« Nervös warf sie ihren Zopf über die Schulter. Ihre Gedanken wirbelten wie Wäsche in einem Trockner.

Besorgt betrachtete sie Antonia, deren Gesicht im Kerzenschein bleich schimmerte. Vielleicht war es besser, das Gespräch jetzt abzubrechen und morgen fortzuführen. Doch sie wusste, dass Antonia davon nichts würde hören wollen. Das letzte Teil des Puzzles musste noch in dieser Nacht gelegt werden. Aber würde es ihr gelingen?

»Es wäre zu einfach zu glauben, dass es nur mit der Schuld zu tun hat, die Ihre Mutter auf sich geladen hat. Obwohl dies auch mein erster Gedanke war«, hob sie an.

Nachdenklich schaute sie aus dem Fenster, wo sich am Winterhimmel eine goldgelbe Sternenkaskade ergoss, gefolgt von blauem und rotem Feuerregen.

»Glück – was ist das überhaupt? Meinen wir glückliche Zufälle? Das Glück des Tüchtigen im Geschäftsleben? Muss man Glück haben, um glücklich zu sein?«

Antonia runzelte die Stirn, und Julie sprach hastig weiter: »Wann ist jemand wirklich glücklich? Und gibt es wirklich Glück auf Dauer? Ich weiß es nicht ... Es gibt immerhin Menschen, die sich für ewige Glückspilze halten. Und andere, die sich als die ewigen Verlierer sehen. Aber ist es nicht eher so, dass das Schicksal keinen von uns wirklich bevorzugt? Rosanna zum Beispiel – welche Schicksalsschläge hat sie einstecken müssen! Trotzdem war sie kein unglücklicher Mensch.« Julie nahm einen Schluck Kaffee, bevor sie weitersprach. »Vielleicht ist ein Mensch dann glücklich, wenn er lieben kann und wenn er geliebt wird. Vielleicht stimmt diese Antwort aber auch nur bedingt – keine Ahnung!« Sie lachte verlegen auf. »Also, ich weiß wirklich nicht, ob ich Sie weiter mit meinem pseudophilosophischen Gerede langweilen soll ...«

Antonia winkte ungeduldig ab. »Sie langweilen mich nicht, ganz im Gegenteil.«

Julie seufzte. Das, worüber sie nun sprachen, bewegte sie seit Wochen. War sie selbst glücklich? Wann war sie in ihrem Leben glücklich gewesen? Es fielen ihr viele Momente ein. Glück – das hatte sie empfunden, wenn sie morgens auf dem Moritzhof vom Gesang der Vögel geweckt worden war. Das Zwiegespräch mit der Natur – es konnte glücklich machen, aber darum ging es im Augenblick nicht. Glücklich war sie auch in den ersten Jahren ihrer Ehe gewesen. Und Glück war schließlich auch, wenn Theo und sie nach einem langen Tag im »Soul Fantasies« zusammensaßen und das Geschehene Revue passieren ließen. Wenn ein Schüler auf sie zukam und ihr strahlend sein neuestes Aquarellbild präsentierte oder wenn einer der Lehrer von einem gelungenen Workshop erzählte. Es machte glücklich, andere Menschen glücklich zu sehen, oder nicht?

Julie wagte einen neuen Versuch.

»Wenn Glücklichsein mit Liebe zu tun hat, dann hatte das Glück auf dem Moritzhof vor allem mit Rosanna zu tun! Sie war eine Frau, die geliebt hat, ohne Vorurteile, jenseits jeglicher konventioneller Vorstellung von Liebe. Sie liebte Simone – das ungeliebte Kind. Sie liebte Zacharias, den schwachen Sohn. Sie hat Karl Moritz, den verschrobenen Alten, geliebt. Immer wieder wurden ihr unlautere Motive unterstellt, dabei war ihre Liebe ehrlich und unbefangen. Zacharias hat einmal zu ihr gesagt: ›Seit du da bist, ist einfach alles schöner geworden.‹ Dieser Satz muss sie beeindruckt haben, denn sie hat ihn in ihrem Tagebuch niedergeschrieben. Später, in den Hoteljahren, ist es ihren Gästen offenbar nicht anders ergangen. Rosanna fand an jedem etwas Liebenswertes. Sie war wie ein glatter, runder Fels, der Wärme ausstrahlte und an dem sich die Menschen aufwärmen konnten. Ihre Liebe kostete nichts.« Julie schaute hoch, um sich zu vergewissern, ob Antonia ihr noch folgte.

»Reden Sie weiter«, sagte diese mit rauer Stimme.

»Simones Liebe dagegen kostete etwas. Sie war nicht frei, sondern einengend. Wer von ihr geliebt wurde – und das war nur ein einziger Mensch –, der durfte seinerseits niemand anderen lieben. Simone sah ihre Liebe zu Rosanna als Bestimmung an, als eine von Gott auferlegte Aufgabe.«

»Das kann man wohl sagen ...« Ein dunkler Schatten huschte über Antonias Gesicht.

Julie wäre gern aufgestanden und hätte die alte Dame noch einmal in den Arm genommen. Stattdessen fuhr sie fort: »Aber das Glück ist wie eine Auster. Wenn man sie in Ruhe lässt und ihr Zeit und Raum gibt, wächst in ihrem Innersten Schicht um Schicht eine wunderschöne Perle heran – vielleicht der Kern der wahren Liebe. Wenn man aber versucht, ihr Innerstes zu erforschen oder gar die Perle an sich zu nehmen, klappt die Muschel zu. Liebe kann man nicht erzwingen. Und das Glück ebenso wenig. Beides hat mit innerer Freiheit zu tun.« Julies Blick war wieder nach innen gerichtet, als sie sagte: »Vielleicht liegt darin das Geheimnis eines tiefen Glücksgefühls. Um seiner selbst willen geliebt zu werden und zu wissen: Diese Liebe ist ein Geschenk, ich kann sie nicht erzwingen, ich kann ihr keine Zügel anlegen und sie festbinden. Dieses Glück ist das Wertvollste, was es überhaupt gibt!«

21. Juni 2002

Julie erwachte davon, dass ihr kalt war. Fröstelnd zog sie die Bettdecke hoch und blinzelte in Richtung Fenster. Es war taghell. Trotzdem sagte ihr Gefühl ihr, dass es noch nicht einmal sechs Uhr morgens war. Im Frühkonzert der Vögel fehlten noch einige Stimmen, das Licht war noch blass und spiegelte sich nur schwach in den silbrigen Tautröpfchen, die wie Perlen an den Geranien in den Fensterkästen hingen.

Julie hatte sich gerade wieder gemütlich in ihr Kissen geschmiegt, als sie wie von einer Tarantel gestochen emporschoss. »Heute ist doch ...«

Mit einem Ruck sprang sie aus dem Bett.

Wo sind die anderen nur?, fragte sie sich ärgerlich, als sie mit bloßen Füßen in der Küche stand. Heute war der große Tag – und keinen außer ihr schien es zu interessieren. Theo nicht, Jean-Claude nicht, nicht ihren neuen Koch, die Küchenhilfen, niemanden an der Rezeption ... Julies Blick wanderte aus dem Fenster in Richtung der ehemaligen Scheune, die sie zu Schlafquartieren für ihre Dozenten umgebaut hatten. Die meisten von ihnen würden zwar täglich von Freiburg aus zu ihren Kursen hier herauffahren, aber es konnte immer wieder einmal geschehen, dass ein Kurs länger dauerte als geplant und ein Dozent keine Lust mehr hatte, sich auf den Heimweg zu machen.

Aus den schlichten Schlafquartieren war im Augenblick kein Mucks zu hören.

Kein Wunder nach der Party letzte Nacht! Jan Bogner schlief oben, in einem der Gästezimmer, ebenfalls noch den Schlaf des Gerechten. Wie gut, dass man Freunde hat, wenn man sie braucht!, knurrte Julie vor sich hin.

Mit eingerollten Zehen stand sie an der Theke und bereitete

sich eine Tasse Milchkaffee zu. Als die große Maschine zu brodeln und zu dampfen begann und gleich darauf aromatischen Kaffeeduft verströmte, beruhigten sich Julies Nerven wieder. Wenigstens auf die Technik war Verlass ... Sie setzte sich an den Küchentisch und trank einen Schluck, während sie im Geiste den Plan für den Tag durchging.

Vor zwölf Uhr würde keiner der Gäste eintreffen. Den »Weitgereisten«, zu denen ihre und Theos Eltern und einige Freunde aus Freiburg gehörten, würde man einen kleinen Imbiss reichen, später dann Kaffee und Kuchen. Danach hatten die Leute Zeit, sich ein wenig auf eigene Faust umzuschauen oder sich in ihren Zimmern auszuruhen.

Der eigentliche Sektempfang, mit dem das »Arthotel Kuckucksnest« feierlich eröffnet werden und bei dem neben vielen anderen auch der Rombacher Bürgermeister anwesend sein würde, war für fünf Uhr nachmittags geplant. Nicht der Bürgermeister, sondern Antonia würde den letzten, feierlichen Pinselstrich an der Fassade ausführen. Danach wollten sie die Renovierung für abgeschlossen und das Hotel für eröffnet erklären. So war es vorgesehen. Anschließend würde im Speisesaal, der für diesen Tag ausgeräumt worden war, ein kaltes Buffet aufgebaut sein. Zum Essen konnten sich die Gäste an die Stehtische begeben. Nach einigen Überlegungen hatten sich Theo und Julie dafür entschieden, das Buffet vom Rombacher Metzger zusammenstellen zu lassen. Nicht, dass sie die Zubereitung ihrem jungen Koch nicht zugetraut hätten, aber so gelang ihnen gleich ein guter Einstand bei einem ihrer wichtigsten Lieferanten. Nach dem Essen wollte Julie dann eine Rede halten.

Bei dem Gedanken begannen ihre Nerven wieder zu flattern. Was, wenn sie einen Black-out hatte? Was, wenn ihre Worte nicht ankamen? Eilig löffelte sie den warmen Milchschaum von ihrem Kaffee. Nach Schokolade war heiße Milch das zweitbeste Beruhigungsmittel, das sie kannte.

»Was machst *du* denn schon hier?« Mit zwei riesigen Sträußen weißer Lilien im Arm stand Theo in der Küchentür.

»*Schon* ist gut! Ich fürchtete bereits, allein auf einem fremden Planeten zu hausen!«, erwiderte Julie vorwurfsvoll. Sie machte eine ausladende Handbewegung. »Kein Mensch weit und breit!«

»Wozu denn auch?«, erwiderte Theo sorglos. »Es ist alles vorbereitet. Lass sie doch ruhig ausschlafen, dann sind sie den Tag über wenigstens in Topform.«

Julie warf ihrer Freundin einen skeptischen Blick zu. Ihr war nach Nörgeln zumute, aber sie riss sich zusammen. Theo konnte schließlich nichts für ihr Nervenflattern. Doch Theo hatte Julies Stimmung längst erfasst.

Sie schaute vom Spülbecken, wo sie die Lilien anschnitt, zu Julie hinüber. »Weißt du was? Ich verteile jetzt schnell die Blumen im Speisesaal und dann frühstücken wir zusammen. Ich hab nämlich unten im Dorf beim Bäcker angehalten und Croissants gekauft. Die liegen allerdings noch im Auto. Wenn du sie holen magst ...« Ihre Stimme klang so, als wolle sie ein Kleinkind aufmuntern.

Unwillkürlich musste Julie lachen. »Ach Theo, wenn ich dich nicht hätte! Ich weiß auch nicht, was mit mir los ist. Ich freu mich so auf den heutigen Tag! Trotzdem rast mein Puls, mein Herz springt fast aus dem Hals, und mir ist so schlecht, dass du deine Croissants wahrscheinlich allein essen musst. Dabei ist ja wirklich alles bestens organisiert.« Sie seufzte. »Vielleicht ist es gerade das. Vielleicht stecken mir einfach die letzten achtzehn Monate in den Knochen ...«

Manchmal, wenn sie über alles nachdachte, überkam sie immer noch ein Gefühl, als würde sie träumen.

Doch ihr Traum hatte schon an einem kalten Januartag des vergangenen Jahres begonnen, Wirklichkeit zu werden: als Antonia und sie sich wegen der Überschreibung des Moritzhofes auf dem Rombacher Grundbuchamt trafen.

Noch immer überfiel Julie ein seltsames Gefühl, wenn sie daran zurückdachte. Sie war sich vorgekommen wie eine Erbschleicherin, unmoralisch und habgierig. Die ganze Zeit hatte sie den Notar und seine beiden Gehilfinnen, die ständig ins

Zimmer gekommen waren, beobachtet. Doch nichts an deren Gebaren hatte darauf hingewiesen, dass sie Julie insgeheim anklagten. Und Antonia war so glücklich gewesen!

»Mir ist eine riesige Last von der Seele genommen. Fast habe ich ein schlechtes Gewissen, dass ich nun Ihnen diese Last aufbürde«, hatte sie zu Julie gesagt, als sie den Tag bei einem Essen im »Fuchsen« ausklingen ließen. Julie hatte peinlich berührt abgewinkt. Von wegen Last! Wo es hier doch um Werte in Millionenhöhe ging ...

Es hatte einige Zeit gedauert, bis sie sich an den Gedanken gewöhnte, nun Großgrundbesitzerin zu sein, so wie es Rosanna vor hundert Jahren ebenfalls widerfahren war. Und immer wieder gab es Tage, an denen ihr die Verantwortung, der Stress, die vielen Dinge, die es zu koordinieren gab, zu viel zu werden drohten. Eine Last? Sicher. Aber eine angenehme Last.

Kurz nach dem Notartermin war das Unternehmen »Arthotel Kuckucksnest« angelaufen. Zunächst etwas stotternd, denn erst die dritte Bank – Theos Sparkasse – war zu einem Darlehen bereit gewesen. Grundlage waren zum einen Theos und Julies Konzept für das Kreativhotel, zum anderen die Pläne für den Umbau und die Renovierung, die ein befreundeter Architekt für sie erarbeitet hatte. Zu dem Bankdarlehen, für das als Sicherheit eine Hypothek auf das Hotel diente, kam noch eine stattliche Summe an Eigenkapital, das Theo aus einem frei werdenden Sparvertrag zuschoss.

Julie hatte eine Art *Déjà-vu* gehabt, als Theo und sie ihre Unterschrift unter den Vertrag setzten: Genauso war es Rosanna und Simone ergangen, damals, im Jahr 1902. Auch sie hatten ihr Geld in einen Topf geworfen und waren dadurch aneinander gebunden, »in guten wie in schlechten Zeiten«, hätte Julie beinahe angefügt. Einen Unterschied gab es allerdings: Theo war weder psychopathisch veranlagt noch liebte sie Julie krankhaft. Sie war einfach eine mutige Geschäftsfrau, die ihre Chance witterte und bereit war, dafür ein Risiko einzugehen.

Der Architekt, ihr Freund, der zu jener Zeit nicht viel zu tun hatte, bot ihnen an, zu einem Freundschaftspreis die Bauanträge für die Umbaugenehmigung zu erstellen und später die Bauleitung zu übernehmen. Ohne ihn hätten sie es bestimmt nicht geschafft. Deshalb hatte Julie vor, ihn in ihrer Rede besonders zu erwähnen.

Die Leute von der Stromversorgung, der Heizungsbauer, die Männer vom Sanitärfachgeschäft, der Zimmermann mit seinem Gesellen – den ganzen Sommer und Herbst des letzten Jahres über hatte ein Handwerker dem anderen die Klinke in die Hand gegeben. An manchen Tagen gab es so viele Baustellen gleichzeitig, dass man auf dem Weg durch die Empfangshalle über Heizungsrohre stolperte, oben an der Treppe über Werkzeugkoffer steigen und sich weiter hinten im Gang zwischen Paletten von Fliesen und Waschbecken hindurchzwängen musste.

Wann immer Julie dem Hof einen Besuch abstattete, hatte sie das Gefühl, auf der Stelle zu treten, doch schon im Dezember 2001 war die Innenrenovierung abgeschlossen. Zwanzig Zimmer, jedes mit eigenem Bad und WC, warteten auf ihre Gäste. Was noch fehlte, waren die Räumlichkeiten für den Kunstunterricht, die im Spicher Platz finden sollten.

So zügig die Arbeiten im letzten Jahr vorangegangen waren, so schwierig hatten sie sich in diesem Jahr gestaltet: Zuerst hatte die Trockenbaufirma, die mit dem Umbau des Spichers betraut gewesen war, Konkurs angemeldet. Dann waren falsche Fliesen für den Boden in den Arbeitsräumen geliefert worden. Der Plattenleger hatte nicht verstehen können, warum Julie und Theo nicht einfach die schwarzen Fliesen nahmen. Die seien doch äußerst elegant, fand er. Schwarzer Granit in einem Schwarzwälder Berghof? Das war für Julie und Theo schlichtweg undenkbar. Ganz gleich, ob es galt, Wandfarbe für die Gästezimmer auszusuchen oder Lampen für den Speisesaal – immer stellten sich die beiden jungen Frauen dieselbe Frage: Passt das, was wir aussuchen, zum »Kuckucksnest«? Der Umbau sollte eine Hommage an den alten Hof sein, alles Neue sollte Rosannas frühere Dekorationen mit den bunten Stoffen und Kissen ergänzen. Das sei der »Kuschelfaktor«, sagte Theo und meinte damit die Geborgenheit, die das Haus seinen Bewohnern bieten sollte. Ein Übermaß an Eleganz wäre hier nur fehl am Platz gewesen.

Am Ende wurde doch noch alles rechtzeitig fertig, auch wenn die letzten Zeichentische erst vorgestern auf den Berg gebracht worden waren und noch ein paar Stühle fehlten. Aber wen kümmerte das?

Während sich der Architekt dem Umbau des Spichers widmete, hatten Theo und Julie Zimmerpreise und Kursangebote kalkuliert und sich um die Vermarktung des Arthotels gekümmert.

Die Geschichte wiederholt sich – dieses Gefühl befiel Julie erneut, als sie beim Baedeker-Verlag wegen eines Eintrags in den Schwarzwaldführer nachfragte und das Hotel gleichzeitig im Prospekt des Tourismusverbandes Südlicher Schwarzwald vermerken ließ.

Die Geschichte wiederholt sich nicht!, widersprach sich Julie selbst, nachdem sie sich zu den Breuers aufgemacht hatte, um ihnen eine Zusammenarbeit anzubieten. Sie wollte verhindern, dass zwischen ihnen böses Blut entstand wie zwischen Rosanna und den Breuers vor hundert Jahren. Es gab zudem auch einen ganz praktischen Grund, der dafür sprach, die alten Feindseligkeiten nicht wieder aufleben zu lassen: Das Arthotel hatte gerade einmal zwanzig Zimmer anzubieten – viel zu wenig, wenn ihre hoffnungsvollen Prognosen zutrafen. Wäre es da nicht sinnvoll, gemeinsame Anzeigen in den Katalogen zu schalten?, hatte Julie Martina und Ewald Breuer gefragt. Dann hätten die Gäste die Wahl zwischen einer günstigeren Unterkunft im »Fuchsen« und der etwas teureren Variante, bei der sie direkt im »Kuckucksnest« wohnen würden. Selbstverständlich durften auch alle anderen Gäste des »Fuchsen« die Kurse im Arthotel in Anspruch nehmen, hatte Julie noch hinzugefügt. Vielleicht konnte man einen Shuttle zwischen dem Dorf und dem Berghof einrichten?

Das Gespräch verlief jedoch zäh und war gespickt mit

unterschwelligen Vorwürfen gegenüber Julie und Antonia. Dass die alte Dame eine entfernte Verwandte der eigenen Familie vorgezogen hatte – dieser Stachel saß tief, vor allem im Fleisch von Martina Breuer. Doch am Ende hatten die Breuers eingewilligt, einen Versuch zu wagen. Julie hoffte, dass sich die Zusammenarbeit als Erfolg und nicht als Fehler erweisen würde.

Als Nächstes galt es, die Personalfragen zu klären. Was den Kunstunterricht anging, hatten Theo und Julie eine Überraschung erlebt: Ihre Dozenten drängten sich geradezu danach, im »Kuckucksnest« unterrichten zu dürfen! Julie musste heute noch lächeln, wenn sie daran dachte, wie sie bei den Gesprächen zunächst herumgedruckst hatte. Ob sich auch nur einer ihrer exaltierten Kunstlehrer freiwillig täglich auf die kurvenreiche, steile Fahrt in Richtung Südschwarzwald aufmachen würde? Doch fast alle waren von der Idee begeistert gewesen und gern bereit, dafür die Fahrt auf sich zu nehmen. Zumal Theo und Julie entschieden hatten, »Soul Fantasies« in Freiburg nicht aufzugeben, sondern wie bisher weiterzuführen. Alle vierzehn Tage würde Theo für eine Woche nach Freiburg ziehen, um nach dem Rechten zu sehen – sowohl sie als auch Julie wollten ihre Wohnungen in der Stadt fürs Erste behalten. Die restliche Zeit war Kurt, einer ihrer ältesten Mitarbeiter, für die Kunstschule verantwortlich. Ihren Dozenten bot sich dadurch die Möglichkeit, turnusmäßig mal hier und mal dort zu arbeiten. Dies verlangte zwar ein hohes Maß an Organisation, doch das würden Theo und Julie schon meistern.

Für das Arthotel wurden eine Hausdame, ein Koch und mehrere Zimmermädchen eingestellt, allesamt Frauen aus Rombach, die halbtags arbeiteten.

Bei dem Gedanken an den Koch begann Julies Bauch vorwurfsvoll zu grummeln. Doch gleichzeitig fühlte sie sich plötzlich leicht und unbeschwert, und die Vorfreude überwog ihr Lampenfieber. Vom heutigen Tag an wurde das »Kuckucksnest« wieder mit Leben gefüllt, so wie Antonias Wille es vorsah.

Julie streckte beide Arme in die Höhe und dehnte sich wie eine Katze.

Jetzt würde sie die Croissants aus Theos Auto holen!

✧

Julie ließ es sich nicht nehmen, ihren »Ehrengast« persönlich abzuholen, obwohl die Breuers angeboten hatten, Antonia mitzubringen.

Die vielen Menschen, die Eröffnungszeremonie, bei der sie den letzten, symbolischen Pinselstrich am Hotel vornehmen sollte – statt Vorfreude zeichnete die Aufregung tiefe Furchen in Antonias Stirn. Erst als sie den offiziellen Teil des Tages hinter sich gebracht hatte, glätteten sich diese allmählich wieder.

»Nun? Wie findest du alles?« Julie machte eine weit ausholende Handbewegung in Richtung Speisesaal, wo sich die Gäste noch bedienten. Sie selbst war so aufgeregt, dass sie kaum einen Happen hatte essen können. Antonia schien es nicht anders zu gehen. Sie hielt sich an einem Sektglas fest und lächelte.

»Es ist wunderschön geworden! Viel schöner, als ich es mir vorgestellt habe. Ihr habt die Seele des ›Kuckucksnests‹ bewahrt, aber auch viel Eigenes hinzugefügt, sodass etwas Einzigartiges entstanden ist. Die Leute werden euch die Bude einrennen, warte nur ab!«

Das Sektglas in Antonias Hand zitterte ein wenig, ob vor Erschöpfung oder Rührung konnte Julie nicht sagen.

»Komm, lass uns einen Moment nach draußen gehen! Ein wenig frische Luft kann nicht schaden.« Sie reichte Antonia ihren rechten Arm und zog sie in Richtung Ausgang.

Sie kamen nur langsam voran. Immer wieder wurden sie von jemandem angehalten, der seine Begeisterung kundtun wollte oder eine konkrete Frage hatte. Julies Sorge, ihr rotes Chiffonkleid sei zu elegant für diesen Anlass, hatte sich als unbegründet herausgestellt. Auch die anderen Frauen hatten sich schick gemacht. Wie bunte Sommerblumen mischten sich lange Kleider mit eleganten Kostümen, Festtagstrachten mit ausgefallenen Designerstücken.

Julie wechselte mit den Leuten ein paar Worte, während sie gleichzeitig die alte Dame zu einer Sitzgruppe aus Korbmöbeln dirigierte, die sie vor dem Haus aufgestellt hatten.

»Du bist eine richtige Künstlerin, das hab ich dir schon bei unserem ersten Treffen gesagt, erinnerst du dich?«, sagte Antonia, nachdem sie sich gesetzt hatten.

»Künstlerin – na ja ...« Julie hob zweifelnd die Brauen.

»Doch, doch!«, bekräftigte Antonia. »Du hattest einen Traum, und den hast du wahr gemacht. Als wir das erste Mal hier oben waren, lag dieses traurige alte Haus im Dornröschenschlaf. Aber du und Theo – ihr habt es wieder zum Leben erweckt. Wenn ich den Hof anschaue, habe ich fast das Gefühl, er zwinkert uns glücklich zu. Wenn das keine Kunst ist ...«

»Und wem haben wir das zu verdanken?« Julie lächelte. »Ohne dich würde es das alles hier nicht geben.« Sie nahm Antonias Hand und drückte sie.

Antonia zuckte mit den Schultern. Ihr Blick verlor sich irgendwo über dem Tal.

Warum ist sie immer noch so voller Trauer, voller Schwermut?, fragte sich Julie nicht zum ersten Mal. Antonia war gesund, sie hatte den Krebs besiegt. Schon allein das zählte! Und sie war nicht mehr allein. Theo und sie besuchten sie regelmäßig. Bereits während der Umbauarbeiten hatten sie Antonia immer wieder mit auf den Hof genommen, damit sie die Fortschritte begutachten konnte. Margitta, eine ihrer Dozentinnen, hatte Antonia zu einem Töpferkurs überredet, und Sam, der neben anderen Dingen auch die Kunst der Kalligraphie lehrte, hatte Antonia gefragt, ob sie ihm nicht die wichtigsten japanischen Schriftzeichen beibringen wolle.

»Du erwartest zu viel«, hatte Theo gesagt, als Julie ihr gegenüber ihre Sorge um Antonia verlauten ließ. »Sie ist eine alte Frau. Sie kann nicht von heute auf morgen den Ballast ihres Lebens abwerfen, nur weil du es dir wünschst. Dass Antonia es überhaupt gewagt hat, sich der Vergangenheit zu stellen, ist bewundernswert. Viele andere Menschen nehmen ihre ungeklärten Konflikte, ihre düsteren Familiengeheimnisse mit ins Grab. Antonia dagegen hat mit Sicherheit ihren ganz persönlichen Frieden gefunden. Mehr kann man nicht erwarten.«

Theo hörte sich so überzeugend an, dass Julie nichts anderes übrig blieb, als sich ihrer Ansicht anzuschließen.

Nun lehnte sie sich sanft an Antonia. »Hast du gehört, was der Bürgermeister vorhin gesagt hat?« Verflixt, es musste ihr doch gelingen, Antonia wenigstens heute einmal ausgelassen und fröhlich zu sehen!

Die alte Dame schüttelte zweifelnd den Kopf. »Er hat so viel geredet ...«

»Das stimmt allerdings.« Julie kicherte. Dann räusperte sie sich und begann mit tiefer Stimme zu sprechen: »Von Kunst versteh ich ja nichts. Aber ich bin froh, dass hier oben bald fröhliche Kunstwerke und Bilder entstehen werden. Das Einzige, was die Leute derzeit malen, ist doch den Teufel an die Wand!«

Antonia lachte aus vollem Hals. »Das ist gut! Da hat er ausnahmsweise einmal etwas Richtiges gesagt.«

Die untergehende Sonne kitzelte Julies bloße Füße. Weiter hinten im Tal begann sich der Himmel veilchenblau zu färben. Der Duft der neu angelegten Rosenbeete, die in voller Blüte standen, wehte süß und verheißungsvoll zu ihnen herüber.

Julie reckte sich. »Ach, ich könnte ewig hier sitzen und ins Tal schauen! Ich glaube, diesen Blick wird man niemals leid!«

Antonia nickte. Dann ergriff sie Julies Hand. »Es sind die kleinen Dinge im Leben, die einen glücklich machen. Ein Moment wie dieser zum Beispiel. Ich danke dir, meine liebe Julie!«

Kurz darauf gingen sie wieder ins Haus. Auf dem Buffet standen inzwischen Thermoskannen mit Kaffee und Tee sowie mehrere Kuchen. Julie bezweifelte, dass überhaupt jemand an einem so warmen Sommerabend Gelüste auf Kaffee und Kuchen verspürte, aber Theo und auch Julies Mutter waren der Ansicht gewesen, beides gehöre einfach als krönender Abschluss dazu.

Doch vor der Erdbeertorte war Julie an der Reihe.

Als sie nun in die vielen erwartungsvollen Augen schaute, war ihr Lampenfieber wie weggeblasen. Allerdings hatte sich der Anfang ihrer Rede aus ihrem Kopf geschlichen. Von Unternehmertum hatte sie sprechen wollen, vom Schwarzwald als beliebtester Urlaubsregion Deutschlands. Doch plötzlich kam ihr all das so unwichtig vor. Sie warf einen verstohlenen Blick auf die Wand hinter sich. Das war es, was zählte!

Sie räusperte sich.

»Liebe Freunde, liebe Gäste, liebe Antonia! Heute ist für uns alle ein großer Tag – das ›Arthotel Kuckucksnest‹ öffnet seine Pforten! Fast eineinhalb Jahre arbeiten wir nun schon an unserem Traum, und heute ist er endlich wahr geworden ...« Du meine Güte, war das ihre Stimme? So leise und piepsig? Julie räusperte sich noch einmal. Dann fuhr sie mit festerer Stimme fort: »Dass wir heute zusammen feiern, haben wir zwei Frauen zu verdanken. Eine davon ist Antonia Fahrner. Ohne ihren Willen, dem alten Hof wieder Leben einzuhauchen, gäbe es dies alles nicht. Danke, Antonia, danke für das Vertrauen, das du in mich und Theo hattest.«

Julie wandte sich um und nahm aus Theos Händen einen Strauß Sonnenblumen entgegen, den sie unter viel Applaus Antonia überreichte. Dann sprach sie weiter.

»Die zweite Frau, der wir dieses Hotel zu verdanken haben, heißt Rosanna Moritz. Sie war es nämlich, die fast genau vor hundert Jahren an dieser Stelle stand und das erste Hotel weit und breit eröffnete!« Ein anerkennendes Murmeln ging durch die Runde, und Julie fühlte sich Rosanna ganz nahe. »Frauenpower vor hundert Jahren – so hat Theo es einmal genannt.«

Als sie daran dachte, wie unbeirrbar Theo ihr von Anfang an zur Seite gestanden hatte, wurde ihre Stimme erneut piepsig. Sie winkte ihre Freundin zu sich aufs Podest, doch die schüttelte den Kopf. Julie lächelte.

»Aber Rosanna hatte mehr als Power! Sie hatte die einzigartige Gabe, Menschen glücklich zu machen. Wer zu ihr kam, hatte das Gefühl, zu Hause zu sein, wohl wissend, dass es sich nur um eine Heimat auf Zeit handelte. Für sie war jeder Gast etwas Besonderes. Sie liebte die Menschen, sie fand in jedem etwas Liebenswertes.« Julie schluckte. »Es wäre anmaßend zu sagen, dass ich hoffe, Theo und ich werden irgendwann einmal in Rosannas Fußstapfen treten. Aber wir – das ganze Team vom ›Arthotel Kuckucksnest‹ – werden auf unsere Art versuchen, unseren Gästen eine schöne Zeit zu bereiten.«

Wieder begannen die Leute zu klatschen, allen voran der Rombacher Bürgermeister, der voller Besitzerstolz in Richtung der Journalisten blickte.

»Ich will Sie nun nicht viel länger aufhalten. Doch bevor wir uns wieder den leiblichen Genüssen zuwenden, möchte ich noch einmal Rosannas gedenken.«

Langsam drehte sich Julie zur Wand um, langte nach dem roten Tuch, das an zwei Nägeln befestigt war, und zog es herunter.

»Möge Rosannas Geist uns alle hier oben begleiten!«

Beim Anblick von Rosannas Bildnis erscholl ein lautes Raunen der Bewunderung. Julie hatte Kurt mit dem großen Porträt beauftragt, und er hatte sieben Monate lang daran gearbeitet. Als Grundlage dienten ihm die Schwarz-Weiß-Fotografien aus den Fotoalben. Und nun stand Rosanna fast lebensecht vor ihnen. Ihr Blick stolz, warmherzig und distanziert zugleich.

Unten auf dem Rahmen des Bildes hatte Julie eine kleine Messingplatte anbringen lassen. Folgende Worte waren darin eingraviert:

Tempus fugit, amor manet.
Die Zeit vergeht, die Liebe bleibt.

Julie nahm ein Sektglas von dem Tablett, das eine der Kellnerinnen gerade herumreichte. »Auf Rosanna!«, rief sie.

»Auf Rosanna!«, hallte es aus vielen Kehlen wider.

Danksagung

An einem Buch sind viele Menschen beteiligt. Auch »Antonias Wille« wäre nicht entstanden, hätte ich nicht von so vielen Seiten Hilfe bei meinen Recherchen erfahren. Allen, die mir auf meine vielen Fragen geduldig geantwortet haben, die mir Landkarten und Bücher über den Schwarzwald und seine Geschichte empfohlen, ausgeliehen oder besorgt haben, sage ich an dieser Stelle herzlichen Dank! Ein Extradank geht an meine Eltern, die mir von ihren Fahrten durch den Schwarzwald wertvolles Material mitgebracht haben. Ihnen habe ich auch eine wunderschöne alte Baedeker-Ausgabe über den Schwarzwald zu verdanken.

Zu ganz besonderem Dank bin ich allerdings einem Mann verpflichtet: Herrn Ernst Hug aus St. Märgen. Seine Bücher über das Schwarzwälder Leben und Brauchtum in früheren Zeiten waren für mich eine unerschöpfliche Quelle an Informationen. Während des Schreibens half er mir beispielsweise dabei, den widerspenstigen Pfarrer davon zu überzeugen, die ledige Mutter Rosanna mit Karl zu verheiraten. Ob es ums Wallfahren ging oder um Votivtafeln, um Waldheidelbeeren oder den ersten Skilift der Welt – Ernst Hug wusste Bescheid. Vielen, vielen Dank dafür!

Trotz aller Hilfestellung sind Fehler dennoch nie völlig ausgeschlossen. Sollte ein solcher auftauchen, geht er einzig auf meine Kappe.

Petra Durst-Benning